Douglas Stuart
Shuggie Bain

PIPER

Zu diesem Buch

Shuggie ist anders, zart, fantasievoll und feminin. Und das ausgerechnet in der Tristesse und Armut einer Arbeiterfamilie im Glasgow der 80er-Jahre, mit einem Vater, der virile Potenz über alles stellt. Sein Herz gehört der Mutter, Agnes, die ihn versteht und der grauen Welt energisch ihre Schönheit entgegensetzt, Haltung mit makellosem Make-up, strahlend weißen Kunstzähnen und glamouröser Kleidung zeigt – Trost jedoch immer mehr im Alkohol sucht. Sie zu retten ist Shuggies Mission, eine Aufgabe, die er mit absoluter Hingabe Jahr um Jahr erfüllt, bis er schließlich daran scheitern muss. Ein großer Roman über das Elend der Armut und die Beharrlichkeit der Liebe, tieftraurig und zugleich von ergreifender Zärtlichkeit.

»Ein zärtliches Porträt einer Frau, die nicht anders kann, als am Leben zu scheitern.« *ORF Bestenliste*
»Das beste Debüt, das ich in den letzten Jahren gelesen habe.«
Karl Ove Knausgård
»Ein aufwühlendes Sozialdrama, aber trotz der tristen Themen ein Buch, das man nicht mehr loslassen kann.«
Rainer Moritz, NDR Kultur »Gemischtes Doppel«

Douglas Stuart, geboren und aufgewachsen in Glasgow, studierte am Royal College of Art in London. Nach seinem Abschluss zog er nach New York, wo er als Modedesigner arbeitete. Für seinen ersten Roman »Shuggie Bain«, der in 40 Ländern erschien und zum Weltbestseller wurde, erhielt er den Booker Preis 2020. Zuletzt erschien sein zweiter Roman »Young Mungo«. Bei Twitter: @Doug_D_Stuart

Sophie Zeitz, 1972 geboren, lebt in Berlin. Sie übersetzt aus dem Englischen, u.a. Werke von Henry David Thoreau, Joseph Conrad, John Green und Marina Lewycka.

Douglas Stuart

SHUGGIE BAIN

Roman

Aus dem Englischen von
Sophie Zeitz

PIPER

Mehr über unsere Autorinnen, Autoren und Bücher:
www.piper.de

Wenn Ihnen dieser Roman gefallen hat, schreiben Sie uns unter Nennung des Titels »Shuggie Bain« an *empfehlungen@piper.de*, und wir empfehlen Ihnen gerne vergleichbare Bücher.

Von Douglas Stuart liegen im Piper Verlag vor:
Shuggie Bain
Young Mungo

Inhalte fremder Webseiten, auf die in diesem Buch hingewiesen wird, macht sich der Verlag nicht zu eigen und übernimmt dafür keine Haftung. Wir behalten uns eine Nutzung des Werks für Text und Data Mining im Sinne von § 44b UrhG vor.

Ungekürzte Taschenbuchausgabe
ISBN 978-3-492-31792-4
Piper Verlag GmbH, Georgenstraße 4, 80799 München, *www.piper.de*
Für direkten Kontakt und Fragen zum Produkt wenden Sie sich an: *info@piper.de*
1. Auflage März 2023
3. Auflage Mai 2025
© Douglas Stuart 2020
Lizenzausgabe mit freundlicher Genehmigung
© 2021 Hanser Berlin in der Carl Hanser Verlag GmbH & Co. KG, München
Titel der englischen Originalausgabe:
»Shuggie Bain«, Grove Atlantic, New York 2020
Umschlaggestaltung: zero-media.net, München,
nach einem Entwurf von Grove Atlantic
Umschlagabbildung: peter marlow / Magnum Photos / Agentur Focus
Satz: Gaby Michel, Hamburg
Gesetzt aus der Sabon Next
Druck und Bindung: CPI books GmbH, Leck
Printed in the EU

Für meine Mutter, A. E. D.

1992
SOUTH SIDE

11

1981
SIGHTHILL

25

1982
PITHEAD

117

1989
EAST END

427

1992
SOUTH SIDE

473

1992
SOUTH SIDE

EINS

Der Tag war mau. Am Morgen hatte ihn sein Geist verlassen, und sein Körper spukte hier unten allein herum. Stumpfsinnig erledigte seine leere Hülle die Routine, bleich und mit stierem Blick unter den Neonröhren, während seine Seele über den Gängen schwebte und an morgen dachte. Morgen war etwas, worauf man sich freuen konnte.

Shuggie bereitete seine Schicht akribisch vor. Er hatte die öligen Dips und Soßen in saubere Schalen umgefüllt. Er hatte die Ränder blank gewischt, damit die Spritzer nicht braun wurden und die Illusion von Frische zerstörten. Er hatte die aufgeschnittenen Schinken kunstvoll mit Plastikpetersilie garniert, und die Oliven gewendet, damit ihnen der zähe Saft wie Rotz über die grüne Haut rann.

Ann McGee war schon wieder so dreist gewesen, sich morgens krankzumelden und ihm die undankbare Aufgabe zu überlassen, neben seiner Feinkosttheke auch noch ihren Grillstand zu bedienen. Kein Tag war gut, der mit sechs Dutzend rohen Broilern anfing, und ausgerechnet heute raubten sie seinen Tagträumen die Süße.

Er rammte die Spieße durch die kalten, toten Vögel und reihte sie ordentlich auf. Da hingen sie, die kurzen Flügel über der fetten, kleinen Brust gekreuzt, wie lauter kopflose Babys. Es hatte eine Zeit gegeben, in der er auf seine Ordnung stolz gewesen wäre. Eigentlich war es nicht schwer, das Metall durch das hubbelige rosa Fleisch zu bohren; schwer war es, dem Drang zu widerstehen, das Gleiche mit den Kundinnen zu tun. Sie gafften über die heiße Scheibe und nahmen jeden Kadaver unter die Lupe. Sie wollten das allerbeste Hähnchen, weil sie nicht kapierten, dass durch die industrielle Geflügelproduktion sowieso alle identisch waren. Shuggie würde danebenstehen, sich auf die Innenseite der Wangen beißen und ihre Unentschlossenheit mit einem gezwungenen Lächeln über sich ergehen lassen. Und dann fing der Zirkus erst richtig an. »*Machma drei Brüste, fünf Schenkel und een Flügel, Lütter.*«

Er betete um Kraft. Warum wollte heute niemand mehr ein ganzes Hähnchen? Er würde die Vögel mit einer langstieligen Grillzange herunternehmen, darauf achten, dass er die anderen nicht mit dem Handschuh berührte, und dann würde er sie sauber (Haut intakt) mit der Geflügelschere zerlegen. Wenn er vor den Bratrostlampen stand, kam er sich vor wie ein Hampelmann. Seine Kopfhaut schwitzte unter dem Haarnetz, und seinen Händen fehlte die letzte Kraft, um den Viechern mit den stumpfen Klingen fachmännisch das Rückgrat durchzuknipsen. Er beugte sich leicht vor, verstärkte mit den Rückenmuskeln den Druck seiner Hände und lächelte die ganze Zeit dabei.

Wenn er richtig Pech hatte, rutschte er mit der Zange ab, und das Hähnchen glitt ihm weg, fiel auf den Boden und schlitterte auf den dreckigen Fliesen davon. Dann musste er so tun, als würde er noch mal von vorne anfangen, auch wenn er nie ein Huhn verschwendete, nur weil es schmutzig war. Sobald ihm die Frauen den Rücken zukehrten, steckte er das Vieh wieder zu seinen Schwestern unter die heißen gelben Lampen. Eigentlich hielt er viel von Hygiene, aber die kleinen heimlichen Triumphe bewahrten ihn davor, ausfällig zu werden. Die meisten der pingeligen, mannsgesichtigen Hausfrauen, die hier einkauften, hatten es nicht anders verdient. Unter ihren abschätzigen Blicken lief sein Nacken knallrot an. An besonders miesen Tagen brachte er im Taramasalata alle möglichen Körperausscheidungen unter. Den Spießerscheiß verkaufte er wie geschnitten Brot.

Er arbeitete seit über einem Jahr bei Kilfeathers. So lange hatte er nie bleiben wollen. Aber er musste essen und jede Woche Miete zahlen, und der Supermarkt war der einzige Laden, der ihn nahm. Mr Kilfeather war ein geiziger Sack; er stellte gerne Leute ein, die er nicht wie Erwachsene bezahlen musste, und Shuggie konnte kurze Schichten übernehmen, die in die Lücken seines Stundenplans passten. Er träumte davon weiterzukommen. Am glücklichsten war er immer gewesen, wenn er Haare bürsten und frisieren konnte; das war das Einzige, worüber er wirklich die Zeit vergaß. An seinem sechzehnten Geburtstag hatte er sich fest vorgenommen, auf die Friseurschule im Süden des River Clyde zu gehen. Er hatte alles zusammengesucht, was ihn inspirierte, die Skizzen, die er aus dem Littlewoods-Katalog abgezeichnet hatte, und die herausgerissenen Seiten aus den Sonntagsmagazinen. Dann war er nach Cardonald gefahren, um sich nach Abendkursen zu erkundigen. An der Bushaltestelle vor dem College stieg er mit einem halben Dutzend Achtzehnjährigen aus. Sie trugen neue, supermodische Klamotten und überspielten mit strotzendem Selbstbewusstsein ihre Nervosität. Shuggie trottete hinter ihnen her. Er sah, wie sie im Eingang verschwanden, dann wechselte er die Straßenseite und nahm den Bus zurück. Eine Woche später hatte er bei Kilfeathers angefangen.

In der Vormittagspause ging Shuggie die beschädigten Konserven in den Sonderangebotskörben durch. Er fand drei kleine Dosen schottischen Lachs, die kaum etwas abbekommen hatten – die Etiketten waren zerkratzt und verschmiert, aber die Dosen selbst noch in Ordnung. Mit dem letzten Rest seines Lohns zahlte er für den kleinen Einkauf und verstaute die Dosen in seiner alten Schultasche, die er wieder in den Spind schloss. Dann stieg er die Treppe zur Kantine hoch und versuchte cool zu wirken, als er am Tisch der Studenten vorbeiging, die im Sommer immer die leichten Schichten hatten und sich in den Pausen mit ihren dicken Ordnern wichtigmachten. Shuggie richtete den Blick auf einen unbestimmten Punkt im Raum und setzte sich nicht direkt zu den Mädels von den Kassen, aber in ihre Nähe.

Die Mädels waren drei gestandene Glaswegerinnen. Ena, die Anführerin, war eine Bohnenstange mit Pokerface und fettigem Haar. Sie hatte kaum Augenbrauen, aber einen Damenbart, was Shuggie unfair fand. Ena war selbst für dieses Ende von Glasgow derb, aber sie war warmherzig und großzügig, wie es bei Menschen, die viel mitgemacht haben, häufig der Fall war. Die jüngste war Nora mit dem straffen Pferdeschwanz. Wie Ena hatte sie kleine, stechende Augen, und sie war mit dreiunddreißig schon Mutter von fünf. Die dritte im Bunde war Jackie. Im Unterschied zu den beiden anderen sah sie sehr weiblich aus. Jackie war ein lautes Klatschmaul, ein dickes, vollbusiges Sofa von einer Frau. Sie mochte Shuggie am liebsten.

Er setzte sich in ihre Nähe und bekam noch das Ende der Saga von Jackies letztem Kerl mit. Man konnte sich darauf verlassen, dass die drei immer einen Haufen harmlosen Tratsch auf Lager hatten. Zweimal hatten sie ihn zum Bingoabend mitgenommen, und während die Frauen tranken und wiehernd lachten, saß er dazwischen wie ein Teenager, den man nicht allein zu Hause lassen konnte. Es hatte ihm gefallen, wie entspannt sie zusammensaßen. Das Bollwerk ihrer massigen Körper und die weichen Fleischrollen, die gegen ihn drückten. Er mochte es, wie sie ihn bemutterten, und obwohl er sich sträubte, mochte er auch, wie sie ihm das Haar aus der Stirn strichen und sich den Daumen anleckten, um seine Mundwinkel abzuwischen. Umgekehrt bot Shuggie den Frauen eine Art von männlicher Aufmerksamkeit, bei der es keine Rolle spielte, dass er erst sechzehn Jahre und drei Monate alt war. Bei La Scala Bingo hatte jede von ihnen mindestens einmal versucht, ihm unter dem Tisch wie zufällig an den Schwanz zu fassen. Die Berührungen waren zu lang, zu suchend, um als Zufall durchzugehen. Für die augenbrauenlose Ena war es fast zum Kreuzzug geworden. Je tiefer sie ins Glas schaute, desto hemmungsloser wurde sie. Sie schickte ihre beringten Finger los, klemmte sich die dicke Zunge zwischen die Zähne und sah ihn mit sengendem Blick von der Seite an. Wenn Shuggie dunkelrot vor Verlegenheit wurde, schnalzte sie mit der Zunge, und Jackie schob der triumphierenden Nora zwei Pfundnoten über den Tisch zu. Natürlich war er eine Enttäuschung, aber als sie noch weiter tranken, beschlossen sie, dass es keine echte Abfuhr gewesen war. Irgendwas stimmte mit dem Jungen nicht, und wenigstens konnten sie Mitleid mit ihm haben.

Shuggie saß im Dunkeln und lauschte dem unregelmäßigen Schnarchen durch die Wand. Er versuchte vergeblich, die einsamen Männer zu ignorieren, die keine Familie hatten. In der Morgenkälte waren seine nackten Schenkel tartanblau, also wickelte er sich in ein dünnes Handtuch und kaute nervös an einem Zipfel, der beruhigend zwischen seinen Zähnen quietschte. Er reihte den Rest seines Supermarktlohns an der Tischkante auf. Dann sortierte er die Münzen, erst nach Wert, dann nach Glanz und Prägestempel.

Nebenan erwachte der Mann mit dem rosa Gesicht ächzend zum Leben. Geräuschvoll kratzte er sich auf der schmalen Pritsche und betete seufzend um die Willenskraft aufzustehen. Seine Füße landeten flatschend am Boden, wie zwei schwere Metzgertüten, und es klang, als kostete es ihn Anstrengung, durch das kleine Zimmer zur Tür zu schlurfen. Er machte sich an den vertrauten Schlössern zu schaffen und trat in den immer dunklen Flur, wo er sich blind vorantastete. Seine Hand glitt über die Wand und fiel gegen Shuggies Tür. Der Junge hielt die Luft an, als die Finger über die Türfüllung rutschten. Erst als er das Klicken des Schnurschalters im Bad hörte, atmete er auf. Der alte Mann begann zu husten und seine Lungen wachzuräuspern. Shuggie versuchte nicht hinzuhören, als er beim Pissen Schleimbatzen in die Schüssel spuckte.

Das Morgenlicht hatte die Farbe von zu milchigem Tee. Es schlich sich ins Zimmer wie ein listiges Gespenst, kroch über den Teppich und kletterte an Shuggies nackten Beinen hoch. Er schloss die Augen und versuchte zu spüren, wie es heraufkam, aber es war keine Wärme darin. Er wartete, bis er dachte, dass er vielleicht ganz im Licht saß, dann öffnete er die Augen wieder.

Einhundert gemalte Augenpaare starrten ihm entgegnen, einsam oder mit gebrochenem Herzen, genau wie immer. Die Porzellanballerinas mit ihren kleinen Welpen, die Spanierin mit den tanzenden Matrosen und der rosige Bauernjunge, der seinen faulen Gaul hinter sich herzog. Shuggie hatte die Figuren ordentlich auf dem Fensterbrett aufgestellt. Er dachte sich stundenlang Geschichten für sie aus. Der feiste

Schmied mit den engelsgesichtigen Chorknaben, oder seine Lieblingsszene, sieben riesige Katzenbabys, die grinsend den faulen Hirten bedrohten.

Sie heiterten die Absteige wenigstens ein bisschen auf. Das möblierte Zimmer war höher als lang, und das schmale Bett stand in der Mitte wie ein Raumteiler. Auf einer Seite davon war ein altmodisches Zweiersofa, ein Holzgestell mit dünnen Polstern, durch die man die Sprossen im Rücken spürte. Auf der anderen Seite standen ein Minikühlschrank und ein kleiner Belling-Herd mit zwei Platten. Bis auf das nicht gemachte Bett war alles ordentlich: kein Staub, keine Kleider von gestern, kein Lebenszeichen. Shuggie versuchte sich zu beruhigen, indem er die unpassenden Laken glattstrich. Seine Mutter hätte die Bettwäsche gehasst, die zusammengewürfelten Muster und Farben, als wäre ihm egal, was die Leute dachten. Der Anblick hätte ihren Stolz verletzt. Irgendwann würde er Geld für neue Bettwäsche sparen, seine eigene, weich und warm und alles in derselben Farbe.

Er konnte froh sein, dass er das Zimmer in Mrs Bakhshs Herberge bekommen hatte. Er hatte Glück gehabt, dass der Alte, der vor ihm hier war, gern einen über den Durst trank und deswegen in den Knast gewandert war. Das große Erkerfenster ragte stolz auf den Albert Drive hinaus, und Shuggie schätzte, dass das Zimmer früher mal das Wohnzimmer einer ziemlich eleganten Wohnung mit drei Schlafzimmern gewesen war. Er hatte ein paar der anderen Zimmer gesehen. In der ehemaligen Küche, die Mrs Bakhsh auch als Wohnraum vermietete, war noch das alte karierte Linoleum, und in den drei anderen schuhkartongroßen Zimmern lag immer noch der ursprüngliche fadenscheinige Teppich. Der Mann mit dem rosa Gesicht bewohnte offenbar ein ehemaliges Kinderzimmer mit gelb geblümter Tapete und einer fröhlichen Häschen-Bordüre unter dem Stuck. Sein Bett, sein Sessel und sein Herd standen nebeneinander an einer Wand, ohne Zwischenraum. Shuggie hatte es durch den Türspalt gesehen, und er war froh über sein großes Erkerfenster.

Es war ein Glück, dass er die Pakistanis gefunden hatte. Von den anderen hatte keiner an einen fünfzehnjährigen Jungen vermieten wollen, der behauptete, er wäre gestern sechzehn geworden. Sie hatten es zwar nicht laut gesagt, aber sie hatten zu viele Fragen gestellt. Sie hatten sein bestes Schulhemd und die polierten Schuhe argwöhnisch beäugt. *Da stimmt was nicht*, hatte ihr Blick gesagt. Er sah an ihren Mundwinkeln, dass sie dachten, es sei eine Schande für einen Jungen in seinem Alter, keine Mammy zu haben, keine eigenen Leute.

Mrs Bakhsh war es egal. Sie warf einen Blick auf seinen Schulrucksack und die Monatsmiete, die er im Voraus zahlte, und dann kümmerte sie sich wieder darum, ihre eigenen Blagen satt zu kriegen. Den Umschlag mit der ersten Miete hatte Shuggie mit blauem Kugelschreiber verziert. Damit wollte er ihr zeigen, dass ihm Manieren wichtig waren, dass er verlässlich war, sich Mühe gab. Er hatte eine Seite aus seinem Geografieheft gerissen und ein verschnörkeltes Paisley-Muster daraufgemalt, das sich um ihren Namen schlang, und dann hatte er die Zwischenräume ausgemalt, so dass die Pfauenaugen in kobaltblauer Pracht hervorstachen.

Die Wirtin wohnte auf der anderen Straßenseite in einer identischen Wohnung mit üppigen Möbeln und voll aufgedrehter Zentralheizung. In der zweiten, kalten Wohnung hielt sie fünf Männer in fünf Zimmern für achtzehn Pfund und fünfzig Pence, wochenweise, nur in bar. Die beiden, deren Miete nicht das Sozialamt übernahm, mussten freitagabends den Großteil ihres Lohns bei ihr unter der Tür durchschieben, bevor sie den Rest versoffen. Auf der Fußmatte kniend harrten sie einen Moment aus und inhalierten die Behaglichkeit, die von innen nach außen strömte: blubbernde Töpfe mit duftendem Hähnchencurry, fröhliche Kinder, die sich ums Fernsehprogramm balgten, und das Lachen dicker Frauen, die am Küchentisch fremde Wörter sprachen.

Die Wirtin ließ Shuggie in Ruhe. Sie setzte nie einen Fuß in die Zimmer, außer wenn jemand mit der Miete spät dran war. Dann kam sie in Begleitung anderer dickarmiger Pakistanerinnen und klopfte laut an die

Türen der Männer. Aber meistens kam sie nur, um den fensterlosen Flur zu saugen oder einmal durchs Bad zu wischen. Einmal im Monat kippte sie Bleiche in die Kloschüssel, und manchmal legte sie einen neuen Teppichrest vors Klo, um die Pisse aufzusaugen.

Shuggie lehnte das Gesicht an seine Tür und lauschte, ob der Mann mit dem rosa Gesicht seine Waschungen beendet hatte. In der Stille hörte er, wie er den Riegel der Badezimmertür zurückschob und wieder in den Flur kam. Der Junge schlüpfte in seine alten Schulschuhe. Dann zog er die Jacke über die Unterhose, ein raschelnder nylonhäutiger Parka, dessen Kapuze mit verfilztem Pelz gesäumt war. Er schloss den Reißverschluss bis zum Kinn und steckte eine Einkaufstüte von Kilfeathers und zwei dünne Geschirrtücher in die großen Taschen.

Er hatte den Spalt unter der Tür mit einem Schulpullover abgedichtet. Als er ihn wegnahm, roch er im kalten Luftzug die anderen Männer. Einer hatte wieder die ganze Nacht geraucht; der andere hatte Fisch zu Abend gegessen. Shuggie öffnete die Tür und glitt in die Dunkelheit.

Mrs Bakhsh hatte die einzige Glühbirne aus der Fassung gedreht, weil sie sagte, die Männer verschwendeten gutes Geld, indem sie Tag und Nacht die Lampe brennen ließen. Im Flur hing der Geruch der Männer wie die Fährten alter Geister, ohne Luft oder Licht konserviert. Jahre, in denen sie im Bett rauchten, in Fett Gebratenes vor dem Heizofen verdrückten, Sommertage bei geschlossenen Fenstern verbrachten. Die schalen Gerüche von Schweiß und Sperma vermischt mit der statischen Hitze von Schwarzweißfernsehern und der Schärfe von holzigem Aftershave.

Shuggie hatte gelernt, die Männer auseinanderzuhalten. Im Dunkeln hörte er den Mann mit dem rosa Gesicht, wenn er aufstand, um sich zu rasieren und Brillantine ins Haar zu kämmen, und er roch den muffigen Mantel des Manns mit den gelben Zähnen, der nur Dinge aß, die nach buttertriefendem Popcorn oder Sahne-Fisch stanken. Später, wenn die Pubs zumachten, wusste Shuggie genau, wann jeder Mann wieder wohlbehalten zu Hause war.

Die Tür des Gemeinschaftsbads hatte eine Strukturglasscheibe. Er schob den Riegel vor, blieb einen Moment stehen und drückte die Klinke, um sicherzugehen, dass das Schloss griff. Er zog sich den schweren Parka aus und legte ihn in die Ecke. Als er den Warmwasserhahn anstellte und die Hand darunterhielt, lief ein Rest lauwarmes Wasser heraus, bevor der Hahn zweimal prustete und es kälter wurde als der River Clyde. Der Schock war so eisig, dass sich Shuggie die Finger in den Mund schob. Er nahm ein Fünfzig-Pence-Stück, drehte es wehmütig hin und her, dann steckte er es in den Durchlauferhitzer und sah zu, wie die kleine Gasflamme aufflackerte.

Als er den Hahn wieder aufdrehte, war das Wasser erst eiskalt, und dann schoss es mit einem Rülpser kochend heiß heraus. Shuggie hielt das Geschirrtuch darunter und rieb sich die kalte Brust und den weißen Hals damit ab, froh über die dampfende Hitze. Er tauchte Gesicht und Kopf in die willkommene Wärme, hielt sie einen Moment dort und träumte davon, eine Badewanne bis zum Rand volllaufen zu lassen. Er stellte sich vor, im heißen Wasser zu liegen, weit weg von den Gerüchen der anderen Mieter. Es hatte lange nicht das Gefühl gehabt, richtig aufzutauen, dass ihm überall gleichzeitig warm war.

Er hob den Arm und rieb ihn vom Handgelenk bis zur Schulter ab. Dann spannte er die Muskeln an und ließ die Finger um seinen Bizeps kreisen. Wenn er wollte, konnte er fast die Hand darum schließen, und wenn er drückte, spürte er die Umrisse seiner Knochen. Seine Achsel war mit feinen Flusen gepudert, wie die Federn frisch geschlüpfter Enten. Er hielt die Nase daran; seine Achsel roch süß und sauber und nach nichts. Er zwickte und drückte die Haut, versuchte, das weiche Fleisch zu melken, bis es rot war; dann roch er an seinen Fingern, aber immer noch nichts. Während er sich fester abrieb, murmelte er vor sich hin: »*Scottish Football League. Rangers: 22 gewonnen, 14 unentschieden, 8 verloren, 58 Punkte. Aberdeen: 17 gewonnen, 21 unentschieden, 6 verloren, 55 Punkte. Motherwell: 14 gewonnen, 12 unentschieden, 10 verloren.*«

Im Spiegel war sein nasses Haar kohlschwarz. Als er es sich über das

Gesicht kämmte, stellte er überrascht fest, dass es ihm bis zum Kinn reichte. Er betrachtete sich, versuchte, etwas Männliches zu finden, das er bewundern könnte: die schwarzen Locken, die milchige Haut, die hohen Wangenknochen. Er fing seinen Blick im Spiegel auf. Etwas stimmte nicht mit ihm. Richtige Jungs waren anders gebaut. Wieder rieb er sich ab. »*Rangers: 22 gewonnen, 14 unentschieden, 8 verloren, 58 Punkte. Aberdeen: 17 gewonnen, 21* ...«

Im Flur waren Schritte zu hören, das vertraute Quietschen schwerer Lederschuhe, und dann nichts. Die dünne Tür rappelte nachdrücklich im Schloss. Shuggie griff nach dem Parka und schlüpfte mit nasser Haut hinein.

Als er bei Mrs Bakhsh eingezogen war, hatte ihn nur einer der anderen Bewohner beachtet. Der Mann mit dem rosa Gesicht und der Mann mit den gelben Zähnen waren zu blind oder zu versoffen, um ihn zu bemerken. Doch an seinem ersten Abend, als Shuggie auf dem Bett saß und einen gebutterten Kanten Weißbrot aß, hatte es an seine Tür geklopft. Lange war der Junge ganz still geblieben, bevor er sich durchrang, die Tür aufzumachen. Der Mann, der davorstand, war groß und untersetzt und roch nach Kiefernseife. Er hielt eine Tüte mit zwölf Dosen Lager in der Hand, die klimperten wie gedämpftes Kirchengeläut. Mit fester Pranke stellte er sich als Joseph Darling vor und hielt dem Jungen lächelnd die Tüte hin. Shuggie hatte versucht, höflich *nein danke* zu sagen, wie man es ihm beigebracht hatte, aber irgendwas an dem Mann hatte ihn eingeschüchtert, und Shuggie hatte ihn doch hereingelassen.

Sie hatten schweigend dagesessen, Shuggie und sein Besucher, auf der Kante des ordentlich gemachten Einzelbetts, und auf die Mietskasernen gegenüber gestarrt. Protestantische Familien aßen vor dem Fernseher, und die Putzfrau nebenan aß allein an ihrem Klapptisch. Schweigend tranken die beiden und beobachteten die Fremden bei ihren täglichen Verrichtungen. Mr Darling behielt seine dicke Tweedjacke an. Unter seinem Gewicht gab die Matratze nach, und Shuggie rutschte in seine

Breitseite. Im Augenwinkel sah Shuggie, wie seine dicken gelben Fingerspitzen nervös aneinandertippten. Shuggie hatte nur aus Höflichkeit einen Schluck getrunken, und während der Mann sprach, konnte er nur an den Geschmack des Dosen-Ale denken, wie fade und traurig es schmeckte. Es erinnerte ihn an Dinge, die er lieber vergessen würde.

Mr Darling hatte eine nachdenkliche, halbverschlossene Art. Shuggie gab sich Mühe, nett zu sein und zuzuhören, als der Mann erzählte, dass er früher Hausmeister einer protestantischen Schule gewesen sei, die sie geschlossen und mit der katholischen zusammengelegt hatten, um dem Fiskus Geld zu sparen. Die Tatsache, dass die Protestanten-Kinder friedlich mit den Katholiken-Bälgern herumrennen sollten, erschütterte Mr Darling offenbar mehr, als dass er arbeitslos geworden war.

»Nich zu fassen!«, sagte er, mehr zu sich selbst. »Früher hat Religion noch wat ausgesagt über die Leute. Wennde zur Schule gefahn bist, haste dich durch Busladungen kohlfressender Katholiken-Kacker durchboxen müssen. Biste stolz drauf gewesen. Aber heute springen ordentlich Mädchen genauso schnell min räudigen Mick inne Kiste wie min Hund.«

Shuggie tat so, als würde er noch einen Schluck trinken, aber er spülte sich mit dem Bier nur die Zähne und ließ es zurück in die Dose laufen. Mr Darling ließ den Blick über die Wände wandern, als suchte er nach einem Zeichen. Dann warf er einen verstohlenen Seitenblick auf den Jungen, als seien ihm plötzlich Zweifel an seinem Publikum gekommen: »Auf wat fürner Schule warst du eigentlich?«

Shuggie wusste, worauf er hinauswollte. »Ich bin weder noch, und ich gehe noch zur Schule.« Es stimmte, er gehörte weder zu den Katholiken noch zu den Protestanten, und er ging noch zur Schule, wenn er sich leisten konnte, nicht im Supermarkt zu stehen.

»Ach ja? Und wat kannste am besten?«

Der Junge zuckte die Schultern. Es war keine falsche Bescheidenheit, er war einfach in nichts gut. Er fehlte oft, und deshalb war es schwer, dem Stoff zu folgen. Meistens ging er hin und setzte sich leise nach hinten, damit ihm wegen der Fehlstunden nicht das Schulamt auf die Pelle rückte. Wenn in der Schule rauskam, wie er lebte, wären sie gezwungen, was zu unternehmen.

Der Mann trank die zweite Dose aus und griff schon zur dritten. Shuggie spürte das Brennen von Mr Darlings heißem Finger an seinem Bein. Er hatte die Hand auf die Matratze gelegt, und der kleine Finger mit dem Münzring berührte Shuggie kaum. Er lag ganz still da, zuckte nicht mal. Er war einfach da, und deswegen brannte er umso mehr.

Jetzt stand Shuggie im feuchten Bad und hielt sich den Parka zu. Mr Darling begrüßte ihn altmodisch, indem er sich an den Schild seiner Tweedmütze tippte. »Hab nur geklopft, um zu hören, ob du später noch da bist?«

»Heute? Ich weiß nicht. Ich muss ein paar Gänge machen.«

Enttäuschung glitt über Mr Darlings Gesicht. »Mieser Tag dafür.«

»Ich weiß. Aber ich hab es jemand versprochen.«

Mr Darling saugte an seinen großen, weißen Zähnen. Er war so hochgewachsen, dass es dauerte, bis er sich zu voller Größe aufgerichtet hatte. Shuggie stellte sich Generationen von protestantischen Kindern vor, die im Gänsemarsch durch die Schule schlichen und eine Heidenangst vor seinem langen Schatten hatten. Er sah, dass sein Gesicht schon rot war und sich über seinen Brauen ein Streifen Säuferschweiß bildete. Er hatte durchs Schlüsselloch gelinst, Shuggie war sich ganz sicher.

»Das is aber schade. Ich wollt grade die Stütze abholen, vielleicht bein Brewers Arms haltmachen un nochne schnelle Wette abschließen. Aber später hattich gehofft, wir könntn nochn paar Dosen zusammen trinken. Vielleicht auffer Flimmerkiste die Fußballergebnisse gucken? Und ich könnt dir wat über die englische Liga beibringen?« Der Mann sah auf den Jungen herab und versenkte die Zunge in den hinteren Backenzähnen.

Wenn Shuggie es geschickt anstellte, war der Mann immer für ein paar Pfund gut. Aber es würde zu lange dauern, bis Mr Darling sein Arbeitslosengeld ausgezahlt bekam, von der Post zum Wettbüro zum Pub stapfte, und dann nach Hause, falls er den Weg nach Hause überhaupt noch fand. So lange konnte Shuggie nicht warten.

Der Junge ließ den Parka los, und Mr Darling tat so, als würde er nicht hinstarren, als die Jacke vorne aufging. Aber er konnte sich nicht beherrschen, und Shuggie sah, wie das graue Licht in seinen grünen Augen nach unten rutschte. Shuggie spürte das Brennen auf seiner weißen Brust, als der Blick des Mannes abwärtswanderte, über die weite Unterhose zu den nackten Beinen, diesen unscheinbaren weißen haarlosen Stecken, die wie lose Fäden aus dem Saum seiner schwarzen Jacke hingen.

Erst dann lächelte Mr Darling.

1981
SIGHTHILL

ZWEI

Agnes Bain drückte die Zehen in den Teppich und lehnte sich, so weit es ging, in die Nachtluft hinaus. Feuchter Wind liebkoste ihren heißen Nacken und fuhr in ihr Kleid. Er fühlte sich an wie die Hand eines Fremden, ein Lebenszeichen, eine Erinnerung an das Leben. Sie schnippte die Zigarettenkippe weg und sah der leuchtenden Glut hinterher, die sechzehn Stockwerke nach unten auf den dunklen Vorplatz tanzte. Agnes wollte der Stadt ihr weinrotes Samtkleid zeigen. Sie wollte von Fremden beneidet werden, wollte mit Männern tanzen, die sie stolz an sich drückten. Aber vor allem wollte sie was trinken und sich ein bisschen amüsieren.

Mit gestreckten Waden drückte sie die Hüfte gegen den Fensterrahmen, verlagerte den Schwerpunkt, nahm alles Gewicht von den Zehen. Ihr Körper kippte nach vorn zu den gelben Lichtern der Stadt, und in ihre Wangen strömte Blut. Sie streckte die Arme nach den Lichtern aus, und einen kurzen Moment lang konnte sie fliegen.

Niemand achtete auf die fliegende Frau.

Sie spielte mit dem Gedanken, noch weiter zu kippen, als Mutprobe. Wie leicht es wäre, sich einzureden, sie könnte wirklich fliegen, bis sie nur noch fiel und unten auf dem Beton aufschlug. Die Hochhauswohnung, die sie immer noch mit ihren Eltern teilte, engte sie ein. Alles in dem Zimmer hinter ihr fühlte sich klein an, so niedrig und stickig, vom Zahltag bis zur Sonntagsmesse, ein Leben auf Pump, wo nichts rechtmäßig ihr zu gehören schien.

Neununddreißig und mit ihrem Mann und ihren drei Kindern, von denen zwei schon fast erwachsen waren, in Mammys Wohnung eingepfercht, es war ein Gefühl, als wäre sie gescheitert. Er, ihr Mann, der, wenn er da war, an der äußersten Bettkante zu liegen schien, machte sie wütend mit seinen hingeworfenen Versprechen eines besseren Lebens. Agnes wollte das alles hier hinter sich bringen, das ganze Zeug wegkratzen wie alte Tapeten. Sie wollte die Fingernägel darunterschieben und alles abreißen.

Gelangweilt ließ sich Agnes in das muffige Zimmer zurückfallen und spürte wieder Mammys sicheren Teppich unter den Füßen. Die anderen hatten nicht einmal aufgesehen. Lustlos ließ sie die Nadel über den Plattenteller schrammen. Sie griff sich ins Haar und drehte die Lautstärke auf. »Ach, kommt schon, bitte, nur einen kleinen Tanz?«

»*Tschut*, nich jetz«, zischte Nan Flannigan. Fieberhaft sortierte sie ihre Silber- und Kupfermünzen zu ordentlichen Türmen. »Ich wollt euch grad anschaffen schicken.«

Reeny Sweeny verdrehte die Augen und drückte ihre Karten an sich. »Du hast ne schmutzige Fantasie!«

»Nich dasser sagt, ich hätt euch nich gewahnt.« Nan biss in ein Stück Backfisch und leckte sich das Fett von den Lippen. »Wenn ich euch mitte Kahten hier dat Haushaltsgeld abgeknöppt hab, müsster heim und das olle Suppenhuhn vögeln, dasser Ehemann nennt, damitter was zu beißen kriegt.«

»Keine Chance!« Reeny bekreuzigte sich träge. »Den lass ich seit Aschermittwoch nich ran, und ich habs auch bis Weihnachten nich vor.« Sie schob sich eine dicke, goldene Fritte in den Mund. »Habma mal so lang dichtgehalten, bissichn neuen Farbfernseher fürs Schlafzimmer gekriegt hab.«

Die Frauen gackerten, ohne sich von ihren Karten ablenken zu lassen. Es war schwül und stickig im Wohnzimmer. Agnes sah zu, wie Little Lizzie, ihre Mammy, ihr Blatt studierte, der Koloss von Nan Flannigan auf der einen Seite und Reeny Sweeny auf der anderen. Die Frauen saßen Schenkel an Schenkel und verputzten die letzten Reste der Fish 'n' Chips.

Mit fettigen Fingern verschoben sie Münzen und klatschten Karten auf den Tisch. Ann Marie Easton, die jüngste von ihnen, war damit beschäftigt, aus dem losen Tabak in ihrem Schoß übel aussehende Zigaretten zu rollen. Die Frauen hatten ihr Haushaltsgeld auf dem niedrigen Teetisch ausgeleert und schoben die Fünf- und Zehn-Pence-Einsätze hin und her.

Es langweilte Agnes. Früher, vor den ausgebeulten Strickjacken und den ausgemergelten Ehemännern, hatte es eine Zeit gegeben, da hatte sie alle mit zum Tanzen geschleppt. Als junge Dinger hatten sie aneinandergehangen wie eine Schnur Perlen und den ganzen Weg runter zur Sauchiehall Street aus vollem Hals gesungen. Sie waren noch minderjährig, aber Agnes hatte schon mit fünfzehn genug Selbstbewusstsein gehabt, um sie alle reinzukriegen. Die Türsteher hatten Agnes immer am Ende der Schlange funkeln sehen und nach vorn gewinkt, und sie hatte die anderen Mädels mitgezogen, als wären sie aneinandergekettet. Die Mädchen hatten sich an Agnes' Gürtel festgehalten und leise protestiert, aber Agnes hatte den Türstehern ihr bestes Lächeln geschenkt, das Lächeln, das sie für Männer reservierte, das Lächeln, das sie vor ihrer Mutter geheim hielt. Wie gerne sie damals ihr Lächeln verteilt hatte. Sie hatte die Zähne von ihrem Vater geerbt, und die Campbell-Zähne waren immer schlecht gewesen, ein Grund zur Demut in einem sonst schönen Gesicht. Ihre bleibenden Zähne waren klein und krumm herausgekommen, von Anfang an nie weiß gewesen, vom Rauchen und von Lizzies starkem Tee. Mit fünfzehn hatte Agnes ihre Mutter angefleht, sie sich alle ziehen lassen zu dürfen. Dass die falschen Zähne drückten, war ein kleiner Preis für das Filmstarlächeln, das ihr das Gebiss vermeintlich verlieh. Jeder Zahn breit und gleichmäßig und so kerzengerade wie die von Liz Taylor.

Agnes saugte an ihren Porzellanzähnen. Und jetzt hockten sie hier, jeden Freitagabend dieselben Frauen, und spielten bei ihrer Mutter im Wohnzimmer Karten. Kein Strich Make-up in der ganzen Runde. Heute war keiner von ihnen mehr nach Singen.

Agnes sah zu, wie sich die Frauen über ein paar Pfund in Kupfer stritten, und seufzte gelangweilt. Auf die Kartenrunde am Freitag freuten sie sich die ganze Woche. Es war ihre Auszeit vom Bügeln vor dem Fernseher und dem Aufwärmen von Dosenbohnen für die undankbaren Blagen. Gewöhnlich heimste Big Nan die Gewinne ein, außer wenn Lizzie eine Glückssträhne hatte und dafür eine geschmiert bekam. Big Nan konnte sich nicht beherrschen. Wenn es um Geld ging, wurde sie fickerig, und sie hasste es, zu verlieren. Agnes hatte gesehen, wie sie ihrer Mutter wegen zehn Schilling ein Veilchen verpasste.

»Hey du!« Nan brüllte Agnes an, die in ihr Spiegelbild im Fenster versunken war. »Du bescheißt!«

Agnes verdrehte die Augen und trank einen tiefen Schluck schales Stout. Zu lahm, der Bus, für den Ort, wo sie hinwollte. Sie kippte das Bier herunter und wünschte, es wäre Wodka.

»Lasse in Ruhe«, sagte Lizzie. Sie kannte Agnes' verträumten Blick.

Nan sah wieder in ihre Karten. »Hättich mir denken könn, dasser unter einer Decke steckt. Diebisches Pack, alle beide!«

»Ich hab mein Lebtag nix geklaut!«, sagte Lizzie.

»Lügnerin! Ich hab dich bei Dienstschluss gesehn. Dick wie Grütze und schwer wien Hafersack! Hast dir die Kitteltaschen vollgestopft mit Krankenhausklopapier und Spülmittel.«

»Weißt du, wie teuer das Zeug ist?«, fragte Lizzie empört.

»Ja, weiß ich«, schniefte Nan. »Weil ich für meins nämich bezahle.«

Agnes war durchs Zimmer gewandert, weil sie nicht zur Ruhe kam. Jetzt stieß sie fast den Kartentisch um mit einem Arm voller Plastiktüten. »Ich hab euch was Kleines gekauft«, sagte sie.

Normalerweise hätte Nan keine Störung geduldet, aber da es was umsonst gab, hielt sie die Klappe. Sie schob sich die Karten tief in den Ausschnitt, und als die Plastiktüten herumgingen, nahm jede von ihnen eine kleine Schachtel heraus. Eine Weile war es still. Alle studierten das Bild auf der Packung. Lizzie sagte als erste etwas, mit einem Anflug von Empörung. »Ein BH? Wat soll ich mit einem BH?«

»Das ist kein normaler BH. Das ist einer von diesen Wunderkreuz-BHs. Die zaubern dir die perfekte Form hin.«

»Probier ihn an, Lizzie!«, sagte Reeny. »Der alte Wullie fällt über dich her, als wär der Jahrmarkt in der Stadt.«

Ann Marie nahm ihren BH aus der Schachtel. Er war ihr offensichtlich zu klein. »Das is nich meine Größe.«

»Na ja, ich hab geraten, so gut ich konnte. Aber ich hab noch ein paar da, also schau nach, vielleicht passt dir einer.« Agnes war schon dabei, den Reißverschluss am Rücken ihres Kleids zu öffnen. Ihre alabasterweißen Schultern hoben sich grell von dem weinroten Samt ab. Sie hakte ihren alten BH auf, und ihre Porzellanbrüste glitten heraus; dann schlüpfte sie schnell in den neuen, und ihre Brüste hoben sich mehrere Zentimeter. Agnes beugte sich vor und drehte sich vor den Frauen. »Son Kerl auf dem Paddy's Market hat sie direkt aus dem Laster verkauft. Fünf Stück für zwanzig Pfund. Echte Zauberei, was?«

Ann Marie wühlte in der Tüte herum und fand ihre Größe. Sie war nicht so freizügig wie Agnes und drehte den anderen den Rücken zu, um die Strickjacke auszuziehen und ihren alten BH abzustreifen. Die Träger hatten unter dem Gewicht ihrer Brüste rote Striemen auf ihren Schultern hinterlassen. Bald hatten alle außer Lizzie ihre Kleider heruntergezogen oder ihre Kittelschürzen aufgehakt und saßen in ihren neuen Büstenhaltern da. Lizzie hatte die Arme vor der Brust verschränkt. Die anderen, obenrum fast nackt, fuhren mit den Fingern über die Satinträger, starrten auf ihr eigenes Dekolleté und gurrten beeindruckt.

»Datis vielleicht dat bequemste, watich je anhatte«, gab Nan zu. Ihr BH saß am Rücken zu locker und schaffte es kaum, die riesigen Brüste über dem ausladenden Bauch anzuheben.

»Das sind die Busen, die ich von früher kenne, als wir junge Mädchen waren«, sagte Agnes zufrieden.

»Lieber Gott, hätten wer damals bloß gewusst, wattwer heute wissen, wat?«, sagte Reeny. »Ich hätt jeden Knilch, der mal anfassen wollte, rangelassen, ohne mich groß rumzuzieren.«

Nan rollte lasziv die Zunge. »Red kein Stuss! Du hast doch eh nie die Hand auf deim halben Penny behalten.« Sie war ungeduldig, zurück ins Geschäft zu kommen, und schob wieder Münzen auf dem Tisch herum. »Na schön, könnter jetz aufhörn, euch selber anzustarren wien Haufen blöder Hühner?« Sie sammelte die Karten ein und begann, den Stapel zu mischen. Die Frauen hatten sich immer noch nicht wieder angezogen.

Lizzie versuchte leise das Zellophan einer neuen Zigarettenschachtel aufzureißen. Die anderen Frauen sahen neidisch zu, sie hatten es satt, die schwarzen Selbstgerollten zu rauchen und sich die Tabakfäden von der Zunge zu zupfen. Lizzie schniefte: »Ich dachte, jeder raucht seine eigenen?« Aber es war, als würde man Eisbein vor einem Rudel Streuner essen; sie würden ihr keine Ruhe lassen. Widerwillig reichte sie das neue Päckchen herum, und jede der Frauen zündete sich eine an und genoss den Luxus einer Filterzigarette. Nan lehnte sich in ihrem BH zurück, hielt den Rauch tief in den Lungen und schloss die Augen. Es wurde wieder heiß und diesig, und der Rauch waberte durchs Zimmer und tanzte mit der Paisley-Tapete.

Hin und wieder zog ein Windstoß durchs Fenster im sechzehnten Stock, und die Frauen blinzelten, so beißend war die frische Luft. Lizzie trank ihren kalten schwarzen Tee und sah zu, wie die Laune der anderen abstürzte. Das war die Wirkung von Sauerstoff auf Betrunkene. Die aufgekratzte, redselige Energie verpuffte und wurde von etwas Trägem, Schwerem ersetzt.

Dann meldete sich eine neue Stimme. »Mammy, er schläft nicht ein!«

In der Wohnzimmertür stand Catherine mit sichtlicher Verzweiflung. Sie trug ihren kleinen Bruder auf der Hüfte. Eigentlich war Shuggie zu groß, um getragen zu werden, aber er klammerte sich fest an sie und genoss offensichtlich ihre knochige Nähe.

Catherine heischte Mitgefühl, kniff ihm genervt in die Handgelenke und pulte ihn demonstrativ von sich ab. »Bitte. Ich kann nicht mehr.«

Der kleine Junge rannte zu seiner Mutter, und Agnes riss Shuggie in die Arme. Sein Nylonschlafanzug knisterte statisch, als sie ihn herumwirbelte, glücklich, dass endlich jemand mit ihr tanzte.

Catherine ignorierte die Tatsache, dass die Frauen halb nackt in ihren neuen Büstenhaltern im Wohnzimmer herumsaßen. Sie spähte auf die Platte mit den Fish-'n'-Chips-Resten. Am liebsten aß sie die ganz kleinen braunen Fritten, die verhutzelten Schalen, die zu lange im Öl geschwommen und hart geworden waren.

Lizzie strich Catherine über die Hüfte. Alles an ihrer Enkelin wirkte mager, irgendwie unweiblich. Catherine war siebzehn, aber schlaksig und jungenhaft, mit hüftlangem Haar, das glatt wie Spaghetti war, und ohne nennenswerte Kurven. Enge Röcke waren an ihr die reine Verschwendung. Unbewusst hatte sich Lizzie angewöhnt, die Hüfte ihrer Enkelin zu reiben, als könnte sie damit ihre Weiblichkeit anregen. Gewohnheitsmäßig schob Catherine Lizzies tätschelnde Hand weg.

»Hier!«, sagte Lizzie. »Erzähl denen mal von der bombigen Stelle, die du inne Stadt gekriegt hast.« Doch sie ließ ihrer Enkelin keine Zeit zu antworten, sondern wandte sich selbst an die Runde. »Ich bin so stolz auf sie. Assistentin von Vorstand. Datis fast so, als wär sie selbst der Boss, wat?«

»Granny!«

Lizzie zeigte auf Agnes. »Tja! Die dachte, die kommt mit ihrn Äußeren durch. Teufel sei Dank, dass wenigstens eine wat im Kopp hat.« Lizzie bekreuzigte sich hastig. »Fürs Aufschneiden geh ich gern zur Beichte.«

»Und fürs Fluchen«, sagte Catherine.

Nan Flannigan sah nicht von ihren Karten auf. »Jetzt, wode arbeitest, Lütte. Machma zuallererst zwei Bankkonten auf. Eins für wenne dirn Mann zulegst. Dat annere nur für dich. Und kein Sterbenswort darüber, eh?«

Die Frauen stimmten Nans Weisheit murmelnd zu.

»Gehste gar nich mehr zur Schule, Süße?«, fragte Reeny.

Catherine warf ihrer Mutter einen Seitenblick zu. »Nee. Keine Schule mehr. Wir brauchen das Geld.«

»Aye. So wie die Welt heut is, musste eh am Ende jeden Mann, dende kriegst, durchfüttern.« Die Frauen hatten alle Männer zu Hause. Männer, die im Sessel versauerten, weil sie keine anständige Arbeit fanden.

Nan wurde wieder ungeduldig. Sie rieb sich die rauen Hände. »Hömma, Catherine, ich hab dich echt lieb, Lütte«, sagte sie katzenfreundlich. »Wennde unsere erste schottische Astronautin bist, schmier ich dir auchn paar Brote fürs Weltall. Aber bis dahin ...« Sie zeigte auf die Karten und dann zur Tür. »Verpiss dich.«

Catherine trottete zu ihrer Mutter und nahm Shuggie widerwillig von Agnes' Hüfte. Ihr kleiner Bruder war fasziniert von dem kleinen Plastikschieber am Büstenhalter seiner Mutter.

»Ist unser Alexander heute Nacht zu Hause?«, fragte Agnes.

»M-hm. Ich glaub schon.«

»Was heißt, du *glaubst*? Ist Alexander im Kinderzimmer oder nicht?« Das Kinderzimmer war zu klein, um einen hochgeschossenen Fünfzehnjährigen darin zu übersehen. Es war kaum Platz für das Stockbett und Shuggies Kinderbett. Andererseits war Leek ein stilles Wasser, der gern vom Rand aus zusah und die Gabe hatte, sich, noch während man mit ihm sprach, in Luft aufzulösen.

»Mammy, du weißt doch, wie er ist. Kann sein, dass er da ist.« Mehr sagte sie nicht. Catherine drehte sich auf dem Absatz um, ließ den Fächer ihres kastanienbraunen Haars durch die Luft wirbeln und bohrte Shuggie die Fingernägel in die weichen Schenkel, als sie ihn aus dem Zimmer trug.

Mehr Karten wurden ausgeteilt, mehr Haushaltsgeld wurde verspielt, und Agnes legte Platten auf, selbst wenn keiner zuhörte. Wie vorherzusehen war, türmten sich vor Nan die Münzen, während die Türme der anderen schrumpften. Agnes begann sich mit dem Bier in der Hand allein auf dem Teppich zu drehen. »Oh, oh, oh. Das ist mein Song, Ladys. Kommt, steht alle auf!« Mit wedelnden Fingern lockte sie sie auf die Tanzfläche.

Eine nach der anderen stand auf, die Pechvögel erleichtert, Nans augenfälligem Silberhaufen den Rücken zu kehren. Sie tanzten glücklich in ihren alten Strickjacken und neuen BHs. Der Boden bebte unter ihrem Gewicht. Nan wirbelte Ann Marie herum, die kreischte, bis beide gegen den Sofatisch krachten. Die Frauen tanzten hemmungslos und tranken dabei aus alten Teetassen in großen Schlucken Bier. Sie bewegten hauptsächlich Schultern und Hüften, rhythmisch und lüstern, wie die jungen Mädchen im Fernsehen. Es stand fest, dass die armen mageren Männer, die sie zu Hause hielten, später von ihnen erdrückt würden. Nach Essig und Bier stinkend würden die Frauen nach Hause kommen und sie besteigen. Sie würden kichern und schwitzen und sich in ihren neuen Büstenhaltern einen Moment wieder wie mit fünfzehn fühlen. Sie würden sich bis auf die löchrigen Strumpfhosen ausziehen und ihre schwingenden Brüste aufhaken. Betrunkene, offene Münder, heiße rote Zungen und schweres, plumpes Fleisch. Glückseligkeit am Freitagabend.

Lizzie tanzte nicht. Sie hatte bekanntgegeben, dass sie nicht mehr trank. Sie und Wullie versuchten, der Familie ein gutes Beispiel zu geben. Wenn sie Agnes ins Gewissen redete, dabei aber selbst die eine oder andere Dose intus hatte, kam sie sich wie eine schlechte Katholikin vor. Deswegen hatte sie das Sweetheart-Stout und den Whisky aufgegeben, *fast*. Agnes sah ihre Mammy mit ihrem kalten Tee in der Tasse und glaubte ihr kein Wort. Sie saß so stolz da, aber ihre Augen waren trotzdem wässrig und trüb, das gerötete Gesicht von einem fernen Blick vernebelt.

Agnes wusste genau, dass Wullie und Lizzie sich heimlich aus dem Zimmer stahlen, wenn sie dachten, keiner sah hin. Sonntags standen sie vom Esstisch auf oder gingen einmal zu oft aufs Klo. Dann setzten sie sich auf die Kante ihres großen Ehebetts, Schlafzimmertür zu, und holten die Plastiktüten unter dem Bett hervor. Schenkten sich was in eine alte Tasse und tranken schnell und leise im Dunkeln wie Teenager. Wenn sie zurück an den Küchentisch kamen, räusperten sie sich, die Augen glücklicher und glasiger, und alle taten so, als würden sie den Whisky nicht riechen. Agnes musste ihren Vater nur ansehen, wenn er versuchte, die Sonntagssuppe zu essen, um zu wissen, ob er einen sitzen hatte oder nicht.

Knisternd ging die erste Seite der Schallplatte zu Ende. Lizzie entschuldigte sich und watschelte zum Bad. Big Nan ergriff die Gelegenheit und sah ihr in die Karten. Dabei entdeckte sie die ungeöffneten Stout-Dosen, die Lizzie hinter Wullies altem Sessel gebunkert hatte. »Jackpot!«, rief sie. »Die Alte hat sich hintern Sessel ne Kneipe eingerichtet!« Verschwitzt und atemlos hockte sie sich hin und bediente sich. Nan war nicht zum Spaß hier und war nüchterner geblieben als die anderen. Den ganzen Abend hatte sie das Geld auf dem Kartentisch mitgezählt und an den Schinken gedacht, den sie für die Sonntagssuppe kaufen könnte, und an das Geld, das ihre Blagen nächste Woche für die Schule brauchten. Aber jetzt war das Kartenspiel vorbei, und Nan hatte Durst auf das versteckte Stout.

»Lizzie Campbell, die olle Lügnerin. Hat gar nich mim Saufen aufgehört«, sagte Reeny.

»Die hat mim Saufen aufgehört wie ich mim Kuchenessen«, sagte Nan und knöpfte die Strickjacke straff über dem neuen Büstenhalter zu. Sie rief in den dunklen Flur an Lizzies Adresse: »Weiß nich, warum ich mich überhaupt mit euch diebischem Katholikenpack abgebe!« Sie nahm das Stout und füllte die Tassen und Gläser auf dem Tisch nach; je betrunkener die anderen, desto besser. Plötzlich war sie wieder im Geschäft. »So, Mädels. Spielnwa fertig oder holnwan Katalog raus? Ich hab die Nase voll, euch ollen Weibern bein Tanzen zuzusehen, als wärta das Fernsehballett.« Zu ihren Füßen stand eine schwarze Lederhandtasche, aus der sie einen dicken, eselsohrigen Katalog zog. Auf dem Umschlag stand *Freemans*, und darunter war eine Frau mit Strohhut und Spitzenkleid auf einer sonnigen, goldenen Wiese zu sehen, irgendwo weit weg von hier. Ihr Haar sah aus, als würde es nach grünen Äpfeln riechen.

Nan legte den Katalog auf die Spielkarten und schlug ihn auf. Das Rascheln des glänzenden Papiers war wie Sirenengesang. Die Frauen hörten auf, sich zur Musik herumzuwerfen, versammelten sich um den Tisch und drückten die fettigen Finger auf Fotos von Ledersandalen und Polyesternachthemden. Sie fanden eine Doppelseite mit Frauen auf Fahrrädern in hübschen Jerseykleidern und gurrten einstimmig. Flink griff Nan noch einmal in die Ledertasche und holte eine Handvoll bibelgroßer Kassenbücher heraus. Ein Stöhnen ging durch die Runde. Aber auch wenn sie ihre Freundinnen waren, das hier war ihr Job, und Nan hatte hungrige Mäuler zu stopfen.

»Och, Nan, ich hab die Woche einfach nix«, sagte die junge Ann Marie und wich vor dem Katalog zurück.

Nan lächelte durch geschlossene Zähne und entgegnete, so höflich sie konnte: »Klar haste das Scheißgeld. Und wenn ich dich an deinen fetten Knöcheln zum Fenster raushalten muss, heute kriggich meine Kohle.«

Agnes lächelte in sich hinein und dachte, Ann Marie hätte aufhören sollen, bevor es zu spät war. Aber die junge Frau kriegte einfach den Hals nicht voll. »Es iss bloß, der Badeanzug passt mir überhaupt nicht.«

»Du blöde Kuh. Alsden gekriegt hast, hatter gut gepasst.« Nan sah die grauen Bücher durch. Sie zog eins hervor, auf dem in verschnörkelter Kugelschreiberschrift »Ann Marie Easton« stand, und warf es auf den Tisch.

»Es iss bloß, mein Freund sagt, er kann mich nich mehr mit in Urlaub nehmen.« Mit großen Kulleraugen heischte Ann Marie bei den anderen nach Mitleid. Aber die Frauen blieben ungerührt. Der letzte Urlaub, den die meisten von ihnen hatten, war ein Aufenthalt in Stobhill auf der Entbindungsstation.

»Jammer. Schade. Nimm. Bessere. Männer. Nimm. Mehr. Klasse.« Nan übte Druck aus, wie sie es tausend Mal getan hatte, kassierte alle Frauen ab und trug die Beträge in ihre Bücher ein. Es dauerte eine Ewigkeit, bis eine Schuluniformhose oder ein Set Handtücher abbezahlt war. Bei fünf Pfund im Monat dauerte es Jahre, wenn noch die Zinsen obendrauf kamen. Es fühlte sich an, als mieteten sie ihr Leben. Dann wurde die nächste Katalogseite aufgeschlagen, und die Frauen fingen zu streiten an, wer was wollte.

Agnes hob zuerst den Kopf, als sich der Luftdruck im Zimmer veränderte. In der Tür stand Shug, die schwere Gürteltasche in der Hand. Der feuchte Zug verriet Agnes, dass er die Wohnungstür offen gelassen hatte und nicht bleiben würde. Sie stand auf und ging auf ihren Ehemann zu, das Kleid immer noch bis zur Taille heruntergezogen. Zu spät rückte sie sich das Oberteil zurecht, faltete die Hände und setzte ihr nüchternstes Lächeln auf. Shug lächelte nicht zurück. Er sah einfach durch sie durch, angewidert, und sagte abrupt: »Alles klar, wen soll ich heimfahren?«

Die Anwesenheit eines Mannes hatte die störende Wirkung einer Schulglocke. Die Frauen begannen ihre Sachen einzusammeln. Nan ließ zwei von Lizzies versteckten Stouts mitgehen. »Na schön, Ladys! Nächsten Donnerstag bei mir«, bellte sie und sagte an Shug gewandt: »Und wenn sich irgendn Kerl einbildet, er kann mein Katalogabend sprengen, kriegter die Hucke voll.«

»Bildhübsch wie immer, Mrs Flannigan«, sagte Shug und säuberte sich mit dem Taxi-Schlüssel die Fingernägel. Von allen Frauen würde er Nan niemals vögeln. Er hatte seine Standards.

»Wie reizend.« Nan lächelte dünn zurück. »Schieb dir die Arme innen Arsch und drück dein Inneres fest von mir.«

Agnes knöpfte sich das Samtkleid zu. Sie stand still da, die Hände flach auf dem Rock. Die Frauen machten die dicken Mäntel zu und nickten höflich, als sie sich umständlich an Shug vorbeizwängten, der immer noch in der Tür stand. Alle senkten den Blick, und Agnes sah, wie Shug unter dem Schnurrbart jede von ihnen auf dem Weg nach draußen anlächelte. Nur für Nans massigen Körper trat er einen Schritt zur Seite.

Er sah nicht mehr so gut aus wie früher, doch er war immer noch stattlich, anziehend. Sein Blick hatte eine Direktheit, die bei Agnes komische Dinge auslöste. Sie hatte ihrer Mutter mal erzählt, dass Shug, als sie ihn kennenlernte, einen Glanz in den Augen hatte, bei dem man sich einfach die Kleider vom Leib reißen wollte, wenn er es verlangte. Und er verlangte es oft, hatte sie gesagt. Der Trick war sein Selbstbewusstsein, denn er war kein Adonis, und bei jedem weniger charmanten Mann wäre seine Eitelkeit widerlich gewesen. Aber Shug hatte das Talent, es dir zu verkaufen, als gäbe es nichts auf der Welt, das du dringender haben wolltest. Er hatte die Glasweger Schnauze.

Jetzt stand er da, in seinem gebügelten Hemd und der schmalen Krawatte, den ledernen Taxigürtel in der Hand, und begutachtete die hinausgehenden Frauen mit dem kühlen Blick eines Viehhändlers bei der Rinderauktion. Agnes hatte immer gewusst, dass ihm alle gefielen, vom oberen bis zum unteren Ende; er sah in den meisten Frauen ein Abenteuer. Er hatte eine Art, schöne Frauen zu erniedrigen, indem er sich nicht von ihnen einschüchtern ließ. Er brachte sie zum Lachen, ließ sie rot werden und für seine Gegenwart dankbar sein. Und er hatte eine Geduld und einen Charme, die hässliche Frauen selbstbewusst machten, als wären sie die lieblichsten Geschöpfe, die je in flachen Schuhen gewandelt waren.

Shug war ein egoistisches Tier, das wusste Agnes längst, auf eine schmutzige, sexuelle Art, die sie wider ihr besseres Wissen erregte. Sie sah es daran, wie er aß, wie er sich das Essen in den Mund schob und die Soße von den Fingern leckte, ohne sich darum zu scheren, was die anderen von ihm dachten. Sie sah es daran, wie er ihre Freundinnen mit Blicken verschlang, als sie die Kartenrunde verließen. Zurzeit sah sie es zu oft.

Für Shug hatte sie ihren ersten Mann verlassen. Ihr erster Mann war Sonntagskatholik gewesen, fromm genug für die Siedlung, treu ergeben nur ihr allein. Agnes war in einem Maß schöner als er, dass fremde Männer Hoffnung schöpften und Frauen Brendan McGowan in den Schritt starrten und sich fragten, was sie übersehen hatten. Aber sie hatten nichts übersehen; er war, was er war, ein fleißiger Mann mit wenig Fantasie, der wusste, welches Glück er mit Agnes hatte, und sie deswegen auf Händen trug. Während die anderen Männer ins Pub gingen, brachte er jede Woche seine Lohntüte nach Hause, der braune Umschlag ungeöffnet, und händigte ihn ihr ohne Widerstand aus. Sie hatte die Geste nie gewürdigt. Der Inhalt des Umschlags hatte ihr nie gereicht.

Big Shug Bain war im Vergleich mit dem Katholiken betörend gewesen. Er war eitel, wie es nur Protestanten sein konnten, stellte seinen windigen Wohlstand zur Schau und leuchtete rosig vor Prasserei und Verschwendung.

Lizzie hatte es immer gewusst. Als Agnes mit ihren zwei Ältesten und dem protestantischen Taxifahrer bei ihr auf der Matte stand, hätte sie ihr am liebsten die Tür vor der Nase zugeschlagen, aber Wullie hatte es nicht erlaubt. Was Agnes betraf, hegte Wullie einen Optimismus, den Lizzie für Blindheit hielt. Als Shug und Agnes schließlich heirateten, waren weder Wullie noch Lizzie zum Standesamt gekommen. Sie sagten, es sei falsch, die Konfessionen zu mischen, außerhalb der eigenen Kirche zu heiraten. Doch in Wirklichkeit war es Shug Bain, den sie nicht mochten. Denn Lizzie hatte es gleich gewusst.

Ann Marie ging als eine der letzten, ließ sich viel Zeit beim Einsammeln ihrer Strickjacke und Zigaretten, obwohl alles genau da lag, wo sie es bei ihrer Ankunft hingelegt hatte. Sie wollte etwas zu Shug sagen, aber er fing ihren Blick auf, und sie biss sich auf die Zunge. Agnes beobachtete den stummen Austausch.

»Reeny, wie gehts dir, Süße?«, fragte Shug mit einem selbstgefälligen Grinsen.

Agnes wandte den Blick von Ann Marie ab, sah ihre alte Freundin an, und ihre Rippen knackten aufs Neue.

»Aye, gut, danke, Shug«, antwortete Reeny verlegen, ohne den Blick von Agnes abzuwenden.

Agnes' Brustkorb drückte gegen ihr Herz, als Shug sagte: »Zieh dir den Mantel an, sonst holst du dir den Tod. Ich fahre dich rüber.«

»Lassma. Mach dir keine Umstände.«

»Unsinn.« Er lächelte wieder. »Agnes' Freundinnen sind auch meine Freundinnen.«

»Shug, ich mach dir was zu essen, bleib nicht zu lang«, sagte Agnes kratzbürstiger, als sie klingen wollte.

»Ich hab keinen Hunger.« Leise schloss er die Tür. Die Vorhänge hingen wieder leblos herab.

Reeny Sweeny wohnte im Pinkston Drive 9, dem Hochhaus, das Schulter an Schulter mit Nummer 16 stand. Der schwarze Hackney musste nur eine hübsche Pirouette drehen, und Reeny wäre in weniger als einer Minute zu Hause. Agnes setzte sich, zündete sich eine Zigarette an und wusste, dass sie Stunden warten würde, bis Shug sein Gesicht wieder zeigte.

Sie spürte Lizzies brennenden Blick von der Seite. Ihre Mutter sagte nichts, sie starrte nur. Es war zu viel, im Wohnzimmer ihrer Mutter eingesperrt zu sein und von ihr verurteilt zu werden, zu viel, sie bei jeder Ehekrise als Zuschauerin in der ersten Reihe zu haben. Agnes nahm ihre Zigaretten und ging durch den kurzen Flur, um nach ihren Kindern zu sehen. Das Zimmer war dunkel bis auf den Lichtkegel einer Taschenlampe. Leek hatte sie sich unters Kinn geklemmt und zeichnete mit einem stillen Ausdruck im Gesicht in ein schwarzes Skizzenbuch. Er sah nicht auf, und seine grauen Augen wurden vom Schatten seines weichen Ponys verborgen. Im Zimmer war es warm und stickig vom Atem seiner schlafenden Geschwister.

Agnes faltete ein paar der Kleider zusammen, die auf dem Boden verstreut lagen. Sie nahm ihm den Bleistift aus der Hand und klappte das Buch zu. »Du machst dir die Augen kaputt, mein Schatz.«

Er war fast ein Mann, viel zu alt für einen Gutenachtkuss, aber sie küsste ihn trotzdem und ignorierte, wie er vor ihrer Stout-Fahne zurückwich. Leek richtete die Taschenlampe für sie aufs Kinderbett. Agnes sah nach ihrem Jüngsten, deckte Shuggie fest bis zum Kinn zu. Am liebsten hätte sie ihn geweckt, ihn mit ins Bett genommen, überwältigt vom plötzlichen Bedürfnis nach einem Körper, der sich fest an sie schmiegte. Doch Shuggies Mund stand offen, seine Lider zuckten sanft im Schlaf, er war zu weit weg, um gestört zu werden.

Leise schloss Agnes die Tür und ging in ihr Zimmer. Sie schob die Hand unter die Matratze und zog die fast leere Wodka-Flasche heraus. Sie schenkte sich einen Gnadenbecher ein, dann setzte sie den Flaschenhals an die Lippen und sah hinunter auf die Lichter der Stadt.

Als Shug zum ersten Mal nach der Nachtschicht fortgeblieben war, hatte Agnes in den Morgenstunden die Krankenhäuser abtelefoniert und sämtliche Fahrer des Taxistands, die sie kannte. Später hatte sie ihr schwarzes Buch genommen, alle ihre Freundinnen angerufen und sie beiläufig gefragt, wie es ihnen ging, ohne zu erwähnen, dass Shug sich herumtrieb, oder sich selbst einzugestehen, dass er es schließlich getan hatte.

Während die Frauen über alles Mögliche redeten, hatte Agnes nur auf die Geräusche im Hintergrund gelauscht und versucht zu erraten, ob er im Raum war. Jetzt wollte sie den Frauen sagen, dass sie alles wusste. Sie wusste von den verschwitzten Taxifenstern, von seinen gierigen Händen, und wie sie Shug keuchend angefleht hatten, sie fortzubringen von dem Elend hier, während er seinen Schwanz in sie reinsteckte. Agnes fühlte sich alt und sehr allein. Sie wollte ihnen sagen, dass sie es verstand. Sie wusste Bescheid, denn vor langer Zeit war sie an ihrer Stelle gewesen.

Vor langer Zeit hatte der schneidende Wind vom Meer ihre Schenkel blau gefärbt, aber Agnes hatte die Kälte nicht gespürt, weil sie glücklich war. Die tausend bunten Lichter der Promenade regneten auf sie herab, und sie ging ihnen mit offenem Mund entgegen. Sie war so hingerissen, dass sie kaum atmen konnte. Die schwarzen Pailletten ihres neuen Kleids fingen die bunten Lichter ein und warfen sie funkelnd zurück in die Jahrmarktmenge, bis Agnes selbst strahlte wie die Festbeleuchtung.

Shug hob sie hoch und stellte sie auf eine leere Bank. Die Lichter brannten am ganzen Ufer, so weit das Auge reichte. Die Fassaden blinkten jede mit tausend bunten Birnen um die Wette. An manchen prangten Western-Saloon-Schilder mit galoppierenden Pferden und winkenden Cowboys, an anderen Showgirls aus Las Vegas. Agnes blickte Shug an, der zu ihr heraufstrahlte. Er sah so gut aus in seinem schicken, schmalen schwarzen Anzug. Er sah aus, als wäre er jemand.

»Ich weiß nicht, wann du das letzte Mal mit mir tanzen warst«, sagte sie.

»Ich leg immer nochne heiße Sohle aufs Parkett.« Er half ihr sanft auf den Boden zurück und drückte ihre weiche Mitte. Shug konnte den Strand durch ihre Augen sehen, den billigen Glanz der Tanzclubs und das Abenteuer der Vergnügungshallen. Er fragte sich, ob das alles auch irgendwann den Reiz für sie verlor. Dann zog er die Anzugjacke aus und hängte sie ihr um die Schultern. »Tja, da können die Lichter von Sighthill nicht mithalten.«

Agnes schauderte. »Reden wir nicht von zu Hause. Tun wir so, als wären wir durchgebrannt.«

Sie schlenderten am flimmernden Ufer entlang und versuchten, nicht an den kleinlichen Alltag zu denken, der sie auseinandertrieb, der dafür sorgte, dass sie immer noch in der Hochhauswohnung lebten und durch die Schlafzimmerwand ihre Eltern schnarchen hörten. Agnes sah, wie die Lichter an- und ausgingen. Shug sah, wie die Männer gierig nach Agnes schielten, und spürte einen kranken Stolz in der Brust.

Am Morgen hatte sie im grauen Tageslicht den Strand von Blackpool zum ersten Mal gesehen. Die Enttäuschung hatte ihr leise das Herz gebrochen. Heruntergekommene Gebäude vor einem dunklen, aufgewühlten Meer und ein kalter Sandstrand, an dem blaugefrorene Bälger in Unterhosen herumrannten. Eimer und Schippen und Rentner mit Regenhüten. Tagesausflügler aus Liverpool und Busladungen aus Glasgow. Er hatte den Ausflug geplant, um endlich mal wieder alleine zu sein. Sie hatte sich auf die Innenseite der Wangen gebissen, weil alles so gewöhnlich war.

Jetzt, bei Nacht, sah sie die Schönheit. Die wahre Magie war die Beleuchtung. Es gab keine Oberfläche, die nicht strahlte. Die alten Straßenbahnen, die in der Mitte der Straße fuhren, waren mit Lichterketten geschmückt, und die windschiefen Holzpiers, die ins brackige Meer hinausragten, waren so hell erleuchtet wie Flugzeugpisten. Selbst die albernen Kiss-Me-Quick-Hüte blinkten, als wären sie vor Lust verrückt geworden. Shug nahm ihr Handgelenk und führte sie durch die Menge auf der gleißenden Promenade. Vom Pier kreischten Kinder auf der Walzerbahn. Autoscooter röhrten und flackerten, Spielautomaten rasselten. Shug zog sie durch die Menschen zum Blackpool Tower, überholte rechts und überholte links, wie er es als Taxifahrer gewohnt war.

»Liebling, ras doch nicht so«, bat sie. Die Lichter flogen schneller vorbei, als sie sie aufsaugen konnte. Sie wand das Handgelenk aus seinem Griff, und wo er sie festgehalten hatte, war ihr Arm rot.

Shug blinzelte und schwitzte im Wochenendgedränge. Eine Mischung aus Wut und Verlegenheit trieb ihm die Hitze ins Gesicht. Fremde Männer schüttelten den Kopf, als wüssten sie besser, wie man mit einer solchen Frau umging. »Du fängst nicht schon wieder an, oder?«

Agnes rieb sich den Arm. Sie versuchte, kein böses Gesicht zu machen. Dann hakte sie den kleinen Finger in seinen, das Gold seines Freimaurerrings kalt und tot an ihrer Hand. »Du hast mich gehetzt. Lass es mich einfach genießen. Ich hab das Gefühl, ich komme nie aus dem Haus.« Sie drehte sich weg, den Lichtern zu, aber der Zauber war verpufft. Sie waren wirklich billig.

Agnes seufzte. »Komm, gehen wir was trinken. Das wärmt uns auf, und wir kriegen vielleicht wieder bessere Laune.«

Shug kniff die Augen zusammen und fuhr sich mit der Faust über den Schnurrbart, als wollte er die harten Worte abfangen, die er am liebsten gesagt hätte. »Agnes. Ich flehe dich an. Kannst du es bitte heute Abend langsam angehen lassen?« Aber sie war schon weg, lief über die Straßenbahnschienen auf den zwinkernden Cowboy zu.

»Howdy«, sagte die Frau hinter der Bar mit starkem Lancashire-Akzent. »Mächtig schönes Kleid.«

Agnes setzte sich auf den drehbaren Plastikbarhocker und schlug elegant die Beine übereinander. »Einen Brandy Alexander bitte.«

Shug drehte den Hocker neben ihr wie einen Kreisel, bis er höher war als ihrer. Mit einem Sprung stemmte er sich hoch und wandte sich ihr zu, so dass sie Auge in Auge dasaßen. »Eine kalte Milch, bitte.« Er nahm zwei Zigaretten aus dem Päckchen, und Agnes bat ihn mit einer Handbewegung, ihr eine anzuzünden. Die Barfrau stellte die Getränke auf die Theke. Sie hatte die Milch in ein Kinderglas geschenkt. Shug schob es zurück und verlangte ein anderes.

Er steckte Agnes die Zigarette zwischen die Lippen und streichelte ihren Nacken, wo sich eine Locke gelöst hatte. Sie griff in die Handtasche, steckte die Strähne zurück in ihre Hochfrisur und betonierte sie mit einem *Zosch* süßriechendem Haarspray fest. Dann nahm sie einen tiefen Schluck von ihrem süßen Drink und schmatzte genüsslich. »Elizabeth Taylor war mal in Blackpool. Ich frage mich, ob sie gerne Schnecken isst?«

Shug bohrte mit dem kleinen Finger, an dem er den Ring trug, in der Nase. Er rollte den Popel zwischen Daumen und Zeigefinger hin und her. »Wer isst die nicht gern?«

Sie drehte sich zu ihm. »Vielleicht sollten wir hierherziehen. Es könnte immer so sein.«

Er lachte und schüttelte den Kopf, als wäre sie ein Kind. »Bei dir isses jeden Tag was Neues. Ich hab keine Energie mehr, da mitzuhalten.« Er fuhr mit dem Finger über den glänzenden Saum ihres Kleids, während sie dem Feriengedränge zusah, das sich an der Bar vorbeischob. Gewöhnliche Leute, die schon ihre Winterjacken anhatten.

»Weißt du, was ich jetzt will? Ich will Bingo spielen.« Die Wärme des Drinks hatte auf sie übergegriffen. Sie schlang die Arme um ihre Schultern und umarmte sich wohlig. »All diese Lichter. Ich hab das Gefühl, heute hab ich Glück.«

»Aye? Die hab ich extra für dich anknipsen lassen.«

Neue Drinks kamen. Agnes rührte in ihrem Glas und angelte den Strohhalm, das Rührstäbchen und zwei dicke Eiswürfel heraus. »Diesmal meine ich es ernst. Ich gewinne ganz groß. Und dann fängt das richtige Leben an. Ich werds denen in Sighthill zeigen. Das spüre ich.« In einem Zug trank sie den Brandy aus.

Das Pensionszimmer lag unter dem Dach eines viktorianischen Hauses, drei Straßen oberhalb der Promenade. Selbst für ein Bed & Breakfast in Blackpool war es eine einfache Unterkunft, und es roch, wie es in Herbergen roch, die von Untermietern, nicht Urlaubern bewohnt wurden. Jeder mit Teppich ausgelegte Treppenabsatz hatte seinen eigenen Mief. Es roch nach verbranntem Toast und Fernseh-Statik, als würde die Wirtin nie ein Fenster öffnen.

Alles war still in der frühen Morgenstunde. Agnes lag zusammengesunken am Fuß der Treppe und sang leise vor sich hin. »*Ahh'm onny hew-man. Ahh'm just a wooh-man.*«

Hinter geschlossenen Türen waren Schritte zu hören, und über ihnen knarrten alte Dielen. Shug legte ihr die Hand auf den Mund. »Leise. Sei still. Du weckst noch das ganze Haus auf.«

Agnes stieß seine Hand weg, breitete die Arme aus und sang lauter. »*Show me the stairwaa-ay ah have to cli-imb.*«

In einem Zimmer ging das Licht an. Shug sah es durch den Spalt unter der dünnen Tür. Er packte sie unter den Achseln, versuchte sie hochzuheben, die Treppe raufzuschleppen. Je fester er zog, desto leichter glitt sie aus seinem Griff, wie ein Sack Fleisch ohne Knochen. Immer, wenn er Halt fand, wurde sie schlaff und rutschte ihm weg. Kichernd sank Agnes auf die Stufen zurück und sang weiter vor sich hin.

Aus einem vermieteten Zimmer zischte ein Engländer durch die geschlossene Tür: »Ruhe da draußen. Sonst ruf ich die Poh-li-zei! Es gibt Leute, die schlafen wollen.« Shug fand, das gesäuselte scharfe Sss klang weibisch und mickerig. Shug hätte sich gefreut, wenn er die Tür aufgemacht hätte. Er hätte ihm gerne den Abdruck seiner Münze im Gesicht verpasst.

Agnes heuchelte Empörung. »Dann ruf doch die *Pohlizei*, du Spielverderber. Ich mache hier nur Url...«

Shug presste ihr die Hand auf den feuchten Mund. Sie kicherte nur. Mit boshaft blitzenden Augen leckte sie ihm die Handfläche ab. Ihre dicke Zunge fühlte sich an wie ein warmes feuchtes Hammelsteak. Ihm wurde übel. Sein Griff wurde fester, und er drückte ihr den Ring in die Wange, bis sich ihr Gebiss löste. Das Lächeln in ihren Augen erlosch. Dann beugte er sich tief über ihr Gesicht und zischte: »Ich sags dir nur einmal. Steh auf. Steig die Treppe hoch.«

Langsam ließ er ihr Gesicht los. Seine Hand hinterließ eine rote Stelle. In ihren Augen war Angst, und sie sah fast wieder nüchtern aus. Doch kaum hatte er die Hand weggezogen, verschwand die Angst aus ihrem Blick, und der Dämon Alkohol kehrte zurück. Sie spuckte ihn durch die Keramikzähne an. »Für wen zum Teufel hältst du dich, du Scheiß...«

Bevor sie den Satz zu Ende gesprochen hatte, war Shug über ihr. Er stieg eine Stufe höher und packte sie am Haar. Das fest gewordene Haarspray knirschte wie Hühnerknochen, als er die Finger in die Strähnen bohrte. Mit einem Ruck, der stark genug war, um Händevoll Haar an den Wurzeln auszureißen, begann er die Treppe hinaufzusteigen und zerrte sie hinter sich her. Agnes' Beine verdrehten sich unbeholfen, und sie schlug um sich wie eine schwerfällige Spinne, als sie versuchte, Tritt zu finden. Reißender Schmerz versengte ihre Kopfhaut, und sie packte haltsuchend seine Arme. Shug spürte kaum, wie sich ihre scharfen Fingernägel in seine Haut bohrten. Er zog sie zum nächsten Treppenabsatz, und zum nächsten, und zum nächsten. Der schmutzige Teppich brannte in ihrem Rücken, schürfte ihren Nacken auf, riss die Pailletten von ihrem glänzenden Kleid. Er hakte den schweren Arm unter ihr Kinn und zerrte sie zum nächsten Absatz. In einer Bewegung ließ er sie vor der Tür fallen, holte den Schlüssel raus, knipste die nackte Birne an und zerrte sie rein.

Zusammengesunken wie ein alter Zugluftdackel lag Agnes an der Tür. Das Paillettenkleid war ihre weißen Beine hochgerutscht. Sie griff sich an den Kopf, betastete die Stellen, wo die Strähnen ausgerissen waren. Shug kam durchs Zimmer und zog ihre Hand weg, schämte sich plötzlich für das, was er getan hatte. »Hör auf, an dir rumzufingern. Ich hab dir nich wehgetan.«

Sie spürte das Blut ihrer Kopfhaut zwischen den Fingern. In ihren Ohren klingelte das *Rumms-tata-rumms* der Stufen. Die Benommenheit des Alkohols lichtete sich. »Warum hast du das getan?«

»Du hast eine Szene gemacht.«

Shug zog seine schwarze Anzugjacke aus und hängte sie über den einzigen Stuhl. Dann zog er seine schwarze Krawatte aus und rollte sie ordentlich auf. Er war rot im Gesicht, und irgendwie wirkten seine Augen kleiner und dunkler. Als er sie die Treppe hinaufgezerrt hatte, war sein Haar von der kahlen Stelle gerutscht, die er verstecken wollte. Jetzt hingen ihm die losen Strähnen übers linke Ohr, dünn und rattig. In seiner Kehle machte es *klick*, wie ein Schalter, der umgelegt wurde, und er packte sie wieder. Sie spürte seine Fingernägel am Hals, am Schenkel. Er drückte die Finger tief in ihr weiches Fleisch, wollte sichergehen, dass er festen Griff hatte. Sie schrie vor Schmerz auf, und er schlug ihr zweimal mit dem Münzring ins Gesicht.

Als sie wieder still war, beugte er sich vor, packte sie grob an Schulter und Schenkeln und wuchtete sie auf das gemietete Bett wie einen aufgeplatzten Müllsack. Dann bestieg er sie. Sein Gesicht war dunkelrot, das Haar baumelte schlaff von seinem aufgedunsenen Kopf. Es war, als füllte er sich mit kochendem Blut. Mit den Ellbogen stemmte er sein ganzes Gewicht auf ihre Arme, bis er ihr fast die Knochen brach. Er heftete sie mit seiner gesamten Masse, dem ganzen Gewicht, das er beim Taxifahren zugelegt hatte, unter sich fest.

Dann griff er unter ihr Kleid und fand ihre weichen weißen Stellen. Sie kreuzte die Beine unter ihm; er spürte, wie sie die Knöchel verschränkte. Mit der freien Hand packte er ihren Schenkel und versuchte, das tote Gewicht auseinander zu drücken. Sie gab nicht nach. Ihre Beine waren zu fest verschränkt. Er bohrte die Finger in das weiche Fleisch, grub ihr die Nägel in die Haut, bis er spürte, dass sie aufgab, bis er spürte, dass sie die Beine öffnete.

Sie weinte, als er in sie hinein stieß. Ihr Rausch war verflogen. Sie wehrte sich nicht mehr. Als er fertig war, drückte er sein Gesicht in ihren Nacken. Er versprach ihr, dass er morgen wieder mit ihr unter den Lichtern tanzen gehen würde.

DREI

Als der Sommer endlich kam, war er feucht und stickig. Die Tage waren zu lang für einen Mann der Nacht. Das endlose Tageslicht hing herum wie ein unhöflicher Gast, das nördliche Zwielicht wollte einfach nicht gehen. An Sommertagen fiel Big Shug das Schlafen besonders schwer. Die Sonne ließ die dicken Vorhänge lila leuchten, und die Kinder waren am lautesten, wenn sie am glücklichsten waren, ständig ging die Tür, und Teenager aus anderen Wohnungen und Frauen in Riemchensandalen schlappten über den Teppich im Flur, rosa Füße und Mäuler, die rund um die Uhr Krach machten.

Dann brach endlich die Nacht herein und Big Shug wendete sein Taxi in einem kleinen engen Kreis. Der schwarze Hackney drehte sich wie ein dicker Hund, der seinen Schwanz jagt, und verließ die Sighthill-Siedlung. Beim Anblick der Lichter von Glasgow entspannte sich Shug in seinem Sitz, und zum ersten Mal an diesem Tag ließ er die Schultern von den Ohren sacken. Für die nächsten acht Stunden gehörte die Stadt ihm, und er hatte Pläne.

Er wischte das Seitenfenster sauber und sah sich lange im Außenspiegel an. Lächelnd stellte er fest, wie gut er aussah: weißes Hemd, schwarzer Anzug, schwarze Krawatte. Ein bisschen übertrieben für die Arbeit, sagte Agnes, aber die redete dieser Tage sowieso zu viel. Das Lächeln wanderte durch seinen Körper, und er fragte sich, ob ihm das Taxifahren im Blut lag. Für ihn und seinen Bruder Rascal war es praktisch eine Art Familienbetrieb. Für seinen Vater wäre es auch was gewesen, hätte ihn der Schiffbau nicht zur Strecke gebracht.

Shug hielt an der Ampel im Schatten des Krankenhauses und beobachtete eine Schar Krankenschwestern, die heimlich rauchten. Wie sie mit verschränkten Armen die Brüste hochdrückten. Sie rauchten, ohne die Hände zu benutzen, um nicht zu viel Körperwärme zu opfern. Er grinste langsam und beobachtete seine Reaktion im Spiegel. Die Nachtschicht stand ihm eindeutig am besten.

Er streifte gern allein durch die Dunkelheit und sah sich die Schattenseiten an. Dann kamen die Gestalten heraus, die die graue Stadt zugrunde gerichtet hatte, konserviert von Jahren des Trinkens, des Regens und der Hoffnung. Menschen zu transportieren war sein Auskommen, doch am liebsten beobachtete er sie.

Die dünne Fensterscheibe seufzte, als er sie herunterließ und sich eine Zigarette anzündete. Der Wind stieß herein, und sein langes dünnes Haar tanzte wie Strandgras in der Brise. Er hasste es, dass er kahl wurde, hasste es, älter zu werden; alles wurde harte Arbeit. Er stellte den Spiegel tiefer ein, damit er seine Platte nicht sehen musste. Er betastete seinen langen, dichten Schnurrbart und streichelte ihn abwesend wie ein Haustier. Darunter zitterte sein Doppelkinn. Er stellte den Spiegel wieder nach oben.

Die Glasgower Straßen glänzten im Regen und im Laternenlicht. Die Krankenschwestern blieben nicht lang, schnippten halbgerauchte Zigaretten in die Pfützen und schlurften wieder hinein. Shug seufzte, bog ab und fuhr an Townhead vorbei in Richtung Zentrum. Er mochte die Fahrt von Sighthill herunter, es war wie der Abstieg ins Herz der viktorianischen Finsternis. Je näher am Fluss, dem tiefsten Punkt der Stadt, desto weiter öffnete sich das wahre Glasgow. Versteckte Nachtclubs unter dunklen Eisenbahnbögen und geschwärzte, fensterlose Pubs, in denen alte Männer und Frauen an sonnigen Tagen in einer schwitzenden, beißenden Vorhölle schmorten. Unten am Fluss boten sich dünne, nervös blickende Frauen Männern in polierten Kombis feil, und manchmal fand die Polizei dort später ihre zerhackten in schwarze Müllsäcke verpackten Einzelteile. Am Nordufer des River Clyde war die städtische Leichenhalle, und es schien passend, dass die verlorenen Seelen in diese Richtung drifteten, als wollten sie keine Umstände machen, wenn ihre Zeit endlich gekommen war.

Als Shug am Bahnhof vorbeifuhr, war er froh, dass am Taxistand dort viele Fahrer und wenig Kunden standen. Touristen waren langweilig, redselig und geizig. Erst dauerte es eine Ewigkeit, bis man das Riesengepäck in den Kofferraum gehievt hatte, dann dampften sie einem in ihren quietschenden Regencapes das Taxi voll. Das hässliche, verkniffene Pack konnte sich die zehn Cent Trinkgeld in den Arsch schieben. Hämisch hupte er in Richtung der Jungs und fuhr weiter zum Fluss runter.

Regen war Glasgows Naturzustand. Er hielt das Gras grün und die Bürger bleich und bronchialbelastet. Für das Taxigeschäft war er unerheblich. Das Problem war, man entkam ihm nicht, und die ewige Feuchtigkeit durchdrang sowieso alles, im Bus genauso wie im Fond eines teuren Taxis. Andererseits bedeutete der Regen, dass die jungen Mädchen vom Tanzen mit dem Taxi nach Hause wollten, um sich das toupierte Haar und die spitzen Schuhe nicht zu ruinieren. Deswegen mochte Shug den endlosen Regen.

Er fuhr in die Hope Street und reihte sich dort am Taxistand ein. Es dürfte nicht lange dauern. Nur zwei oder drei der alten Jungs standen da und warteten auf Kundschaft. Von hier war es ein Katzensprung zu den Tanzlokalen auf der Sauchiehall Street und ein kalter Marsch für die Ladys, die am Blythswood Square anschafften. So oder so, es war ein guter Ort für eine interessante Nacht.

Shug saß rauchend in der Plörre und lauschte dem Knistern des CB-Funks. Die Dispatcherin kündigte Kunden oben in Possil und Fahrten runter zur Trongate an. Joanie Micklewhite war die einzige Stimme im Äther, und Shug lauschte jede Nacht dem gebetsmühlenartigen Monolog, wenn sie Hilfe anforderte, Antworten abwartete, Aufträge erteilte und Frechheiten abwürgte. Immer nur das halbe Gespräch, als redete sie mit sich selbst oder als redete sie, dachte er, nur mit ihm. Er mochte den friedlichen Klang ihrer Stimme. Irgendwie tröstete sie ihn.

Er rauchte die Zigarette zu Ende und beobachtete junge Paare, die aneinandergeschmiegt aus der Spätvorstellung kamen. Die Fahrer vor ihm nahmen nach und nach Fahrgäste auf und tuckerten hinaus in die Nacht. Als Shug allein an der Spitze stand, beobachtete er eine Gruppe junger Mädchen, die auf der Straße Fritten aßen und sich darüber stritten, wie sie nach Hause kämen. Erst sah es so aus, als würden sie ins Taxi steigen, aber nein, die praktische Dicke wollte lieber auf den Nachtbus warten. *Lasst sie doch*, dachte er, *soll sie nass werden*. Die hübscheste, betrunkenste von ihnen torkelte immer noch auf ihn zu. Shug setzte im Dämmerlicht sein Lächeln auf.

Er wurde aus den schmutzigen Gedanken gerissen, als knochige Finger an sein Fenster klopften. »Biste frei, Kumpel?«, fragte eine Männerstimme.

»Nein!«, rief Shug und zeigte auf die betrunkenen Mädchen.

»Alles klar«, sagte der alte Mann, ohne hinzuhören. Er riss die Tür auf, bevor Shug die Zentralverriegelung drücken konnte, und hangelte seinen kleinen dick eingepackten Körper in den Wagen. »Kennste die Rangers-Bar auffe Duke Street?«

Shug seufzte: »Aye, Kumpel«, als das hübsche Mädchen zum nächsten Taxi in der Reihe ging. Er lächelte sie mit seinem halben Lächeln an, aber sie sah ihn gar nicht.

Statt sich auf die schwarze Lederbank zu setzen, klappte der Alte den Notsitz herunter und klemmte sich direkt hinter Shug. Das machten die, die reden wollten. *Jetzt haben wir die Scheiße*, dachte Shug.

Draußen war es nass, aber im Taxi war es schwül. Im Hackney breitete sich der Geruch von saurer Milch aus. Der Alte hatte ein vergilbtes Hemd und einen zerknitterten grauen Anzug an, über dem er einen dünnen Wollmantel trug und zu guter Letzt einen viel zu großen Überzieher. Er sah aus wie ein Flüchtling, der schmächtige Körper in meterweise Gabardine und Wolle gehüllt. Unter dem Schatten der Tweedmütze sah bloß die rote Nase hervor. Unvermittelt fing er zu seiern an. »Haste dat Spiel heut gesehn, Junge?«

»Nein«, antwortete Shug, wohl wissend, wo die Frage hinging.

»Mann, da hasten astreines Spiel verpasst, nen echten Knaller.« Der Mann schnalzte mit der Zunge. »Für wen bisten?«

»Celtic«, log Shug. Er war gar kein Katholik, aber es war der schnellste Weg, das Gespräch zu beenden.

Das Gesicht des alten Mannes fiel zusammen wie ein Spültuch. »Ach du Scheiße. Hätt ich mir denken könn, dass ich ausgerechnet inne Papisten-Kutsche lande.« Shug beobachtete ihn im Spiegel und schnaubte unter seinem Schnurrbart. Shug war kein Celtic-Fan; er war zwar auch kein Rangers-Fan, aber er war stolz darauf, Protestant zu sein. Er hätte den Freimaurerring umgedreht, aber der Alte sah sowieso nicht hin und bewegte sich wie unter Wasser.

Nachdenklich sah Shug zu, wie der Kerl in einen Zustand fahriger Verzweiflung geriet und von Larmoyanz zu Angriffslust überging. Er hielt die Hände vor sich, als würde er Gott anflehen. Dann legte er den Arm an die Rückseite der Trennwand und drückte das Gesicht an die Scheibe, die ihn von Shugs Ohr trennte. Mit vom Suff feuchten Lippen spuckte er eine wirre Tirade aus und machte dabei Grimassen wie ein Kleinkind, das Sprechen lernt. Dicke Speicheltropfen spritzten gegen die Trennscheibe. Shug trat mit Absicht auf die Bremse, und der Mann schlug sich mit einem *Rumms* die Stirn an der Scheibe an. Mützenlos, aber ungerührt brabbelte er weiter. Shug verzog das Gesicht. Nachher würde er gründlich die Scheibe wischen müssen.

Der alte Glasweger Jakey war vom Ausstreben bedroht. Traditionell eine gutmütige Seele, wurde er mit dem Anstieg der Drogen von einer jüngeren, sehr viel unangenehmeren Spezies abgelöst. Shug sah in den Spiegel und beobachtete den Alten, der sein betrunkenes Solo fortsetzte, das Gerede so leise und unzusammenhängend, dass Shug nur Schlagwörter wie *Thatcher* und *Gewerkschaft* und *Basterd* mitbekam. Ohne Mitgefühl sah er zu, wie der Alte abwechselnd lachte und heulte.

Die Louden Tavern war dunkel und fensterlos, die Tür tief in die Backsteinfassade des niedrigen Gebäudes zurückgesetzt. Der Bau war flaschen- und bombensicher. Im Rot, Weiß und Blau der Glasgow Rangers gestrichen stand die Fassade mit stolzem Trotz im Schatten des Parkhead-Stadions, Heimat von Glasgow Celtic, dem sportlichen Mekka der Katholiken.

Shug verlangte ein Pfund siebzig für die Fahrt und sah zu, wie der Alte der Reihe nach seine Taschen durchging. So machten sie es alle. Freitags verpulverten sie die Lohntüte an jeder Kneipe, an der sie vorbeikamen, bis nur noch Fünf- und Zehn-Pence-Münzen übrig waren, die ihnen in den Taschen rumkullerten und deren gesammeltes Gewicht ihrem watschelnden Gang zusätzliche Schwere verlieh. Den Rest der Woche ernährten sie sich von diesen willkürlichen Funden, völlig planlos, was deren Höhe anging. Von ihren Hosen und großen Mänteln trennten sie sich nicht mal im Schlaf, aus Angst, ihre Frauen oder Kinder könnten sie zuerst plündern und Brot und Milch von dem Kleingeld kaufen.

Der Alte brauchte eine Ewigkeit, um in jeder Tasche nachzusehen. Shug lauschte der sanften Stimme des Taxifunks und versuchte ruhig zu bleiben. Als der Jakey endlich gezahlt hatte und ins dunkle Maul des Pubs gesegelt war, donnerte Shug über die Duke Street zurück, um den Auslass der Tanzlokale nicht zu verpassen. Vor dem Scala hob eine Olle die Hand und winkte wie ein junges Mädchen. Shug musste scharf bremsen, um sie nicht über den Haufen zu fahren.

Er sah zu, wie sie hinten ins Taxi stieg, und war froh, dass sie sich in die Mitte der breiten Rückbank pflanzte. »Zum Parade bitte.« Sie schniefte, rümpfte die Nase und warf Shug einen zornigen Blick zu. Wahrscheinlich stank es da hinten, als hätte jemand in einen alten Topf Grütze gepisst.

Das Taxi begann die Hügel mit den Mietskasernen von Dennistoun hinaufzuklettern. Shug sah in den Rückspiegel und beobachtete, wie die Frau ihn beobachtete. Die Glasweger Hausfrau saß immer in der Mitte, nie an der Seite, um aus dem Fenster zu sehen, oder auf dem Notsitz wie die einsamen Jakeys, die sich unterhalten wollten. Die hier war typisch, steif und aufrecht wie eine presbyterianische Königin, die Knie zusammen, den Rücken gerade, die Hände auf dem Schoß gefaltet. Den Mantel eng um sich gezogen, das Haar streng frisiert, sogar hinten, und das Gesicht straff wie eine Maske.

»Wat fürne schreckliche stürmische Nacht«, sagte sie schließlich.

»Aye. Im Radio sagen sie, es schüttet die ganze Woche.« Irgendwas an ihr erinnerte ihn an seine Mutter, die längst tot und begraben war. Die zerschundenen Hände und schmalen Schultern täuschten über die Stärke und Energie hinweg, die sicherlich in ihr steckten. Er dachte an die Nächte, wenn sein Vater die Hand gegen seine Mutter erhob. Je mehr sie einsteckte, desto mehr schlug er zu, bis sie rot, dann blau, dann schwarz war. Shug dachte daran, wie sie vor dem Spiegel stand, sich das Haar ins Gesicht zupfte, das Make-up um die Augen verschmierte, um die Veilchen zu verstecken.

»Ich hab grad noch gesagt, ich fahr normalerweise kein Taxi.« Sie suchte seinen Blick im Spiegel.

»Ach nee?«, fragte Shug, froh, aus den Gedanken gerissen zu werden.

»Aye, aber ich hab heuten lütten Gewinn gemacht, wissense. Nur lütt, aber gut iss trotzdem.« Sie kratzte sich am Daumennagel. »Kannich gebrauchen, wissense, wo mein George keine Arbeit mehr hat«, seufzte sie. »Fümmunzwanzig Jahre. Drüm beim Eisenwerk in Dalmarnock, und alles, watter gekriegt hat, warn drei Wochenlöhne. Drei Wochen! Ich bin selber hin und hab bei sein roten Chef an die Tür gehämmert und gesagt, wo er sich die drei Wochenlöhne hinschiem kann.« Sie öffnete die Schließe ihrer kleinen steifen Handtasche und sah hinein. »Wissense, wat der Basterd zu mir sagt? ›Mrs Brodie, Sie ham Glück, dass Ihr Mann drei Wochenlöhne gekriegt hat. Ich hab hier junge Kerls, die dat ganze Leben vor sich ham, und die kriegen nur noch den Rest ihrer Schicht bezahlt.‹ Da hab ich gekocht. Ich sag: ›Und ich hab zwei große Jungs zu Hause, die ich füttern muss, und die finden auch keine Arbeit. Wat denkense eigentlich, wie ich dat machen soll?‹ Hatter mich angeglotzt und, ohne mit der Wimper zu zucken, gesagt: ›*Versuchenset mit Südafrika!*‹« Sie schloss die Tasche. »Warn selber noch nie südlich von South

Lanarkshire, aber wir solln nach Südafrika!« Sie kratzte weiter an ihrem roten Daumen. »Sowat is einfach nich recht. Die Regierung muss wat tun. Machen die Eisenwerke und die Werften dicht. Als nächstes sind die Bergleute dran. Passense bloß auf! Südafrika! *Niemals!* Bis nach Südafrika gehen, damitse da die Schiffe billig bauen könn und hier raufschicken und noch mehr von unsern Jungs arbeitslos machen? Sone Sauerei.«

»Es geht um Diamanten«, erklärte Shug. »Sie gehen nach Südafrika, um Diamanten zu schürfen.«

Die Frau sah ihn an, als hätte er ihr widersprochen. »Mir doch egal, watse da schürfen, von mir aus könnense im Arsch vonne Afrikaner Lakritz abbauen. Aber arbeiten sollense daheim in Glasgow, und essen sollense, wat die Mutti kocht.«

Shug trat aufs Gaspedal. Die Stadt veränderte sich; er sah es in den Gesichtern. Glasgow verlor langsam den Kurs, er sah es glasklar durch seine Scheibe. Er merkte es auch an den Einnahmen. Er hörte, wie die Leute sagten, dass Thatcher keine ehrlichen Arbeiter mehr wollte; die Zukunft war Technologie, Atomkraft und private Gesundheitsversorgung. Die Tage der Industrie waren gezählt, und die Gerippe der Clyde-Werft und der Springburn-Eisenbahnwerke lagen in der Stadt herum wie abgenagte Dinosaurierknochen. Ganze Hochhäuser voller junger Kerle, denen man das Handwerk ihrer Väter versprochen hatte und die jetzt keine Zukunft mehr hatten. Kerle, die ihre Männlichkeit verloren.

Shug hatte mitangesehen, wie die Arbeiterklasse aus den armen Vierteln herausgedrängt wurde. Eine Bande von mittelklassigen Beamten und Stadtplanern hatte es als Geniestreich betrachtet, einen Gürtel neuer Wohngebiete und billiger Hochhaussiedlungen um die Stadt zu errichten. Gegen ein Stück Gras und Himmel sollten die Missstände in der Stadt verschwinden.

Die Frau saß steif und still auf der Rückbank. An ihren Daumen schälte sich die Haut, und in ihren Mundwinkeln nistete Sorge. Erst als sie die Rückseite ihrer Frisur betastete, sah Shug, dass sie noch lebendig war. Er ließ sie am Anfang ihrer Sackgasse raus, und sie drückte Shug ein Pfund Trinkgeld in die Hand.

»Hey, was ist das?« Er versuchte es ihr zurückzugeben. »Ich brauch das nich.«

»Jetz gib schon Ruhe!«, sagte sie. »Is nurn kleiner Teil von meim Gewinn. Ich geb mein Glück weiter. Glück is dat Einzige, was uns ausse Bredullje hilft.«

Widerwillig nahm Shug das Trinkgeld an. Scheiß auf die englischen Touristen und ihre beschissenen Kodaks. Shug wusste, wie es lief. Die, die am wenigsten hatten, gaben am meisten.

Als Shug zurück in die Innenstadt kam, war die Spätvorstellung vorbei, und die Stadt richtete sich auf ein paar Stunden kalten Schlaf ein. Aus ein paar Nachtclubs dröhnte noch Musik, aber es wäre Selbstmord, sich vor die Tür zu stellen, weil die ersten Besoffenen erst weit nach Mitternacht rauskämen. Shug seufzte und überlegte, ob er trotzdem warten sollte. Vielleicht konnte er ein Mauerblümchen auflesen, das die ganze Zeit die Gläser halten musste, während ihre Freundinnen mit den Kerlen tanzten. Die Hässlichsten gingen meistens zuerst nach Hause. Solche hatte er schon öfter heimgefahren, hatte sogar bei abgestellter Taxiuhr gewartet, wenn sie sich beim Paki an der Ecke zum Trost mit Chipstüten oder Schokokeksen eindeckten. Wenn man nett zu ihnen war, waren sie ziemlich nett zurück.

Er hatte gerade die Krawatte gelockert und sich auf eine lange Wartezeit eingestellt, als sich im Taxifunk die sanfte Stimme meldete. »Wagen einunddreißig. Wagen einunddreißig. Bitte kommen.« Er seufzte. Das war Agnes, wer sonst.

Er nahm das schwarze Mikrofon in die Hand und drückte die Taste an der Seite. »Hier Wagen einunddreißig.« Eine lange Pause entstand, und er wartete auf die Nachricht.

»Oben in Stobhill wird dein Typ verlangt, ein Wagen für Easton«, sagte Joanie Micklewhite.

»Ich hab eine Fahrt zu Flughafen. Hast du keinen Wagen, der näher ist?«, fragte er.

»Tut mir leid, Süßer. Die Kundin hat ausdrücklich nach dir verlangt.« Er konnte ihr Grinsen fast hören. »Sie sagt, lass dir Zeit, sie ist nicht in Eile.«

Darauf wäre er nicht gekommen. Agnes, klar, oder sogar seine erste Frau, die ihm die Asche für die vier Blagen abknöpfen wollte, aber auf die wäre er echt nicht gekommen. So weit waren sie doch gar nicht, oder?

Um die Uhrzeit brauchte er nicht lang zum alten Krankenhaus. Die Messerstechereien im Stadion und die häusliche Gewalt am Zahltag landeten in der Royal Infirmary. In Stobhill wurde in Glasgow nur geboren und gestorben. Jetzt stand eine unscheinbare Mieze im blauen Putzkittel vor dem beleuchteten Foyer. Sie zog an ihren ausgeleierten Strumpfhosen und rückte sie zurecht. Vom Regen und den Tränen war ihr Makeup verschmiert, und er sah den Ring der Kippen zu ihren Füßen, als hätte sie die ganze Pause hier in der Kälte gestanden und auf ihn gewartet. Shug grinste. Erst vierundzwanzig, und schon sein Fußabtreter.

»Hätt nich gedacht, dass du kommst«, sagte sie und stieg hinten ins Taxi.

»Warum haste mich dann gerufen?«

»Hab dich eben vermisst. Wir ham uns seit Wochen nich gesehen.« Sie öffnete und schloss kokett die feisten Schenkel. »Oder haste mich schon über?« Sie grinste.

Shug drehte sich auf dem Sitz um. »Hömma, für wen hältste dich, Ann Marie? Ich versuch hier mein Brot zu verdienen, und du rufst mich quer durch die Stadt wien Köter, der dir aufn Teppich gepisst hat.« Er schlug mit dem Ballen der Faust gegen die Scheibe. »Wir müssen diskret sein. Cool bleiben. Wa zum Teufel glaubste is los, wenn Agnes dahinterkommt, he? Ich sag dir, wa dann los is. Sie würd dich am Schlafittchen packen und dich der Länge nach durch den Clyde schleifen. Und wennse damit fertig wär, würdse auch noch dein guten Namen durchen Dreck ziehen. Jeden Abend bei deinen Eltern anrufen, immer, wennse grad im

Bett sind. Würdse aufwecken und ihnen sagen, dass ihr liebes kleines katholisches Mädchen was mittem verheirateten Protestanten hat.« Er hielt inne und beobachtete die Wirkung seiner Worte. »Willst du das wirklich?«

Tränen rannen ihr übers Gesicht und sammelten sich in ihrer Schürze. »Aber ich liebe dich.«

Shug fuhr mit dem Taxi einen scharfen Bogen und parkte in einer dunklen Ecke des leeren Parkplatzes. Er warf einen Blick auf die Uhr und sah ihr im Rückspiegel in die Augen. »Na gut, dann zieh halt das verdammte Höschen aus. Ich hab bloß fünf Minuten.«

Shug hatte Hunger, als er in die Stadt zurückfuhr. Fürs erste würde Ann Marie nicht beim Taxifunk anrufen, da war er sich sicher. Sie war ein nettes Mädchen, schwere Brüste und willig, aber sie klammerte ihm zu sehr. Das war das Problem mit den jungen Dingern; sie sahen keinen Grund, warum sie es nicht besser haben sollten. Er war eindeutig fertig mit ihr.

Er dachte gerade an die Stimme vom Taxifunk, als sie sich wieder meldete. »Wagen einunddreißig, Wagen einunddreißig, bitte kommen.«

Er griff nach dem Mikrofon und hielt die Luft an. Irgendwie hatte er heute kein Glück. »Joanie?«

»*Sofort. Zu Hause. Anrufen*«, war die knappe Antwort.

Er stellte den Hackney am Anfang der Gordon Street ab, nahm sich ein paar Münzen aus der Kasse und lief durch den Regen auf eine alte rote Telefonzelle zu. Auch in der Kabine war es feucht, und es stank nach Pisse. Er hatte versucht, sich Agnes' Befehlen zu widersetzen, aber das machte alles noch schlimmer. Sie ließ nicht locker, und je später die Nacht, desto ausfälliger wurde sie. Das Beste, was er tun konnte, war: *Sofort. Zu Hause. Anrufen.*

Es klingelte nur einmal, bevor sie dran war. Wahrscheinlich saß sie im Flur neben dem Kunstledertelefontisch und trank und wartete und trank.

»Hall-o«, sagte die Stimme.

»Agnes, was ist?«

»Ach, wenn das nicht der Chef-Hurenbock persönlich ist.«

»Agnes«, Shug seufzte. »Was ist jetzt schon wieder?«

»Ich weiß alles«, zischte die betrunkene Stimme.

»Was weißt du?«

»Weiß. *Alles.*«

»Du redest Blödsinn.« Unbehaglich trat er in der engen Telefonzelle von einem Bein aufs andere.

»Ichweißes.« Die Stimme dröhnte, ihre feuchten Lippen waren zu nah an der Sprechmuschel.

»Wenn sonst nix ist, muss ich zurück an die Arbeit.«

Vom anderen Ende der Leitung kam ein tiefes Schluchzen.

»Agnes, du kannst nicht mehr am Taxistand anrufen, sonst werd ich gefeuert. In ein paar Stunden bin ich zu Hause, dann können wir reden. Okay?« Doch er bekam keine Antwort. »Na gut, willste wissen, was ich weiß? Ich weiß, dass ich dich liebe«, log er. Das Schluchzen wurde lauter. Shug legte auf.

Der Regen und die Pisse waren in seine Schuhe mit den Troddeln gesickert. Er griff noch einmal zum Hörer und schlug damit gegen die Fenster der roten Telefonzelle. Er hatte drei Scheiben eingeschlagen, bevor der Hörer kaputtging und er sich besser fühlte. Im Taxi musste er zehn Minuten stillsitzen, bis seine Hände den Würgegriff lockerten, mit dem er das Lenkrad hielt.

Vielleicht ging es ihm besser, wenn er etwas aß. Er tastete unter dem Fahrersitz nach der Brotdose. Sie roch nach Margarine und weißem Brot, nach Ehe und engen Wohnräumen. Der Anblick der Corned-Beef-Stücke, die Agnes ihm eingepackt hatte, drehte ihm den Magen um. Er kippte den Inhalt in den Rinnstein, nahm die Abkürzung durch ein paar Nebenstraßen und blieb vor DiRollos rund um die Uhr geöffnetem Null-acht-fünfzehn-Imbiss stehen. Wegen seiner ungeselligen Öffnungszeiten und der Diskretion des Besitzers war der Laden sowohl bei Taxifahrern als auch bei Prostituierten beliebt. Auf dem Schild prangte ein großer roter Hummer, aber das Angebot war weniger exotisch.

Wie scheinbar zu jeder Tages- und Nachtzeit stand Joe DiRollo hinter der Theke. Im Licht der Neonröhren sah er aus, als wäre er kürzlich verstorben. Er war klein, und sein dünnes Haar war mit Brillantine oder Frittenöl oder beidem nach hinten gestrichen. Hinter dem Tresen waren nur sein aufgedunsener Kopf und die Schultern zu sehen, wie die Spitze eines schmierigen Eisbergs. Der Rest seines bleichen Körpers drückte gegen die Machete, die er unter dem Tresen versteckte. Er grüßte jeden Gast mit einem verschleimten Räuspern und schräg gelegtem dicken Kopf.

»Wie läufts, Joe?«, fragte Shug ohne ehrliches Interesse.

»Aye, so weit, so gut.«

»Viel zu tun mit unsern hübschen Damen heute Nacht?« Shug zeigte mit dem Daumen in Richtung einer ausgemergelten Kundin, die mit geschlossenen Augen auf den Beinen schwankte.

»Ach, die komm und gehn, weißte ja.« Joe DiRollo lachte über seinen eigenen Witz. »Nich so gut fürs Geschäft wie früher. Nehme ne halbe Tüte Fritten und nen Gingerale, und dat wars! Dann wollense aufs Klo, mein Privatklo, und der alte Joe sagt *okay*. Issjan netter Kerl, aber dann komme ne Stunde nich raus, verstehste. Essen ne halbe Tüte Fritten, und dann waschense sich in meim Klo die Muschi.«

Shug beäugte den Backfisch auf der Wärmeplatte. »Liegt an den Drogen. Ich würd mich nich trauen, da noch wat reinzustecken.«

»Aye, die sterm wie die Fliegen. Wenns nich die Drogen sind, werdense von irgenden Arschloch erwürgt.«

»Hör auf, sonst vergeht mir der Appetit auf Schnecken.« Shug verzog das Gesicht. »Machste mir mah Fisch'n'Chips mit extra viel Salz und Essig?«

Joe nahm ein weißes Papier und lud eine große Kelle breite Fritten und ein dickes Stück Backfisch darauf. Er verteilte Salz und Essig über der heißen Mahlzeit, und Shug ließ den Finger kreisen. »Mehr, Joe. Noch mehr.« Joe machte weiter, bis die Portion triefte.

Er reichte Shug das Päckchen und eine Tüte Schnecken über die Theke. »Du hast immer noch nix zu meim Angebot gesagt. Willste die Bude jetz oder nich?«

Neben seinen Fish'n'Chips war Joe DiRollo bekannt dafür, dass er die Stadt beschiss. Im Namen seiner vielen Töchter bewarb er sich für Sozialwohnungen. Dann vermietete er sie weiter und kassierte einen Zehner pro Woche mehr als das, was die Stadt von ihm verlangte.

»Ich geb dir Bescheid«, sagte Shug und ging zur Tür. »Mrs Bain ... na ja, die ist schwierig.«

»Wundert mich, dass du überhaupt umziehen willst. Ich dachte, da oben im Himmel über Sighthill lebste wien König.«

»Dem König gehts gut; nur die Königin will, dass Köpfe rollen. Halt die Butze einfach nochen bisschen. Ich muss vorher was einfädeln. Ich will, dass alles perfekt wird.« Er grinste und biss in eine dicke Fritte.

Als Shug die letzte der eingelegten Schnecken gegessen hatte, war seine Schicht fast vorbei. Er ließ die Fenster runter. Über dem George Square ging die Sonne auf, flutete die Stadt mit warmem orangem Licht und setzte die Statue von Robert Burns in Flammen. Das war die beste Zeit des Tages, wenn die Stadt in tiefem Frieden lag, bevor sie von den täglichen Massen verdorben wurde. Ungeduldig sah Shug zur Turmuhr und brach zeitig zur North Side auf.

Während er langsam zu Joanie Micklewhite fuhr, ließ er die Fenster offen und tippte mit dem Zeigefinger an den grünen Duftbaum. Sie hatte bald Feierabend, und dann konnten sie sich all die Dinge sagen, die sie über den Taxifunk nicht sagen konnten. Er stellte den Hackney dicht hinter die vier oder fünf anderen Taxis und wartete auf sie, im Sitz nach vorn gebeugt und grinsend wie ein kleiner Bengel, der an Weihnachten die Tür beobachtet.

VIER

Mit nassen Haaren saßen sie auf der Bettkante, als draußen die Straßenlaternen angingen. Agnes hatte Shuggie ein Vollbad einlaufen lassen, und weil sie sich einsam fühlte, hatte sie sich zu ihrem Jüngsten in die Wanne gesetzt. Lizzie hätte einen Anfall bekommen, wenn sie es gesehen hätte. Bald musste sie damit aufhören, er war zu pfiffig für fünf. Es war das erste Mal, dass er ihre Stellen angesehen hatte, und dann seine, wie eins dieser Finde-die-Fehler-Rätsel.

Sie hatten mit den Shampooflaschen gespielt, sie mit Wasser gefüllt und sich gegenseitig mit Schaum nassgespritzt, bis das Wasser kalt wurde. Agnes ließ Shuggie den alten Nagellack von ihren Zehen kratzen, und seine Fürsorge und Aufmerksamkeit fühlten sich an wie ein Penny, der in einen leeren Zähler fiel.

Jetzt kämmte sie ihm das glänzende schwarze Haar, während er konzentriert den Kopf gesenkt hielt. Er ließ das Matchbox-Auto über die Paisley-Strecken auf der Tagesdecke rasen, und dann ihr nacktes Bein hinauf wie die Hügel der Campsie Fells. Ohne zu wissen, was er vor sich hatte, folgte er den weißen Narben an der Innenseite ihres Schenkels, das Andenken an Shugs Fingernägel. Dann fuhr der Wagen zurück auf die Tagesdecke. Die Reifen quietschten, und der Junge sah zu ihr auf und lächelte mit dem selbstzufriedenen Ausdruck seines Vaters.

Agnes holte noch eine Dose Lager aus dem Versteck und zog sachte am Ring. Sorgfältig sammelte sie mit dem Finger die blasigen Tropfen ein und leckte sie ab. Die leere Tennent's-Dose gab sie dem Jungen. Er mochte die Bilder der halbnackten Schönheiten auf den Dosen. Die hier gefiel ihm besonders, er kannte sie noch nicht, und er mochte den Klang ihres Namens, den er langsam vorlas, wie sein Großvater Wullie es ihm beigebracht hatte. *Shh-hee-nah.*

Shuggie sammelte die leeren Dosen in der ganzen Wohnung und stellte die Damen auf dem Badewannenrand auf. Er streichelte ihr blechernes Haar und ließ sie ausgedachte Gespräche führen, lange Tiraden, in denen es hauptsächlich um das Bestellen neuer Schuhe im Katalog und um herumhurende Ehemänner ging. Einmal hatte ihn Big Shug dabei erwischt. Sein Vater war stolz darauf gewesen, wie Shuggie die Frauen aufreihte und jeden Namen phonetisch buchstabierte. Später hatte er am Taxistand davon erzählt. »*Mit fünf Jahren!*«, hatte er geprahlt. »*Der Apfel fällt nicht weit vom Stamm.*« Agnes hatte traurig weggesehen, wohl wissend, was wirklich los war.

Ein paar Tage später war sie mit Shuggie ins Kaufhaus gegangen und hatte ihm eine Puppe gekauft. Daphne war ein pummeliges Kleinkind mit dem flotten Kurzhaarschnitt einer Fünfziger-Jahre-Hausfrau. Shuggie liebte seine Puppe. Die Bierdosen-Ladys warf er in die Tonne.

Shuggie beobachtete seine Mutter still. Er beobachtete sie immer. Sie hatte alle drei Kinder in der gleichen Weise aufgezogen, und jedes von ihnen war so wachsam und misstrauisch wie ein Gefängniswärter.

»Wie wärs mim Kessel Buntes?«, fragte er, irgendeinen Quatsch aus dem Fernsehen imitierend.

Agnes zuckte zusammen. Mit ihren lackierten Nägeln nahm sie sein Gesicht in die Hände und kniff ihm sanft in die Grübchen. »Mit *einem*«, korrigierte sie ihn. »Mit EINEM Kessel.«

Er mochte ihre Hände in seinem Gesicht, und er legte den Kopf schräg und zog sie auf. »MitNEM.«

Agnes sah ihn streng an. Sie schob ihm den Zeigefinger in den Mund und hakte ihn hinter die unteren Zähne. Sanft drückte sie seinen Kiefer herunter. »Es gibt keinen Grund, auf ihr Niveau zu sinken, Hugh. Versuch es noch mal.«

Mit ihrem Finger im Mund, sagte Shuggie das Wort richtig, wenn auch nicht klar. Agnes legte Wert darauf, dass er die Silben nicht verschliff. Zufrieden nickte sie und ließ seine Lippe los.

»Saarrich ja ineina Tour.« Er prustete los, bevor er fertig gesprochen hatte. Agnes beugte sich vor, als wollte sie sich ihn schnappen, und er rannte vor Freude und Angst quiekend ums Bett.

Neben dem Wecker lag ein Stapel Kassetten. Er ging sie durch, verteilte sie auf dem Boden, bis er die fand, die er suchte. Den Wecker hatte Shug für sie gekauft. Er hatte dicke Stapel Benzin-Coupons gesammelt, mit Gummibändern zusammengehalten und ihr überreicht, als wären es Goldbarren. Wenn man auf die Plastiktaste drückte, ging das Kassettenfach auf. Shuggie steckte die Kassette hinein und spulte quietschend zum Anfang. Aus dem Wecker klang die Musik blechern und hohl, aber das störte sie nicht. Wenn Musik lief, war sie weniger einsam. Shuggie stellte sich aufs Bett und legte ihr die Arme auf die Schultern. So schunkelten sie eine Weile. Sie küsste seine Nase. Er küsste ihre Nase.

Beim nächsten Song sah Shuggie seiner Mutter zu, wie sie mit der Bierdose durchs Zimmer tanzte. Agnes schloss die Augen und träumte sich an einen Ort, wo sie jung und hoffnungsvoll und begehrenswert war. In den Barrowland Ballroom, wo ihr fremde Männer gierig durch den Saal folgten und die Frauen eifersüchtig den Blick abwandten. Sie spreizte die Finger zu Fächern und fuhr sich über den Körper. Knapp über der Hüfte blieb sie an der hartnäckigen Speckrolle hängen, die ihr das Austragen der drei Kinder eingebracht hatte. Abrupt schlug sie die Augen auf, kehrte aus der Vergangenheit zurück und fühlte sich verdorben und dumm und aufgequollen.

»Ich hasse die Tapete. Ich hasse die Vorhänge und das Bett und die Scheißlampe.«

Shuggie richtete sich in Strümpfen auf der weichen Tagesdecke auf. Er schlang ihr die Arme um die Schultern und versuchte wieder, sich an sie zu klammern, aber diesmal stieß sie ihn weg.

Nie war es still in der kleinen Wohnung. Die Wände waren zu dünn. Immer war das Dröhnen des großen Fernsehers zu hören, der für ihren

Vater zu laut aufgedreht war. Das gedämpfte Gemecker von Catherine, die das Telefon hinter sich herzerrte, bis die Spiralschnur den guten Lack von der Tür schubberte, wenn sie im Kinderzimmer auf und ab ging und sich über das schwere Schicksal beklagte, siebzehn zu sein. Nachbarn zu allen Seiten und der Wind im sechzehnten Stock, der immer böige Wind, der an den schlecht eingepassten Fenstern rüttelte.

Agnes stützte den Kopf in die Hände. Sie hörte das wiehernde Gelächter ihrer Eltern über irgendeinen weibischen englischen Komiker. Ihre zwei Großen waren Gott weiß wo unterwegs. Neuerdings schienen sie ständig weg zu sein, wichen ihren Küssen aus, verdrehten bei allem, was sie sagte, die Augen. Sie ignorierte Shuggies leises Atmen, und für einen Moment war sie nicht fast vierzig, keine verheiratete Frau mit drei Kindern. Für einen Moment war sie wieder Agnes Campbell, die in ihrem Zimmer hockte und durch die Wand ihre Eltern hörte.

»Tanz für mich«, sagte sie plötzlich. »Komm, wir feiern eine Party.« Sie drückte eine Taste, und die Kassette spulte leiernd vor, bis nach dem langsamen Lied etwas Lustiges kam. Shuggie nahm die Bierdose. Er setzte sie an die Lippen wie einen Zaubertrank. Der bittere haferige Geschmack ließ ihn schaudern, es schmeckte wie bitzelnder Ingwer, Milch und Grütze gemischt. Dann tanzte er für sie, machte einen Schritt nach rechts und einen Schritt nach links, schnippte mit den Fingern immer genau neben dem Takt. Als sie lachte, tanzte er schneller. Was immer sie zum Lachen brachte, tat er noch ein Dutzend Mal, bis ihr Lächeln dünn und falsch wurde und er nach dem nächsten Kunststück suchte, das sie glücklich machen würde. Er hüpfte und wedelte mit den Armen, und sie lachte und klatschte dazu. Je fröhlicher sie aussah, desto schneller zappelte er und drehte sich. Vom Geschwirr der gemusterten Tapete wurde ihm fast schlecht, aber er tanzte weiter, boxte in die Luft und schüttelte die Hüften. Mit schallendem Lachen warf Agnes den Kopf zurück, und die Traurigkeit war aus ihren Augen verschwunden. Shuggie schnippte draufgängerisch mit den Fingern und nickte mit dem Kopf, immer noch ohne den Takt zu treffen. Es war egal.

Beide rangen prustend nach Luft, als sie es hörten.

Im Flur ging die Wohnungstür auf und wieder zu. Es war weniger ein Geräusch, mehr der Luftzug, als würde sich der Raum zusammenziehen. Schwere Schritte kamen über den Teppich zur Schlafzimmertür. Agnes sammelte die leeren Bierdosen ein und versteckte sie hinter dem Bett. Sie drehte die Ringe nach oben, wandte sich erwartungsvoll zur Tür, setzte ein unbeschwertes Lächeln auf. Die schweren Schritte blieben vor der Tür stehen. Agnes und Shuggie lauschten dem gedämpften Klimpern von Kleingeld in einer Hosentasche. Dann war ein leiser Seufzer zu hören, und die Schritte gingen weiter zum Wohnzimmer. Shug war zu seiner ersten Pause daheim. Normalerweise verbrachten sie die Zeit zusammen. Jetzt hörte sie, wie Shug ihre Eltern begrüßte, ausdruckslos und ohne Wärme. Agnes wusste, dass ihr Vater aufblicken und lächeln würde, während die Fernsehbilder sich in seiner Brille spiegelten. Dann stand Wullie unweigerlich auf und bot Shug den bequemen Sessel an. Beide Männer würden den Sessel umkreisen, eine seltsame Reise nach Jerusalem, bis Shug Wullie die Hand auf die Schulter legte und ihn wieder in den Sessel drückte. Lizzie würde mit steinerner Miene aufstehen und den Kessel aufsetzen, fröstelnd, als wäre nicht Shug, sondern der kalte Wind von den Campsie Fells zur Tür hereingekommen.

Agnes hörte alles durch die Wand. Mit einer einzigen Armbewegung fegte sie die Cremes und Parfumflaschen von der Kommode und ließ sie durchs Zimmer fliegen. Die Lampe landete kaputt am Boden. Die nackte Birne strahlte Agnes von unten an und veränderte ihre Züge so vollständig, dass Shuggie erschrak. Von einer Sekunde auf die andere stand alles kopf.

Agnes sank auf die Bettkante. Shuggie spürte, wie die Bierdose auf der Tagesdecke auslief und seine Socken nass wurden. Sie vergrub das Gesicht in seinem Haar und schluchzte trockene, frustrierte Tränen; ihr Atem in seinem Nacken war feucht. Dann ließ sie sich rückwärts aufs Bett fallen und zog ihn mit. Als sie ihn an sich presste, sah er, dass ihr Gesicht verrutscht war, die Farbe über den Augen verschmiert und verlaufen. Sie sah aus wie die Bierdosen-Schönheiten, wenn einem nachlässigen Drucker die Schablone verrutscht war, und plötzlich war die Frau nicht mehr ganz, sondern ein Muster überlagerter Schichten.

Agnes langte über das Bett nach den Zigaretten, zündete sich eine an und saugte hörbar, bis die Spitze kupferfarben aufglühte. Sie starrte das Licht einen Moment lang an, und ihre Stimme brach selbstmitleidig, als sie zur Kassette mitsang. Dann streckte sie elegant den Arm aus und hielt die glühende Zigarette an die Vorhänge. Shuggie sah zu, wie der Stoff zu schwelen begann und grauer Rauch aufstieg. Er wand sich, als der Rauch mit einem Seufzer zu einer orangen Flamme aufblühte.

Mit dem freien Arm hielt sie ihn fest. »Schsch. Sei ein großer Junge für deine Mammy.« In ihren Augen lag eine tödliche Ruhe.

Das Zimmer färbte sich golden. Das Feuer kletterte die synthetischen Vorhänge hinauf und schlug an die Decke. Dunkler Rauch schoss in die Höhe, als wollte er vor den gierigen Flammen fliehen. Shuggie hätte Angst gehabt, aber seine Mutter war ganz ruhig, und das Zimmer war noch nie so schön gewesen, in dem Licht, das tanzende Schatten an die Wände warf und die Paisley-Tapete lebendig werden ließ wie tausend qualmende Fische. Agnes drückte ihn an sich, und zusammen sahen sie schweigend all der neuen Schönheit zu.

Die Vorhänge waren fast weg, sie tropften wie Eis auf den Boden. Die Tapete, die sich am feuchten Fenster gelöst hatte, brannte, und die Plastikvorhangschiene schmolz auseinander und schwang herab wie eine einstürzende Brücke. Ein dicker Tropfen des blasigen Vorhangs landete auf einer Ecke des Betts, und der Rauch wurde dichter. Shuggie fing wieder an sich zu winden. Er musste husten. Es war ein dunkler Husten, klebrig und bitter, wie damals, als ihm einer von Lizzies Bingokulis im Mund geplatzt war und die Tinte sich in seinem Rachen verteilt hatte. Agnes bewegte sich nicht, sie schloss nur die Augen und sang ihr trauriges Lied.

Dann stand Big Shug im dunklen Türrahmen. Mit dem frischen Sauerstoff, der ins Zimmer strömte, rasten ihm die Flammen an der Decke entgegen. Er hechtete über das Bett und riss das Fenster auf. Mit bloßen Händen packte er den brennenden Polyester und warf ihn hinaus. Dann klaubte er die größten Brocken flüssiger Magma vom Boden und warf sie dem lodernden Stoff hinterher. Plötzlich war er wieder weg, und Shuggie schrie nach ihm, überzeugt, er hätte sie verlassen.

Als Shug zurückkam, schwang er nasse Handtücher durch die Luft. Sie sprühten saures Wasser, und wo sie hinschlugen, erstarben die Flammen. Shug beugte sich über das Bett und drosch mit den nassen Handtüchern auf die verschlungenen Körper ein. Shuggie versuchte nicht zu weinen, als die Hiebe seine Haut versengten. Agnes lag nur steif, mit geschlossenen Augen da.

Als die letzte Flamme gelöscht war, wandte Shug seiner Frau und seinem Sohn den Rücken zu. Mit brennenden Augen sah Shuggie, wie die Schultern seines Vaters vor Zorn bebten, und als er sich umdrehte, sah er sein von der Hitze rotes Gesicht und die gekrümmten Finger mit den blasigen, wunden Verbrennungen.

Lizzie und Wullie standen hinter ihm im dunklen Flur. Shug riss seinen Sohn aus Agnes' Armen und stieß ihn zu Lizzie. Agnes lag still und leblos auf dem Bett, und als Shug ihr ins Gesicht kniff, klappten ihre Lippen zu einer komischen fischartigen Grimasse auf. Er beugte sich über sie, schüttelte sie fest und wiederholte ihren Namen, bis in seinen Mundwinkeln Spucke klebte.

Es nutzte nichts.

Er sah Lizzie an, die den Jungen an sich drückte. Wullie fuhr sich mit der massigen, schwieligen Hand unter die Brille, und die Tränen liefen ihm übers Gesicht. Shug sah hinab auf seine Frau und ihren leblosen Körper. Es war still. Keiner wusste, was er sagen sollte.

Agnes traute der Ruhe nicht.

Sie öffnete ein Auge; ihre Pupille war dunkel und groß, aber klar. Sie steckte sich die verbogene Zigarette wieder zwischen die Lippen. »Wo zum Teufel bist du gewesen?«

FÜNF

Die Innenstadt war voller Oranier. Mit Flöten, Pfeifen und Trommeln marschierten sie vom Kriegerdenkmal am George Square bis zum Glasgow Green. Catherine hatte durchs Bürofenster zugesehen, wie die Banner der verschiedenen Logen vorbeizogen. Erst sangen die Protestanten ihre Unterstützung für King Billy, und später, als die Pubs aufmachten, grölten sie zu einer Melodie, die Catherine nicht kannte, und die meisten von ihnen offenbar auch nicht: »*Auf die Mütze, Fenier-Schweine.*«

Den ganzen Tag saßen Polizisten in reflektierenden Jacken auf nervösen Pferden. Jetzt, da die Parade vorbei war, rotteten sich junge Männer zusammen und schmetterten ihre religiösen Parolen wie hasserfüllte Sternsinger. Sie pöbelten jungen Mädchen hinterher und jagten jeden Mann, der nicht die richtigen Farben trug.

Catherine verließ so spät wie möglich das Büro, um das schlimmste zu vermeiden. Als sie vor dem Sandsteingebäude stand, bereute sie zutiefst, dass sie heute ihren neuen smaragdgrünen Mantel und die hochhackigen Wildlederstiefel trug. Regenwolken schoben sich vor die Julisonne, und sie verfluchte, dass sie am Oranier-Samstag hatte arbeiten müssen. Sie war nicht mal besonders gut im Rechnen, aber Mr Cameron bestand darauf, dass sie kam, wenn er kam, um das Telefon zu beantworten, das nie klingelte, und Tee zu kochen, den er nie trank.

Es war kein schlechter erster Job, hatte ihr Stiefvater Shug gesagt, erst recht nicht für ein albernes Huhn wie sie, das frisch von der Schule kam und nichts im Kopf hatte als Jungs und Kleider. Das Kreditgeschäft war zwar langweilig, aber sie mochte die Genauigkeit, mit der alles eingetragen und ausgeglichen werden musste. Sie freute sich über den sauberen Rotstift am Ende jeder Kontenseite, korrekt, austariert und wahr. In gewisser Weise hatte sie diese Neigung von Agnes geerbt – die haarkleine Pingeligkeit, der scharfe Blick dafür, was da war und was ausgegeben werden konnte.

Es war kein schlechter Job, außerdem hatte Mr Cameron einen Sohn, der groß und stattlich war, und als Catherine den Heimweg antrat, ließ sie ihre Gedanken zu dem Jungen wandern. Im Kino hatte Campbell Cameron an ihr rumgefingert wie ein schmutziger Oktopus. Selbst seine zartesten Küsse hatten sich anmaßend und fordernd angefühlt.

Ihre Großmutter hatte sie beiseitegenommen und ihr erklärt, sie sei bekloppt, sie solle Seamus Kelly heiraten. Lizzie sagte, sie habe einen guten katholischen Jungen geheiratet, und der habe ihr seit über vierzig Jahren in allen Krisen zur Seite gestanden. Es war nicht schwer, den Rat ihrer Großmutter in den Wind zu schlagen. Seit Catherine denken konnte, hatte Lizzie nur zweimal ein neues Sofa bekommen, und eine Ehe musste mehr bieten als Spülhände und abgeschubberte Knie. Außerdem musste sich Lizzie wegen dem jungen Cameron sowieso keine Sorgen machen. Catherines Stiefvater versuchte längst, sie mit seinem Neffen zu verkuppeln, Donald Junior.

Schon bei ihrer ersten Begegnung hatte ihr Stiefcousin sie heimlich beeindruckt mit seinem Auftreten, wie er selbstbewusst Besitz von Lizzies kleinem Wohnzimmer ergriff. Donald Junior hatte breitbeinig dagesessen, mehr Platz eingenommen, als ihm zustand, und ohne Bescheidenheit von sich selbst geredet. Catherine gefielen die unterschwelligen Signale, mit denen er ihr klarmachte, dass er wichtiger war als sie. So waren sie, die Blauköppe, gehätschelt, gut ernährt, immer im Mittelpunkt. Sie waren der Stolz ihrer Mutter, mit allen Schwächen und Peinlichkeiten, und Donald Junior wirkte vollkommen frei von Schuldgefühlen oder anderen Lasten. Ein richtiger Goldjunge, selbst wenn er in Wirklichkeit mehr von einem frischen, durchscheinenden Rosa war.

Catherine sah ihm gerne beim Essen zu. Es schockierte sie, wie er sich das tropfende Lamm aus der Kohlsuppe fischte und auf seinem Teller Eintopf immer drei ganze Würstchen erwartete. Sie hatte gesehen, wie er Lizzie den Teller zurückgab und mehr verlangte. Wie konnte sie ihrer kleinen Granny erklären, dass sie glücklich war, ihn zu haben? Es war allgemein bekannt, dass er Dutzende Mädchen geküsst hatte, während Catherine sich immer noch mit ihren zwei Brüdern ein Zimmer teilte. Donald Junior musste bei seiner Mutter keine Miete zahlen. Er musste wegen nichts dankbar sein oder Gewissensbisse haben.

Gleich nachdem sie sich kennengelernt hatten, hatte er versucht, ihr die Jungfräulichkeit abzuschwatzen. Catherine hatte ihm einen Vortrag über die Sakramente gehalten, und er hatte laut gelacht, als sie ernsthaft erklärte, sie würde bis zur Hochzeit warten. Er kam ganz nach seinem Onkel. Doch sie hatte sich die Fingernägel in die Handflächen gebohrt und ihn züchtig abgewiesen. Insgeheim genoss sie die ungewohnte Machtverteilung, auch wenn sie damit gerechnet hatte, dass er sie deswegen sitzenließ. Doch aus irgendeinem Grund ließ Donald Junior nicht von ihr ab. Stattdessen sprach er mit seinem Onkel Shug, und an ihrem siebzehnten Geburtstag machte er ihr, seiner Stiefcousine, auf dem oberen Deck im Trongate-Bus einen Heiratsantrag, mit viel Fanfare und sich selbst in der Hauptrolle.

Als der Regen stärker wurde, begann Catherine in den hohen Stiefeln zu laufen. In den grellen schwarzroten Schlagzeilen der Abendzeitungen landeten ständig Schauergeschichten mit Automatenfotos von jungen Frauen, die in den dunklen Ecken der Stadt vergewaltigt und ermordet worden waren. In den Zeitungen hieß es, die Opfer wären Prostituierte, und sie brachten finstere Storys von Drogenproblemen und Beschaffungskriminalität. Eine von ihnen war erwürgt und in den Graben an der Landstraße geworfen worden. Der Mörder hatte die misshandelte Leiche ordentlich zusammengelegt und in eine schwarze Mülltüte verpackt. Dort hatte sie vier Monate lang gelegen, bis irgendwelche Umweltsünder, die illegal ihren Müll abluden, die Tüte aufrissen und ihnen eine lila Hand entgegenfiel. Die ganze Zeit hatte sie keiner vermisst.

Wullie hatte betroffen an seinem Gebiss gesaugt, und Lizzie hatte gefragt, wo bei alldem die Kirche blieb.

Catherine hatte voller Grauen die Zeitungsfotos der toten Mädchen studiert. Auf den Automatenfotos hoben sich die eingesunkenen Augen und die hohlen Wangen dunkel vor dem bleichen orangen Hintergrund ab. Ein Mädchen wurde ermordet, und das beste Foto, das die Familie von ihm hatte, war ein Abzug der Passfotos aus dem Monatsticket.

Es war noch nicht dunkel, als Catherine den betonierten Platz vor dem Hochhaus erreichte. Im Zwielicht standen ein paar Kinder im Kreis und stocherten mit einem Stock an etwas herum. Die Kinder waren zu klein dafür, um die Uhrzeit noch draußen zu sein, und ein paar trugen trotz des Juliregens weder Jacken noch Schuhe. Irgendwas an dem feuchten Häufchen, um das sie standen, war seltsam, irgendwas wirkte vertraut, aber aus dem Zusammenhang gerissen. Catherine überquerte den Platz und hoffte, dass es nicht wieder ein toter Hund war. In Sighthill vergiftete jemand die Streuner mit Rattengift; weil es gnädiger war, als zuzusehen, wie sich die Köter vor Läufigkeit wanden.

Auf dem Beton lag ein nasser Haufen verkohlter Vorhänge, lila Paisley-Muster, wie das ihrer Mutter, verbrannt und immer noch rauchend. Catherine zählte in Zweierschritten zum sechzehnten Stock und sah, dass alle Lichter an und die Fenster zu der späten Uhrzeit weit aufgerissen waren. Kein gutes Zeichen. Ihr Bruder Leek war wahrscheinlich ausgeflogen. Wenn der Abend wie üblich gelaufen war, hatte er das Drama beim Essen kommen sehen und sich rechtzeitig verdrückt. Darin war er gut. Und weil er so still war, wurde er nicht mal vermisst.

Aber sie musste ihn finden. Sie konnte ihrer Mutter nicht allein gegenübertreten.

Die dunkle Gasse zwischen dem Eisenzaun der Saint-Stephen's-Grundschule auf der rechten Seite und dem Maschendrahtzaun der Springburn-Palettenfabrik auf der linken war berüchtigt; wenn man erst drin war, gab es bis zum anderen Ende kein Zurück. Banden liebten sie. Auf halbem Weg torkelte ein altes betrunkenes Paar durch den vom Wind verwehten Müll. Catherine hörte, wie die Frau dem Mann schmutzige Versprechungen zuflüsterte. Sie ging schneller, bückte sich und kroch durch eine Lücke im Maschendrahtzaun. Ihr Haar blieb im Zaun hängen, und einen Schreckmoment dachte sie, die beiden würden sie von hinten festhalten. Catherine riss sich los, und als sie frei war, fiel sie rückwärts in den Matsch. Nass und skalpiert drehte sie sich um, sah ihre Haarsträhne am Zaun hängen wie ein Büschel Tierfell und überlegte sich, wie sie es Leek dafür heimzahlen würde.

Auf dem Gelände der Palettenfabrik türmten sich Hunderte riesige Blöcke aus aufeinandergestapelten blauen Transportkisten. Jeder Block war etwa zehn Meter hoch und so breit wie das Fundament eines Hochhauses. Der Vorarbeiter hatte dazwischen eine Art Straßennetz angelegt, zehn Block breit mal zehn Block tief, mit gerade so viel Abstand, dass er mit seinem kleinen Gabelstapler durch die Gänge kam. Catherine zählte die Gassen, wie Leek es ihr widerwillig beigebracht hatte. Schon am Tag war es leicht, sich zwischen den Paletten zu verlaufen, und im Dunkeln war es noch viel leichter. Die Scheinwerfer vorne warfen schwaches Licht in die Nord-Süd-Achsen, aber sobald man um die Ecke bog, war es schwarz wie die Nacht.

Als Catherine die glühenden Punkte im Dunkeln tanzen sah, war es zu spät. Sie versuchte kehrtzumachen, aber sie rutschte auf den feuchten Absätzen ihrer Wildlederstiefel aus und schlitterte noch tiefer in die Dunkelheit. Knochige Hände packten sie an den Armen und zogen sie zum Schwarm der Glühwürmchen. Sie wollte schreien, aber jemand drückte ihr die Hand auf den Mund. Sie schmeckte Nikotin und Klebstoff. Viele Hände tasteten sie ab, tatschend, suchend. Sie hörte das Schaben von Cord, als sich ein Paar Beine von hinten näherte. Die Beine drückten sich an sie, und durch den dünnen Stoff der engen Hose spürte sie den Mann. Er war prall vor Blut und Erregung.

Einer der glühenden Punkte kam näher und leuchtete unheilvoll vor ihrem Gesicht. »Wat zum Geier willste hier?«, fragte er.

»Geile Titten«, sagte die Glut links von ihr. Die brennenden Glühwürmchen lachten und hüpften.

»Lassma anfassn.« Sie spürte eine kleine Hand, fast eine Frauenhand, die an ihrer Bürobluse zog.

Plötzlich schnitt ein silbriges Licht durchs Dunkel, und Catherine fühlte den Druck von kaltem Metall an ihrer Wange. Die schmutzige Hand, die ihr den Mund zugehalten hatte, griff nach ihrer Kehle. Dann berührte die blanke Klinge des Anglermessers ihren Mundwinkel und schob sich zwischen ihre Lippen. Sie schmeckte metallisch, wie ein schmutziger Löffel. »Celtic oder Rangers?«

Catherine wimmerte traurig. Es war eine Fangfrage: Wenn sie die falsche Antwort gab, würden sie ihr mit dem Messer das Glasweger Grinsen verpassen, eine Narbe von Ohr zu Ohr, und sie wäre fürs Leben gezeichnet. Wenn sie richtig antwortete, würden sie sie wahrscheinlich vergewaltigen.

Wenn sie abends im Bett saß und sich das lange Haar bürstete, hatte sie oft zugesehen, wie Leek Shuggie denselben Blödsinn fragte. Mit seinen schlaksigen Gliedern setzte sich Leek rittlings auf den kleinen Bruder, so dass er sich nicht mehr bewegen konnte. Dann hielt er die Fäuste Zentimeter vor Shuggies Gesicht und fragte: »Friedhof? Oder Krankenhaus?« Es war zwecklos. Alle Antworten führten zum gleichen Ergebnis. Man kriegte, was immer der fiese Arsch, der auf einem saß, loswerden wollte.

»Raus mitte Sprache.«

Das Fischmesser klirrte gegen ihre Zähne, als es die Innenseite ihrer Wange erforschte. Aus ihrem linken Auge rollte eine einzelne Träne. Catherine dachte an den Klebstoffgeruch und zwang sich zu raten. »Celtic?«

Der Typ schnaubte enttäuscht. »Glück gehabt.« Langsam zog er ihr das Messer aus dem Mund; er genoss das Grauen in ihrem Gesicht. Catherine schob sich den Finger in die Wange, schmeckte warmes, salziges Blut, aber zum Glück war ihr Gesicht noch in einem Stück.

Ein gleißendes Licht strahlte ihr direkt ins Gesicht, und sie wich gegen die Beine hinter sich zurück. »Ach du Scheiße!«, sagte die Stimme. »Dassis die Schwester von lütten Leek.« Es dauerte einen Moment, bis sich ihre Augen an das Licht gewöhnten. Sie griff nach der Taschenlampe und hielt sie auf den Boden. Die Typen, die um sie herumstanden, waren bloß Bengels, jünger als sie und wahrscheinlich jünger als Leek. Sie hatten im Dunkeln geraucht und gewartet. Weil sie zu Hause keinen Frieden hatten, lauerten sie hier, bis jemand vorbeikam, den sie fertigmachen konnten, oder auf die Gelegenheit, den Wachmann niederzustechen.

Catherine holte aus und schlug nach dem Typ mit dem Anglermesser. Aber sie fühlte sich nicht besser, also ballte sie die Faust noch mal und drosch auf seinen Hals, Kopf und Schultern ein. Der Junge ging in Deckung und tanzte lachend von ihr weg.

Angewidert stieß Catherine die Jungs beiseite und rannte los, am letzten Palettenblock entlang. Sie hörte Schritte hinter sich, schnell, flach. Irgendwann griff sie in die raue blaue Holzwand und stemmte sich, so schnell sie konnte, den Palettenstapel hinauf. Eine Hand packte einen ihrer neuen Stiefel, riss an ihrem Fuß, und sie verlor fast den Halt. Mit aller Kraft klammerte sie sich an dem splitterigen Holz fest. Sie trat nach hinten aus und hörte, wie ihr Stiefel auf einen harten Schädel krachte, dann zog sie das Knie an und kletterte den Rest des Turms hinauf.

Die Taschenlampe leuchtete unter ihren Rock, suchte ihren Schoß. Die Idioten verspotteten sie mit schrillen Stimmen, kurz vor dem Stimmbruch, der bedrohliche Klang kleiner Jungs, die die berauschende Macht der Männlichkeit entdeckten. Als Catherine die letzten drei Meter geschafft hatte, hätte sie sich am liebsten hingelegt und Luft geholt, aber sie zwang sich aufzustehen und trotzig über die Kante zu sehen. Es waren fünf, mit Pickeln und Flaum im Gesicht. Sie grinsten zu ihr herauf, während der Älteste mit Daumen und Zeigefinger ein Loch machte und den anderen Zeigefinger hineinsteckte. Catherine spuckte hinunter. Weißer Schaum regnete herunter, und die Jungs quiekten wie die Kinder, die sie noch waren, und verzogen sich wie kichernde Ratten.

Oben auf dem Palettenstapel blickte sich Catherine auf den gleichförmigen leuchtend blauen Holzfeldern um. Die Jungs hatten sie beim Zählen gestört, und sie konnte nur hoffen, dass sie am richtigen Turm hochgeklettert war. Leek schaffte es, über den zwei Meter breiten Abgrund zwischen den Türmen zu springen, aber sie nicht. In ihren nassen Stiefeln würde sie ausrutschen und abstürzen. Sie schauderte bei dem Gedanken, was die Rowdys mit ihrer Leiche anstellen würden, wenn sie mit gebrochenem Genick daläge.

Catherine zählte vom Zaun bis vier und von der Abzweigung bis fünf. Es stimmte; sie hatte sich nicht verzählt. Suchend überflog sie die Plattform und entschied sich für eine Palette, vier mal vier von der Südostecke. Wie Leek ihr eingetrichtert hatte, sah sie sich um, bevor sie in die Hocke ging und die blaue Palette anhob. Irgendwo im Innern leuchtete ein flackerndes Licht. Catherine steckte den Kopf in die Öffnung und zischte den Namen ihres Bruders. »*Leek, Leek!*« Sie bekam keine Antwort. Sie rief wieder, und plötzlich ging das Licht aus, und im Loch wurde es schwarz. Regen tropfte ihr von der Nasenspitze, als sie in die leere Tiefe starrte. Auf einmal schoss ihr aus der Dunkelheit ein weißes Gesicht mit kleinen rosa Ohren entgegen. »Buh!«

Catherine kippte nach hinten. Hätte sie näher am Rand gesessen, wäre sie runtergefallen. Sie spuckte einen Batzen Speichel in Leeks weißes Gesicht.

»Hey, was soll die Scheiße!«

»Warum musst du mir so einen Schreck einjagen?« Catherine kniete sich hin und suchte ihre roten Hände nach Splittern ab. Dann wurden die Scham und die Angst übermächtig, und frustrierte Tränen liefen ihr übers Gesicht.

Leek wischte sich mit dem Pulloverärmel die Spucke vom Mund. Er deutete ihr Heulen falsch. »Jetzt mach keinen Aufstand. Kommst du runter oder was? Du lässt den Regen rein.«

Eingeschnappt kroch Catherine zu der Öffnung und kletterte hinunter in die Höhle ihres Bruders. Leek zog die lose Palette über ihren Köpfen zu. Im Innern war es so muffig wie in einem Grab und so dunkel wie in einem Sarg. Catherine begann einen langen Seufzer, aber Leek würgte sie ab: »Halt die Klappe«, während er sich in der Rabenschwärze zu schaffen machte. In der gegenüberliegenden Ecke klirrte Metall, und dann wurde der Raum von trübem verrauchtem Licht erhellt.

Die Campinglampe warf lange Schatten in den stollenartigen Raum. Das Innere der ausgehöhlten Paletten war mindestens doppelt so groß wie ihr Zimmer zu Hause, aber die Decke war bloß einen Meter achtzig hoch. Leek hatte den Boden und die Wände mit Teppichresten und flachgedrückten Pappkartons ausgekleidet. Durch das Loch in der Decke hatte er alte Möbel hereingeschleppt. Manche Paletten waren wie Stützbalken aufgerichtet, und ein paar hatte er über Eck gestellt und mit alten Teppichen belegt, so dass sie eine Art hartes Sofa bildeten. An den Wänden hingen Nacktbilder aus alten Zeitschriften. Jemand hatte ein Bild von Maggie Thatcher aufgehängt, und ein anderer Witzbold hatte ihr einen geäderten Schwanz in den eisernen Mund gezeichnet.

Catherine sah zu, wie ihr Bruder es ihr in seinem Heim gemütlich machte. Sie kannte ein paar der älteren Sighthill-Jungs, die die Höhle vor ein paar Jahren gebaut hatten. Nachdem die wildesten von ihnen nachts einen übereifrigen Wachmann mit dem Messer angegriffen hatten, hatte man sie ziemlich in Ruhe gelassen. Es war ein toller Ort, um sich zu betrinken und Klebstoff zu schnüffeln. Aber die meisten der Jüngeren mochten vor allem, dass es hier keine gewalttätigen Väter gab. Manche brachten Mädchen her und bauten aus geliehenen Mänteln und Pullovern Betten. Aber mit der Zeit, als der eine oder andere Ruf ruiniert war, kamen die Sighthill-Mädchen nicht mehr in die Palettenhöhle. Die Stimmen der Jungs brachen weiter, die Hormone tobten weiter, und so verschwanden die meisten, um anderswo ihre halbstarken Eroberungen zu machen. Das Palettenhaus wurde leerer und stiller. Jetzt hatte es Leek häufig das ganze Wochenende für sich allein.

Falls Agnes am Donnerstag zu trinken anfing, packte Leek ein paar Dosen Bohnen und Puddingpulver in der Küche seiner Granny ein und kam hier raus, um sich zu verstecken. Wenn er sonntagabends zurückkam, saßen alle vor dem Fernseher. Agnes war dann sanft und reumütig, und der Teufel Alkohol hatte sie verlassen. Sie machte ihm auf dem Sofa Platz, und er saß dicht bei ihr und genoss ihren warmen, parfümierten Duft nach Badeschaum. Lizzie sah ihn mit einem zerstreuten Lächeln an und fragte, ob er das ganze Wochenende im Bett verbracht hatte. Es war gut, ein stilles Wasser zu sein.

Dabei war er nicht klein. Mit fünfzehn war er schon über einen Meter achtzig. Er war immer dünn gewesen, und als er in die Höhe schoss, wurde sein Körperbau noch sparsamer und effizienter. Die Haare wie den Körperbau hatte er von seinem abgesägten leiblichen Vater geerbt. Sein Haar war fein und dünn, straßenköterblond, und hing ihm weich über Ohren und Augen. Seine Augen waren grau und klar, und brauchten lange, bis sie Gefühle zeigten. Leek hatte die Kunst perfektioniert, durch Menschen hindurchzusehen, sich aus Gesprächen auszuklinken, durch Hinterköpfe und offene Fenster seinen Tagträumen hinterherzuschweben.

Mit seinen Gefühlen ging Leek genauso sparsam um, wie sein Körper gebaut war. Er hatte den sanften Charakter seines leiblichen Vaters, war still und nachdenklich, einzelgängerisch und distanziert. Sein einziges physisches Zugeständnis an seine Mutter war die große, knochige Nase, zu streng, um römisch zu sein. Sie brach die Linie seines weichen, scheuen Ponys und saß in seinem dünnen Gesicht wie ein stolzes Denkmal seiner irisch-katholischen Vorfahren. Agnes hatte sie von Wullie, und Wullie hatte sie von seinem Vater, der sie aus Donegal-County herübergebracht hatte. Niemand der Campbell-Linie blieb von dem Zinken verschont, er ließ weder Mann noch Frau aus.

Die Palettenhöhle war ein mit Teppich ausgelegtes Fort, ein Jungsort. Es roch nach Bier, Klebstoff und Sperma, und Catherine hatte keinen Sinn für ihre Reize. Sie sah sich um und schauderte beim Anblick der

Unordnung und halb gegessenen Dosen. Sie wischte sich die Tränen aus dem Gesicht und zog die Nase hoch. »Wie lange bist du heute schon hier?«

»Keine Ahnung«, sagte er und nahm einen alten Mantel von einem muffigen Haufen in der Ecke. »Am Mittag hat sie die Reste vom Tauf-Whisky in sich reingekippt.«

Er hielt ihr den trockenen Mantel hin. Catherine zog ihren guten grünen Mantel aus und zog den Männer-Tweed über. Er roch nach Lanolin und Schweiß, aber die raue Trockenheit der warmen Wolle fühlte sich gut an. Leek nahm eine alte Keksdose von dem Brett über den Mädchenfotos und gab sie ihr. Dann setzten sie sich zusammen auf das selbstgebaute Sofa. Er legte sanft den Arm um sie und schlüpfte zu ihr in den Mantel, so dass jeder einen Ärmel hatte.

Catherine nahm sich eine Handvoll Kekse aus der Dose. Sie schmeckte den Sirup, den ihre Granny benutzte. Die karamellige Süße tröstete sie. »Ich hab den ganzen Tag nichts gegessen. Es war sonst niemand da, um das Telefon zu hüten, und Mr Cameron hat gesagt, er bringt mir ein Sandwich vom Mittagessen mit. Aber er hats nicht getan. Und ich wollte nichts sagen, weil er sonst gedacht hätte, ich wäre beleidigt.«

»*Gefühle sind für Schwächlinge.*« Leek benutzte die Stimme aus *Doctor Who*, die sie hasste.

Catherine streckte den Kopf aus dem Kragen und sah ihn abschätzig an. »Nur Schwächlinge verstecken sich.« Seine langen, schüchternen Wimpern sanken auf die rosa Wangen. Es war schon immer leicht gewesen, ihn zu verletzen. Sie zog die Hand in den mottenzerfressenen Mantel und legte den Arm um ihn; durch den dünnen Schulpullover spürte sie seine Rippen. »Tut mir leid, Leek. Aber es ist echt gruselig, hier rauszukommen, um dich zu suchen. Ich bin klitschnass, und ich hab Angst gehabt, und jetzt sind meine neuen Stiefel im Arsch.«

»Hier geht einfach alles vor die Hunde.«

Sie drückte ihn. Er war zwei Jahre jünger und schon einen Kopf größer. Sie schmiegte den feuchten Scheitel an seine Kinnfalte. Dann weinte sie leise und versuchte, die Wut auf die Rowdys und ihr Anglermesser abzuschütteln. »Hast du dich den ganzen Tag hier versteckt?«

»Aye.« Sein Seufzer ging ihr durch und durch. »Wie gesagt. Als sie aufgewacht ist, wusst ich schon bei den Zeichentrickfilmen, dass sich was zusammenbraut. Sie hat doll gezittert, und dann hat sie gesagt, ich soll auf den Kleinen aufpassen, weil sie einkaufen muss ...« Er brach ab.

Catherine wusste, dass er ins Leere starrte. »Ist sie ins Pub?«

Sein Blick war verschleiert. »Nein. Ich ... ich glaub nicht. Sie hatte den Whisky, und dann, glaub ich, hat sie was gekauft und im Fahrstuhl getrunken.«

»Na ja, Höhenluft ist auch ziemlich trocken.« Catherine leckte sich die klebrigen Krümel von den Fingern und stellte die Dose hin.

»Aye, sie sah echt ausgedörrt aus«, sagte er traurig. Eine lange Pause entstand. Leek nahm die obere Leiste seiner Keramikzähne heraus und rieb sich die Wangen, wo sie drückte. Genervt von den ständigen Zahnarztbesuchen, hatte Agnes ihn überredet, sich die schlechten Zähne, die voller Amalgamplomben waren, zum fünfzehnten Geburtstag komplett ziehen zu lassen.

»Tut es immer noch weh?«, fragte Catherine, froh, dass sie noch ihre eigenen Zähne hatte.

»Aye.« Er wischte die Spucke von dem Gebiss und schob es sich wieder in den Mund.

»Tut mir leid, Leek, und es tut mir auch leid, dass ich dich heute allein gelassen habe.« Sie küsste ihn liebevoll auf die Wange.

Doch die Zärtlichkeit ging ihm zu weit. Er drückte ihr die Hand ins Gesicht und schob sie weg. »Finger weg, du Vogelscheuche. Außerdem brauch ich kein Mitleid. Ich habs satt, mich von der Scheiße runterziehen zu lassen.« Leek knöpfte den großen Mantel auf und stellte sich wieder in die Kälte. Er zog sich den Ärmel des schwarzen Schulpullovers über die Finger und wischte sich den Kuss seiner Schwester aus dem Gesicht.

Als sie ihn ansah, dachte sie, dass Leek ohne den Campbell-Zinken wie zwölf aussehen würde. Sie beobachtete, wie er sich mit seinen langen, zarten Uhrmacherfingern über den Nasenrücken fuhr, wie er die Nase betastete, maß, und es dann bereute. Er ließ die Hand sinken. »Hör auf zu glotzen.« Er machte einen Schritt aus dem Lampenschein auf die dunkle Seite der Höhle.

Catherine griff nach einem schwarzen Skizzenbuch. Leek hatte wieder gemalt. Sie blätterte durch detaillierte Zeichnungen von Bikinischönheiten auf den Motorhauben muskulöser Ferraris, oder rittlings auf geflügelten Drachen. Leeks Bilder konnten es mit den Covern jedes Rock-Albums aufnehmen, eine vollendet ausgeführte Welt seiner schüchternen Fantasie. Nach den Muskeln und Sehnen und nackten Schönheiten waren da präzise, mit dem Lineal gezogene Pläne für Architektur und Holzarbeiten, technische Entwürfe futuristischer Gebäude und kleine, feine Baupläne für Plattenspieler und eine selbstentworfene Staffelei. Seit Catherine denken konnte, hatte Leek immer einen Bleistift in der Hand gehabt.

Sie lächelte stolz, als Leek aus der Dunkelheit auftauchte und ihr das Skizzenbuch aus der Hand riss. »Hab nicht gesehen, dass dein Scheißname draufsteht.« Er zog den Pullover hoch und steckte sich das Buch in den Bund seiner Jeans.

»Leek, ich glaube, du hast echt Talent.«

Er schnaubte verächtlich und verschwand wieder im Dunkeln.

»Wirklich. Du wirst mal ein großer Künstler, und ich werde heiraten, und wir schaffen es beide raus aus der Scheiße und lassen die ganze Müllkippe hier hinter uns.«

Aus dem Dunkeln kam ein Zischen. »Leck mich. Ich weiß, dass du mich bald sitzenlässt. Ich hab gesehen, wie du dem Oranier-Arschloch schöne Augen machst. Ich weiß, dass du mich sitzenlässt und dass ich allein mit ihr fertig werden muss.«

»Leek. Kannst du im Licht bleiben, wo ich dich sehen kann?«

»Nein. Mir gefällts im Dunkeln.«

Catherine trocknete sich mit dem Mantelärmel die Haare ab und dachte einen Moment nach. Sie verdrängte die Angst vor den Halbstarken, die ihr noch in den Knochen saß. »Schade, ich bin nämlich hier, um mich auszuziehen und mit einem riesigen Drachen für dich zu ringen.«

Er trat aus der Dunkelheit und schüttelte den Kopf. »Lass gut sein. Ich zeichne lieber dicke Titten.«

Catherine zuckte zusammen, aber sie sagte: »Dann benutz deine Fantasie.«

»Ich hab keinen Bleistift, der dünn genug ist, um ihre winzige *Miniatu-ralli-tät* hinzukriegen.«

Sie funkelten einander mit ernsten Gesichtern an. Catherine verzog zuerst das Gesicht, als müsste sie würgen, und tat so, als kotzte sie den alten Männermantel voll. Leek machte es ihr nach, bis sie beide in imaginärer Kotze versanken. Catherine sah, wie das Lächeln ihres Bruders zurückkehrte, und dachte, wie schade es war, dass man es nur noch so selten zu sehen kriegte. Leek bemerkte ihren forschenden Blick. »Mach doch ein Foto, wenns sein muss.«

Catherine versuchte ihren Blick weicher zu machen, um ihn nicht wieder zu verjagen. »Also, als du gegangen bist, war Mammy da mehr auf Krawall gebürstet oder eher weinerlich?«

Er zuckte die Achseln. »Sie war fast den ganzen Tag am Telefon auf der Suche nach Shug. Mir war einfach klar, dass es schlecht enden würde.«

»Wieso?«

»Sie hat getrunken, als wollte sie sich an einen anderen Ort befördern.«

»War sie laut?«

Er schüttelte den Kopf. »Eher traurig als laut heute.«

Catherine seufzte. »Scheiße. Wir müssen zurück. Ich glaube, es ist was passiert.«

»Auf keinen Fall. Ich habe genug Essen dabei, um die Nacht hierzubleiben.« Er war schon wieder halb im Dunkeln verschwunden.

»Du holst dir den Tod.«

»Gut so.«

»Ach, Leek. Du bist echt zu alt, um hier Puppenhaus zu spielen.« Es war nicht nett, und sie wusste, sie würde nichts gewinnen, wenn sie so weitermachte. Ihr Bruder war mit einer legendären Sturheit geschlagen; er starrte einfach durch einen durch und schwebte davon, verließ seinen Körper und desertierte. Aber Catherine wollte ihrer Mutter nicht allein entgegentreten. Und sie wollte auch nicht ohne ihn durch die Dunkelheit gehen. »Bitte. Ich bin gekommen, um dich zu holen. Ich hab deine Klebstoff schnüffelnden Kumpels nicht für umsonst unter meinen Rock glotzen lassen.« Sie biss sich kläglich auf die Lippe. »Die ham ein Anglermesser, Leek. Die ham mich begrapscht.«

Leek wurde wütend, als er das hörte. Das jähe Auflodern seines Temperaments erschreckte sie und freute sie heimlich jedes Mal. Es passierte immer ganz leise und abrupt, der kleinste Kommentar konnte aus Geblödel Ernst werden lassen. »*Bitte.*« Mit übertrieben hilfloser Geste ließ sie die Schultern hängen. Dabei war Jammern eigentlich nicht ihre Art.

Leek verschwand in der dunklen Ecke und kam mit seinem Kapuzenanorak und dem kaputten Stiel eines Spatens zurück. Er wendete ihn bedrohlich in den Händen. Dann löschte er die rauchende Campinglampe und sie kletterten schweigend durch das Loch aufs Palettendach. Leek schloss die Falltür hinter sich, und sie standen hoch oben und blickten hinaus auf die funkelnden Lichter der Stadt. Die Aussicht war wunderschön. Catherine hob die Hand und zeigte in die Dunkelheit weit hinter die orangen Lichter der Stadt.

»Leek. Siehst du das da hinten?«, fragte sie.

Am Horizont war ein leerer Streifen, schwarz wie der Rand des Nichts. Leek folgte der Linie ihres Fingers.

»Nee.«

»Da!«, sagte sie und streckte den Arm noch weiter aus, als würde das helfen. »Da hinten, hinter Springburn und Dennistoun. Hinter der letzten Siedlung.«

»Caff! Nur weil du den Arm steif machst, sehe ich nicht mehr. Es ist stockdunkel. Da draußen ist nichts.«

»Genau!« Sie dachte kurz nach, bevor sie den Arm sinken ließ und wieder zur Hochhaussiedlung sah. »Ich hab gehört, wie Shug sagte, dass wir da rausziehen.«

SECHS

Agnes hatte den Großteil der Nacht hustend und keuchend dagelegen. Jetzt fiel das Morgenlicht durchs nackte Fenster und gönnte ihr keine Ruhe. Sie konnte den nassen Luftzug nicht mehr ignorieren, der durchs Zimmer fegte und ihren klammen Körper auskühlte. Kraftlos öffnete sie die Augen. Aber sie hatte nicht mit den schwarzen Rußzeichen gerechnet. Einen Moment ergriff sie Panik, bis sie das verbrannte Schlafzimmer als ihr eigenes erkannte. Wie eine hässliche Postkarte von gestern Abend starrte sie ihr Bild im Spiegel an, voll bekleidet, das Make-up verschmiert. Sie sah das Kissen an und die nasse, blaue Sauerei, die sie dort hinterlassen hatte. Ihr Blick wanderte zu Shugs Seite des Betts. Sie war unberührt.

Agnes senkte das Kinn auf die Brust und versuchte sich zu erinnern. Aber die richtigen Bilder kamen nicht. Sie strich sich durch die schwarzen Locken, spürte die knisternde Spröde von zu viel Haarspray. Aus Gewohnheit legte sie den Kopf in die Hände und bohrte die Nägel tief in den Haaransatz, bis das vergiftete Blut ihre Kopfhaut flutete. Es tat gut. Bilder der letzten Nacht begannen in ihrem Schädel zu läuten wie dröhnende Kirchenglocken.

Ding, hier tanzt das Kind auf dem Bett.

Dang, hier springt die Flamme auf die Vorhänge.

Dong, hier kommt Shug und dreht an seinem Ehering, abgrundtiefe Enttäuschung in seinem Blick.

Agnes legte sich zurück. Sie schluchzte, aber es war reines Selbstmitleid, die Art, die keine Tränen hervorbrachte. Sie erinnerte sich, wie sie das Kind festgehalten hatte, als die Flammen den Vorhang hinaufrasten. Sie wollte das Bild verdrängen, nicht mehr hinsehen, doch je mehr sie sich anstrengte, desto greller wurde es, wie eine scheußliche Blume. Die Schuld kroch ihr in die Knochen wie Feuchtigkeit, und die Scham fühlte sich wie Fäulnis an. Sie suchte nach einer Zigarette, um ihre wunde Kehle zu betäuben, die sich so schwarz und klebrig anfühlte wie Teer im Juli. Doch es waren keine Zigaretten da und auch keine Streichhölzer. Offenbar stand sie unter Überwachung. Wenigstens das heiterte sie ein wenig auf.

Draußen im Flur war alles still. Offenbar war es spät, denn die Tür zum Schlafzimmer ihrer Eltern stand offen und das Bett war ordentlich gemacht. Sie ging ins fensterlose Bad, schloss die Tür und setzte sich aufs Klo. Überlegte, ob sie sich ein Bad einlassen und unter Wasser auf den Herrn warten sollte. In der Wanne lagen zwei nasse Handtücher, pechschwarz vom Feuer. Sie schaffte es nicht, sie wegzuräumen.

Agnes legte die Lippen um den kalten Metallhahn und soff das fluoridhaltige Wasser, keuchend und hechelnd wie ein durstiger Hund. Dann begann sie, sich das verschmierte Make-up aus dem Gesicht zu wischen; die Wattebausche waren voller Ruß. Sie öffnete den Medizinschrank und suchte in den Plastikfächern mit Wullies Medikamenten nach etwas, das die Bitterkeit linderte, aber die Schmerzmittel waren verschwunden. Sie fand nur eine Flasche mit geronnenem Hustensaft, trank einen Schluck, und dann noch einen.

Als sie endlich in den dunklen Flur trat, blieb sie lange stehen, um sich zu sammeln. Sie probierte verschiedene Lächeln aus, kleine schuldbewusste mit gesenktem Kopf, bei denen sie mit gerunzelter Stirn von unten aufsah, mit zusammengepressten zitternden Lippen. Sie probierte auch ein paar leichte, unbefangene, als käme sie gerade vom Einkaufen. Dann versuchte sie es mit einem breiten, strahlenden Lächeln und einem kecken Kopfnicken, das so viel sagte wie: *Na und? Ihr könnt mich mal.* Das würde sie nehmen, falls Shug da war.

Am runden Esstisch saßen Wullie und Shuggie und aßen weiche Eier mit Reiterchen. Mit sechzig Jahren Altersunterschied hingen sie an der Tischecke wie alte Saufkumpane. Leek fläzte auf dem Sofa, die nackten Beine über der Lehne, Skizzenblock in der Hand. Als er seine Mutter sah, stand er sehr leise auf und ging mit einem höflichen Nicken an ihr vorbei, wie ein Fremder auf der Straße.

Alle Fenster standen offen, und die Wohnung war bereits mit Bleiche geschrubbt worden. Es roch bitter und scharf. Wullie senkte den Kopf über den Eiern, als er Agnes sah. Offenbar war er bei der Frühmesse gewesen, denn über dem Küchenstuhl hing ordentlich gefaltet sein guter Anzug. Er saß im Unterhemd da, die massigen Arme von der Schulter bis zum Handgelenk mit verblasster blauer Tinte bedeckt, unvergessliche Namen und Orte aus dem Krieg, ein lachendes schwarzhaariges Mädchen aus Donegal, und Agnes' Name und Geburtstag in stolzen, eleganten Buchstaben.

»Du hast die Messe verpasst.«

Agnes probierte verschiedene Gesichter aus und entschied sich für ein zerknirschtes. »Ist Shug da?«, fragte sie nervös, und ein Grinsen geriet ihr dazwischen.

Wullie schüttelte den Kopf. Es war ihm alles zu hässlich: der Streit, das Feuer, das weinende Kind. Er schob die Brille die Nase hoch und starrte tiefer in seine Eier. »Bitte hör auf zu grinsen, Agnes. Bitte sieh mich nicht so frech an.«

Ihr Sohn, Gott segne ihn, strahlte auf wie die Lichter von Blackpool, kaum dass sie reingekommen war. Mit einem Handtuchturban um den Kopf streckte Shuggie die Ei-verschmierten Hände nach ihr aus. »Mammy, Catherine war nicht lieb zu mir heute Morgen. Sie hat gesagt, ich bin ein Feigling.« Agnes hob den Jungen hoch. Er schlang sich um ihre schmerzenden Knochen und drückte Leben in sie hinein. »Granda sagt, ich krieg heute drei Marmeladenkekse.«

»Hugh, komm her und iss dein Frühstück auf, sonst gips überhaupt keine Kekse.« Mit der dicken Hand winkte Wullie den Jungen zurück, der schmollend vom Arm seiner Mutter rutschte. Ihre Knochen fingen wieder zu beben an. Ihr Vater schob Shuggie eine volle Gabel in den Mund, bevor er weitersprach. Seine Stimme war gefasst, aber er wich ihrem Blick aus. »Ich weiß, dass es meine Schuld ist, Agnes. Ich weiß, dass ich schuld bin, dass du so bist, wie du bist.«

Gereizt trat Agnes von einem Bein aufs andere. *Nicht schon wieder.* Ihre Kehle sehnte sich verzweifelt nach einer Zigarette.

»Hör mich an. Ich weiß, ich hab dich verwöhnt, statt dir den Gürtel zu geben. Ich weiß, ich bin sentimental, und ich weiß, dass ich zu weich bin. Aber du hast keine Ahnung. *Keine* Ahnung, wie es gewesen ist.« Wullie rieb sich mit der fleischigen Faust über die Lippen. Er sah durch die Tür zur Kochnische, als könnte ihm jemand hinter den Kulissen seinen Text vorsagen. »Wir sind vierzehn gewesen. Meine alte Ma hat keinen kriegen sehen, watter nicht mit sein eigenen Händen verdient hat. Nichma unser lütter Francis mitten verdrehten Bein. Der arme kleine Krüppel musste sich genauso durchboxen wie der Rest von uns. Und als deine Mammy mir gesagt hat, dass du unterwegs bist, hab ich gebetet, dass für dich alles anders wird. Ich hab mir geschworn, dass du keine Not kennen sollst, so wie ich Not gekannt hab.«

»Daddy, bitte, du musst mir nicht ...« *Wo waren die Scheißzigaretten?*

Er klatschte in die rauen Hände; es knallte wie Donner. »Muss ich in mein eigenen Haus immer der Waschlappen sein?« Eigentlich war Wullie kein Mann, der laut wurde. Agnes hielt die Luft an; selbst Lizzie hörte in der Küchennische zu schniefen auf. Wullie Campbell war dafür gebaut, unten am Clyde Säcke auf Getreidekähne zu laden. Sie hatte gesehen, wie er mit links ein halbes Dutzend Liverpooler Rüpel aus dem Pub warf.

»Jeden Tag um Viertel nach fünf bist du mir wie außem Ei gepellt auf der Straße entgegengelaufen. Ich hab deiner Mammy gesagt, dass du immer adrett sein sollst. ›Ist das ganze Theater wirklich nötig, Wullie?‹, hatse gesagt. Aber das war das Einzige, was ich je von ihr wollte. Ein Mann soll auf seine Familie stolz sein können. Heute is den Leuten so was ja egal?« Grimmig verschränkte Wullie die tätowierten Finger. »Hat mir so viel Freude gemacht, stolz auf mein Mädchen zu sein. Ich hab gesehen, wie neidisch die andern waren, wennse mit ihre verkniffenen Fratzen außen Fenster hingen. Erwachsene Männer und Frauen, neidisch aufn kleines bisschen strahlendes Leben wie dich. Ich hab bloß gelacht, wenn sie gesagt haben, ich würd dich verwöhnen.«

»Du hast alles gut gemacht, Daddy. Ich war glücklich.«

»Ach ja? Was ist dann passiert, dass du heute so unglücklich bist?« Er saugte an seinen Zähnen und legte die schwere Pranke auf Shuggies Kopf, dass sein Hals fast nachgab. Wullie hatte rührselige Tränen in den Augen, aber er beobachtete sie kalt, als würde er sie zum ersten Mal sehen. »Sag dus mir, Agnes. Muss ich den Gürtel rausholen?«

Agnes griff sich an den Hals und hätte beinahe gelacht. »Daddy! Ich bin neununddreißig!«

»Muss ich den selbstsüchtigen Teufel aus dir rausprügeln?« Langsam erhob er sich vom Tisch. Seine Arme hingen runter, die Hände wie Schaufeln am Ende stählerner Baggerstiele. »Ich habs satt, dass du immer zuerst kommst, Agnes. Ich habs satt zuzusehen, wie du dich kaputt machst, und zu wissen, dass ich schuld dran bin.«

Agnes wich einen Schritt zurück. Sie lächelte nicht mehr. »Du bist nicht schuld daran.«

Wullie schloss leise die Wohnzimmertür. Er zog seinen schweren Arbeitsgürtel mit dem ins Leder geprägten Logo der Meadowside-Gewerkschaft aus der Tweedhose. »Aye, vielleicht isses das Beste so.«

Agnes hielt schützend die Hände vor sich und wich langsam zurück zur Tür. Das freche Grinsen war verschwunden. Als ihr Vater auf sie zukam, ging sie weiter rückwärts, bis sie die Wohnzimmervitrine im Rücken spürte und der glasäugige Nippes warnend klimperte. Der Junge war jetzt zu ihren Füßen, der Kopf halb hinter ihrem Bein verborgen. Wullie wickelte sich den Gürtel um die Hand, einmal, zweimal, für besseren Halt. »Schick das Kind weg.«

Sie hielt den Jungen fester. Wullie legte die Hand um ihren weichen Oberarm. Mit der anderen zog er den Jungen sanft, aber bestimmt von ihr weg. Er führte Agnes zu seinem Sessel, dann setzte er sich und legte sie sich übers Knie.

Sie wehrte sich nicht, und es kamen keine bittenden Worte mehr.

»Herr Jesus Christ, gib mir die Stärke zu vergeben.« Knallend sauste der Gewerkschaftsgürtel auf ihre weiche Rückseite. Agnes schrie nicht. Wullie hob wieder die Hand. »Ich danke Dir, dass mein Joch nie schwerer ist, als ich tragen kann.« *Zack.* »Zeig Agnes die vielfältigen Segnungen ihres Lebens.« *Zack.* »Stille ihre Bedürfnisse.« *Zack.* »Schenk ihr Frieden.«

Neben ihr näherten sich leise Schritte, und Agnes spürte, wie ihre linke Hand gehalten wurde. Sie spürte die Kühle blutleerer Hände in ihrem feuchten Nacken. Sie spürte das sanfte Streicheln ihrer Mutter. Lizzie kniete neben ihr auf dem Boden. Sie stimmte in Wullies Gebet mit ein. »Herr, nur durch Deine Vergebung können wir selbst vergeben.« *Zack.*

Nach dem Brand hatte Shug die Nachtschicht fortgesetzt, und zum zweiten Mal diese Woche war er am Morgen nicht nach Hause gekommen. Außer seinem Bruder Rascal Bain und ein paar Jungs vom Taxistand hatte er nicht viele Freunde. Aber Agnes wusste, dass es eine Million andere Orte gab, wo er sein könnte.

Sie saß steif auf der Bettkante. Die Rückseiten ihrer Beine waren von Wullies Gürtel rot verbrüht, und sie konnte sich nicht konzentrieren, als sie Shugs saubere Socken sortierte und einen in den anderen steckte, die verblassten Schattierungen in Paaren, genau wie er es mochte. In wessen Armen lag er gerade? Sie spürte, wie der Kampfgeist in sie zurückkehrte. War er vielleicht bei Big Reeny im Hochhaus nebenan?

Sie musste raus, musste Gesicht zeigen.

Aus dem Wäscheschrank holte sie einen der Klappstühle, die sie in den Sommerferien mit auf den Campingplatz nahmen. Dann nahm sie die Zähne raus und spülte sie unter dem Warmwasserhahn ab. In engen Jeans und dem neuen schwarzen BH als Bikini-Oberteil ging sie raus auf den Flur und wartete auf den vollgepissten Fahrstuhl. Als sie sechzehn Stockwerke tiefer ausstieg, war sie froh, dass keine verbrannten Vorhänge auf dem Pflaster lagen.

Bis auf einen versteinerten Hundehaufen und ein paar blasse Brandflecken war der Vorplatz leer. Agnes sah hinter dem Hochhaus nach, ob Shugs Taxi dort stand. Auf die Art hatte sie ihn schon einmal erwischt. Er hatte eigentlich Tagesschicht gehabt, aber stattdessen oben irgendjemandes Frau gevögelt. Nur ein paar Fuß städtischer Beton hatten seine Familie von seinen schmierigen Abenteuern getrennt. Agnes hatte sich den ganzen Nachmittag mit einem Putzeimer voll Pisse und kaltem Teesatz in den Fahrstuhl gestellt. In jedem Stockwerk hatte sie gewartet, dass die Tür aufging und er davorstand, und sie hatte die Jagd erst aufgegeben, als eine Gruppe kleiner Mädchen vor dem Fahrstuhl stand, die rausgehen und spielen wollten. Die Kinder hatten sie erschrocken angestarrt und sich ängstlich geweigert, zu der Irren aus dem sechzehnten Stock in den Lift zu steigen.

Zuerst hatte Agnes gedacht, wie dumm von Shug, sich so leicht erwischen zu lassen. Doch später, als sie ihm gegenüberstand, kapierte sie, dass sie die Dumme war. Er hatte sich nicht erwischen lassen. Er hatte gewollt, dass sie es mitkriegte. Manche Dinge mussten raus.

Die Sonne stand weiß am Himmel. Der Beton zitterte jetzt schon in der Morgenhitze. Auf einem Stück Brachland saß Lizzie den Rücken ans Fundament gelehnt auf einer alten Decke und sonnte sich. Sie hatte ihr Blumenkleid bis zum Brustbein geöffnet und den Kragen auseinandergezogen, um alles aus dem seltenen Besuch der Sonne rauszuholen. Ihr Haar war in enge hellblaue Lockenwickler gedreht und sorgfältig in ein kariertes Geschirrtuch gehüllt. Lizzie las Zeitung und tratschte mit ein paar Nachbarinnen, die auf Küchenstühlen im Kreis auf der schütteren Wiese saßen und dicke braune Kartoffeln schälten, die sie in eine alte Plastiktüte warfen.

Agnes stellte den Klappstuhl in respektvoller Entfernung von ihrer Mutter und deren Clique auf. Lizzie sah kaum von der Zeitung auf, und

Agnes wusste, dass sie bestraft wurde. Sie versuchte sich in der warmen Sonne zu entspannen, aber ihr Blick wanderte immer wieder zu Lizzie, suchte nach einem Restchen Freundschaft, um die Einsamkeit in ihrer Brust zu lindern.

An der Mauer über Lizzie leuchtete ein neues Graffiti. Es sah aus wie eine schmutzige Gedankenblase über ihrer Lockenhaube: *Aus die Maus ... Muschi raus*. Lizzie hielt den Spruch wahrscheinlich für den Kommentar eines Katzenliebhabers. Aber Agnes wusste es besser, und sie musste lachen.

Lizzie sah finster zu ihr rüber. »Wa ist so lustig?«

Es war das erste Mal seit der Wohnzimmerpredigt heute Morgen, dass sie etwas sagte, und Agnes überlegte kurz, ob sie Lust hatte, sich mit ihr zu versöhnen, oder nicht. »Nichts. Wo ist mein kleiner Mann?«

Lizzie antwortete so einsilbig wie möglich. »Bein Bäcker, seine Kekse holen.« Sie sah wieder in ihre Zeitung.

Agnes kannte das Ritual. Samstag- und sonntagnachmittags ging Wullie mit seinem Enkel den halben Kilometer zu Fuß zu den Läden. Die bescheidene Reihe halb verbarrikadierter Schaufenster war in eine schattige Nische zurückgesetzt, die nie Tageslicht abzukriegen schien. Für die Siedlung hatte man die Familien aus den alten Glasgower Mietskasernen geholt, und alles sollte anders sein, modern, eine große Verbesserung. Aber in Wirklichkeit war die Siedlung zu brutal, zu spartanisch, zu schlecht gebaut, um besser zu sein.

Shuggie stand wohlerzogen im Laden des Pakis, während sein Großvater ein Sixpack Sweetheart-Stouts und eine Flasche Whisky kaufte, genug für Samstagabend und einen verhaltenen Sonntag. Wie der Junge sich entwickelte, gab Wullie und Imran immer etwas zu reden, während sie die Tüten mit Alkohol füllten. Keiner der Männer durfte dabei die Getränke zu Kenntnis nehmen, die über den Ladentisch gingen, das war Teil der Scharade. Gegenüber war die Bäckerei, und Wullie machte Smalltalk mit den hübschen Mädchen, während Shuggie gierig das Gebäck beäugte. Er suchte sich immer die gleiche leuchtend rosa Biskuitpyramide aus, mit roten und weißen Kokosraspeln bestreut und einem zuckrigen Bonbon auf der Spitze. Auf dem Heimweg bummelte er in Wullies Schatten und freute sich über seinen Schatz.

Agnes blickte in Richtung der Läden, aber sie waren noch nicht zu sehen. Sie stand auf und stellte sich an den Rand des Brachlands. In ihrem schwarzen BH warf sie den Kopf zurück, breitete die Arme aus und ließ die Sonne ihre blasse Haut kitzeln. Sie fing einen Seitenblick von Lizzie auf. In ihrem Kreuz begann sich ein blauer Fleck abzuzeichnen. Den hatte ihre Mutter angesehen. Agnes betastete die Gürtelspur und zuckte theatralisch zusammen.

Lizzie hob stolz den Kopf und zischte: »Herrgott noch mal. Zieh dir was über.«

Die Frauen mit den Kartoffeln tauschten mitfühlende Blicke, sie wussten, dass blaue Flecken in der Ehe manchmal häufiger waren als Zärtlichkeiten, und das galt nicht nur für Frauen. Agnes ignorierte sie. Gereizt ließ sie sich wieder in den Klappstuhl fallen und ruckelte unelegant, wie ein Kind auf einem Hüpfball, hopp, hopp, bis sie näher bei ihrer Mutter saß.

Sie rekelte sich genüsslich. Ihre Haut wurde schon leicht rosa. Sie streckte ein Bein aus und spielte wie ein Kind mit den Zehen am Saum von Lizzies gelbem Blumenkleid. Lizzie ließ die Zeitung sinken und schob Agnes' Fuß weg. »Lass mich in Ruhe«, sagte sie. »Du hast Nerven, mir heute unter die Augen zu kommen.« Sie nahm sich das Geschirrtuch vom Haar. Dann öffnete sie die Plastiktüte, die neben ihr stand, und begann, die Locken auszuwickeln.

Agnes griff nach dem Lockenkamm ihrer Mutter und legte sich wieder in den klebrigen Klappstuhl zurück. »Mir dröhnt der Kopf.«

Lizzie drehte sich einen Lockenwickler aus dem Haar und schob sich das Klämmerchen zwischen die Lippen. »Du Arme. Ich hoffe, du erwartest kein Mitleid von mir.«

»*Du hättest ihn aufhalten müssen.*«

Lizzie betrachtete Agnes aus dem Augenwinkel. »Frollein, ich sag dir mal was, ich hab deinen Vater in vierzig Jahren Ehe nich einmal die Hand im Zorn erheben sehen.« Sie wandte sich an die Frauen mit den Kartoffeln. »Ich sags dir, Maigret, der isso weich, dass ich dachte, der kommt mir nach einer Woche tot aussem verdammten Krieg zurück.«

»Aye, er issn feiner Kerl, das stimmt.« Die Kartoffelfrauen nickten einig.

Lizzie wandte sich wieder an ihre Tochter. »Wehe, wenn du seinen guten Namen mit in den Schmutz ziehst.«

Agnes entwirrte mit dem Kamm einen gefärbten Knoten. »Bin ich so tief gesunken?«

»Tief?« Lizzie schnaubte. »Ich sags dir, was tief is; ich wollt mich hier einfachn bisschen raussetzen, für mich allein, und Sonne tanken, aber et lässt mich einfach keiner in Frieden. Selbst wenne Frau bloß einkaufen geht, musse hier rüber auf die Wiese latschen und fragen: *Wie hälste dich?*«

»Die sollen sich um ihren eigenen Kram kümmern.«

»Eben hat Janice McCluskie ihren mongoloiden Sohn übers Gras zu mir geschleppt. Sagt: *Ich hab gehört, deiner Agnes gehts nich gut. Wie isset mit ihrem kleinen Problem?*« Mit vor Empörung weißen Knöcheln verbog Lizzie das Klämmerchen. »Und ich sitz hier mit meinem Kleid bis sonst wohin aufgeknöpft, und die beiden Volltrottel glotzen von oben auf mich runter.«

»Ignorier sie einfach, Mammy.«

»Basterds! Ihr gehts nich gut? *Scheißdreck ihr gehts nich gut!*« Ihre Hände krallten sich in die eingebildeten Störenfriede, die vor ihr standen. Lizzie ächzte laut, und ihr Zorn wich einem Ausdruck müder Resignation. »Ich habs nich verdient, dass die sich die Hände reiben, Agnes. Hab hart gearbeitet, mein Leben lang, ohne einen Tag Pause, und was für?«

Den nächsten Satz konnte Agnes auswendig. Agnes schüttelte immer noch den Kopf.

»Damit du immer alles kriegst, was du wolltest.«

Lizzie schien ihr so weit weg. Agnes sehnte sich danach, ihre Mutter in die Arme zu schließen, sie um Vergebung zu bitten, obwohl sie keinen Funken Reue spürte. »Sind wir wieder Freunde?«

»Nee. So leicht isses nich mehr.« Höhnisch zog Lizzie die Mundwinkel nach unten. »*Ein Kuss, und alles gut?* Nee, mein Frollein.« Sie wickelte den nächsten Klumpen Haare auf. »Wie viele Frauen müssens sein, bis dus kapierst, Agnes?«

Agnes' Nackenhaare sträubten sich. »Ich brauche ne Zigarette.«

»Du brauchst ne Menge.« Dann sagte sie: »Du hätts bei dem Katholiken bleiben sollen.«

Agnes kramte in der Lockenwicklertüte ihrer Mutter. Sie fand das Päckchen Embassy und steckte sich zwei Zigaretten in den Mund. Dann zog sie tief und behielt den Rauch einen Moment lang in der Lunge. »Jesus kann nicht für meinen Katalog bezahlen.«

Lizzie lachte künstlich. »Nee. Aber in der Hölle nütz dir auch der Katalog nix.«

Agnes stand auf und setzte sich zu ihrer Mutter auf die Decke. Die angezündete Zigarette war ein mickriges Friedensangebot, aber Lizzie nahm sie an und sagte: »Hilf mir mal mit den Lockenwickeln. Ich seh wahrscheinlich aus wiene Irre.« Agnes nahm den Kopf ihrer Mutter in die Hände und fuhr ihr durch das dünner werdende Haar. Lizzie wurde ein wenig weicher. »Weißte, dein Vater is immer jeden Freitag um halb sieben heimgekommen. Jeder andere Malocher ist weggeblieben. Bis Sonntagnachmittag haste keine Männerstimme gehört, nich in ganz Germinston. Ich weiß noch, wennde sonntags um fünf ausm Fenster gekuckt hat, haste gesehen, wiese alle nach Hause gekrochen kamen. Und alle hatten einen sitzen.«

Wieder nickten die Kartoffelfrauen einig. Lizzie fuhr fort: »Ich machs ihnen nich zum Vorwurf. So hamset früher ebend gemacht. Wenn du dein Haushaltsgeld ham wolltest, musstest du deinen Mann am Freitagabend außem Pub zerren. Aber dein Vater, der kam am Freitagabend singend heim, die Lohntüte inner Hand undn hübsches Päckchen unterm

Arm. Der Döskopp ging aufm Heimweg von Meadowside noch aufn Markt und hat dirn Kleidchen oder nen neuen Mantel oder so wat gekauft. Ich hab noch nien Mann gesehen, der die Kleidergröße von seinen Gören kennt, und erst recht kein, der Sachen für sie kauft. Ich hab ihm immer gesagt, dass er aufhören soll, dass er dich nicht verwöhnen soll. Aber er hat immer nur gesagt: ›*Was soll es schaden?*‹«

»Mammy, ich kann nicht schon wieder darüber reden.«

»Ehrlich, ich hab mich so für dich gefreut, als du diesen Brendon McGowan geheiratet hast. Ich dachte, der gibt dir, was dein Vater mir gegeben hat. Aber schau dich an, du wolltest ja unbedingt was Besseres.«

»Warum auch nicht?«

»*Wat Besseres?*« Lizzie kratzte sich die Zungenspitze an den zusammengebissenen Zähnen. »Schau dir an, was jetzt *besser* is. Du eigennütziges Ding.«

Agnes kämmte die letzte Locke ihrer Mutter aus. Sie musste sich beherrschen, um nicht daran zu ziehen. »Na ja, wenn du mich sowieso für eigennützig hältst, kann ich dich ja gleich um einen Gefallen bitten.«

Lizzie schniefte. »Bisschen früh in unserer Freundschaft, um Gefallen einzufordern.«

Schmeichelnd rieb Agnes Lizzies Ohrläppchen. »Sag dus ihm für mich. Sag du ihm, dass wir ausziehen. Würdest du das machen?«

»Es wird dein Vater umbringen.«

»Nein.« Agnes schüttelte den Kopf. »Aber wenn ich hierbleibe, weiß ich, dass ich ihn verliere.«

Lizzie drehte sich um und betrachtete ihre Tochter. Sie blickte kühl in das hoffnungsvolle Flackern ihrer Augen. »Du glaubst auch alles, oder.« Es war keine Frage.

»Wir brauchen bloß einen Neuanfang. Shug sagt, vielleicht wird dann alles besser. Die Wohnung ist nicht groß, aber sie hat einen Garten und eine eigene Haustür und alles.«

Lizzie winkte spöttisch mit der Zigarette. »Oho! Deine eigene Haustür. Sag mir: Wie viele Riegel wird diese Haustür brauchen, damit der streunende Basterd zu Hause bleibt?«

Agnes kratzte sich die Haut um den Ehering. »Ich hatte noch nie meine eigene Haustür.«

Beide Frauen schwiegen lange. Lizzie sprach als erste wieder. »Und, wo soll das sein? Deine eigene Haustür?«

»Ich weiß nicht genau. Irgendwo, die Eastern Road raus. So ein italienischer Fish-'n'-Chips-Typ hatte sie vorher gemietet, jemand, den Shug kennt. Er sagt, es wäre mitten im Grünen. Ganz ruhig. Gut für meine Nerven.«

»Haste deine eigene Wäscheleine?«

»Ich glaube schon.« Agnes rollte sich auf die Knie. Sie wusste, wie sie betteln musste, um zu bekommen, was sie wollte. »Hör zu, Mammy, wir sind doch wieder Freunde, oder? Du musst es Daddy für mich sagen.«

»Tolles Timing. Nach dem Quatsch von heute Morgen?« Lizzie zog das Kinn ein und machte ein langes, unglückliches Clownsgesicht. »Wenn du jetzt gehst, wirft er sich das bis an sein Lebensende vor.«

»*Macht er nicht.*«

Lizzie begann sich das Sommerkleid zuzuknöpfen. Aber sie verknöpfte sich, und das Gefummel zerrte an ihrer Geduld. »Merk dir eins. Shug Bain interessiert sich nur für Shug Bain. Er schleppt dich raus in die Walachei, um dir den letzten Stoß zu verpassen.«

»*Macht er nicht.*«

In diesem Moment kamen Wullie und Shuggie über den Vorplatz geschlendert. Lizzie sah sie zuerst. »Sieh dir die beiden an. Ne wandelnde Waschmittelreklame.«

Als Agnes aufsah, leckte sich der Junge den letzten Rest seines Eiffelturms von den speckigen Fingern. Unwillkürlich grinste sie ihren Vater an, den Riesen mit den flatternden Hemdschößen, der herumlief wie ein Schuljunge, der seine Schuluniform nicht mochte. Die beiden gingen langsam und ließen Shuggies geliebte Puppe Daphne zwischen sich baumeln.

»Wennde Shug schon nich dazu kriegst, dich anständig zu behandeln, dann krieg ihn wenigstens dazu, den Jungen anständig zu behandeln.« Mit zusammengekniffenen Augen sah Lizzie erst ihren Enkel und dann seine blonde Puppe an. »Dat musste ihm austreiben. Dat is nich recht.«

SIEBEN

Agnes folgte Shugs roten Lederkoffern bei ihrer Wanderung durch die Wohnung. Sie waren Anfang der Woche aus dem Nichts aufgetaucht, ohne Preisschild und mit leichten Spuren eines behutsamen Gebrauchs. Shug hatte jedes Kleidungsstück, das er besaß, ordentlich gefaltet, hatte die Socken in die Schuhe gesteckt und die Unterhosen eng eingerollt, bevor er alles bedächtig in die Koffer packte. Im Lauf der Woche öffnete er regelmäßig den einen oder den anderen Koffer, studierte den Inhalt, als machte er Inventur, klappte den Deckel wieder zu und schloss sicher ab. Agnes hatte gesehen, dass die Koffer halb leer waren, dass noch wertvoller Platz frei war. Ein paarmal legte sie kleine Stapel mit Kinderkleidern daneben und beobachtete dann mit brodelnder Eifersucht, wie die Koffer zum anderen Ende des Zimmers wanderten, immer noch ohne irgendeinen Inhalt, der ihr oder den Kindern gehörte.

Am Tag des Auszugs hatte er die roten Koffer an die Schlafzimmertür gestellt. Agnes versuchte, eines der Schlösser mit dem Fingernagel zu öffnen. Sie fragte sich, warum sie das neue Haus noch nie gesehen hatte. Shug war einfach eines Morgens mit der Idee nach Hause gekommen, nachdem er auf der Nachtschicht mit irgendeinem Freimaurerkumpel gesprochen hatte, dem eine Frittenbude in der Innenstadt gehörte. Eine geförderte Wohnung in einem Reihenhäuschen mit eigener Haustür. Shug hatte direkt unterschrieben, so entspannt, als würde er Lotto spielen.

Agnes wickelte die letzte ihrer Glasfiguren in Zeitung und stellte ihre alten grünen Brokatkoffer zu denen von Shug. Sie schob sie dazwischen, ordnete sie neu an, aber egal, was sie tat, es fühlte sich an, als gehörten sie nicht mehr zusammen. Die Gepäckanhänger ihrer Koffer trugen eine Handschrift, die sie selbst fast nicht mehr erkannte. Es waren die glücklichen, zuversichtlichen Bögen einer jüngeren Version von ihr, die ihren ersten Mann verließ für das Versprechen eines Lebens, das lebenswert war. Ihre Finger fuhren über den vergessenen Namen: *Agnes McGowan, Bellfield Street, Glasgow.*

Leek hatte noch Windeln getragen, als Agnes durchgebrannt war.

In der Nacht, als sie ging, hatte sie lauter neue Kleider in die grünen Koffer gepackt, schicke, unpraktische Sachen, die sie auf Brendan McGowans Zettel gekauft und ein Jahr lang versteckt hatte. Bevor sie ihn verließ, hatte sie ein letztes Mal gründlich die Wohnung geputzt. Sie wusste, dass die Neuigkeit die Nachbarinnen herbeirufen würde. Mit glänzenden Augen würden sie kommen, um Agnes' Mann ihr Beileid auszusprechen und sich über Agnes' Hochmut das Maul zu zerreißen. Doch Agnes würde nicht zulassen, dass sie sie auch noch für schlampig hielten.

Im Flur hatte sie mit der Fußspitze die lose Ecke des weichen Teppichs festgedrückt und traurig das Knirschen gehört, als die Teppichnägel wieder in das Holz griffen. Früher am Tag hatte sie versucht, den Teppich herauszureißen. Sie hatte zwei gute Hochzeitslöffel kaputt gemacht und sich blutige Finger geholt, bevor sie mit Tränen der Enttäuschung aufgab. Während ihr die Wimperntusche über das Gesicht lief, hatte sie sich gefragt, ob sie vielleicht doch bleiben sollte, nur eine Weile, so lange, bis sich der gute Axminster gelohnt hätte. Sie wollte gar nicht alles mitnehmen, aber der Teppich war neu, und sie hatte es so genossen, wie die alte Frau von gegenüber bei seinem Anblick jedes Mal vor Neid erblasste. Mit so einem Flurteppich ließ man die Wohnungstür offen, er war so dick und schön, dass man ihn allen Nachbarn zeigen wollte. Agnes hatte keine Ruhe gegeben, bis er endlich verlegt worden war, von Wand zu Wand, Doppel-Axminster von Templeton, aber diesmal hatte das kribbelnde Glücksgefühl nicht lange angehalten, nicht halb so lang, wie sie erwartet hatte.

Von der Erdgeschosswohnung, in der sie mit dem Katholiken lebte, starrte sie immer nur auf die Wand der grauen rußigen Mietskasernen gegenüber. In der Nacht, als sie fortlief, sah sie dort die Lichter ausgehen, eins nach dem anderen, die braven, hart arbeitenden Leute gingen früh zu Bett, um früh wieder aufzustehen. Draußen im Regen war der schnurrende Motor des Hackneys zu hören. Unwillkürlich wurde sie von Aufregung gepackt, und unter den Zweifeln keimte Vorfreude auf.

Auf dem Sofa lagen zwei Püppchen – Bilderbuchkinder in gewalkter Wolle und weichem Samt und unbequemen Lackschuhen mit glänzenden Schnallen. Sie weckte ihre schlafenden Kinder. Catherine sah aus wie ein betrunkener alter Mann mit ihren verschlafenen Lidern, die mit erschrockenem Blinzeln auf- und zuklappten. Als Agnes die beiden küsste, kratzte es leise an der Wohnungstür. Sie schlich durch den Flur. Die Tür öffnete sich mit leisem Quietschen, und das runde, gebräunte Gesicht eines Mannes zuckte nervös im grellen Licht des Treppenhauses. Shug trat ungeduldig von einem Fuß auf den anderen, als wäre er kurz davor zu türmen.

»Du kommst spät!«, zischte Agnes.

Als er ihre saure Stoutfahne roch, verkniff er sich sein schiefes Lächeln. »Spinnst du?«

»Was hast du erwartet?«, zischte sie zurück. »Meine Nerven liegen blank von der Warterei.« Agnes zog die Tür weiter auf und schob Shug die schweren Koffer hin. Die Reißverschlüsse waren ausgebeult, und der Inhalt klimperte fröhlich, als wären sie voller Weihnachtsschmuck.

»Ist das alles?«

Seufzend blickte Agnes auf den dicken, verschnörkelten Teppich. »Ja. Das ist alles.«

Der Mann nahm die Koffer und schlurfte auf die Straße. Agnes hatte sich umgedreht und noch einmal umgesehen. Vor dem Flurspiegel hatte sie sich durchs Haar gestrichen; ihre schwarzen Locken wippten und ringelten sich fest um sich selbst. Sie zog sich die roten Lippen nach. *Nicht schlecht für sechsundzwanzig*, dachte sie. Sechsundzwanzig Jahre Schlaf.

Im Kinderzimmer machte sie die Betten und stopfte die schmutzigen Schlafanzüge in die Taschen ihres Nerzmantels. Ohne zu verhandeln, drückte sie jedem ein Spielzeug zum Mitnehmen in die Hand und führte sie in den Flur. Vor dem Schlafzimmer blieb sie stehen und sah die Kinder an. Dann blickte sie auf den schönen Teppich und sagte mit leiser, drängender Stimme: »Egal, was passiert, es wird nicht geweint, in Ordnung?« Die glänzenden Köpfe nickten. »Wenn wir da reingehen, meint ihr, ihr könnt mir ein großes, *großes* glückliches Lächeln zeigen?«

Sie ertastete den vertrauten Lichtschalter. Die Lampe ging an, und die Dunkelheit wurde von grellem, unschmeichelhaftem Licht zerrissen. Das Zimmer war klein und eng, und in der Mitte stand ein viel zu großes Rokokobett. Der Junge rief glücklich: »*Daddy!*«, und der unordentliche Berg in dem noblen Bett rührte sich. Erschrocken fuhr Brendan McGowan hoch und blinzelte die gestriegelten Sternsinger an, die vor seinem Bett standen. Sein Mund klappte auf.

Mit großer Geste schlug Agnes den Pelzkragen hoch. McGowan hatte ihr den Mantel auf Pump gekauft, eine unnötige Extravaganz in der Hoffnung, sie glücklich zu machen, ihren Hunger zu stillen, und sei es nur für eine Weile. »Also. Danke für alles.« Es kam irgendwie falsch heraus. »Ich gehe dann mal«, sagte sie, eine holprige Untertreibung, wie ein Dienstmädchen, das mit der Arbeit fertig ist und sich für den Rest des Tages abmeldet.

Der verschlafene Mann konnte nur blinzeln, als seine winkende Familie der Reihe nach das Zimmer verließ. Leise fiel die Wohnungstür zu, und draußen war das tiefe Tuckern eines Diesels zu hören. Dann waren sie fort.

Als sie in dieser Nacht davonröhrten, fühlte sich der schwarze Hackney robust und schwer wie ein Panzer an. Agnes saß im Fond auf der breiten Lederbank zwischen ihren warmen Kindern. Wortlos fuhren die vier durch die nassen, glänzenden Glasgower Straßen. Shugs Blick glitt immer wieder zum Spiegel, betrachtete die schlafenden Kindergesichter und verengte sich kaum merklich. »Wo fahren wir jetzt hin?«, fragte er nach einer Weile.

Eine lange Pause entstand. »Warum warst du so spät?«, fragte Agnes hinter dem Mantelkragen.

Shug antwortete nicht.

»Hattest du Skrupel?«

Er wandte den Blick vom Spiegel ab. »Natürlich.«

Agnes hielt sich die lederbehandschuhten Hände vors Gesicht. »*Oh Gott.*«

»Du etwa nicht?«

»Sehe ich so aus?«, entgegnete sie, die Stimme schriller als beabsichtigt.

Die Straßen im East End waren leer. Die letzten Pubs hatten geschlossen, und anständige Familien hatten sich längst ins Warme zurückgezogen. Der Hackney fuhr die Gallowgate entlang und weiter über den Markt. Agnes hatte den Platz noch nie so verlassen gesehen; normalerweise war er voller Menschen, die Besorgungen machten, neue Vorhänge kauften, gutes Fleisch, oder Fisch für Freitagabend. Jetzt war der Markt ein Friedhof leerer Tische und Obstkisten. »Wo sollen wir hin?«

»Ich hab meine zu Hause gelassen, weißt du?« Er funkelte sie im Spiegel an. »Wir warn uns einig. Neuer Anfang, haben wir gesagt.«

Agnes spürte die heißen Köpfe ihrer Kinder, die sich in ihre Seiten kuschelten. »Tja, so leicht ist es eben nicht.«

»Aye, aber wir hatten es abgemacht.«

»Tja.« Agnes starrte aus dem Fenster. Sie spürte seinen Blick im Spiegel. Sie wünschte, er würde auf die Straße achten. »Ich konnte es nicht.«

Der Mann betrachtete die Kinder in ihrem Sonntagsstaat, die altmodischen Kleider, die sie zum ersten Mal anhatten, teure Kleider, extra für die nächtliche Flucht gekauft. Er dachte an all die sorgfältig gefalteten Kleider in den Koffern. »Aye. Aber du hast es nich mal versucht, oder?«

Sie richtete den Blick auf seinen Hinterkopf. »Nicht alle können so herzlos wie du sein, Shug.«

Er zuckte vor Wut zusammen und trat auf die Bremse. Alle vier wurden nach vorn geschleudert, und die Kinder fingen zu wimmern an. »Und du fragst mich, warum ich so spät bin, verfluchte Scheiße?« Glänzende Spucketropfen landeten auf dem Rückspiegel. »Ich bin spät, weil ich mich von *vier verdammten heulenden Bälgern* verabschieden musste.« Er wischte sich mit dem Handrücken über die nassen Lippen. »Und vonner Frau, die gedroht hat, sich mitter ganzen Bande zu vergasen. Die sagt, wenn ich gehe, dann drehtsen Herd auf, ohne die Flamme anzumachen.«

Mit kreischenden Reifen fuhr das Taxi wieder an. Eine Weile fuhren sie schweigend weiter, sahen leere Nachtbusse vorbeischleichen und dunkle Fenster kalter Häuser. Als er wieder sprach, war er ruhiger. »Hast du schomma versucht, aus der Tür zu gehen, wenn dir deine Scheißfamilie im Rücken steckt wien Angelhaken? Weißte, wie lang es dauert, dir vier schreiende Blagen vonnen Beinen zu pulen? Sie innen Flur zurückzutreten und die Tür zuzuschlagen, wenn ihre kleinen Finger dazwischen sind?« Sein Blick im Spiegel war kalt. »Nee, du weißt nich, wie dat is. Du lässt dich einfach von sonem Blödmann abholen. Ziehst mit deinen Koffern los, als würden wir uns nen schönen Tag in Millport machen.«

Inzwischen war sie wieder nüchtern. Schweigend starrte sie aus dem Fenster und versuchte nicht an die vaterlosen Kinder und den kinderlosen Vater zu denken, die sie in ihrem Kielwasser zurückließen. In ihrem Kopf sah es aus, als zöge der schwarze Hackney eine Spur zäher, salziger Tränen hinter sich her. Ihre Aufregung war verpufft.

Als sie zum dritten Mal unter der Eisenbahnbrücke auf der Trongate durchfuhren, ging langsam die Sonne auf, und auf dem Markt wurde frischer Fisch von den Lastern geladen. Agnes starrte die Frauen an, die sich an der Bushaltestelle drängten, die Frühschicht der Putzfrauen, die in den großen Bürohäusern in der Innenstadt arbeiteten. »Wir könnten zu Mammy in die neue Wohnung«, murmelte sie schließlich. »Nur bis wir was eigenes finden.«

All die Jahre später verdrängte Agnes die Erinnerung an jene Nacht, weil sie sich sonst wie eine Närrin vorgekommen wäre. Jetzt hatte sie die Koffer des Katholiken wieder gepackt. Die Brokatkoffer, mit denen sie auszog, waren dieselben, mit denen sie damals bei ihrer Mutter eingezogen war. Sie sah auf die grünen Koffer herunter und zerriss den alten McGowan-Anhänger.

Als Agnes den Katholiken verlassen hatte, hatte Brendan McGowan trotzdem versucht, gut zu ihr zu sein. Nachdem sie bei Nacht und Nebel abgehauen war, tauchte er bei ihrer Mutter auf und beteuerte Agnes, er würde sich verändern, wenn sie nur zu ihm zurückkäme. Agnes hatte mit verschränkten Armen im Schatten des Hochhauses gestanden, während ihr Mann versprach, er würde sich völlig verwandeln, in was sie wollte, dass ihn seine eigene Mutter nicht mehr erkannte. Und als klar wurde, dass sie ihn nicht zurücknahm, hatte er den Pfarrer gebeten, mit Lizzie und Wullie zu reden, damit sie auf Agnes' Gewissen einwirkten. Aber Agnes ließ sich nicht reinreden. Sie kehrte nicht in ein Leben zurück, dessen Schranken sie kannte.

Drei Jahre lang hatte Brendan McGowan jeden Donnerstag Geld geschickt und jeden zweiten Samstag mit den Kindern verbracht. Catherines letzte Erinnerung an ihren echten Vater war, wie er mit ihnen bei Castellani's gesessen und Leek Vanilleeis aus dem Gesicht gewischt hatte. Agnes hatte den Kindern ihre besten Kleider angezogen, und eine ältere Dame mit Perlen um den Hals und an den Ohren hatte Brendan Komplimente für ihre Adrettheit und guten Manieren gemacht. Dann hatte sich die Dame zu dem hübschen Mädchen heruntergebeugt und gefragt, wie es hieß. Glockenhell hatte das kleine Mädchen geantwortet: »Catherine Bain.«

Brendan McGowan hatte sich entschuldigt und war vom Tisch aufgestanden. Er hatte sich durch die glücklichen Familien zum Klo gedrängt, aber auf halbem Weg hatte er kehrtgemacht und das Café verlassen. Catherine wusste nicht, wie lange sie allein dort gesessen hatten, aber Leek hatte sein Eis gegessen, und dann ihr Eis, und dann hatte er die Finger in die geschmolzene Soße in dem muschelförmigen Glas getaucht.

Der gute Katholik hatte sein Möglichstes getan, um seine rastlose Frau zu halten. Sie war ihm weggelaufen, und er hatte seinen Stolz heruntergeschluckt und sie gebeten, zu ihm zurückzukommen. Sie hatte sich scheiden lassen, und er hatte seinen Stolz heruntergeschluckt und die Zeit, die er mit seinen Kindern verbringen durfte, für heilig angesehen. Doch dann hatte sie ihnen den Namen des Protestanten verpasst, und wie verirrte Lämmer waren sie mit dem unauslöschlichen Zeichen eines anderen gebrandmarkt worden. Damit hatte Agnes seine Grenze erreicht. Jetzt, dreizehn Jahre später, hätten Leek und Catherine ihn, wenn sie ihm auf der Straße begegnet wären, nicht wiedererkannt.

Agnes musste sich beherrschen, um nicht an dem Brokatgriff herumzuzupfen. Wieder hatte sie ihre Fragen und Zweifel in die Koffer des Katholiken gepackt und sie freudlos zum Taxi getragen. Als sie den Hackney jetzt sah, kam er ihr vor wie ein Leichenwagen. Wullie redete nicht mit ihr, während er half, die Kinderkleider im rostigen Fahrstuhl nach unten zu tragen. Lizzie stand über dem großen Suppentopf in der Küche und rieb sich die rissigen Hände an der Schürze. Aber Agnes hatte gesehen, dass das Gas gar nicht an war.

Leek und Catherine hatten die ganze Nacht wach im Bett gesessen und über den unheilvollen Sog dieses neuen Lebens geredet. Durch die Wand hatte Agnes ihr leises sorgenvolles Geflüster gehört. Vor ein paar Tagen war Lizzie zu ihr gekommen und hatte gesagt, die Kinder hätten sie gebeten, bei ihr bleiben zu dürfen. Lizzie hatte Agnes angefleht, Leek die Schule beenden zu lassen und Catherine in der Nähe ihrer Firma bleiben zu lassen. Am Tag des Umzugs hatte Agnes mitbekommen, dass Leek sich den ganzen Morgen verdrückte, mit seinen Bleistiften und geheimen Heften in irgendein Versteck verkroch. Catherine hatte sich pflichtbewusst auf die zitternden Lippen gebissen und ihrer Mutter beim Packen geholfen. Den ganzen Vormittag hatte Lizzie Shuggie an sich gedrückt und ihm Gebete für seine sichere Rückkehr in den bleichen Nacken gemurmelt. Agnes beobachtete, wie Leek seine Großmutter beschwor, wenn er dachte, keiner sah hin; sie hörte, wie er versprach, brav zu sein und sich bestimmt gut zu benehmen. Agnes war froh, dass Lizzie ihn sanft zurückwies. »Nein, Alexander, dein Zuhause ist bei deiner Mammy.«

Als der Regen anfing, fehlten nur noch Shugs rote Lederkoffer. Erst als auch sie verstaut waren, begriff Agnes, dass es Zeit war zu gehen. Lizzie und Wullie standen genauso grau und steif im Regen wie die Hochhäuser hinter ihnen. Der Abschied war flüchtig und kühl. Lizzie hätte nicht zugelassen, dass sie in der Öffentlichkeit eine Szene machten. Ein Sprung in der Fassade hätte vielleicht eine Kluft geöffnet, und Agnes hatte keine Ahnung, welche Flut daraus hervorgebrochen wäre. Deshalb blieben sie geschäftig, kümmerten sich um Wasserkessel und saubere Handtücher.

Agnes setzte sich auf die Rückbank und nahm Shuggie zwischen die Knie. Leek und Catherine hatten sich auf beiden Seiten neben sie gequetscht, eingeklemmt zwischen Kisten, die Schenkel an ihre gedrückt. Agnes hatte ihre Kleider sorgfältig gebügelt, sie hatte Catherines Bürobluse gestärkt, und Shuggie trug einen neuen Blazer aus dem Katalog. Sie hatte ihr Gebiss gebleicht, und ihr Haar war frisch gefärbt, einen Ton schwärzer als Schwarz, näher am traurigsten Dunkelblau.

Am Morgen hatte sie sich vorgebeugt und Catherine gefragt, wie sie ihre neue Wimperntusche fand. Die Wimperntusche wirkte zu schwer für ihre Lider, es sah aus, als würde sie gleich einschlafen. Jetzt, als der Hackney auf die Hauptstraße bog, drehte sich Agnes mit großer Geste um, winkte trauervoll durch die Heckscheibe und ließ langsam die schweren Wimpern flattern. Sie fand, es verlieh dem Moment einen Hauch von Hollywood.

Der Hackney knatterte die Springburn Road hinaus und war an den leerstehenden Saint-Rollox-Schienenwerken vorbei, bevor Agnes sich wieder nach vorn drehte. Wieder ging sie im Kopf die fadenscheinigen Argumente durch, warum sie bei Shugs Plan mitmachte, aber als sie sich die Gründe vorbetete, kamen sie ihr vor wie die einfältigen Fantasien eines liebesblinden Backfischs. Agnes rieb die Fingerspitzen aneinander und zählte ihre albernen Wünsche daran ab: Die Chance, ihren eigenen Hausstand einzurichten und zu verwalten. Ein Garten für die Kinder. Ruhe und Frieden für ihre Ehe. Sie grub tiefer. Da war die Hoffnung, dass alles anders werden würde, wenn sie ihn von seinen Frauen wegbekam.

Die Fenster beschlugen, und Shuggie malte mit dem Finger ein trauriges Gesicht an die Scheibe. Leek veränderte mit einem Daumenstrich das Gesicht, so dass es aussah wie ein dicker Schwanz, dann sank er in den Sitz zurück. Agnes wischte die Zeichnung weg und sah durch die klare Stelle, dass sie gerade die großen blauen Gasometer hinter Provanmill passierten, die das nordöstliche Tor von Glasgow bewachten.

Eine sehr lange Zeit fuhren sie schweigend. Irgendwann, als das Taxi an einer Ampel hielt, öffnete Shug die Trennscheibe, um ihnen zu sagen, dass sie bald da waren. Dann schloss er die Scheibe wieder, und Agnes fragte sich, ob er es aus Gewohnheit tat oder tiefere Gründe hatte. Sie erinnerte sich an die Zeit, als er ihr den Hof gemacht hatte, wie er die Scheibe offen ließ, um sie mit seiner lockeren Schnauze zu verführen. Damals hatte er sich immer zurückgelehnt und mit dem Freimaurerring an die Trennwand geklopft, eine schwache Linie an der linken Hand, wo sein Ehering hätte sein sollen. In der Luft hing der stechende Kieferngeruch seines Aftershaves und seiner Pomade. Nachmittags unter der Woche hatte das Taxi nach ihnen gerochen, nach ihrem schwitzigen Gestank, die Scheiben beschlagen vom Liebesspiel. Sie dachte an die glücklichen Stunden, wenn der Hackney unter der Anderston-Brücke parkte, glückliche Stunden, bevor sie einander richtig kannten.

Agnes sah hinaus auf die Vorgärten der flachen Bungalows und versuchte, wieder Vorfreude aufzubringen, aber es war, als wollte sie mit nassem Holz ein Feuer machen. Sie hatten eine Grenze passiert, ab der die Häuser stillschweigend von Sozialbauten zu Eigentum übergingen. Shug schob schleifend die Trennscheibe auf. »Guckt euch die Gärten an!« Es waren schöne Häuser mit Rosen und Nelken und lächelnden Figürchen hinter den Doppelglasfenstern. Sie fuhren immer noch weiter, und die Häuser standen an erhöhten Wohnstraßen über ihnen, gepflegte Hügel, die sich über den Verkehrslärm erhoben. Jedes freistehende Haus hatte einen Garten und eine Einfahrt mit einem Auto und manchmal sogar zwei. Agnes fand Shugs Blick im Spiegel; er hatte sie beobachtet. In seinen Augen lag etwas, das dem, was vielleicht einmal Liebe gewesen war, am nächsten kam. »Wenns dir hier gefällt, warts ab. Joe sagt, es ist wien kleines glückliches Dorf. Ein Ort für Familien, wo jeder jeden kennt. Der schönste Platz, den man sich zum Leben wünschen kann.«

Leek und Catherine tauschten verstohlene Blicke. Agnes legte ihnen die Hand aufs Knie und warnte sie mit einem festen Druck. Shug redete laut, um den Dieselmotor zu übertönen, und drehte den Kopf über die Schulter, damit sie ihn hörten. »Das Dorf ist anner großen Zeche, und alle Männer arbeiten im Bergwerk. Sie verdienen genug, dass die Frauen nich arbeiten müssen. Joe sagt, alle Kinder gehen zu einer Schule. Das is gut für unsern Shuggie, damit er außen Wolken runterkommt und ein paar Jungs in seinem Alter zum Spielen hat.« Shugs Augen funkelten glücklich im Rückspiegel, und er sah mit sich und seinem Plan zufrieden aus. Agnes beobachtete, wie er seinen Schnurrbart streichelte. »Übrigens gibts keine Pubs hier draußen. Alles staubtrocken, bis auf den Knappenverein.«

»Was, kein einziges?« Agnes rutschte nach vorn.

»Keins. Und ins Vereinslokal kommste nur, wenn dun Bergmann oder die Frau vonnem Bergmann bist.«

Agnes spürte, wie ihr am Rücken der Schweiß ausbrach. »Aber was macht man, wenn man sich mal amüsieren will?«

Doch Shug hörte gar nicht zu. »Da isses!« Er zeigte aufgeregt auf eine Abzweigung. Das Taxi neigte sich zur Seite, als Agnes und die Kinder ans Fenster rückten, um die Ausfahrt zu sehen, die sie zu ihrem neuen Leben führen würde. An der Ecke war eine leere Tankstelle. Sie hatte einen großen Hof, aber nur eine Pumpe für Benzin und eine für Diesel. Shug fuhr langsamer und bog in die Straße daneben.

Agnes kramte in ihrer Ledertasche. Die Bingostifte und Pfefferminzdosen schepperten, als sie den Lippenstift herausnahm und sich die Lippen blutrot nachmalte. Da sie die Hand schon am Mund hatte, schob sie sich heimlich eine blaue Pille zwischen die Zähne, zerbiss sie einmal und schluckte sie trocken herunter. Nur Catherine bekam es mit. Catherine beobachtete, wie sie die Lippen schürzte und sich sorgfältig die Mundwinkel abwischte. Dann rückte sich Agnes die Schnallen ihrer schwarzen Pumps zurecht, strich sich mit den langen lackierten Nägeln den wollenen Rock glatt und zupfte an den Fusseln, die an ihrem rosa Angorapullover abwärtswanderten.

Catherine kniff die Augen zusammen. »Wie kommts, dass du nicht für den Umzug angezogen bist?«

»Na ja, das eine ist Ausziehen, und das andere ist Einziehen.« Agnes spuckte auf den Kamm und zog ihn durchs Shuggies Haar. Er versuchte sich loszureißen, aber sie hielt ihn an den Schultern fest, bis sein Haar in ordentlichen Reihen lag und sie die sauberen rosa Linien seiner Kopfhaut sehen konnte.

»Pfft. Wie sehe ich aus?« Leek strich sich das Haar ins Gesicht. Sein großer Zeh sprengte die Naht des weißen Turnschuhs, und man konnte die schmutzige Socke sehen.

Agnes seufzte. »Falls jemand fragt, du gehörst zu den Möbelpackern.«

Sie ließen die Fenster ganz herunter, und der Fahrtwind trug den Duft von frisch gemähtem Gras und wilden Glockenblumen herein. Unter den hellen Grüntönen lag das Dunkelbraun der brachliegenden Felder, der Kuhfladen und der dunklen Stellen am Fuß nasser Bäume. Die mit Glasperlen bestickten rosa Ärmel von Agnes' Angorapullover tanzten im Wind und glitzerten wie in Strass getauchte Kaninchen. Shuggie streckte die Hand aus und streichelte die Perlen. Der Mund seiner Mutter lächelte breit, ohne dass sich die Zähne berührten, als posierte sie für ein Foto. Sie hätte glücklich ausgesehen, wenn ihr Blick nicht immer wieder nervös zu Shug im Rückspiegel gewandert wäre. Shuggie spielte mit ihren Ärmeln und sah zu, wie ihre Backenzähne aufeinandertrafen und langsam zu knirschen begannen.

Die Straße wurde schmaler, und die letzten gepflegten Gärten verschwanden. Sie passierten eine kleine Gruppe toter Eiben, und dann öffnete sich zu beiden Seiten flaches, offenes Marschland. Niedrige braune Hügel und Gestrüpp- und Ginsterflecken unterbrachen die endlose Leere. Durch die weite Fläche schlängelten sich kupferrote Bächlein, und wildes braunes Gras wuchs bis dicht an die Zäune zu beiden Seiten der Straße, als wollte es die zerfurchte Piste zurückerobern. Die Straße war von einer Schicht Kohlenstaub bedeckt, und die Reifen des Taxis hinterließen Spuren, die aussahen wie auf dem Negativ eines Fotos von frischem Schnee.

Der Hackney rumpelte um eine langgezogene Kurve. In der Ferne erhob sich ein Meer schwarzer Hügel, die wirkten, als hätte man ihnen alles Leben ausgebrannt. Sie bedeckten den Horizont, und dahinter war nichts, als wären sie der äußerste Rand der Erde. Die verbrannten Hügel glitzerten im Sonnenlicht, und der Wind blies flusige schwarze Schwaden von ihren Gipfeln, wie von riesigen Haufen ungesaugtem Staub. Bald erfüllte ein dunkler, stechender Geruch die grünlich bräunliche Luft, etwas scharfes Metallisches, wie wenn man am Ende einer alten Batterie leckt. Sie bogen um eine weitere Kurve, und der kaputte Zaun endete an einem großen Parkplatz. Hinter dem Parkplatz stand eine hohe Backsteinmauer mit einem alten gusseisernen Tor, das mit einer Kette und einem schweren Vorhängeschloss gesichert war. Das Wachhäuschen daneben stand schief, und auf dem Dach wucherte wildes Gras. Die Grube war geschlossen. Auf die Sperrholzabsperrung hatte jemand *Fickt die Tories* geschrieben. Es sah aus, als hätte die Grube endgültig dichtgemacht.

Auf der anderen Seite stand ein niedriges Betongebäude. Dutzende Männer schwappten aus dem fensterlosen Bau und lungerten in dunklen Gruppen auf der Straße herum. Erst wirkte es, als kämen sie aus der Kirche, aber als der Diesel näher kam, drehten sich alle zu ihnen um. Die

Bergmänner unterbrachen ihre Gespräche und blinzelten, um besser sehen zu können. Sie trugen alle die gleichen schwarzen Arbeiterjacken, hatten bernsteinfarbene Pintgläser in der Hand und zogen an kurzen Stumpen. Ihre Gesichter wirkten frisch geschrubbt, und ihre Hände sahen nicht aus, als würden sie arbeiten. Es wirkte verkehrt, dass die Männer weit und breit das einzig Saubere waren. Widerwillig wichen die Kumpel zurück und ließen das Taxi durch. Leek beobachtete, wie sie ihn beobachteten. Ihm wurde flau. Die Männer hatten die Augen seiner Mutter.

Dann lag die Siedlung vor ihnen. Ein Stück voraus endete die schmale staubige Straße am Fuß eines niedrigen braunen Hügels. Jede der drei oder vier kleinen Seitenstraßen ging im rechten Winkel von der Hauptstraße ab. Häuser mit niedrigen Dächern, gedrungen und kastenförmig, zu ordentlichen Reihen gedrängt. Jedes hatte ein gleich großes Stück schütteren Garten, und jeder Garten wurde vom gleichen Raster weißer Wäscheleinen und grauer Pfosten zerschnitten. Die Siedlung war von torfigem Marschland umgeben, im Osten war das Land umgekrempelt worden, geschwärzt und verschlackt auf der Suche nach Kohle.

»Ist es das?«, fragte sie.

Shug konnte nicht antworten. Sie sah seinen hängenden Schultern an, dass auch er enttäuscht war. Als sie auf den kleinen Hügel zufuhren, passierten sie eine schlichte katholische Kirche und eine zusammengedrängte Gruppe von Frauen, die noch im Morgenmantel waren. Shug sah sich nach Straßenschildern um und bog scharf rechts ab. Die Straße war eine eintönige Reihe ärmlicher Vier-Parteien-Häuser. Vier Familien lebten jeweils in einem Block. Es waren die schäbigsten, traurigsten Häuser, die Agnes je gesehen hatte. Die Fenster waren groß, aber hatten dünne Scheiben, die die Wärme raus- und die Kälte reinließen. An der ganzen Straße quoll schwarzer Rauch aus den Schornsteinen, und in den Häusern musste es unheilbar kalt sein, selbst an einem milden Sommertag.

Shug hielt ein paar Häuser die Straße hinunter. Er lehnte sich über das Lenkrad, um das Haus besser sehen zu können. Auf der Straße parkten fast keine Autos, und die wenigen, die da waren, sahen nicht fahrtüchtig aus.

Während Shug hinaussah, kramte Agnes in ihrer schwarzen Lederhandtasche. »*Ihr drei haltet die Klappe*«, zischte sie. Sie senkte den Kopf in die große Tasche und kippte sie leicht. Die Kinder sahen, wie ihre Halsmuskeln zuckten, als Agnes die warme Dose Lager ansetzte, die sie in der Tasche versteckte. Dann hob sie den Kopf wieder; das Lager hatte ihr den Lippenstift von der Oberlippe gewaschen, und sie blinzelte einmal, langsam, unter den Schichten verschwendeter Wimperntusche.

»Was für ein Dreckloch«, nuschelte sie. »Und für sowas habe ich mich so schick gemacht.«

1982
PITHEAD

ACHT

Als die Heckklappe des Lieferwagens aufging, waren bereits Leute auf die Straße gekommen und sahen unverhohlen zu. Sie hatten nicht einmal die feuchten Küchentücher oder die Bügelwäsche aus der Hand gelegt, bevor sie aus dem Haus traten, um nachzuschauen, was los war. Aus den niedrigen Häusern kamen ganze Familien und setzten sich auf die Eingangsstufen, als liefe etwas Gutes im Fernsehen. Angeführt von einem Jungen ohne Hose überquerte eine Bande rußiger Kinder die Straße und stellte sich im Halbkreis um Agnes auf. Sie begrüßte die Kinder höflich, die wortlos zurückstarrten, alle mit rot verschmierten Soßenmündern vom Mittagessen.

Die Bergmannshäuser standen so dicht beieinander, dass die Haustüren einander gegenüberlagen, jedes Haus durch einen niedrigen Zaun und einen schmalen Grasstreifen vom nächsten getrennt. Die Haustüren auf der anderen Seite standen weit offen, und die Frauen beobachteten Agnes, jede von einem halben Dutzend Kindern umringt, alle mit dem gleichen Gesicht. Sie erinnerten sie an das Foto ihrer Granny Campbell mit dem irischen Dutzend, das Wullie ihr einmal gezeigt hatte. Agnes stand auf der Eingangstreppe, winkte lächelnd über den niedrigen Zaun, und ihre strassbesetzten Kaninchenärmel glitzerten im Licht.

»Hallo.« Sie wandte sich höflich an die ganze Versammlung.

»Ziehter ein?«, fragte eine Frau aus der Tür über ihrer. Ihr blondes Haar lockte sich über dunkelbraunen Ansätzen nach hinten. Sie sah aus, als hätte sie eine Kinderperücke auf.

»Ja.«

»Ihr *alle*?«, fragte die Frau.

»Ja. Meine Familie und ich«, erklärte Agnes. Sie stellte sich vor und hielt ihr die Hand hin.

Die Frau kratzte sich am Haaransatz. Agnes fragte sich, ob sie nur in Fragen sprach, als sie endlich antwortete. »Ich bin Bridie Donnelly. Ich wohn seit neunenzwanzig Jahn hier ohm. In der Zwischenzeit hab ich fünfzehn Nachbarn unten gehabt.«

Agnes spürte die Blicke aller Donnellys auf sich. Ein dünnes Mädchen mit dunklen runden Augen brachte ein Tablett mit lauter unterschiedlichen Teetassen durch die Tür. Jeder nahm sich eine. Sie ließen Agnes nicht aus den Augen, als sie tranken.

Bridie nickte über den Zaun. »Dat da is Noreen Donnelly, meine Cousine. Aber nich mein Blut, verstehste.« Eine Frau mit grauen Augen klappte den Mund zu und nickte kurz. Bridie Donnelly fuhr fort: »Die Lütte da is Jinty McClinchy. Meine Cousine. Die is mein Blut.« Die Frau neben Noreen war nicht größer als ein Kind und zog tief an einer kurzen Zigarette. Sie hatte wegen des Rauchs die Augen zusammengekniffen, und sie sah aus wie Bridie mit einem Kopftuch. Sie sahen alle aus wie Bridie, auch die Jungs, nur dass die nicht ganz so männlich wirkten.

Im Augenwinkel bemerkte Agnes noch eine Frau, die gerade über die staubige Straße kam. Die Frau blieb stehen und redete mit dem Halbkreis schmuddeliger Kinder; dann nickte sie, als hätte sie eine schwerwiegende Neuigkeit erfahren, und marschierte durch das Gartentor direkt auf die neuen Bewohner zu. Agnes hatte keine Chance zu entkommen. Hinter ihr trat Leek mürrisch aus der Haustür, um die nächste Fuhre aus dem Wagen zu holen.

»Is dat dein Mann?«, fragte die Neue, ohne sich vorzustellen. Ihr Gesicht war so fleischlos wie ein mit Leder bespannter Totenkopf. Die Augen saßen tief in ihrem Schädel, und ihr Haar war von einem wilden satten Braun, doch es war schütter wie das Fell einer räudigen Katze. Sie stand in ausgeleierten Steghosen da und trug Männerpantoffeln an den Füßen.

Agnes stutzte, weil die Frage so absurd war. Zwischen ihr und Leek lagen über zwanzig Jahre. »Nein. Das ist mein mittleres Kind. Im Frühling wird er sechzehn.«

»Ah! *Frühling.*« Die Frau dachte eine Weile nach, dann zeigte sie mit spitzem Finger in Richtung des Gemüselasters. »Ist dat dein Mann?«

Agnes sah, wie der ächzende Möbelpacker mit dem alten Fernseher kämpfte, den sie aus Diskretion in ein Bettlaken gehüllt hatte. »Nein, das ist ein Freund von einem Freund, der uns beim Umzug hilft.«

Die Frau grübelte. Sie saugte die ausgemergelten Wangen in den Totenschädel. Agnes hob die Hand, um sich zu verabschieden. »Wat haste da am Ärmel?«, fragte die magere Frau.

Agnes sah an sich herunter und hielt schützend die Arme vor die Brust. Die Strasssteine zitterten nervös. »Das sind bloß kleine Glasperlen.«

Shona Donnelly, das Mädchen mit dem Teetablett, atmete langsam aus. »Oh! Missus, ich find sie wunder...«

Doch die magere Frau unterbrach sie. »Haste überhaupn Mann?«

Wieder ging die Haustür auf, und Shuggie trat auf die Stufen. Ohne die Frauen eines Blicks zu würdigen, baute er sich vor seiner Mutter auf und stemmte die Hände in die Hüften. Er stellte einen Fuß vor und sagte klarer, als Agnes ihn je hatte sprechen hören: »Wir müssen reden. Ich glaube wirklich nicht, dass ich hier leben kann. Es riecht nach Kohl und Batterien. Es ist einfach unmögbar.«

Die Zuschauerinnen drehten einander verblüfft die Köpfe zu. Es wirkte, als würde ein Dutzend Gesichter in den Spiegel sehen. »Haste Töne. Liberace zieht ein!«, gackerte eine der Frauen.

Die Frauen und Kinder wieherten im Chor, hohe, quietschende Lacher und kehliger Husten voller Katarrh. »*Oho!* Hoffentlich passt der Flügel innen Salon.«

»War schön, euch alle kennenzulernen«, sagte Agnes mit einem dünnlippigen Lächeln. Sie drückte Shuggie an die Hüfte und wandte sich ab, um ins Haus zu gehen.

»Ach, komm schon, Süße, sei nich so. Wir freun uns, euch kennzulernen«, keuchte Bridie, deren hartes Gesicht vom Lachen um die Augen weich geworden war. »Wir sin hier alle wie eine Familie. Passiert nur nich oft, dass wer neue Gesichter zu sehn bekomm.«

Die Frau mit dem Totenkopfgesicht trat einen Schritt auf Agnes zu. »Aye, schon gut. Wir komm bestimmt klah.« Sie saugte an ihren Zähnen, als steckte ein Stück Fleisch in einer Lücke fest. »Haupsache, du häls deine schicken Ärmel von unsern Scheißmännern fern.«

Für den Rest des Nachmittags wanderte Shuggie am Rand der neuen Siedlung entlang, während die Männer den Umzugswagen ausluden. Frauen in engen Leggings schoben Küchenstühle an die Fenster, um ausdruckslos zuzusehen, wie eine Kiste nach der anderen ins Haus getragen wurde. Sie hatten dem Jungen mit übertriebenen Gesten zugewinkt, hatten imaginäre Mützen gelüftet und dann in sich hineingelacht.

Er lief in seinem neuen Anzug bis zum Ende der Straße. Da draußen war nichts. Die Straße endete am Rand des Torfmoors, als hätte sie aufgegeben. Dunkle Pfützen mit trübem Wasser lagen still und tief da und wirkten unheimlich. Hohe Wäldchen von braunem Schilfrohr schossen aus dem Gras und krochen langsam auf die Siedlung zu, als wollten sie den Boden von den Bergleuten zurückerobern.

Shuggie sah ein paar barfüßige Kinder, die im Staub spielten. Er hockte sich vor eine der Hecken, die die Sozialsiedlung begrünen sollten, und tat so, als würde er die kleinen roten Blüten untersuchen, ihre Größe vergleichen, während er darauf wartete, dass die Kinder ihn zum Mitspielen aufforderten. Sie fuhren mit Fahrrädern herum und ignorierten ihn. Er zerdrückte weiße Beeren zwischen den Fingern, versuchte, milde uninteressiert zu wirken, und dann versuchte er, mit dem klebrigen Saft den Glanz von seinen guten Schuhen zu wischen.

Die genagelten Stiefel der Bergleute schlugen Funken auf dem Asphalt. Nach und nach begannen einzelne Männer die leere Straße heraufzutrotten. Eine Grubensirene gab es nicht mehr; doch wie vom Muskelgedächtnis einer toten Routine getrieben kamen die Männer zum Feierabend nach Hause, obwohl es nichts zu feiern gab, nur einen Bauch voll Ale und einen Rücken krumm vor Sorge. Ihre Arbeiterjacken waren sauber, und ihre Stiefel glänzten noch. Shuggie trat zurück, als sie vorbeikamen, die Köpfe gesenkt wie müde schwarze Maultiere. Wortlos sammelte jeder Mann eine Handvoll dürrer Kinder ein, die gehorsam folgten, wie ehrfürchtige Schatten.

Agnes stand im Windfang hinter der Haustür und schloss die große Glastür zum Flur. Sie konnte nicht denken. In dem kleinen Zwischenraum trank sie die Dose aus, die sie am Boden der Handtasche versteckt hatte. Sie drückte das Gesicht an die kühle, tröstliche Wand; die Mauern waren dick und feucht, und sie wusste gleich, dass das Haus schwer zu heizen sein würde.

Sie stand lange in ihrem Versteck, bevor sie den Flur hinunterging, vorbei an den zwei kleinen Schlafzimmern. Im ersten stand Catherine, ohne sich in irgendeine Richtung zu bewegen. Draußen stützten die verwilderten Bergmannskinder die Ellbogen auf die Fensterbank und starrten herein, als wären sie im Zoo. Sie war so perplex, dass sie nur zurückstarren konnte. Die Fensterrahmen waren schlecht eingepasst, und der rissige Kitt versprach kalte Nächte und feuchte Wände. Agnes hörte die Stimmen der Kinder so klar, als wären sie im Raum.

Leek hatte das andere Zimmer gefunden. Er hatte seine Tasche mit den Zeichensachen geöffnet, lag auf dem nackten Boden und zeichnete mit Kohle die schwarzen Hügel ab. Dann nahm er die Kante des Kohlestifts und zeichnete die Umrisse der Männer in den dunklen Jacken, die sie angestarrt hatten, als sie in die Siedlung gefahren waren. Die Männer säumten die Hügel wie Bäume ohne Laub. Agnes beobachtete ihren Sohn, voller Neid auf seine Gabe zu verschwinden, davonzuschweben und sie alle zurückzulassen.

Dahinter kam kein Schlafzimmer mehr. Das dritte, das man ihnen versprochen hatte, war offensichtlich das Wohnzimmer, und als sie den

Gang zurückging, zweimal, dreimal, wusste sie, dass die Kinder wieder alle in einem Zimmer schlafen müssten.

Shug stand am Ende des Flurs und sah sie ausdruckslos an. Das über die Glatze gekämmte Haar tanzte im Wind, und er fing die abtrünnigen Strähnen ein und versuchte sie mit Spucke wieder anzukleben. Er trat in die kleine offene Küche und gab ihr ein Zeichen, ihm zu folgen. In der Küche hing ein großes Wäschegestell unter der Decke, das aussah wie eine Folterbank. An einem Ende baumelte noch eine Garnitur Bergmannskleidung, ordentlich zum Trocknen aufgehängt, von den Socken über die weiße Unterhose zum blauen Polyesterhemd, vom vielen Waschen steif geworden. Würde der Mann, dem sie gehörte, je aus der Grube zurückkehren? Vielleicht waren sie doch im falschen Haus.

Von den Spanholzschränken löste sich an mehreren Stellen das Furnier, und Shug bohrte den kleinen Finger unter eine der Schichten. Hinter ihm, in der Ecke über dem Herd, wucherte schwarzer Schimmel an der Wand. Ohne sie anzusehen, sagte er einfach: »Ich kann nicht bleiben.«

Zuerst sah sie kaum auf. Sie dachte, er meinte, er musste zur Schicht, um Geld zu verdienen. Das tat er häufig, er kam von der Schicht nach Hause, nur um gleich wieder aufzustehen und zu erklären, dass er weiterfuhr. Er war nie der Typ gewesen, der lange zu Hause herumsaß.

»Um wie viel Uhr willst du essen?«, fragte sie, in Gedanken schon bei dem Frittiertopf und den Brotmessern.

»Ich will dein Essen nicht mehr. Begreifst dus nicht?« Er schüttelte den Kopf. »Das wars. Ich kann nicht mehr. Ich kann nicht bei dir bleiben. Immer willst du was. Immer bist du blau.«

Erst da merkte sie, dass die Brokatkoffer zwischen den Umzugskisten standen, die roten Koffer jedoch nicht. Offenbar machte sie ein völlig verwirrtes Gesicht, denn Shug begegnete ihrem Blick und nickte langsam wie bei einem Kind, das Medizin geschluckt hat, und gleich kam der Moment, wenn der Ekel im Magen landete. Agnes sah weg. Sie wollte nicht begreifen. Sie wollte seine Medizin nicht. Sie hörte auf nach dem

Frittiertopf zu suchen und begann die Perlen an ihrem Pullover zu ordnen, die funkelnden geschliffenen Seiten nach außen, um Zeit zu schinden, weil sie nicht wusste, was sie tun sollte.

»Das wars«, sagte er wieder.

Im Raum stand nur ein Stuhl, ein Küchenstuhl mit kaputter Lehne, voller Farbspritzer und dafür gedacht, die obersten Schrankfächer zu erreichen. Agnes schloss leise die Küchentür; draußen im Flur fingen die Kinder schon zu meckern an, weil ihnen klar wurde, dass es nicht genug Schlafzimmer gab. Agnes stellte den kaputten Stuhl vor die geschlossene Tür und setzte sich. »Warum reiche ich dir nicht?«

Shug blinzelte, als traute er seinen Ohren nicht. Er schüttelte den Kopf und tippte sich beim Sprechen auf die Brust. »Nein, Milady. Warum reiche *ich dir* nicht?«

»Ich habe nie einen anderen Mann angesehen.«

»Das mein ich nicht.« Er rieb sich die Augen, als wäre er müde. »Warum hast du mich nicht genug geliebt, um das Trinken zu lassen? Ich hab dir immer von allem das Beste gekauft, hab rund um die Uhr malocht.« Er starrte die Wand an, starrte durch die Wand durch. »Ich hab sogar gedacht, wenn ich dirn Balg von mir schenke, biste endlich zufrieden, aber nein. Nichma das hat gereicht, um dich glücklich zu machen.«

Er packte sie grob am Ellbogen, versuchte sie vom Stuhl zu zerren. Doch Agnes riss sich los und setzte sich wieder, als würde sie friedlich streiken.

Sie befand sich in einem gefährlichen Übergangsstadium. Sie hatte genug getrunken, um sich zu wehren, aber noch nicht genug, um unvernünftig zu sein. Ein paar Schluck mehr, und sie würde zerstörerisch, unflätig, gehässig werden. Er starrte sie an, als versuchte er abzulesen, welches Wetter vom Tal heraufzog. Dann packte er sie wieder und versuchte sie wegzubewegen, bevor die schwarzen Regenwolken die Schleusen öffneten.

Agnes wand sich aus seinem Griff, setzte sich wieder und richtete sich auf. Sie sah ihn lange mit einem kalten Blick an. Sie konnte nicht fassen, was gerade passierte. »Nein. Damit kommst du nicht durch. Nicht bei einer Frau wir mir. Ich meine, sieh mich an. Sieh *dich* an.«

»Du bist peinlich.« Er zog an der Vorderseite ihres Pullovers.

Dann packte Shug sie mit Gewalt. Sie schrie nicht, als er ihr ins Haar griff und sie zu Boden riss. Agnes stemmte sich gegen die Küchentür, als könnte sie ihn für immer einsperren. Doch er schlug die Tür gegen ihren Hinterkopf, als wäre sie eine störrische Teppichecke. Als er über sie hinwegstieg, trat er mit dem Schuh gegen die Unterseite ihres Kinns, und ihre perlweiße Haut platzte auf.

»Bitte nicht, ich liebe dich. Wirklich«, wimmerte sie.

»Aye, ich weiß.«

Als der Hackney die Pit Road erreicht hatte, standen die Kinder im Flur, und Agnes lag glitzernd und flauschig am Boden wie ein abgelegtes Partykleid.

Die roten Lederkoffer waren nie in der Bergmannswohnung gewesen. Shug kam ein paar Tage nicht zurück, und als er wiederkam, hatte er die Koffer nicht dabei. Er hatte sie zu Joanie Micklewhite gebracht und sie unters Bett geschoben, wo Joanie Platz für ihn freigeräumt hatte. Doch davon wusste Agnes vorerst nichts. Eines Abends tauchte Shug einfach wieder auf, küsste sanft die Wunde unter ihrem Kinn und nahm sie auf dem Klappsofa im Wohnzimmer.

Shug begann während der Nachtschicht vorbeizukommen und sie auf diese Weise zu benutzen. Gewöhnlich wartete er bis nach Mitternacht ab, wenn die Kinder schliefen, bevor er in einem frisch gebügelten Hemd pfeifend durch den Flur schlenderte. Wenn sie ihn auszog, war ihr klar, dass eine andere Frau seine Unterwäsche wusch und zum Trocknen aufhängte. Wenn sie fertig waren, blieb er liegen, bis Agnes die Arme um ihn schlang, dann stand er auf und ging. Falls sie für ihn kochte, blieb er manchmal ein bisschen länger. Falls sie mit Fragen oder Klagen anfing, ging er sofort und kam zur Strafe mehrere Nächte nicht wieder.

Wenn er gegangen war, blieb Agnes auf dem Klappsofa, weil sie es ohne ihn im großen Bett nicht aushielt. Den Rest der Nacht starrte sie die Decke an, während im Zimmer nebenan die Jungs schliefen. Diesen ganzen ersten Herbst über schlich sich Catherine zu ihrer Mutter auf die Matratze, und dort lagen sie zusammen unter der Feuchtigkeit und dem wuchernden Schimmel.

»Warum gehen wir nicht einfach nach Sighthill zurück?«, flüsterte Catherine. Aber Agnes war zu verletzt, um es ihr zu erklären. Sie wusste, wenn sie zu ihrer Mutter zurückging, käme er nie wieder.

Sie musste bleiben, wo er sie abgestellt hatte.

Sie würde jeden Krümel nehmen, den sie von ihm bekam.

Am fünften November war Guy-Fawkes-Tag, und der Rauch von Lagerfeuern und brennenden Reifen hing schwer in der Luft. Leek und Catherine standen am Fenster und sahen zu, wie die selbstgebauten Scheiterhaufen in der trüben Dunkelheit in Flammen aufgingen. Kinder bewarfen einander mit Krachern, als wären es pfeifende Geschosse. Es sah aus wie ein Mordsspaß.

Der Fernseher stand noch halb in das Bettlaken gehüllt auf dem Boden, als wären sie noch nicht endgültig eingezogen. Catherine ließ sich mit einem Handtuchturban aufs Sofa sinken. Gleich kamen die Spätnachrichten, und danach würde sie ihrer Mutter eine weitere Nacht lang im Dunkeln beim Weinen zuhören.

Agnes wartete in der Küche hinten im Haus. Wenn das Licht aus war, hatte sie von hier aus den besten Blick auf die Pit Road. Jeden Abend hielt sie nach dem Hackney Ausschau und schöpfte jedes Mal Hoffnung, wenn sie das Tuckern eines Diesels hörte. Sie hatte den ganzen Tag getrunken, aber es half nichts. Sie ging zwischen dem Fenster und ihrem Vorrat unter der Spüle hin und her. Am Schnappen der Schranktür konnten die Kinder zählen, wie oft sie sich unter der Spüle bediente und heimlich einen Schluck trank.

»Mammy, was gibt's zum Essen?«, rief Leek vom Sofa.

Agnes hörte auf, den Schorf unter ihrem Kinn zu betasten. Sie sah den Topf an, der auf dem Elektroherd stand. »Ich könnte die Suppe aufwärmen.«

»Die Suppe mit den Erbsen?«, fragte Leek.

»Ja.«

»Also, nicht, wenn *Erbsen* drin sind«, sagte Leek beleidigt, weil sein fünfzehn Jahre währender Krieg gegen grünes Gemüse immer noch nicht bemerkt worden war.

»Oh, Mann, es ist *Erbsen*suppe, Blödmann!«, zischte Catherine.

Leek bohrte ihr den Fuß in die Seite und zog ihr das Handtuch vom Kopf, wobei er auch ein paar Haare erwischte. Er warf es in die andere Ecke des Zimmers. *Selber schuld*, flüsterte er lautlos. Ohne es aussprechen zu müssen, waren sie übereingekommen, sich in der Gegenwart ihrer Mutter möglichst zu benehmen.

Catherine stand auf, um sich das Handtuch wiederzuholen. Sie hatte auf Lizzies warnenden Rat gehört und ihre Jungfräulichkeit bewahrt, und jetzt würde es nicht mehr lange dauern, bis sie mit Donald Junior verheiratet wäre und sich nicht mehr mit ihren Brüdern oder ihrer Mutter ein Zimmer in dieser kalten feuchten Hütte teilen müsste. Diese Aussicht war der einzige Grund, warum sie nicht sofort davonlief; sie war sowieso nicht mehr lange hier.

Catherine wickelte sich das Handtuch wieder ums Haar und zeigte ihrem Bruder den Finger. Dann ging sie rüber, um nach ihrer Mutter zu sehen. Agnes kreiste durch die Küche wie eine Spielzeugeisenbahn; hin und wieder blieb sie am Spülschrank stehen, füllte ihre Tasse aus einem Behälter in einer Plastiktüte nach und trank einen tiefen Schluck. Catherine schob mit der Zehenspitze die Schranktür auf; erleichtert sah sie, dass Agnes sich keine Bleiche eingeschenkt hatte.

Als Catherine die abgestandene Suppe sah, rümpfte sie die Nase. »Mammy, wie wärs, wenn wir was beim Chinesen bestellen?«

»Gute Idee!«, rief Leek aus dem anderen Zimmer.

Catherine hatte nur »Chinese« gesagt, doch Agnes verstand Shug. In letzter Zeit besaß sie die seltsame Gabe, alles auf ihn zu beziehen. Ihr Blick wurde klar. »Ich könnte die Taxizentrale anrufen und fragen, ob Shug heute kommt?«, schlug sie aufgekratzt vor. »Vielleicht bringt er was vom Chinesen mit?«

Catherine seufzte. Shug hatte Agnes gewarnt, nicht mehr bei der Taxizentrale anzurufen. Es stand auf der langen Liste von Dingen, die sie nicht mehr tun durfte, wenn sie wollte, dass er weiterhin kam. So erpresste er sie emotional. Aber wenn er hörte, dass die Kinder Hunger hatten, kam er vielleicht vorbei, und für ein paar Stunden wäre alles wieder gut. Sie würde sich hübsch machen, und vielleicht blieb er ausnahmsweise die ganze Nacht bei ihr auf dem Klappsofa. Agnes trank einen Schluck und ging ihre Rolle durch: normal klingen, nüchtern, unverbindlich; locker bleiben und ins Telefon lächeln. Zwar hatte es bisher noch nie funktioniert, warum, wusste sie auch nicht, aber sie wollte es unbedingt wieder versuchen.

Agnes setzte sich an den kleinen kunstledernen Telefontisch und zündete sich eine Zigarette an, um ihre Nerven zu beruhigen. Als sie gewählt hatte, drehte sie ihren Verlobungsring um, als könnte die Person am anderen Ende sie sehen. Das Gold des Eherings hatte ein schmutziges Gelb angenommen.

Mit genervtem Knistern antwortete eine Frauenstimme. »*Northside Taxis!*« Es war Joanie Micklewhite. Agnes kannte sie nur flüchtig.

»Hallo, Joanie, bist du das? Hier ist Mrs Bain.«

»Oh, hallo, Süße. Wat kann ich für dich tun?« Joanie klang kühl, als wäre sie jemandem in die Arme gelaufen, dem sie lieber nicht begegnen wollte.

»Könntest du Shug ausrichten, dass er bitte zu Hause anruft?«, sagte Agnes. Sie fragte sich, ob Joanie wusste, dass Shug sie verlassen hatte. Sie fragte sich, wer am Taxistand noch alles wusste, dass Shug nicht mehr in ihrem Bett schlief.

»Ich versuchs. Wartste kurz, Schätzchen?« Es wurde einen Moment still in der Leitung, als Joanie Agnes in die Warteschleife schob und

Shugs Taxi anfunkte. Es dauerte eine Ewigkeit, bis sie wieder dran war. »Bist du noch da?«

Agnes hatte gerade an der Zigarette gezogen. Sie blies den Rauch zur Decke. »Noch am Apparat! Hast du ihn erreicht?«

Joanie zögerte, und Agnes wappnete sich für eine Enttäuschung. »Aye. Er hat gesagt, er ruft dich an, sobald er kann.«

Agnes war erleichtert, und so etwas Ähnliches wie Hoffnung keimte in ihr auf, die Vorfreude, ihn zu sehen, ihren eigenen Mann. Sie dachte an das Samtkleid, das sie für ihn tragen würde; sie überlegte, ob sie noch Zeit hatte, sich die Beine zu rasieren.

Dann sagte Joanie: »Agnes. Ich weiß, dass er dir nicht allet erzählt hat, Schätzchen.« Sie stotterte weiter: »Ich ... ich wollt dir nur sagen, wenn dus irgendwann rausfindest, ich hab nich gewollt, dass so wat passiert. Ich hab selber sieben Stück zu Haus. Und, also, es tut mir leid.«

Die letzten Feuer erloschen gerade, als Shug endlich kam. Die Kinder waren im Bett, schlecht gelaunt und hungrig. Agnes konnte das chinesische Essen nicht anrühren. Sie sah zu, wie ihm das Haar von der Glatze fiel, als er sich große Bissen in den Rachen stopfte. Es hatte ihm nicht einmal den Appetit verdorben, und das setzte ihr zu. Agnes rieb sich die Schläfen und setzte sich zwischen all die noch nicht ausgepackten Kisten. Rote Koffer waren nicht dabei. »Hält sie ihre Wohnung in Ordnung?«

»Nich besonders«, sagte er, ohne aufzublicken.

Agnes setzte die Bierdose an und trank so viel, wie sie in einem Zug herunterbekam, bevor sie Luft holen musste. Dann fragte sie: »Sieht sie gut aus?«

»Ich hab dir schon am Telefon gesagt, dass ich nich über sie reden will, verdammt noch mal.« Er riss ein Stück Weißbrot in zwei Hälften. »Lass mich in Frieden essen. Ich bin nich hier rausgefahren, um zu streiten.«

Agnes schwieg lange und dachte gründlich darüber nach, was sie als nächstes sagen würde. Mit der linken Hand betastete sie ihr Messer. Sie konnte sich nicht entscheiden, ob sie einen Streit anfangen, ihn erstechen oder ihn überreden wollte, noch ein bisschen zu bleiben. Als sie wieder sprach, versuchte sie ruhig und sanft zu klingen. Es fiel ihr leichter, wenn sie ihn dabei nicht ansah. »Es wird nichts, oder? Mit unserem Neuanfang?«

Shug hielt im Kauen inne. Er zuckte die Schultern. »Das ist der Neuanfang, Agnes. Ich konnte einfach nicht mehr.«

Sie hielt sich die Hände vors Gesicht. Ihr Nagellack war so rot, als wäre er noch feucht. »Warum zum Teufel hast du mich hier rausgebracht?«

Shug schob den Teller weg. In seinem Schnurrbart klebte rosa Soße. »Ich musste es wissen.«

»*Was* musstest du wissen?« Ihre Stimme kippte vor Wut. »Ich dachte, *du* wolltest hier raus.«

»Ich musste wissen, ob dus wirklich tust.«

Agnes packte ihn am Pulloverkragen. Shug griff nach seinem Geldgürtel und küsste sie energisch mit der Zunge. Er musste die kleinen Knochen ihrer Hand zerquetschen, damit sie losließ. Sie hatte ihn geliebt, und er hatte sie vollkommen brechen müssen, bevor er sie endgültig verließ. Agnes Bain war ein zu kostbares Exemplar, um sie der Liebe eines anderen zu überlassen. Er durfte nicht mal Scherben übrig lassen, die ein anderer später einsammeln und kleben könnte.

NEUN

Agnes musste drei Dosen Lager herunterkippen, bevor sie vor die Tür treten konnte. Am Zaun stand eine Gruppe von Frauen, die Arme wie Stoßstangen verschränkt. Sie hatte das Gefühl, die Frauen warteten dort, seit sie vor vier Monaten eingezogen waren. Die Kälte störte sie offenbar nicht. Der Boden war voller Zigarettenkippen, und auf den Zaunpfosten standen schmutzige Teetassen. Als Agnes aus der Tür kam, brachen sie die Gespräche ab und drehten sich geschlossen zu ihr um. Mit hoch erhobenem Kopf ließ Agnes die Absätze ihrer schwarzen Pumps laut und klar auf dem Pflaster klackern. Sie lächelte die Frauen in den Leggings und Pantoffeln hochmütig an. Dann ging sie an ihnen vorbei und schlug die Richtung der Bergarbeiterkneipe ein, um einmal alles zu vergessen.

Die Frauen beobachteten sie schweigend. Kurz bevor Agnes außer Hörweite war, meldete sich eine von ihnen zu Wort. »Wir ham uns nich schon gestritten, oder?«, fragte Bridie. Ihr gesträhntes Haar war noch nicht gebürstet, und ihr massiger Rumpf steckte in einer Männerjogginghose und einem Bademantel.

Agnes drehte sich nicht um. »Wie kommst du darauf?«

»Weilde uns nich zu deiner Party eingeladen hast. Ich dacht, wir wären Kumpel?«

»Welche Party?« Agnes drehte sich halb um.

»Na, wo willste sonst hin, wennde dich so aufgerüscht hast?«

»Zum Miners' Club. Ich wollte mal sehen, was ihr so macht, um euch zu amüsieren.«

Die Frauen tauschten Blicke. Nervös drehten sie an ihren Christopherus-Medaillons.»Vergisset«, sagte Bridie.»Die Kerle mögens nich, wenn wir da auftauchen. Bleib lieber hier bei uns, und wir feiern ne kleine Willkommensparty.« Bridie zog eine große Glasflasche hinter dem Zaunpfosten hervor. Sie kippte den Inhalt ihrer Teetasse auf die Straße und schüttelte die Wodkaflasche.»Komm rüber und erzähl unsen bisschen wat von dir.«

Agnes trat näher und sah zu, wie die bittere Flüssigkeit den Schmutzring des Tees auffraß. Als der pure Wodka fast den Rand erreichte, hielt sie mäßigend die Hand hoch und kicherte sittsam. Bridie warf ihr einen Seitenblick zu und goss weiter bis oben hin.»Fürn Frieden. Ich will ja nich, datte uns für billig häls.«

Agnes nahm die Tasse und bedankte sich höflich. Die Frauen beäugten ihre neue Nachbarin von oben bis unten: die Riemchenpumps, das mit Spray fixierte Haar, den schönen Pelzmantel. Agnes sah die leere Straße rauf und runter und ließ sich begaffen. Die Dämmerung brach wieder früh herein. Die Straßenlaternen brannten schon, und ein Rudel halsbandloser Hunde streunte von Pfütze zu Pfütze und schnüffelte an den stinkenden Gullys. Einer pinkelte, und die anderen markierten der Reihe nach dieselbe Stelle. Agnes wandte sie wieder den Frauen zu, die sie hungrig anlächelten.»Na dann, zum Wohl.« Sie stießen mit den Tassen an.

Jemand zog einen Beutel mit Tabak heraus und ließ ihn herumgehen. Jinty leckte ein Zigarettenpapier ab und streute bedächtig eine schmale Linie goldenen Tabak hinein.»Steck das weg!«, sagte Agnes, die die Chance sah, sich für den Wodka zu revanchieren. Sie griff in die tiefen Manteltaschen und zog ein Päckchen Kensitas aus dem Nerz.

Bridie betrachtete das glänzende goldene Päckchen, das vergoldete Feuerzeug.»Jesses. Als wär die Queen persönlich eingezogen.«

»Is wat anderes, wemma sichen Tabak nich außen Zähnen pulen muss«, stimmte Jinty zu.

Jede Frau nahm sich eine Zigarette und zündete sie sich an. Gierig zogen sie daran und ließen sich schweigend das Aroma schmecken. Sie hielten die Zigaretten zwischen Daumen und Zeigefinger wie ein Blasrohr. Dabei musterten sie Agnes, deren lackierte Nägel wie fünf Marienkäfer vor ihrem Gesicht tanzten. Mit anmutigen Fingern rauchte sie leichte, flache Züge, während die anderen tief die Wangen einsaugten. Dann hob sie die Tasse und trank mit großen, gierigen Schlucken.

»Wo kommtern her?« Jinty streckte den Finger aus, um Agnes' Smaragdohrringe zu berühren.

»Ursprünglich? Germiston. Aber ich schätze, man kann sagen, überall aus dem East End. Ich bin ziemlich oft umgezogen.«

»Überall außem East End, he?«, wiederholte Bridie und nickte weise. »Dann biste bestimmt ne gut Katholikin. Un wat bringt dich hier raus in unsre lütte Siedlung?«

Agnes stockte. »Mein Mann hat gehört, es wäre ein hübscher Ort zum Leben, ein sicherer Ort für die Kinder.« Sie hielt inne. »*Mit netten Nachbarn.*«

»Aye.« Bridie lachte. »Nen Kurort isset nich grade, dat war früher mah. Die Mine is jahrelangen Bach runtagegangen. Heut hat fast keener mehr Arbeit. Von Jahr zu Jahr hocken mehr Männers zu Hause und holen sich am helllichten Tach einen runter.«

»En pah ham noch Arbeit. Hauptsächlich machense die Löcher dicht, damit keene vonne Blagen rinfallen«, erklärte Noreen. »Damit keene Unfälle mehr passiern, weißte.«

»Unfälle?«

»Aye, et hat immer wieder böse Wetter gegehm. Früher hamses Methan da rauspumpen müssen, um malochen zu könn. Na ja, die Männers, die hams gewusst; die ham gewusst, wogegense arbeiten, und ham immer Respekt gehabt, aber einmah is der Stollen einfach runtagekomm aufde ahmen Seelen. Is einfach eingestürzt. Und dann hats ne Explosion gegeben, und alle sin verbrannt. Hat einige Blagen hier zu Halbwaisen gemacht.« Jinty starrte immer noch auf Agnes' Ohrringe. »Und viele Frauen einsam.«

Sie drehten sich um und sahen zu dem Haus, in dem die Frau mit dem Totenkopfgesicht wohnte. Bridie seufzte. »Keene Sorge wegen Colleen McAvennie. Die bellt schlimmer, alze beißt.«

»Ist sie auch eine Cousine von dir?«

»Aye, aber nich mein Blut, verstehste. Die will nur immer ihren Jamesy beschützen. Is früher mahn gutaussehender Kerl gewesen. Großer schwerer Kraneinweiser; hat die Jungs mim Förderkorb innen Schacht runtagelassen und hochgezogen. Aber dann isser beim Brand inne Grube verletzt worn, und die ganze Haut vonne Schulter und Hals sind flöten gegang. Rot wien Sonnenbrand im Juli.« Die Frauen senkten die Köpfe, fast ein Zeichen von Respekt. »Is aber trotzdem nochen gutaussehender Mann.«

»Wo is eigentlich dein Mann mitte schicken roten Koffern hin?«, fragte Jinty plötzlich.

»Er ist Taxifahrer; manchmal nimmt er ein paar Sachen mit«, log Agnes. Die Erklärung war mager. »Er fährt meistens Nachtschicht.«

Jinty saugte an ihren Zähnen. Dann griff sie mitfühlend nach Agnes' Hand. »Wir sin hier nich von gestern, Süße. Für mich hatter ausgesehen, als wollter länger wegbleim.«

Bridie zeigte mit der Zigarette auf Jinty. »Ach, hör nich auf die. Lass dich nich runterziehen. Wir sang bloß, wir ham alle Männers und wir ham alle Probleme mitte Männers.«

Die Frauen zogen mitfühlend an ihren Kippen. Noreen runzelte besorgt die Stirn. »Wie willste die Blagen füttern, wenner nicht wiederkommt?«

Das Geld war ihre große Sorge, und die Angst nagte an ihrem Herzen. »Ich weiß es nicht.«

Die Frauen tauschten Blicke. Bridie sprach zuerst. »Na, dann müssenwa dich beide Stütze anmelden. Montagmorgen gehste aufs Amt. Du musst nur zusehen, dasse Invalidenrente kriegst. Beim Arbeitslosengeld müssteste nämich sonst jeden Donnerstag da antanzen.«

»Würde ich denn Invalidenrente bekommen?«

»Keine Sorge, Süße. Wenn die deine Adresse sehn, machense dir ohne mitte Wimper zu zucken den Stempel drauf.« Bridie zeigte auf die leere Straße. »Hier gips eh keine Arbeitsplätze. Invalidenrente is unser einziger Club, und Montag ist Clubtag.«

Agnes setzte die Wodkatasse wieder an und starrte in die trübe Flüssigkeit. Offenbar war viel Milch in dem Tee gewesen.

Lächelnd schenkte Bridie ihr bis zum Rand nach. »Aye, ich hab gleich gesehen, dasse trinkst.« Sie zog an ihrer Zigarette. »Habs dir aufen ersten Blick angesehen. Die andern ham dich für sone aufgeblasene Trulla auße Stadt gehalten, mit deinen Pailletten und dem ganzen Schnickschnack. Aber ich hab gleich gesehen, wat dahintersteckt. Ich hab die Traurigkeit gesehen, und da wusst ich, dasse anne Flasche hängst.«

Die Frauen nickten und krächzten »Aye« wie ein Schwarm Krähen. Agnes erstarrte mit der Tasse an den Lippen.

»Trinkse alles, watte kriegst?«, fragte Bridie.

»Wie bitte?« Agnes ließ die Tasse sinken.

»Hasten *sehr* ernstes Problem?«, erklärte Bridie.

»Ich hab überhaupt kein Problem.«

»Hömma, Goldstück. Du stehst hier mitten auffe Straße und trinkst Wodka pur. Sieht so aus, als hättste jedenfalls kein Problem, Invalidenrente zu kriegen.«

»Ihr trinkt doch alle Wodka«, gab Agnes beleidigt zurück.

Die Frauen zogen hämisch die Mundwinkel nach unten, als sie ihr im orangen Schein der Laternen den Inhalt ihrer Tassen zeigten. In jeder leuchtete das trübe Weiß von Tee mit Milch. »Nee, Süße, wir trinken bloß pisskalten Tee«, wies Bridie sie zurecht. »Du bist hier die Einzige, die sich Wodka reinkippt wie Kranwasser.«

Agnes' Gesicht glühte rot. Die Frauen lächelten sie mit dünnen Lippen mitleidig an. Im orangen Laternenschein wirkten ihre Pupillen unter den schweren Lidern schwarz. Agnes sah in ihre Tasse und stürzte den Rest herunter.

Bridie hielt die Hand hoch. »Pass auf. *Ein Tag nachem anderen* und der Scheiß. Ich hab selber mahn kleines Problem gehabt. Sechs Blagen unnen arbeitslosen Ehemann? Kannste glauben, dass ich gesoffen hab.« Mit der Sandalenspitze zertrat sie die Kippe im Staub. »Am Ende warns die Filmrisse, die mirn Rest gegeben ham. Ich hab die ersten fünf Minuten vom Tag morgens nich mehr ausgehalten, wenn ich nich gewusst hab, wer wat zu wem gesagt hat und mit welcher Pissnelke ich mich wieder angelegt hatte. Wennde dir inne Küche ne Tasse Tee machst und dich alle schon vonne Seite anglotzen. Dann kuckste dich um, und einer hatten blaues Auge. Dann gehste zum Spiegel und hast selbst auch eins.« Die Frauen nickten mitfühlend. Keine lachte.

Jinty erzählte: »Ich hab vor Dolans Laden gestanden und mit Leuten über die neueste Folge *Dallas* geredet, die ich am Abend vorher anne Haare über die Straße gezerrt hatte.« Sie ballte die Fäuste, ihr schmächtiger Körper von der Erinnerung belebt. Dann zeigte sie auf das Haus der Frau mit dem Totenkopfschädel. »Wisster noch, als Colleen meinte, Isa hätte Big Jamesy schöne Augen gemacht?«

Bridie schnalzte mit der Zunge. »Son Quatsch. Die beiden sin ein Blut. Dat vergessen alle immer.«

»Hat Colleen nich interessiert.« Jinty wandte sich wieder an Agnes. »Unser Colleen trinkt nämich eigentlich ganich. Die hats mehr mit Jesus, dense an ihrm Herzen überall mit rumschleppt. Aber an dem Montagmorgen hatse doch einen gekippt, is sternhagelvoll gewesen. Sie kam mit ihren Montagsbuch vonne Post und hat jeden beschissenen Penny versoffen. Die Bälger ham vor Hunger geheult, während sie sich immer noch was eingegossen hat. Und dann hatse ne Plastiktüte genomm, is die ganze Straße hoch und runter und hat Hundekacke eingesammelt. Helle, dunkle, weiche, harte, bis die Tüte bis oben hin voll war. Und dann isse mitte Tüte voll Scheiße die Straße hoch.« Jinty zeigte in Richtung der Abraumhalden. »Hat sichen dottergelben Gummihandschuh angezogen und angefangen, mitter Kacke zu schmeißen. Hat die Straßenseite von Isas Haus *von oben bis unten* eingesaut mit Hundescheiße. Hat Scheiße geschmissen und geschrien, Big Jamesy soll rauskommen und sich ihr stellen wien Mann.«

»Und was ist dann passiert?«, fragte Agnes.

»Aye, kommt gleich.« Jinty warf einen hämischen Blick über die Schulter auf Colleens Gartentor. »Die hat dat ganze Haus mit Hundescheiße beworfen, dasses meilenweit gestunken hat. Die Scheiße is anne Fenster runtergelaufen und am Rauputz klehm gebliem. Die Mauer hat nur so getrieft. Ich bin weiß Gott kein Fan von Isa – erst hat ihr Mann vonner Grube ne Abfindung kassiert, und dann isse mittem Geld zum Bingo und gewinnt auch noch –, aber Scheiße werfen, nee, das geht gah nich, dass jemand auffe Straße mit Scheiße rumwirft wie sone Wilde.«

Bridie setzte die Geschichte für sie fort. »Am Ende hat sich rausgestellt, dass Big Jamesy überhaupt nich mit Isa rumgemacht hat. Er war uff Maloche. *Maloche!* Ausgerechnet. Er hatten Job auffe Müllkippe gefunden, Teilzeit, und hats keim gesagt, weiler Angst hatte, dasser angeschwärzt wird und die Stütze gestrichen kriegt.«

Jinty küsste ihren heiligen Christopherus. »Colleen hat gedacht, der vögelt rum, dabei wollt der ahme Kerl nurn bisschen Kohle extra verdienen.«

»Zum Glück gips Filmrisse.« Finster bekreuzigte sich Bridie. »Also. Ich weiß, warumde säufst, Süße. Manchmah isset echt hart, mit allem zurechtzukommen. Ich halt mich inzwischen vonne Flasche fern, aber dafür nehmichen pah von denen hier jeden Tag.« Sie hielt ein kleines Tablettenfläschchen hoch. »Bridies kleine Kumpel.«

»Aspirin?«, fragte Agnes.

»Nee!« Bridie leckte sich die Oberlippe und beugte sich vor. »Valium. Fallsde mah welche ausprobieren willst. Mah kosten. Wennde mehr willst, kann ichse dir besorng. *Zum Sonderpreis.*« Bridie drückte auf den Deckel und schraubte lächelnd die Plastikflasche auf. Sie kippte Agnes zwei Tabletten in die Hand, als wären es Bonbons. »Hier, probier einfach mah. Und willkommen in Pithead.«

ZEHN

Er konnte seine Mutter nirgends finden. Er hielt den knochenweißen Zahn in der hohlen Hand; der kleine Schneidezahn schwamm in einer Pfütze aus Spucke und Blut, und Shuggie war sich sicher, dass er sterben würde. Waren das die Sachen, die passierten, wenn man sieben war? Er traute sich nicht, die anderen Zähne mit der Zunge abzutasten, weil er Angst hatte, dass sie dann alle ausfallen würden. Er musste seine Mutter finden, um sie zu fragen. Aber seine Mutter war fort.

Shuggie drückte das Gesicht an das rostige Gartentor und beobachtete ein Rudel streunender Zechenhunde. Fünf Rüden drangsalierten eine kleine schwarze Hündin. Sie machten hohe kläffende Geräusche, als sie vorbeiliefen, und Shuggie steckte den Mund zwischen die Zaunbretter und sang mit – *jip jip jip*. Er lauschte dem Gesang der Hunde; es war, als würden sie ihn rufen. Eigentlich durfte er nicht vor das Gartentor, ohne ihr Bescheid zu sagen, aber sie war ja nicht da.

Die Gummisohlen seiner Schuhe fest hinter dem Tor verankert, streckte er den Kopf auf die Straße und spähte erst nach links, dann nach rechts. Er erfand ein Spiel, bei dem er die Luft anhielt und raus- und wieder reinrannte und dabei die ganze Zeit nach ihr Ausschau hielt.

Sie war nicht da.

Die Hunde riefen ihn vor das Tor. Shuggie nahm seine schmutzig blonde Puppe vom Boden und warf sie raus auf die Straße. Mit einem heiseren Knacken landete Daphne auf dem Pflaster und machte einen Schneeengel im Staub. Shuggie hechtete hinaus, schnappte sie, flitzte wie ein kleiner knochiger Fisch zurück und schlug mit lautem Scheppern das Tor hinter sich zu. Als er über die Schulter zum Haus sah, kam niemand ans Fenster, und bei Bridie Donnelly kam auch niemand ans Fenster. Niemand sah ihn. Sie war nicht da.

Shuggie öffnete wieder das Tor und folgte den Hunden. An der Ecke standen ein paar Frauen in Männerpantoffeln. Sie hatten sich lebhaft über irgendwas unterhalten, aber als er näher kam, senkten sie die Stimme. Eine drehte sich zu ihm um und machte einen Knicks. Er versuchte, sich nichts anmerken zu lassen, so zu tun, als wäre es ihm egal, und tanzte demonstrativ weiter über die staubige Straße an der Kirche auf der Anhöhe vorbei. Er machte sich einen Spaß daraus, Staubwolken in den Himmel zu wirbeln, und tanzte immer weiter weg von zu Hause. Als er an der katholischen Schule war, sah er den Kindern auf dem Pausenhof zu. Er stand im Schatten einer Rosskastanie und fragte sich, warum er nicht in der Schule war. Heute Morgen waren keine Zeichentrickfilme gelaufen, deswegen wusste er, dass nicht Samstag war, aber sie hatte ihm seine Kleider nicht hingelegt, wie sie es manchmal tat, und deswegen war er nicht gegangen, und sie hatte nichts gesagt.

In einer Ecke des Pausenhofs kickten die Jungs gnadenlos einen alten Fußball herum, und sie entdeckten ihn, bevor er merkte, dass sie ihn sahen. »Was hassen da?«, rief der Kleine der braunen Brüder, der Söhne von Colleen McAvennie mit dem Totenkopfgesicht. Instinktiv versteckte Shuggie die Daphne-Puppe hinter dem Rücken.

»Hallo«, sagte Shuggie und winkte höflich. Er ahmte den Knicks der Bergmannsfrau nach und streckte elegant ein Bein nach hinten aus.

Mit offenem Mund starrten sie ihn durch das abblätternde Geländer von oben bis unten an. »Warum bisse nich inne Schule?«, fragte Gerbil, der jüngere, und pulte grüne Farbschuppen vom Metall.

»Ich weiß nicht«, gab Shuggie schulterzuckend zu. Die Jungs waren nicht viel älter, aber sie waren kräftig und braungebrannt von den Sommern draußen, wenn sie das Moor erkundeten und Katzen in die Steinbrüche warfen. Er hatte gesehen, wie leicht sie den schweren Schrott vom Lastwagen ihres Vaters luden.

Francis McAvennie kniff die dunklen Augen zusammen und sagte: »Dat is, weil deine Mammy ne olle Saufnase is.« Er beobachtete Shuggies Gesicht, um die Wirkung seiner Worte zu sehen.

Gerbil McAvennie steckte sich eine Farbschuppe in den Mund. »Wieso haste kein Daddy?« Seine Stimme war schon so tief wie die eines Mannes.

»Hab ich w-wohl«, stammelte Shuggie.

Gerbil grinste. »Und wo isser dann?«

Das wusste Shuggie nicht. Er hatte gehört, dass er ein Hurenbock war, dass er die Blagen einer anderen Frau großzog und dass er jede Schlampe fickte, die bei ihm im Taxi saß. Aber er hatte das Gefühl, das sollte er nicht sagen. »Er hat Nachtschicht. Er verdient Geld, damit wir in Ferien fahren können.«

Die Schulglocke läutete, und Father Barry kam heraus, um die Kinder durchzuzählen. Gerbil streckte die Hand durch den Zaun und grapschte mit langen Fingern nach Shuggies Puppe. Francis gluckste wie ein Baby und machte bei dem Spiel mit, bis beide wild die Arme nach ihm ausstreckten. Shuggie wich in den Schatten der Rosskastanie zurück. »Ich sags Father Barry! Du schwänzt die Schule!«, kreischten sie.

Shuggie drückte Daphne an die Brust, drehte sich um und lief, so schnell er konnte, davon. Als er am Miners' Club vorbeikam, war er völlig außer Atem, aber er hörte immer noch, wie die McAvennie-Jungs nach Father Barry riefen.

Das Wirtshaus war heruntergekommen und sah verlassen aus. Shuggie stellte sich auf die Zehenspitzen und zog sich am Gitter vor dem Fenster hoch. Dann sah er sich auf dem Vorplatz um, wo leere Lagerfässer in Bierlachen standen. Das schmutzige Ale mischte sich mit Benzin, und auf den Tümpeln schimmerten bunte Regenbögen. Shuggie kniete sich hin und tauchte Daphnes blondes Haar in die schillernde Pfütze. Als er sie wieder herauszog, hatte ihr glänzendes gelbes Haar die Farbe der Nacht, und er schnalzte mit der Zunge. Wo waren die schönen Regenbogenfarben jetzt? Er tauchte ihren Kopf wieder in die Pfütze und hielt ihn länger unter Wasser. Die Puppe klappte die Augen zu, als würde sie schlafen, aber sie lächelte dabei, und er wusste, dass alles in Ordnung war. Als er sie aus der Pfütze zog, lief die schwarze Flüssigkeit ihr über das Gesicht und auf das weiße Wollkleid. Ihr billiges gelbes Haar war mattschwarz geworden. Er starrte die Puppe an, und plötzlich fiel ihm auf, dass er eine ganze Minute nicht an seine Mutter gedacht hatte. Daphne roch komisch.

Eine Weile lief er im Slalom um die Lagerpfützen. Er spähte die Straße hinauf, und als er sich sicher war, dass Father Barry nicht nach ihm suchte, lief er los und bog in eine Gasse mit Bäumen ein, die er noch nie gesehen hatte. Sie führte hinter einer Reihe von älteren Bergmannshäusern vorbei, die durch einen Gemeinschaftsgarten verbunden waren. An einem Ende des Gartens stand ein Backsteinschuppen, in dem die Mülltonnen untergebracht waren. Es war ein niedriger, fensterloser Klotz, vor dessen dunkler Öffnung eine grün gestrichene Tür aus den Angeln hing. Neben dem Schuppen lag eine riesige alte Waschmaschine auf der Seite, schwer und groß wie ein Schrank, wie sie in Krankenhäusern und Wohnheimen benutzt wurden. Sie war zu schwer für die Müllmänner, deshalb lag sie neben dem Schuppen und rostete vor sich hin, und dicke Fliegen surrten faul in ihrem Schatten ein und aus.

In der Waschmaschine saß ein Junge, die Beine über dem Kopf, in die Trommel geringelt wie eine Katze mit gebrochenem Rückgrat. »Willste mah in meim Karussell mitfahren?«

Shuggie sah ihn erschrocken an.

Der Junge schwang hin und her, in schaukelnden Halbkreisen in der Trommel, dass in einem Moment seine Füße über seinem Kopf und im nächsten Moment sein Kopf über den Füßen war. »Siehste, issen Mordsspaß!«, lockte er.

Shuggie hielt ihm Daphne hin und ließ ihr den Vortritt. Der Junge schraubte sich aus der Trommel und schob die langen braunen Beine durch die Öffnung wie eine Spinne, die durch ein Schlüsselloch kriecht. Dann bog er den Körper rückwärts heraus; als er sich aufrichtete, war er fast so groß wie die Waschmaschine. Er war ein gutes Jahr älter als Shuggie, mindestens acht oder neun, und er fing bereits an, in die Höhe zu schießen.

»Hallo. Ich heiße Johnny. Meine Ma nennt mich *Bonny Johnny*«, sagte er mit einem schmalen Lächeln. »Soll so wat wien Wrestler-Name sein, aber ich find es Dünnpfiff.« Er schlug sich auf den Unterarm, wie es die Wrestler vor dem Kampf im Fernsehen taten. Dann boxte er in die leere Luft. »Und wie heißt du, kleiner Mann?«

»Hugh Bain«, antwortete er schüchtern. »*Shuggie.*«

Der Junge beobachtete ihn, spähte unter gesenkten Lidern hervor, der gleiche Blick, mit dem ihn die Kinder der Bergleute in der Schule ansahen, wenn Shuggie sich meldete. Es war eine Mischung aus Argwohn und Verachtung. Shuggie hatte den Blick häufig bei seiner Großmutter gesehen, wenn sie seinen Vater anschaute. Er drehte das linke Knie nach innen.

Dann grinste Johnny. Sein Ausdruck hatte sich so schnell verändert, dass Shuggie einen Schritt zurückwich. Es war, als hätte er einen Schalter umgelegt, und sein Gesicht leuchtete wie eine nackte Glühbirne in einem leeren Raum.

»Wat hasten da, Shuggie, is das ne Puppe?« Der Junge benutzte seinen Namen, als würde er ihn schon lange kennen. Ohne auf Antwort zu warten, sagte er: »Biste vielleichten kleines Mädchen?« Er trat ins hohe Gras, trat es platt, als er auf ihn zukam.

Shuggie schüttelte wieder den Kopf.

»Wennde kein kleines Mädchen bis, musste wohl ne kleine Schwuchtel sein.« Sein Grinsen wurde hart. Nur seine Stimme war tief und süß, als redete er auf einen Welpen ein. »Du bist doch keine Schwuchtel, oder?«

Shuggie wusste nicht, was eine Schwuchtel war, aber er wusste, dass es schlimm war. So nannte Catherine Leek, wenn sie ihn beleidigen wollte.

»Weißte überhaupt, wat ne Schwuchtel is, kleiner Mann? Ne Schwuchtel issen Junge, der schmutzige Sachen mit andern Jungs macht.« Jetzt stand Johnny direkt vor Shuggie, und er war fast doppelt so groß wie er. »Ne Schwuchtel issen Junge, der liebern kleines Mädchen wär.«

Bonny Johnny war schmutzig weiß, als hätte man ihn zu lange in Tee getaucht. Seine Haut hatte einen Sepiastich, sein Haar glänzte wie Honig und die Augen waren bernsteinfarben wie Lagerbier. Als Johnny lächelte, sah man schon die Zähne eines großen Jungen. Shuggie betastete mit der Zunge seine Zahnlücke, als er zurücklächelte. Johnny riss ihm die Puppe aus der Hand und warf sie in die Waschmaschine. »Siehste! Die will auch Karussell fahren.«

Dann drückte sich Johnny von hinten an Shuggie, schlang ihm die Arme um die Taille und hob ihn durch das Loch in die Trommel. Shuggie stieg ein, und eine helfende Hand gab ihm den letzten Schubs. Daphne umklammernd sah er ins Tageslicht hinaus und spürte das eiskalte Metall an den Beinen.

Johnny packte die Kante der Trommel und fing an, sie langsam von rechts nach links zu schaukeln, sanft wie eine Wiege. Shuggie fiel vornüber und versuchte, sich gegen das Metall zu stemmen, um das Schaukeln auszugleichen; er spannte alle Muskeln an und bleckte die Zähne wie eine verschreckte Katze. Daphne rutschte ihm weg und polterte durch die Trommel.

Johnny schaukelte ihn sanft weiter. »Siehste, is nich so schlimm, oder?«

Die Bewegung erinnerte Shuggie an das Piratenschiff vor der Lieblingsbäckerei seines Großvaters, in das man eine Münze werfen konnte. Unfreiwillig gluckste er vor Vergnügen.

»Warte«, sagte Johnny. Er hielt die Kante fest, stemmte sich gegen die Waschmaschine und begann heftiger zu schaukeln. Shuggies Kopf und Knie sausten in Halbkreisen von einer zur anderen Seite, während Daphne gegen die Decke knallte. Johnnys Nackenmuskeln schwollen an, als er die Trommel mit aller Kraft herumwuchtete. Shuggie überschlug sich. Die Trommel drehte sich wieder und wieder, und Shuggie krachte mit dem Kopf gegen das Metall und schlug sich den eigenen Fuß in den Rücken.

Dann wurde die Trommel langsamer, und Shuggie polterte kopfüber herab. Ein fleischiger Arm griff nach einer der Metallrippen und hielt die Zentrifuge fest. In Shuggie stieg ein sirenenartiges Geheul auf, als der Schmerz durch seinen Schädel, das aufgeplatzte Knie und die zerbeulten Schienbeine schoss. Durch einen Wasserfall der Tränen sah er, wie eine große Hand auf Johnnys Kopf eindrosch, während der Junge sich duckte und versuchte sein Gesicht zu schützen. Der Angreifer war so groß, dass Shuggie sein Gesicht nicht sah, er sah nur die wütenden Schläge des tätowierten Arms, die auf den bloßen Nacken und die Schultern des Jungen niedergingen.

»Wat in Herrgotts Namen hab ich dir wegen der beschissenen Waschmaschine gesagt?«, donnerte der kopflose Torso. Sein dicker Daumen zeigte auf die Trommel. »*Hol dat raus da*, zum Teufel, oder ich schlag dich windelweich.«

So schnell die Gestalt aufgetaucht war, so schnell war sie wieder verschwunden. Wie ein geprügelter Hund stand Johnny vor der Waschmaschine. Er lächelte nicht mehr, und seine Ohren hingen herunter. Er griff in die Trommel und zog Shuggie heraus. »Hey. Hör auf zu heulen, oder ich schlag dich windelweich.«

Das Tageslicht blendete Shuggie, als er aus der Trommel kam. Sein Kopf tat so weh, dass er keine Farben mehr sah.

Johnny sah sich den Jungen von oben bis unten an. Shuggie blutete am Bein, wo ihm das Metall die Haut aufgerissen hatte, und seine Arme und Beine liefen jetzt schon blau an. Johnny packte ihn und zerrte ihn um die Ecke durch die schwarzen Fliegen in die dunkle Kühle des Müllschuppens. Es roch sauer nach verdorbenem Joghurt.

Im Dunkeln spuckte sich Johnny in die Hand und rieb damit im nassen Gesicht des Jungen herum, und dann an seinem Schienbein. Es machte alles noch schlimmer. Das Blut vermischte sich mit Spucke, und statt wegzugehen, verteilte es sich noch mehr. Der große Junge bekam Angst, und seine Augen weiteten sich. Er riss eine Handvoll grüner Ampferblätter aus der Erde und rubbelte Shuggies Bein damit ab. Er schrubbte, bis das Blut weg war und stattdessen eine dicke Schicht matschiger Pflanzenrotz an Shuggies Bein klebte. Das Chlorophyll brannte in der Wunde. Shuggie begann wieder zu wimmern.

»Halt still, du kleiner Schwuchtelarsch.« Seine anfängliche Freundlichkeit war verflogen. Shuggie sah die roten Handabdrücke seines Vaters auf Johnnys sepiastichiger Haut aufblühen.

Im Schuppen war es bis auf das Brummen der fetten Schmeißfliegen still. Johnny rieb und rieb am Bein des kleinen Jungen, bis sein Atem ruhiger wurde. Er rieb, bis Shuggie erst weiß, dann rot, dann dunkelgrün war. Als sich die Angst in Johnnys Augen langsam legte, kehrte das falsche Lächeln in sein braunes Gesicht zurück. Es war sehr dunkel im Müllschuppen.

Bonny Johnny richtete sich auf, eine drahtige Silhouette vor dem hellen Tageslicht. Er drückte Shuggie den grünen Blättermatsch in die Hand, dann zog er sich die Turnhose herunter. »Hör auf zu flennen«, sagte er mit seinen großen Zähnen. »Jetzt rubbelst du mich.«

Als Shuggie endlich am Miners' Club vorbeihumpelte, hatte die Sonne die Regenbogenpfützen fast getrocknet. Er hatte Daphne in der Waschmaschine zurückgelassen. Er wollte nie wieder dorthin zurück.

Als er sich die Eingangsstufen hochschleppte, hörte er sie im Flur am Telefon. »*Fick dich, Joanie Micklewhite. Richte dem hurenden Sohn einer protestantischen Nutte aus, das er nicht alles haben kann!*« Die erschütternde Klarheit ihres Queen's English unterstrich die unflätigen Ausdrücke noch. »*Du beschissene, schwanzlutschende Drecksau. Du bist so hässlich und fade wie der trockene Arsch eines alten Weißbrots.*« Sie knallte den Hörer so fest auf die Gabel, dass die Glocke klingelte.

Shuggie kam ans Ende des Flurs und bog um die Ecke. Seine Mutter saß mit übereinandergeschlagenen Beinen am Telefontischchen und hielt eine Tasse auf dem Knie. Sie sah ihn an, als wäre er soeben aus dem

Teppich gewachsen. Sie bemerkte weder den fehlenden Zahn noch das mit Blut, Spucke und Ampfer verschmierte Bein.

In ihrem Gesicht klebte die glasige Grimasse, die von unter der Küchenspüle kam. Sie nahm ihren Ohrring und schmiss ihn durchs Zimmer, bevor sie wieder nach dem Hörer griff. »Jetzt bin ich so richtig in Stimmung, um deiner Granny zu sagen, wohin sie sich verziehen soll, verdammte Scheiße.«

Das Haus war nur einen Steinwurf von der Bushaltestelle entfernt, aber Leek ließ sich sehr viel Zeit auf dem Heimweg. Seine Beine waren schwer von der Schufterei beim Jugend-Ausbildungsprogramm, und sein Herz war schwer von der Angst vor dem, was ihn zu Hause erwartete. Er wünschte sich einfach nur eine friedliche Stunde zum Zeichnen, aber seit sie nach Pithead gezogen waren, hatte es das ganze Jahr keinen Frieden gegeben.

Er wusste, dass Catherine heute Abend wieder nicht nach Hause kommen würde. Sie wurde immer besser darin, sich zu verdrücken und ihr geheimes Leben mit Donald Junior von ihrer sich auflösenden Mutter fernzuhalten. Catherine behauptete, ihr Chef sei ein Sklaventreiber und sie käme abends immer so spät aus dem Büro, dass sie bei ihrer Großmutter übernachten musste. Leek wusste von den Geldnöten seiner Mutter, er wusste, wie sehr sie auf Catherines wöchentlichen Beitrag angewiesen war, und dass sie deswegen nichts sagte. Leek wusste auch, dass Catherine in Wirklichkeit bei Donald Junior war, wo sie im Gästezimmer seiner Eltern auf der Luftmatratze schlief und ihre Unschuld verteidigte, bis Donald sie endlich heiratete. Nach all den Jahren, in denen er sich darin geübt hatte, nahm Leek es Catherine übel, dass sie es zuerst schaffen würde zu verschwinden.

Obwohl es draußen noch hell war, brannte in jedem Zimmer grelles Licht, und die Vorhänge standen schamlos offen. Das war ein sehr schlechtes Zeichen. Shuggie stand im Wohnzimmer zwischen der Gardine und dem Fenster. Er hatte die Hände und das Gesicht gegen die

Scheibe gedrückt und wackelte mit dem Kopf, um sich zu beruhigen, und keiner sagte ihm, dass er damit aufhören sollte. Als Shuggie seinen großen Bruder sah, bewegte er die Lippen zu einem tonlosen *Leek* und hinterließ einen Fettfleck auf dem Glas.

Die Gardinen flatterten. Ein Schatten erschien am Fenster, und Agnes tauchte hinter ihrem Jüngsten auf. Leek hob halbherzig die Hand und legte die andere auf das Tor, um zu zeigen, dass er nach Hause kam. Agnes lächelte ihn an, und das zu breite Grinsen sendete tausend Botschaften. Ihre Augen wirkten trüb, haltlos, und er wusste sofort, dass sie hinüber war.

Dann verschwand sie wieder, ging zurück an das Telefontischchen, zurück an die Flasche.

Leek nahm seine Werkzeugtasche und drehte sich wieder weg. Er hörte das beharrliche Klopfen an der Scheibe. Shuggie zog die Lippen weit auseinander, als er dramatisch flüsterte: *Wohin. Gehst. Du?*

Leek antwortete lautlos: *Zu Granny.*

Shuggie versuchte die Lippen ruhig zu halten. *Kann. Ich. Mitkommen?*

Nein. Zu weit. Ich kann dich nicht tragen.

Was er Shuggie nicht erzählte, war, dass er einmal zur Adresse seines richtigen Vaters gefahren war. Brendan McGowan. Er stand in Agnes' Telefonbuch, in verschiedenen Farben und Breiten umkringelt, als wäre sie in den letzten Jahren immer wieder auf ihn zurückgekommen. Letzten Winter war Leek zu Fuß zu der Adresse gegangen und hatte sich gegenüber der großen viktorianischen Mietskaserne auf eine Mauer gesetzt. Er hatte einen Mann beobachtet, der von der Arbeit kam, einen Mann, den er nicht wiedererkannte, aber der die gleiche müde Körperhaltung hatte wie er. Mit den gleichen hellgrauen Augen. Der Mann parkte am Straßenrand, stieg aus dem Wagen und ging mit nichts weiter als einem höflichen Lächeln an Leek vorbei.

Als die Tür aufging, kamen ihm aus dem Flur drei kleine Gesichter entgegen, um ihn zu begrüßen. Leek hatte durchs Fenster gesehen, wie sich die fröhliche, laute Familie an den Esstisch am Fenster setzte und zu

Abend aß. Er hatte gesehen, wie sie durcheinanderredeten, wie die Kinder sich auf ihre Stühle stellten, um zu Wort zu kommen, und wie der Mann über ihren Eifer gelacht hatte. Leek hatte ihnen lange zugesehen und dann den Zettel mit der Adresse zusammengefaltet und in den nächsten Gully geworfen.

Leek nahm seine Werkzeugtasche und machte sich zu Fuß auf den Weg aus Pithead. Er drehte Shuggie den Rücken zu und wagte es nicht, sich noch einmal zu dem flehenden Gesicht im Fenster umzudrehen. Bald würde es regnen, und nach Sighthill war es noch ein langer Marsch. Er war müde, er war schon lange müde. Er wollte sich nur noch ausruhen.

ELF

Durch die Gardinen sickerte farbloses Tageslicht. Es bohrte sich in ihr Gesicht, und mit einem Schnauben landete sie wieder im Bewusstsein. Vorsichtig öffnete Agnes die Augen und starrte die Stalaktiten an der cremefarbenen Kunstputzdecke an. Ihre Lippen klebten am trockenen Film auf ihren Schneidezähnen, als sie würgen musste. Unter den Fingern der rechten Hand spürte sie den glatten Damast des Sessels. Sie fuhr die vertrauten Brandlöcher nach. Sie saß mehr oder weniger aufrecht da, und in ihrer Armbeuge lag der tote Telefonhörer.

Eine Weile blieb sie still sitzen, den Kopf über die Sessellehne gekippt wie der Deckel eines offenen Treteimers. Dann schloss sie die Augen wieder und lauschte dem lauten Pochen ihres Schädels. Das Blut strömte ein und aus, ein und aus wie die Gezeiten. Bei Ebbe hörte sie, dass das Haus leer war. Es war noch früh, und der Junge war offenbar wieder allein zur Schule gegangen. Er hatte schon zu viele Tage verpasst. Zu viele Tage hatte er zu ihren Füßen gesessen, gewartet, sie beobachtet. Die Schule sah das nicht gern. Father Barry hatte gesagt, er müsse das Jugendamt informieren, wenn der Junge nicht bald anfing, regelmäßig zu erscheinen.

Manchmal schreckte sie morgens aus dem Schlaf, und Shuggie stand da und beobachtete sie. Fertig angezogen, klein im Vergleich zu dem riesigen Schulranzen, den er auf dem Rücken trug, mit gewaschenem Gesicht und nassem Haar, das er nur vorne gescheitelt und gekämmt hatte. Agnes lag in den Kleidern von gestern da und versuchte die trockenen Lippen über die Zähne zu ziehen, wenn er ihr »Guten Morgen« wünschte und sich leise umdrehte, um zur Schule zu gehen. Er wollte nicht aufbrechen, ohne ihr zu sagen, dass er gleich nach der Schule wieder da wäre. Er nahm ihren kleinen Finger und schwor es ihr.

Heute war alles still. Sie kippte den Kopf nach vorn, legte ihn in die Hände, und das Blut strömte in ihre Augenhöhlen. Shuggie war nicht da. Auf dem Tisch vor ihr stand eine Tasse mit kaltem Tee, auf dem sich schon eine milchige Haut bildete. Daneben lag eine Scheibe Toast mit Löchern und Butterklumpen, die mit einem ungeschickten Messer schlecht verschmiert waren. Mit der Hand die Augen beschirmend sah sie sich auf dem Couchtisch nach etwas um, das ihr Zittern beruhigte. Sie suchte in den Tassen nach einem Schluck Bier. Doch die Tassen waren leer. Agnes griff nach einer Zigarette und zog mit einem gequälten Wimmern die letzte aus der Schachtel. Zitternd zündete sie sich die Zigarette an und nahm einen tiefen Zug.

Als sie sich nicht besser fühlte, stand sie auf, schleppte sich um die Couch und suchte nach versteckten Flaschen oder halbvollen Dosen. Sie wankte durch das leere Haus und kontrollierte alle Verstecke, an denen sich vielleicht noch ein vergessener Drink verbarg: den Wäschekorb, den Platz hinter den Videokassetten, deren Schachteln wie die Bände einer Enzyklopädie aussahen. Auf Knien zog sie alle leeren Plastiktüten aus dem Spülschrank, bis sie hüfthoch in einer Wolke aus blauem und weißem Plastik saß.

Panik stieg in ihr auf. Sie wanderte von Zimmer zu Zimmer, stieß durch die Vorderzähne schrille, schlürfende Geräusche der Wut aus. Immer wieder musste sie stehenbleiben, um, was ihr hochkam, in die Spüle oder eine alte Teetasse zu spucken. Sie nahm die große schwarze Ledertasche, kramte nach ihrem Portemonnaie und ließ die Metallschließe aufschnappen. Nur der heilige Judas Thaddäus kullerte am Boden im Bett der Fusseln und Krümel herum. Es war Donnerstag, und sowohl die Stütze, die montags ausgezahlt wurde, als auch das Kindergeld, das sie dienstags bekam, waren weg.

Letzten Montag hatte sie die ganze Nacht wachgelegen, bis die Ziffern des Radioweckers endlich auf acht Uhr sprangen. Dann war sie in Pumps und fleckigem Lidschatten die Pit Road hinaufgelaufen, um mit den Coupons aus dem Heft, das bei den Bergmannsfrauen »Montagsbuch« hieß, die Invalidenrente abzuholen. Mit hoch erhobenem Haupt hatte sie sich in die Schlange gestellt, die Hände in den Taschen zitternd, und versucht, die Frauen in den dünnen, trocken raschelnden Nylonjacken zu ignorieren. Sie stand reserviert und unnahbar daneben, während die anderen mit ihrem Raucherhusten und verschleimten Katarrh vor sich hin knotterten.

Achtunddreißig Pfund die Woche sollten reichen, um sie alle satt und sauber zu kriegen. Mit achtunddreißig Pfund die Woche standen die Mütter in dem kleinen Dorfladen und schauten begehrlich auf die Milchkartons, als wären sie Luxus.

Agnes löste das Montagsbuch mit der Haltung einer Königin ein. Dann ging sie an der Milch vorbei direkt zur Ladentheke und kaufte zwölf Dosen Starkbier. Heiter plauderte sie über das schöne Wetter, aber der Inder sagte nichts. Sie war überzeugt, dass ihr das blaue Elefantending, das hinter ihm hing, den bösen Blick zuwarf. Gesittet ließ sie den Geldbeutel wieder zuschnappen, als er die kalten Starkbierdosen in die Tüte packte. Die Frauen hinter ihr rechneten laut, und ihre Lippen bewegten sich beim Zählen, wenn sie Brot und Tiefkühlpommes und Zigaretten addierten und dann kleinlaut das Brot zurück ins Regal legten. Agnes verließ den Laden, hockte sich zwischen die Scherben hinter dem niedrigen Sandsteingebäude und öffnete die erste kalte Dose Special Brew.

Als Agnes am Dienstagmorgen wieder zum Laden ging, hatte sie schon einen sitzen. Ihre Knie wippten elegant, als sie die zweispurige Straße hinaufschwebte. Mit dem Dienstagsbuch bekam sie acht Pfund fünfzig Kindergeld. Gestärkt vom Special Brew erklärte sie dem Ladeninhaber, dass sie von seinem blauen Elefanten Gänsehaut bekam.

Aber heute war Donnerstag. Der Geldbeutel war leer bis auf den heiligen Judas Thaddäus und die Fusseln in den Falten. Ihre Augen füllten sich mit traurigen, selbstmitleidigen Tränen. Sie harkte mit einem Finger durch den vollen Aschenbecher. Sie musste überlegen, was sie tun sollte.

Wenn der Alkohol ihren Körper verließ, fiel ihr das Fernsehen schwer, also ließ sie sich ein heißes Bad ein. Im Wasser wäre ihr weniger kalt, und sie würde sich nicht so wund fühlen. Sie wusch sich den Schweiß und die Stumpfheit aus dem Haar. Dann nahm sie den Flanellwaschlappen, schrubbte sich den schlechten Geschmack von den Zähnen und legte sich zurück ins brühend heiße Wasser, um darüber nachzudenken, wie sie zu Geld kommen könnte. Ein tiefer roter Striemen lief um ihre weiche Mitte, wo der Bund der schwarzen Nylonstrumpfhose, nachdem sie im Sessel weggenickt war, ihr über Nacht ins Fleisch geschnitten hatte. Sie schob den Finger in die Furche. Der Striemen sah aus, als liefen Bahngleise über ihren schwabbeligen Bauch, und sie musste an den Zug nach Glasgow denken, an Paddy's Market unter den Eisenbahnbögen, und an den Pfandleiher dort.

Ohne sich abzutrocknen, lief sie im feuchten Bademantel durchs Haus und suchte nach Dingen, die sie versetzen konnte. Bei Tageslicht sah alles billig und wertlos aus. Sie drehte jede Porzellanfigur um und versuchte sogar den Schwarzweißfernseher anzuheben, aber sie würde es niemals schaffen, ihn zu Fuß in die Stadt zu schleppen. Im Schlafzimmer ging sie ihren Schmuck durch, die zusammengewürfelten Einzelstücke, die lose in einer kleinen Plastiktüte herumflogen: die Caddagh-Ringe, die Lizzie ihr geschenkt hatte, das Medaillon ihrer Großmutter, den Armreif von Catherines Taufe. Es fiel ihr nicht leicht, aber am Ende legte sie die Tüte widerstrebend in die Schublade zurück.

Verstohlen lief sie um Leeks schwere Werkzeugtasche herum. Sie gab ihr einen Stoß mit den Zehen. Die Tasche war leer, er hatte das ganze Werkzeug mit zu seiner Ausbildungsstelle genommen. Selbst die Sachen, die er ganz bestimmt nicht brauchte. Offenbar hatte er vom letzten Mal, als sie dringend Geld auftreiben musste, seine Lektion gelernt.

Agnes kratzte sich die Handflächen. Dann gab sie der leeren Werkzeugtasche einen Tritt und ging zu Catherines Schrank. Sie stellte überrascht fest, wie wenig darin war, als wäre Catherine eine Untermieterin, die sich gar nicht richtig eingerichtet hatte. Agnes nahm ein paar hohe Wildlederstiefel in die Hand, aber Regen und Matsch hatten sie längst ruiniert.

Mit schwindender Hoffnung öffnete sie den kleinen Wäscheschrank, wo sie die guten Handtücher aufbewahrte. Dort, sorgsam in einer großen Mülltüte verwahrt, lag der altmodische Nerz, den sie auf Brendan McGowans Zettel gekauft hatte. Sie nahm die Plastiktüte aus dem Schrank und schob die Hand in den weichen Pelz. Er fühlte sich an wie bares Geld.

Nach einer Stunde war sie frisiert, trug den langen Nerz und machte sich zu Fuß auf den kilometerlangen Weg entlang an der Schnellstraße zu Paddy's Market. Sie ging dem Verkehr entgegen, mit hoch erhobenem Kopf und einem wissenden Lächeln im Gesicht. Der Zechenstaub kroch ihr in die offenen Riemchenpumps wie Sand am Strand. Sie versuchte den Dreck zu ignorieren, der zwischen ihren Zehen scheuerte, und drückte lächelnd den Rücken durch, als würde sie es genießen, sich den Wind des vorbeirauschenden Verkehrs durchs Haar blasen zu lassen. Ihr seltsamer Anblick ließ die Autos langsamer werden. Ihr Gesicht brannte vom fliegenden Sand und der Scham, aber sie warf den Kopf zurück und ging weiter. Sie wusste, dass sie wahrscheinlich wie eine Irre aussah.

Immer, wenn sie an einer Bushaltestelle vorbeikam, blieb sie eine Weile stehen, als wartete sie auf den Bus, und blickte demonstrativ auf eine Uhr unter den Ärmel, die sie nicht besaß. Dann wartete sie, bis sich der Verkehr wieder lichtete, und ging zur nächsten Bushaltestelle weiter, mit dröhnendem Kopf und brennendem Herzen. Etwa fünf Kilometer nach der Siedlung hielt der Bus sogar extra auf freier Strecke für sie an. Sie drehte den Kopf weg, zog die Hand aus der Tasche des Nerzmantels und winkte ab, als wäre sie sich zu gut für den Bus, während von oben die Bergmannsfrauen auf sie herabstarrten.

Als sie den Stadtrand erreichte, fing es zu regnen an. Erst nieselte es nur, und die Tropfen blieben an den Spitzen des Pelzmantels hängen wie glitzerndes Haarspray. Sie war erschöpft vom langen Marsch in den hohen Schuhen, aber als sie durch die schmalen Straßen ihrer ersten Ehe kam, ging sie schneller, weil sie Angst hatte, einem Gesicht von damals zu begegnen. Aus dem Nieseln wurde ein Sturzregen, und bald klatschte der nasse Mantel gegen ihre nackten Beine wie ein nasser Hundeschwanz. Agnes stellte sich im Eingang eines Mietshauses unter und sah den Bussen nach, die eine schmutzige Flutwelle über die Straße schoben. Einen Moment lang vermisste sie den braven Katholiken.

Schwarze Wimperntusche lief ihr über das Gesicht. Sie hatte ein Knäuel Klopapier in der Tasche und faltete die Kotzflecken nach innen, bevor sie sich die Streifen unter den Augen abwischte. Der Mantel triefte, und wo sich das Wasser sammelte, war er verfilzt. Agnes nahm die Porzellanfiguren aus den Taschen und trocknete die gläsernen Gesichter der Ballerinas ab.

Auf der anderen Straßenseite kauerte ein langes graues Gebäude. Im linken Teil befand sich eine Art Taxiwerkstatt, wo Teile kaputter Hackneys und Minibusse herumlagen wie Dinosaurierknochen, und irgendwo auf dem Hof lief ein Radio. Dahinter war ein kleines Büro, und durch das schmutzige Fenster sah Agnes die Regale an den Wänden, die mit neuen Keilriemen und Radkappen, Schmierfettdosen und Ölkanistern bestückt waren. Es war eine Profigarage, keine Werkstatt für Privatkunden. Es gab keine abgepackten Sandwiches, keine Landkarten oder Reiseführer.

Eine kleine Glocke klingelte, als Agnes das Büro betrat. Zu ihren Füßen bildete sich eine Pfütze, und ein Mann in einem Overall kam herein, der das Klingeln gehört hatte. Er war untersetzt, hatte rote Haare und ein flaches Gesicht, und sein Kopf schien direkt aus dem Rumpf zu wachsen, als wäre der Hals ein überflüssiger Luxus. Er sah von seinen schmutzigen Händen auf und wirkte vom Anblick der schönen Frau in dem Pelzmantel, die vor ihm stand, überrascht.

»Es tut mir furchtbar leid, Sie zu stören«, begann Agnes in ihrem besten Milngavier Tonfall. »Aber ich wurde vom Regen überrascht, und ich wollte fragen, ob ich vielleicht Ihre Toilette benutzen dürfte. Sie wissen schon. Um mich frisch zu machen.« Sie zeigte auf den nassen Mantel.

»Also …« Er rieb sich die Stoppeln. »Eigentlich is dat Klo nich für Kunden.«

Agnes zog an ihrem Mantel; er tropfte wie ein Rasensprenger. »Oh, ich verstehe«, sagte sie und senkte den Blick auf den schmutzigen Fußboden.

Er sah sie einen Moment an, dann kratzte er seinen kräftigen Arm und erklärte: »Na ja, Sie sehen nich aus wie ne reguläre Kundin, ich schätze mah, dat geht in Ordnung.«

Er führte sie durch die Werkstatt. Mehrere Taxis befanden sich in verschiedenen Stadien der Reparatur, und das ausgelaufene Motoröl auf dem Werkstattboden machte das Gehen in Pumps schwer. Die Wassertropfen, die von ihrem Mantel auf den öligen Zement fielen, perlten ab und kullerten davon wie kleine Tränen.

»Oh, warten Sie kurz«, sagte der Mann. Nervös verschwand er hinter einer dünnen roten Tür. Agnes hörte das Zischen von Frischespray, und eine Minute später kam er mit ein paar eingerollten Zeitschriften und Zeitungen unter dem Arm heraus. »Issen bisschen einfach, aber Sie finden alles, watse brauchen.« Als er ihr die Tür aufhielt, zwinkerte ihr unter seinem Arm eine Blondine mit großen Brüsten zu.

Agnes betrat das schmutzige Bad und schloss die Tür fest hinter sich. Dann stand sie lange da und starrte das aufgelöste alte Wrack im Spiegel an. Auf dem Klo gab es keinen Handfön, also nahm sie einen Packen Papierhandtücher und drückte sie auf den nassen Mantel wie auf einen Teppich, auf dem sie etwas verschüttet hatte. Doch egal, wie viel sie drückte und rieb, aus dem Mantel lief immer noch Wasser.

Agnes brauchte lange, bis sie gefasst genug war, um zurück in die Werkstatt zu treten. Der Mann stand direkt vor der Tür und hielt wie versteinert zwei unterschiedliche Becher in der Hand. »Sie sehen aus, als könntensen heißen Tee gebrauchen.«

»So schlimm?«

»Ach, geht schon.«

Agnes nahm den Becher; er war nur leicht mit Öl verschmiert. »Ich sehe bestimmt aus wie eine ersoffene Ratte«, sagte sie in der Hoffnung, dass er protestierte.

»Eher wien ersoffener Nerz.«

Der Mann sah sich nach einem sauberen Stuhl für sie um, und Agnes betrachtete ihn aus der Nähe. Er hatte sich seit ihrer Ankunft das Gesicht gewaschen. Sie sah den Ölrand am Hals und an den Koteletten, wo der Waschlappen nicht hingekommen war, und über dem rosa Gesicht war sein heller Haaransatz noch nass. Er sah gut aus, dachte sie, auf eine kernige Art, wie ein Shetlandpony. Der Mann schob ihr einen Barhocker hin, und sie sah, dass er an der linken Hand nur zwei Finger und den Daumen hatte, die anderen beiden fehlten, als hätte er sie sich aus Nervosität abgekaut.

Ihre Blicke trafen sich, und er hielt die Hand hinter den Rücken. »Lange Geschichte.«

Agnes zuckte zusammen, peinlich berührt, dass er ihren Blick gesehen hatte. »Davon haben wir alle welche.«

»Fehlende Finger?«

»Nein«, sie lachte. »Lange Geschichten.«

»Wie die, datse vorhaben, Ihren Mantel zu versetzen?«

Wieder lachte sie, zu spitz diesmal, und dann hörte sie zu lachen auf. Er hatte nicht mitgelacht. Sie benutzte wieder den Milngavier Akzent, die Stimme, die sagte: *Ich habe einen reichen Mann und ein großes Haus.* »Ich will doch nicht meinen Mantel versetzen. Wie in aller Welt kommen Sie auf so was?«

Der Mann entgegnete ungerührt: »Ich sag Ihnen noch wat. Sie wollen den Mantel versetzen, und Sie sind den ganzen Weg von Ballieston oder Rutherglen zu Fuß gekommen.« Er sah zur Seite. »Nein, wartense!

In Rutherglen gibt es einen Pfandleiher.« Er überlegte einen Moment. »Sie kommen aus …« Dann schnippte er die Finger der guten Hand. »Pithead!«

Agnes wurde bleich.

»Stimmts?«

»Nein.«

Er schwieg einen Moment und sah sie über den Rand seiner gesprungenen Tasse an. »Ach Gott, tut mir leid, Missus. Dat war unfassbar unhöflich von mir. Ich hatte doch wirklich gedacht, Sie wollten Ihren Mantel versetzen. Um sich wat zu trinken zu kaufen oder so.«

Agnes ließ den Becher von den kalten Lippen sinken. Ihr Blick traf seinen. »Tja, Sie irren sich.«

»Aye, na dann, wenn Sie meinen.«

»Ja.«

»Na, da hamse Glück gehabt, würd ich sagen, oder?«

»Warum?«, fragte sie unwillkürlich.

»Weil der Pfandleiher in Gallowgate zurzeit wegen Arbeiten anne Gasleitung geschlossen ist.« Sie sah ihn finster an, um zu sehen, ob er bluffte, aber er zog nur die Braue hoch. »Hören Sie, ich wollt nich unhöflich sein. Indianerehrenwort. Aber wissense, der eine macht dem andern nix vor, oder?« Er hob die kaputte Hand, um seine Worte zu unterstreichen, und wackelte mit den zwei guten Fingern.

Agnes setzte schwungvoll den Becher ab. »Vielen Dank, dass ich Ihre Toilette benutzen durfte, aber ich muss jetzt wirklich weiter. Mein Mann ist sicher krank vor Sorge.«

»Aye, tunse dat. Issen langer Marsch im Regen. Aber vielleicht findense unterwegs Ihren verlorenen Ehering wieder.«

Auf einmal gefiel er ihr überhaupt nicht mehr. Sie hob den Kopf und strich sich die schwarzen Locken aus dem Gesicht. »Was wollen Sie eigentlich von mir?«

Enttäuscht zog er die Mundwinkel nach unten. »Nichts. Jedenfalls nich, wat *Sie* denken. Hörnse mal zu, Missus. Sie tauchen hier auf wien begossener Pudel, und da warn ein, zwei Sachen, die ich sofort erkannt hab.« Er bremste sich etwas. »Die ich erkannt hab, weil ich selber da gewesen bin. Dat is alles. Regense sich ab. Trinkense Ihren Tee aus, ja? Ich hab extran neuen Teebeutel reingehängt.«

Agnes setzte den Becher wieder an, um ihren Schock zu verbergen, das Schweigen zu überbrücken, das Brodeln in ihren Eingeweiden zu stoppen.

»Warnse schomma bein AA?«

Agnes sah ihn verständnislos an.

»Den Anonymen Alkoholikern?« Er sang: »*Ein Tag nach dem andern, Jesus mein?*«

Agnes schüttelte den Kopf.

»Sind Sie wenigstens bereit zuzugeben, datsen Problem ham?« Er legte den Kopf schräg wie ein müder Schullehrer. »Kommen hier rein mit nem ausgewachsenen Tremor.«

»Ich ... ich war pitschnass ... mir war kalt.«

Er lachte. »Nix für ungut, aber wennse frieren, weil Ihnen kalt is, dann schlottern Ihnen die Knie und Sie klappern mitte Zähne. So, verstehnse.« Er spielte einen halb erfrorenen Irren. »ABER! Wennse überall rumscharren auf der Suche nach nem Fläschchen Feuerzeugbenzin, dasse runterkippen können, dann zitternse so.« Der Mann schüttelte sich wie eine wiederbelebte Leiche.

Wieder stieg die Scham in ihr auf. »Was wissen Sie schon?«

»Ich weiß, datse für Ihren Nerz nur um die sechs Flaschen Wodka und nen warmes Stück Fisch zum Abendessen kriegen.« Er stocherte sich zwischen den Zähnen herum. »Jedenfalls hab ich dat fürn Nerz von meiner Mammy gekriegt, den ich ihr geklaut hab. Ich weiß auch, datt man von sechs Flaschen Wodka, einem warmen Stück Fisch und drei Nächten bewusstlos inne Gosse Blutvergiftung kriegt.« Wieder wackelte er mit seinen halben Fingern.

Danach schwiegen sie eine Weile. Er öffnete eine Schachtel Zigaretten, und nachdem er sich eine mit den Zähnen herausgenommen hatte, hielt er Agnes die Schachtel hin. Agnes zündete sich die Zigarette an und zog daran, als wäre sie am Verhungern. Sie ließ die Schultern hängen und sah sich mit einem tiefen Seufzer auf dem Friedhof der schwarzen Hackneys um. »Kennen Sie zufällig einen Taxifahrer namens Shug Bain?«

»Nich, datt ich wüsste«, sagte der Mann und musterte ihr Gesicht.

»So ein kleines, fettes, kahl werdendes Schwein. Hält sich für einen Casanova.«

»Dat gilt wohl für alle«, er lachte. »Für welche Firma fährt er?«

»Northside.«

»Nee, die bringen ihre Kutschen in die Werkstatt an der Red Road oben. Hab ihn wahrscheinlich nie gesehen.«

»Na ja, aber wenn Sie ihm eines Tages mal begegnen, wären Sie so nett und würden seine Bremsen frisieren?«

Der Mann lächelte. »Für Sie, schöne Frau, auf jeden Fall.«

Er rauchte die Zigarette zu Ende, ohne den Blick von Agnes abzuwenden. »Is er etwa der Grund, warum bei Ihnen allet den Bach runtergeht?« Als Agnes nicht antwortete, lachte er gehässig. »Schön blöd, Sie dummes Huhn. Ruinieren sich fürn Kerl.«

Stolz drückte sie die Schultern wieder durch. »Und wennschon?«

»Wissense, watse machen müssen, wennse ihm wirklich ans Bein pissen wollen?« Er hielt inne.

Typisch Mann, dachte sie, zu allem eine Meinung haben. »Was?«

»Ganz einfach. Kriegen Sie Ihren Scheiß auf die Reihe.« Er klatschte einmal in die Hände und breitete die Arme aus wie ein Zirkusdirektor. »Kriegen Sie Ihr Leben wieder hin. Werdense glücklich. Ich versprech Ihnen, nix könnte dem schweinsköpfigen Glatzenarsch mehr auffen Sack gehen. Das *ga-ran-tier* ich Ihnen.«

ZWÖLF

Am Ende drehte Catherine Shuggie das Handgelenk um und zerrte ihn die Renfield Street hinunter. Der Junge war an fast jeder Ecke stehengeblieben, um schweigend zu protestieren und ihr zu zeigen, wie wenig er mitkommen wollte. Hatte sich wortlos auf die Schnürsenkel gestellt, sie listig angesehen und langsam die Schleife aufgezogen.

»Das machst du extra, verdammt noch mal!«, knurrte Catherine und bückte sich, um ihm zum vierten Mal in zehn Minuten die Lederschuhe neu zu binden.

»Tu ich nicht«, sagte Shuggie mit einem zufriedenen Lächeln. Er nahm einen der Liebesromane seiner Mutter aus der Anoraktasche und legte ihn auf Catherines Kopf, als wäre sie ein Tischchen. Dann fing er zu lesen an. Als Catherine sich aufrichtete und ihm das Buch wegnahm, platzte ihr der Kragen, und sie schlug ihrem Bruder mit dem dicken Buch von hinten an die Beine. Sie packte ihn wieder am Handgelenk. »Wenn wir den Bus verpassen, dauert es ewig, bis der nächste kommt, und wenn du dann rumjammerst: ›Ich hab Hunger, ich hab Durst, ich bin müde‹ ...« Sie machte sein Geheul nach. »Denk bloß nicht, dass ich Mitleid mit dir habe.«

»So klinge ich überhaupt nicht«, schnaubte Shuggie und rannte im Laufschritt neben seiner Schwester her. Er wand seinen Arm aus ihrem Griff. Sie blieb stehen und drehte ihren Bruder zu sich um. »Shuggie. Ich dachte, wie wären Freunde. Du und ich.« Ihr Gesicht sah nicht besonders freundlich aus.

Er schnaubte. »Dein Freund will ich überhaupt nicht sein.«

Sie nahm sein Kinn in die Hand und drehte sein Gesicht sanft zu sich; sein Blick folgte widerwillig. Dann fuhr sie mit den Fingern seinen ordentlichen Scheitel nach und kämmte sein dickes schwarzes Haar so, wie es Agnes gefiel. In den letzten zwei Jahren in Pithead war der Junge ziemlich gewachsen. Es war schwer zu beschreiben, aber irgendwie war er größer geworden und gleichzeitig geschrumpft, wie Brotteig, den man zu dünn auseinanderzog. Sie sah ihm an, dass er tief in sich versunken war, dass er wachsamer und zurückhaltender war. Er war fast acht, und oft wirkte er viel älter.

»Also, wenn wir da sind, will ich, dass du dich von deiner besten Seite zeigst.« Höflich lächelte Catherine ein älteres Ehepaar in bunten Regenjacken an. »Bitte, tust du das für mich? Ich sitze echt in der Tinte, und ich bitte dich nur um ein bisschen Hilfe.« Sie sah in sein kleines Gesicht mit den geschürzten Lippen und fand, dass er aussah wie eine störrische alte Frau. Resigniert ließ sie die Hände sinken. »Na gut. Du hast gewonnen. Wie immer. Aber ich sag dir eins, wenn du Mammy erzählst, wo du heute mit mir warst, dann stirbt sie. Hast du gehört? Sie stirbt!«

Mit finsterer Miene sah er sie von untern herauf an. »Wie?«

»Shuggie, wenn du es ihr erzählst, dann trinkt sie noch viel mehr, und dann kann sie nie mehr aufhören.« Catherine richtete sich auf und öffnete ihr Portemonnaie; es war cognacbraun mit einem gemalten Kamel, ein Geschenk von Wullie an ihre Mutter. Sie zählte genug Münzen für zwei Busfahrkarten ab. »Sie trinkt so viel, dass sie sich alles Gute aus dem Herzen spült. *T'chut.* Und wenn das passiert, glaube ich nicht, dass Leek je wieder mit dir redet.« Mit einem satten Schnappen schloss sie das alte Lederportemonnaie, und ihr Gesicht hellte sich auf. »Oh, schau! Da kommt der Bus.«

Im Oberdeck lutschten sie saure Drops und drückten sich die Nasen an der Frontscheibe platt. Der Bus fuhr in einem Bogen über den Clyde, und Catherine zeigte auf das Gerippe des Flusses, die ausrangierten Kräne. Sie erzählte ihm, dass Donald Junior bei der Werft entlassen worden war, dass er nach Afrika gehen wollte, um zu arbeiten.

»Bete für mich, Shuggie …«, flehte sie.

»Ich hab eine lange Liste. Ich setze dich drauf«, lispelte er, mit dem Drops in der Backentasche.

Catherine konnte sich gut vorstellen, dass ihr Bruder mit aller Kraft für viele Dinge betete. Sie zupfte sich ein Stück Haut vom Daumen und bekam wieder Angst, dass sie das Falsche tat. Seit Shug ihre Mutter verlassen hatte, versuchte sich Catherine einzureden, dass es nicht ihre Schuld war. Es funktionierte nur selten, aber ihre egoistische Seite ließ sich trotzdem nicht davon abbringen. Es war nicht fair: Nur weil ihre Mutter ihren Mann verloren hatte, warum sollte Catherine ihren aufgeben?

Als sie aus dem Bus stiegen, kamen sie an identischen braunen Reihenhäusern vorbei, jedes mit einem Gartenzaun und einem Vorgarten. In keinem der Vorgärten standen Blumen. Irgendwann betrat Catherine einen kleinen Gartenweg und öffnete, ohne zu klopfen, die schwere braune Haustür. Sie trat in den Flur fremder Leute und winkte ihren Bruder hinter sich her. Shuggie hatte das Haus noch nie gesehen; es machte ihm Angst, dass Catherine sich hier zu Hause zu fühlen schien.

Im Haus war es warm, als wäre der Zähler voller Münzen, und es duftete behaglich nach Bratkartoffeln und Sonntagsbraten. Catherine setzte sich auf eine mit Teppich ausgelegte Treppe, die in den ersten Stock führte. Sie zog Shuggie den Anorak aus und hängte ihn ans Geländer. Shuggie hörte, dass in verschiedenen Zimmern Fernseher liefen. Im vorderen Zimmer lief das Derby, und von oben kam das Tröten und Quieken von Zeichentrickserien. Catherine rückte seine Krawatte zurecht und gab ihm einen Kuss auf die kalte Wange. »Benimm dich, okay?«

Sie führte ihn nach hinten ins Haus, wo ein warmes Esszimmer über eine Durchreiche mit einer schmalen Küche verbunden war. Als sie das Zimmer betraten, drehten sich sechs oder sieben Erwachsene, die Shuggie nicht kannte, gleichzeitig um und lächelten sie an. Catherine ließ die Hand ihres Bruders los und ging zu einem Mann, der wie Donny Osmond aussah. Sie küsste ihn flüchtig auf den Mund.

»Wir haben uns schon gefragt, wo ihr bleibt«, sagte er und strich ihr mit der Rückseite der Finger sanft über die kalten Wangen.

»Versuch du mal, ihn durch Innenstadt zu schleppen, wenn es so voll ist.« Sie drehte sich zu ihrem Bruder, der noch in der Tür stand. »Shuggie, steh nicht rum, komm her und begrüß deinen Onkel Rascal.«

Als Shuggie näher trat, wurde ihm von der Wärme und dem Duft des Schweinebratens schwindelig. Er schlang den Arm um Catherines Bein, während sie ihm die Erwachsenen vorstellte, die dicht gedrängt an der Glastür standen, Zigaretten rauchten und den Rauch rücksichtsvoll hinaus in den Garten bliesen. Die meisten Namen vergaß er sofort wieder. Dann drehte sie den Jungen zu einem Sessel in der Ecke. »Das ist dein Onkel Rascal.« Sie gab ihm einen kleinen Schubs. Shuggie streckte höflich die Hand aus und schüttelte die Pranke des älteren Mannes.

Die Erinnerung an seinen Vater war so verschwommen, dass er kurz dachte, er könnte es sein. Sie hatten die gleichen roten Wangen und den gleichen dichten zu einem Halbmond gestutzten Schnurrbart. Der Mann sah aus wie ein Foto, das Shuggie einmal gesehen hatte, in einer Schublade unter der Unterwäsche seiner Mutter, nur dass der Mann hier volles Haar hatte, soßenbraun gefärbt, aber trotzdem echt und dick und sein eigenes.

Rascal drückte Shuggies Hand, bis sie wehtat. »Viel zu lange her, kleiner Mann! Schreckliche Sache, dat Ganze.« Er lächelte. In seinen Augen glänzten glückliche Sterne.

Dann stellte Catherine Shuggie dem Mann vor, den sie geküsst hatte und der wie Donny Osmond aussah. »Das ist Donald. Du erinnerst dich an ihn, oder? Also, Donald und ich, wir werden heiraten.«

Der Junge sah zu ihr hoch. »Krieg ich dann Torte?«

Donald trat vor und schüttelte ihm die Hand. Er sah aus, als hätte er sich das braune Haar nach oben gebürstet wie die Kappe eines glänzenden Champignons. Er war rosa und fleischig und sah freundlich aus. Auch er drückte dem Jungen die Hand. »Ich *sehs*. Ich sehs echt. Ich kann echt die Ähnlichkeit sehen«, sagte er mit dröhnender Stimme.

»Tut mir leid, dass es keine großen Schiffe mehr gibt, die du zusammenbauen kannst«, sagte Shuggie ernst.

»Macht nichts, kleiner Mann«, sagte Donald. »Kommst du uns in Afrika besuchen?«

Catherine funkelte Donald böse an, dann hob sie ihren Bruder hoch und setzte ihn auf die Durchreiche zur Küche. Auf dem Herd blubberten verschiedene Töpfe, und in der Ecke stand eine echte Fritteuse, in der Kartoffelschiffchen vor sich hin brutzelten. Catherine stellte ihn Donalds Mutter, seiner Tante Peggy, vor. Alles an Tante Peggy war klein und spitz, von den glücklichen Augenwinkeln bis zu den rosa Spitzen ihrer Ohren. Catherine flüsterte Shuggie ins Ohr, und der Junge wiederholte: »Danke. Dass ich. Zum Essen. Hier sein darf. Tante. Peggy.«

»Und, wo ist er?« Catherine setzte ihren Bruder auf dem Boden ab. »Ich hab für ihn Lügen erzählt und den Jungen durch die ganze Stadt gezerrt. Willst du mir sagen, dass er nicht da ist?«

Shuggie spürte einen Schmerz im Nacken, den Schnipser eines dicken breiten Fingernagels, wie es Gerbil McAvennie bei ihm machte, wenn Father Barry nicht hinsah. »Auu!«

»Du sollst mir nicht den Rücken zudrehen, wenn ich da bin, Sohn.« Der Mann im schwarzen Anzug füllte den Türrahmen aus, nicht in der Höhe, sondern in der Breite. Shuggie sah ihn argwöhnisch an. Da waren wieder der dichte Schnurrbart und die hellen Augen von dem Foto. Der Mann hatte ein rotes Gesicht, und unter den dünnen braunen Strähnen, die er sich über den Kopf gelegt hatte, sah sein Schädel frisch geschrubbt aus. Seine Nase war zierlich und schmal, nicht wie der Campbell-Zinken, und seine Augenbrauen waren gerade und dunkel und verbargen das Zucken seiner Augen. Shuggie musterte ihn und hätte am liebsten sein eigenes Gesicht betastet, um zu prüfen, ob er dieselben runden rosa Wangen hatte, denselben dichten Haarwuchs auf der Oberlippe.

Hinter dem Mann stand eine Frau, die Hände sittsam vor dem Bauch verschränkt, und wartete, dass er sie vorstellte. Shug drehte den Ring an seinem kleinen Finger. »Willste deinen alten Herrn nich umarmen?«

Shuggie hatte seinen Vater lange nicht gesehen. Wenn Shug raus nach Pithead gekommen war, hatte er immer darauf geachtet, dass die Kinder schon schliefen. Shuggie klammerte sich ans Bein seiner Schwester. Catherine sprach für ihn. »Er ist schüchtern, Shug. Kein Wunder, wenn du dem Kleinen erst mal eins überziehst.«

»Das ist das Bain-Motto. Schlag zu, bevor sie dich schlagen.« Er ging in die Hocke, und Shuggie hörte das schwere Rasseln und Klimpern der vielen Silbermünzen in seiner Tasche. »Mir gefällt deine Krawatte. Sehr fesch. Du brichst wohl schon Herzen wie dein alter Herr?« Hinter ihm geriet etwas in Bewegung, und die Frau, die gewartet hatte, trat nach vorn.

»Ich schwör, wenn Derby is, unterwegs zu sein, is immer ne schlechte Idee«, sagte die Frau. Sie sah müde aus und hatte Krähenfüße um die Augen, als sie sich zu einem Lächeln zwang. Sie war ein Stück kleiner als sein Vater, was hieß, dass sie sehr klein war. Ihr Haar war ganz kurz geschnitten, und Shuggie sah überall ihre grauen Ansätze. Sie trug eine Damenhose und einen schlichten Pullover mit V-Ausschnitt und dem Pringle-Löwen auf der Brust. Shuggie fand, sie sah aus wie eine der Frauen von der Essensausgabe in der Schule, die nach der Mittagspause an den Mülltonnen rauchten.

Catherine trat vor, ohne zu lächeln. »Nett, dich kennenzulernen, Joanie.« Sie sah nicht so aus, als käme es von Herzen. Die beiden Frauen schüttelten sich die Hand, dann stießen sie zu einer ungelenken, nervösen Umarmung zusammen.

Shuggie war fassungslos, und offenbar stand sein Mund offen, denn Catherine warf ihm einen strengen Blick zu. Sein Vater saß immer noch in der Hocke, er ließ seinen Sohn nicht aus den Augen und grinste dabei, als amüsierte er sich gut. Shuggie zog an Catherines Bluse. Als sie sich zu ihm beugte, flüsterte er hinter vorgehaltener Hand: »*Caff, das ist die miese Joanie. Du sollst die nicht mögen. Das ist die Hure, die sich meinen Daddy geschnappt hat.*«

»Sag hallo zu deiner neuen Mutter«, lockte Shug, immer noch grinsend. »Komm, lass dich von deiner neuen Mammy in den Arm nehmen.«

»Nein. Manche von uns wissen, auf welcher Seite das Brot gebuttert ist«, sagte Shuggie und wich zwischen den Beinen des Verräters zurück. Er wusste selbst nicht, wo er den Ausdruck herhatte, wahrscheinlich von ihr, wenn sie am Telefon herumschrie.

»*Pfft*. Bald brauchst du ne neue Mammy, Shuggie. Die alte ist reif fürn Schrottplatz.« Shugs Knie knackten, als er ächzend aufstand. »Oder fürs Eastern Hotel, wenn sie so weitermacht.«

Joanie winkte dem Jungen nur zu. Dann hielt sie ihm eine Papiertüte hin. »Achte nicht auf den, Kleiner. Ich schwör dir, manchmal is sein Herz so leer wien irischer Kühlschrank am Donnerstag.« Sie kam mit der Tüte auf ihn zu, und die Tüte sah schwer aus. »Du kannst mich einfach Joanie nennen.« Sie warf einen Blick in die Tüte. »Unser Stephanie ist rausgewachsen, aber die Dinger sind noch wie neu, und ich habs einfach nicht übers Herz gebracht, sie wegzuwerfen. Willst du sie haben?«

Er schüttelte den Kopf, aber seine Lippen fragten: »Was ist das?«

Sie näherte sich und stellte die Tüte vor ihn auf den Boden, als würde sie ein scheues Tier füttern. Dann trat Joanie die Hure zwei Schritte zurück. »Du musst schon selber nachsehen.«

Sein Vater kam mit einem großen Glas Milch aus der Küche, und sein Schnurrbart hatte schon sahnige Spitzen. Er lehnte sich an die Wand und beobachtete, wie sich der Junge in die Ecke drückte. Shuggie wollte weg von der Tüte, wollte so tun, als interessierte sie ihn nicht, aber sie war zu verlockend, und er schlich gegen seinen Willen darauf zu. Zuerst berührte er mit der Fußspitze den Boden der Tüte, sie war wirklich schwer. Dann öffnete er mit einem Finger den Rand. Acht gelbe Räder leuchteten ihm entgegen. Seine Augen wurden groß wie Untertassen, als er den ersten Rollerskate aus der Tüte nahm.

»Ich weiß immer noch nicht, warum wir ihm nicht Andrews alten Lederfußball mitbringen konnten«, sagte Shug zu Joanie.

Die Rollerskates waren aus hummelgelbem Wildleder mit weißen

Streifen und weißen Schnürsenkeln. Die Schnürsenkel waren durch ein Dutzend Ösen gefädelt, und die Stiefel reichten ihm fast bis ans Knie. Er liebte sie.

»Was sagst du zu Joanie?«, flüsterte Catherine ihm zu.

Er wollte so tun, als wären sie ihm egal. Er wollte die Stiefel zurück in die Tüte legen und zu Catherine sagen, dass sie jetzt gehen mussten. Er fühlte sich wie ein Verräter. Er war nicht besser als seine Schwester.

Tante Peggys Stimme schallte aus der Durchreiche. »Shug. Du glaubst nicht, was unser verlorener Sohn angestellt hat.«

Shug zwinkerte seinem Neffen zu, und dann zwinkerte er Catherine zu, auf eine Art, dass sie am liebsten die Hände über der Brust und dem Bauch verschränkt hätte.

Donald Junior lachte. »Nein! Nicht *das*, Onkel Shug. Ich habe Arbeit gefunden, gute, gut bezahlte Arbeit, wo ich mehr als vier Dutzend Männer unter mir habe.«

Shuggie trank den Rest seiner Milch aus. »Dabei hatte ich mich schon auf dich am Taxistand gefreut.«

»Vielleicht siehst du ihn doch noch an der Renfrew Street«, sagte Catherine, während sie Shuggie in die neuen Rollschuhe half. Sie drehte den Kopf und sagte über die Schulter zu Donald Junior: »Ich habe nämlich meinen eigenen Beruf, weißt du. Ich kann nicht einfach alles stehen- und liegenlassen und dir hinterherlaufen, als wäre ich dein Schatten.«

Shug sah, wie sie seinem Neffen zu drohen versuchte, und lachte. »Donny Boy! Du dachtest wohl, du hättest alles im Kasten, aber sieh dir an, wie die Katholiken auf die Barrikaden gehen.«

Donald Junior drehte sich zu seinem Onkel. »Es ist ne gute Position in den Palladium-Minen. Draußen in Transvaal, so heißt das, glaub ich. Die ham gesagt, sie nehmen fast alle Nieter von der Govan-Werft, fliegen uns da raus und finden uns Häuser. Die zahlen sogar nen Monat im Voraus. *Yassss! Soooth Efrika. Boyeee.*«

»Du bist also bald ein Kaffer-Master!«, sagte Shug und schob mit echtem Stolz die Unterlippe vor.

»Benutz so ein schreckliches Wort nicht vor dem Jungen«, sagte Catherine. Sie half ihrem kleinen Bruder auf die Füße und drehte ihn zur Tür. »Geh im Flur spielen. Und mach die Tür hinter dir zu.« Sie sahen ihm nach, wie er mit ausgestreckten Armen das Gleichgewicht suchte, die Finger nach oben gespreizt wie die Flügel eines hübschen Vogels. Shuggie drückte sich mit jedem Schritt zu einem eleganten Gleiten ab, aber die Stiefel blieben im hochflorigen Teppich stecken. Sie sahen zu, wie er mit einem strahlenden Lächeln im Gesicht zum Flur stakste.

Shug saugte enttäuscht an den Zähnen. »Ich glaub ja nicht, dass der Junge von mir ist.«

Shuggie ließ die Arme sinken. Er hörte auf, über den Teppich zu gleiten. Plötzlich spürte er, wie schwer die alten Rollschuhe tatsächlich waren.

Shug wandte sich an Catherine und fragte: »Was, glaubst du, macht sie, wenn sie hört, dass ich ihn gesehen habe?«

Catherine sah Shuggie an, und sie sah, dass seine Wangen heiß wurden. »*O nein*. Wir dürfen ihr nie erzählen, dass er hier gewesen ist.«

Über Shugs Gesicht huschte ein gemeines Lächeln. Er hatte den herausfordernden Tonfall der Schulhofrowdys, wenn sie einen Streit anzetteln wollten. »Ach, komm schon. Soll er es ihr sagen.«

Mit einem Stoß schloss Catherine die Tür zwischen ihnen. Shuggie hörte noch, wie sein Vater in lautes Gelächter ausbrach. Dann hörte er, wie Catherine fragte: »Warum zum Henker sollte ich ihn mitbringen, wenn du so ein verdammter Fiesling bist?«

Shuggie verbrachte den Nachmittag damit, Streifen in den Flurteppich zu pressen, und versuchte mit aller Kraft, ihn kaputt zu machen. Er hörte, wie die Erwachsenen über etwas stritten, das sich wie Johannas Burg anhörte und das offenbar im Süden von Afrika war. Er hörte Catherine sagen, dass sie sich noch vor Weihnachten dort niederlassen wollten. Shuggie fragte sich, wie schwarze Leute waren, und warum sie Donald Junior brauchten, damit sie besser arbeiteten. Er fragte sich, warum seine große Schwester weggehen und ihn allein lassen musste.

DREIZEHN

Die schwarzen Abraumhalden erstreckten sich kilometerweit wie der versteinerte Seegang eines Ozeans. Leeks Gesicht war von einer grauen Schicht Kohlenstaub überzogen. Der Staub verstärkte seine mageren Züge noch, betonte den Zinken seiner Nase und verdunkelte den Flaum auf seiner Oberlippe. Leeks fedriger Pony hüpfte nicht mehr, sondern hing ihm schwer und grau auf die Stirn. Er sah aus wie ein Mann aus Grafit, wie eine seiner eigenen Schwarzweißfiguren.

Es dauerte lange, den rutschenden schwarzen Hügel hochzuklettern. Das Geröll saugte an seinen Füßen, und bei jedem Schritt sank er fast bis zum Knie ein. Der feine Jettstaub fand jede Öffnung und füllte jede Ritze. Er drang in seine Slipper, deren geflochtene Quasten wie die Schwänze schmutziger Kühe schwarze Wolken aufwirbelten. Beim Absteigen rauschte der lose Schotter hinter ihm her wie eine hungrige Welle. Obwohl Leek so mager war, brachte seine hohle Statur die Kruste des Bergs zum Rutschen. Das Geröll wälzte sich, als wollte es sich nach außen kehren, Leek loswerden und die dunklere, unberührte Schwärze darunter zutage fördern. Immer, wenn die Hügel seine Spuren verschluckten, kam er sich noch unsichtbarer vor, noch mehr wie ein Geist als sonst.

Am besten überquerte man das schwarze Meer, wenn es nicht nass oder windig war. Wenn der Wind an den trockenen Hügeln leckte, wirbelten sie Staub auf wie das Innere einer kaputten Zaubertafel, wie die Späne von einer Million gespitzter Bleistifte. Wenn er Staub in den Mund bekam, schmeckte er ihn tagelang. Bei Regen über der Zeche wirkten die Halden müde und erschlagen. Sie wurden hart, als hätten sie aufgegeben und wären gestorben.

Leek stieg bis zum Gipfel des höchsten Bergs und setzte sich. Er zündete sich eine Zigarette an und sah hinaus über die tote Grube und die sterbende Siedlung dahinter. Wie ein Diorama lagen die Sträßchen einförmig und ordentlich da, mitten im torfigen Sumpfland, wie eine Sammlung Spielzeughäuser, die der Modellbauer auf einem abgetretenen braunen Teppich aufgestellt hatte. Selbst von hier oben sah das Dorf ärmlich und klein aus.

Leek zog das Skizzenbuch aus dem Anorak. Seine rußigen Finger hinterließen Flecken, als er versuchte, mit der Breitseite seines weichen Bleistifts den Horizont zu malen. Falls Pithead von einem Modellbauer gebastelt worden war, war er ein echter Geizhals gewesen. Wo waren die kleinen Autos, die Bauernhoftiere, die grünen wolligen Büsche, die aussahen wie stachelige Korallen? Leek beobachtete die pechschwarzen Figuren, die vor dem Vereinslokal herumstanden, und fragte sich, was der Modellbauer gegen bunte, fröhlich angemalte Figürchen hatte.

Er sah hinaus auf die Landschaft hinter den Modellbaubäumen und dem toten Moorteppich. In der Ferne kroch der Zug von Glasgow nach Edinburgh wie eine Spielzeugeisenbahn durch die Ödnis, die die Bergleute vom Rest der Welt trennte. Der Zug erzeugte eine unsichtbare Grenze, und er hielt nie an. Vor Jahren hatte die Regierung die einzige Haltestelle im Umkreis gestrichen, um sich das Gehalt des Bahnhofsvorstehers zu sparen. Jetzt gab es nur noch einen einzigen Bus, der dreimal am Tag fuhr und eine Stunde brauchte, um irgendwohin zu kommen.

Jetzt standen abends die ältesten der Bergmannssöhne mit Bierdosen und Klebstofftüten an den Gleisen und sahen traurig und hasserfüllt hinterher, wenn alle dreißig Minuten die glücklichen Gesichter über ihnen vorbeibrausten. Sie befummelten ihre Cousinen unter kratzigen Wollpullovern und rannten vor dem rasenden Zug über die Gleise hin und her, so knapp, dass ihnen der Fahrwind das weiche Haar aus dem Gesicht blies. Sie warfen Flaschen mit Pisse gegen die Fenster, und wenn der Zugführer wütend an der Pfeife riss, fühlten sie sich von der Welt gesehen, fühlten sich lebendig.

Seit die Grube dicht war, hatten sie angefangen, Holz auf die Gleise zu legen, dicke braune Äste, auf denen sie mit ganzem Gewicht herumspringen mussten, um sie von den sterbenden Bäumen zu reißen. Als die Züge sie einfach zermalmten, legten sie Steine auf die Gleise und später rote Backsteine. Ein Junge, der nicht viel älter als Shuggie war, hatte durch die herumfliegenden, Funken sprühenden Steine ein Auge verloren. Dann fingen sie an, mit dem Feuerzeugbenzin, das sie eigentlich schnüffeln wollten, die Büsche in Brand zu setzen. Leek hatte gesehen, wie sie das braune Teichrohr zu beiden Seiten der Gleise lichterloh in Flammen gesteckt hatten. Trotzdem hielten die Züge nach Glasgow nicht an.

Leek zog den angekauten Bleistift durch die desolate Aussicht. Wenn er allein dasaß, merkte er es nicht, aber beim Zeichnen entspannten sich seine hochgezogenen Schultern.

Es fiel ihm immer schwerer, morgens aufzustehen, den Tag hereinzulassen, in seinen Körper zurückzukehren, statt weiter hinter geschlossenen Lidern herumzuschweben, wo er frei war. Bei seiner Ausbildungsstelle kam er immer häufiger zu spät. Sein Chef gab ihn auf, Leek spürte es. Sie glitten mit gegenseitigem Desinteresse aneinander vorbei.

Am Anfang hatte sein Chef, ein sehniger, pragmatischer Mann, ihm seine altbewährten Vorträge gehalten. Doch als Leek im Lauf des Programms nicht aufhörte, durch ihn hindurchzustarren, wurden seine Vorträge immer verbitterter. Leek nickte wie ein Metronom, wenn sein Chef eine seiner spuckefeuchten Reden schwang, wie Leeks Generation das Land ruinierte. Mit hellem Schaum am Mund hob er die Hand und wischte Leek mit rauen Fingern den Pony aus dem Gesicht. Leeks junge Augen waren so leer wie zwei trübe Murmeln. In dreißig Jahren im Baugewerbe hatte der Vorarbeiter alles gesehen: Generationen von Kindern, die durch Regierungsprogramme geschleppt wurden, faul und desinteressiert oder großmäulig und gerissen. Irgendwann gingen sie alle in die

Knie und landeten auf ihren Plätzen, wuchsen zu Männern heran, die Mädchen in Schwierigkeiten brachten und ein regelmäßiges Gehalt brauchten. Doch in all den Jahren war dem Vorarbeiter noch nie jemand wie dieser Junge begegnet.

Wütend zog er den Bleistiftstummel hinter dem Ohr hervor, presste die Kiefer zusammen und fuchtelte einen Zentimeter vor Leeks Gesicht damit herum. Leek zuckte nicht mit der Wimper, das hatte er bei Agnes geübt. Er schloss einfach die Tür, die sich hinter seinen Augen befand, und machte sich aus dem Staub, ließ seinen Körper zurück, den Gips, die Flasche mit dem kalten Tee und den wütenden Vorarbeiter.

Sein Chef hätte ihn vielleicht gefeuert, aber Leek war im Jugendausbildungsprogramm, und solange Margaret Thatcher Leeks Gehalt subventionierte, ließ er ihn weiterarbeiten. Jemanden, der Tee kochte, konnten sie immer gebrauchen. Die älteren Tischler machten sich einen Spaß daraus, Leek zum Laden zu schicken, um karierte Farbe zu kaufen. Sie ließen ihn Schachteln mit Nägeln kontrollieren, die er in aufsteigender Länge sortieren sollte. Leek zuckte bloß die Achseln, wenn sie lachten, und tat, was er tun sollte, zufrieden, sich in monotonen, sinnlosen Aufgaben zu verlieren, während seine Gedanken frei durch die Welt schwebten.

Hier, in der Stille, blätterte er zum Ende des Skizzenbuchs und zog zwei Umschläge zwischen den letzten Seiten heraus. Der erste war ein dünner bunter Luftpostbrief, ordentliches, himmelblaues Papier, das in sich selbst gefaltet und von Catherine mit einer Reihe Springbock-Briefmarken aus Transvaal frankiert war. Er drehte ihn in der Hand und wünschte, es würde ihn nicht so traurig machen, ihn zu lesen. Er wünschte, ihre glückliche Beschreibung von Terrassenmöbeln und Bilton-Würsten gäben ihm nicht das Gefühl, sie hätte ihn ausrangiert und ohne viel Aufhebens zurückgelassen wie Sperrmüll.

Trotzdem war die neue Traurigkeit besser als die Wut, die zuerst da gewesen war, fand Leek. Traurigkeit war ein angenehmerer Gast; wenigstens war sie leise, verlässlich, beständig. Als Catherine Donald Junior geheiratet hatte, waren sie alle wütend gewesen. Agnes, randvoll mit Wodka, hatte Catherines Matratze raus auf die Straße gezerrt. Sie hatte es mit einer Hand geschafft, und die Jungs hatten nur dagestanden und zugesehen, wie die letzten Reste ihrer Schwester zwischen den schwarzen Mülltüten landeten.

Leek nahm den zweiten Brief in die Hand. Er war schmutzig und an den Ecken zerknickt vom stundenlangen Lesen und wieder Lesen. Der Umschlag war aus schwerem cremefarbenem Papier, marmoriert, wie teures Aquarellpapier. Jemand hatte mit schwarzer Tusche seinen Namen daraufgemalt, *Mr Alexander Bain*, und sich die Mühe gemacht, ihn mit dem Lineal zu unterstreichen. Leek öffnete den Umschlag und faltete das mit Schreibmaschine geschriebene Blatt auseinander. Das Papier raschelte hochwertig. Mit schmutzigen Fingern fuhr Leek über das vertraute Wappen am Briefkopf; er konnte den Inhalt mit geschlossenen Augen lesen.

Sehr geehrter Mr Bain,
ich freue mich, Sie darüber in Kenntnis setzen zu dürfen, dass wir Ihnen nach sorgfältiger Prüfung Ihrer Bewerbung und Ihres Portfolios einen uneingeschränkten Studienplatz im Studiengang B.A. (Hon) der Künste anbieten können ...

Leek faltete den Brief zusammen und schob ihn vorsichtig wieder zurück in den Umschlag. Er wusste, dass darin stand, sie würden ihm weitere Informationen zusenden und er möge sich mit dem Registrar des Instituts in Verbindung setzen, um den begehrten Studienplatz anzunehmen. Er wusste, dass darin stand, das Semester würde im September beginnen. Gemeint war der September vor zwei Jahren. Leek dachte an die Zeit, als er den Brief bekommen hatte. Er hatte gesehen, wie Big Shug gegangen war. Er hatte gesehen, wie Catherine immer die Tür und ihren seltsamen kleinen Bruder im Auge hatte, zerrissen zwischen Lebenshunger und der Angst, dass ihre Mutter den Kopf in den Gasofen steckte.

Es war kalt und still auf dem versteinerten Meer; deswegen war er so gerne hier. In seine Tagträume versunken ignorierte er das Geräusch zuerst, bis es näher kam und eindringlicher wurde, das schreckliche Furzen saugender Gummistiefel. Dann tauchte rot und verschwitzt Shuggie auf dem Kamm der Abraumhalde auf. Das milchige Weiß seines Gesichts, war unter einer Staubschicht verborgen, doch um die Augen und den Mund zeichneten sich nasse rosa Kreise ab. Leek schob die beiden Umschläge in sein Skizzenbuch und verstaute es sorgfältig in der Jacke.

»Ich hab gesagt, du sollst warten!«, jammerte Shuggie. Im grauen Schmutz sah seine Unterlippe aus wie eine rosa Blase.

»Wenn du zu lahm bist, dann komm eben nicht mit.« Leek hatte das Gefühl, dieses Gespräch schon unendlich oft geführt zu haben; er hatte das Gefühl, sie führten es immer. Er stand auf und stapfte weiter. Mit seinen langen Beinen sah er aus wie ein Weberknecht, der auf tintenschwarzem Wasser zu laufen versucht, und sein blauer Nylonanorak glänzte wie ein Chitinpanzer. In langen Sprüngen rannte er den steilen Abhang hinunter, um seinen kleinen Bruder abzuschütteln. Leek hoffte, dass er irgendwann aufgab und nach Hause zurücktrottete. Aber Shuggie ging weiter.

Leek lauschte dem pfeifenden Keuchen seines Bruders hinter sich, und es störte seinen Frieden. Er hätte ihm gleich sagen sollen, dass er nicht mitkommen konnte, aber sein Bruder war eine ausgemachte Petze. Für die kleinste Belohnung verriet er die größten Geheimnisse, und er ging dabei fast immer zu weit. Und wenn Agnes sauer war, jagte sie Leek schon mal mit der Holzpantine durchs Haus; die flache Gummisohle hinterließ rote Striemen, auf denen sich lila Beulen abzeichneten, und Shuggie grinste dazu, als könnte er kein Wässerchen trüben.

Leek hatte sich gefragt, warum seine Mutter überhaupt was dagegen hatte, wenn er die tote Zeche durchstreifte. An der Gefahr, die von den Abraumhalden und dem bodenlosen schwarzen Wasser im alten Steinbruch ausging, lag es bestimmt nicht. Es musste der Kohlenstaub sein, der Agnes störte. Sie störte, was die Nachbarn dachten, wenn Leek voll

Dreck und Ruß nach Hause kam. Denn dann konnte Agnes nicht mehr so tun, als wäre sie anders als die Leute hier, als wäre sie was Besseres und nur vorübergehend in dieser vergessenen Ecke des Elends gestrandet. Es war ihr Stolz, nicht die Gefahr, der sie in Rage brachte.

Leek trat mit dem Fuß nach hinten und wirbelte eine schwarze Wolke auf, dann lauschte er dem Husten und Jammern des Kleinen. Shuggie knurrte wie ein wütender Dachs, und Leek lachte und nahm sich vor, das Geräusch auf dem Heimweg noch einmal aus ihm rauszuholen.

Er galoppierte die letzte Halde hinunter und wartete unten auf seinen Bruder. Die Flut des Gerölls bewegte sich wie ein Erdrutsch. Shuggie machte große Sätze und wedelte mit den Armen, doch beim zweiten oder dritten Sprung wurde der Grund plötzlich wieder fest. Seine Beine bewegten sich zu schnell, und er flog mit einem spitzen Schrei vornüber und rutschte den Rest des Abhangs kopfüber herunter. Als er ächzend zum Halten kam, stieg lautlos das Geröll um ihn herum und verschluckte ihn wie ein hungriges Grab. Leek griff in den Schotter und zog den Jungen am Rucksackriemen aus dem schwarzen Staub. Verwirrt und erschrocken blinzelten zwei weiße Augen aus dem kleinen schwarzen Gesicht zu ihm hoch.

Leek musste lachen. »Was hab ich dir gesagt? Beim Abstieg darfst du nur ganz leicht auftreten, sonst kommt der ganze beschissene Hang in Bewegung.«

»Ich weiß, aber als es zu rutschen angefangen hat, hab ich Angst gekriegt, dass ich begraben werde.« Shuggie schüttelte sich das Geröll aus dem schwarzen Haar. »Wenn ich jetzt tot wäre, würde Mammy dir den Kopf abreißen.«

Leek stellte den Jungen auf den Boden. »Musst du immer so eine Nervensäge sein? Kannst du nicht mal ausnahmsweise normal sein?«

Der Junge wandte sich ab. »Ich bin normal.«

Leek sah, wie Shuggies Nacken rot anlief. Seine Schultern zuckten, als würde er gleich in Tränen ausbrechen. Leek drehte seinen Bruder wieder zu sich. »Kuck mich an, wenn ich mit dir rede.« Leek betrachtete Shuggies Gesicht. Es waren keine Tränen gewesen; Leek kannte die Hitze der Scham und Wut aus eigener Erfahrung. »Ärgern dich die Kinder in der Schule immer noch?«

»Nein.« Er machte sich aus Leeks Griff los. »*Manchmal.*«

»Nimm dirs nicht zu Herzen. Wenn die jemand sehen, der ein bisschen besonderer ist als sie, dann hauen sie einfach drauf.«

Shuggie sah auf. »Ich hab es Father Barry erzählt. Ich hab gesagt, er soll machen, dass sie aufhören.« Shuggie strich die Falte seiner Hose gerade. »Aber er hat mich bloß nachsitzen lassen. Ich musste die Geschichten von den Märtyrern lesen.«

Leek verkniff sich das Grinsen. »Was für ein alter Waschlappen. Typisch Kirche: ›*Beklag dich nicht, es könnte noch viel schlimmer sein.*‹« Er streifte den Slipper ab und bückte sich, um den Staub auszuleeren, der sich darin gesammelt hatte. »Als ich noch in der Schule war, gab es das Gerücht, einer der Priester hätte an einem Jungen rumgefummelt, an so einem stillen Außenseiter. Stell dir das mal vor.« Er hob den Blick und sah Shuggie in die Augen. »Hat er dich je angefasst, Shuggie? Father Barry, meine ich?«

Ein Schatten glitt über Shuggies Gesicht, dunkel genug, um Leek innehalten zu lassen. »Nein«, flüsterte er. Dann begannen die Wörter aus ihm herauszuprudeln, schneller, als er sie ordnen konnte. »Aber sie haben gesagt, ich hätte Sachen mit ihm gemacht. Sie sagen, ich hätte schmutzige Sachen gemacht. Aber das hab ich nicht. Versprochen. Ich weiß nicht mal, was das für Sachen sein sollen.«

»Ich glaube dir, Shuggity. Die wollen dich bloß ärgern.« Leek nahm seinen Bruder in den Arm, und quetschte in einer innigen Umarmung sein Gesicht fest an die Rippen. »Wie alt bist du jetzt eigentlich?«

Shuggie antwortete nicht gleich, er genoss es, erdrückt zu werden. Dann sagte er so bedächtig, als würde er es von einer Tafel ablesen: »Sechzehnter Juli. Zwanzig nach vier nachmittags. Du warst eine schwere Geburt, Leek. Eine *sehr* schwere Geburt.«

»Du Blödmann!«

Shuggie grub das Gesicht noch tiefer in Leeks Seite. »Ich finde, wir müssen so was voneinander wissen.« Dann sagte er beleidigt: »Acht. Ich bin fast achteinhalb.«

»Mann! Sags doch gleich. Jedenfalls bist du jetzt groß genug. Du musst versuchen, dich ein bisschen mehr einzufügen. Du musst versuchen, mehr wie die anderen kleinen Blödmänner zu sein.«

Shuggie drehte den Kopf und schnappte nach Luft. »Ich versuchs doch, Leek. Ich versuchs die ganze Zeit. Aber die Jungs lassen die Hemden aus der Hose hängen, als wärs ihnen völlig egal, und die ganze Zeit kicken sie diesen blöden Ball herum. Ich hab sogar gesehen, wie sie sich den Finger hinten in die Hose stecken und dran riechen. Das ist so … so …« Er suchte nach dem Wort. »*Widerlich.*«

Leek ließ ihn los. »Wenn du überleben willst, musst du dich mehr anstrengen, Shuggie.«

»Wieso?«

»Also, erstens, sag nie wieder das Wort *widerlich*. Kleine Jungs sollen nicht wie alte Frauen reden.« Leek spuckte aus. »Und du musst daran arbeiten, wie du gehst. Versuch nicht so zu schlenkern. Das ist, als würdest du dir ne Zielscheibe auf den Rücken malen.« Leek imitierte übertrieben Shuggies Gang. Er drehte die Fußspitzen nach außen, schwang die Hüften hin und her und schlenkerte mit den Armen, als hätte er keinen Knochen. »Du darfst die Beine nicht überkreuzen, wenn du gehst. Versuch Platz für deinen Schwanz zu machen.« Leek griff sich an die Beule seiner Cordhose und stolzierte halb lässig, halb wie ein Gockel auf und ab. »Geh nicht so tief in die Knie. Mach lange, gerade Schritte.«

Leek ging in lockeren, natürlichen Kreisen. Shuggie folgte ihm wie ein Pantomime. Er gab sich die allergrößte Mühe, die Arme eng am Körper zu halten. Es war schwer, das Ganze natürlich aussehen zu lassen.

Sie schlenderten wie zwei Cowboys über den flachen, unterhöhlten Boden. Über Tage stand das verlassene Zechengebäude. Es war so groß wie die Glasgower Kathedrale und wirkte wie ein einsamer Riese auf dem Mond. Die hohen, kaputten Fenster saßen in schlichten Bögen, zu hoch, um hinauszusehen, aber hoch genug, um den ganzen Tag Licht in den gewaltigen Raum zu lassen. Die Scheiben, die nicht kaputt waren, waren schwarz vom Kohlenstaub. An einem Ende des Gebäudes ragte ein riesiger Schornstein in den Himmel, dessen Spitze an nassen Tagen in den triefenden Wolken verschwand. Rohre und Stangen lagen herum, an den Enden die eiligen Spuren der Metallsägen sichtbar, weil Plünderer alles, was nicht niet- und nagelfest war, herausgerissen hatten, bevor das Bergwerk offiziell abgewrackt wurde.

»Ich will, dass du hier wartest.« Leek malte ein Kreuz in den Staub. Dann griff er seinem Bruder über den Kopf und drehte ihn am Rucksackriemen herum. Er öffnete die kleinen Reißverschlüsse, und Shuggie schwankte unter dem Gewicht, als Leek in der Tasche herumwühlte.

»Du bliebst hier und stehst Schmiere, in Ordnung? Wenn du jemanden siehst, kommst du sofort und holst mich.« Leek nahm einen Bolzenschneider und ein Brecheisen aus dem Rucksack.

Der kleine Junge nickte und fühlte sich schon leichter. »Warum müssen wir das überhaupt machen?«

»Das hab ich dir tausend Mal gesagt. Ich muss Geld zur Seite legen. Ich habe Pläne. Irgendwann ist meine Lehre vorbei.«

»Komm ich auch in deinen Plänen vor?«, fragte Shuggie.

»Jetzt nerv nicht.« Er zeigte auf das Zechengebäude. »Es wird jedes Mal schwerer, weil immer weniger zu holen ist. Das heißt, es kann ne Weile dauern. Hörst du?« Mit einem lauten Ratschen zog er den Reißverschluss zu und drehte seinen Bruder wieder um. »Pass gut auf.« Leek glitt in den Schatten des großen Bauwerks. Shuggie sah, wie er die dämmrigen Lichtpfützen überquerte, dann war er im Dunkel der Kohlekathedrale verschwunden.

Eine Weile malte Shuggie in den Staub. Der Staub war pulverig und tief. Er malte ein Pferd, dann malte er Agnes. Es machte Spaß, Locken zu malen. Er malte an alles Locken. Sie sahen fröhlich aus.

Auf der Suche nach Kupfer ging Leek in den hintersten Teil des Gebäudes, wo die Kabel am Lichtgenerator zusammenliefen. Die Zeche, die seit knapp drei Jahren geschlossen war, war versiegelt und wurde langsam abgewrackt, und die Besitzer verkauften das Material als Schrott. Natürlich hatten die Bergleute und ihre ältesten Söhne versucht, ihnen zuvorzukommen. Die Drähte waren ihr Gewicht in Kupfer wert, also weideten sie die Stromkästen aus, rissen die Kabel auf und nagten sie kahl wie Mäuse. Leek sah, dass die Ummantelungen längst von der Wand geholt worden waren, und was auf dem Boden lag, war hohl wie ausgelutschte Knochen. Er folgte den Kabeln nach draußen, wo die Leitungen in Richtung des Hauptschachts unter der Erde verschwanden. Dreißig Meter hinter dem Zechengebäude ragte das Kabel aus dem Boden. Die letzten Schrottsammler hatten es, so weit sie konnten, herausgezogen und den Rest stehen lassen wie eine zerfetzte Schlagader. Leek bückte sich und begann mit dem spitzen Ende des Brecheisens auf den harten Boden einzuhacken.

Er arbeitete rund eine Stunde und hob erst wieder den Kopf, als er den Rauch der Schornsteine roch, der von der Siedlung heraufzog. Der Geruch nach Kohlenfeuer war das Zeichen, dass es spät wurde. Der Rückweg über das schwarze Meer war sicherer, wenn sie gingen, bevor es dunkel war. Während er hackte und sägte, wünschte Leek, Shuggie wäre größer und nicht so ein Jammerlappen, damit er mehr tragen könnte. Das Kupfer allein war schon schwer, aber die dicke Gummiisolierung setzte noch einen drauf. Außerdem war es nicht schlau, den Draht hier draußen im Freien zu klauen. Ein paar der kleineren Pithead-Jungs waren neulich bei einem Raubzug erwischt worden, und sie waren streng bestraft worden. Sie mussten mehr zahlen, als sie mit dem Erlös aller Drähte der Mine verdient hätten.

Leek wickelte sich eine enttäuschend kleine Menge Gummidraht wie ein Kletterseil ein paarmal um die Mitte. Er schwang das Brecheisen, überquerte die Lichtpfützen und trat hinaus in den trüben Winternachmittag. Er vertrieb sich die Gedanken, indem er sich das Zimmer ausmalte, das er mit dem heimlich gesparten Kupfergeld eines Tages mieten würde, oben in Garnethill, in der Nähe der Mackintosh Art School. Es würde sogar reichen, um seinem Bruder, der Petze, Schmiergeld zu geben. Fast lächelte Leek, als er hinaus ans Tageslicht trat, doch es war zu still. Die Petze war nicht mehr da.

Shuggie hätte gerne Steine geworfen. Das machte Spaß. Beim letzten Mal hatte er eine Stunde lang auf die hohen Fenster gezielt, und am Ende hatte er eine Scheibe getroffen. Es hatte laut geklirrt in der Stille. Aber dann war Leek aus der Dunkelheit gestürzt und hatte ihm eine Abreibung verpasst.

Stattdessen lief er jetzt in großen Kreisen umher und blieb immer wieder stehen, um sich vorn an die Hose zu greifen und längere Schritte zu machen, wie ein Cowboy. Er konzentrierte sich fest, versuchte sich einen normalen Körper vorzustellen, wie den von Leek, der überhaupt keine geschmeidigen oder nützlichen Gelenke zu haben schien, als er plötzlich den Mann entdeckte. Als er die Gefahr erkannte, lief der fremde Mann bereits auf ihn zu und wirbelte tanzende Staubwolken hinter sich auf. Als Shuggie begriff, dass auch er rennen musste, war der Mann schon an dem riesigen Förderturm vorbei und hatte ihn fast erreicht.

Shuggie hätte Leek warnen müssen. Er hätte Schmiere stehen und ins Zechengebäude laufen müssen, falls jemand auftauchte. Jetzt rannte der Mann auf ihn zu, und Shuggie warf einen Blick auf das dunkle Gebäude und rannte in die andere Richtung.

Der leere Rucksack hüpfte auf seinem Rücken, als Shuggie lief. Mit Schwung nahm er die erste Halde, kämpfte sich den Hang hinauf, sank knietief ein, und seine Gummistiefel furzten unanständig. Als er die Kuppe erreichte, sah er, dass der Mann mit langen Schritten an der Seite heraufstieg, indem er wie Leek die Füße eingrub und über das lose Geröll flog. Shuggie drehte sich zum Kamm der schwarzen Düne und rannte um sein Leben. Er spürte die Hartnäckigkeit des Fremden, und beinahe spürte er dessen Griff um seine Beine. Als er den Hang auf der anderen Seite hinunterjagte, rauschte der Boden hinter ihm her, und er fiel unter sandigem Geprassel in das Tal zwischen zwei Halden. Der Mann tauchte auf der Kuppe auf. Shuggie sah, wie er vor dem dämmrigen Himmel stand, die Schultern hoch- und runterzog und die Hände frustriert zu Fäusten ballte.

Shuggie hastete durch das schwarze Tal, und der Mann verfolgte ihn von oben wie ein Falke eine Maus.

Schließlich endeten die Abraumhalden, und es lagen nur noch die buckeligen Torffelder vor ihm. Der Mann konnte mit Leichtigkeit den Hang heruntersegeln und ihn fangen, also rannte der Junge noch schneller, über den Ölschiefer und das Unkraut hinaus, bis das Gras die Oberhand gewann und die braunen Felder anfingen. Shuggie taumelte durch das niedrige Buschwerk und lauschte dem Rascheln hinter ihm. Aber er hörte keine Schritte mehr.

Shuggie erreichte ein großes Büschel gelbes Gras und warf sich hinein. Der Mann stand immer noch auf der Kuppe der letzten Halde, und seine Schultern hoben und senkten sich, als er die Hände an den Mund legte und brüllte: »Ich krieg dich noch, du dreckiger kleiner Dieb!« Dann war er fort.

Shuggie lag still im hohen Gras, bis er sich sicher war, dass der Mann sich wirklich davongemacht hatte. Er lag so lange da, bis seine Kleider nass waren, weil der Torf den letzten Regen, mit dem die tote Erde nichts anfangen konnte, großzügig an ihn weitergab. Das Kohlemeer war zwischen ihm und der Siedlung, und auch der Mann war irgendwo zwischen ihm und der Siedlung. Was der Mann mit ihm anstellen würde, beflügelte Shuggies Fantasie, und er malte sich einen Comicstrip der Superschurkengewalt aus. Shuggie wollte nicht spurlos unter dem Geröllmeer begraben werden. Er wollte nach Hause. Der Boden unter ihm wurde warm, als er sich in die Hose pinkelte.

Der Winternachmittag erlosch, und der sonnenlose Himmel sah aus wie eine dichte, graue Wolldecke. Shuggie begann außen um die schwarzen Halden herumzugehen, an der Grenze des Sumpflands entlang, das die Siedlung umgab. Der Weg war lang, und seine Beine waren rot und wund von der Indigofarbe, die aus seiner Hose sickerte. Plötzlich tat sich vor ihm ein breiter Krater auf, eine tiefe dunkelgraue Fläche in der Form einer Bratpfanne, eingesunken, wie die Mitte eines schlecht gebackenen Kuchens. Den Krater zu umrunden würde ewig dauern. Wenn er einfach durch die Mitte watete, wäre er im Nu zu Hause. Shuggie sah schon den schwachen Schein der Siedlung auf der anderen Seite, der die tiefhängenden Wolken wärmte wie eine Nachttischlampe. Der Junge bekreuzigte sich flüchtig und kletterte den Kraterrand hinab.

Der eingesunkene Boden war nur ein paar Meter tief, aber es ging steil hinab, und als Shuggie durchs Geröll schlitterte, fragte er sich, wie er es schaffen sollte, auf der anderen Seite wieder hochzuklettern. Mit einem Platschen erreichte er den Grund. Der Schlamm war feucht und klebrig, aber mehr oder weniger fest, wie ein nasses Seifenstück. Shuggie machte einen Schritt und setzte vorsichtig den Fuß auf die glatte Oberfläche. Sie hielt. Dann hob er den Fuß und sah den Abdruck seines Gummistiefels an, der einen Augenblick lang da war und im nächsten wie durch Zauberhand verschwand.

Mutig ging Shuggie ein paar Schritte hinaus auf die glatte Oberfläche, dann blieb er kurz stehen und lief zurück zum steinigen Rand. Er sah zu, wie sich die geisterhaften Spuren in Luft auflösten. Es war, als würde er von seinem eigenen Schatten verfolgt, und hier, vor seinen Augen verschwindend, war der Beweis dafür. Ein Lächeln breitete sich in seinem kalten Gesicht aus, und für einen Moment vergaß er die brennenden Schenkel. Mit zu Tragflächen ausgebreiteten Armen lief er kreisförmige Muster in den feuchten grauen Schlamm und tanzte mit seinem unsichtbaren Geist. Leise fing er zu singen an.

Bei vollem Gummistiefeltempo würde er weniger als eine Minute zur anderen Seite brauchen. Mit einem Sprung rannte er los auf den glasigen Schlamm. Als er mit schnellen kleinen Schritten über den Krater lief, machten die roten Gummistiefel *klatsch-klatsch, klaaatsch*, wie eine dicke Hand, die auf einen dicken Schenkel schlug. Die Schritte hallten von den Kraterwänden, und das Echo gellte weit über die Grube. Es war die Veränderung des Klangs, die er zuerst bemerkte.

Er wurde langsamer. Er wurde tiefer. Statt des hellen *klatsch-klatsch* war nun ein nasses Rülpsen zu hören, wie wenn man mit dem Löffel auf kalten Porridge schlug. Nach der Hälfte der Strecke wurde er müde. Der Schlamm begann zu wabern und an seinen Stiefeln zu saugen. Er musste die Knie höher ziehen, und seine Beine wurden immer langsamer. Die Füße fingen an, aus den Gummistiefeln zu rutschen. Er spreizte die Zehen und krallte sich verzweifelt in den Stiefeln fest.

In plötzlicher Panik drehte er vom Kurs ab. Er war noch vier Leek-Längen vom bröckelnden Rand entfernt, als er es nicht mehr schaffte, das Bein aus dem hungrigen Matsch zu zerren. Er riss sich los und befreite sich von den roten Gummistiefeln. Jetzt, als er barfuß war, merkte er, wie dumm er gewesen war; der Schlamm war so nass wie Badewasser. Er machte noch zwei, drei Schritte, dann blieb er stehen. Er spürte den Schlick an seinen Füßen lutschen wie ein gieriger Mund an einem Eis am Stiel. Der Krater wollte ihn fressen. Shuggie würde es nicht schaffen.

Doch wenn er sterben würde, dann in Stiefeln. Er dachte an ihr Gesicht, falls er ohne Stiefel gefunden wurde, und an die Striemen der Holzpantine, die sie auf seiner Leiche hinterlassen würde. Also kämpfte er sich zurück und stieg in die Stiefel. Er packte den einen am Schaft und versuchte sich zu befreien, doch als sich ein Bein löste, sank das andere noch tiefer in den nassen Schlund. Der Schlamm stieg bis zur Schnalle, über die Wade hinaus, fast bis zum Knie. Shuggie sah, wie der Schlamm in die Stiefel schwappte, und spürte ihn zwischen den Zehen. Irgendwann ließ er es laufen, richtete sich auf, und weil er nicht wusste, was er sonst tun sollte, fing er zu singen an.

»*Ah bullie that chi-hil-dren are our fu-ture. Teach em we-e-ll and let em lead the-he way.*« Shuggie sah zu, wie der Kohleschlamm auch den zweiten Stiefel füllte, mit dem die letzte Chance unterging, sich ohne die roten Stiefel zu retten. »*Show em all the bju-ti they possess in-si-hide.*«

Jetzt sang er lauter, imitierte jede Note genau so, wie er sie im Radio gehört hatte. »*Ah disided long aglow ne-er to wa-halk in anybody's sha-dow. If ah fail if ah suck sees at least it been as ah bu-llie. No matter what youse tek from me. Youse ca-hant take away ma dihig-ni-tee.*«

Aus der Dunkelheit kam eine gedämpfte Stimme. »Alles klar? Hey du. Whitney Houston. Hier oben.«

Shuggie hatte den Schatten am Kraterrand nicht gesehen; selbst jetzt war Leek vor dem anthrazitgrauen Himmel kaum auszumachen. »Was zum Geier machst du da?«

Shuggie kniff die Augen zu. »AAAAH, DU SCHEISSMUSCHIEIER-KACKSCHWANZ, BEEIL DICH! HOL MICH HIER RAUS, DU ARSCHI-GER MUSCHIFINGER!«

Im Dunkeln prasselte Geröll und dann klatschten schwere Schritte über den nassen Schlamm.

»SCHEISSE, MACH SCHNELLER!« Shuggie lauschte, wie die Füße auf die schlürfende Oberfläche schlugen. »HOL MICH HIER RAUS, DU KACKER!«

Das nasse Klatschen kam näher, und er hörte einen vertrauten Seufzer, als Leek vor sich hin zu fluchen begann. Leek packte seinen Bruder an den Rucksackriemen und riss ihn ächzend heraus, als würde er ein zähes Unkraut jäten. Shuggie spürte, wie er aus dem Matsch gezogen wurde und dann platschend auf der Oberfläche landete. Leek packte den Rücken von Shuggies Anorak wie ein Geschirr und schleifte ihn in Richtung festen Boden.

»Aaah, nein! Halt! NICHT!« Sie blieben stehen. Leek kam dicht ans Gesicht seines Bruders heran, um im Dunkeln zu erkennen, was nun wieder los war. »Lass mich. LASS MICH!«

»Bist du bekloppt oder was?« Leek zerrte ihn zum Rand und gab ihm einen Schlag übers Ohr. Offenbar war er wütend auf Shuggie. Offenbar hatte er es eilig, hier wegzukommen.

»Ich kann so nicht nach Hause«, jammerte der Junge dramatisch. »Nicht ohne die Gummistiefel. Sie bringt mich um! Sie muss sie immer noch abzahlen.«

»Verdammt noch mal!« Shuggie fühlte, wie sein Bruder seine Kapuze losließ und noch einmal zurück in den Krater rutschte. Im Dunkeln hörte er ein Grunzen und ein erbittertes Zerren, und der Schlamm schlürfte und rülpste wieder. Einen Moment war es still, bis er das *klatsch-klatsch* von Leeks Stiefeln hörte und wieder die Hand an seinem Kragen spürte. Leek zog Shuggie vom Krater weg, und erst als Shuggie wegen der spitzen Steine zu wimmern anfing, blieb Leek stehen und ließ ihn seine Stiefel anziehen. Während er langsam hineinschlüpfte, sah Shuggie, dass sein Bruder nervös auf und ab ging, den Blick auf den Horizont gerichtet, den Weg, den sie von der Zeche zurückgelegt hatten. Er war kribbelig und voll Adrenalin.

»Mach schon!!« Er packte Shuggies Schultern und schüttelte ihn, und seine langen Finger trafen sich hinter Shuggies Rücken. Der Junge blinzelte zu seinem Bruder hinauf. Zum ersten Mal fiel ihm auf, dass Leeks Augenbrauen in der Mitte zusammengewachsen waren. Er fand es seltsam irritierend und wollte etwas sagen.

Aber irgendwas stimmte nicht mit Leeks Stimme; sie gurgelte und klang verzerrt. Leek machte Shuggie Angst. Er hatte Blutspritzer im Gesicht, die so klebrig aussahen wie Honig. Sein linkes Auge färbte sich an der Seite dunkel und sah im Zwielicht aus wie ein tiefes Loch, und seine Unterlippe war dick und aufgeplatzt. Leek rieb sich den Kiefer, als hätte er Schmerzen. Er griff sich in den Mund und zog stöhnend die untere Hälfte seines Gebisses heraus. Ein Zahn fehlte, ein zweiter war abgesplittert und die rosa Keramik war in der Mitte gebrochen, als hätte ihm jemand eine reingeschlagen.

»Geht's dir gut?«

»*Schei-eiße*«, stöhnte Leek. »Du solltest doch aufpassen, verdammte Scheiße. Du solltest mich warnen, wenn der Wachheini kommt.« Seine Augen glänzten ängstlich im Dunkeln. »Ich hab ihn übel zugerichtet, Shuggie. Es ging nicht anders, und es ist alles deine Schuld.«

Leek steckte das zerbrochene Gebiss in die Tasche, und jetzt sah Shuggie, dass er keinen Kupferdraht dabeihatte und auch kein Brecheisen.

Leek begann zu laufen und sah sich immer noch ständig um, als würden sie verfolgt. Shuggies Stiefel saßen nicht richtig, sie scheuerten an den Fersen, weil die feuchten Socken zerknüllt in der Spitze steckten, aber er traute sich nicht, seinen Bruder zu bitten, langsamer zu machen.

Als sie endlich den Rand der Siedlung erreichten, waren beide dankbar, in die Sicherheit des giftig orangen Laternenscheins einzutauchen. Ohne die unteren Zähne fiel Leeks Gesicht beim Sprechen in sich zusammen. Es war schwer, die weichen, genuschelten Worte zu verstehen, aber die Angst und die Enttäuschung in seinem Gesicht waren überdeutlich.

VIERZEHN

Leek ging nie wieder Kupfer sammeln. Der Wachmann kam ins Krankenhaus. Leeks Brecheisen hatte seinen Schädel gespalten, seinen Verstand verstreut wie ein Kartenspiel. Die Polizei ging von Tür zu Tür und suchte nach dem jungen Täter. Als sie an ihre Tür kamen, ließ Agnes sie unten vor den Stufen warten. Sie nestelte an ihrem großen funkelnden Ohrring, musste nicht vortäuschen, dass sie genervt war, und schnaubte, als wäre es eine Beleidigung, dass sie ihre Tür verdunkelten. Agnes wurde die Polizisten leicht los, und Leek war noch nie so dankbar gewesen, dass seine Mutter so gut auf ihr Äußeres achtete.

Agnes fragte nicht einmal, ob Leek es gewesen war. Sie kam gar nicht auf die Idee. Bridie Donnelly hatte rauchend am Zaun gestanden, als die Polizei die ganze Straße abklapperte. Sie schien nur überrascht, dass es keiner von ihren gewesen war. Bridie sagte, es sei das Beste, was der Familie des Wachmanns passieren konnte. Sein Vertrag hätte bald geendet, und jetzt bekam er für den Rest seines Lebens Invalidenrente. Sie sagte, geredet hätte er sowieso nie viel.

Leek hatte den ganzen Winter über Probleme mit seinen Zähnen. Der National Health Service beeilte sich nicht, die Prothese zu ersetzen, und Leek trug das kaputte Gebiss nur, wenn er draußen war, und dann hielt er den Mund, weil ihm die Zähne herausrutschten, sobald er etwas sagte. Zu Hause ließ er es weg und wanderte mit dem Überbiss einer Comic-Schildkröte durchs Haus. Wenn er Shuggie begegnete, setzte er sich auf ihn und kniff ihn, bis Shuggie rote Streifen hatte. Shuggie war überzeugt, dass er es verdient hatte, und tat sein Bestes, nicht zu heulen.

Als der NHS Leeks untere Zähne endlich ersetzte, traf Leeks Biss die obere Leiste in einem ungünstigen Winkel, und die Keramikplatte scheuerte seinen Gaumen wund. Shuggie lief seinem Bruder wie ein Apostel mit weichen Weißbrotscheiben hinterher. Er riss Stückchen ab, knetete sie zu kleinen Polstern und gab sie Leek, der sie sich unter das Gebiss schob, um die Blasen zu schonen. Bis in den Sommer trug Shuggie ständig Brot für Leek in der Hosentasche mit sich herum. Wenn Agnes seine Schulhosen wusch, fand sie häufig ein vergessenes Stück darin, hart und grün verschimmelt.

Als die Sommerferien anfingen, wimmelte die Straße von kleinen McAvennies und ihren Cousins und Cousinen und Großcousins und Großcousinen. Sie kosteten die zwei Wochen sonniges Westküstenwetter voll aus, kickten Bälle an den Bordstein, fuhren Rad und wirbelten kreischend große mausgraue Kohlenstaubwolken auf.

Shuggie verkroch sich immer mehr.

Er spürte, dass etwas mit ihm nicht stimmte. Etwas in ihm fühlte sich falsch an, falsch zusammengebaut. Es war, als könnten es alle sehen, und er war der Einzige, der nicht wusste, was los war. Etwas war bei ihm anders als bei den anderen, und deswegen war es falsch.

Shuggie lief am Schatten des Hauses entlang nach hinten und schlüpfte durch den Maschendrahtzaun auf das Torfmoor hinaus, das die Siedlung umgab. Er marschierte ein gutes Stück weg von den Häusern. Die ungewohnte Sonne knallte ihm auf den Rücken, und der dicke Pullover fing zu kratzen an. Er verließ den ausgetretenen Weg und trampelte einen neuen Pfad durch das hohe Rohr. Dann ging er so lange im Kreis, bis er ein großes Oval flachgestampft hatte. Das tote Gras bildete einen dicken braunen Teppich. Shuggie zog sich die schweren Gummistiefel aus und begann zu üben, was Leek ihm gezeigt hatte.

Er stellte sich an einer Seite des Kreises auf und ging zur anderen. Beim ersten Mal war sein Gang schnell, abgehackt, mit kurzen, festen Schritten und baumelnden Armen. Wütend drückte er sich die sauberen Fingernägel in die Handflächen, drehte sich um und versuchte es noch einmal. Er machte langsamere, bedächtigere Schritte, ließ Platz für seinen Schwanz, schwang die Füße nach außen und drückte die Fersen tief in den weichen Boden. Shuggie zog den Wollpullover aus und wischte sich den Schweiß von der Stirn. Er ermahnte sich, drehte sich um und versuchte es noch einmal.

Den ganzen Nachmittag ging er hin und her, versuchte jedes Mal, noch langsamer zu gehen, weniger mit den Armen zu schlenkern und mehr wie Leek zu sein, wie ein echter Junge. Echten Jungs flog es von Natur aus zu, ohne nachzudenken, ohne Rechtfertigung.

Agnes saß aufrecht im Sessel am Fenster und beobachtete die Straße. Draußen spielten jede Menge Kinder, nur Shuggie war nicht dabei. Es war halb elf am Vormittag, das Haus und ihr Make-up waren perfekt, und obwohl sie nicht vorhatte, das Haus zu verlassen, trug sie den tief ausgeschnittenen Pullover und den engen grauen Rock. Sie trank den Rest einer alten Dose Lager aus und fragte sich, wo sich ihr Junge vor seiner Kindheit versteckte.

Aus Langeweile zupfte sie weiße Sockenfussel von der Armlehne des Sessels; sie sammelte sie zu einem ordentlichen Häufchen auf einem Blatt Klopapier, faltete es zusammen und schob es sich in die Tasche. Es ärgerte sie, dass sie die dreiteilige Garnitur immer noch abbezahlte und dass ihre Kinder keinen Respekt dafür hatten. Sie musste die nächsten acht Jahre ihres Lebens fünf Pfund die Woche dafür abdrücken, während die Jungs kopfüber oder der Länge nach darauf herumturnten, oft ohne die Schuhe auszuziehen.

Gegenüber ging das kaputte Gartentor auf, und Agnes setzte sich auf. Die verlotterte Bande der McAvennies begann mit schrottreifen Rädern durch den Staub zu brettern. Es waren schöne Kinder, das musste sie zugeben. Die Schlamperei ihrer Mutter ließ sie aussehen wie kleine wilde Löwen. Ihr langes Haar war dick und animalisch, und ihre Augen hatten das gleiche schöne Zigeunerbraun wie die ihres Vaters.

Einmal hatte sie das mittlere Mädchen hereingeholt. Es war nicht geplant, aber Agnes hatte gerade mit Essigwasser die Fenster geputzt und sich nicht konzentrieren können. Die Kinder hatten draußen auf der Straße gespielt, in der Senke, wo sich der ganze Kohlenstaub sammelte. Agnes konnte einfach nicht fröhlich die Fenster putzen, während sich die Kleinen da draußen im Dreck suhlten. Also winkte sie das Mädchen, das Mistkäfer genannt wurde, herüber und lockte es mit einem halben Apfel hinter das Haus. Eine gute halbe Stunde striegelte sie ihm mit der Holzbürste die wilde Mähne und schnitt die Knoten und die verfilzten Stellen im Nacken heraus. Als sie fertig war, sah Agnes überrascht, wie weich ihr Haar war, wie glänzend und seidig, die Farbe von Karamell und Schildpatt. Zusammen machten sie dem Mädchen erst einen ordentlichen Pferdeschwanz, dann Zöpfe, dann Knötchen und dann einen breiten französischen Zopf, wie Catherine ihn früher zur Schule getragen hatte. Es war ein glücklicher Nachmittag gewesen.

Colleen war ausgerastet, als sie davon erfuhr. Sie schrie sich die Lunge wund, noch bevor sie aus dem Haus kam. Dann stürmte sie wie ein heraufziehendes Gewitter über die Straße und hämmerte kreischend an Agnes' Tür. »*Für wen hälse dich? Spielst dich auf wie die Königin von Saba. Kümmer dich lieber um dein kleinen schwulen Sohn.*«

Agnes, vom Lager betäubt, ließ sie zetern und keifen, ohne mit der Wimper zu zucken. Sie drehte die Bürste um und klopfte sich mit der hölzernen Rückseite beruhigend auf den Oberschenkel. *Mach nur weiter*, dachte sie, *dann zeig ich dir, wozu die Bürste noch gut ist.*

An manchen Tagen, nicht häufig, bedauerte Agnes, dass sie nicht nett zueinander sein konnten. Eigentlich hatten die beiden Frauen einiges gemeinsam, auch wenn sich Agnes eher die Zunge abgebissen hätte, als es zuzugeben. Agnes wusste von Jinty, dass Big Jamesy eine Zeitlang den letzten Penny seiner Stütze für Schrottautos und Luftgewehre für die Jungs aus dem Fenster geschmissen hatte. Den Weihnachtsbraten hatte Colleen im Fine-Fare-Supermarket klauen müssen. Beide Frauen wussten, wie sich die scharfe Kante der Not anfühlte. Sie hätten sich beistehen können. Doch stattdessen saß jede auf ihrer Seite, sah sich hungrig die Bilder im Freemans-Katalog an und lag nachts voller Sorge wach, wie sie die restlichen Pennys bis zum nächsten Zahltag strecken sollte. Wenn er das kriegt und sie das, worauf würde sie selbst verzichten? Das war die Mathematik der Mütter.

Jede auf ihrer Seite versteckte sich nachmittagelang hinter dem Sofa, wenn der Vertreter der Provident-Hypothekenbank die Runde machte. Es war wie ein seltsames Wasserballett, wenn die Frauen von Pithead synchron zu Boden sanken und auf dem Teppich herumschwammen. Der Provvie-Mann war ein dünner Kerl in einem zu großen Anzug. Er spähte hemmungslos in jedes Fenster. Seit Jahren beobachtete er die verschnörkelten Rauchschwaden, die unerklärlicherweise hinter den Sitzmöbeln leerer Häuser aufstiegen.

Agnes hatte über Bridie auch indirekt von Colleen gelernt, wie man den Stromzähler austrickste, indem man mit einer Haarnadel das Gehäuse öffnete, ohne das Schloss zu beschädigen. An einem Sonntag im Monat holte sich Agnes auf diese Weise ihre Münzen zurück, und die Jungs saßen mit schmelzenden Eiscremesandwiches vor dem brüllendheißen Elektroofen mit den drei glühenden Heizstäben. Die Münzen glänzten in ihrer Hand wie ein Silberschatz, und Agnes warf ein paar davon wieder ein und verdoppelte damit ihre monatliche Stromration. Die Bücher des Stromablesers gingen nie auf. Agnes stellte sich vor, wie er mit dem Provvie-Mann im Pub saß und beide die Hände rangen über die tüchtigen Frauen von Pithead.

Als Colleen sich Mistkäfer an die Brust drückte, fragte sich Agnes, warum Colleen sie so hasste. Agnes beneidete Colleen um das, was sie hatte. Um die große Familie. Sie standen einander nahe und wohnten alle in der Nähe. Colleens Kinder waren jung und stark und brauchten ihre Mutter noch. Doch am wichtigsten, Colleen hatte einen Mann, den einzigen Mann, den sie je gehabt hatte, und er war immer noch bei ihr. Und sie hatte ihren Gott und war überzeugt, dass Er sie auserwählt hatte, um besser zu sein als die anderen, um ein moralisches Urteil über ihre Mitmenschen zu fällen, und das tat sie wie eine eifrige Sekretärin.

Schwindeln und Klauen waren für Colleen eine Sache, notwendige Vergehen. Schwarze Strumpfhosen und Stöckelschuhe dagegen waren Todsünde.

Als Agnes das Lager ausgetrunken hatte, beobachtete sie, wie die wilden McAvennies die Pit Road hinunterradelten. Sie sah, wie Colleen mit der Einkaufstasche aus dem Gartentor kam und den Staubwolken ihrer Kinder folgend die Siedlung verließ. Plötzlich kam ihr eine Idee.

Colleens Ehemann Big Jamesy lag unter der rostigen Karosserie eines Ford Cortina. Er war schon ganz schmutzig, oder immer noch, Agnes wusste es nicht. Mit hellem *klack-klack* überquerte sie die schmale Straße. Der Mann lag flach auf dem Rücken, und der dunkle Ölfleck um ihn herum sah aus wie eine Pfütze Melasse. Agnes klopfte mit ihrem großen Ring auf das Wagenblech.

»Wat gips?« Sein Seufzer war so schroff, dass sie Big Jamesys Atem an den Fesseln spürte. Metallwerkzeuge fielen auf den Zement, und er bewegte sich seitlich wie ein Krebs unter dem Autowrack hervor. Es dauerte ewig.

Sie probte ein paar unbehagliche, beiläufige Lächeln. Als er endlich auf den Füßen stand, war er gut zwei Köpfe größer als sie. Er hatte pechschwarzes Haar und einen honigfarbenen Teint, an dem der Dreck und das Öl beinahe gut aussahen. Auf einer Seite des Halses war die Haut vernarbt und verbrannt von dem Grubenunglück, und sein Haaransatz war im Nacken merkwürdig asymmetrisch. Trotzdem war er gutaussehend. Es kotzte sie an.

»Ist Colleen zu Hause?«, fragte sie.

Big Jamesy starrte sie misstrauisch an. Sein Blick blieb am tiefen V-Ausschnitt ihres Pullovers hängen. »Verarschen kann ich mich selber«, sagte er trocken. »Wat is?«

Agnes senkte den Blick. Seine Hände waren breit und schwielig.

»Ich wollte dich um einen Gefallen bitten.«

»Oh. Aye.« Jetzt grinste er wie alle Männer, denen sie begegnet war. Seine spitzen Zähne zeigten nach innen, zur Kehle, wie eine Bärenfalle.

»Ich bin mit meiner Weisheit am Ende«, sagte sie seufzend. »Ich hab Schwierigkeiten mit meinem Jungen, dem Kleinsten.«

Seine Miene wurde wieder hart. Sein Blick hing an ihrem Körper. »Aye, bei dem stimmt was nich. Auf den musste aufpassen. Issen aufgeblasener kleiner Kerl. Neulich hab ichen seilhüpfen sehen. Dat musste ihm gleich austreiben.«

»Deswegen bin ich hier.« Agnes verschränkte die Arme vor der Brust, aber sein Blick klebte weiter auf ihrem Ausschnitt.

»Solln meine Jungs ihm was auffe Mütze geben?«

»Nein!«

»Bloß ne kleine Abreibung. Damit er härter wird.«

»Nein! Er kann nichts dafür. Es ist einfach schwer, ohne Mann im Haus aufzuwachsen.«

»Wat is mit deim Leek?« Der schmutzige Mann dachte kurz selbst über die Frage nach; dann verzog er abschätzig den Mund und machte klar, was er von ihrem älteren Sohn hielt. »Also, wat zum Geier willse von mir?«

Ihr war flau im Magen. »Ich hab nur gesehen, dass du immer so schöne Sachen mit deinen Jungs machst.«

Der Mann kannte kein Mitgefühl. Seine Härte, selbst der eigenen Brut gegenüber, war in der ganzen Siedlung bekannt. »Aye, und wat is damit?«

»Ich dachte, für ein paar Pfund könntest du ihn vielleicht das nächste Mal, wenn ihr angeln geht, mitnehmen, oder ihm vielleicht zeigen, wie man Fußball spielt?«

Sein Gesicht zuckte, während er darüber nachdachte. »Ich will dein Geld nich, Agnes.«

Agnes kam sich vor wie eine Närrin. Sie wollte zurück zu ihrer Flasche, wollte die Wut und die Scham ertränken. »Ja, natürlich. Tut mir leid, dass ich gefragt habe. Vergiss es.« Sie drückte die Wirbelsäule durch, bereit, gedemütigt zurück über die Straße zu gehen.

»*Warte.* Ich sag nich, dass du nix für mich machen kannst.« Dann ihn auf den kleinen heißen Mund; über seiner Oberlippe hing ein Schweißtropfen.

Der Berg unter Leeks Decke redete wieder. »Sauf nicht ab, Blödmann. Ich käme nie drüber weg.«

Als sie hörten, wie der Motor des alten Lastwagens ansprang, waren sie beide überrascht. Durchs Fenster sahen sie, wie das Ungetüm erzitterte und einen Satz nach vorn machte. Big Jamesy warf einen Blick in den Rückspiegel und fuhr auf die Straße. Panik glitt über Shuggies Gesicht. Der Laster hatte in der falschen Richtung geparkt, mit der Schnauze zum Ende der Straße, nicht zum Dorf. Es war eine Sackgasse; wo das schilfige Marschland begann, weitete sie sich zu einem Wendehammer, und die Autos mussten häufig bis zum Ende fahren, um umzudrehen.

Agnes biss sich auf die Lippe. »Ich glaube, er wendet bloß.« Sie versuchte, sich selbst zu überzeugen. »Aber vielleicht gehen wir besser schon mal vor die Tür.«

Der Junge nickte mit heißem Gesicht. Sie standen im Windfang und holten Luft, als hätten sie einen großen Auftritt vor sich. Dann nahmen sie sich an den Händen, traten vors Haus und stellten sich vorne an den Straßenrand. Der grüne Lastwagen hatte am Ende der Straße gewendet und kam rumpelnd wieder zurück.

Sie standen aufrecht und stolz am Bordstein, als warteten sie am Bahnsteig auf ihren Zug. Agnes hielt Shuggies Hand, und in der anderen Hand hielt er die aufgeweichten Tomatensandwiches. Sie zappelte mit den beringten Fingern. »Also gut, trockne dir das Gesicht ab und denk an alles, was ich dir gesagt habe.«

Doch der Lastwagen wurde nicht langsamer. Big Jamesy würdigte sie keines Blickes. Nur eine Wolke Kohlenstaub wirbelte auf, als der Wagen an ihnen vorbeidonnerte. Sie standen noch lange da und sahen dem Pritschenwagen hinterher.

Als sich der Staub legte, hörten sie ein Klirren, ein helles *Tsching, tsching* vom Fenster gegenüber. Colleen stemmte den widerspenstigen

Fensterrahmen hoch und lehnte sich mit argwöhnischem Blick hinaus auf die Straße. »Wat steht ihr so bescheuert da rum?«

Agnes konnte nur lächeln, als wäre der Bus, dem sie nachgelaufen war, doch nicht der Bus gewesen, den sie brauchte. Ihr Gebiss leuchtete weiß in ihrem roten Mund, und der Kohlenstaub klebte an ihren frisch bemalten Lippen.

Der Junge saß im Kohlenkasten hinter dem Haus und warf die warmen Tomaten aus den Sandwiches. Zu ihrem Erstaunen hatte er nicht geweint. Agnes hatte den Stromzähler geknackt und alle glänzenden Münzen herausgeholt. Dann war sie zu Mr Dolans Laden gegangen und hatte eine Handvoll Schokoriegel und ein kleines Stück Backfisch gekauft. Als sie Shuggie das kleine Fischfilet gab, war er nicht in sein glucksendes Lachen ausgebrochen, wie sie gehofft hatte. Er hatte sich nur den rußigen Staub vom heißen Gesicht gewischt und die Achseln gezuckt. »Ich wollte sowieso nicht mitgehen.« Ihr rollten frustrierte Tränen über die Wangen, als sie sagte, dass er ihr leidtat. Er sah zu ihr auf und fragte: »Was?«

»Es tut mir leid, dass dein Vater ein Arsch ist.«

Leek wurde dazu verdonnert, mit Shuggie im Garten ein paar Bälle zu kicken. Agnes sah sie durchs Fenster, und es war offensichtlich, dass keiner von beiden dort sein wollte. Im Versteck unter der Spüle standen noch ein paar Dosen Special Brew. Sie rollte das kalte bronzefarbene Metall in der Hand und überlegte, ob sie die Dämonen rufen sollte, die in ihr wohnten. Wenn sie trank, um sich zu betrinken, wäre sie vor Einbruch der Dunkelheit auf der Straße und würde Streit anfangen. Sie setzte sich mit der Dose Mut auf die Kante des sauberen Sessels und öffnete sie zischend.

Colleen holte die Mülltonne vom Straßenrand und blieb stehen, um sich mit ihrer linken Nachbarin zu unterhalten. Mädchenhaft zwirbelte sie ihr Kruzifix. Agnes sah ihr an, wie zufrieden sie mit sich war. Den ganzen Morgen summten Frauen um Big Jamesys ausgeweideten Cortina herum. Agnes sah ihnen an, dass es Tratsch gab, denn sie watschelten schnell, mit zusammengekniffenen Hintern, wie sie es nur taten, wenn saftige Neuigkeiten im Umlauf waren. Bridie Donnelly zog sich die Leggings aus dem Schritt. Der Anblick ihrer schmutzigen Röcke und teefarbenen Strumpfhosen, ihrer ausgeleierten Leggings und Kittel beruhigte Agnes.

Agnes trank das Lager strategisch. Sie wollte, dass Big Jamesy wieder zu Hause war, bevor sie das rostige Gartentor aufriss. Sie wollte, dass er mitkriegte, wie Agnes Colleen erzählte, was er mit seinen öligen Fingern gemacht hatte. Falls ihr der Alkohol zu früh in den Kopf stieg, würde sie langsamer denken und lallen, wenn sie die Wahrheit sagte.

Agnes spürte den ersten Rausch, als plötzlich eine fremde Frau die Straße herunterkam. Die Fremde überprüfte die Adresse auf ihrem Zettel und zählte im Vorbeigehen die identischen Häuser ab. Man sah ihrem teuren Haarschnitt und dem Sitz ihrer Frisur an, dass sie nicht aus Pithead kam. Sie war keine katholische Cousine, denn sie hatte eine knallrote Handtasche dabei, und sie passte perfekt zu ihren knallroten Schuhen.

Der Ausdruck auf Colleens Gesicht verriet Agnes, dass sie die Frau auch nicht kannte. Die Fremde näherte sich der Gruppe, sagte etwas zu Colleen, und Colleen nickte langsam. Sie drückte die Zigarette aus, griff nach ihrer kalten Teetasse, warf einen Blick über die Schulter und führte die Fremde ins Haus. Die tratschenden Krähen verliefen sich.

Agnes rutschte auf dem Sessel nach vorn. Sie nahm an, dass die Frau vom Sozialamt kam, und wünschte, sie hätte sie selbst gerufen. Sie fingen an, in Pithead durchzugreifen, die Sozialbetrüger aufzuspüren, die Teilzeit arbeiteten, aber die volle Stütze kassierten, und die Leute, die Invalidenrente bekamen, aber auf Leitern kletterten, um Fernsehantennen zu verdrahten. Doch dafür blieb die Frau nicht lang genug; als sie ging, steckte die schöne rote Handtasche immer noch unter ihrem Arm. Agnes sah zu, wie sie durch die Autoteile stakste und höflich das Gartentor hinter sich schloss. Sie nahm eine teuer aussehende Sonnenbrille aus der Tasche und schob sich damit das Haar aus dem Gesicht. Die Geste freute Agnes, weil sie wusste, dass Colleen sich darüber aufregen würde. *Sonnenbrille? Für wen im Namen des Heiligen Vaters hielt die sich?* Dann ging die elegante Frau mit hoch erhobenem Kopf die leere Straße hinauf und verschwand.

Agnes wartete, aber Colleen kam nicht mehr heraus.

Als sie hungrig wurden, schwebten die drei McAvennie-Mädchen über die Straße wie Gespensterbräute. Ihr goldenes Haar war verfilzt und blies ihnen ums Gesicht wie ein Schleier, und ihre langen Sommerkleider, ehemals ein zartes Blau, waren alt und verwaschen. Agnes hatte nur einen Augenblick die Augen geschlossen, und als sie wieder hinaussah, stand Big Jamesys massiger Schrottlaster am Straßenrand gegenüber. Obwohl es noch hell draußen war, brannten bei den McAvennies schon die großen Lichter. Im nackten Birnenschein sah Agnes Umrisse, die sich schnell von Zimmer zu Zimmer bewegten. Zischend öffnete Agnes die nächste Dose und trank hastig aus.

Sie ging ins Schlafzimmer und wechselte den Rock gegen etwas, in dem sie besser treten konnte, dann zog sie den Angorapullover mit den Strassperlen über, den unpraktischen flauschigen, den Colleen gleich so anstößig gefunden hatte. Ohne Eile ging sie ihren Schmuck durch und nahm die dicksten Ringe heraus, päpstliche Klunker. Die Glassteine waren so schlecht eingefasst, dass man sich daran die Strümpfe aufriss und an den Handtüchern Fäden zog. Manchmal wachte Agnes nach einer durchzechten Nacht morgens auf und hatte von ihren Ringen Schnittwunden am Arm oder im Gesicht. Jetzt betrachtete sie ihre geschmückten Hände, ein funkelndes Arsenal, Schlagringe mit abblätterndem Goldüberzug. Der letzte Schluck Lager schäumte in ihrem leeren Magen, und sie wusste, dass die Zeit gekommen war.

Agnes torkelte vors Haus und lehnte sich an den kaputten Zaun. Sie holte tief Luft und fühlte sich ein bisschen benommen und ein bisschen entmutigt. Dann ging das Geschrei los.

Bei den McAvennies flog die Tür auf, und der kleinste Sohn rannte mit vollem Tempo hinaus in die Siedlung. Aus der offenen Tür gellte Colleens Stimme glasklar über die niedrigen Häuser. »James Francis McAvennie! Du bist nich besser alzen dreckiger Protestantenköter.« Agnes blieb stockstill in der Mitte der leeren Straße stehen. In beiden Richtungen hatten die Kinder zu spielen aufgehört, und die Fenster wurden lautlos einen Spalt geöffnet. Sie wusste, dass die Frauen die Fernseher herunterdrehten und sich mit gespitzten Ohren hinter die Gardinen stellten.

»Wat? Aye, dann mach doch, *schlag zu*. Du häls dich wohl fürn großen Macker hier, eh? Aber ich hol meine Brüder, dann sehnwa, wer der große Macker is, eh? Hätt ich bloß auf meine Mammy gehört, du dreckiger Orangenficker.«

Eine Männerstimme antwortete scharf, aber unverständlich, und Colleen kreischte noch lauter. »Ich halt nich den Mund. Du hast dein Gelübde gebrochen, und dat wird dir der Herrgott nie …« Agnes nahm an, dass Big Jamesy sie an der Kehle packte, denn plötzlich war es still auf der Straße. Dann krähte Colleen wieder, diesmal weniger wütend. »Wo denksde, gehste hin? James? *Zu ihr?*«

Big James McAvennie kam aus dem Haus gestürmt, sein T-Shirt war oben am Ausschnitt zerrissen, als hätte Colleen sich darangehängt. Er hatte immer noch die Wathose an und trug in jeder Hand eine Mülltüte, in die er offenbar Kleidung und Bettzeug gestopft hatte. Auf seinem Gesicht und dem vernarbten Nacken leuchteten feuerrote Streifen Sonnenbrand und frische Kratzer. Big Jamesy stieg in den Laster und ließ den Motor an.

Agnes stand wankend in der Mitte der Straße; er hätte sie nicht übersehen können, betrunken, aber stolz, mit geballten edelsteinbesetzten Fäusten. Wütend rollte er das Fenster herunter und schrie sie an wie ein wütender Fremder, der sich verfahren hatte. »Wat zum Henker willste, Hure?« Er benutzte das Wort, als wäre es ihr Name. »Kommste die Scheißknochen abnagen? Bisschen früh, was? Nich, dasse dir die Schnauze verbrennst.«

Dann donnerte der Pritschenwagen davon. Als er das Ende der Straße erreichte und wendete, stand Colleen in der Haustür und wirkte verstört.

»Jamesy! Jamesy!«

Vom Alkohol unsicher auf den Beinen wankte Agnes zum Bordstein zurück. Jamesy riss absichtlich das Steuer herum und verfehlte sie knapp mit dem Hinterrad. Auf der Straße wirbelte die übliche Staubwolke auf.

Agnes stand blinzelnd auf der anderen Straßenseite, aber Colleen war zu verwirrt, um sie dort zu sehen. In ihrem hageren Gesicht waren eine Wildheit und eine Leere, als wäre sie gleichzeitig tot und lebendig. Plötzlich fiel sie um und landete mit einem dumpfen Schlag auf dem staubigen Asphalt, wo sie mit schlaffen Beinen liegen blieb.

Agnes sah sich auf der Straße nach Zeugen um, als wollte sie entweder nachtreten oder vom Unfallort abhauen, ohne Hilfe zu leisten. Sie wusste nicht, was ihr näherlag.

Eine schwache Brise bewegte alle Gardinen, aber niemand kam zu Hilfe, keine Cousine, keine Nachbarin. Am Fenster der McAvennies standen die vier übriggebliebenen Kinder, absteigend wie Matrjoschka-Puppen. Alle mit dem gleichen traurigen, schönen Gesicht. Irgendwann würde Agnes jedes davon in ihre volle heiße Badewanne setzen, nur um Colleen eins auszuwischen.

Ein lautes *rrritsch-ritsch* kam von der anderen Straßenseite, als würde man Haare aus einer Drahtbürste entfernen oder altes klebriges Linoleum vom Boden reißen. Agnes ging einen Schritt auf die sich am Boden windende Frau zu. Mit dem Starkbier, das sie intus hatte, fiel es ihr schwer, in dem Staub und den verdrehten Körperteilen etwas zu erkennen. Erst dachte sie, Colleen würde einen Fußball in Fetzen reißen, aber als sie näher trat, sah sie Nester von verfilztem Haar, die sich die Frau mit beiden Händen aus der Kopfhaut riss. *Rritsch. Rrritsch.* Das Haar kam büschelweise heraus.

Agnes lief zu der gefallenen Frau. Bevor sie wusste, was sie tat, kniete sie im Staub und versuchte mit den beringten Fingern, die wütenden Klauen der jüngeren Frau zu zähmen. Sie nahm Colleen fest in den Arm.

»Schon gut, was machst du denn da?« Ihre Stimme klang so mitfühlend, dass sie über sich selbst erschrak. Sie war nicht hergekommen, um zu helfen.

Colleen wurde schlaff in Agnes' Armen, und Agnes legte ihr die Hände sanft in den Schoß. Dann stemmte ihr Agnes die Fäuste auf, die immer noch ausgerissenes Haar umklammert hielten. Sie begann ihr die dicken Strähnen aus den dünnen Fingern zu ziehen, als säuberte sie einen alten Kamm. Colleens hohle Augen starrten lange in den Dreck, bevor sie sprach. »Ich hätt die Klappe halten solln, statt auf ihm rumzuhacken, als er unten war. Ich hab doch nur gesagt, dass ich nicht noch mehr Mäuler füttern will.« Colleens Hände zitterten. »Seit die Grube dichtgemacht hat, isser Tag und Nacht über mich hergefallen wien hitziger Teenager. Und den Quatsch mitten *Rausziehen* hatter eh nie hingekriegt.«

Agnes starrte die kahlen Stellen an Colleens Kopf an; es klebte jetzt schon Staub an ihrem blutigen Skalp. »Fünf Kinder wären jeder genug.«

Colleen schnaubte. »Wenner könnte, hätter hundert. Aber ich dachte, *leck mich, McAvennie*, und hab den Laden dichtgemacht.« Sie fing wieder an zu heulen. Ihre Tränen flossen ihr in breiten Strömen über das Gesicht, als liefe sie aus. Sie rannen über ihre knochige Nase und tropften ihr vom Kinn. Colleen hob den Blick und sah Agnes an, als wäre es das erste Mal. »Da musser angefangen ham rumzuhuren.«

Agnes zögerte. Zu jeder anderen Frau hätte sie gesagt, dass die Zeit alle Wunden heilte, obwohl sie wusste, dass der Kummer ihr für den Rest des Lebens auf der Brust hocken würde. Aber für Colleen hatte sie keinen Trost. Ihr kam der Gedanke, dass sie endlich ebenbürtig waren, und sie schämte sich nicht einmal dafür, dass ihr leicht ums Herz wurde. Agnes biss sich auf die Lippe, um nicht zu grinsen.

Inzwischen liefen die Bergmannsfrauen die Straße auf und ab. Cousinen und angeheiratete Cousinen umkreisten sie nervös, als hätte sich Colleen in ein Tier verwandelt und sie wüssten nicht, wie sie sich ihr nähern sollten.

»Is ganz nett und freundlich hier aufgetaucht. *Mit ner Sonnenbrille.* Ner großen schicken mit zwei Farben. Hat gesagt, sie heißt Elaine, und obse mah mit mir unter vier Augen reden kann. Ich dachte, die hätten Katalog dabei und wollt mir irgendn Mist für die Bälger zu Weihnachten andrehen.«

Colleen stöhnte laut. Sie öffnete die Fäuste und griff an den Saum ihres Rocks. Mit einem Ruck hatte sie den dünnen Stoff vom Knie bis zum Bauch zerrissen. Dann ließ sie sich wieder schlaff auf den Asphalt zurückfallen.

»Um Himmels willen.« Entsetzt zerrte Agnes an dem zerfetzten Stoff. Colleen hatte keine Unterhose an; das struppige Haar ihrer Möse unter dem schwammigen, weichen Bauch war ein Schock. »Wir müssen dich ins Haus kriegen. Komm, hoch. HOCH!« Agnes versuchte Colleen hochzuheben, aber sie war noch zu betrunken, um sich geschickt dabei anzustellen. Zusammen kippten sie in den Dreck, und Agnes schürfte sich das Knie auf. Sie versuchte, Colleen ins Haus zu schleifen, aber die ausgelaugte Frau, nur Haut und Knochen, machte sich schwer und rutschte zurück auf den Boden wie ein ungezogenes Kind. Schwitzend und fluchend stand Agnes über ihr. »Du kannst hier nicht so rumliegen.«

Mit geschlossenen Augen betastete Colleen den schmutzigen Asphalt, als würde sie ein teures Laken streicheln. Ihre Worte wurden langsamer und schwerfälliger. »Is mir scheißegal. Solls Jamesey McAvennie doch hören. Dass seine. Frau auffer. Straße. Verreckt is. Mitte Fotze draußen.«

Ein paar Kinder auf Fahrrädern lachten nervös. Agnes schüttelte Colleen; sie stellte fest, dass es Spaß machte, und tat es noch einmal. »Hey, junge Frau, hast du keinen Stolz?«

Colleens Augen klappten weit auf und dann wieder zu. Ihr Atem wurde flacher.

Agnes kniff sie. »Hey! Was ist los mit dir? Was hast du genommen?«

Der weiche Knochenhaufen antwortete nicht.

Inzwischen hingen lauter Frauen am Zaun, die krächzten wie große, neugierige Krähen. Die Nachricht hatte sich schnell verbreitet. Colleens

Cousinen schrien Zeter und Mordio, und Jamesys Schwestern warfen die Fäuste in die Luft, um seinen guten Namen zu verteidigen. Jamesys Mutter, die mindestens achtzig war, krakeelte und fuchtelte mit einem schütteren Wischmopp herum wie mit einer Sichel.

Ratlos, was sie tun sollte, zog sich Agnes die Strumpfhose unter dem Rock und dann ihre eigene Unterhose aus. Inzwischen war ihr egal, dass sie es betrunken mitten auf der Straße tat. Sie versuchte Colleen ihre Unterhose anzuziehen. Colleen fühlte sich an wie eine lebensgroße Puppe, deren Glieder nicht steif und biegsam, sondern schlaff und schwer waren vom zu langsam strömenden Blut.

Als der Notarztwagen kam, war Colleen nicht mehr ansprechbar. Agnes sank neben ihr in den Staub. Sie betrachtete ihre teure weiße Unterhose, die dank der guten Bleiche leuchtete. Sie saß an der dürren Frau wie eine spitzenbesetzte Windel, dachte Agnes, und war mehr Nettigkeit, als sie verdiente.

FÜNFZEHN

Seine Haut hatte die Farbe von Wurstpelle, nur dass es weniger Farbe war als eine wässrige, zu dünn aufgetragene Lasur. Er sah ausgelaugt aus. Lizzie brauchte beide Hände, um eine von seinen zu halten, und als sie ihre Wange auf seinen Handrücken legte, spürte sie die Wölbung der kobaltblauen Venen. Es waren Hände, die zwanzig Jahre lang Kornlaster beladen hatten, Hände, die stinkenden Asphalt verlegt hatten, Hände, die in Nordafrika Italiener getötet hatten.

Jetzt fiel Wullie sogar das Atmen schwer. Seine Lungen klangen, als würde die Luft über ein Reibeisen geblasen, an dessen Zacken sie hängenblieb, bevor sie rasselnd und fiepend wieder herauskam. Lizzie wischte ihm mit dem Taschentuch aus ihrem Ärmel das Gesicht ab. Sein Mund stand jetzt immer offen, die Mundwinkel waren trocken und verklebt. Sie wollte ihn noch einmal küssen, wollte eine letzte Erinnerung an den stattlichen Mann, der er gewesen war, der er immer noch war.

Die Patienten in den anderen Betten dösten. Sie hatte gesehen, wie die Schwestern jedem einen Tropfen Morphium verpasst hatten, und jetzt sahen die alten Männer aus, als schliefen sie einen unruhigen Schlaf. Lizzie knöpfte den Mantel auf und nahm sich das Kopftuch vom Haar. Sie hob Wullies Hand und schlug die Decke herunter. Erst wollte sie sich nur zu ihm ins Bett legen, sich an das Bollwerk seines Körpers schmiegen und weinen. Doch als sie auf das Krankenhausbett stieg, kam ihr eine bessere Idee. Sie kletterte in ihrem guten Mantel aufs Bett und setzte sich rittlings auf ihn.

Wahrscheinlich hätte es niemand außer ihr gesehen, aber Lizzie war sich sicher, dass seine Lider flatterten und er die Mundwinkel zu einem frechen Grinsen verzog. Sanft wippte sie auf und ab. Es war nicht so schmutzig gemeint, wie es aussah. Sie wollte nur, dass er ihr Gewicht spürte, ihre Wärme und Lebendigkeit durch den baumwollenen Schlafanzug und die klamme Polyestermischung ihrer Unterhose. Sie wollte ihm gegen den Schmerz nur ein bisschen Wohlbehagen verschaffen. War sie ihm das nicht schuldig?

Lizzie zündete sich eine Zigarette an, während sie auf Wullie schaukelte und rieb. Sie atmete den Rauch tief in die Lunge ein, dann beugte sie sich vor und blies ihm den Rauch ins Gesicht. Sie konnte sich vorstellen, wie sehr ihm seine Regals fehlten.

»Alles in Ordnung, Mrs Campbell?«, fragte eine Stimme hinter ihr. Hände legten sich sanft, aber bestimmt um ihre Ellbogen. »Is ja gut, Süße«, sagte die Stimme, als sie Lizzie vom Bett zog. »Is schon gut, mein Herzchen.«

Wullie bewegte sich nicht, als die Schwester Lizzie heruntertrug. Wo Lizzie gesessen hatte, war sein Schlafanzug zerknittert, ansonsten hatte sich nichts verändert. Ohne Vorwurf drückte die Schwester Lizzies Zigarette aus und rückte ihr den Rock wieder über die Knie. Lizzie ließ sich von ihr zum Sessel zurückführen und ein Glas kaltes Wasser an die Lippen setzen. Während die Schwester sie mit ihrer sanften, beruhigenden Stimme tröstete, streichelte sie sie wie eine Katze, und Lizzie hätte der Schwester am liebsten all ihre Geheimnisse anvertraut. Lizzie griff nach ihrer Hand und flehte: »Bitte, lieber Gott, nimm ihn nicht weg. *Bitte. Nicht schon wieder.*«

Agnes' Gesicht war dick geschminkt, und Shuggie fand, es sah aus, als hätte sie mehrere Gesichter übermalt, die sie vorher abzunehmen vergessen hatte. Der Junge folgte ihr in diskretem Abstand und bückte sich ab und zu, um die Dinge einzusammeln, die ihr aus den Taschen des verfilzten Nerzmantels fielen.

Als Agnes durch die Automatiktüren des Krankenhauses lief, eilte eine besorgte Schwester auf sie zu, weil sie dachte, dass sie Hilfe brauchte. Shuggie sah, wie die junge Frau versuchte, seine Mutter aufzuhalten und sanft in einen klapprigen Rollstuhl zu setzen. Doch Agnes drängelte sich an der Schwester vorbei und ging in Richtung Krebsstation weiter. Shuggie hörte, wie die Schwester zu einem Pfleger sagte, sie sei sich sicher, dass Agnes im leichten Gewerbe arbeitete.

»Tut sie *nicht*«, entgegnete Shuggie stolz. »Meine Mutter musste noch nie in ihrem Leben arbeiten. Dafür ist sie viel zu schön.«

Der verfilzte Nerzmantel gab ihr ein erhabenes Auftreten, und die schwarzen Riemchenpumps tickten einen verschliffenen Takt auf den langen Marmorflur. Am rechten Absatz fehlte der Gummistöpsel; sie hatte die Stelle mit einem schwarzen Bingomarker kaschiert, aber das Kreischen des spitzen Nagels auf dem Steinboden kündete von harten Zeiten.

Aus weißen Betten starrten ihr eingefallene Gesichter entgegen, als sie kratzend vorbeieilte. Eine dicke, freundlich aussehende Schwester kam hinter ihrem Posten hervor, hielt sich das grüne Klemmbrett wie einen Schild vor die Brust und versperrte ihr den Weg. Sie war so breit wie eine niedrige Mauer. »Hallo? Kann ich Ihnen helfen?«, fragte die Schwester mit einem müden Lächeln. »Ich bin Schwester Meechan.« Sie rückte die offiziell wirkende Marke an ihrem blauen Kittel zurecht.

Auf Agnes machte sie einen netten Eindruck, netter als die Schwestern, mit denen Lizzie früher zusammengearbeitet hatte, große, stämmige Glaswegerinnen, die samstagabends ausgewachsene Kerle ins Bett drücken konnten, um ihnen die kaputten Flaschen aus den Rippen zu ziehen. Die Schwestern damals hatten Gesichter wie Granit, kalt und hart geworden von den endlosen Seifenopern der sinnlosen Gewalt, die sie täglich mitansahen. Schwester Meechan gab sich offensichtlich Mühe. Agnes sah auf die untersetzte Schwester und ihr kleines Namensschild herab. Die Buchstaben tanzten vor ihren Augen. Sie holte tief Luft und versuchte nüchtern zu klingen. »Nein, danke. Ich weiß wo. Ich hinmuss.«

Schwester Meechan behielt das guttrainierte Lächeln bei. »Ach ja? Es ist nach neun. Die Besuchszeit ist längst vorbei.«

Mit schweren Lidern musterte Agnes die aufdringliche Frau. Ihre Nasenspitze war schwarz gesprenkelt wie eine Erdbeere. Agnes ließ den Blick darauf ruhen und schnalzte mitleidig von Frau zu Frau. Dann legte sie ihr anmaßend die Hand mit den Ringen auf den dicken Arm und drückte jeden Finger einzeln in ihr Fleisch, als spielte sie Klavier. »Ich bin da, um meinen Vater zu sehen.«

Agnes' hefiger, saurer Atem wehte der Schwester ins Gesicht. »Und wie heißt Ihr Vater?«, fragte sie, ohne mit der Wimper zu zucken. In Glasgow hatte sie täglich mit den merkwürdigsten Gestalten zu tun.

»Wullie ... William Campbell.«

Die Schwester wollte gerade auf ihrem grünen Klemmbrett nachsehen, da hielt sie inne. »Ah, ich *weiß*.« Ihr antrainiertes Gesicht verrutschte, und darunter kamen echte Gefühle zum Vorschein. Sie drückte sich das Klemmbrett an den Busen und legte die freie Hand sanft auf Agnes' Arm. Agnes starrte ihre Hand an.

»Oh, Herzchen«, sagte die Krankenschwester mitfühlend und brach mit ihrer professionellen Förmlichkeit. »Tut mir schrecklich leid, wies Ihrem Daddy geht. Mr Campbell is einer von unsern Lieblingen, son schöner großer Mann, und er macht überhaupt keine Arbeit.« Schwester Meechan kam einen Schritt näher und fügte verschwörerisch hinzu: »Ich mach mir nur Sorgen um Ihre Mammy. Sie kommt nich gut damit zurecht. Als ich neulich nachem Abendessen nach Ihrem Daddy gesehen hab, war sein Vorhang halb zu. Eigentlich wars dafür viel zu spät. Also hab ich den Vorhang zurückgezogen, und da saß die arme Frau auf ihm drauf und war wie wild zugange.«

Shuggie hätte gesagt, die Schwester wäre nett. Aber Agnes war anderer Meinung. Vielleicht hätte sie nicht gelacht, wenn sie nüchterner gewesen wäre. Vielleicht hätte sie nicht gelacht, wenn die nette Schwester nicht die Hand auf ihren Arm gelegt und dieses mitleidige Gesicht gemacht hätte. Aber Agnes war nicht nüchtern, und sie war nicht in der

Stimmung, bemuttert zu werden. Deswegen lachte sie. Erst war es nur ein schuldbewusstes Kichern, aber dann schüttelte sie sich und warf den Kopf zurück und brach in schallendes, hochmütiges Gelächter aus. Am Ende sagte sie gehässig: »Sie waren doch nur neidisch.«

Schwester Meechan biss die fleischigen Kiefer zusammen. »Mein Gott!« Ihre Erdbeernase zuckte. »Muss ich Sie erinnern, dass hier noch andere Patienten liegen?«

Shuggie sah, wie seine Mutter die Fäuste ballte. »Ach, hören Sie auf.« Agnes' Miene entgleiste und nur ihre Augen lachten noch. Sie beugte sich vor. »Nach fast siebenundvierzig Ehejahren ist die Arme verrückt vor Kummer.« Sie hob den Nerzarm und schob die dicke Schwester beiseite, als würde sie einen Vorhang vom Fenster ziehen. Dann stöckelte sie weiter zur Station. Als sie sich noch einmal umdrehte, kratzte der Nagel schamlos über den Boden. »*Mein* Daddy ist wirklich ein schöner Mann.«

Shuggie hatte aus dem Schatten zugesehen und wartete, bis seine Mutter durch die große Schwingtür verschwunden war. Dann näherte er sich von hinten der Schwester, die fassungslos dastand und den kratzenden Absätzen hinterherstarrte. Die alte Frau mit dem sterbenden Mann tat ihr jetzt wahrscheinlich noch mehr leid, da sie wusste, dass ihre Tochter eine Säuferin war. Als Shuggie der Schwester an den fleischigen Arm tippte, zuckte sie erschrocken zusammen.

»Entschuldigung«, stellte er sich höflich vor. »Bitte verzeihen Sie ihr, wenn sie schroff war. Eigentlich ist sie ein guter Mensch.« Dann sagte er: »Also. Ist das hier der Ort, wo die Menschen hingehen, wenn sie in den Himmel kommen?«

Schwester Meechan griff sich entgeistert ans Herz. Der Junge in dem Anzug stand ganz dicht bei ihr. Er hatte die Hände auf dem Rücken verschränkt wie ein alter Mann und sah aus wie der Krankenhausdirektor persönlich. Am liebsten hätte sie ihn angefasst, um zu sehen, ob er echt war. »Oy, Kleiner. Du kannst dich doch nicht so an die Leute anschleichen.«

»Ich schleiche nicht. Ich passe auf, wo ich hintrete.« Er rückte sich die schmale Krawatte zurecht. »Können Sie mir bitte meine Frage beantworten?«

Die Schwester blinzelte. »In den Himmel? Ich schätze schon. Manchmal.«

Shuggie kaute an der Lippe. »Heißt das, man kommt von hier auch in die Hölle?«

Sie hätte ihm sagen können, dass es auf die Schicht ankam, dass die meisten, die eingeliefert wurden, wenn Derby war, wahrscheinlich direkt in die Hölle fuhren. Sie musterte den Jungen; er konnte nicht älter sein als acht oder neun. »Nein, Kleiner. Das passiert nicht oft«, log sie.

Mit neugierigen Fingern streichelte er die Uhrkette, die aus ihrer Tasche hing. »Fahren sie mit dem Bus in den Himmel?« Ein wohlwollendes Grinsen glitt über ihr Gesicht, und sie streckte die geschrubbte Hand aus, um ihm den Kopf zu tätscheln. Unwillkürlich duckte er sich weg und schnalzte mit der Zunge. »Bitte nicht! Ich hab einen frischen Scheitel.« Mit finsterem Blick kam er wieder näher und spielte weiter an den Kettengliedern herum.

Schwester Meechans Hand hing ungelenk in der Luft; sie war es nicht gewohnt, dass ihre Autorität untergraben wurde. »Du bist ein sehr ordentlicher kleiner Junge.«

»Meine Mutter sagt, es kostet nichts, auf sein Äußeres zu achten.«

Mit einem Blick in den Flur fragte sie: »Die Frau is also deine Mammy?«

Shuggie nickte. »M-hm.« Er schlang sich die Kette um die Finger und sah nach oben in ihr liebenswürdiges Gesicht. »Aber das macht nichts. Sie müssen Sie nicht mögen. Manchmal trinkt sie was von unter der Spüle. Dann mag sie eigentlich keiner. Weder mein Daddy noch meine große Schwester noch mein großer Bruder. Aber das ist nicht schlimm. Leek mag eigentlich niemanden. Mammy sagt, er ist ein Sozialspast.«

Schwester Meechan schloss die Augen, helle graue Augen, die schon alle möglichen Sünden und Seuchen gesehen hatten. »Tut sie das oft?«, fragte sie.

Shuggie ließ die Kette fallen. Er sah mit gerunzelten Brauen zu ihr auf. »Ich schaffe das schon. Ich kann einkaufen und dafür sorgen, dass sie ins Bett geht. Außerdem, Frau Schwester. Sie haben meine Frage nicht beantwortet. Meine Mutter hat gesagt, dass mein Grandaddy bald in den Himmel kommt, und ich wollte fragen, ob er den Bus nehmen muss oder ob wir ihn auch in einem schwarzen Hackney bringen können?«

Die Hand der Schwester glitt von ihrem Herz an ihren Hals. »Oy, Junge. So funktioniert dat nicht. Die fahren nicht mitten Bus. Ich meine, manchmal wernse zwar mitten großen schwarzen Auto weggeholt.« Sie spielte mit einer Hautfalte an ihrem Hals, die sie zwischen den Fingerspitzen drehte wie eine Kette. »Aber wennen Mensch innen Himmel kommt, dann nimmt er seinen Körper nich mit.«

Nachdenklich schob Shuggie die Unterlippe vor. Dann kniff er argwöhnisch das rechte Auge zu. »Sie nehmen ihr Herz nicht mit?«

»Nee.«

»Sie nehmen nicht mal ihre Finger mit?«

»Nee, Junge. Die nehmen weder ihre Beine noch die Arme noch die Nase mit. Die nehmen gar nix mit, weil es nich ihr Körper ist, der zu Gott geht. Ihr Geist geht zu Gott.«

Shuggie wirkte irgendwie erleichtert. Die Schwester sah, wie sich seine Schultern entspannten. Er drehte sich auf dem polierten Schuh um und folgte Agnes' Parfumwolke, die noch im Gang hing. Vor der Schwingtür blieb er noch einmal stehen.

»Wenn der Körper gar nicht in den Himmel kommt, dann ist es auch nicht schlimm, wenn ein anderer Junge im Müllschuppen was Böses damit gemacht hat, *oder*?«

Die Tür zum Krankensaal flog mit einem Knall auf. Das Licht war schwach und einschläfernd; fahle Männer saßen aufrecht in weißen Betten. Wullies Bett stand am Ende des Saals, umringt von orangen Besucherstühlen. In jedem der leeren Stühle stand eine einsame Pfütze reflektiertes Licht. Lizzie saß ganz allein da, und in dem grauen Mantel, dem grauen Rock und der hautfarbenen Strumpfhose verblasste sie neben dem leuchtenden Plastik.

Agnes schlug sich mit einer grotesken Geste die Hände vors Gesicht, als spielte sie Kuckuck. Das Licht des Korridors strahlte sie von hinten an, als stünde sie im King's Theatre auf der Bühne. Sie durchquerte den Saal und ließ die Tasche und den Mantel hinter sich fallen. Entgegen Schwester Meechans Anordnung schwang sie ein Bein über das Bettgeländer. Lizzie starrte auf Agnes' zehenfreien Schuh, und das Herz tat ihr weh beim Anblick des roten Nagels, der sich durch die alte schwarze Strumpfhose bohrte. Agnes kletterte auf das Bett und warf sich auf ihren schlafenden Vater, als wäre sie seine Witwe. Dann begann sie ihn zu herzen und zu heulen wie seine Mätresse. Wullie rührte sich nicht. Lizzie stand auf und zog wortlos den schwarzen Rock ihrer Tochter über den weißen Nylonunterrock.

Die Tür des Saals öffnete sich einen schmalen Spalt, und Shuggie tauchte auf, beladen mit den Sachen, die seine Mutter hatte fallen lassen. »Du würdest noch deinen Kopf verlieren, wenn er nicht festgeschraubt wäre.«

Die sterbenden Männer rührten sich beim Anblick des Kindes wieder. Eine Besucherin in einem wollenen Twinset verschränkte die Arme vor der Brust und richtete missbilligend die Spitze ihres wildledernen Autofahrer-Mokassins gegen ihn aus. Der Junge im Anzug durchquerte den Saal, sammelte schweigend weitere Dinge seiner Mutter ein und zog ihren abgeworfenen Mantel wie ein nasses Handtuch hinter sich her. Seine Großmutter sah ihn lächelnd an. Es war das Lächeln, mit dem sie sonntags fernsah, wenn sie in Gedanken woanders war. Sie sah überhaupt nicht traurig aus, dachte Shuggie, sie sah friedlich aus, gefasst. Er setzte sich auf den leeren Stuhl neben ihr und hielt ihre schmale Hand, während sie zusahen, wie sich Agnes vom Bett hievte. Im schwachen Licht hatte sein Großvater die Farbe von Büchsenmilch. Seine Haut sah dünn aus, wie gelbes Fliegenpapier, und spannte straff über der großen

Campbell-Nase, die Shuggie unwillkürlich an einen Hühnerknochen erinnerte.

Agnes setzte sich auf die andere Seite ihrer Mutter und nahm ihre freie Hand. Lizzie sagte: »Die Besuchszeit ist vorbei.«

Agnes' Kopf wackelte auf ihren Schultern. »Mammy, es ist schwer für mich. Ich hab einfach den Mut nicht aufgebracht.«

»Aye, und jetzt siehste aus, als wärste voll davon.«

»Ich hab nur ausgetrunken, was noch da war. Wenn alles weg ist, besser ich mich. Ich gehe zu den Anonymen Alkoholikern.« Sie log, und sie klang unglaubwürdig.

»Ich konnte diese anonymen Alki-Treffen nie leiden. Die ziehen die übelsten Leute an. Gott hat dir einen Willen gegeben. Den sollst du benutzen, um dich zu retten.«

Eine Weile saßen die drei Generationen schweigend da, die Hände zu einer Kette verbunden. Die billigen Strasssteine an Agnes' Ringen waren so groß und blau wie Lizzies Knöchel. Agnes zog ein langes Stück Klopapier aus dem Ärmel, wischte sich damit die Augen, dann reichte sie es an Lizzie weiter, die dasselbe tat und es an Shuggie weiterreichte, der es ein paarmal zusammenfaltete, bis er ein Stück ohne Wimperntusche und Rotz gefunden hatte. Agnes griff in die schwarze Tasche und nahm zwei Dosen Lager heraus. Sie öffnete sie mit einem schaumigen Zischen und ließ die Dosenringe ordentlich in die Tasche fallen. »Ich glaube, ich verkrafte das nicht. Wollen mich denn alle verlassen?«

Lizzie nahm Shuggie das Klopapier aus der Hand und bedeckte damit pietätvoll die halbnackte Dame auf der Bierdose. »Ich hab dat Gefühl, er wär eben erst aus dem verdammten Krieg zurückgekommen. Es ist zu früh, dass er schon wieder geht.«

Shuggie sah das empörte Gesicht der Frau mit dem Twinset, als sie die offenen Bierdosen sah. Er wollte es seiner Mutter sagen, aber als er sich zu ihr umdrehte, sah er, dass sie ganz woanders war. Sie hatte kein Wort von dem, was Lizzie gesagt hatte, mitgekriegt. Shuggie spielte mit den Knöpfen am Wollmantel seiner Großmutter, drehte alle Plastikblumen richtig herum, damit die grünen Blätter unten und die Blüten oben waren. Er saß da und wartete, während die Frauen redeten und redeten und redeten, ohne einander zuzuhören.

Der alte Mann lag im Bett und atmete flach. Die Luft erzeugte ein pfeifendes Zischen, wenn sie um die Tumoren in seiner Lunge herumgewälzt wurde. Agnes biss vor Wut so fest die Zähne aufeinander, dass die Gebissleisten quietschen wie zwei Porzellanteller, die aneinanderrieben. »Ich hätte nie mit dem Drecksack von Shug mitgehen dürfen.« Sie zündete zwei Zigaretten an und reichte eine ihrer Mutter. »Das sag ich Daddy, wenn er aufwacht, ja?«

Damit holte sie Lizzie in die Wirklichkeit zurück. Lizzie zog an ihrer Zigarette und blies behutsam Rauch in Wullies Gesicht. »Dein Vater wacht nicht mehr auf.«

Agnes tätschelte das Bett. »Mein Daddy schon. In ein paar Tagen ist er wieder putzmunter.«

»*Agnes!* Die Ärzte haben gesagt, dass er nicht mehr heimkommt.«

Agnes trank noch einen Schluck. Shuggie sah zu, wie sich die Schichten alter Wimperntusche auflösten, als ihr schwarze Tränen über das Gesicht rannen. »Warum müssen wir im Leben immer stillhalten und alles über uns ergehen lassen?«

Lizzie zuckte die Schultern. »Och, wat bringt uns das Selbstmitleid jetzt?«

Danach schwiegen sie sehr lange. Es wurde so spät, dass es wieder früh wurde. Irgendwann ging die Frau mit dem Twinset, und kurz danach kam Schwester Meechan, die ihnen Tassen für das Bier brachte und die anstößigen Dosen verschwinden ließ. Sie sagte nichts mehr, und Agnes wusste, dass das Ende nahe sein musste. Schwester Meechan gab Wullie mehr Morphium, reichte Lizzie Eiswürfel für seine Lippen, und dann schloss sie den schweren Vorhang um die vier. Shuggies Beine wurden taub vom harten Stuhl, aber er hütete sich, zu jammern.

In der Stille nüchterte Agnes langsam aus. Sie las den Freemans-Katalog, um das Zittern zu beruhigen. Schon seit Anfang Februar markierte sie bestimmte Seiten mit Eselsohren, um im August fürs nächste Schuljahr vorbereitet zu sein, weil Shuggie in die Höhe schoss wie Unkraut. Sie füllte die Tassen inzwischen langsamer nach und fragte ihre Mutter: »Wie willst du ohne ihn zurechtkommen? Mit Geld und so weiter?«

Lizzie zuckte die Schultern. »Wie kommst du zurecht?«

Agnes sah ihren Vater an. »Das möchte ich hier nicht sagen.«

Der Junge döste an Lizzies Seite, und sie hob den Arm und zog ihn an sich. Bevor sie wieder sprach, vergewisserte sie sich, dass er wirklich schlief. »Ich muss dir wat erzählen, Agnes. Aber ich will, dass du deine Meinung dazu für dich behältst. Ich würds nicht ertragen, wenn du mich verurteilst.«

Agnes setzte sich auf. »Was ist denn? Ist alles in Ordnung?«

Lizzie schüttelte den Kopf. »Ich war hart zu dir. Dat weiß ich.« Lizzie hielt inne, als erwartete sie, dass Agnes protestierte, aber Agnes protestierte nicht. »Ich war nie ein Fan von Big Shug. Aber ich war härter zu dir, als nötig gewesen wäre.«

»Schon gut. Du hattest ja recht.«

»Nee, aber ich hab auch schon in deinen Schuhen gesteckt. Ich glaub, ich hab gehofft, datt du mal bessere Schuhe kriegst.«

Lizzie sah noch einmal nach, ob der Junge schlief, bevor sie mit ihrer Geschichte begann. Shuggie hatte die Augen fest geschlossen, aber er schlief nicht. Er hörte bei allem, was sie als nächstes sagte, genau zu.

Lizzie holte tief Luft und wartete lange, bevor sie weitersprach. »Wat es auch kostet, Agnes, halt durch, selbst wenns nicht für dich ist, selbst wenns nur für die Kinder ist. Halt durch. Das machen Mütter so.«

Sie hatte die Treppe des Mietshauses gewischt und den Tanz von Zeit zu Zeit unterbrochen, um den grauen Mopp mit bloßen Händen auszuwringen. Der scharfe Geruch nach Bleiche und Kiefernharz stach ihr in den Augen, als sie das schmutzige Wasser von Stufe zu Stufe schob und die letzte Welle vor die Haustür jagte. Dann schleppte Lizzie den schweren Blecheimer auf die Straße und kippte das brackige Wasser den Hügel hinunter. Halbnackte Kinder sprangen und tanzten durch den neuen Bach und quietschten vor Vergnügen.

Den Rest des Vormittags verbrachte Lizzie damit, in Agnes' Blechbadewanne Bettwäsche zu waschen. Sie hätte es nie zugegeben, aber ihr fehlte das Waschhaus. Früher hatte sie das Ritual genossen; es war ein Ort ohne Männer, ohne Kinder, ein Ort, wo die Frauen Dinge miteinander teilten, über die sie in der Kirche nicht reden konnten. Sie zahlte das Geld, bekam ihre Spüle und ließ die Vorhänge und Arbeitskleider im tiefen kochenden Wasser einweichen. Während sich der Schmutz aus dem Gewebe löste, standen die Frauen im Halbkreis und tratschten, bis es schäumte. Nichts, was in Germiston passierte, blieb dem Waschhaus verborgen.

Jetzt tratschten sie über Lizzie, sie wusste es. Wenn Lizzie die Mangel benutzte, warteten sie, bis sie fertig war, dann verabschiedeten sie sich freundlich, und kaum war Lizzie weg, rupften sie ihren guten Namen wie ein altes Huhn.

Als Lizzie den Schmutz aus den Kleidern wrang, schwappten große Flutwellen über den Wannenrand. Sie fluchte, aber wenigstens musste sie sein Zeug nicht mehr waschen. Wenigstens musste sie nicht mehr für Wullie Campbell waschen. Sie konnte sich ohnehin nicht vorstellen, wie seine Latzhosen vom Kornspeicher in die kleine Wanne passen sollten. Es wäre nicht genug Platz für das Wasser übrig.

Mit rotem Gesicht knetete Lizzie die Wäsche durch, als sie Agnes bemerkte, die auf dem Küchenboden herumwirbelte und mit den Rüschensöckchen die Pfützen aufsaugte. Lizzie hob sie vom nassen Boden auf. Sie setzte das Kind auf einen Küchenstuhl und band ihm die Samtschleife neu. »Hast du etwa schon wieder Hunger?«

Lizzie runzelte die Stirn, als sie mit den Fingern durch die Schrankfächer fuhr. Es war nichts zu essen da: ein paar pockennarbige Kartoffeln, ein Stück grobes Schmalz und eine Tüte Mehl, die so leer war, dass sie beim nächsten Windstoß wegflog. Sie griff hinter den leeren Brotkasten, nahm eine alte Seifenflockenschachtel aus dem Fach und drehte sie sachte um. Drei versteckte Eier rollten heraus. Sie waren braun und groß und hatten keinen einzigen Fleck. Lizzie schlug einen Löffel Schmalz in die Eisenpfanne, und die Eier rutschten und blubberten verführerisch im brutzelnden Fett. Sie drehte sich zu Agnes um und legte verschwörerisch den Finger auf die Lippen. Das pausbäckige Kind sah zu ihr hoch und legte den kleinen Finger auf die zarte Knospe seines Munds, Mammys Geste imitierend.

Lizzie setzte sich Agnes auf den Schoß, und sie aßen die versteckten Eier zusammen von einem Teller. Der Dotter war so tief und gelb, dass er auf den Zähnen einen Film hinterließ, und sie sah, wie er zwischen den Lippen des Kindes klebte. Glücklich und satt vertrödelte sie eine Weile mit Agnes auf dem Schoß, lauschte den Kindern auf der Straße, die Indianer spielten, und der Sirene der Gaswerke, die die Männer zurück zur Arbeit rief. Lizzie fragte sich, ob ein Mann, der jetzt noch zu den Gasometern ging, auch nur einen Funken von Anstand besaß. Sie erinnerte sich, wie es Wullie gegangen war vor dem Tag, als er ihr gesagt hatte, dass er es nicht mehr ertrug.

Der Tag war mild. Durchs offene Fenster hörte Lizzie das konzentrierte Spiel der Kinder, die gedämpften Piepsstimmen und das Gebrüll und Gekreische, als die kleinen Indianer die einfältigen Cowboys überfielen. Plötzlich veränderte sich die Stimmung. Die Kinder waren abgelenkt, sie riefen und jubelten, und eine Nachricht gelangte schneller von Tür zu Tür, als ein Bote hätte laufen können. Viele Stimmen trugen die Worte weiter von Mund zu Mund wie ein improvisiertes Telegramm. Lizzie stellte sich verstohlen hinter die Gardinen, um nachzusehen, was los war; alle anderen Frauen hingen hemmungslos aus offenen Fenstern. Kinder riefen es ihren Müttern zu, und die Frauen drehten sich um und gaben es in die dunklen Zimmer hinter sich weiter.

Auf einmal klopfte es. Lizzie sah Agnes an. Das Kind hatte einen breiten Dotterring um den Mund. Sie wischte ihn ab, ließ alle Spuren verschwinden. Die Tür war nicht abgeschlossen, sie war nie abgeschlossen. Sie lebten in einem guten Haus, voller Papisten. Wer immer draußen stand, musste ein Fremder sein. Lizzie sah in den Spiegel im Flur und versuchte, ein wenig Leben in ihr Haar zu kneten. Im Kopf ging sie die Liste ihrer Schulden durch, überlegte, ob sie noch kreditwürdig war; sie warf einen Blick in die leeren Fächer in der Spülküche, und mit einem einigermaßen sicheren Gefühl öffnete sie die Wohnungstür.

Das grünblaue Licht, das durch das Fenster auf dem Treppenabsatz fiel, ließ sich auf dem Mann nieder wie feiner Staub. Er sagte nichts. Mit einem halben Lächeln auf den Lippen ließ er die Tasche von der Schulter gleiten, einen hohen, schweren Baumwollsack, so voll, dass er von alleine stand und ihr fast bis an die Nasenwurzel reichte. Sie wusste nicht, warum sie es sagte. Vielleicht weil ihr nichts anderes einfiel.

»Dass dat man bloß nich alles Wäsche is.«

Er lachte nur, und dafür war sie ihm später dankbar gewesen; über sie zu lachen, statt sich von ihrer Überraschung den Tag verderben zu lassen. »Darf ich reinkommen?« Er nahm das Schiffchen vom Kopf.

Sie hatte das seltsame Gefühl, als könnte sie ihn nicht einordnen, diesen Fremden. Sein Gesicht war wie irgendein Gesicht, das sie auf der Royston Road sah, und sie erwiderte das halbe Nicken mehr aus Höflichkeit als aus einer tieferen Vertrautheit. Trotzdem trat Lizzie in den Flur zurück, und der Fremde trat über die Schwelle. Er zog den schweren Sack hinter sich her und schloss die Tür. Er faltete und entfaltete die Mütze in der Hand, bis er das Augenpaar entdeckte, das ihn aus der Küche anstarrte.

»Issie dat?«, fragte er.

Lizzie konnte nur nicken. Als er sie das letzte Mal gesehen hatte, war sie rosa wie Eisbein gewesen und in eine bestickte Decke gewickelt, die Granny Campbell selbst gemacht hatte. Natürlich hatte sie ihm Fotos von der Taufe und Osterkarten geschickt, aber es war nicht dasselbe. Es war, als sähe er sie hier und jetzt zum ersten Mal mit eigenen Augen. Er kriegte kaum genug von ihrem dicken ebenholzschwarzen Haar, den glasgrünen Augen und dem Besten von allem, den dicken Beinchen. Wullie kniete sich hin, und er weinte, kleine Bäche der Erleichterung, dass sein Kind glücklich aussah und gesund. Dann öffnete er den großen Sack und zog vorsichtig eine wunderschöne, in handbemalten Stoff gewickelte Puppe heraus und andere bunte Wunderdinge, Perlenschnüre aus Afrika und kleine Papierkreuze aus Italien. Bonbons in gestreiften Papierchen und noch mehr Puppen, in verschiedensten Farben und Mustern; Hautfarben und Augenformen, die Lizzie noch nie gesehen hatte. Agnes hob alles auf, was Wullie vor sie hinlegte, bis ihr die Spielsachen aus den Ärmchen quollen. Als sie sich an sein Knie lehnte und die Reichtümer betastete, begrub er die Nase in ihrem Haar und atmete ihre süße, seifige Frische ein.

Während Wullie dort kniete, hatte Lizzie ihn vorsichtig berührt, beinahe ohne ihn zu berühren. Sein Nacken war tiefbraun, wie sie es noch nie gesehen hatte, die Farbe von dunklem Karamell, von goldenem Zuckerrübensirup. Wenn sie in seinen Hemdkragen spähte, sah sie weiter unten die Linie, wo die dunkle Bräune in einen gesunden goldenen Ton überging. Zärtlich hatte sie eine Locke betrachtet, die sich hinter sein Ohr schmiegte; sie war frei von Pomade, ein goldenes Hornbraun, das in der Sonne glänzte, von der Wurzel bis zur Spitze so schillernd, dass sie sein Haar nicht erkannte, ihn nicht erkannte. Sie fragte sich, wo das stumpfe Ebenholz geblieben war, das ihr vertraut war und das sie liebte. Sie ließ sich das feine Haar durch die Finger gleiten, und dann zog sie daran, fest.

Wullie sah zu ihr auf. Er kniff ein Auge zu und lächelte sein schiefes Grinsen. Er war echt. Er war zu Hause.

In den Zeitungen hatte nichts gestanden; sie sah jeden Tag nach, manchmal doppelt, manchmal zehnfach. Wenn sie vom Krankenhaus kam, ging sie manchmal hinten im Garten auf das Gemeinschaftsklo, setzte sich auf die warme Schüssel und las die Zeitung, die der alte Mr Devlin hin und wieder dort liegenließ. In der Zeitung hatte gestanden, dass die Jungs in Nordafrika einen großen Sieg errungen hatten, aber auch, dass viele Söhne aus Glasgow, Inverness und Edinburgh ihr Leben geopfert hatten und nicht nach Hause zurückkehren würden. Listen über Listen mit Namen. Selbst die paar kleinen Straßen von Germiston hatten so viele verloren. Woche für Woche schienen Familien mit schweren Köpfen aus den Häusern zu kommen, nachdem sie unten in der Kirche Gebete für ihre verlorenen Söhne gesprochen hatten. Es waren so viele, dass Lizzie nicht mehr mitzählte. Mr Goldie, der junge Davie Allan, die Brüder Cottrell, die erst einundzwanzig und dreiundzwanzig waren und zusammen sieben vaterlose Kinder zurückließen.

Andererseits waren all die armen Soldaten für tot erklärt worden, und Wullie nicht. Lizzie hatte ihrer Mammy Isobel erzählt, dass sie daraus Mut schöpfte, aber Isobel hatte selbst ein schweres Leben gehabt. Sie nahm ihre jüngste Tochter in den Arm und riet ihr, die Hoffnung wegzupacken und ihre Aufmerksamkeit den praktischen Dingen zu widmen, ihrem kleinen Kind, ihrer Arbeit, der Aufgabe, sie beide zu ernähren. »Hoffen und Harren«, sagte Isobel, »macht manchen zum Narren.«

Doch jetzt spielte all das keine Rolle mehr. Wullie Campbell war wieder da, und Lizzie lief durchs Zimmer, bevor sie begriff, warum sie herumlief. Sie hörte die glücklichen Stimmen von draußen; sie hörte, wie sie seinen Namen sangen, und sie wusste, dass die anderen bald kämen, um ihn abzuholen. Sie hob Agnes hoch und brachte sie in den Trockenschrank. Sie griff in einen Stapel Handtücher und nahm ein verstecktes Nähkästchen heraus; lautlos öffnete sie es, und die Luft füllte sich mit dem süßen, buttrigen Duft von Madeira-Kuchen. In dem Fach lag auch noch ein fettes Eisbein, und Lizzie riss ein Stück vom Knochen. Sie stellte Agnes die ganze Dose mit dem Kuchen auf den Schoß und drückte ihr in jede Hand einen Brocken fettiges Fleisch. »Mammy will, dass du eine Weile hier drinbleibst.« Dann schloss sie sachte die Tür.

Bald kamen die anderen, um ihn zu holen.

Lizzie stieg hastig aus der Unterhose, sie küsste ihn nicht, sie hatte ihn noch nicht einmal umarmt. Nichts davon hätte gereicht, um die Abwesenheit zu füllen, die sie gespürt hatte. Dann beugte sie sich über die Sessellehne und hielt sich an den Armstützen fest. Sie spürte, wie er hinter ihr auftauchte, zuerst war seine Präsenz nur schwach, als würde er ihr auf der Straße hinterherlaufen, aber dann berührte er sie, küsste ihren Nacken, und sie spürte, wie er rau in sie hineinstieß. Sie sah seine braunen Hände an, als sich seine fremden Finger um ihre bleichen Unterarme schlossen. Erst drang er langsam in sie ein, dann wurde er schneller, und bald klappte er über ihr zusammen, hüllte sie ein wie eine Decke, als wären sie eins.

Bald kamen die anderen, um ihn zu holen.

Er roch anders als in ihrer Erinnerung. Sein Haar duftete nach überreifen Orangen, und sein Atem war süß, roch stärker nach Melasse, als sie es mochte. Lizzie drehte den Kopf, um ihn anzusehen, und seine Augen waren offen und blickten sie konzentriert an, und sie wusste, dass er es war. Das Grün und das Kupfer, wie goldenes Sonnenlicht, das durch dichtes grünes Birkenlaub schien, waren genauso wie früher.

Einmal, lange vor Agnes, hatte Wullie sie mit drei verschiedenen Bussen bis zum Kelvingrove-Museum gebracht. Sie hatte noch nie ein so elegantes Gebäude betreten, und sie war schüchtern, als sie ihm durch die großen Säle folgte. Sie hatte sich geschämt, weil ihre Schuhe so laut waren und quietschten und der Saum ihres guten Kleids zu weit aus dem Mantel hing. Wullie war es egal gewesen. Mit seinen dicken Armen hatte er die Menge für sie geteilt. Er benahm sich, als hätte er dasselbe Recht, hier zu sein, wie jeder Doktor von der Byres Road. Erst später hatte er ihr gestanden, dass er das prächtige Gebäude nur kannte, weil er das Dach ausgebessert hatte.

Es war ein besonderer Nachmittag gewesen. Oberhalb der Sandsteintreppe hing ein Gemälde; ein wunderschönes Ölbild von einem Birkenhain, durch den sich träge ein Bach schlängelte und am Ufer blühten goldene und rostrote Herbstblumen. Als Wullie sie dort angelächelt hatte, hatte sie ihr biederes Kleid vergessen. Seine Augen waren in den gleichen Farben gesprenkelt wie das Gemälde, in dem gleichen blassen Grün von frischem Heu und dem tiefen Braun von Rotwild. Als sie jetzt in diesen Augen nach dem Mann, den sie liebte, suchte, wusste sie, dass das Grün des Gemäldes noch dasselbe war, nur der Rahmen hatte sich verändert.

Aus der Ecke kam ein schwaches Geräusch. Sie hatte es völlig vergessen. Wie konnte sie vergessen, was sie nachts so viel Sorge und so viel Schlaf kostete?

Wullie richtete sich auf und starrte in die Ecke, als hätte er etwas entdeckt, das aus der Ferne auf ihn zukam, etwas, das ihm nicht gefiel. Lizzie spürte, wie er aus ihr hinausglitt. Er zog sich die Uniform wieder hoch und bewegte sich auf die Ecke zu. Er ging auf Zehenspitzen, die Arme ausgebreitet, als könnte das Ding, das sich dort versteckte, Angst bekommen und versuchen zu fliehen. Das Neugeborene krähte wieder. Es wimmerte, als Wullie den Vorhang von der Wiege zog.

Nie würde sie den Ausdruck in seinem Gesicht vergessen. Er starrte sie über seine breite Schulter hinweg an, als die Wohnungstür schließlich aufflog. Keiner machte sich die Mühe zu klopfen, und sie hörten die Schritte und den Jubel der Gewerkschaftskumpel und ihrer Frauen, die mit Sandwichtellern und Mackinlay-Flaschen hereinplatzten. Lizzie hatte gerade noch Zeit, die Sessellehne loszulassen und sich aufzurichten, bevor die ersten Dosen Sweetheart-Stout geöffnet wurden. Während er seine Freunde umarmte, löste er die grünen und bernsteinfarbenen Augen keine Sekunde von ihrem Gesicht. Durch die feiernde Menge konnte sie ihm nur lautlos zuflüstern: *Es tut mir leid.*

Später hatten sie den schweren Vorhang der Nische zugezogen und sich ins Bett gelegt, bevor die letzten Gratulanten gingen. Er sagte, er sei müde, aber Lizzie spürte die Hitze des Alkohols von ihm abstrahlen, als er wach neben ihr lag. Sie fragte sich, ob ihre Scham genauso glühte. Sie redeten nicht. Sie lagen da, ohne einander zu berühren, und sie hatte das Gefühl, er wäre weiter weg als in all der Zeit in Ägypten.

Als Lizzie am nächsten Morgen aufwachte, hatte er schon seinen guten wollenen Anzug an. Die Hose wirkte inzwischen zu groß, ein bisschen altmodisch, und sie sah, dass auch das Jackett lockerer saß als früher. Er hatte die versteckten Dosen Frühstücksfleisch, das Eisbein und das letzte Stück Madeira-Kuchen gefunden, die der Lebensmittelhändler ihr geschenkt hatte. Er versuchte seine Tochter mit Löffeln gebratenem Frühstücksfleisch zu füttern, und jedes Mal, wenn sie die Lippen zukniff, lachte er und verwöhnte sie mit einem Bissen Kuchen.

Es störte sie, ihn mit dem schmutzigen Essen zu sehen. Sie sah Mr Kilfeather vor sich, den krummbeinigen Kaufmann, aber sie wusste nicht mehr, wie alles angefangen hatte, es war alles so schleichend passiert. Waren es nur die Eier gewesen? Ein bisschen mehr, als das Heft mit den Bezugsscheinen hergab? War es der übriggebliebene Kanten eines Brots gewesen? Wie konnte sie Wullie je irgendetwas davon erzählen?

Das Baby, dieser andere kleine Kilfeather, gurrte leise in seiner Ecke. Wullie hatte ihm den Rücken zugewandt, als hörte er ihn gar nicht. Als sie hinter dem Vorhang hervorkam, stand Wullie auf, ohne sie anzusehen. Er knöpfte sich die Jacke zu und küsste Agnes zum Abschied, dann nahm er das Bündel frischer Wäsche aus dem alten Kinderwagen. Lizzie sah, wie er den kleinen Jungen aus der Krippe hob; das Baby streckte ihm die rosa Arme entgegen, als wüsste es Bescheid und vertraute dem tiefen Brunnen der Güte, dem Wullie Campbell entsprungen war. Lizzie sah, wie Wullie das Baby in den stolzen Kinderwagen legte und es mit der gestrickten Decke sanft bis zum Kinn zudeckte. Er wandte sich zur Tür.

Instinktiv trat sie einen Schritt vor. Sie legte die Hand auf den Griff des Kinderwagens. »Wo gehst du hin?«

»Raus.«

»Kommst du wieder?«

»Natürlich.« Er klang überrascht.

Sie hatte das Gefühl, wenn sie jetzt weinte, würde sie nie wieder aufhören. Lizzie ließ den Kinderwagen los. »Es tut mir so leid«, flüsterte sie. »Ich habe Fleisch bekommen. Wir haben gut gegessen. Ich wusste es nicht. Ich. Ich wusste einfach nicht, ob du zurückkommst.«

»Ich weiß« war alles, was er sagte.

Sie wollte alles erklären. »Als ichs gemerkt hab, hab ich so viel Askit-

Puder genommen, wie ich kriegen konnte. Ganze Hände voll. Aber es war. Es war einfach zu spät.«

»Ich muss es nicht wissen, Lizzie.« Er nahm ihr Gesicht in die Hände, und dann küsste er sie. Es war der erste Kuss, den sie bekam, seit er sie am Tag seiner Abreise am Saint Enoch's Bahnhof geküsst hatte. Von Mr Kilfeather hatte sie sich nie küssen lassen, und sie fand, das sollte er wissen.

Er sagte: »Es tut mir leid, dass ich so lange weg war.« Dann nahm Wullie den Kinderwagen und das fremde Baby und ging hinaus in den milden Frühlingsmorgen.

Es war der längste Tag ihres Lebens.

Wullie war zurück, bevor die Straßenlaternen angingen. Lizzie hatte den ganzen Tag am Fenster gestanden, und sie hörte ihn pfeifen, den ganzen Weg die Saracen Street herauf. Mrs Devlin erzählte ihr später, dass er sie erschreckt habe, weil sie ihn erst für einen dieser Inder gehalten habe, so dunkel und golden, wie er jetzt war. Dann, sagte sie, sei er die Treppe hinaufgetanzt, hätte sich ums Geländer geschwungen und gesungen wie Fred Astaire.

Als er zur Tür hereinkam, war da kein Kinderwagen, keine Decke, kein kleiner fremder Junge. Wullie nahm seine Mädchen in die Arme, und Lizzie roch die kalte frische Luft an ihm, als käme er von weit draußen auf den offenen Feldern.

Wullie aß mit großem Appetit, zwei große Schüsseln mit Sahne angedickte Erbsensuppe, salzig von zerkochtem Hammel. Lizzie konnte ihm nicht erzählen, wo sie das alles herhatte, wie sie dafür bezahlt hatte, und sie war froh, dass er nicht fragte.

Als sie sich in dieser Nacht hinter dem Vorhang an ihn schmiegte, streichelte sie das dichte Haar auf seinem Arm. Dann sah sie ihn an und fragte ihn, wo das Baby war.

Wullie zog sie enger an sich, blickte sie mit seinen grün gesprenkelten Augen an und sagte nur: »*Welches Baby?*«

SECHZEHN

Agnes dachte an das, was ihre Mutter erzählt hatte, sie dachte ständig daran in den Tagen, die dem Tod ihres Vaters vorausgingen. Am Ende raffte ihn der Lungenkrebs dahin. Er rasselte bis zum letzten Atemzug.

Sie begruben Wullie Campbell an einem feuchten Märztag an einem sanften Hang hinten auf dem Lambhill-Friedhof. An nüchternen Tagen weinte Agnes um ihren Vater. Dann weinte sie um sich selbst, neidisch, weil Shug sie nie auf die Art geliebt hatte, wie Wullie Lizzie geliebt hatte.

Wenn sie trank, rief sie ihre Mutter an und beschimpfte die alte Frau, weil sie ihr die Erinnerung an ihren Vater verdorben hatte. Was für ein Mann nimmt ein Baby und lässt es einfach verschwinden? Dann, kaum einen Monat nach seinem Tod, starb auch ihre Mutter, und Agnes hatte niemanden mehr, den sie anschreien konnte.

Elizabeth Catherine Campbell starb in ihren Hausschuhen.

Agnes versuchte noch, ein Glasgower Taxiunternehmen zu überreden, den ganzen Weg nach Pithead rauszukommen, um sie abzuholen und ins Krankenhaus zu fahren, doch da war Lizzie schon seit eineinhalb Stunden bei den Engeln. In ihrer Not lief Agnes los und marschierte dem Taxi in der Mitte der einsamen Pit Road entgegen. Als sie endlich die Scheinwerfer sah, ging sie in die Knie.

Im Krankenhaus erzählte die Polizei Agnes, dass der Busfahrer völlig am Ende war. »Er ist ein guter Mann«, sagten sie. »Er hat sich viele Jahre selbstlos für das Unternehmen verdient gemacht.« Er hatte einfach nicht damit rechnen können, dass die alte Dame rückwärts vom Bordstein treten würde. Er hatte sie nicht überfahren wollen, aber sie hatte einen

Schritt nach hinten gemacht, und sie musste entschlossen gewesen sein, sich das Leben zu nehmen. Das sagten sie Agnes.

Agnes wusste, dass die Konstabler sie unter dem Schirm ihrer Polizeimützen musterten und dachten, ein Wrack wie sie würde jede Mutter in den Selbstmord treiben. Die freundlichen Worte der Polizisten passten nicht zu ihrem kalten Blick. »So was passiert immer wieder«, sagten sie, als hätte Lizzie dieses feige Ende bewusst gewählt. Aber so etwas hätte ihre Mammy nie getan. Sie war eine gute Katholikin. Agnes kannte sie besser.

Später in der Woche, als der Bestatter den Leichnam ihrer Mutter endlich freigab, bahrte Agnes sie im Schlafzimmer in Sighthill auf. Leek half ihr, das Ehebett anzuheben und aufrecht an die Wand zu lehnen, um Platz für das Gestell mit dem kleinen Sarg zu schaffen. Als die Matratze ihrer Eltern an der Wand stand, wurde Agnes bewusst, dass sie nie wieder gebraucht würde. Sie nahm ein großes Laken aus dem Wäscheschrank und hängte es über die klobige Matratze, als wäre sie der Geist guter Erinnerungen, die nun tot waren. Agnes hatte kaum einen Monat um ihren Vater getrauert, und nun stand sie wieder hier, zu Füßen ihrer toten Mutter. Jede Faser ihres Körpers schrie nach Alkohol.

Agnes saß allein an Lizzies offenem Sarg. Sie bedeckte ihr Haar mit dem dunkelsten Kopftuch, das sie besaß, und zog zum zweiten Mal in diesem Monat das schwarze Strickkleid an. Die Wohnung in Sighthill barg keine guten Erinnerungen mehr für sie. Erst ihr Daddy, und jetzt ihre Mammy. Diesmal legte sie keine Pappe auf den Teppich. Sollten die Trauergäste ihn ruhig ruinieren.

Lizzie wirkte winzig in ihrem Sarg. Der Bestatter hatte die Scharte an ihrer Stirn dick mit Make-up ausgespachtelt und die zermalmten Hände unter dem Saum der Sarggarnitur versteckt. Agnes drapierte die Bibel und die Kette mit dem Medaillon des heiligen Judas auf dem Satin. Sie war fertig damit.

Agnes hatte gewollt, dass Lizzie ihr olivgrünes Sonntagskostüm trug und ihr grauer Haaransatz gefärbt wurde. Der Bestatter hatte gewollt, dass Agnes einen Hut mitbrachte, um Lizzies lädierten Schädel zu bedecken, und Agnes hatte ihm ein Foto gegeben, das zeigte, wie ihr Haar zu kleinen Locken gedreht und an den Seiten um ihr Gesicht gelegt werden sollte. Der Mann tat sein Bestes, ihr einen friedlichen Ausdruck zurückzugeben, aber das Gesicht wirkte wie von einer dicken Wachsschicht überzogen und sah der wahren Lizzie überhaupt nicht ähnlich. Es fehlte die fröhliche Röte ihrer Wangen, der rosige Schimmer ihrer Nasenspitze. Agnes küsste sie. Sie weinte um ihre Vergebung.

Als sie keine Tränen mehr hatte, richtete sie sich auf und lauschte dem Brummen des Fernsehers in der Nachbarwohnung. Sie zog sich das letzte Paar Ohrringe von den Ohren, die noch nicht beim Pfandleiher waren, und steckte sie ihrer Mutter vorsichtig in die Ohrlöcher. »Ich weiß, dass sie nicht zusammenpassen.« Sie schob ihr eine der kleinen Locken über das linke Ohr. »Dann hat Daddy wenigstens was zu lachen, wenn er dich sieht.«

Sie rückte Lizzies gute Brosche zurecht, die schöne Blechprägung der heiligen Jungfrau mit dem Kind, die Nan Flannigan ihr aus Lourdes mitgebracht hatte. »Arme Nan. Sie hätte besser auf dich aufpassen sollen.« Agnes seufzte. »Warum musstest du nur so was Dummes tun?«

Sie spuckte auf ein Stück Klopapier und rieb an den Wangenknochen ihrer Mutter herum. Die dicke Farbe bewegte sich nicht. »Diesmal wollte ich die Sandwiches mit Räucherlachs belegen statt mit Käse. Bist du einverstanden? Bei Daddys Sandwiches wurden die Ränder hart, nachdem sie den ganzen Tag dastanden. Ich hab die Blicke des undankbaren Packs gesehen. Wie Anna O'Hanna, dieser Besen, die Nase gerümpft hat. Ich hab sogar gehört, wie Dolly zu ihrem John gesagt hat: ›Die ganze Familie aus Donegal rückt an, und es gibt nich mahn Stück Fleisch aufs Brot.‹«

Agnes drehte ihren leuchtenden Lippenstift heraus und malte ihrer Mutter die Lippen nach. Dann rieb sie mit dem Daumen darüber und verteilte ein wenig als Rouge auf den eingefallenen Wangen. Sie wollte den smaragdgrünen Hut zurechtrücken, aber sie wagte es nicht, Lizzies

Hinterkopf zu berühren, also strich sie nur dort, wo sie hinkam, sanft mit dem spitzen Kammgriff über ihre kastanienbraunen Locken. »So, ein bisschen Leben in den Wangen, und du siehst schon viel besser aus.« Die Worte blieben ihr im Hals stecken.

Agnes saß die ganze Nacht bei ihrer Mutter. An einem feuchten Aprilmorgen senkten sie Lizzies Sarg in die offene Grube über Wullie. Der Boden war nass. Das Grab musste ausgepumpt werden, bevor man sie auf ihren Ehemann hinunterließ.

Nach dem Begräbnis wickelte Agnes die Sandwiches in Küchenpapier und schickte Shuggie dreimal durchs Zimmer, bis die schwarzen Handtaschen randvoll waren und nach dick mit Butter gestrichenen Räucherlachsstullen dufteten. Selbst als die Leute nichts mehr wollten, schickte Agnes den Jungen noch einmal herum, und noch einmal, mit schönen, dick belegten Fischbroten.

Es war dunkel, als sie nach der Trauerfeier nach Hause kamen. Die Frauen der Bergmänner lehnten an ihren schiefen Gartentörchen und genossen die Pause des strömenden Regens. Agnes war nüchtern geblieben, aus Angst vor ihrer Mutter, aber als sie jetzt neben Leek stand, ließ sie die bernsteinfarbene Süße des Starkbiers in ihr Herz laufen.

Agnes stand über ihm, als er sein Skizzenbuch aufschlug. Verstohlen zog er einen Zettel mit einer scheinbar endlosen Ziffernfolge aus einem Umschlag. Schuldbewusst verbarg er den Tastenblock vor seiner Mutter, als er langsam die lange afrikanische Nummer wählte. Da war sie, die Nummer, die Catherine ihr niemals geben würde. Es war ein schrecklich einsames Gefühl.

Agnes versuchte, so viele Informationen wie möglich aufzuschnappen, aber Leek war einsilbig. Sie spitzte die Ohren, um im Hintergrund Catherines Stimme zu hören. Im muffigen Flur in Pithead schien es Agnes, als wäre am anderen Ende die Luft voller Kanarienvögel. Sie versuchte sich vorzustellen, dass Catherine von einem Teppich tropischer Blumen umgeben war, mit hübschen Namen, die sie nie lernen würde, aus Büchern, die sie nie lesen würde. Sie hoffte aus tiefstem Herzen, dass ihre Tochter glücklich war. Sie hoffte, Catherine würde nach ihr verlangen, und Leek würde ihr das Telefon reichen und sie könnte ihr selbst sagen, wie sehr sie sich wünschte, dass Catherine nach Hause kam.

»Catherine, ich bin's. Hier ist Leek«, sagte er. »Tut mir leid. Ich rufe von Mammys Telefon an. Ja. Sie ist auch hier, steht direkt neben mir.« Argwöhnisch sah er Agnes von oben bis unten an. Eine Pause entstand. Agnes hörte Catherines aufgebrachte Stimme. »Keine Angst, das würde ich nie machen. Ich habs dir doch versprochen.«

»Ist es schön in Südafrika?« Eine Pause entstand. »Oh, dem geht's gut. Wär einmal bei der Grube fast gestorben, aber es geht ihm gut. Ist immer noch ein bisschen schräg. Du weißt schon. *Schräg* schräg.« Er spreizte das Handgelenk ab und lispelte ins Telefon: »Vom anderen Ufer und so.«

Aus dem Hörer war ein Lachen zu hören. Agnes machte eine ungeduldige Geste. »Ach ja, Catherine, ist Donald zu Hause? Nein, ich *kontrolliere* dich nicht. Ich wollte nur, also, ich habe schlechte Neuigkeiten. Es ist so, also, Granny ist gestorben.« Wieder entstand eine lange Pause.

Agnes flüsterte tonlos: *Weint sie?*

Leek wedelte sie weg. »Letzte Woche. Wurde von einem Doppeldecker überfahren. Es ging ganz schnell. Sie war nicht ganz bei sich. Na ja. So mittel. Nein. Pass auf, ich weiß nicht, wie ich es sagen soll, aber Granda ist auch tot. Kein Witz. Ich schwörs. Wir wollten es dir ersparen. Vor drei Wochen oder so.« Er begann mit zusammengebissenen Zähnen zu sprechen. »Ehrlich gesagt war es meine Entscheidung, es dir nicht zu sagen. Das ist das Problem, wenn man allein mit der ganzen Scheiße zurückbleibt: Man muss die ganzen beschissenen Entscheidungen selber treffen.« Eine lange Pause entstand. Agnes dachte, sie hörte, wie Catherine weinte oder um Verzeihung bat oder beides. »Also, kommst du dann heim? Oh. Oh. Okay. Oh. Gut. Also, herzlichen Glückwunsch, schätze ich.«

Agnes sagte tonlos: *Fragt sie nach mir?*, und versuchte, nicht zu verzweifelt auszusehen.

Leek seufzte. »Hör mal, Caff, willst du mit Mammy sprechen? Nüchtern. *Mehr oder weniger.* Traurig. Glaube ich. Okay. Mach ich. Okay. Nein. Ich verstehe. Wie du willst. Danke.« Dann legte er den Hörer auf.

Agnes' Hände schwebten noch in der Luft; sie hatte gar nicht gemerkt, dass sie am Hörer gerissen hatte, bis die Leitung tot war. Leek zuckte nur die Schultern und sprach mehr zum Teppich. »Sie war zu aufgelöst, um zu sprechen.« Er rieb sich den schmerzenden Kiefer. »Sie hatten südafrikanische Boerewors zum Abendessen. Auf einem Spieß mit Obststücken. Wie ekelhaft ist das?«

SIEBZEHN

Ihr Oberkörper hing von der Bettkante, und an dem schrägen Winkel sah Shuggie, dass sie sich im Rausch die ganze Nacht wie ein Propeller gedreht hatte. Er legte ihren Kopf auf die Seite, damit sie nicht an ihrem Erbrochenen erstickte. Dann stellte er den Putzeimer ans Bett, öffnete behutsam den Reißverschluss ihres cremefarbenen Kleids und löste den Verschluss ihres BHs. Er hätte ihr auch die Schuhe ausgezogen, aber sie hatte keine an, und ihre Beine leuchteten weiß und nackt ohne die schwarzen Strumpfhosen. An den bleichen Schenkeln waren frische blaue Flecke.

Shuggie stellte ihr drei Tassen hin: eine mit Leitungswasser gegen den Brand, eine mit Milch gegen das Sodbrennen, und die dritte mit den schalen Resten des Special Brew und Stout, die er im Haus gesammelt und mit der Gabel verrührt hatte. Er wusste, dass sie zuerst nach der dritten Tasse greifen würde, weil sie es war, die das Heulen in ihren Knochen beruhigte.

Er beugte sich vor und lauschte ihrem Atem. Sie roch nach Zigaretten und Schlaf, also ging er in die Küche und füllte eine vierte Tasse mit Bleiche für ihre Zähne. Dann riss er eine Seite aus seinem Aufsatz über die »Päpste im Kaiserreich« und schrieb mit weichem Bleistift darauf: ACHTUNG! *Zahnbleiche. Nicht trinken. Nicht mal Ausversehen.*

Er hörte das sanfte Schließen der Haustür. Leek ging wieder zu spät zur Arbeit. Er sträubte sich morgens, den schützenden Kokon seines Betts zu verlassen; unter der Decke war der Tag immer noch unverdorben. Shuggie spähte durch den Vorhangspalt und sah seinem Bruder hinterher, der mit hängenden Schultern die Straße hinauftrottete. Die ersten Zechenkinder machten sich auf den Weg zur Schule. Die Jungs, die morgens früher zur Schule gingen, um vor dem Unterricht auf dem Betonplatz noch ein paar Bälle zu kicken, waren dieselben, die Shuggie einkreisen und herumschubsten, wenn ihnen langweilig wurde. Shuggie fand Agnes' blauen Kuli, ging wie ein Buchhalter seine Hausaufgaben durch und setzte mit einem Schnörkel ihre Unterschrift darunter. *Mrs Bain.* Ihr Name sah jetzt seltsam aus.

Der Radiowecker zeigte immer noch reichlich Zeit, bis er sich unbeachtet in die Morgenmesse schleichen konnte, also drehte er sich auf dem Hocker um, verschränkte die Hände und wartete geduldig. Die Kommode war aufgeräumt und sauber, wie sie es gerne hatte. Wenn das Zittern es zuließ, leerte sie das kleine Schmuckkästchen aus und polierte jedes einzelne Stück, egal, was es wert war. Manchmal breitete sie alles auf der Kommode aus und sie spielten Juweliergeschäft. Agnes ließ Shuggie neue Kombinationen zusammenstellen, eine Auswahl an Ohrringen mit passenden Ketten. Es hatte mehr Spaß gemacht, bevor sie die schönsten Schmuckstücke zum Pfandleiher gebracht hatte.

Er beobachtete sie im Spiegel, das Heben und Senken ihres schlafenden Rückens. Shuggie schraubte ein Fläschchen Wimperntusche auf und malte mit der schwarzen Tinte die grauen Risse seiner Halbschuhe nach. Dann nahm er das Bürstchen und hielt es an seine Wimpern. Die feinen Wimpern hoben sich anmutig von seinem Gesicht ab. Hinter ihm richtete sich Agnes auf wie ein Jahrmarktskelett. Er versuchte das Bürstchen schnell wieder in den Behälter zu stecken, aber er schaffte es nicht, also ließ er die Wimperntusche heimlich hinter die Kommode fallen.

Aber Agnes achtete gar nicht auf ihn. Der nachlassende Rausch hatte sie aufgerüttelt, und jetzt stand sie steif vor dem Bett, eine Brust hing halb aus dem schwarzen BH, und der BH hing halb aus den Kleidern von gestern. Dann sank sie neben dem Bett in die Knie, als wollte sie ein Abendgebet sprechen.

Ihr Junge war wohl schon in der Schule. Sie wusste, dass er über sie gewacht hatte wie ein unerlöstes Gespenst, aber als sie die Augen wieder aufschlug, war er weg. Sie rappelte sich hoch, setzte sich auf die Bettkante, den Eimer zwischen den Knien, und versuchte den Puls, der in ihrem heißen Gesicht pochte, zu beruhigen. Sie musste würgen und krümmte sich über den Eimer wie eine keuchende Katze. Vorsichtig griff sie nach einem Faden der Erinnerung und begann zögernd, die Bilder heraufzuziehen, die daran festhingen. Sie sah einen Stuhl, die Uhr und das leere Haus. Sie sah sich selbst, wie sie von der Küche ins Wohnzimmer und wieder zurück ging, und dann kniete sie auf dem Boden und kratzte mit den Fingernägeln den Staub von der Scheuerleiste. Sie sah wieder die Uhr, und dann gingen die Lichter der Siedlung an, die Vorhänge waren zurückgezogen, und der Junge war von der Schule zu Hause.

Der Rest flatterte in ihrem Kopf wie Wäsche an der Leine. Da war das Telefon, ein Taxi, da war ein Bingosaal, und sie saß allein. Da war ein Getränk und noch ein Getränk, und kein Gewinn und ein Getränk und kein Gewinn, und die Frau neben ihr fragte, ob alles in Ordnung sei, und Agnes fragte sie, ob sie Kinder habe, und die Frau sagte Nein und drehte sich weg. Da war ein Taxi, das sie nach Hause fuhr, nicht Shug, und dann ein Halt am dunklen Eingang der stillgelegten Zeche. Sie sah beinahe das Gesicht des Taxifahrers, und dann schrie sie und erstickte an seinem Aftershave, und dann war da nur noch Panik.

Sie würgte und erbrach sich in einem heftigen, rotgesichtigen Schwall. Spritzer landeten auf ihrer Hand, dem Bett und der schwarzen Ledertasche, die am Boden lag. Sie streckte die klebrige Hand weg, legte sich aufs Kissen zurück und schnappte nach Luft wie eine Ertrinkende. Zögernd, ängstlich schob sie die saubere Hand über das Laken, zwischen ihre Beine. Sie drückte leicht, spürte ein neues wundes Gefühl. Dann übergab sie sich wieder.

Es dauerte eine Weile, bis sie Kraft genug gesammelt hatte, um sich aufzusetzen. Verzweifelt sehnte sie sich nach einem kochend heißen Bad, aber der halbleere Zähler bedeutete, dass das Wasser nur lauwarm wurde. Im flachen Wasser sah sie die roten Striemen an der Innenseite ihrer Schenkel, die pfannkuchengroßen blauen Flecken, die aussahen, als wäre das Fleisch unter ihrer cremefarbenen Haut abgestorben. Nach kurzer Zeit war das Wasser ganz abgekühlt, und sie trocknete sich zitternd ab und zog einen sauberen Pullover an. Sie schaffte es gerade noch, sich das Haar mit Haarspray einzusprühen und ein wenig blauen Lidschatten über den Augen aufzutragen, dann sank sie in den Sessel und saß unbeweglich da wie eine königliche Wachsfigur.

Sie bewegte sich immer noch nicht, als es munter an die Tür klopfte und lange Fingernägel einen verzweifelten Gruß schabten. »Ag-niss! Ah-g-niss. Ich bins nur.« Jinty McClinchy stand schon an ihrem Sessel, als sie fragte: »Darf ich reinkommen?« Sie sah auf die versteinerte Frau herunter und saugte mit einem quietschenden Lacher Luft durch die Zähne. »Ach, Süße. Siehst aus, als hättse dir nix geschenkt letzte Nacht. Dat kenn ich, ich sachs dir.«

Von der ganzen Pithead-Verwandtschaft war Jinty die Einzige, die nach üppiger Nachtcreme und Elizabeth-Arden-Parfum duftete. Wenn die Sonne schien, knotete sie sich ein Tuch ums Haar, und sie trug gerne bequeme Schuhe an ihren kleinen Kinderfüßen. Jinty hatte ein Medaillon des heiligen Christophorus um, und sie schwor immer auf die Bibel, wenn sie ein Urteil über andere fällte. Während Agnes vom Trinken melancholisch und reumütig wurde, wurde Jinty scharfzüngig und angriffslustig. Sie saß gern da, erklärte die Welt und wies andere darauf hin, was sie wo alles falsch gemacht hatten. Nach zwei Dosen Lager wurden ihre Augen schmal wie die einer pingeligen Richterin beim Marmeladenwettbewerb. Jinty war eine Giftspritze, und es hieß, sie sei schon aus jedem Haus in der Siedlung geflogen.

Jetzt schüttelte Jinty mitleidig den Kopf. »Sollichen Stück trocken Toast innen Toaster stecken?« Sie nahm ihr geblümtes Kopftuch ab.

Agnes nickte schweigend; ihre Mundwinkel konnten das höfliche Lächeln nicht lange halten. Jinty ging in die Küche, und obwohl das

Brot direkt neben dem Toaster lag, hörte Agnes, wie sie die Nase in jeden Schrank steckte und etwas zu trinken suchte. Weil Jinty zu klein war, um in die oberen Fächer zu sehen, sprang sie auf und ab wie ein kleiner aufgeregter Hund, und ihre flachen Sandalen klatschten auf dem harten Linoleum.

Nach einer Weile kam Jinty mit einer Scheibe hartem braunem Toast zurück. »Schlimme Nacht gehabt, Süße?«, fragte sie mit ihrer hohen, kindlichen Stimme, während sie den Blick durchs Zimmer schweifen ließ.

»*Ja.*«

»Na dann, Süße. Kannich lang bleiben. Wollte nur auffen Tee vorbeikommen. Hab viel zu erledigen.« Jinty zog den Mantel aus und setzte sich erwartungsvoll.

Agnes wollte den Teller neben den Sessel stellen, aber ihre Hand zitterte, und der trockene Toast fiel auf den Boden.

»Ach je. Schau dich an. Wat haste dir bloß eingebrockt.«

Agnes legte das Gesicht in die Hände. Ihr Schädel brummte, ihre Arme schmerzten, und ihr ganzer Körper fühlte sich an, als wäre er mit blauen Flecken übersät.

»Ach je. Ach je. Ich brings nich übers Herz, dich leiden zu sehen.« Jinty beobachtete sie aus dem Augenwinkel und schniefte. »Du hast nich zufällig noch was da, oder?«

Agnes wusste, dass Jinty über ihre Bestände Bescheid wusste, weil sie die Küchenschränke durchsucht hatte. »Ich glaube, unter der Spüle steht noch eine Dose. In einer Tüte, hinter der Bleiche.« In ihrem Kopf drehte sich alles.

Jinty schniefte wieder. »Solln wern Schluck zusammen trinken? Weißt schon. Damitte wieder auffe Beine kommst?«

Agnes nickte, und Jinty sprang mit knackenden Knien vom Sofa und tanzte fast in die Küche. Wie Agnes erwartet hatte, fand sie die Dose sofort und kam mit zwei ausgespülten Teetassen zurück. Sie stellte die Tassen auf den Tisch und zog mit dem kleinen Finger den Ring der Bierdose auf. Die Dose blubberte schäumend, als Jinty sie fachmännisch auf die beiden Tassen verteilte. Am Ende fuhr sie mit dem Finger um den Rand der leeren Dose und leckte sich den weißen Finger ab, als wäre es Sahne.

»Dattis nett«, seufzte sie leise. »Macht ja nix, wenn wirn Tee überspringen und gleich zur Sache kommen.« Sie wich Agnes' Blick aus. »Ich mach sowat sonst nie, aber dein Anblick is ja zum Steinerweichen, und ich kannen Geschöpf Gottes einfach nich leiden sehen.«

Wie beim Puppentee nahm Jinty mit ihren kleinen Händchen eine Tasse und hielt sie Agnes hin. Agnes setzte die Tasse an die Lippen und trank einen kleinen Schluck. In ihrem Magen rumorte es. Sie trank noch einen Schluck und stellte die Tasse aus Gewohnheit hinter dem Sessel ab, wo sie keiner sah.

Jinty hob ihre Tasse und trank einen Mäuseschluck. Sie gluckste glücklich, dann trank sie noch einen Schluck, und noch einen. Die beiden Frauen wechselten kein Wort, bis ihre Tassen fast leer waren. Agnes merkte, wie das Bier ihren Magen beruhigte. Auch das Zittern in ihren Knochen ließ nach. Als sie sich über die schmerzenden Schenkel strich, stieg Wut in ihr auf.

Vor sich hin schlürfend sah Jinty den Boden der Tasse am Horizont. »Aye, aye. Ich kannich lang bleiben.« Sie nahm ein Taschentuch heraus und wischte ihren Lippenstift vom Rand der leeren Tasse. »Aber du brauchst vielleicht nochen lütten Schluck, damitte dich besser fühlst?«, schniefte sie.

Agnes nickte schwach.

Jintys intrigante Augen wurden schmal. »Unter deiner Spüle war nix mehr. Haste vielleicht nochen anderes Versteck?«

Agnes dachte an die üblichen Stellen – im Fach hinter dem Tauchsieder, oben auf dem höchsten Garderobenschrank. Sie schüttelte den Kopf.

»Ach! Na ja, ich kann eh nich lang bleiben«, sagte Jinty traurig, die feinen Fältchen um ihren Mund zusammengepresst. »Oder haste vielleicht en paar Pfund? Dann könnt ich schnell zum Lädchen gehen.«

Agnes griff neben den Sessel und hob ihre Handtasche auf. Sie war leer bis auf ein paar Kaugummipapiere. Ihre Gedanken kehrten zu dem Taxi und dem Fahrer und der dunklen Zeche zurück, und sie spürte, wie ihr die Galle hochkam.

»Nich man bisschen vom Dienstagbuch übrig?«, fragte Jinty enttäuscht.

Agnes schüttelte den Kopf.

Jinty McClinchy rutschte nervös auf dem Stuhl herum, als juckten ihre Hämorrhoiden. Sie sah Agnes an und dann sah sie in ihre leere Tasse. Schließlich seufzte sie und schniefte noch einmal. »Na gut, dann seh ich mah nach, was ich inner Tasche habe, wat?«

Mit Schwung zerrte die winzige Frau ihre große Ledertasche vom Boden. Sie nahm sie auf den Schoß und krabbelte fast hinein. Agnes hörte das Geklimper von Schlüsseln und Münzen am Boden, und dann ein süßes Gluckern, als Jinty drei warme Carlsberg-Dosen hervorzauberte. »Dat Geld dafür kannste mir später gehm.« Jinty öffnete eine Dose und wiederholte ihr Ritual, das sorgfältige Einschenken und Warten und Ablecken des Schaums von ihrem kleinen weißen Finger. Erst bei der dritten Dose waren sie beide wieder sie selbst.

»Ich war gestern Ahmd bei meiner Tochter. Du hätts mah sehen sollen, wies da aussieht.« Jinty putzte sich mit dem alten Taschentuch die Nase. »Ich habben faulen Sack mit ner kaputten Leber zu versorgen und ich halt meine Bude trotzdem in Ordnung.«

»Wie gehts ihr mit dem neuen Baby?«, fragte Agnes nur halb interessiert.

»Aye. Ganz gut, würd ich sagen. Die liebt dat Ding wie verrückt«, sagte Jinty leidenschaftslos. »Jetzt kriegtse natürlich noch mehr Kindergeld. Ich hab gesagt, sie soll sich wat zur Seite legen unne Putzfrau anheuern. *Widerlich*. Ehrlich wah, manchmal kuck ich mir die an und weiß nicht, wat ich da großgezogen hab.« Jinty redete sich in Rage. »Auffer Scheuerleiste war so hoch Staub. Und die kuckt mich an, als wolltse mich fragen: ›Mammy, kannst du nich helfen?‹ Aber da hab ich nur gesagt: ›Hömma, ich hab meine eigenen Blagen großgezogen. Ich. Bin. Bedient.‹« Sie machte mit der Hand einen Strich durch die Luft.

Agnes nickte traurig. Wie gerne hätte sie ein Haus voller Enkel gehabt. Wie gerne hätte sie wieder ein volles Haus gehabt, mit ihren eigenen Kindern.

Jinty fuhr fort. »Gillian, ihr Ältester, hat neulich *Granny* zu mir gesagt. Da hab ich dem Knirps fast die kleine Zunge abgeschnitten. Eigentlich wärs mir egal, aber die andere Omma lässt sich Shirly nennen, und an Weihnachten will ich bestimmt nich die einzige alte Granny sein.« Sie nahm ihre Tasse und betrachtete Agnes über den Rand. »Wat is eigentlich heut los mit dir, dasse so still bist?«

»Ich?«, sagte Agnes. »Ach, nichts.«

»Agnes, ich hab vielleicht ein sitzen, aber ich seh, wenn eine lügt.«

Schweigend saßen die beiden Frauen da und tankten den Rest der Dose Bier. Irgendwann sagte Agnes leise: »Jinty, wenn ich dir was erzähle, behältst du es für dich und sagst es keiner Menschenseele weiter?«

Jintys Augen leuchteten wie Perlen. Sie bekreuzigte sich mit einem Finger, nur dass sie ihr Herz verfehlte und die falsche Seite bekreuzigte. »Bei meim Leben.«

»Ich hatte einen schlimmen Filmriss gestern.« Dann erzählte Agnes Jinty die Geschichte von dem Bingo und dem Taxi, und wie der Fahrer am Zecheneingang angehalten hatte. Sie schob den Ärmel ihres Pullovers hoch und zeigte Jinty die Handabdrücke, die der Vergewaltiger auf ihrer weißen Haut hinterlassen hatte.

Die kleine Frau schnalzte mit der Zunge und schüttelte den Lockenkopf. »Wat fürn Drecksack. Ner wehrlosen Frau sowat anzutun. Wie weit isset bloß mitte Welt gekommen? Die Menschen nutzen einander nur noch aus. Früher hätts sowas nich gegeben. Die hätten dat Schwein gekriegt und ihn auffen Zaun durch Trongate reiten lassen.« Mit einem knochigen Finger machte sie den spitzen Zaunpfahl nach, der sich dem Täter in den Arsch gebohrt hätte. Sie nahm wieder das Taschentuch heraus und putzte sich die Nase. Dann wischte sie damit den Ladenstaub

von der letzten Dose. Die beiden Frauen sahen sie melancholisch an.
»Könnste nich irgendwien paar Pfund auftreim?«

Agnes sah zu, wie der Rest der goldenen Flüssigkeit in die Tassen strömte. Im Kopf schüttelte sie den Fernsehzähler, den Gaszähler und den Stromzähler, aber alle waren leer. »Nein«, sagte sie traurig.

»Haste nichen Männerfreund, dende anrufen könnst?«

Agnes dachte an die blauen Flecken an ihrem Körper. »Nein.«

Eine Weile saß Jinty schweigend da und genoss den letzten goldenen Schluck. »Und wenn wir diesen Typen anrufen?«, fragte sie. »Weißt schon, den kleinen Kerl mit dem Vokuhila.« Sie machte mit den Händen die lockige Matte nach, die bei Fußballern und Popstars so beliebt war. »Ich hab gehört, der is immer flüssig, und dass er gern einen hebt.«

»Wer?«

Jinty dachte nach. »Lamby. Aye, so heißt der. Wir könnten Lamby anrufen.«

Die Cousinen von Pithead erzählten sich, dass Iain Lambert in der Grube gearbeitet hatte und ihm, kurz bevor die Zeche dichtmachte, seine Frau abgehauen war. Ohne Frau, die sein Geld verjubelte, lag seine karge Abfindung unter seinem Bett und fing Staub. Während die anderen Bergleute ihr Geld versoffen oder für ihre wachsende Brut ausgaben, saß Lamby auf seinem Ei, als er die Teilzeitstelle in einer Reparaturwerkstatt für gemietete Fernseher fand. Die Cousinen sagten, Lamby sei ein langweiliger Einzelgänger, kein Stoff für Liebesromane. Trotz der modischen Fußballermatte, die er sich zugelegt hatte, sah er aus wie ein unterernährter Teenager. Doch obwohl er optisch nicht viel zu bieten hatte, brachten ihm dieselben Frauen Teller mit Röstkartoffeln und grauem Fleisch oder eingefrorene Brühe vorbei. Die Cousinen sagten, er sei ein guter Mann, der gern für sich blieb und nach der Schließung der Zeche gezeigt hatte, dass er immer noch was leisten konnte. Sie fütterten ihn mit Resten, weil sie wussten, dass seine Abfindung ihre Kinder ein Jahr oder länger durchfüttern könnte.

Jinty rief: »Wie könnten ne kleine Party machen. Nur wir drei.«

Agnes starrte in ihre fast leere Tasse und spürte einen Anflug von Panik. Sie nickte.

Jinty war so rasch auf den Beinen wie eine aufgeschreckte Katze. Sie schnappte sich das örtliche Telefonbuch vom Tischchen im Flur, leckte sich die kleinen Finger und blätterte, bis sie zu L kam. Sie las laut vor. »L. L. Lambert. Mister I.« Jinty prüfte die Adresse, sah, dass es Lamby war, und wählte die Nummer. Als das Telefon klingelte, räusperte sie sich. Es war Donnerstagmittag, aber es meldete sich eine Männerstimme.

»Oh, hallo, Lamby«, flötete sie mit ihrer besten Aussprache. »Hier spricht Jinty. Aye, genau … ich wohne auf der anderen Seite der Siedlung. Du kennst sicher meinen John. Ich war früher mit Mhari McClure unterwegs. Aye, genau die.« Sie ließ eine Pause. »Mhari? Ach, die hat zu viel Valium genommen, aye. Ich weiß, ne echte Schande. Dabei isse son süßes Mädchen gewesen. Dat letzte, was ich gehört hab, ist, dasse am Blythswood Square anschafft. Ach ja, ne echte Schande, oder. Aber et is eben was anderes, ob man sich mal nen gemütlichen Drink genehmigt oder sich fürn verschreibungspflichtiges Medikament verkauft, oder? Traurige Sache. Ich weiß noch, wie sie mit dem Valiumquatsch angefangen hat. Aye, dat war schlimm.« Jinty schniefte. »Na ja, ich wollt nur mah eben anrufen, um zu hören, ob du nich Lust hast, aufn kleinen Drink bei meiner Freundin vorbeizukommen.« Sie ließ eine Pause. »Aye, bisschen früh, was? Et is bloß, die is sone schöne Frau, und ich wollt euch schon längst bekannt machen. Aye, *Agnes Bain*. Aye, genau, sieht aus wie Liz Taylor, nurn bisschen blasser.« Jinty lächelte aufgeregt ins Wohnzimmer und bedeutete Agnes mit einer Geste, sich zu schminken. »Also, kommste? Guut! Ach, Lamby, dat is mir jetzt echt unangenehm, aber könnsten echter Kumpel sein und wat zu trinken mitbringen? Aye. Wir sind hiern bisschen knapp. Aye, sie ist *wunderschön*. Richtig gepflegt, und sie kann gut reden … Aye, wir machen ne kleine Party. Bring einfach sechs Dosen mit und ne kleine Flasche Härteres. Ach, und natürlich auch was für dich. Nich vergessen, es ist dat Haus nicht weit vonne Ecke.«

Jinty beendete das Gespräch und sagte Agnes, dass er in einer Stunde kommen wollte. Sie begann die leere Zigarettenschachtel und die Dosenringe wegzuräumen. »Hömma, Süße, wenn ich du wär, würd ich mirn bisschen über die Haare bürsten. Die blauen Flecken abdecken. Damitten bisschen appetitlicher aussiehst.«

Mit blanken Nerven warteten sie über eine Stunde, bis Lamby kam. Jinty ließ ihn herein. Lamby setzte sich auf die Sofakante und nestelte wie ein Teenager an seiner modischen Bomberjacke. Agnes sah mit einem Blick, dass alles, was sie in der Siedlung über ihn sagten, stimmte. Jinty stellte die beiden vor und nahm ihm die schwere Plastiktüte aus der Hand.

»Freut mich, Sie kennenzulernen, Agnes«, sagte er durch eine Reihe sauberer Zähne.

Agnes kratzte ihren Charme zusammen. »Nett von Ihnen, uns zu besuchen. Manchmal ist es schwer, sich an einem so traurigen Ort zu amüsieren.«

»Aye, also, ein Kerl wie ich kriegt nicht alle Tage ne Einladung von zwei wunderschönen Frauen«, sagte Lamby. Jinty quiekte vor schmutzigem Vergnügen.

Agnes hatte schon originellere Sprüche gehört. Sie lehnte sich in ihrem Sessel zurück. »Ihr seid also nicht verwandt?«, fragte sie. »Ich glaube, ich habe in der Siedlung noch niemand kennengelernt, der nicht durch Blut oder Heirat oder Kinder mit Jinty verwandt war.«

»Nein, ich glaub, meine Ex-Frau hatte irgendwas mit den McAvennies zu tun. Aber ich bin ein O'Hara; die meisten von uns bleiben auf der Marschseite der Siedlung ... in den Flachdachhäusern.«

»Ein Wunder, dass den Kindern hier überhaupt Knochen wachsen.«

Lamby lächelte nachsichtig über die Beleidigung. »Na ja. Wahrscheinlich reden deswegen alle über Sie. Frisches Blut und so.«

Jinty zog eine Halbliterflasche Smirnoff aus der Tüte und schenkte einen großzügigen Fingerbreit in jede der drei Tassen. Dann kippte sie einen Schluck orange leuchtende Irn-Bru auf den Wodka. Die Mischung sprudelte und zischte und sah so unschuldig aus wie Gingerale. »Ach, leider kannich nich lang bleiben«, murmelte sie vor sich hin und trank einen großen Schluck.

Lamby rauchte Selbstgedrehte, er bröselte Tabak auf das Papier und leckte die Klebekante mit der rosa Zungenspitze an. »Sie sind mir gleich aufgefallen«, sagte er zu Agnes. »Ich dachte immer, eine wie Sie *muss* einen Mann haben. Wer so toll aussieht.« Er rollte die erste Zigarette und reichte sie Jinty.

»Es kostet nichts, auf sein Äußeres zu achten ...«

»Glücklich geschieden«, unterbrach Jinty. »Die hats gut. Ne Frau kann gut leben, wennse nich jede Nacht son schnarchenden Fettsack neben sich liegen hat. Stimmts nich, Süße?«

»So spricht eine wahre Frau«, sagte Lamby.

Agnes fand, er sah zu jung aus, um zu wissen, wie eine wahre Frau sprach, aber sie hielt die Klappe. Stattdessen trank sie einen tiefen Schluck aus ihrer Tasse. Der Wodka schmeckte sauber, wie Bleiche. Lamby leckte langsam die nächste Zigarette ab. Agnes sah, dass seine Fingernägel sehr sauber waren und seine Ohren und sein Hals rosa leuchteten, als hätte er gerade heiß gebadet.

»Aber es muss doch irgendwas geben, wofür Männer noch gut sind«, sagte er anzüglich.

Offenbar regte er damit Jintys Fantasie an. Sie strampelte mit den kurzen Beinen und kicherte wie ein kleines Mädchen. »Absolut überhaupt nix«, quiekte sie. »Agnes, haste gehört, wie frech der kleine Dreckspatz is? Der denkt wohl, wir wärn von gestern.« Die Hitze des Wodkas ließ die roten Äderchen an ihren Wangen leuchten. »Triffse dich in letzter Zeit mit jemand, Lamby?«

»Aye, pah Mädels«, sagte er und sah Agnes an. »Ich spiel dat Feld. Versuch nichs Großes draus zu machen.« Er zwinkerte ihr zu.

»Och, ihr Männers seid doch alle gleich, oder, Agnes? Schon wennse als Babys auffem Rücken liegen, sinse von ihrm Ding beeindruckt.«

»Und wie isset bei Ihnen?«, fragte er Agnes. »Treffen Sie sich mit irgendwem?«

Aufgeregt rollte Jinty die Knie im Kreis und antwortete für Agnes. »Die!«, quiekte sie. »Die bedient praktisch die ganze Taxizunft im Großraum Glasgow.«

Die beißenden Worte ließen Agnes' wunden Körper schmerzen. Trotzdem hob sie die Tasse und nahm traurig nickend den Titel an.

Jinty zog die Plastiktüte zwischen ihren kleinen Füßen hervor und setzte gehässig nach: »Wenn du kein Taxifahrer biss, isse nich interessiert.«

»Ach ja?«, fragte Lamby. Er sah Agnes direkt an und runzelte beleidigt die Stirn: »Und wie läuft das so für Sie?«

Wieder unterbrach Jinty. »Die kann nix dafür. Es is wien Fluch! Die muss bloß das Tuckern vonnem Diesel hören, und zack, isse raus außer Unterhose, und schon läufte Taxiuhr.«

Plötzlich war es kalt geworden. Die Luft schien aus dem Zimmer zu weichen, und Agnes' Gesicht wurde hart wie Glas. Langsam erreichte sie der Alkohol, und die Worte kamen mit einem leisen, drohenden Zischen heraus. »*Du bist eine miese kleine hinterfotzige Drecksau, Jinty McClinchy.*«

Die Giftspritze unterbrach ihr einfältiges Gegacker. »Och, jetz hab dich nich so. War doch nich so gemeint.« Gierig setzte sie die Tasse an die Lippen, doch ihre kleinen Augen blitzten über dem Tassenrand wie spitze Dolche.

Erschrocken blickte Lamby von einer Frau zur anderen. Es war still. »Hey, also, vielleicht mach ich mich mah besser auffen Weg, oder?«

Jinty kreuzte die Beine vor der Tüte mir den Getränken und beruhigte ihn. »Nee, schon gut, achte einfach nich auf die. Die hat bloßen bisschen Pech gehabt gestern Abend. Du musst unbedingt bleiben. Du musst mir helfen, sie aufzuheitern, ja?«

Agnes schwieg den Rest des Nachmittags. Sie trank, was Jinty ihr vorsetzte, und rauchte die Zigaretten, die Lamby drehte. Er versuchte, alle möglichen Themen anzuschneiden, aber wenn sie die Chance bekam, selbst zu antworten, brachte sie nur ein Ja oder Nein heraus. Als sie bei der zweiten oder dritten Dose waren, hatte Jinty genug.

»Lamby, Junge, ich weiß nich, wat in die gefahren ist«, stöhnte sie verdrossen. »Normalerweise isse ne richtige Partynudel.«

»Schon gut.« Seine Wangen waren genauso rot wie Jintys, und er saß immer noch in seiner Nylonbomberjacke da. Agnes dachte, dass ihm bestimmt zu heiß war; sie fragte sich, ob er sich schämte, dass er keine Frau zu Hause hatte, die ihm ein sauberes Hemd bügelte.

»Aye, aber nich dasse, wennde gehst, denkst, du hätts bei ollen Ommas rumgesessen. Leg mah ne Kassette auf, ja? Wir feiern ne Pahty.«

Lamby beugte sich vor und öffnete Lizzies alten Kassettenrekorder. Er nahm eine der Kassetten von dem Stapel und schob sie in das Fach. »Die hat meine Frau auch gern gehört«, sagte er mehr zu sich selbst.

»Och, watne Stimme die hat. Watne. Stimme!«, rief Jinty zwischen den Zügen an der Zigarette. Sie ließ ihre kleinen weißen Hände zur Melodie in der Luft herumwirbeln. »Lamby, sieh um Himmels willen zu, datt wir dat Häufchen Elend wieder auffe Beine kriegen.«

Er sah Agnes nervös an. »Nee. Lasse in Ruhe. Sie will nich tanzen.« Eine viertel Flasche Wodka und sechs Bier hatten seine Schüchternheit nur wenig gelockert.

»Lady Bain!«, tadelte Jinty wie eine Schuldirektorin. »Dat isne Pahty! Der Mann hat uns wat zu trinken mitgebracht! Jetzt tanz schon mit ihn!«

Agnes sah Lamby an, der so hibbelig wie ein Teenager in der Schuldisco war. Sie schenkte ihm das beste halbe Lächeln, dass sie noch zustande brachte, um ihm zu zeigen, dass alles in Ordnung war. Auf unsicheren Beinen stand Lamby auf. Er nahm ihre Hände und versuchte sie aus dem Sessel zu hieven, wie ein Klempner einen widerspenstigen Stöpsel aus dem Abfluss zieht. Agnes hatte, seit sie sich morgens in den Sessel gesetzt hatte, nicht mehr gestanden; das Trinken und die Trägheit machten ihre Knie weich, und als sie versuchte aufzustehen, fing er sie auf wie ein langjähriger Geliebter.

»Na also«, quiekte Jinty vergnügt und schenkte sich hinter ihrem Rücken noch einmal die Tasse voll. »Haltse gut fest.«

Sie schunkelten eine Art Rausschmeißertanz, einen ungeschickten Schieber, langsam und altmodisch. Beide hielten sich nur auf den Beinen, weil ihre verschwitzten Körper aneinanderlehnten. Agnes' Gesicht war nur ein paar Zentimeter von seinem entfernt, und zum ersten Mal fiel ihr auf, dass er sich für die kleine Party rasiert hatte. Sein Hals sah aus wie aufgeschürfte Gänsehaut, und er roch nach Latschenkiefer, ein Aftershave wie Scheuerpulver, ohne einen Hauch von Sinnlichkeit.

»Du kannst richtig toll tanzen.« Seine Stimme war liebevoll. Sie versuchte aufmerksam zu sein und ihm zuzuhören. Aber nur ihr Körper war noch im Raum.

Jinty trank ihre Tasse leer. »Gib ihmen kleinen Kuss!«

»Ich hab seit meiner Scheidung nich mehr getanzt«, sagte er.

»Jetz sei nich so undankbar! Er hat dir den ganzen Schnaps besorgt! Küss ihn!«, rief Jinty.

»Vielleicht könnten wir mal abends ausgehen?«

»Der kommt nicht wieder!«, krähte Jinty.

Agnes war fast fünf Zentimeter größer als der jüngere Mann. Bei dem Altersunterschied hatte sie fast das Gefühl, sie würde mit ihrem Leek tanzen. Sie entdeckte die Narbe auf seiner Wange, vom Ohr bis zum Kinn, wahrscheinlich von irgendeiner Messerstecherei, was nichts Ungewöhnliches war, aber schade an einem so jungen Mann. Mit schwerfälliger Hand berührte sie sie.

»Ah. Hastes bemerkt?«, fragte er unsicher.

»Du siehst aus wie mein Ältester.«

»Jetzt gib ihm schon nen lütten Kuss, verdammt noch mah!«, quiekte Jinty und öffnete die nächste Dose.

Agnes ließ die Hand auf dem Gesicht des jungen Mannes und dachte daran, wie sehr sie ihren ältesten Sohn vermisste. Sie vermisste Leek sogar, wenn er da war; er hatte etwas an sich, das sie immer einsam machte. Lamby legte ihr die Hand ans Gesicht und den Mund auf die Lippen. Jinty jubelte. Agnes spürte, wie er die Lippen öffnete, spürte ihn saugen, spürte seine forschende Zunge. Seine Hand glitt in ihr Kreuz.

»Aber nix machen, watter inne Kirche beichten müsst, ihr beiden.« Vergnügt fächelte sich Jinty McClinchy Luft zu, zufrieden, dass sie sich die Getränke verdient hatte.

Seine Hände, die so wohlerzogen angefangen hatten, begannen lüstern über ihren Hintern zu streichen. Mit knetenden Fingern drückte er auf den blauen Fleck über ihrem Steißbein. Plötzlich musste sie würgen. Sie drehte den Kopf weg, aber es war zu spät. Der saure Inhalt von Lager, Wodka und Irn-Bru ergoss sich über seine modische Jacke.

»Ach, du Scheiße!«, kreischte der Mann, dem wässrige Galle von der Brust triefte.

»Mammy?« Shuggie stand in der Tür.

Agnes sank in den Sessel zurück, schlug sich die Hände vors Gesicht, und heiße, betrunkene Tränen loderten aus ihr heraus. Der Mann sah von der gebrochenen Frau zu dem kleinen Jungen in der Schuluniform zu der Frau, die gerade den restlichen Inhalt der Plastiktüte in ihre große Lederhandtasche schob. Als er sich an Shuggie vorbeidrückte, rief Jinty ihm in den Flur hinterher: »Lamby, Junge! Normalerweise isse ganz anders! Ich ruf dich bald wieder an, dann machenwer nochmah ne lütte Pahty!«

Als die Haustür zuschlug, seufzte die kleine Frau, und dann filzte sie die offenen Zigarettenschachteln auf dem Tisch, sammelte die Reste in ein Päckchen zusammen und ließ es in der Tasche verschwinden. Sie schüttelte die offenen Dosen, und wenn sie es plätschern hörte, kippte sie sich den Rest in die Tasse. Jinty trank die Tasse mit zwei, drei großen Schlucken aus, dann holte sie wieder das geblümte Kopftuch aus der Tasche. »Aye, ich kann leider nich lang bleiben.«

ACHTZEHN

Shuggie hielt sich so fern vom Ball wie möglich. Wenn der Ball über den Schulhof rollte, tat er so, als würde er hinlaufen, aber er sorgte dafür, dass die anderen Jungs ihn immer überholten. Er stand lieber im Schatten der Torecke und sah den Mädchen beim Gummihüpfen zu, wie sich die besten von ihnen anmutig durch die regenbogenfarbenen Gummiseile fädelten.

Plötzlich klatschte es laut und feucht gegen sein linkes Ohr. Der weiche Fußball war ihm unerwartet von der Seite mitten ins Gesicht geknallt. Seine Wange brannte wie nach einer Ohrfeige. Der Ball prallte ab und rollte dem gegnerischen Team vor die Füße, die ihn direkt ins Tor lüpften.

Francis McAvennie blieb neben Shuggie stehen. Er war der älteste der McAvennies, und der Streit zwischen Colleen und Big Jamesy hatte auf ihn die größten Auswirkungen; mit einem Mal war er zum »Mann im Haus« befördert worden, und während Colleen sich mit Bridies blauen Pillen betäubte, musste er sich um seine kleinen Geschwister kümmern. Jetzt kam Francis ganz nah, bis Shuggie den Regen seiner warmen Spucke spürte. »*Verdammte Scheiße. Hör auf, sone kleine Scheißschwuchtel zu sein.*« Die anderen Jungs rotteten sich wie Straßenköter zusammen, und er sah den Hunger in ihren Augen.

»Willste lieber ein Mädchen sein?« Grinsend breitete Francis vor der Menge die Arme aus. Shuggie schüttelte den Kopf; er wollte sich nur die Hand auf das glühende Gesicht legen. »Hättste lieber ein Röckchen an?«

»Nein«, murmelte Shuggie.

»Widersprich mir nich, Schwuchtel.« Francis, der einen Kopf größer war, gab Shuggie einen Stoß gegen den Brustkorb. »Du bist ne schwule kleine Schwuchtel. Du und Father Barry kommt in die Hölle für dat Zeugs, dat ihr treibt.«

Die Jungs kicherten im Chor, und dann stimmten sie an: *Draufhauen, draufhauen, draufhauen.* Francis hob die Linke, um Shuggie auf die rote Wange zu schlagen. Shuggie wich zurück, aber es war nur eine Finte, und Francis ließ die andere Faust gegen seine Schläfe krachen. Er drehte sich zu den jubelnden Jungs um. »Den nennt mein Dad den Rattenfänger.«

Shuggie lag am Boden, und sein Kopf dröhnte von beiden Seiten. Über ihm tauchte ein nacktes Paar Beine in ausgeleierten weißen Socken auf. Das Mädchen fauchte wie eine Katze, und ihr langes Haar erinnerte an einen Fluss sprudelnder Limonade. »Lass dat sein, Francis, du arschiger Klopper! Komm her und versuch die Nummer bei mir, dann lass ich dich kurz und klein hauen. Ich hab viel mehr Vettern als du.« Dann wirbelte das Mädchen herum, um Shuggie zu helfen. Shuggie sah, wie ihr die Jungs hinter ihrem Rücken den Finger zeigten, aber sie trollten sich trotzdem.

Sie hatte Schorf an den nackten Knien, und Shuggie konnte den Blick nicht von den schlaffen Bündchen ihrer Socken lösen. Als sie ihm die Hände unter die Achseln schob und ihn auf die Füße zog, sah er den geblümten Zwickel ihrer Unterhose unter ihrem Rock. »Du musst zurückhaun«, sagte sie. »Ich wette, wenn du ihm einmal eine draufhaust, hackter nich mehr auf dir rum.« Shuggie wusste nicht, welche Seite seines Gesichts er sich zuerst reiben sollte. »Musste heulen?«, fragte das Mädchen. Shuggie nickte. »Machs noch nich jetzt, halts zurück, bis wir umme Ecke sind. Da kannste heulen. Ich sags auch niemand.«

Als sie ihn vom Pausenhof wegführte, kletterten die Jungs aufs Geländer, um auf sie herunterzuspucken. »Na, geht ihr Puppen spielen?«, fragte ein rothaariger Junge. In null Komma nichts war das Mädchen oben auf dem Zaun. Sie packte ihn an der Schulkrawatte und riss seinen

Kopf gegen die dicken Metallstäbe. Dröhnend knallte seine knochige Stirn gegen das rostige Eisen. »*Lauf!*«, quiekte das Mädchen. Sie rannten in einer Staubwolke los und wurden nicht langsamer, bis sie den halben Hügel nach Pithead hinauf waren.

Als sie nach Luft schnappten, prustete das limonadenhaarige Mädchen los; sie hatte eine Lücke zwischen den Schneidezähnen, durch die ein kleiner Finger passte. Ihre Nase war voller Sommersprossen, und ihre Augen waren so blau und glänzend wie Murmeln.

»Hast du wirklich genug Vettern, um gegen die McAvennies zu kämpfen?«, fragte Shuggie, der immer noch mit den Tränen rang.

Sie schüttelte den Kopf. »Nee. Wir sind nur mein Dad und ich. Und der würd sich höchstens um die Fernbedienung kloppen, mehr nich.« Sie zuckte die Schultern. »Ich bin Annie. Ich bin ein Jahr über dir.«

»Oh. Ich hab dich noch nie gesehen.«

»Aber ich hab dich gesehen. Dich sieht jeder.« Annie zeigte zur Kuppe des Hügels, wo ein paar Wohnwagen zu einer behelfsmäßigen Sackgasse aufgestellt waren. »Wir wohnen da oben im Wohnwagen. Ich bring dich nach Hause. Wenn ich dabei bin, krümmen die dir kein Haar.« Sie blähte die dürre Brust. »Wo wohnst du?«

Shuggie wollte gerade in Richtung der niedrigen Reihenhäuser zeigen, aber dann ließ er die Hand sinken. Agnes war bestimmt betrunken. Bestimmt saß sie am Telefon und versuchte, seinem Vater über den Taxifunk die Hölle heißzumachen. »Ich will noch nicht heim.«

»Heute is doch Donnerstag«, sagte Annie weise. »Dat Schnapsgeld is sicher schon weg, oder?«

Shuggie blinzelte das Mädchen an. »Woher weißt du das?«

Sie hakte sich bei ihm ein. »Ich habse mah kennengelernt. Deine Ma. Einmal saße nacher Schule bei uns auffem Sofa. Ich hab noch nie jemand gesehen, der so schön geredet hat.«

»Ich hoffe, sie hat keinen Ärger gemacht.«

»Nee, gar nich. Sie hat so gut gerochen. Sie hat mir gezeigt, wie man einen französischen Zopf flechtet.« Ihre Miene wurde finster. »Ich bin bloß wütend wegen dem schlimmen Gerede über sie. Du solltest für sie kämpfen.«

»Ich kämpfe ja für sie!«, sagte er. »Hauptsächlich mit ihr, aber es ist trotzdem ein Kampf.«

Das Mädchen seufzte resigniert. »Meinen lass ich einfach machen. Wenn mein Daddy sich zu Tode saufen will, isses seine Sache. Ich glaub, er is verloren. Er vermisst meine Ma.«

»Ist sie tot?«

»Irgendwie schon. Sie wohnt in Cambuslang mit meinen kleinen Brüdern und einem halbprofessionellen Fußballspieler.« Sie marschierten auf die Wohnwagen zu. »Aber im Ernst, ihr müsst euch wehren. Ich hab gehört, wie die Leute sagen, sie verkauft sich für wat zu trinken, und dass dun Daddy brauchst, und es wär ihre Schuld, dass du so bist, wiede bist.« Das Mädchen sah versonnen in den Himmel. »Aber ich hab noch nie sone schöne Dame gesehen. Wenn sie meine Ma wär, wär ich richtig stolz.«

Die zwölf Wohnwagen bildeten einen Halbkreis, und der holprige Lehmweg war notdürftig mit schweren Feldsteinen begrenzt. Aus den Blechbehausungen quoll jede Menge persönlicher Plunder, und auf dem Weg lagen Plastikspielzeug und durchgeweichte Möbel. Die Schamlosigkeit dieses Elends schockierte Shuggie. Annie stieg über zwei Betonziegel zu einem beigen Wohnwagen hinauf. Vor der offenen Tür lag ein großer brauner Schäferhund. Shuggie folgte ihr zögernd, machte einen vorsichtigen Bogen um den wachsamen Hund und presste ängstlich die Schultasche an die Brust. Der Wohnwagen war lang und schmal und hatte eine Küchenzeile in der Mitte und einen hufeisenförmigen Essplatz an einem Ende. Ein Farbfernseher hing in einer Halterung von der Decke; mit schneller, abgehackter Stimme verkündete er die Ergebnisse der Pferderennen. In der flachen Spüle stapelte sich schmutziges Plastikgeschirr. Shuggie sah ein paar Ameisen, die fleißig zwischen verschütteten Cornflakes umherliefen.

»Dad! Ich bins«, sagte Annie.

Shuggie konnte den Mann in der abgedunkelten Essecke kaum erkennen. Er beugte sich tief über die Zeitung und unterstrich mit einem Kuli die Namen der Pferde. »Haste wat gegessen?«, fragte Annie. »Ich könnt dirne Schüssel Cornflakes machen. Wennde willst, mach ich dir sogar die Milch warm?«

Der Mann mit den wässrigen Augen antwortete nicht. Shuggie sah, dass er aus einer alten Teetasse trank und sich wieder auf die Ergebnisse der Pferderennen konzentrierte. Shuggie versuchte, sich nicht seine Mutter hier vorzustellen.

Annie öffnete eine dünne Tür zum hinteren Teil des Wohnwagens und schob den Jungen hinein. Das Schlafzimmer sah aus wie ein rosa Märchenschloss. In dem ordentlichen kleinen Raum standen zwei schmale Betten, jedes mit einer Disney-Prinzessinnen-Decke, und an den Wänden waren schmale Regalbretter angebracht, auf denen Dutzende bunter Regenbogen-Ponys thronten. Das Zimmer war blitzsauber.

»Tut mir leid wegen dem Chaos«, sagte Annie und ließ sich auf den rosa Teppich in der schmalen Lücke zwischen den Betten sinken. »Ich versuch, den Haushalt zu machen, aber es is schwer, wenn er so entschlossen ist, den ganzen Tag in seim eigenen Dreck zu hocken.« Sie klopfte neben sich auf den Boden, und Shuggie quetschte sich in den engen Spalt. »Wat macht deine Ma, wennse blau ist? Wirdse dann auch so stumpf?«

»Nein, sie betrinkt sich schrecklich, und dann wird sie schrecklich wütend«, sagte er. »Ich mach mir Sorgen, dass sie sich was antut.«

»Du meinst, sich umbringt?«

»Wahrscheinlich. Manchmal, vor der Schule, verstecke ich alle Pillen im Bad. Ich weiß, dass mein Bruder jeden Tag seine Rasierklingen mit zur Arbeit nimmt.« Er fuhr mit den Fingern durch die rosa Teppichfransen. »Aber meistens hab ich bloß Angst, dass sie alles immer noch schlimmer macht. Sie verliert ihren Stolz. Die Leute wollen nichts mehr mit ihr zu tun haben. Wegen ihr wohnt meine Schwester eine Million Kilometer weg in Afrika. Mein großer Bruder versucht Geld zu sparen, damit er auch abhauen kann.«

Annie griff unter das Bett und öffnete ein altes Ausmalbuch. Shuggie war enttäuscht, als er sah, dass sie zwar die richtigen Farben benutzte, aber immer über die Linien kritzelte. »Alse die Zeche stillgelegt ham, musst ich hierbleiben und mich um meinen Dad kümmern«, sagte sie. »Meiner ollen Ma war alles piepegal.« Sie blätterte durch das Buch. »Wollen wir wat ausmalen?«, fragte sie abrupt.

Shuggie schüttelte den Kopf. Er konnte den Blick nicht von den Regalen mit den regenbogenfarbenen Ponys abwenden, die fröhlich auf sie heruntersahen.

»Willste mit meinen Pferden spielen?«, fragte Annie. Sie beobachtete ihn, aber er schüttelte den Kopf und versuchte sich desinteressiert zu geben. »Die schickt meine Ma mir immer an Weihnachten und Ostern. Manchmal schickt sie mir dauernd das Gleiche, daran merke ich, wie egal es ihr is.«

Annie sprang auf eins der schmalen Betten. »Hier, dem hat deine Ma einen Zopf geflechtet.« Sie gab Shuggie ein himbeerrotes Pony. Seine Mähne und sein Schweif waren aus langem lila Plastikhaar, beide ordentlich geflochten und mit Schleifen versehen, die aus den Verschlussklemmen von Brottüten gemacht waren. Annie sammelte eine Handvoll anderer Ponys ein und hüpfte vom Bett zurück auf den Boden. Die Ponys waren kunterbunt, mit langen gemalten Wimpern und einem glücklichen Lächeln. »Du bist Butterscotch, Cottoncandy und Blossom. Ich bin Bluebelle, weil die mein Lieblingspony is. Die anderen wollen ihr immer die schönen Haarspangen klauen, aber sie is zu schnell.«

Die Plastikponys sahen zwar eher aus wie aufgeblasene Hündchen, aber für Shuggie waren sie ein Wunder. Annie ließ ihn den ganzen Nachmittag mit den Ponys spielen. Sie redeten mit hohen, künstlichen Stimmen und ließen sie über die Bettdecken galoppieren. Sie striegelten ihre Mähnen mit winzigen Bürsten, bis das Plastikhaar elektrisch strahlte.

Irgendwann begann das Ponyspiel Annie zu langweilen, und sie wurde rastlos, ungeduldig. Sie schob einen dünnen Arm in die Dunkelheit unter dem Bett. Unter den rosa Rüschen holte sie eine Austernschale hervor, die als Aschenbecher diente und randvoll mit Asche war. In der Asche lagen zwei oder drei halbgerauchte Kippen. Annie schob das Wohnwagenfenster auf, zündete sich eine krumme Zigarette an, nahm einen flachen Zug und blies den Rauch durch den Fensterspalt. Sie nickte in Richtung ihres Vaters. »Tut mir leid, bei mir liegen die Nerven blank.«

Sie bot Shuggie die feuchte Kippe an. Er schürzte die Lippen und schüttelte säuerlich den Kopf. Annie zuckte die Schultern und rutschte mit einem Rumms auf den Boden, die Zigarette zwischen die Zähne geklemmt.

Shuggie ließ Cottoncandy über ein Kassettenhindernis springen und Bluebelle hinterherjagen, als Annie aus heiterem Himmel fragte: »Haste wirklich Johnny Bells Pimmel angefasst, Shuggie?«

Bei der Erinnerung an Bonny Johnny, den Jungen aus der Waschmaschine, fingen die schmerzenden Beulen in seinem Gesicht wieder an zu glühen. Plötzlich wollte er das Spielzeug des Mädchens fallen lassen, von sich wegstoßen, als wären sie der Beweis für die schmutzigen Dinge, die er getan hatte. »Nein«, log er.

»Wie hat es sich angefühlt?«, fragte sie unbeirrt. Die Zigarette hing in ihrem Mundwinkel, als sie die Flanke des Ponys mit sternförmigen Aufklebern verschönerte. Sie tat es mit routinierten, gelangweilten Handgriffen, so träge wie eine Gewerkschafterin.

»Ich hab gesagt, ich habs nicht gemacht.«

Sie kniff das linke Auge zu, damit kein Rauch hineinkam. »Na ja. Dat würd ich auch sagen. Aber ich hab auch schomman Pimmel angefasst. Den von den O'Heany-Jungs und den von Fran Buchanan.«

»Aber du bist doch erst neun!«, sagte Shuggie. Er rückte weg von den Ponys. »Die sind schon in der großen Schule.«

»Ich bin zehn drei Viertel.« Annie atmete eine lange Rauchschwade aus und formte sie zu einem perfekten, eleganten Kringel. »Die ham mich mit zu den alten Fördermaschinen genommen und ham mir Buckfast zu trinken gegeben.«

»Hast du es Father Barry nicht gesagt? Die Polizei würde die für sowas ins Gefängnis stecken.«

»Nein.« Sie drückte die Kippe aus und legte den Kopf zurück aufs Bett, jetzt war sie entspannter. »Aber es wars nich wert. Buckfast schmeckt total eklig.«

Ihre Gleichgültigkeit schockierte Shuggie. Er musste wieder an seine Mutter denken, hier, in dieser Blechbüchse, mit Annies Vater und seinen Nikotinfingern. Er wusste, dass Agnes es hier grässlich finden würde, und trotzdem war sie hier gewesen. Zorn stieg in ihm auf. »Warum hast du das getan?«, schrie er Annie an. »Warum lassen Mädchen Jungs *immer* ihren Willen haben?«

Ihr lila Pony war in zierlichen Kreisen herumstolziert. Jetzt rutschte Annie von den Spielsachen weg, und zum ersten Mal an diesem Nachmittag war sie sprachlos.

Draußen fing der Schäferhund an zu bellen. Shuggie spürte den ganzen Wohnwagen wackeln, als der Hund aufsprang und die Stufen herunterstürzte. »Ach, verdammte Scheiße. RAMBO! Rambo!« Annie schwang sich über das Bett und stürzte aus dem winzigen Schlafzimmer. Im Halbkreis der Wohnwagen war die Hölle los, als der Schäferhund sich auf einen anderen Hund stürzte und die beiden bellend mit gebleckten Zähnen miteinander kämpften.

Shuggie wollte nicht mehr hier sein. Er wollte nicht so tun, als wäre es okay, mit Mädchenspielzeug zu spielen oder die schmutzigen Teile von Jungs in der Oberschule anzufassen. Er wollte nicht wie das Limonadenmädchen sein. Er wollte nicht wie Agnes sein. Er wollte normal sein.

Er stand auf und nahm seine Schultasche. Annie brüllte Rambo an, den anderen Hund loszulassen. Aus dem Fernseher knatterten die Wettergebnisse. Shuggie wollte nicht daran denken, dass Agnes hier gewesen war, er wollte nicht daran denken, wie der nikotingelbe Mann sie begrapscht hatte und wie sie für eine warme Dose Special Brew Annies Haar geflochten hatte.

Es machte ihn wütend, und deshalb öffnete er die Schultasche und steckte zwei Ponys hinein.

Jeden Tag vor dem letzten Klingeln verknotete sich Shuggies Magen, und er meldete sich und bat höflich, entschuldigt zu werden. Father Ewan mit dem teigigen Gesicht verfluchte den kleinen Jungen innerlich, dessen Verdauung so pünktlich zu funktionieren schien wie ein Uhrwerk. Erst versuchte er ihm abzuverlangen, die letzten fünfzehn Minuten auszuhalten, bis die Schule aus war. Shuggie, stets gehorsam, nickte mit verzerrtem Gesicht und saß zur Seite gekrümmt da, als ob es wirklich dringend wäre. Nach kurzer Zeit begannen seinen Zuckungen und sein Herumrutschen die anderen Kinder abzulenken, und schließlich gab der Lehrer nach.

Später im Lehrerzimmer machte der weichherzige Priester Witze darüber, was die Bergmannsdiät aus gekochtem Kohl und Hackfleisch dem Klerus antat. Der höfliche kleine Junge, der Einzige, der den Unterschied zwischen *darf ich* und *kann ich* kannte, bekam an so gut wie jedem Tag des Schuljahrs pünktlich um Viertel nach drei Krämpfe. Father Ewan konnte die Uhr danach stellen.

Also verbrachte Shuggie die letzten Minuten jedes Schultags auf der niedrigen Kloschüssel. Zur Sicherheit zog er die Hosen herunter, aber er wusste inzwischen, dass es nur Verstopfung war. Es war die ätzende Galle der Sorge, die wachsende Angst davor, was ihn zu Hause erwarten mochte.

Agnes war schon häufig trocken geworden, aber die Krämpfe waren nie ganz weggegangen. Ihre Phasen der Nüchternheit waren flüchtig und unvorhersehbar für Shuggie, und er konnte sie nie wirklich genießen. Wie bei jedem guten Wetter wartete danach nur umso mehr Regen. Shuggie zählte die Tage schon lange nicht mehr. Ihre Nüchternheit in Tagen zu messen, war, als würde man einem schönen Wochenende beim Verrinnen zusehen: Wenn man hinsah, war es immer zu kurz. Deswegen hatte er zu zählen aufgehört.

An die eigentliche Veränderung erinnerte sich der Junge nicht. Er konnte nicht sagen, zu welchem Zeitpunkt die Krämpfe aufhörten und die Dinge anders wurden. Er erinnerte sich, wie er eines Freitags im November von der Schule kam und wie immer vor dem Haus stehen blieb. Jedes kleine Detail war ein Hinweis darauf, was sich im Innern des Hauses tat. Heute waren die Vorhänge wegen der Kälte zugezogen, und die Lichter brannten. In seinem Magen regte sich Hoffnung. Shuggie öffnete die Haustür einen Spalt, weit genug, um dem Summen des Hauses zu lauschen. Er wusste, worauf er horchen musste. Heulen und Jammern kündigten einen schlimmen Abend an; sie würde ihn an sich drücken und ihm böse Geschichten von all den Männern erzählen, die sie kaputt gemacht hatten. Wenn er Countrymusic und traurigen Gesang hörte, begann ihm gleich die feuchte Wärme von Scheiße in die Unterhose zu rinnen.

Die Stimme seiner Mutter am Telefon war nicht immer ein schlechtes Zeichen. Er musste in den Windfang treten, das Ohr an die kalte gemusterte Glastür pressen und die Luft anhalten, um ganz genau hinzuhören. Sie musste nicht weinen oder schreien oder lallen, um betrunken zu sein. Manchmal war sie es trotzdem. Dann war sie überhöflich, setzte ihren falschen Milngavie-Akzent auf und benutzte lauter vielsilbige Ausdrücke. Sie bleckte die Schneidezähne und verwendete Wörter wie *selbstverständlich* und *bedauerlicherweise*.

Das waren die schlimmsten Anzeichen. Agnes beklagte ihre Verluste, aber sie war noch lange nicht hinüber. Dann ließ sie Shuggie sich zu ihr setzen und erzählte ihm wieder ihre Geschichten, nur dass sie wütend, nicht traurig war. Mit einem Päckchen halbgerauchter Zigaretten bei der Hand ließ sie den Finger über die Seiten des Telefonbuchs wandern und zwang Shuggie, die Nummern zu wählen, die sie vorlas.

»Fünf-fünf-vier, sechs-drei-drei-neun.«

Mit dem Hörer in der Hand lauschte der Junge dem *Drring-drring* und hoffte, dass niemand antwortete. Wenn sich am anderen Ende eine Stimme meldete, wurde er aschfahl.

»Hallo?«, sagte der Fremde.

»Oh. Hallo. Entschuldigen Sie vielmals, wenn ich störe.« Agnes nickte billigend in ihrem Sessel. »Ich suche nach jemandem namens Mister Cam McCallum?«

»Wen?«, fragte die Stimme.

»Cam McCallum«, wiederholte der Junge. »Er hat zwischen 1967 und 1969 in Dennistoun gewohnt. Er war Busfahrer im East End, die Linie zwischen George Square und Shettleston. Er hatte eine Schwester namens Renée, die einen Mann namens Jock geheiratet hat.«

Verwirrt von den seltsam detaillierten Informationen, antwortete die Stimme: »Tut mir leid, Junge, hier gibt's keinen Cam McCallum, der hier wohnt.«

»Ich verstehe. Vielen Dank, Sir. Entschuldigen Sie vielmals die Störung.« Aus dem Wohnzimmer zischte Agnes angewidert und zwang ihn, den nächsten McCallum im Telefonbuch anzurufen.

Noch schlimmer war es, wenn Agnes fand, wen sie suchte. Der Mann am anderen Ende würde sagen: »Wer is da? Ich bin Cam McCallum. Wat is los?«

Dann wurde dem Jungen schwer ums Herz. »Ah, ich verstehe. Würden Sie bitte einen Moment warten, Mister McCallum? Ich stelle Sie durch.«

Agnes' Brauen wanderten ungläubig nach oben. *Ist er das?* Der Junge hielt die Sprechmuschel zu und nickte. »Also gut«, sagte sie und griff nach ihrer Tasse Lager und einem neuen Zigarettenpäckchen. Shuggie reichte ihr wie eine ergebene Sekretärin das Telefon, und Agnes richtete sich das Haar, als könnte Mr McCallum sie durchs Telefon sehen. Mit einer frischen Zigarette zwischen den langen Fingern hielt sie sich den Hörer an den Mund.

»*Duuu Scheißkerl*«, zischte sie zur Einleitung.

»Hallo? Wer ist da?«, sagte der Mann.

»*Duuu dreckiger beschissener Hurenbock von einem Scheißkerl.*«

Irgendwann legte der Mann einfach auf. So war es immer. Agnes nahm einen langen Zug an der Zigarette und einen langen Schluck aus der alten Teetasse. Sie drückte auf die Wiederwahltaste und lächelte, während sie schnell verbunden wurde.

»Du legst nicht auf, wenn ich mit dir rede. Wage es nicht aufzulegen, wenn ich mit dir rede!«

»Wer ist denn da, Herrgott noch mal?«

»Glaubst du, damit kommst du durch? He? Die Sachen, die du dem jungen Ding angetan hast? Du widerliches Schwein. Du besitzt keinen Funken Anstand, oder?«

Cam McCallum legte wieder auf, und falls er schlau war, hängte er das Telefon aus. Agnes ließ den Finger über die Einträge im Telefonbuch gleiten, als wäre es eine Speisekarte, und suchte hungrig nach dem nächsten Happen. Das Alphabet führte sie zum nächsten Mann, der ihr etwas angetan hatte. *Brendan McGowan.* »Warte nur, bis ich dir von dem Scheißkerl erzähle«, sagte Agnes zu Shuggie, den Hörer unters Kinn geklemmt. »Mich zu verlieren, war der größte Fehler seines Lebens.«

Manchmal saß sie am Telefontisch, bis es dunkel wurde, und dann saß sie im Stockdunkeln da. Das glühende Ende der Zigarette war ihr einziges Licht. Shuggie saß vor dem Heizstrahler und lauschte ihrem Geifern. Er wagte es nicht, Licht anzumachen, hoffte, die Dunkelheit würde sie beruhigen, fürchtete, die Lampe würde sie zu ihm locken wie eine Motte.

Mit all diesen Szenarien im Kopf schlich Shuggie angespannt von der Schule nach Hause, lauschte vorsichtig an der Glastür und hoffte, dass sie weder weinte noch Countrymusic hörte, noch streitlustig am Telefon saß. Selbst das Summen von Stille konnte ihm den Magen umdrehen. Einmal hatte er ihm geglaubt, dem ohrenbetäubenden Zischen des Nichts. Er war ins Haus geschlichen, um besser hören zu können, hatte es für ein gutes Zeichen gehalten und die Deckung sinken lassen. Agnes hatte dagesessen, auf dem Küchenboden, in ihrem engen schwarzen Rock und dem guten Wintermantel. Sie kniete, als würde sie beten, doch ihre Handrücken lagen schlaff auf dem Linoleum, und ihr Kopf steckte tief in dem großen weißen Ofen. Der Klang des Nichts war ein Trick gewesen. Das Zischen des Nichts war bloß das giftige Gas, das sie davontrug.

Seitdem traute er der Stille nicht mehr.

Das beste Zeichen war geschäftiges Klappern in der Küche, das Gluckern und Rumpeln der Waschmaschine, Metalllöffel in der Spüle und das Brodeln von Suppe in großen Töpfen. An solchen Tagen stand er glücklich im Flur und wischte das Kondenswasser vom Strukturputz der Wand, bis sie ihn dort fand, betäubt vor Glück, mit den Fingern nasse Muster auf den Gips malend.

Bis auf die McAvennies kamen die schlimmsten Schulhofrowdys aus Familien, wo die Väter noch Arbeit hatten. Ihre Lunchpakete waren in der Mikrowelle zubereitet oder paniert, in Alufolie gewickelt und einzeln portioniert. Ihre Eltern waren jünger, und sie durften essen, worauf sie Lust hatten, wann sie Lust hatten. Sie hänselten die Kinder, die Eintopf und Hack dabeihatten, hielten sich die Nase zu und behaupteten, sie würden nach Kohl stinken. Wenn sie Shuggie damit aufzogen, drückte er das Gesicht in die Armbeuge seines Schulpullovers und atmete tief durch die Nase ein. Gekochter Kohl und Eisbein, Kartoffeln und Lammhack, für ihn waren es tröstliche Gerüche, und er schätzte sich glücklich, wenn sie an ihm hingen.

An manchen Tagen kam er nach Hause und hörte mehr als eine Stimme. Dann schlich er sich langsam an, bis er ganz sicher wusste, wer es war. Die netten Leute kamen schon eine Weile nicht mehr zu Besuch. Je länger seine Mutter in Pithead lebte, desto höher war die Wahrscheinlichkeit, dass ihr Besuch ein schlechter Mensch war.

Zu den schlimmsten gehörten die Zechenonkel, nervöse, zuckende Männer mit dünnem Haar, das immer nass wirkte. Sie kamen vorbei, um zu sehen, wie seine Mutter ohne Mann im Haus zurechtkam. Sie brachten Schokolade und Plastiktüten voller Bierdosen mit und behielten im Haus die Jacke an.

Shuggie wusste, dass er, wenn er von der Schule kam, ihre bösen Hoffnungen störte. Hin und wieder heuchelte einer der Onkel hohles Interesse an dem Jungen, weil er es darauf anlegte, die Füße längerfristig unter Agnes' Klapptisch zu stellen, schob ihm über den vollgeaschten Tisch eine Tafel Schokolade hin und fragte: *Wie es so in der Schule lief? Spielte er denn nicht gern draußen?*

Als Shuggie größer wurde, fragten sie nicht mehr und grinsten ihn auch nicht mehr mit ihrer Heuchlermiene an. Jetzt, mit zehn, sahen sie beinahe einen Mann in ihm und warfen ihm finstere Blicke zu, die ihm klarmachten, dass Shuggie ihre schmutzigen Pläne durchkreuzte.

Falls noch ungeöffnete Bierdosen da waren, zwang Agnes Shuggie, sich neben die Männer auf die Couch zu setzen. Dann lehnte sie sich zurück und beobachtete blinzelnd durch den Zigarettenrauch, wie die Männer unbehaglich herumrutschten. Zwischen Schlucken an ihrer Tasse musterte sie die beiden, als wären sie Vorhänge und eine Tagesdecke, und Agnes versuchte, ein passendes Set zu finden. Sie erzählte den Männern, wie schlau ihr Hugh war oder wie gut in der Schule. Sie hörten zu und nickten, während ihr Plan, seine Mutter am Nachmittag zu besteigen, den Bach runterging. Manche hatten viel Geld ausgegeben, um Agnes auf den richtigen Pegel der Fügsamkeit zu bringen. Und jetzt funkte ihnen ein trotteliger verschwitzter Scheißer dazwischen, der nach der Schule Zeichentrickfilme sah.

Die Onkel, die wiederkamen, lernten ihre Lektion; sie brachten billige Fußbälle mit, Plastikdrachen, lauter Spielzeug für draußen. Die richtig Verzweifelten gaben ihm eine schmierige Handvoll Münzen und sagten: »Geh mah ne Stunde ins Kino.« Shuggie sah die klammen Männer ausdruckslos an, ließ die schmierigen Münzen wie ein Schaffner in die Schultasche fallen, bedankte sich artig und stellte den lauten Fernseher an.

All das passierte natürlich nur, wenn sie bei Shuggies Rückkehr von der Schule noch im Wohnzimmer saßen. Waren sie schon im Schlafzimmer, bekam der Junge kein Geld, und keinen interessierte, was er werden wollte, wenn er groß war.

So schlimm die Onkel waren, sie waren wenigstens nur an seiner Mutter interessiert. Für Shuggie waren die Tanten, die vorbeikamen, noch schlimmer. Es war, als hätten Agnes' schlimmste Eigenschaften Gesellschaft gefunden. Dann musste Shuggie für zwei Frauen den Babysitter spielen, wenn sie sich besinnungslos tranken und herumkrakeelten, sich über den Aschenbecher gebeugt die letzten Kippen teilten und die Männer verfluchten, die Schuld an all dem Elend hatten. Anders als die Onkel redeten und redeten und redeten sie.

Wie verwilderte Katzen standen die Zechentanten mit den eingefallenen Gesichtern fast täglich morgens vor der Tür. Sie schafften es sogar nach fünf trockenen Tagen, Agnes wieder zurück zur Flasche zu bringen. Es war, als würden sie Agnes' Entzugserscheinungen von der anderen Seite der Siedlung riechen, und dann standen sie morgens um neun mit einer Tüte voll billigem Alkohol vor der Tür. Falls Agnes noch die Entschlossenheit besaß, nüchtern zu bleiben, setzten sie sich in ihr Wohnzimmer und tranken vor ihrer Nase. Elend brauchte Gesellschaft, und früher oder später wanderte Agnes' Blick gierig zu der Plastiktüte zu ihren Füßen.

Wenn Shuggie zu Hause war, ließ er die Frauen nicht herein. Sie standen schon vor dem ersten Postboten mit ihren schweren Tüten da. Vor der Tür sahen sie beinahe aus wie brave Leute, aber er wusste es besser. Viele Male hatte er versucht, sie höflich die Stufen hinunterzuschieben. Er schloss die Tür ab, doch sie riefen durch den Briefkastenschlitz. »Is deine Mammy nich da?«, bettelten sie. »Ich wollt doch nurne lütte Tasse Tee mitse trinken.« Am liebsten hätte er ihnen durch den Briefkastenschlitz eine Gabel ins dünne Gesicht gestoßen, wenn Agnes mit schlotternden Knochen im Haus lag und ihre Eingeweide nach einem Schluck warmem Bier schrien.

Irgendwie schafften sie es immer herein, wie ein kalter Luftzug.

Morgens warteten sie auf das Läuten der Schulglocke, um sicher zu sein, dass er weg war. Wenn er nachmittags um vier durch die Tür geschlichen kam, grinsten sie ihn triumphierend an.

Tante Jinty war von allen die schlimmste. Wenn er von der Schule kam, triezte sie ihn, bis sie einen Kuss kriegte. Der Junge spürte ihre warme Zunge auf der Wange wie ein Stück zähes Suppenfleisch. An schwülen Tagen zwang Agnes ihn, der kleinen Frau die verhornten Füße zu massieren. Jahre des Trinkens hatten ihr Gesicht aufgezehrt, aber vor Vergnügen spannte ihre Haut noch straffer über den Knochen, wenn sie mit den verhärmten kleinen Füßen genüsslich in der braunen Strumpfhose wackelte. Sie gab ihm nie Geld.

Jinty hasste Shuggie, weil er Agnes ein schlechtes Gewissen machte, wenn er da war, und sie hin und wieder seinetwegen für eine Weile trocken wurde. Ohne ihn hätten sie die Ufer der Nüchternheit endgültig hinter sich lassen und für immer auf die hohe See des Special Brew hinaussegeln können.

»In welche Klasse gehste jetzt?«, fragte Jinty einmal, als sie sich von ihm die Füße massieren ließ.

»In die fünfte«, sagte Shuggie, ohne sie aus den Augen zu lassen.

Sie sah seine Mutter an; sie trug immer noch ihr Kopftuch. »Na ja, bisschen spät jetzt, Agnes, aber ich glaube, es ist noch nicht *zu* spät.«

»Zu spät wofür?«, fragte Shuggie, während er ihre Hühneraugen rieb.

»Dass du auffe Schule von unser Louise gehst.«

Der Junge sah empört auf; er blinzelte mit den langen Wimpern und zog die Brauen zusammen. »Aber Louise ist doch bekloppt.« Als er es aussprach, wusste er, dass es nicht nett war.

Jinty zog den Fuß aus seiner Hand und beugte sich auf dem weichen Sofa vor. Sie bohrte ihm den knochigen Finger in die Brust. Sie hatte eine Beule im Gesicht, und Shuggie wusste, dass ihr Mann sie schlug. Agnes hatte es ihm erzählt. Beim Sprechen sah ihre geschwollene Unterlippe aus, als würde sie gleich platzen. »Unser Louise hat *Förderbedarf*, und in ihrer Schule halten sie Esel. Gips an deiner Schule Esel?«

»Nein.«

»Siehste? Ich finde, du wärst an ihrer Schule besser dran, weilse da Esel haben.« Zufrieden trank sie ihr schaumiges Bier.

»Mammy, sag ihr, dass ich kein Depp bin. Ich muss nicht zur Eselschule.« Seine Stimme klang weinerlich und kippte fast. Er ließ Jinty nicht aus den Augen.

Agnes hatte die Augen geschlossen, und die brennende Zigarette rutschte ihr langsam aus der Hand. Bier regnete in großen Tropfen auf ihren Schoß. Jinty witterte ihre Chance und fuhr mit einem falschen Lächeln fort. »Da gips noch lauter andere Kinder wie dich. Du findest viele Freunde und kriegst auch noch zwei gute warme Mahlzeiten an Tag.«

»Ich hab Freunde«, log er.

»Das wärn großes Abenteuer, weil du da übernachten darfst und erst freitagabends übers Wochenende heimkommst.«

Shuggie hatte den Förderbus gesehen, der Louise freitagabends in Pithead absetzte. Er hatte gesehen, wie die McAvennie-Jungs Steine auf den Bus warfen, wenn er vorbeifuhr. Er kannte Louise vom Sehen, sie war so still wie Leek. Er hatte auch gesehen, dass sie sonntags glücklicher aussah als freitags.

»Hömma, es is echt gut da. Da biste nicht mehr so *anders* als die andern.« Jinty sah Agnes an, die in den geräuschvollen Schlaf eines alten Mannes abdriftete. »Dann isset abgemacht, oder, Agnes?« Sie gab seiner schlafenden Mutter einen Schubs. »Morgen ruf ich an und sag denen, dasse Shuggie gleich zu unser Louise inne Klasse stecken sollen.« Jinty hob wieder das Bein und drückte den Fuß auf Shuggies Schoß.

Shuggie wusste, dass Louise eigentlich nur ein bisschen langsam war; die Vernachlässigung war schuld, dass sie so seltsam und in sich gekehrt und immer einen Schritt neben dem Takt war, was in Pithead schon als komisch durchging. Doch in der Förderschule war Louise während des ganzen Schuljahrs weg, so dass sich Jinty voll und ganz ihrem Lieblingskind widmen konnte, Stella Artois Pilsner.

Agnes sagte später, bis sie begriff, was los war, hatte Shuggie Jinty bereits zu Boden gerissen, und die Schließe ihres Christophorus-Medaillons war kaputt. Als Leek fragte, was passiert sei, erinnerte sich Shuggie nur noch, wie er Jintys großen Zeh gedreht hatte, bis es knackte; er hatte so lange gezogen, bis ihr Knie nachgab und sie kreischend vom Sofa fiel. Danach, sagte Shuggie, war alles weg; es war, als ob er alles durch ein Fernglas sah, aber von der falschen Seite.

Wie gewohnt lauschte Shuggie an der Haustür. Als er durch den langen Flur ging, fühlte er, dass die Wände feucht von Kohldunst und Dampf aus dem Kessel waren. Er glitt wie ein Geist tiefer ins Haus, bis er sie sah; sie stand in der Küchentür und wickelte ein Stück weiches weißes Schmalz in das Papier zurück. Ihr Haar war weich, die Ansätze hoben sich weiß von der schwarzen Farbe ab, und ihr Gesicht war ungeschminkt. Während sie das Schmalz einpackte, blickte sie durch das kleine Fenster über der Spüle auf das kilometerweite Sumpfland hinaus. Sie wirkte friedlich.

Endlich ließ die Spannung nach, und seine Eingeweide entkrampften sich. Dann bemerkte sie ihn im dunklen Flur. Er ging zu ihr, und sie legte die Arme um seinen Kopf und zog ihn an ihren weichen Bauch. Shuggie schlang ihr die Arme um die Taille und sie drückte das Gesicht in sein weiches schwarzes Haar. »*Mmmmh*, du riechst nach frischer Luft«, sagte sie, nahm seine kalten Wangen in beide Hände und küsste sie zärtlich.

»Du riechst nach Suppe«, sagte er.

»Charmant! Los, zieh die Schuluniform aus. Ich bringe dir was zu essen.«

»*Im Ernst?*«

Sie jagte ihn aus der Küche. Im Wohnzimmer war es behaglich, und es roch nach Staubsauger und Zitronenmöbelpolitur. Der elektrische Heizstrahler brannte, und die langen Vorhänge waren zugezogen, um die kalte Siedlung draußen zu halten. Shuggie schaltete den Fernseher ein, und der Zähler zeigte blinkend an, dass er sechs Stunden fernsehen konnte, bevor sie weitere Fünfzig-Pence-Münzen einwerfen mussten; es war der reine Luxus. Er streifte sich die Schuhe ab, schüttelte die Wollhose herunter und knöpfte sich das weiße Hemd auf. Er ließ die Kleider in einem Haufen auf den Boden fallen. In der sauberen Unterhose setzte er sich auf den großen eckigen Couchtisch und sah sich mit offenem Mund die Nachmittagssendungen an.

Agnes kam mit einer Tasse heißem Tee und einem kleinen Teller herein, die sie vor ihn stellte.

»Was ist das?«, fragte er.

»Das ist für dich«, sagte sie.

Shuggie starrte die goldene Apfeltasche an und berührte sie langsam mit einem Finger. Er spürte die Hitze aufsteigen. Agnes hatte das Gebäck mit dem Teller im Ofen aufgewärmt. Er war braun und blättrig, mit weißen Zuckerkristallen bestreut, die geschmolzen waren und eine knusprige süße Kruste bildeten. Zu beiden Seiten quoll klebriges goldenes Apfelmus heraus und schlug heiße Blasen auf dem Teller. Als er auf die Apfeltasche drückte, knisterte sie appetitlich.

Der Junge starrte sprachlos den Teller an. Er hatte Angst, dass er keinen Bissen herunterbekam, weil sein Magen rumorte wie bei den Angstkrämpfen. Aber diesmal war es nicht die würgende Galle, die in ihm brodelte, sondern etwas, das sich anfühlte wie gelber Sonnenschein. Ein Lächeln breitete sich in ihm aus, und er hob die Füße, kippte auf den Rücken und drehte sich wie ein Kreisel auf dem Steißbein, immer wieder, bis der ganze Couchtisch vor Freude glänzte.

Agnes hatte das Meeting in der Dundas Street ausgewählt, weil sie hoffte, dort niemanden zu kennen. Sie hatte schon in der Vergangenheit hin und wieder ein AA-Meeting besucht, war aber nie damit warm geworden. Wenn sie sich in der Gesellschaft der gebrochenen Männer und Frauen umgesehen hatte, war Scham in ihr aufgestiegen. Sie hätte am helllichten Tag die Straßenseite gewechselt, um solchen Leuten aus dem Weg zu gehen.

Auch wenn sie nur selten hinkam, hatte die East-End-Gruppe, die sie manchmal besuchte, angefangen, sich zu eng und zu vertraut anzufühlen. Agnes hatte alles verbockt. Die meisten der älteren Männer hatten sie schon in Pithead besucht, und sie fing an, in den verhärmten Gesichtern der fahrigen Frauen vertraute Züge ihrer selbst zu entdecken. Es wurde immer schwerer so zu tun, als wäre sie anders. Deswegen war Agnes eines Abends einfach im Bus sitzen geblieben, hatte die bekannten Räume links liegen lassen und war bis zur Dundas Street gefahren. Ein neuer Anfang, hatte sie gedacht, und hoffentlich eine bessere Klasse von Alkoholikern.

Das Dundas-Street-Meeting zwischen dem Bahnhof Queen Street und der Bushaltestelle Buchanan Street in der Innenstadt zog eine ziemlich breite Versammlung an. Es fand in einem Sandsteingebäude statt, einem ehemals prachtvollen Kontorhaus, das nach baulichen Veränderungen in den sechziger Jahren an eine schlecht geführte Grundschule erinnerte. Der Stuck war abgeschlagen und die Räume verkümmerten in hässlicher brauner Amtsfarbe, mit Neonröhren und abblätterndem Linoleum. Auf Agnes wirkte alles sehr *anonym*.

Die AA-Gruppe Dundas Street hatte einen langfristigen billigen Mietvertrag für einen Versammlungssaal mit hoher Decke. Vorne befand sich ein leicht erhöhtes Podium mit einem Klapptisch und sechs Plastikstühlen auf einer Seite. Links war ein kleiner Vorraum mit einem schmalen Flur, wo die Urne und die Kekse standen. Es fühlte sich provisorisch an, auch wenn die Stammgäste versuchten, sich mit Kalendern und Postkarten aus Lourdes, Rom und Blackpool häuslich einzurichten.

Agnes brachte Shuggie früh ins Bett und fuhr mit dem Bus in die Stadt, ohne zu wissen, ob sie es zu dem Meeting schaffte oder stattdessen, wie sie es früher schon getan hatte, zu einer der Bingohallen in Gallowgate ging. Sie brauchte alle Kraft, die sie besaß, um die Stufen des Kontorhauses hinaufzusteigen, und als sie den Saal betrat, war sie erleichtert, kein bekanntes Gesicht zu sehen. Der Raum war stark verraucht. Die Leute rutschten nervös auf ihren Plätzen herum, jeder mit respektvollem Abstand zum nächsten. Fast ununterbrochen war ein Chor von feuchtem Röcheln und Hustenanfällen zu hören. Die Anwesenden waren weniger leutselig als bei den anderen Meetings. Man nickte und lächelte einander höflich zu, doch es schien weniger Gemeinschaft zu herrschen und mehr Anonymität, was genau das war, was Agnes brauchte. Sie setzte sich in unaufdringlichem Abstand zum Podium und spürte das Brennen der Blicke in ihrem Rücken. In ihrem langen Mohairmantel war sie zu elegant, aber sie fühlte sich wohler darin.

Eine Gruppe von Leuten, die sich leise in einer Ecke unterhalten hatten, setzten sich auf die sechs Stühle auf dem Podium. Dann erhob sich ein gutaussehender Mann mit silbernem Haar. Seine Augen waren tief und braun, und seine Brauen bildeten eine dichte, struppige Linie. Trotz ihrer Nervosität und dem Zittern wurde Agnes unwillkürlich von Aufregung erfasst.

»Hallo«, sagte der Mann mit dröhnender Stimme. »Danke, dass ihr zur Dienstagabendgruppe gekommen seid. Für die von euch, die mich nicht kennen, ich heiße George und ich bin Alkoholiker. Ich gehe jetzt seit, tja, fast zwölf Jahren zum Dundas-Street-Meeting. Ich fühle mich ermutigt von den vielen bekannten Gesichtern, die ich heute Abend unter euch sehe, und wie immer bin ich traurig über die vielen neuen.«

Er legte die fleischigen Hände auf den Tisch. »Hier oben am Tisch sitzen heute Abend ein paar alte Freunde und ein oder zwei neue.« Die Leute rechts und links von ihm richteten sich auf und lächelten. »Bevor ich sie vorstelle, lasst uns zu Beginn den Herrn um Hilfe bitten.« Der Mann senkte den Kopf, und sein Haar glänzte wie Lametta. Agnes kniff die Augen zusammen, um ihn besser sehen zu können. Auch die Versammelten senkten den Kopf und schlossen die Augen, um das Gelassenheitsgebet zu sprechen. Agnes kannte es auswendig, aber bisher war kein Wort davon zu ihr durchgedrungen.

Dann begann das Meeting, und sie hörte zu, als auf dem Podium geschäftliche Dinge angesprochen und Neuigkeiten und Beileidsbekundungen mitgeteilt wurden. Eine Freundin der Gruppe war gestorben; soweit Agnes verstand, hatte sie den Kampf gegen die Flasche verloren. George stellte die neuen Gesichter am Podiumstisch vor und bat sie, der

Gruppe ihre Geschichte zu erzählen. Ein dünner Mann mit knappem Glasweger Akzent stand auf. »Hiya, ich heiß Pe'er, unnich bin Alkoliker.« Seine Augen wurden feucht, als er erzählte, wie er den Kontakt zu seiner Frau verloren hatte, und wie seine Söhne später erst alkohol- und dann drogenabhängig wurden. Agnes lauschte, wie der Mann seine Vokale zusammenzog und die Geschichte ausspuckte, als wäre er wütend, mit der vertrauten Glasweger Schnodderigkeit. Sie hatte das Gefühl, allein an seiner Sprache konnte sie seine Herkunft bis auf das Mietshaus eingrenzen, in dem er aufgewachsen war. Seine Lebensumstände überraschten sie nicht, und am Ende hatte sie Mitleid mit ihm: Der Bürde seines Akzents würde er nie entkommen.

Während weitergeredet wurde, schweiften ihre Gedanken kilometerweit ab, und sie sehnte sich nach einem Drink. Plötzlich rief eine Stimme. »*Du.* Die schwarzhaarige Frau in dem lila Mantel.« George zeigte direkt auf sie. »Möchtest du der Gruppe etwas mitteilen?«

Agnes wollte den Kopf schütteln, aber sie spürte, wie sich ihre Beine anspannten, und fast gegen ihren Willen stand sie auf. Sie hatte es schon früher getan, ein Dutzend Mal in einer Handvoll Gruppen. Sie sah nach links, dann nach rechts, und lächelte ein kleines Lächeln. Alle wandten sich ihr zu, aber die Gesichter der Leute verschwammen zu hellen Flecken. Kurz ließ sie sich von der Sorge ablenken, dass der Rücken ihres schönen Mantels vom Sitzen zerknittert war, und sie stolperte über ihre ersten Worte. »H-hallo, ich heiße Ag-Agnes, und ich bin. Ich schätze, ich bin. Alkoholikerin.«

Im Saal erhob sich ein lauwarmes Raunen der Zustimmung. »Willkommen, Agnes.«

Agnes wollte weitersprechen, aber plötzlich fehlten ihr die Worte. Sie strich sich mit der Hand über den Mantelrücken, um die Falten zu glätten. Bis auf den chronischen Husten war es still im Saal.

»Ich stehe in Flammen, doch ich verbrenne nicht«, dröhnte die Stimme.

»Wie bitte?«, sagte Agnes.

»*Ego sum in flammis, tamen non adolebit*«, sagte George. »Ich stehe in Flammen. Ich verbrenne nicht. Die Worte der heiligen Agnes.«

»Oh.« Sie wusste nicht, ob sie sich wieder setzen sollte.

»Nie wurde ein wahreres Wort gesprochen, oder?«, fuhr er fort, fand den Faden und richtete sich an die Versammlung. »Ich stehe in Flammen, aber ich verbrenne nicht. Nun, lasst uns aus diesen Worten Hoffnung schöpfen. Jeder von uns, die wir heute Abend hier versammelt sind, wurde von den Flammen heimgesucht.« Er räusperte sich und breitete die Arme aus wie ein Jahrmarktkrämer. »Haben wir nicht alle für das nächste Glas gebrannt, im Fieber gebrannt, in Schweiß und Panik, unsere Kehle in Flammen, das Herz in unserer Brust in Flammen?« Die Menge murmelte zustimmend. »Und da ist er.« Er gab ein befriedigtes *Aaaah* von sich. »Der wundervolle Drink, nach dem ihr euch so gesehnt habt, und er brennt durch euch durch wie Benzin. Wie Benzin feuert er die Dämonen in euch an, verbrennt euch, bis der Teufel übrigbleibt. Ihr steht in Flammen und zerstört alles, was ihr berührt; alle, die ihr liebt, weichen vor euch zurück, weichen vor dem Feuer zurück. Geld verbrennt, Familien verbrennen, Karrieren verbrennen, Ansehen verbrennt, und dann, wenn alles verbrannt ist, brennt *ihr* immer noch.«

Die Menge lauschte atemlos. »Aye, ich kann nicht beschreiben, wie ich zusah, als die Flammen alles verschlangen, was ich besaß. Selbst als ich versuchte, trocken zu werden, als ich dastand und um Hilfe flehte, war es, als stünde ich immer noch in Flammen, der große Unberührbare.« Verständnisvoll schnalzte die Menge mit der Zunge. »Als ich um Hilfe bat, wichen alle vor mir zurück; weil sie Angst hatten, dass das Feuer wiederkommt. ›Helft ihm nicht‹, sagten sie. ›Er ist es nicht wert‹, sagten sie. ›Er ändert sich nie, er zieht euch alle nur mit runter.‹«

Der attraktive Mann schüttelte den Kopf. Im Saal war es ganz still. »Doch am Ende war es wahr, oder? Ich stehe in Flammen, aber ich verbrenne nicht.« Er wischte sich den Speichel aus den Mundwinkeln. »Das ist die Lehre, die uns die heilige Agnes mit auf den Weg gibt. Selbst in der Dunkelheit ist noch Hoffnung.«

Agnes blinzelte blind in den verrauchten Saal. Sie strich sich den Rock und den Mantel glatt, um sich wieder zu setzen. Aber der Mann erhob wieder die Stimme und zeigte auf sie. »Flammen sind nicht nur das Ende, sie sind auch der Anfang. Denn alles, was zerstört wird, kann wieder entstehen. Du kannst aus deiner eigenen Asche wieder wachsen.«

Agnes lächelte demütig und widerstand der Versuchung, die Augen zu rollen.

Der Sprecher hatte sein Bestes getan, die Anwesenden zu inspirieren. Das Meeting ging weiter, und die Gemeinschaft wandte den Blick nach vorn. Agnes holte leise tief Luft; es fühlte sich an wie der erste Atemzug heute Abend.

Plötzlich lag eine tröstende Hand auf ihrer Schulter, die Hand einer Frau, schmal und blass, aber auf dem Handrücken wölbten sich bereits die dicken blauen Adern des Alters. Die Frau beugte sich vor, um Agnes ins Ohr zu flüstern. Sie kam so nah, dass Agnes sich nicht nach ihrem Gesicht umdrehen konnte.

»Aye, genau. Verbrennen konnten die Arschlöcher die heilige Agnes nich, deswegen hamse dem armen Ding den Kopf abgeschlagen. Scheißmänner! Oder?« Die alte Frau klopfte Agnes einmal auf die Schulter, dann setzte sie sich hustend in ihren Stuhl zurück.

NEUNZEHN

Pünktlich zu Shuggies zehntem Geburtstag erhob sich Agnes aus der Asche. Sie war seit drei Monaten trocken, als sie die Nachtschicht an der Zechentankstelle übernahm. Weihnachten hatte sie aus vier verschiedenen Katalogen bestückt, hatte Berge von Geschenken unter den Baum gelegt und vier verschiedene Sorten Fleisch aufgetischt, ohne Mittel, um dafür zu bezahlen. Als Leek und Shuggie rund und voll im Schein des Fernsehers lagen, merkte Agnes nicht, dass sie sich die Mühe gar nicht hätte machen müssen. Ihre Söhne waren allein ihretwegen glücklich, wegen ihrer Nüchternheit und des Friedens, der damit einherging.

Dann begannen die Rechnungen der Kataloge einzutrudeln, aber der Job bot ihr noch etwas, das wichtiger war als das Geld. Die Arbeit half gegen die Einsamkeit. Sie hatte etwas zu tun, war beschäftigt in den langen, leeren Nächten. Ohne die Arbeit hätte sie zu Hause gesessen und nicht gewusst, wohin mit sich, bevor endlich der Schlaf kam. In solchen Nächten grübelte sie über Shug, über die Freunde, die sich nicht mehr meldeten, über Lizzie und Wullie und über Catherine in Südafrika. Die Nachtschicht half ihr, nicht zur Flasche zu greifen.

Die Tankstelle diente auch als kleiner Laden, der einzige weit und breit, wo es Zigaretten, Eis am Stiel und Chips gab. Er war das Zentrum des Nichts. Agnes zog die Schublade zu sich, nahm die schmutzigen Münzen entgegen, die darin klimperten, ließ das Wechselgeld hineinfallen und schob sie mit den Zigaretten und Milchtüten durch die Sicherheitsschleuse zurück. Es war eine Art von gesellschaftlichem Leben, und dafür war sie dankbar.

Vier Abende die Woche saß Agnes hinter dem Sicherheitsglas und starrte hinaus in die leere Dunkelheit. In großen Intervallen kamen Taxifahrer vorbei und befüllten ihre schwarzen Hackneys mit Diesel. Manche fragten nach dem Schlüssel für das feuchte kleine Klo, und manche wollten die Zeitung und eine kalte Dose Irn-Bru. Dann plauderten sie, jeder auf seiner Seite der Glasscheibe, es ging um die Streiks draußen in Ravenscraig, um den Tod des Clyde, um Gemeinsamkeiten in ihrem Leben. Taxifahrer waren es gewohnt, hinter Glas zu sein; ihre Nächte bestanden aus Trennscheiben und Windschutzscheiben. Agnes mochte ihre Gesellschaft.

Mit der Zeit wurden ein paar Männer zu Stammgästen, und manche begannen ihre Pausen mit Agnes zu verbringen, jeder mit seinem Sandwich auf seiner Seite der Scheibe. Seit Agnes da war, lief das Nachtgeschäft an der Tankstelle besser. Manche Hackney-Fahrer fuhren Umwege, um fünf Minuten mit der schönen Frau zu verbringen, die über ihre Witze lachte, dieser Lady, die sich immer zu freuen schien, wenn sie kamen. Meistens machten sie sich erst wieder auf den Weg, wenn der nächste Fahrer hielt.

Es gab Taxis, die, wenn Agnes sich gerade unterhielt, Schleifen um die Tankstelle fuhren, bis sie wieder frei war. Sie beobachteten sie wie schüchterne Kinder eine Büchse Kekse. Agnes sah, wie sie auf der leeren Straße hin und her kurvten, auf ihre zehn Minuten mit ihr warteten und beleidigt waren, wenn sie sahen, dass Agnes mit einem anderen Fahrer lachte.

Manche der älteren Fahrer verlangten nur Waren aus den unteren Regalfächern. Es war ein Spiel, eine Art, die Zeit totzuschlagen. Agnes machte es nichts aus. Sie redeten und glotzten, wenn sie sich durch den kleinen Laden bewegte und die bestellten Päckchen Zucker und Stärke zusammensuchte. Es linderte die Einsamkeit der Fahrer, wenn Agnes sich vorbeugte und nach der Tageszeitung griff, wenn ihr Rock spannte, weil sie in die Knie ging, um das unterste Fach zu erreichen. Sie freuten sich, wenn der Ausschnitt ihres Pullovers verrutschte und der schwarze

BH-Träger sich von ihrer rosigen Haut abhob. Agnes wusste, wie schwer die Einsamkeit sein konnte.

Nach ein paar dunklen Wintermonaten an der Tankstelle begann Agnes Geschenke zu bekommen. Erst waren es nur Kleinigkeiten, eine Kiste Kartoffeln oder ein Glas eingelegte Zwiebeln vom Supermarkt. Eines Morgens bekam sie einen Versandkarton Slipeinlagen. Dann begannen ein paar der Fahrer größere Geschenke vorbeizubringen, einen gebrauchten Kühlschrank, einen alten tragbaren Fernseher und andere Elektrogeräte, die direkt aus dem Laster verhökert wurden. Einmal, als Shuggie von der Schule kam, sah er, dass die Scheibe der kaputten Glastür repariert war. Einmal war die schimmlige Küchenzeile neu gestrichen.

Gegen Ende der Nachtschicht, wenn keiner mehr an der Tankstelle vorbeikam, zog sich die Zeit. Agnes saß da, starrte hinaus auf die Pit Road und zählte am Hin und Her des einsamen Nachtbusses die Stunden. Hinter ihrer Scheibe blätterte sie langsam durch den Freemans-Katalog und gab Geld aus, bevor sie es verdiente. Wenn die Sonne über den Horizont kletterte, machte sie Feierabend, schob einen Schokoladenriegel in die Tasche, den sie dem Kleinen mit in die Schule gab, und ließ ein Päckchen Zigaretten mitgehen. Dann entriegelte sie die Tür und ließ die Morgenschicht herein. Wenn sie am Rand der Landstraße zu Fuß nach Pithead zurückging, steckte die Morgensonne die Abraumhalden in Flammen, bevor der schwere Himmel hereinrollte und die Siedlung unter seiner üblichen bleiernen Decke begrub.

Auf dem Heimweg kam Agnes an der Bushaltestelle vorbei und wünschte den Frauen mit den müden Knochen, die in der Stadt putzen gingen, höflich *Guten Morgen*. Die Putzfrauen rieben ihre goldenen Kruzifixe, ohne sie anzusehen, und murmelten ein kaum hörbares *Aye*. Es ging über ihren Verstand, was eine anständige Katholikin um diese gottlose Uhrzeit auf dem Heimweg machte. Die dünnen Frauen waren voller Misstrauen gegen diese Frau, die frühmorgens Lippenstift trug und deren makelloser Nagellack die Farbe von Sex hatte. Die Männer, die das

Glück hatten, nicht arbeitslos zu sein, sahen auf und lächelten, wenn sie an Agnes vorbeigingen. Sie versuchten, die Lunchpakete zu verstecken, die ihre Frauen für sie gepackt hatten, und zwinkerten ihr heimlich zu, wenn sie guten Morgen sagten.

Zu Hause schmuggelte Agnes den geklauten Schokoladenriegel unter Shuggies Kissen und weckte ihn mit einem Kuss und einer Tasse Tee mit Milch für die Schule. Ans Fußende von Leeks Bett legte sie seinen Overall, den sie am Abend frisch gewaschen hatte. Die Jungs lagen im Bett und sahen einander schweigend an, während sie lauschten, wie Agnes beim Morgenradio mitsang. Sie wagten nicht zu blinzeln, weil sie beide Angst hatten, den Bann zu brechen.

Agnes arbeitete erst seit ein paar Monaten an der Tankstelle, als sie den rothaarigen Ochsen zum ersten Mal sah. Er war anders als die anderen Taxifahrer. Die anderen hatten die vertraute Form von Männern angenommen, die ihren Zenit überschritten hatten, zusammengesackt vom stundenlangen Sitzen hinter dem Lenkrad, während sich das üppige schottische Frühstück und die Schokoriegel zum Abendessen wie ein Ring aus kaltem Porridge um ihre Mitte legte. Irgendwann deformierte das Taxifahren sie alle, ihre Schultern erschlafften zu weichen Buckeln und der Kopf mit den Hängebacken reckte sich aus dem welken Hals nach vorn. Diejenigen, die schon lange die Nachtschicht fuhren, waren gespenstisch bleich, die einzige Farbe in ihrem Gesicht das zarte Netz der Rosazea vom jahrelangen Trinken. Das waren die Männer, die gern einen Ring mit einem goldenen Sovereign am Finger trugen und eitle Freude empfanden, wenn sie ihren geschmückten Finger hoch und glänzend auf dem Lenkrad liegen sahen. Unweigerlich erinnerten sie Agnes an Shug.

Als der Rote zum ersten Mal aus dem Taxi stieg, musste sie sich zwingen, ihn nicht anzustarren. Offenbar war er neu im Taxigewerbe. Seine Schultern waren immer noch breit, und sein Gesicht war von Tageslicht und frischer Luft gefärbt, nicht von dunklen Pubs und goldenem Stout. Er war ein großer, stattlicher Mann, und als er sein Taxi mit Diesel volltankte, registrierte sie seine aufrechte, stolze Haltung. Mit einem muskulösen Arm schaukelte er das Taxi hin und her, und seine roten Locken leuchteten unter den flackernden Neonröhren. Als er sie sah, zuckte er nicht zusammen, wie manche Männer es taten, aber er lächelte auch nicht. Agnes saß mit verschränkten Armen hinter der Scheibe, als wartete sie auf einen Liebhaber, der sie vergessen hatte. Sie schob ihm die kleine Schublade mit dem Wechselgeld hin, und er bedankte sich murmelnd und ging zurück zu seinem Taxi.

Es dauerte ein paar Wochen, bis er wiederkam. Diesmal sprach sie ihn an, noch bevor er den Schalter erreicht hatte. »Sie fahren noch nicht lange, oder?«, fragte sie mit einem Lippenstiftlächeln, die Schublade einladend zu ihm hingeschoben.

»Schulding Sie?«, sagte er aus den Gedanken gerissen. »Ich habse durche Scheibe nich gehört.«

Agnes mochte sein breites Schottisch, den weichen Singsang aus Strathclyde. Sie redete in bestem Queen's English weiter. »Ich habe nur gefragt, ob Sie neu in der Taxibranche sind.«

»Wie kommse dazu, en Mann sone Frage zu stellen?«, fragte er gereizt, sein Atem warm an der kalten Scheibe.

Agnes' Lächeln bekam Risse. »Na ja, hier kommen viele Taxifahrer vorbei. Und Sie wirken irgendwie ... frischer als der Rest.« Er starrte sie an wie einen sprechenden Hund. Sie suchte nach den richtigen Worten. »Ich meine, Sie wirken nicht so abgestumpft. Von der ganzen Fahrerei. Den ganzen schwierigen Kunden.«

»Sie halten sich wohl fürn Menschenkenner, wat?«

Die Frage überrumpelte sie. Jetzt war es Agnes, die schwieg. Der rothaarige Mann ließ laut klimpernd ein paar Münzen in die Schublade fallen. »Ich nehm nochen Pint Milch unnen Weißbrot. Scheibenbrot, nich am Stück. Aber passense auf, dasset frisch is, und dasset nich plattdrücken in dem Ding hier.« Er zeigte auf die Schublade.

Agnes brauchte einen Moment, um sich zu erholen und aufzustehen. In der Mitte des kleinen Ladens drehte sie sich um, um nachzusehen, ob er sie beobachtete, aber der Rote starrte seine Schuhe an, als stünde eine Geschichte darauf. Er schnaufte durch seine Pferdenüstern, und sie sah, wie sich seine Schultern hoben, breiter wurden und wieder sanken. Er sah müde aus, krank und müde. Als sie zum Fenster zurückkam, legte sie die kleine Milchflasche in die Schublade und schob sie zu ihm. Er nahm sie mit seiner großen Pranke heraus. Dann legte sie das Kastenbrot hinein, und jetzt meldete er sich wieder. »So drückenses platt.« Agnes sah ihn sprachlos an. Wenn sie es ein bisschen quetschte, würde das Brot durchpassen, aber der Mann protestierte, und das Blut schoss ihm in die Wangen. »Ich hab gesagt, Sie sollens nich da durch schiem.«

»Dem Brot passiert nichts. Es gibt nach.« Sie drückte mit den Fingern auf den feuchten Laib, und wie in der Werbung sprang es wieder in seine Form zurück.

Der Mann schwieg.

Agnes lächelte unschuldig. »Tja, ich kann es nicht ändern. Ich kann ja nicht die Sicherheitstür öffnen.« Sie legte sich die Hand aufs Herz und sah ihn mit großen Augen an. »Wie Sie sehen, bin ich ganz allein hier.«

Der Mann trat von einem Fuß auf den anderen, und seine Wangen liefen dunkelrot an. Blinzelnd starrte er auf seine Schuhe und atmete tief durch die großen Nasenlöcher ein.

»Wollen Sie das Brot jetzt oder nicht?«, fragte Agnes und beugte sich zur Scheibe. Der Ausschnitt ihres Pullovers verrutschte, und sie wusste, dass über ihrer Schulter der schwarze Träger ihres BHs zu sehen war. Sie lächelte mit halbgesenkten Lidern.

Der Mann schlug mit der fleischigen Faust gegen die Scheibe. Erschrocken zuckte sie zurück, als hätte er sie geohrfeigt. »*Heilige Muttergottes.* Kannen anständiger Mann kein einfachen Laib Brot kriegen, verdammt noch mal?«

Damit weckte er Agnes' Dämonen. Es tat ihr nicht gut, sich so unsichtbar zu fühlen. Wenn sie ignoriert wurde, bekam sie Durst. Mit einem lackierten Fingernagel öffnete sie das zugeklebte Ende der Brottüte und zog die Randscheibe heraus. Sie ließ die Scheibe wie einen toten

Fisch in die Schublade fallen. Dann schob sie dem großen Mann die Scheibe zu.

Er starrte die Brotscheibe in der Schublade an, als hätte sie hineingespuckt. »Nehmen Sie schon«, warnte sie, und das Lächeln und der BH-Träger waren verschwunden. Der Mann mit den roten Haaren nahm die Scheibe heraus und hielt sie behutsam in der Hand. Mit metallischem Schleifen glitt die Schublade zurück, Agnes legte die nächste Scheibe hinein und schob sie zu ihm. Der Mann nahm sie. So ging es wortlos weiter, Agnes legte Scheibe für Scheibe des Brotlaibs in die Schublade, und der Mann sammelte sie vorsichtig ein, als wären es Porzellanteller. Sie war überzeugt, er hatte nicht einmal geatmet, seit er die erste Scheibe herausgenommen hatte. Schließlich entwich die Luft aus ihm wie aus einem geplatzten Reifen, und er sah auf den halben Laib Brot, den er im Arm hielt. Agnes füllte weiter die Schublade.

»Ich hab inne Grube gearbeitet, bevorse dichtgemacht ham«, sagte er leise. »Woher wusstense, dass ich kein Taxifahrer bin?«

»Ich habe es einfach gewusst«, sagte Agnes. »Ich habe Erfahrung.«

»Aye?«

»Ich könnte ein Buch darüber schreiben.« Sie legte die nächste Scheibe in die Wanne.

»Ich weiß nich, wies die annern aushalten«, sagte der rothaarige Mann. »Und die Gestalten, die eim begegnen? Alle möglichen Halunken.«

»Es gehört eine bestimmte Art von Mensch dazu, hier nachts unterwegs zu sein. Fahren Sie schon lange die Nachtschicht?«

»Vielleicht einen Monat.«

»Schrecklich einsam, oder?«, fragte Agnes.

Der Mann sah sie an, als wäre es das erste Mal. »Aye, ziemlich einsam«, sagte er mit müden Augen.

Sie schob ihm das Endstück zu. »Tja, dann kommen Sie morgen Nacht wieder. Ich schicke Ihnen eine Packung Cornflakes durch die Schublade.«

Zum ersten Mal lächelte der Mann. Seine Zähne waren groß und weiß und gerade. »Okay.«

»Und vergessen Sie nicht, eine Plastiktüte mitzubringen, weil ich Sie Ihnen einzeln rausgebe.«

Nach Shug hatte es andere Männer gegeben, aber keiner war mit ihr ausgegangen. Sie wartete den ganzen Tag auf die Taxihupe. Sie hatte schon vor dem Mittagessen gebadet und musste sich noch bis acht Uhr gedulden. Der Radiowecker blinkte die Neonzahlen herunter wie einen Countdown. Agnes' Stimmung schwankte den ganzen Tag zwischen fieberhaft und mutlos, und jetzt, als sie wartend vor dem Schminktisch saß, kam sie sich zunehmend dumm vor. Sie erstellte im Kopf eine Liste von all den Dingen, die sie dem neuen Mann auf keinen Fall erzählen durfte. Die schlimmen Dinge, die sie besser für sich behielt, schnürten ihr die Kehle zu. Sie machten sie durstig.

Shuggie saß nachdenklich schweigend neben ihr, die Hände geduldig im Schoß, die Füße sittsam übereinandergeschlagen, mit dem gleichen angespannten Ausdruck im Gesicht. Agnes versuchte ihr Leben in eine Geschichte zu packen und kam sich immer langweiliger und nichtssagender vor. Die Dinge, über die sie nicht sprechen durfte, hinterließen gähnende Lücken. Ohne sie war sie eine Frau, die ihr Leben seit 1967, als sie Shug kennengelernt hatte, im Tiefschlaf verbrachte.

Der rothaarige Ochse hieß Eugene. Es war ein guter Name, altmodisch und schlicht. Ein Name, den Mütter ihren Erstgeborenen gaben, den Söhnen, die anständig und ehrlich waren, der Stolz ihrer Mutter, nicht ihr Glück. Agnes hatte immer gedacht, es sei ein Name, den katholische Mütter den Söhnen gaben, die für das Priesteramt bestimmt waren, den Söhnen, die der Kirche geopfert wurden wie der Zehnte.

Eugene drückte die Hupe des schwarzen Hackney, und Agnes zuckte erschrocken zusammen. Die Parfumfläschchen auf dem Nachttisch klirrten leise. Sie sah den Jungen an, der die Finger gekreuzt hatte, um ihr Glück zu wünschen. Er hob die Hand und schüttelte sie mit einem hoffnungsvollen Lächeln. Leek lehnte mit verschränkten Armen in der Tür. Sie bat ihn um einen Kuss, um ihr Glück zu bringen, und Shuggie sah, wie sie die Arme um Leeks Hals legte. Erst rührte sich Leek nicht, aber dann entknotete er sich langsam und umarmte sie. Er gab ihr so viele Küsse, bis sie ihn wie ein Schulmädchen kichernd von sich schob und kontrollierte, ob er ihr Rouge verschmiert hatte.

Draußen im weichen Abendlicht fiel ihr wieder auf, wie attraktiv der Mann war. Mit dem Anzug mit dem breiten Revers und dem nass zurückgekämmten dicken Haar saß er in seinem Hackney wie in einem Rolls-Royce. Eugene öffnete die Fahrertür und stieg aus. Agnes' Blick fiel auf seine dünne Westernkrawatte mit der stolz glänzenden Brosche. Ihr wurde bewusst, dass sie zum ersten Mal nicht von einer Scheibe getrennt waren. Eugene öffnete die hintere Tür für sie, und ohne sich umzusehen, wusste Agnes, dass die Frauen von Pithead an ihren Fenstern standen und schäumten. Sie spürte den Luftzug von tausend raschelnden Gardinen. Sie hob die Hand mit den Ringen, strich sich das Haar aus dem Gesicht und hob das Kinn. Fast konnte sie hören, wie sie wütend mit der Zunge schnalzten.

»Hast du gut hierher gefunden?«, fragte sie, als er die Wagentür schloss.

»Aye, kein Problem«, sagte er und ließ den Motor an. »Hab ich dich warten lassen?«

»Nein, nein. Ich musste mich beeilen, der Tag ist vergangen wie im Flug.« Sie versuchte, ein leichtes beiläufiges Lachen einzustreuen.

»Jedenfalls siehste schnieke aus.« Er betrachtete sie anerkennend im Spiegel.

»Da bin ich ja froh«, sagte sie und ließ die Lederfransen an den Ärmeln flattern. »Ich hatte keine Ahnung, was ich anziehen soll.«

Agnes war noch nie im Grand Ole Opry gewesen. Der Westernclub befand sich in einem alten umgebauten Kino auf der Govan Road, in einer heruntergekommenen Gegend der Glasgower Southside. An den Countrymusic-Abenden kamen Paare von überall zu Line-Dancing und

Revolvertrick-Duellen. Ob es an der guten Musik oder den rauchenden Colts lag, das Opry war ein Highlight in Glasgow. Die Musikhalle war jeden Abend der Woche rappelvoll. Hier konnte Edna McCluskey aus Clarkston für ein paar Stunden Kentucky-Belle sein, während ihr Mann, der lütte Stan, in Lederweste und dem großen Stetson mit den Fransen zu Postkutschen-Stan, dem Kopfgeldjäger, wurde.

Eugene parkte und half Agnes aus dem Wagen. Das Neonschild beleuchtete die Straße und spiegelte sich im nassen Asphalt. Die Leute drängelten sich am Eingang, und Agnes kam sich vor, als besuchten sie eine gefragte Premiere. Eugene schob sich an der Schlange vorbei, ließ einen silbernen Sheriffstern aufblitzen, und sofort wurden sie durchgelassen.

Im Innern erinnerte der Saal kaum noch an ein Kino. Es gab zwei Ebenen, und auf einer Seite befand sich eine große Bühne. Auf der Bühne spielte eine Band, der Sänger in hellbraunen Wildlederhosen, das Haar über dem pockennarbigen Gesicht zu einer Rockabilly-Tolle geföhnt. Er hatte sich den Mikrofonständer zwischen die Beine geklemmt, als wäre die Stange seine Angebetete. Beim Singen imitierte er den Südstaaten-Akzent von Johnny Cash.

Vor der Bühne war eine kleine Tanzfläche, wo ein paar ältere Paare schwoften. Alte Männer in engen Jeans schleuderten dickarmige Hausfrauen herum, und sie sahen aus, als amüsierten sie sich prächtig, als sie sich unterhakten und im Twostep zu den Country-Schlagern schunkelten. Die Frauen trugen entweder Cowgirl-Outfits mit Stetson-Hüten oder ausladende, tief ausgeschnittene Dirnenkleider mit Rüschenbesätzen und Federn im Haar. Agnes sah an sich hinunter. Der enge schwarze Rock und die Lederjacke, die sie im Katalog bestellt hatte, hatten ein Vermögen gekostet. Sie hatte sie zweimal zurückgeschickt, um die passende Größe zu finden. Doch als sie die Jeans und die Rüschenkleider der anderen sah, war ihr das Outfit verdorben.

Eugene führte sie durch die Menge. Er hatte Cowboystiefel an, und unter der braunen Anzugjacke trug er einen hübsch verzierten Holster mit einer glänzenden Pistole auf jeder Seite. Viele Köpfe nickten ihm zu, als kennten sie ihn, und er nickte hölzern zurück. Um die Tanzfläche standen kleine runde Tische mit jüngeren Paaren, die noch nicht genug getrunken hatten, um ungeniert zu tanzen. Eugene zog Agnes einen Stuhl heraus, und sie nahmen mitten im Saal Platz, nicht irgendwo versteckt in einer Ecke. Er half ihr aus der Jacke, und sie ließ ihn gewähren, als er die großen Hände auf ihren Schultern ruhen ließ, lange genug, um den Duft ihres Haars einzuatmen.

Der Laden brummte, der Rhythmus der Band war ansteckend und die Tänzer wogten auf dem Parkett. Der warme, schwere Geruch von goldenem Whisky und Leder hing in der Luft. Es war noch früh, aber die Gäste schlugen bereits über die Stränge. Agnes stellte amüsiert fest, wie befreiend ein bisschen billige Verkleidung offenbar wirkte.

»Wat sachste dazu?«, fragte Eugene mit einem stolzen Grinsen.

»Es ist fabelhaft.«

»Ja, oder? Eigentlich is Glasgow der richtige Wilde Westen. Auffer Maryhill Road kannste nachts unter der Woche immer noch skalpiert werden.« Eugene war in seinem Element und entspannte sich. »Ich freu mich, dass wirs endlich geschafft ham.«

»Ich auch.«

»Heut Abend seh ich zum ersten Mal, dasse echte Beine hast.« Er lachte. »Und nich vonner Hüfte abwärts bloßen alter Tankstellenhocker bist.«

»Ich hoffe, du bist nicht enttäuscht.«

»Nee.« Lachend hielt Eugene ihr die Pranke hin, um sich offiziell vorzustellen. »Freut mich, dich kennenzulernen. Erzählste mirn bisschen wat von dir?«

»Es gibt nicht viel zu erzählen.« Agnes hob einen feuchten Bierdeckel hoch und begann nervös damit herumzuspielen. Sie griff zu der Geschichte, die sie eingeübt hatte. »Geboren und aufgewachsen als Glasweger Papistin. War ein ruhiges Leben.«

»Aye, wie bei mir.«

»Ich bin geschieden«, sagte Agnes schnell, weil es besser klang als *mein Mann hat mich wegen einer hässlichen, langweiligen Hure sitzenlassen.* Eugene schwieg; die Pause kam ihr eine Sekunde zu lang vor. »Hättet ihr euch nich zusammenraufen können?«, fragte der Katholik dann.

War er enttäuscht? Agnes wusste es nicht. Sie schüttelte den Kopf und war erleichtert, als eine Kellnerin mit rasselnden Sporen an den Tisch kam. Sie war recht hübsch, in engen hellen Jeans mit einem breiten Schlangenledergürtel mit Schlangenkopf, der sich in die eigene Klapper biss. »Howdie, Sheriff, wie gehts, wie stehts inne Prärie?« Durch den aufgesetzten texanischen Akzent war das scharfe Ende von Gorbals zu hören, der miesesten Ecke Glasgows.

»Hiya, Belle, kann mich nich beschweren.« Eugene deutete auf Agnes, um sie vorzustellen. »Dat is meine Freundin Agnes; die is zum ersten Mal hier.«

Ohne die Miene zu verziehen, nickte Belle mit dem großen Hut in Agnes' Richtung. Es war eine kalte Begrüßung. »Und, Sheriff, lenkse immer noch die neue Postkutsche durch die wilde Stadt?«

»Aye. Leider.«

»Na, irgendwann schaff ich et noch, dich zu überreden, mit mir einen draufzumachen«, fuhr sie in ihrem Hollywood-Texanisch fort und beugte sich vor, dass die Knöpfe ihrer Hemdbluse spannten. »Vielleicht machenwa man kleinen Ausflug nach Burntisland. Meine Nichte hatten Wohnwagen am Wasser.«

Agnes fragte sich, ob es in Texas Wohnwagen am Wasser gab, und sie kicherte. Die Kellnerin sah auf sie herab, als wäre sie die Pest.

»Ein andermal vielleicht.« Eugene rutschte auf dem Stuhl herum.

Belle seufzte und schob den Daumen in den Gürtel. »Also, wat darfs sein, Kumpel?« Jetzt klang sie nur noch nach Southside.

»Ich nehmen Halben unden Pint.« Er sah Agnes an.

»Äh … ich nehme nur eine Coca-Cola«, sagte Agnes. Ihr Mund war trocken. Vor diesem Moment hatte sie sich den ganzen Tag gefürchtet.

»Is dat alles?«

»Mit Zitrone?«, setzte Agnes so beiläufig wie möglich nach.

»Kommt sofort.« Seufzend zog die Dame ab und wackelte mit dem Hintern wie eine Mastkuh.

Agnes beobachtete Eugenes Gesicht. Sie war froh, dass er nicht auf Belles Hintern starrte. »Na, die scheint ja *nett* zu sein.«

»Doch, schon«, sagte Eugene wenig überzeugend.

»Belle ist ein schöner Name.«

»Aye. Zu blöd, dass sie eigentlich Geraldine heißt.«

Agnes lachte. »Ach, wirklich, *Sheriff*?«

Eugene ließ sie großzügig über ihn lachen, und Agnes entspannte sich ein wenig. »Aye, Geraldine aus Gartcosh, und ich bin mir nich sicher, ob sie die Schlange, die sie am Gürtel trägt, nicht eigenhändig erledigt hat.«

»Dann passe ich wohl lieber auf.«

»Aye. Die Frau würde aussem alten Ehemann neue Stiefel machen.«

Die Getränke kamen, und sie sahen eine Weile zu, wie die Line-Dancers ihre Kreise drehten, bevor er sich wieder an Agnes wandte. »So, wie kommts, dass du keinen richtigen Drink willst?«

Agnes ging im Kopf die überarbeitete Version ihres Lebens durch. »Ach, weißt du, ich vertrage es einfach nicht gut. Morgens habe ich immer fürchterliche Kopfschmerzen.« Sie kratzte sich nervös im Nacken.

Eugene schien die Lüge nicht zu schlucken. Ein Flackern der Erkenntnis blitzte zwischen ihnen auf. »Aye, na ja, vielleicht später.«

»Vielleicht.« Agnes versuchte das Thema zu wechseln. »Wie kommt es eigentlich, dass der Sheriff der Stadt noch Single ist?«

»Dat Gleiche wollt ich auch grade fragen.«

»Das ist eine lange Geschichte. Du weißt schon, die Stiefel, die man aus Ehemännern macht?«

»Wat? Muss ich aufpassen?«

»Tja, manche behaupten, ich bin eine Geschiedene, die nach der passenden Handtasche sucht.« Sie saugte an ihrem dünnen Strohhalm. »Und jetzt du. Beantworte meine Frage.«

Er brauchte eine Weile. Er trank einen Schluck von seinem Bier, dann trank er einen Schluck Whisky. »Also, ich war sehr lange verheiratet, um genau zu sein, bis letztes Jahr. Und dann kam der Krebs. Ziemlich plötzlich.«

»Das tut mir sehr leid.« Agnes legte die Hand auf seine. »Mein Vater ist auch an Krebs gestorben.«

Eugene nickte nur und trank noch einen Schluck von beiden Getränken. Das Kondenswasser an seinem Bierglas sah erfrischend aus.

Die Countrymusic setzte aus, und die Band verkündete, dass sie eine Pause machten. Ein verschwitztes Paar trat an ihren Tisch, die Frau in einem Rüschenkleid, der Mann in der üblichen Cowboykluft. »Hiya, Sheriff, wie läufts?«, sagte die Frau so westernmäßig, wie es einer Glaswegerin möglich war. Eugene stellte die beiden als Leslie und Lesley vor, Stammgäste im Opry.

Leslie sagte: »Falls du meine Frau siehst, sag ihr bloß nicht, dass ich mit der jungen Lady hier bin.« Der kleine Mann grinste frettchenartig.

»Ach, halt die Klappe. Der Witz hat son Bart.« Sie verdrehte die Augen, gelangweilt von Jahren desselben Unsinns. »Wir wollten nur rüberkommen und fragen, wies dir geht, Sheriff.« Lesley faltete ihre Hammelarme unter der Brust und nahm ihr Kruzifix zwischen die Finger. »Wie hältse dich?«

»Ganz gut.« Eugene sah aus, als fühlte er sich ertappt.

»Inne Kirche beten wir immer noch für dich«, sagte Lesley. »Fühlt sich an, als wärs gestern gewesen, oder?«

»Aye«, sagte Eugene. Er warf Agnes einen nervösen Blick zu.

»Wen Gott liebt, nimmt er zu sich.« Lesley drehte an ihrem Kruzifix. Eugene hob den Whisky, um ihr zuzuprosten, aber er trank nicht.

Agnes beobachtete Lesley. Die Frau sah Eugene neugierig an, musterte sein Haar, die angenähten Westenknöpfe und den Hemdkragen, der weiß gebleicht und gestärkt war. Offenbar gehörte sie zu den Frauen, die von Details lebten. *Wer bügelte sein Hemd? Wer kochte für ihn?* »Wie gehts deinen Schwestern?«, fragte sie schließlich.

»Ganz gut«, sagte er. »Dat ich der Älteste bin, merktma nich, wenn man die machen lässt. Die würden noch Methusalem in allet reinreden.«

»Och, sie machen sich bloß Sorgen um dich. Sag Colleen, dat ich nach ihr und den Lütten gefragt hab, ja? Scheußliche Sache mit ihrn Jamesy. Sag ihr, ich schick ihrn paar alte Kleider rüber. Unser Gerald ist schon wieder in die Höhe geschossen, der wächst wie Unkraut. Ich weiß nich, wies deine Colleen schafft, fünf Kinder anzuziehen, seit die Grube dicht ist.«

Eugene saß stocksteif da, das Whiskyglas erhoben. Es dauerte einen Moment, bis bei Agnes der Groschen fiel, aber dann bekam ihr Lächeln Risse.

»Seit die Grube zu ist, geht das Nest vor die Hunde. Ich hab von der Valium-Plage gehört. Ach, und ich hab von der Alki-Nutte gehört, die gegenüber eingezogen ist.« Sie sah Agnes an, als erwartete sie Solidarität von Frau zu Frau. »Zu meiner Zeit hätte die Kirche jemand wie die woanders untergebracht. Is einfach nich richtig, so jemand zwischen anständige Familien anzusiedeln.«

Der frettchenartige Cowboy verdrehte die Augen und nahm den gepolsterten Arm seiner Frau. Er zerrte sie zurück auf die Tanzfläche. »Aye, also, cheerio dann«, sagte sie heiter und sah Agnes an. »Hat mich gefreut, dich kennenzulernen, Herzchen.«

Agnes nickte, aber ihre Augen schwammen, und der schwarze Eyeliner drohte sich zu verflüssigen. Als die Leslies fort waren, schwiegen Agnes und Eugene eine lange Zeit. Dann sprach Agnes: »Ihr lacht also alle über mich?«

»Nein.« Eugene schüttelte die roten Locken wie ein ernstes Kind. »Ich nicht.«

»Jeder lacht über mich«, sagte sie mehr zu sich selbst. »Ich bin wohl nur ein großer Witz für dich.«

»Nein«, wiederholte er. Er hatte die breiten Hände mit der Handfläche nach oben auf den Tisch gelegt, wie Shug es immer getan hatte, ein Trickster, der ehrlich wirken will.

Agnes sah seine Hände an und schluckte das Selbstmitleid herunter, den Teil von ihr, der wollte, dass er ihr wehtat, weil sie nichts anderes erwartete. »Was genau ist Colleen McAvennie für dich? Ihr seid alle so versippt, dass ich mich nicht wundern würde, wenn sie deine Cousine, deine Schwester und dein Milchmann gleichzeitig wäre.«

Eugene seufzte. »Du hast gefragt, ob ich den Weg zu dir gut gefunden hätte, und ich hab *ja* gesagt. Na ja, ich hab vielleicht nicht alles gesagt.« Er trank einen langsamen Schluck Bier, dann einen schnellen Schluck Whisky, und dann legte er die Hände wieder offen auf den Tisch. »Colleen McAvennie is meine kleine Schwester.«

Der fröhliche Lärm im Saal erstarb. Agnes bildete sich ein, sie würde die Blicke der Leslies spüren. Ihre schmalen Blicke brannten die altvertraute Scham in Agnes' Gesicht, sie spürte sie auf dem Saum ihres Rocks, auf den Ringen an ihren Fingern. Sie ließ die Worte sacken. Das goldene Lager rief nach ihr. Es versprach, mit ihm wäre alles erträglicher.

Dann wurde ihr bewusst, dass Eugene weiterredete. »Colleen is eine von acht, und alle leben inne Siedlung. Gute irische Abstammung. Du weißt, wies sein kann. Unser Grandad war einer der ersten Bergleute, und wir sind alle hier groß geworden und irgendwie geblieben. Die hatten früher nich viel Fantasie.« Er versuchte sie aufrichtig anzulächeln, aber Agnes taute nicht auf.

»Also. Was sagt sie über mich?«, fragte Agnes und richtete sich kerzengerade auf.

»Och, mach dir wegen der Lütten keine Sorgen. Die redet sich über alles den Mund fusselig.« Die geöffneten Hände schlossen sich.

»Schon gut, ich kann es mir vorstellen …«

»Es ist bloßen kleines Nest …«, tröstete sie Eugene.

»Ich bin eine Säuferin …«

»… sonst nix zu tun …«

»… und eine schlechte Mutter …«

»… wo sich jeder bei jedem einmischt …«

»Ich bin hochnäsig …«

»… statt sich um die eigenen Angelegenheiten zu kümmern.«

»… und eine dreckige Hure …«

Beim letzten Wort rutschte er verlegen auf dem Stuhl herum. Der gute Katholik, der Erstgeborene, der so standfest und ehrlich war.

»Ich verstehe«, sagte sie leise.

»Ich muss dich dat fragen«, sagte er nach einem Moment. »Ich mein. *Es tut mir echt leid, dass ich dich fragen muss.*« Sie sah, wie sein kräftiger Hals zuckte. »Aber hast du mit ihrem Mann geschlafen? Mit Big Jamesy?«

Agnes zögerte, bevor sie antwortete. Das jahrelange Trinken verunsicherte einen. Die Jahre der Scham und der Filmrisse hatten ihr das Gefühl für die Wahrheit genommen. Dinge, die sie verdrängt oder vergessen hatte, konnten klein und unbedeutend sein, aber sie konnten auch gewaltig sein, und sie konnten schlimm sein. Die Wahrheit war, sie hatte nicht mit Jamesy geschlafen, jedenfalls nicht mit Absicht. Er hatte sie reingelegt, und dann hatte er sich nicht an die Abmachung gehalten. Damit war es etwas Schlimmeres als Sex. Sie hatte keinen Namen dafür.

»Nein. Ich habe nie mit Jamesy geschlafen«, sagte sie in dem überzeugendsten Ton, den sie aufbrachte.

Eugene setzte das Glas wieder an, als wäre er froh, etwas zwischen die Lippen zu bekommen. Agnes saß mit perfekter Haltung da, den Kopf so hoch erhoben, dass es unbequem aussah. »Du weißt, dass das Gerede über mich nicht wahr ist. Ich führe ein ordentliches Haus. Ich bin keine Schlampe.«

Ein dünner Mann betrat die Bühne. Er sah zottelig und richtig ausgemergelt aus mit langer weißer Mähne wie Willie Nelson, die vom jahrelangen Nikotinkonsum vorne vergilbt war. Er rasselte ins Mikrofon, als wollte er zu einem schottischen Jig aufrufen.

»Kommt näher, Leude, et is wieder so weit. Jetzt isset H-high Noon. Und für die guten alten irischen Cowboys unter uns heißt dat, et is halb elf.« Die Menge lachte wohlwollend. »Jetz kommt der Revolver-Tanz. Kommt, stellt euch inne Reihe. Wir fangen gleich mitte erste Runde an.«

Froh über die Ablenkung trank Eugene den Rest seines bernsteinfarbenen Lagers aus.»Na dann! Los geht's.« Er stand auf und zog Agnes, ohne ihre Antwort abzuwarten, aus dem Stuhl. Er schob das Jackett zurück und zeigte seine zwei silbernen Pistolen. Dann nahm er den Holster ab und schlang ihn ihr um die Hüfte. Er zog den Gurt fest, aber er saß immer noch locker.»Pass auf. Schau her.«

»Der Cowboy auf der Bühne zählt bis drei.« Eugene hielt die Hände steif an den Seiten.»Erst wenn er bei drei is, darfste die Waffe ziehen. Verstanden? Wenn er bei drei is, ziehste deinen Revolver, und dann zielste, spannst den Hahn und schießt.« Eugene zog eine der Waffen, strich mit einer schnellen Bewegung den Hahn zurück und tat so, als würde er den Abzug drücken.»Keine Angst, wenne nich gut zielen kannst. Mach einfach, so schnellde kannst.«

»Das geht doch nicht. Ich mache mich völlig lächerlich.«

»Den Stolz hamwer an der Tür abgegeben.« Eugene zeigte auf seinen glänzenden Plastikstern.»Ich bin der Sheriff hier in der Stadt, und du bist meine Lady. Mit mir legt sich keiner an.«

Agnes hörte nur den Teil, wo er *meine Lady* sagte.

Der dürre Mann auf der Bühne rief zur Damenrunde, und die Frauen begannen sich in einer Reihe aufzustellen. Bis jetzt waren Agnes die ganzen Pistolen nicht aufgefallen, aber nun sah sie sie, lang und glänzend und unecht. Eugene schob sie in die Reihe.»Ich kann nicht!«, zischte sie.

»Stell dir einfach vor, es wär unser Colleen. Dann erwischst du sie bestimmt genau zwischen den Augen.«

Die ersten beiden Frauen stellten sich mit zwanzig Fuß Abstand auf den mit Sägespänen bestreuten Boden. Der dünne Mann präsentierte sie als Anniesland Angel und Delta Deirdre. Er hielt die Hand in die Luft und zählte laut ins Mikrofon.»Eins ... zwei.« Auf drei griffen die Frauen nach den Revolvern an ihrem Gürtel. Sie zogen die Waffen, schoben mit der freien Hand den Hahn zurück und drückten ab. Es knallte laut und rauchend wie bei Spielzeugpistolen. Delta Deirdre kam Anniesland Angel eindeutig zuvor. Sie blies den Rauch vom Lauf des Revolvers. Der Saal grölte.

»Ach ja«, sagte Eugene. »Ich hab vergessen dir zu sagen, dass' nen Künstlernamen brauchst.« Grinsend schlich er davon. Sie beobachtete, wie er sich wieder an den Tisch setzte und noch eine Runde bestellte. Dann sah er sie an und hielt den Daumen hoch, die Finger rosa und fleischig.

Als Agnes den Anfang der Reihe erreichte, war die Luft schwefelschwer wie am Guy-Fawkes-Tag nach dem Feuerwerk. Die Frau an der Spitze fragte Agnes nach ihrem Namen, schrieb ihn auf und reichte ihn dem Mann am Mikrofon. Agnes wurde auf die Tanzfläche geführt und umgedreht, so dass sie der Frau, die sie erschießen musste, gegenüberstand. Leider hatte sie überhaupt keine Ähnlichkeit mit Colleen. Sie trug das Haar in Rattenschwänzen und hatte weiße Rüschensöckchen und ein kurzes Kinderkleid an, obwohl sie über sechzig war und aussah wie eine Schulköchin.

Der Mann auf der Bühne stellte die Schützinnen vor. Zur Linken stand Arizona Ann. Die Menge klatschte, als die Köchin den Saum ihres Kleids hob und einen Knicks machte. »Zur Rechten«, sagte der Mann und zeigte auf den Neuzugang, »haben wir Phoenix Rising.« Wieder klatschte die Menge, und Agnes hatte das Gefühl, dass sie für sie ein bisschen lauter klatschten.

Der Mann begann zu zählen. »Eins ... zwei ...«

»Halt! Tut mir leid. Einen Moment noch!«, rief Agnes, bückte sich und stellte die Clutchbag zwischen ihre Füße. Die Menge lachte. Agnes wurde dunkelrot.

Seufzend fing der Mann noch einmal an. Konzentriert schob Agnes die Zunge zwischen die Zähne. Alle Männer starrten sie an. »Eins ... zwei ... drei!«

Es knallte, und kurz darauf knallte es noch einmal. Agnes öffnete die Augen. Die Köchin riss triumphierend die Faust in die Luft.

Als der Sheriff dran war, schaffte er es bis zum Halbfinale, und Agnes saß die meiste Zeit allein am Tisch und trank ihr warmes Glas Cola. Eugene erledigte seine Gegner mit Leichtigkeit, und auf eine seltsame

Art war sie stolz auf ihn; sie fühlte sich wie betäubt und gestattete sich den Gedanken, was für ein gutaussehendes Paar sie abgaben. Dann dachte sie an Colleen und all die anderen verkniffenen Gesichter, die sie verurteilten und vielleicht seine Schwestern waren.

Irgendwann wurde der Sheriff von dem Countrysänger rausgeschmissen, der sich der »singende Klempner« nannte. Der pockennarbige Kerl sah aus, als nähme er die Sache sehr ernst und übte heimlich bei Kenny-Rogers-Platten in seinem Zimmer. Er trug eine billige Clint-Eastwood-Grimasse zur Schau, die er stolz perfektioniert hatte.

Der Klempner gewann das Turnier; er bekam ein paar Getränkemarken, und irgendwann bestieg er die Bühne wieder, und seine Band spielte weiter. Jetzt strömten mehr Paare auf das Parkett, geölt mit billigen Getränken. Auch der Sheriff führte Agnes auf die Tanzfläche und zog sie an sich, auf die altmodische Art, wie es die jungen Leute heute nicht mehr machten.

»Mir gefällt dein Kampfname.«

»Danke, ich hatte ja nicht viel Bedenkzeit.« Er war warm und roch süß, und sein Atem war heiß. Sie ließ sich von ihm halten, schmiegte den Körper an seine fassbreite Brust.

»Du warst toll.« Er sah ehrlich stolz aus. Es machte sie froh.

»*Na ja.* Ich bin nach drei Sekunden umgelegt worden.«

»Hats nich geholfen, an Colleen zu denken?«

»Ich hatte die Augen zu.«

Eugene lachte schallend, und seine Augen glänzten angetrunken. »Tja. Auf jeden Fall haste den Preis als Schönste hier verdient.«

»*Ach was.* Aber warts ab. Zu Hause habe ich ein paar alte Vorhänge, aus denen mache ich mir fürs nächste Mal ein richtiges Kleid.«

Er wirkte erfreut. Dann schüttelte er sie leicht. »Gibt es ein nächstes Mal?«

»Na, frag schon, jetzt, wo ich das Outfit geplant habe.«

»Ich kanns kaum abwarten. Wirds eins von diesen großen bauschigen Hurenkleidern?«

Agnes zuckte, als wäre er ihr auf den Fuß getreten. Er spürte, wie sie in seinen Armen erstarrte. Sie wich zurück, und die Stellen, wo sie sich an ihn geschmiegt hatte, füllten sich mit kalter Luft. Die Band spielte einen neuen Song, eine der traurigen Balladen, bei denen Frauen mit Frauen tanzten und mitsangen.

»Wie lange bist du schon trocken?«

»Das solltest du vielleicht deine Colleen fragen.« Jetzt war es Eugene, der erstarrte.

»Isset schwer? Nich zu trinken?«, fragte er ernst.

»Ja, und es wird immer schwerer, nicht leichter.«

»Wie dat?«

»Na ja, man wird zwar jeden Tag ein bisschen stärker, aber der Alkohol lauert immer im Hintergrund. Es spielt keine Rolle, ob du wegrennst oder dich wegschleichst, er ist immer genau hinter dir, wie ein Schatten. Der Trick ist, nicht zu vergessen.«

»Wat nich zu vergessen?«

»Alles Mögliche«, seufzte sie. »Wie schwach du bist, wie schlimm es war, als du getrunken hast. Manchmal denkst du, du hättest es unter Kontrolle. Dass du es beherrschen kannst.«

»Ich wette, du kannst es beherrschen«, sagte er schlicht.

Sie sah zu ihm auf. »Deswegen ist es so wichtig, zu den Meetings zu gehen. Man beherrscht es *nie*.«

»Ich hoffe, es stört dich nicht, wenn ich trinke?«

Sie zögerte einen Moment. »Nein.«

»Oder doch?«

»Oh, nein. Ich wünschte nur, ich könnte mit dir trinken. Normal sein.«

»Och, auf mich wirkste auch so ganz normal.«

Er hatte so schlicht, so schnell geantwortet, dass sie gerührt war. »Ob du es glaubst oder nicht, das war das Netteste, was seit langer Zeit jemand zu mir gesagt hat.«

Sie tanzten weiter, und Agnes versuchte, sich besser zu fühlen. Sie versuchte, den Zweifel und die Scham zu vertreiben und die Tagträume von vorhin wieder heraufzubeschwören. Er könnte der sein, der ihr helfen würde, sich aus der Leere herauszugraben, ein Freund, ein Liebhaber, ein Vater. Sie würde dafür sorgen, dass er sauber und satt war; und sie würde auch für sich selbst sorgen. Er würde ihr Geld geben. Sie würden Urlaub machen. Er würde mit einem großen Einkaufswagen in einem großen Supermarkt für sie alle einkaufen. Sie würde ihn lieben. Das war der Kurs, den ihre Tagträume nahmen.

Die kühle Lücke zwischen ihren Körpern schloss sich wieder, als sie die Frage stellte, die ihr auf dem Herzen lastete: »Wenn Colleen dir erzählt hat, was für eine Schande ich bin, warum bist du heute mit mir ausgegangen?«

Er sagte lange nichts; das Warten machte sie verlegen, und als er schließlich antwortete, war klar, dass er sich die Frage schon selbst gestellt hatte. »Ich bin schon viele Jahre einsam. Ich war schon lange einsam, bevor meine Frau gestorben is. Versteh mich nich falsch. Sie war ne gute Frau, ne gute Frau wie unser Colleen, aber wir sind einfach in unserm Alltag steckengeblieben.« Die Musik passte nicht zur stillen Traurigkeit seiner Worte. »Wennde überlegst, bin ich die meiste Zeit meines Lebens unter Tage gewesen. Da war nich viel, wat ich nach Feierabend erzählen konnte. Nach zwanzig Jahren, worüber redet man da noch? Aber sie warne gute Frau. Sie hat immer viel und warm zu Abend gekocht, Fleisch mit Soße, die Teller heiß, weilse den ganzen Tag zum Vorwärmen im Ofen standen. Wir ham viel und warm gegessen, weil wir uns nix mehr zu sagen hatten. Jedenfalls nix, wat interessant war.«

Er fuhr fort. »Ich bin jetz dreiundvierzig. Dat sind vier Jahre älter wie mein Vatter, wie er gestorben is, und eigentlich müsst ich schon fertig sein. Eigentlich hätt ich in Rente gehen und den Rest meiner Tage mit ihr verbringen sollen, ohne dass wa uns wat zu sagen hatten.«

Sie hörte, wie seine Stimme rau wurde. »Als ich dich gesehen hab, war ich nich auf der Suche. Ich wusste nix von dir, hab Colleen nie deinen Namen sagen hören. Sowat is Weibersache. Über sowat redense nich mit

Männern. Tratsch. Gerüchte. Kirche. Dat is ihr Club. Ich weiß nur, dass ich, als ich dich da hinter der Scheibe sitzen sah, jemand gesehen hab, der auch einsam is, und ich hab gehofft, dass wir uns vielleicht wat zu sagen haben.« Seine Lippe zitterte. »Und da is mir wat klar geworden. Ich bin noch nich fertig mit meim Leben.«

Agnes küsste ihn. Eugene, der Standhafte und Ehrliche. Seine Lippen waren hart, aber sie schmeckten süß.

ZWANZIG

Agnes kniete mit dem Rücken zur Tür auf dem Schlafzimmerteppich. Im Radiowecker spielten leise Liebeslieder, und sie wackelte mit den Zehen und summte glücklich mit. Shuggie sah zu, wie sie mit konzentriert gesenktem Kopf haufenweise Unterwäsche durchging. Sie sortierte alles in Schwarz und Weiß, und dann unterteilte sie den weißen Stapel in Schneeweiß, Cremeweiß und Früher-mal-Weiß, die letzten zum Aussortieren. Shuggie stellte sich hinter sie; er spreizte die Zehen und verschränkte sie mit ihren, zwängte jeden Zeh zwischen die seiner Mutter. Er legte den Arm um sie und sah ihr bei der Arbeit zu.

Sie hielt ihm eine Unterhose hin, die vorne einen Satinzwickel hatte und an den Seiten nur aus Spitze bestand. Sie zupfte an der Seitennaht. »Was hältst du davon?«, fragte sie. »Ich glaube, sie sitzt zu tief, zu sehr auf der Hüfte, ist vielleicht ein bisschen altmodisch?«

Die Unterhose erinnerte ihn an irgendwas. Shuggie sah von der Unterhose zur weißen Spitzengardine am Fenster. Agnes folgte seinem Blick. »Du Frechdachs!« Aber sie war nicht böse, sondern lehnte sich an ihn und warf die Unterhose zu den Aussortierten. »Das wäre geklärt!«

Shuggie griff nach einem alten weißen BH. Er dehnte ihn und lauschte dem elastischen Ächzen und Schnappen. »Ich wette, aus dem könnte Leek eine Steinschleuder machen. Mit fünf Stück Kohle würde ich den McAvennies alle Fenster einschlagen.«

Agnes bog seine Finger auf und warf den BH zurück zum Ausschuss. »Das könnte ich nie wiedergutmachen.«

»Wozu tust du das überhaupt?«

Agnes hielt sich ein Negligé vors Gesicht, ließ den seidigen Stoff wie einen Schleier unter ihren Augen flattern und bewegte ihn hin und her, als gehörte sie zu Sindbads verzaubertem Harem. »Ich muss hier bloß mal Ordnung reinkriegen.«

»Aber wofür? Father Barry hat gesagt, der einzige Mensch, der unsere Unterwäsche sehen soll, sind wir selber.«

»Dieser Father Barry scheint ja was von Spaß zu verstehen. Aber wenn du es unbedingt wissen willst, ich habe ein Rendezvous«, sie beugte sich verschwörerisch vor, »nur dass es tagsüber ist.«

»Mit dem Taxifahrer? Aber dem zeigst du doch nicht deine Unterwäsche, oder?«

Sie lachte und rieb seine kleine Stupsnase. »Genau, mit dem großen Wikinger. Und zu deiner Information, *nein*, ich zeige ihm nicht meine Unterwäsche.«

Er war so aufgeregt gewesen. Seit sie in den Hackney gestiegen war, sagte er alle paar Minuten abwechselnd: »Es wird dir gefallen«, und: »Ich hoffe, es gefällt dir.« Eugene nahm Straßen, die Agnes nie gesehen hatte, und zuerst war sie enttäuscht, dass sie nicht in Richtung Stadt, sondern raus aufs Land fuhren. Eigentlich hatte sie gehofft, er würde sie in der Stadt schick zum Mittagessen einladen, oder noch besser, in die Matinee im King's Theatre, und entsprechend hatte sie sich angezogen.

Jetzt waren sie angekommen und blickten in den tiefen Erdspalt, und Eugene kratzte sich verlegen am Kopf. »Verdammt, ich muss dich wohl tragen.«

Ihre schwarzen Pumps versanken im Matsch, und sie drohte jeden Moment steckenzubleiben. »Und wenn du mich fallen lässt?«

Er spähte in die Kluft. »Och, keine Sorge. Du wärst sofort tot.« Er ging vor ihr auf ein Knie wie ein Ritter, damit sie ihm auf den Rücken steigen konnte. Behutsam zog Agnes den Rock hoch so weit es ging, und es war ihr egal, wenn er ihre Beine sah, nur den hässlichen, breiten Zwickel der schwarzen Nylonstrumpfhose wollte sie ihm nicht zeigen.

Sie schlang die Beine um ihn, und er hob sie mit Leichtigkeit hoch. Der Abstieg war sehr gefährlich; zwar waren in der klammen Erde ein paar rutschige Stufen ausgetreten, aber weiter unten bröckelte das Gestein, und der Pfad wurde von abgestürzten Felsblöcken blockiert. Eugene ging langsam und hielt sich dicht an der Felswand. Mehrmals musste er Agnes absetzen, ein Stück vorausklettern und ihr dann über das Hindernis helfen. Als sie den Boden der Schlucht erreichten, waren beide schmutzig und außer Atem.

Der Canyon, in dem sie standen, war über Jahrtausende vom langsam strömenden Wasser ausgehöhlt worden. Der träge Fluss war rostrot von den im Wasser schwebenden Sandsteinsedimenten der Millennien. Fast sah es aus wie verdünntes Blut, und der Anblick war Agnes unbehaglich. Die roten Felswände ragten über ihnen empor, krümmten und wanden sich nach der bedächtigen Willkür des Stroms. In der Mitte erhob sich ein seltsamer Sandsteinsockel aus dem Wasser, der aussah wie ein Altar. Zum Grund hin wurde die Schlucht breiter, und oben an der engen Öffnung wucherten Bäume und Moos über die Kanten. Als Agnes hinaufblickte, sah sie kaum ein Stück Himmel. Eugene strahlte.

»Die Teufelskanzel«, sagte er stolz. »Is dat nicht umwerfend?«

Agnes stand auf den Fersen. Die Absätze ihrer Pumps kippten und blieben in den Ritzen des Gesteins stecken. »Auf jeden Fall merkt man, dass du Bergmann warst.«

Er streichelte zärtlich über den moosbewachsenen Sandstein, als hätte er ihn vermisst. »Zum ersten Mal war ich mit meim Vatter hier. Damals hat fast keiner den Ort hier gekannt. Er hatten Klappstuhl unnen pah Dosen mitgebracht und hat uns stundenlang spielen und rumtollen lassen.« Eugene sah sich versonnen um und dachte an die schönen Zeiten. »Dat Wasser is eiskalt, aber unser Coleen is immer reingehüppt. Die hatte so lange Beine, damit hatse uns in jedem Rennen geschlagen.«

Agnes sah mit gerunzelter Stirn in das blutrote Wasser, die Handtasche unter den Arm geklemmt. »Abends hat sie wahrscheinlich ausgesehen wie Carrie.«

Eugene beugte sich vor, schöpfte eine hohle Hand aus dem Fluss. »Nein, nein! Dat kannste trinken, es is quellfrisch. Kuck.«

Er hielt ihr das Wasser an die Lippen, aber sie griff sich an die Brust und schüttelte den Kopf. Fast im gleichen Moment bereute sie es. Eugene war geknickt. Er trocknete sich die nasse Hand an der Hose ab. »Wie dumm von mir, wat? Wat hab ich mir bloß dabei gedacht, ne piekfeine Dame wie dich an son Ort zu bringen?«

»Aber nein. Ich habe nur nicht mit so etwas gerechnet.« Sie legte die Hand auf den roten Sandstein und versuchte, die Wärme seiner Erinnerungen zu spüren. »Ich glaube, es ist bei uns beiden eine Weile her, dass wir jemand Neues kennengelernt haben, oder?«

»Merkt man dat?« Eugene rieb sich an der Rückseite seines Hosenbeins den Staub vom Schuh. Mit dem Daumennagel löste er ein Stück roten Stein aus der Wand. Dann drückte er ihn, bis seine Knöchel weiß wurden. »Ich war bloßen einfacher Bergmann, aber ich wette, wenn ich den hier lang genug drücke, kommten Diamant raus.«

Agnes lachte. Sie öffnete ihre Handtasche und hielt sie ihm hin. »Warum sagst du das nicht gleich? Das ist ein Wort!«

Als zwei deutsche Touristen herunter in die Schlucht stiegen, trug er sie auf dem Rücken zurück nach oben. Diesmal schlang sie sich mit dem ganzen Körper um ihn und hielt die Lippen absichtlich ganz dicht an der rosa Haut hinter seinem Ohr. Eugene hatte den Tag genau geplant, und egal, was er vorhatte, sie nahm sich fest vor, ihm nichts mehr davon zu verderben.

Sie fuhren zu den Campsie Fells und folgten einem matschigen Wanderweg zur anderen Seite der Hügel, aber diesmal beschwerte sich Agnes nicht. Dann setzten sie sich an einen der grünen Hänge und blickten hinaus auf die Stadt in der Ferne. Eugene hatte eine alte karierte Wolldecke mitgebracht, und ohne dass sie ihn darum bitten musste, setzte er sich schützend zwischen sie und den heulenden Wind und packte das Picknick aus, das er vorbereitet hatte.

Es war eine einfache Mahlzeit, herzhaft und gut. Da waren üppige

Käsebrote mit Käsescheiben so dick wie das Brot, eine ganze Steige großer roter Erdbeeren und eine Wanne voller Würstchen, die er zu Hause gebraten hatte. Was dem Mahl an Raffinesse fehlte, machte es durch die Menge wett; Eugene hatte genug zu essen dabei, um eine ganze Schicht Bergmänner satt zu kriegen.

»Wie viel hat deine Frau früher gegessen?«, fragte Agnes.

»Aye, ich glaube, sie hatte einen gesunden Appetit.« Er ließ sie über ihn lachen, und Agnes merkte wieder, was für ein guter Mensch er war. Eugene zog eine Dose Lager aus der Sporttasche. »Dat stört dich nicht, oder?«

Sie kratzte Matsch von ihrem Rock. »Bitte. Fühl dich wie zu Hause.«

Er ließ ihr die Wahl zwischen einem warmen Pint Milch und einer Zweiliterflasche Gingerale. Sie zeigte auf die Limonade, und er schenkte ihr den Becher der Thermoskanne ein. »Wat trinkt man eigentlich, wenn man keinen Alkohol trinkt?« Er sah sie arglos an. Es war eine allgemeine Frage, die nicht persönlich gemeint war.

Aber Agnes fasste die Frage persönlich auf. »Am liebsten trinke ich die Tränen meiner Feinde, aber wenn die nicht zu haben sind, nehme ich Tee oder Leitungswasser.«

Sie stießen mit einem ausgelassenen *slàinte!* darauf an. Agnes stieg der vertraute lehmig-säuerliche Biergeruch in die Nase, und auf einmal bereute sie, dass Eugene gegen den Wind saß. Sie nahm sich ein Käsebrot; es war guter Käse, ein leuchtender, würziger Cheddar. Agnes pickte nur wie ein Vogel daran, damit das dick mit Butter bestrichene Brot nicht von hinten an ihrem Gebiss kleben blieb.

»Schmeckt es nicht?«

»Doch, es ist köstlich«, sagte sie. »Ich habe gerade überlegt, aber ich erinnere mich nicht, wann das letzte Mal jemand für mich was zu essen gemacht hat.«

»Oje, du wurdest ja völlig vernachlässigt.«

Sie streckte die Arme aus und lachte. »Lieber Gott. Danke. Das sage ich schon die ganze Zeit!«

»Tja, ich kann Käsebrote schmieren und Schinken mit Salat machen, wenn welcher da ist. Ich kann auch selber Dosen öffnen, und ich kann sogar ein weiches Ei kochen.« Er legte den Kopf schräg und grinste sie stolz wie ein kleiner Junge an.

Agnes griff sich seufzend ans Herz. »Mister McNamara, wo haben Sie nur die ganze Zeit gesteckt.«

Vielleicht erzählte er ihr irgendwann, dass er die Einkäufe für das Picknick in sein eigenes Haus schmuggeln musste wie ein Teenager eine Tasche voller Diebesgut. Irgendwann würde er ihr auch erzählen, dass er die dicken Brote morgens im Bad geschmiert hatte, auf einem Brett, nachdem er hinter sich abgeschlossen hatte. Er würde ihr von seiner Tochter Bernie erzählen und ihrer schrecklichen Neugier, aber später, viel später. All das konnte warten, er wollte ihr nicht den schönen Tag verderben.

Agnes hielt sich den Handrücken vor den Mund und gähnte. Eugene lachte, dann tat er dasselbe. »Aye, die Nachtschicht fällt eim immer innen Rücken.«

»Schau uns an. Bei Tageslicht kriechen wir herum wie ein paar nächtliche Kreaturen.«

Eugene trank einen Schluck Lager. »Ach. Ich bin einfach nur froh, dass ich Arbeit hab. Selbst wenn ich rumschleiche wien …«

»Wie ein Wiesel«, schlug Agnes vor.

»Missus, hamse mich etwa grade Wiesel genannt?«

»Andere Männer vielleicht. Aber dich, niemals. Abgesehen davon liebe ich Hermelin. Aus Wieselpelz kann man sicher auch einen wunderschönen Mantel machen.« Agnes gähnte wieder und richtete den Blick auf Glasgow. In diesem Moment schien die Stadt weit weg, ein grauer Haufen in einem grünen Tal. Sie sahen zu, wie die Strahlen der Nachmittagssonne, die sich durch die niedrigen Wolken bohrten, in der Stadt herumstocherten. »Können wir so lange hierbleiben, bis die Lichter angehen?«

»Wenn du nich erfrierst, aye, warum nicht.«

Als hätte das Wetter zugehört, blies im nächsten Moment ein kalter Wind über die Campsie Fells, und Agnes schauderte, als er ihr das Haar zerzauste. Eugene öffnete die Wand seines Körpers und klopfte sich an die breite Brust, als würde sie dorthin gehören. Sie war zu elegant, um auf allen vieren zu ihm zu kriechen. Also stand Agnes auf, stakste auf ihren schwarzen Pumps über die Wolldecke und setzte sich neben ihn.

Sie schloss die Augen, als er die Arme um sie schloss und sie beschützte. So saßen sie sehr lange da, ohne zu reden, und beobachteten, wie sich das Zwielicht träge über die Stadt senkte. In seinen Armen war ihr warm, und sie lehnte sich an ihn und vertraute seiner Standfestigkeit. Er rieb die Kälte aus ihren Schienbeinen, und sie betrachtete die Sommersprossen auf seinen Fingern, die langsam den spitzen Knochen ihres Knies nachfuhren.

Als er sie sanft in den Nacken küsste, schloss sie wieder die Augen und vergaß glücklich ihr Versprechen, ihm ihre Unterwäsche nicht zu zeigen.

»Aufwachen!« Sie schüttelte ihn fest. Der Junge öffnete blinzelnd die Augen. Sie stand mit einem Arm voller dunkler Kleider an seinem Bett. Sie beugte sich zu ihm und flüsterte aufgeregt: »Zieh dich an! Wir haben ein großes Abenteuer vor!«

Er war noch im Halbschlaf, als Agnes ihn auf der Pit Road zur Siedlung hinauszerrte. Mitten in der Nacht war es pechschwarz auf dem Torfmoor, und es war totenstill bis auf das leise Gurgeln der Gräben und den Gesang der Moorkröten. Seit es Eugene gab, kam ihr alles weniger unheilvoll vor, weniger wie ein schlürfendes schwarzes Loch, in dem sie gefangen gehalten wurde. Jetzt lachte sie, als Shuggie jammerte, und sie marschierte voraus, lockte und zog ihn voran in die Dunkelheit, ohne ihr fröhliches Lied zu unterbrechen. *Ah beg yar parhdun, ah never promis't yo-hoo a rose garh-dun.* In der freien Hand schwang sie ein halbes Dutzend schwarze Mülltüten. In einer schepperte etwas schweres Metallisches, wie Bierdosen.

Als sie die Schnellstraße nach Glasgow erreichten, schlichen sie um die Tankstelle herum, bis sie unter den Eichen standen, die die Straße säumten. Agnes wartete auf eine Lücke im Verkehr, dann rannten sie zu der Verkehrsinsel in der Mitte der Schnellstraße. Wie Flüchtlinge kauerten sie in der Deckung eines dichten Dornengebüschs. Kichernd schüttelte Agnes die schwarzen Mülltüten aus, und ein Spaten und ein paar Setzschaufeln fielen heraus.

»Also gut, wir müssen schnell machen«, flüsterte sie und drückte die kleine Schaufel in den weichen Mulch. »Wir gehen erst, wenn wir. Jede. Einzelne. Haben.«

Shuggie lag auf dem Bett, immer noch in seiner Einbrechermontur. Er kaute auf der Lippe und dachte über den rothaarigen Mann nach, der seine Mutter küsste und sie wieder zum Singen gebracht hatte. Er wollte Leek nach seiner Meinung fragen, aber sein Bruder lag irgendwo unter einem Haufen Decken, und der Junge wusste, dass es besser war, wenn er seinen großen Bruder nicht aus den Träumen riss. Er tappte über den Teppich und zog den Vorhang zurück.

Was er draußen sah, ergab zuerst keinen Sinn. Der schmuddelige Sozialsiedlungsgarten vor dem Fenster war völlig verändert. Der kleine Fleck, früher nur braune Erde und hüfthohes Gras, hatte sich in ein wogendes Farbenmeer verwandelt. Dutzende gesunde üppige Blüten wiegten sich im Wind: pfirsichrosa, cremeweiße und scharlachrote Rosen, die tanzten und wippten wie fröhliche Luftballons.

Er lief hinaus in den klaren Morgen und sammelte die herabgefallenen Blütenblätter ein. Als er aufstand, klebten die fünf McAvennie-Kinder an den Latten des Holzzauns wie Plastiktüten, die der Wind dorthin gefegt hatte. Mit heruntergeklappten Kinnladen starrten sie das Meer der schönen Blumen an und atmeten hörbar durch den offenen Mund.

»Wo habter die her?«, krähte Mistkäfer, das mittlere Mädchen.

»Keine Ahnung«, log Shuggie.

»Gestern Abend wahnse noch nich da.« Sie hatte einen braunen

Schokomilchschnurrbart. Ihr stumpfes Haar war an den Seiten verfilzt und zeigte nach Westen die Straße hinunter, als gäbe es die Windrichtung an.

»Vielleicht sind sie einfach gewachsen«, gab er zurück. »Wie ein Wunder.«

Sie lachten ein tiefes, träges Lachen. Francis, der älteste, griff durch den Zaun und riss einer weißen Rose den Kopf ab.

»Hey!«, quiekte Shuggie, und es klang weibischer, als ihm recht war. »Bitte, lass das.«

Der Junge kletterte höher auf den Zaun, bis ihm die Spitzen der Bretter in den dünnen Bauch drückten. »Und wer will mich dran hindern?«, höhnte er.

»Ich meine nur, das sind nicht deine.«

»Deine sins auch nicht, Arschgesicht«, fauchte Mistkäfer voller Vorfreude auf den bevorstehenden Streit. Sie war halb so alt wie Shuggie und steckte ihn längst in die Tasche.

»Glaubste echt, die sin einfach so über Nacht gewachsen?«, fragte Francis.

»*Vielleicht.*«

»Oh Gott, du bist son schwuler Doofmann«, rief Mistkäfer und bleckte die spitzen Milchzähne zu einem Grinsen. Die McAvennies lachten, wippten auf dem Zaun und riefen im Chor: »*Schwuler Doofmann, schwuler Doofmann.*« Ihre Stimmen hallten weiter über die stille Straße als die Glocke des Eisverkäufers.

»Du stehst auf Pimmel und Ärsche«, sagte Francis. »Meine Mammy sagt, ich soll von dir wegbleim, sonst versuchste, mirn Finger innen Arsch zu stecken!« Die Kinder schaukelten wild auf dem Zaun und streckten die Klauen nach ihm aus. Abwechselnd spuckten sie in hohem Bogen in den Garten, um den Jungen und die strotzenden Blumen zu treffen. Dann kletterten sie nacheinander wieder vom Zaun und kehrten lachend auf die andere Straßenseite zurück. Als sie das Tor hinter sich schlossen, drehte sich Mistkäfer um und winkte zufrieden mit sich.

Shuggie sah ihnen nach, als sie der Reihe nach durch die Haustür marschierten. Er zog sich den Ärmel des schwarzen Pullovers über die Hand und wischte sich die Spucke aus dem Gesicht. Im nächsten Moment bereute er es. Colleen McAvennie stand rauchend am Fenster, die Arme vor dem dünnen Körper verschränkt, ein spitzes Lächeln auf das eingefallene, teefarbene Gesicht geklebt.

Alle Fenster standen offen, und auf dem Fensterbrett spielte der Kassettenrekorder. Agnes stand in abgeschnittenen Jeans und einem alten Baumwolltop zwischen den Rosen, die Träger heruntergeschoben, um die Konturen ihres Sonnenbrands nicht zu verderben. Der Sommer war ungewöhnlich heiß, mit vielen langen, trockenen Tagen am Stück und einer gleißenden Sonne, die jeden Eifer mit einem drohenden Hitzschlag und Brandblasen belohnte.

Agnes drehte sich um sich selbst, als würde sie mit einem imaginären Tanzpartner tanzen. »Schwing deinen kleinen Hintern raus und tanz mit deiner Mutter«, rief sie zu laut, und ihre Stimme hallte von den Häusern der Bergleute wider.

Shuggie saß im kühlen Schatten des Schlafzimmers auf der Bettkante und schmollte. Schon den ganzen Morgen saß er dort mit finsterer Miene. »Ach, komm, du kannst nicht den ganzen Tag drinsitzen«, lockte Agnes. »Bald ist die Sonne wieder für ein Jahr weg, und dann tut es dir leid.« Sie drehte sich mit der Pflanzschaufel im Kreis, als wäre sie verrückt geworden. Sie wirkte glücklicher, als er sich je erinnern konnte, und er war überrascht, wie weh es tat. Alles wegen des rothaarigen Kerls. Ihm war gelungen, wozu Shuggie nicht fähig war.

Agnes sah aus wie die Göttin der Rosen. Ihre Schultern und ihr Gesicht leuchteten pink von der Sommersonne. Die roten Äderchen von den Jahren der Winter und des Trinkens strahlten fröhlich auf ihren Wangen. Es war, als hätte sie Walt Disney persönlich angemalt und zum Leben erweckt, eine handfeste, rauchende Version von Schneewittchen.

Agnes schob den Oberkörper durchs Fenster des Jungszimmers und legte die weichen Brüste auf das Fensterbrett. Immerhin besser, dachte er, als wenn sie wie eine Verrückte vor den Nachbarn herumsprang. Er hatte sich noch nie für sie geschämt, wenn sie nüchtern war. Es war ein neues Gefühl, und es war nicht angenehm.

Shuggie setzte sich auf die Hände, um nicht die Fäuste zu ballen. Am liebsten hätte er um sich geschlagen. Ein paar Hiebe für die blöden Rosen, ein paar Kinnhaken für die blöden McAvennies, aber die meisten, weil er so lange auf dieses Glück gewartet hatte, und aus irgendeinem Grund konnte er es jetzt nicht genießen. Er blickte auf, und sie lächelte immer noch ihr dämliches Lächeln, und trotz allem war es ansteckend. Ihre Arme waren von den Rosen zerkratzt, doch es schien ihr nichts auszumachen. »Du kannst nicht wie ein altes Weib in der Stube hocken. Komm zu mir nach hinten in den Garten.«

Agnes verschwand aus dem Sichtfeld, und Shuggie schmollte noch ein bisschen vor sich hin. Aus Leeks Lakenberg tauchte eine weiße Hand auf. Sein Daumen zeigte drohend auf Shuggie und dann mit einem Ruck drohend in Richtung Garten. Shuggie wusste, dass sein Bruder, seit ihre Mutter nicht mehr trank, abends länger aufblieb. Er hatte auf großen Rollen Millimeterpapier Pläne von Holzschränken gezeichnet, die er an einer Wand des Zimmers einbauen wollte. Der erste war ein kompliziertes Regalsystem, das seinen Plattenspieler und seine Platten beherbergen sollte. Daneben plante er einen flachen Kiefernschreibtisch mit verschließbaren Fächern, damit er einen bequemen Platz zum Zeichnen hatte und einen Ort, wo er seine Bilder vor seinem Bruder wegsperren konnte. Wenn Leek bei seiner Lehrstelle war, sah sich Shuggie stundenlang seine Zeichnungen an. Die Schrankelemente wurden direkt an die Wand geschraubt. Shuggie berührte die Zeichnungen, und ihm gefiel der Eindruck der Beständigkeit, den sie vermittelten.

Shuggie hörte seine Mutter immer noch singen. Dann erklang ein lautes Scheppern, das Leek dazu brachte, unter den Laken zu strampeln und sich wütend umzudrehen. Shuggie gehorchte der Warnung und schlich sich aus dem dunklen Haus ins helle Sonnenlicht. Als er um die

Ecke kam, stand seine Mutter mit dem Gartenschlauch über einer weißen Metallkiste, die sie mit Wasser füllte.

Sie hatte den alten Kühlschrank der Donnellys auf die Seite gekippt, der seit einem Jahr schmutzig und schimmelnd im Schatten des Hauses stand und darauf wartete, von der Stadt abgeholt zu werden. Aber die Stadt holte nur den Sperrmüll ab, der vorne an der Straße stand, und obwohl Bridie vier stramme Jungs im Teenageralter hatte, vergammelte der Kühlschrank hinterm Haus. Im Sommer roch er sauer und milchig, im Winter feucht und faul. Agnes hatte die Drahtschubladen herausgezogen, und jetzt füllte sie ihn mit Wasser. Die schwere Metalltür war aufgeklappt wie ein Sargdeckel.

Gemischte Gefühle stiegen in ihm auf. Das Verlangen, in den kalten Kühlschrank zu springen und die Tür zuzuschlagen, kämpfte gegen das Bedürfnis, ihr zu sagen, dass er sie liebte und glücklich war, dass es ihr besser ging. Er wollte sie mit seinen Geheimnissen erdrücken, so wie sie ihn mit ihren erdrückt hatte.

»Was stimmt mit mir nicht, Mammy?«, fragte er leise

Agnes kam durch den Garten und wischte ihm mit einer kühlen Hand über das heiße Gesicht. »Merkst du das? Du verglühst. Zehn Jahre, das ist einfach ein komisches Alter. Ich fürchte, du hast einen schlimmen Wachstumsschub.« Ohne zu verhandeln, zog sie ihm den schwarzen Pullover über den Kopf und die Hose herunter. »Mit Unterhose oder ohne?«, fragte sie.

»Mit natürlich«, knurrte er und verschränkte die Arme. »Wir sind doch nicht alle in Afrika.«

Der Kühlschrank war bis oben hin mit kühlem Wasser gefüllt. Auf dem Rücken liegend zeigte er eine verdrehte Landschaft der Höcker und Gemüsefächer. Ohne die Drahtschubladen war er so groß wie eine Badewanne, aber doppelt so tief, mit einem flachen Boden und steilen Wänden. Als Shuggie sich langsam ins kalte Wasser sinken ließ, lief es in einem Schwall über den Rand. Er sprang auf die Füße und sah Agnes erschrocken an.

»Hast du etwa mein Gras überschwemmt?«, fragte sie lachend.

Shuggie zog die Beine an und ließ sich wie ein Stein ins kühle Wasser plumpsen. Mit lautem Platschen flutete es über den Rand auf die Wiese. Unter Wasser blieb die Welt stehen. Über der Oberfläche erschien ein knittriges Gesicht und lächelte zu ihm herab. Das Gestrüpp der Wut in seinem Bauch verschwand, und er furzte große Blubberblasen.

Er verbrachte den Großteil des Nachmittags im Kühlschrank, auch als seine Haut längst wie kalter Porridge aussah. Agnes saß auf dem Rand, rauchte Zigaretten und trank echten kalten Tee aus der Tasse, aus der sie früher heimlich Alkohol getrunken hatte. Das überlaufende Wasser färbte ihre Jeansshorts in ein tiefes nasses Blau. Shuggie freute sich, dass es ihr nichts ausmachte.

Sie streichelte sein rabenschwarzes Haar, und er machte Gesichter wie ein kleiner Fisch für sie. »Was wirst du wohl für ein Mann, wenn du groß bist?«

»Was für einen hättest du gern?«

Agnes dachte einen Moment nach. »Einen friedlichen Mann.« Sie strich sein nasses Haar zurück. »Der weniger sorgenvoll schaut.«

Er verzog nachdenklich das Gesicht. »Ich weiß nicht. Ich will einfach nur bei dir sein. Ich will mit dir irgendwohin, wo wir nagelneu sein können.« Shuggie tauchte unter und schickte die nächste Flutwelle über Bord. Als er wieder hochkam, hielt er den Mund auf Höhe des Wasserspiegels. »Liebst du den großen Wikinger?«, fragte er plötzlich und sank tiefer. »Wird er mein neuer Vater?«

Sie antwortete nicht.

»Er ist ein McAvennie, und die sind ein Haufen fieser Schweine.«

Agnes saugte Luft durch die Zähne. »Na ja, so schlimm sind sie auch nicht.«

»Doch, sind sie, die Ärsche.« Er entspannte sich und furzte noch einmal blubbernd. Es war nicht besonders lustig, aber sie versuchten beide zu lachen.

Sie hatte gelächelt, aber dann zogen wieder Wolken über ihr Gesicht. »Wir waren zu lange nur zu zweit.«

Shuggie sah, wie sie die Lippen zusammenpresste. Sie seufzte tief, als sie aufstand und ihre Zigaretten und das Feuerzeug einsammelte. Sie blickte nicht zu ihm in den Kühlschrank, sondern hinaus auf das braune Torfmoor. »Wir waren zu lange nur du und ich«, sie seufzte wieder. »Das ist nicht gut.«

Agnes riss den Umschlag auf, der für den Katalog gedacht war. Sie zog einen großen blauen Schein aus dem dicken Bündel ihres Tankstellenlohns und schickte den Jungen mit dem nagelneuen Fünfer zum Eisverkäufer. Überall in der Siedlung wurden Gaszähler geknackt, bronzefarbene Pennys gezählt, und ganz Pithead strömte auf die Straße. Jeder wollte der erste sein in der Schlange für eine Portion Zucker. Schmutzige, glückliche Kinder galoppierten voraus, und Hausfrauen watschelten hastig hinterher.

Der Eiswagen schaffte eine klimpernde Runde »Flower o' Scotland«, bevor die schubsende Menge ihn umzustoßen drohte. Die große weiße Blechbüchse sah aus, als wäre sie nach der Zeichnung eines Kleinkinds gebaut worden. Sie hatte die besten Zeiten hinter sich: Die Wände hatten Beulen und Löcher, die notdürftig mit angeschraubten Blechen und Brettern geflickt worden waren. Der Wagen saß hoch auf den Rädern, und die Kinder mussten sich auf Zehenspitzen stellen, um einen Blick durch das Schiebefenster zu werfen. Wenn die Süßigkeiten nicht direkt an der Scheibe lagen, konnten sie nicht erkennen, was es gab. Gino, dem Italiener, der den Wagen fuhr, war es so recht. Von oben konnte er den jungen Mädchen besser in den Ausschnitt sehen.

Shuggie stand ganz am Ende der quirligen Schlange. Er stand hinter Shona Donnelly, die über ihnen wohnte, Bridies jüngstem Kind und einzigem Mädchen. Shona drehte sich um, blinzelte ihm zu und zog ihr Top tiefer, um ihm die rosige Wölbung in der Mitte ihres Sport-BHs zu zeigen. Mit vier Brüdern kannte man sich mit Männern aus, und wenn man das einzige Mädchen war, wurde man immer zu Ginos Eiswagen geschickt. Sie zog eine Grimasse wie eine gurgelnde Kröte und verdrehte die Augen.

Jinty McClinchy brauchte ewig, um ihren Drehtabak und ihre Pfefferminzschokolade zu bestellen. Die Kinder nach ihr hatten zwar kein Geld, aber einen großen Vorrat leerer Limonadenflaschen, die jeweils zehn Pence wert waren. Sie hievten ihren Schatz klirrend zum Fenster hoch, und dann ließen sie sich Zeit, den Gewinn in Süßigkeiten umzusetzen. Penny-Kaugummis und Brauselollis, billige Schokomäuse und rosa Marshmallow-Pilze, alles einzeln abgezählt. Am Ende der Schlange stemmte Shuggie die Hände in die Hüften; im Kopf korrigierte er Ginos Rechnung jedes Mal, wenn der Eisverkäufer jemanden übers Ohr haute.

Den Abend verbrachten sie auf der Couch, sahen Seifenopern und aßen sich durch die Schokolade. Kaum waren sie mit einer Tafel fertig, griffen sie zur nächsten und rissen mit glücklichen Seufzern das glänzende Papier ab. Es fühlte sich gut an, als wären sie Millionäre. Shuggie lag auf dem Rücken, stopfte sich voll und blickte hoch ins Gesicht seiner Mutter, um in den sechseckigen Gläsern ihrer Brille die Spiegelung des Fernsehbilds zu verfolgen. Agnes lutschte die Schokolade von der Pfefferminzfüllung und schüttelte missbilligend den Kopf über die Dramen, die im Fernsehen abliefen. Sie sah in Sue Ellen Ewing ihr Spiegelbild, wenn auch im Zerrspiegel. Immer, wenn Sue Ellen betrunken auftauchte, schnalzte Agnes mit der Zunge und sagte zu Leek: »Oh, da bin ich wieder, oder?« Dann kicherte sie mit schokoladeverschmierten künstlichen Zähnen. Der falsche Glamour von Sue Ellens Tragödie war fast beneidenswert. Agnes sagte zum Fernseher Dinge wie: »Es ist eine Krankheit, wisst ihr?«, und: »Die Arme kann nicht anders.« Shuggie sah, wie die Schauspielerin ihre Lippen mit unechter Emotion zittern ließ. Das Ganze war ein Haufen Lügen. Wo war der Kopf im Ofen und das Haus voller Gas? Wo waren die Tränen und die halb ausgezogenen Onkel und die Schwester, die nie zurückkam?

Die Vorhänge standen offen, und in der Siedlung flackerten die orangen Laternen auf. *Dallas* war zu Ende, und die Straßen leerten sich, weil die Kinder nach Hause gingen. Von der Schokolade war nichts mehr übrig, und sie saßen schweigend da, mit schmerzendem Magen und schlechtem Gewissen, und sahen nur halb hin, als die Reklame mit den sprechenden Schimpansen lief.

»Tanz für mich, Hugh«, sagte Agnes aus heiterem Himmel.

»Was?« Shuggie rollte sich über den Teppich.

Leek stöhnte, er mochte es nicht, wenn sie seinen Bruder wie einen Zirkushund behandelte. Was sollte ein weicher Junge in einer harten Welt? Leek ließ sie mit den Spielchen allein. Sie hörten, wie er die Schlafzimmertür zuschlug, und wussten, dass er sich die schweren Kopfhörer aufsetzen und sich über sein schwarzes Skizzenbuch beugen würde.

»Komm, tanz für mich. Zeig mir, wie die jungen Leute heute tanzen.« Agnes schob eine Kassette in das Fach der gemieteten Anlage. Als sie sich den perlenbestickten Pullover über die Schenkel zog, wusste er, dass sie in Gedanken anderswo war.

»Also, man steht ungefähr so.« Er stellte die Füße hüftbreit auseinander. »Und dann ...« Er begann mit dem Po zu wackeln.

Agnes machte es nach. »So?« Bei ihr sah die Bewegung natürlicher aus, weil sie eine Frau war.

»Dann musst du die Schultern schütteln, aber die Hände dabei nur ein bisschen bewegen.« Er wackelte mit den Schultern, wie er es im Fernsehen gesehen hatte, bei einer schwarzen Sängerin mit Schulterpolstern und einem Irokesenschnitt in Form einer Ananas. »Dann machst du so«, er bewegte sich schneller, die offenen Hände in entgegengesetzter Richtung zu den Hüften rotierend, ein bisschen wie ein Skifahrer, ein bisschen wie ein Epileptiker.

»So?«, fragte sie. Es sah aus, als hätte sie einen Schlaganfall.

»Na ja. So ungefähr.« Er war nicht ganz überzeugt. »Mach mal das«, er ruckte wie ein Roboter und sprang vor und zurück, als versuchte er ein Feuer auszutreten.

Als Agnes es versuchte, klirrten die Glasfigürchen im Schrank. »Bist du dir sicher, dass die jungen Leute heute *so* tanzen?«, fragte sie, jetzt schon leicht außer Atem.

»Oh, aye«, sagte Shuggie, wackelte mit den Schultern nach vorne und griff sich mit beiden Händen an den Kopf, als hätte er Kopfschmerzen. Er hatte ihr die Schrittfolge von Janet Jacksons »Control« gezeigt.

»Ich muss mich kurz ausruhen.« Agnes ließ sich aufs Sofa fallen und griff nach den Zigaretten. »Aber du tanzt weiter, und ich sehe dir zu. Ich will eine gute Tänzerin sein, wenn ich mit Eugene in die Stadt fahre.«

Shuggie fühlte sich ausgetrickst. Hätte er das gewusst, hätte er ihr lieber den Zombie-Tanz aus »Thriller« beigebracht. Das wär ihr recht geschehen. Der nächste Song begann, und Shuggie tanzte weiter. Jetzt war es ein affektierter Shimmy, er öffnete die Hände effektvoll wie Feuerwerk und warf den Kopf herum, als hätte er langes sexy Haar. Shuggie wackelte mit dem ganzen Körper, schwang die Hüften zu übertrieben für einen Jungen. Er bewegte sich zur Musik wie zu einer großen Oper, nicht zu einem Popfabrik-Hit mit drei Akkorden für dreizehnjährige Mädchen.

»Toll! Du bewegst dich wie eine Katze!«, sagte sie. »Genauso mache ich es, wenn ich nächste Woche tanzen gehe. Eugene fällt tot um. Warte es nur ab.«

Er genoss ihre Aufmerksamkeit. Es war, als würde etwas in ihm aufblühen, und er begann den Körper zu winden, wie er es bei den schwarzen Tänzern im Fernsehen gesehen hatte. Er warf alle Hemmungen ab und drehte und schüttelte sich und vibrierte mit jeder Faser seines Körpers wie im Fernsehen. Mitten in einem Sprung aus *Cats* schrie er laut auf. Es war ein schriller, femininer Schrei, der gleiche Schrei, den er losließ, wenn Leek sich im Dunkeln auf ihn stürzte. Shuggie stand wie versteinert mit ausgestreckten Fingern da. Er hatte es die ganze Zeit nicht bemerkt, und er würde nie erfahren, wie lange sie schon dastanden. Im Fenster des Wohnzimmers gegenüber standen die McAvennies. Sie drückten sich die Gesichter an der großen Scheibe platt und kamen fast um vor Lachen. Das Fenster klirrte, als sie vor Aufregung dagegenschlugen. Mistkäfer machte eine kleine sexy Pirouette, und Shuggie war klar, dass sie ihn nachahmte.

Er sah seine Mutter an; wann hatte sie es bemerkt? Sie erwiderte seinen Blick und zog nur an der Zigarette. Ohne zum Fenster zu sehen, zischte sie durch zusammengebissene Zähne. »Wenn ich du wäre, würde ich weitermachen.«

»Ich kann nicht.« Die Tränen kamen.

»Du weißt, dass sie nur gewinnen, wenn du sie gewinnen lässt.«

»*Ich kann nicht.*« Seine Arme und Finger waren immer noch ausgestreckt und er stand erstarrt da wie ein toter Baum.

»Gib ihnen die Genugtuung nicht.«

»Mammy, hilf mir. Ich kann nicht.«

»Doch. Du. *Kannst.*« Sie lächelte immer noch durch die Zähne. »Kopf hoch, und *gib Gas.*«

Bei den Mathehausaufgaben war sie nicht zu gebrauchen, und an manchen Tagen verhungerte er regelrecht, bevor er von ihr eine warme Mahlzeit bekam, aber als Shuggie sie jetzt ansah, wusste er, dass genau das hier ihre Stärke war. Jeden Tag schminkte und frisierte sie sich und stieg mit hoch erhobenem Kopf aus ihrem Grab. Wenn sie sich im Suff blamiert hatte, war sie am nächsten Tag aufgestanden, hatte ihren besten Mantel angezogen und war der Welt entgegengetreten. Wenn ihr Magen leer war und ihre Kinder hungrig, machte sie sich zurecht und ließ sich vor der Welt nichts anmerken.

Im ersten Moment war es schwer, wieder in Bewegung zu kommen, die Musik zu spüren, zu dem anderen Ort im Kopf zurückzufinden, wo er Selbstbewusstsein hatte. Nichts passte zusammen, die rutschenden Füße, die schlackernden Glieder, aber wie ein träger Zug nahm er langsam Fahrt auf, und bald schaffte er es wieder abzuheben. Er versuchte sich bei den wilden, großen Bewegungen zurückzuhalten, bei den wiegenden Hüften und schlenkernden Armen. Aber es steckte einfach in ihm, und als es aus ihm herausbrach, stellte er fest, dass er es nicht aufhalten konnte.

EINUNDZWANZIG

Als er mit blauen Beinen auf dem Spielfeld stand, wurde er wie gewöhnlich als letzter gewählt. Er hatte damit gerechnet, aber deswegen tat es nicht weniger weh. Der dicke Junge, der Asthma-Junge, der Junge mit dem Hinkebein und Lachlan McKay, der Kröten liebte, wurden alle vor ihm gewählt. Trotz der Novemberkälte musste sein Team das Hemd ausziehen. Er wanderte auf dem Spielfeld auf und ab, rieb sich die Brust und wusste nicht genau, ob der Wind seine nackte Haut gefror oder versengte.

Der Lehrer brüllte, wenn ihm kalt sei, solle er sich mehr bewegen. Die Sohlen seiner dünnen Stoffturnschuhe quietschten im nassen Gras, während die drahtigen blaubeinigen Jungs mit den Stollenschuhen dicke Erdklumpen aus dem Boden rissen, wenn sie an ihm vorbeistürmten. Er machte einen trägen Versuch, der groben Richtung des Balls zu folgen, doch er machte nie den Fehler, ihm zu nahe zu kommen. Der Lehrer hatte es aufgegeben, ihn anzufeuern, und versuchte es stattdessen mit Beschimpfungen. Er war ein alter Knochen, zäh und kerngesund, ein ehemaliger Champion der schottischen Shinty-Liga. Als vor ein paar Jahren der Rohrstock verboten worden war, hätte er den Lehrberuf beinahe an den Nagel gehängt. Doch am Ende machte es kaum einen Unterschied; jahrzehntelang hatte er die dunklen Winkel der Seele kleiner Jungen ausgespäht, und er wusste, wo der wahre Schmerz und die wahre Motivation lagen.

Er legte die Hände um den Mund und brüllte quer über das Spielfeld: »BEWEG DICH, BAIN! Du kleine Schwuchtel.« Von den anderen

Jungs erntete er keckerndes Gelächter. Obwohl sie erschöpft und außer Puste waren, hatten sie immer genug Luft, um Shuggie auszulachen.

Shuggie hatte nicht damit gerechnet, dass Lachlan McKay mitlachen würde. Der Tag wäre schleppend wie jeder andere vorbeigegangen, doch heute hatte sogar der Krötenjunge gelacht. Der Rotz und der Dreck um seinen Mund bekamen Risse, und er lachte breit und schadenfroh. Shuggie bewegte seine kalten Beine und lief das Spielfeld hinauf. Lachlan stand hinten, in der Nähe seines Tors, und wartete auf den Ball. »Warum hast du gerade gelacht?«

»Wat?«

»Ich habe *gefragt*. Warum hast du gelacht?«

»Weil ich Lust dazu hatte.« Er kratzte sich den Matsch vom Bein. Seine Kleider waren alt und passten schlecht. Er trug das Hemd seines großen Bruders auf links gedreht und ein paar geborgte Turnhosen, die man kriegte, wenn man seinen Sportbeutel vergaß, weil man sich lieber gedrückt und ein Buch gelesen hätte. An seinen Beinen klebten mehrere Schichten Dreck, und statt Sportsocken mit Logo trug er dünne schwarze Strümpfe.

»Aber … aber«, stammelte Shuggie und starrte ihn von oben bis unten an.

»Aber wat?« Der Junge stellte sich breitbeinig hin und zuckte mit dem Kopf wie ein angriffslustiges Frettchen.

»Wie kommst du dazu, über mich zu lachen?«

Der Ball segelte über sie hinweg, und die anderen galoppierten in einem Tross über das Feld wie Shetlandponys, die Angst hatten, getrennt zu werden. Der Lehrer blieb stehen. »Oy, ihr zwei Ladys, wenner mim Teetrinken fertig seid, wir wärs mim bisschen verdammtem Fußball?«, bellte er.

Vielleicht hätte sich Shuggie gewehrt, vielleicht hätte er etwas Mutiges gesagt, wenn ihn nicht plötzlich eine Faust im Gesicht getroffen hätte. Er fiel rückwärts ins aufgewühlte Gras und landete mit dem nackten Rücken im Matsch.

»McKay!«, stöhnte der Lehrer halbherzig. »Wat hab ich dir gesagt?« Der blonde Junge stand über Shuggie. Shuggie wartete, dass er seine Strafe bekam, die süße Rache des Schwächlings. »Du sollst keine *Mädchen* schlagen. Und jetzt spiel weiter.« Das ganze Feld brach in Gelächter aus.

Lachlan bebte vor Zorn. »Du häls dich wohl für wat Besseres, du Tunte?«, fauchte er. »Nacher Schule, du und ich, dann zeig ichs dir.« Eine Welle der Aufregung schwappte über den Platz.

Für den Rest des Spiels liefen die Jungs, wenn sie an Shuggie vorbeikamen, langsamer und raunten ihm zu: »Oooh. Aaah. Du bist tot.« Ein oder zwei sagten, sie könnten es kaum abwarten und wünschten, es wäre schon drei Uhr. Die McAvennies behaupteten, sie hielten zu ihm, und dann rannten sie zu Lachlan, um ihn noch mehr aufzustacheln.

Die Stunden nach dem Mittagessen vergingen in einem Meer schadenfroher Blicke. Keiner sah den Lehrer an, alle Augen waren auf den Todgeweihten in der letzten Reihe gerichtet. Ein paar Mädchen lächelten mitfühlend, aber die meisten glucksten voller Vorfreude auf das Spektakel. Die große Uhr über der Tafel war ihm bisher kaum aufgefallen; jetzt klebte er an den Zeigern, die viel zu schnell ihre Runden zogen. Selbst die Uhrzeiger schienen es kaum abwarten zu können.

Der schmutzig blonde Junge kam stolpernd aus der Traube seiner Kameraden. Er war vom Beifall seiner Mitschüler berauscht. Letzte Woche hatten sie ihm gesagt, er stank, als hätte er eingeschissen. In der Woche davor hatten sie ihn gefragt, ob die Stütze, die seine Mutter bekam, für eine Gesichtsoperation reichte. Jetzt genoss er ihre falsche Bewunderung, als sie sich um ihn drängelten, und grinste wie ein glückliches Haustier. Fast vergaß er dabei, warum er eigentlich kämpfte.

Shuggie beobachtete ihn, und der Schmerz wuchs. Er hätte mit einem Lehrer reden und drinnen bleiben können. Er hätte warten können, bis den anderen Kindern langweilig wurde, bevor er sich aus dem Schulgebäude wagte und nach Hause lief. Doch als er den blonden Jungen lächeln sah, hatte er das Gefühl, er wäre am tiefsten Punkt der Erde angelangt. Die Schulglocke läutete. Der müde Lehrer drückte ein Auge zu, als die Kinder die Jungs praktisch hinaustrugen. Der Pulk setzte die beiden im dunklen Schatten der Schule ab, einer vergessenen Ecke hinter den Fertigpavillons, wo die Müllcontainer der Cafeteria standen.

Lachlan lächelte, und die Menge bejubelte ihn wie einen Gladiator. Sie bildeten einen Halbkreis, und die beiden Kämpfer sahen sich in die Augen. Hände bohrten sich in Shuggies Rücken und schubsten ihn zur Mitte. Lachlan stieß Shuggie gegen die Brust und schubste ihn zurück, und er roch seltsam nach Heu und Kaninchenstall. »Finger weg, du Scheißschwuchtel«, lispelte er und sah sich um. Die Zuschauer liebten ihn.

Shuggie wurde von der Menge aufgefangen und zurückgeschubst. Mistkäfer und Francis standen am Rand. »Warum führste nich deinen Tanz für uns auf?«, krähte Mistkäfer. Es ergab keinen Sinn, aber die Menge lachte, als hätten sie noch nie etwas so Witziges gehört.

Etwas platzte in Shuggies Brust. Er biss sich auf die Wangen. Bevor er wusste, was er tat, stürzte er sich über den Kampfplatz und segelte auf den blonden Jungen zu. Im Bruchteil einer Sekunde veränderte sich Lachlans Gesicht von Triumph zu Panik, aber es war zu spät. Shuggies Faust landete in seinem Gesicht. Es war ein wütender Schlag, aber er war zu schwach; Shuggies Handgelenk knickte ein, und seine Faust machte ein klatschendes Geräusch. Der schmutzige Junge trat zurück, sah verwirrt aus, dann machte er eine zornige Grimasse.

»Dat lässte dir nich gefallen, oder?«, rief Francis, der Blut witterte.

Der Junge antwortete: »*Nein.*« Es war eine rhetorische Frage. Shuggie schnalzte mit der Zunge.

Zuerst verkeilten sie sich in einem Handgemenge, und jeder versuchte, den anderen in den Kies zu werfen. Lachlan schlang den Arm um Shuggies Taille und versuchte ihn hochzuheben und aufs Kreuz zu legen. Aber jedes Mal, wenn Shuggies Beine abhoben, landeten sie wieder auf dem Boden, wie bei einem unbeholfenen Tanz. Shuggie hob über Lachlans Griff die Fäuste und schlug ihm mit aller Macht ins Gesicht. Aber er war nicht stark genug. Er konnte nicht ausholen, und er traf nicht richtig. Sie waren gleich schwach. Der Kampf war langweilig, sogar für gelangweilte Kinder. Es war ein Kampf um die Demütigung. Der Gewinner würde den anderen durch Erniedrigung zur Aufgabe zwingen. Francis McAvennie stellte Shuggie ein Bein, und die Kämpfer fielen um wie ein Liebespaar. Dann trat Francis mit der Schuhspitze auf Shuggies Ärmel, damit er sich nicht bewegen konnte. *Eins. Zwei. Drei.* Lachlan schmetterte die freie Faust in Shuggies Gesicht. Das Blut lief ihm die Nase hoch und blubberte in seiner Kehle; er drehte den Kopf zur Seite, und als es auf den grauen Boden lief, sah es aus wie Himbeersoße.

Shuggie konnte sich nicht bewegen, weil der Junge auf seiner Brust saß und Francis auf seinem Ärmel stand. Er gab gurgelnde Geräusche von sich, als sich das Blut in seinem Hals sammelte. Endlich war die Menge glücklich. Dann erst kamen die Tränen.

Über seine linke Gesichtshälfte liefen schwarze spinnenwebartige Blutspuren. Shuggie stapfte durch das hohe Torfgras, während die anderen Kinder die Pithead Road hinuntergingen und aufgeregt durcheinanderredeten, als hätten sie gerade einen Himmel voller Nordlichter gesehen.

Die Sonne stand tief am Himmel, und das Gras war spitz und hart vom ersten Herbstfrost. Hinter dem Miners Club blieb er stehen und spielte an ein paar leeren Bierfässern herum. Wenn man im richtigen Winkel auf den Knopf drückte, gaben sie ein heftiges Rülpsen von sich. Manchmal kamen ein paar der größeren Jungs hierher, ließen die Fässer rülpsen, leckten sich das Bier von den Fingern und torkelten im Kreis wie Betrunkene im Stummfilm. Sie hatten keine Ahnung, wie der Suff wirklich aussah. Shuggie hasste sich selbst dafür, dass er keinen Spaß verstand.

Er vertrieb sich die Zeit im Schatten des Pubs, ließ lustlos die Fässer rülpsen und wartete, bis die Bergmannskinder zu Hause waren. Durchs hohe Schilfrohr streifend, sprang er von Bach zu Bach, trat auf alte Fernseher und Kinderwagen, um trocken über das erstickte Wasser zu kommen. Eine Weile hing er auf seinem ausgetretenen Graskreis herum. Er überlegte, ob er üben sollte. Aber dann scharrte er nur mit dem Fuß im groben Dreck und fing wieder zu weinen an, wunde, röchelnde Schluchzer voller Selbstmitleid und Selbstverachtung.

Als er endlich über den Maschendrahtzaun in den Garten kletterte, hatte er sich vorgenommen, nicht zu Abend zu essen. Shuggie blieb vor dem umgekippten Kühlschrank stehen und schob den Schleim der toten Fliegen weg. Dann tauchte er den ganzen blutigen Kopf in das eiskalte Wasser. Er kniete eine Minute ganz ruhig da, hielt die Luft an, aber die brennende Scham verschwand nicht. Als er sich das blutige Gesicht sauber rieb, tanzten rosa Luftschlangen im Wasser. Wie hübsch, dachte er, und sofort bereute er den Gedanken.

Plötzlich stand Leek über ihm und packte ihn am Kragen. »Komm rein! Ich habe den ganzen Scheißnachmittag auf dich gewartet.«

Im Haus herrschte reger Betrieb; jede Lampe brannte gierig. Leek und Shona Donnelly, Bridies Jüngste von oben, waren damit beschäftigt, überall goldene Wimpel aufzuhängen. An der Wand hing ein rosa Banner mit der Aufschrift *Babys 1. Geburtstag*, nur dass Leek über das Wort *Baby* ein Stück Millimeterpapier geklebt hatte, auf dem in bunten Buchstaben *Agnes* stand. Die Esstischstühle standen in einer Reihe an der Wand, und das Sofa hatten sie in die Ecke geschoben. An kleinen Spießen steckten Würstchen, und saftige Ananasstücke schmiegten sich an schwitzenden orangen Cheddar. Überall standen Schalen mit Erdnüssen und Plastikliterflaschen Limonade herum, die süß und erfrischend aussah.

»Wofür ist das alles?«, fragte Shuggie und wischte sich über das nasse Gesicht.

»Heut ist ihr Geburtstag«, sagte Shona. Sie entwirrte gerade eine Lichterkette; dann sah sie ihn mit zusammengekniffenen Augen an. »Ist dat Blut in deim Gesicht?«

»Nur Nasenbluten. Das passiert, wenn das Gehirn schneller wächst als der Schädel.« Er zuckte die Schultern. Er fand, es klang überzeugend. »Außerdem ist Mammy erst einundzwanzig! Das hat sie mir selbst gesagt.« Unauffällig schlich sich Shuggie an die Ananasspieße an. »Ich glaube, dass sie eigentlich schon über dreißig ist, aber bitte sagt ihr nicht, dass ich das gesagt habe.«

Shona schnaubte. »Man merkt, dass du zu viel Schule verpasst, Shuggie. So piekfein, wie du redest, müssteste mindestens der Beste inne Klasse sein.«

»Kopf voll Mist«, sagte Leek. »Davon hat er wahrscheinlich das Nasenbluten.«

»Eure olle Mutter is jedenfalls mindestens fünfundvierzig.«

»Aye. Ich bin ja schon fast einundzwanzig, du Blödmann.«

Shuggie schluckte. »Aber zum Geburtstag soll ich ihr immer eine Karte mit einer Einundzwanzig kaufen.«

»Wat? *Jedes Jahr?*«, fragte Shona.

»Ja.«

Leek nickte Shona zu. »Ich weiß. *Ich weiß.*«

»Ich mache nur, was sie glücklich macht, okay? Außerdem, warum hat mir keiner was von ihrem AA-Geburtstag erzählt? Ich hätte ihr ein Geschenk gebastelt.« Beleidigt griff er in die Erdnussschale und wühlte sich bis zum Boden.

»Hey, lass dat!« Shona gab ihm einen Klaps auf den Hinterkopf.

»Dir was erzählen? Dass ich nicht lache. Du bist die größte Petze, die rumläuft. Du kannst kein Geheimnis für dich behalten«, sagte Leek.

»Kann ich wohl.« Shuggie sank aufs Sofa, ließ sich die gestohlenen Erdnüsse schmecken und genoss den salzigen Geschmack und den Überfluss der Partysnacks. »Im Moment behalte ich zum Beispiel ungefähr fünfhundert Geheimnisse für mich.«

»Stimmt doch gar nicht, du bist eine Oberpetze«, spottete Leek.

»Halt die Klappe.« *Erdnuss.* »Ich weiß eine Million Sachen«, *Erdnuss,* »die du nicht weißt.«

»Was denn?«

»Genau, wat denn?«, fragte Shona. Sie hielten beim Dekorieren inne und starrten ihn an.

Die Versuchung war groß; die Möglichkeiten lagen vor ihm wie tausend Türen. Er konnte nicht anders. Er aß noch ein paar Erdnüsse und lächelte.

»Also«, *Erdnuss*. »Ich weiß, dass Shona«, *Erdnuss*, »von Gino, dem Eisverkäufer«, *Erdnuss*, »Geld kriegt«, *Erdnuss*, »wenn sie«, *Erdnuss*, »seinen haarigen Pimmel anglotzt«, *Erdnuss*.

Shona flog von ihrem Stuhl, so schnell es der enge Bleistiftrock zuließ. Das Banner riss los, aber sie achtete nicht darauf. Shuggie sprang vom Sofa und raste aus der Tür. Als Petze musste man schnell laufen können.

»Siehste!«, rief ihm Leek hinterher. »Oberpetze.«

Das Haus war voll, und unbeholfene Fremde versuchten sich im engen Wohnzimmer ein Plätzchen zu erobern. An den Wänden stand ein Sammelsurium von Stühlen, die Shona netterweise von Verwandten die Straße hoch und runter geborgt hatte. Auf den Stühlen saßen die versammelten Mitglieder des Dundas-Street-Meetings. Sie bildeten enge Grüppchen, rauchten Kette und schwiegen bis auf den rhythmischen Chor des Bronchialhustens. Gelegentlich sagte einer etwas über das Wetter oder das tragische Ende der lütten Jeannie vom Mittwochabend, aber die Gruppenmitglieder zogen sich schnell wieder hinter ihre Zigaretten zurück und betrachteten unbehaglich ihre Füße, als säßen sie im Wartezimmer beim Arzt.

Shona Donnelly stand hinter dem Vorhang und hielt nach Agnes Ausschau, so dass man nur ihre dünnen Beine sah. Ihre bleichen Wadenmuskeln zuckten aufgeregt, und ein paar der Männer im Raum saugten fest an ihren Kippen, während sie das Auf und Ab ihrer Waden verfolgten.

An der Wand gegenüber saßen ein paar Nachbarn: Bridie, ein paar von Shonas älteren Brüdern und Jinty McClinchy, die sich zu ärgern schien, dass nichts Hochprozentiges angeboten wurde. Sie hatten nur gehört, es gebe eine Party, und jetzt saßen sie in ihren sauberen Blusen unruhig da und schimpften innerlich auf das trockene Haus. Dabei starrten sie unverhohlen die kleinlauten AA-Mitglieder an, die ihrerseits verlegen auf den Boden starrten.

Shuggie wusch sich das restliche Blut vom Gesicht. Er zog sich ein schwarzes Hemd mit einer breiten bunten Krawatte an, so dass er aussah wie ein Gangster aus den vierziger Jahren. Das Hemd hatte er eigenhändig gebügelt, und die messerscharfen Falten an den Ärmeln ließen ihn merkwürdig zweidimensional aussehen. Mit Papptellern voll mit Cheddar und Ananas umkreiste er die unfreiwilligen Gäste. Die Frauen hielten ihre halbgerauchten Kensitas hoch, als würden sie sie essen, und antworteten höflich: »Grade nich, Junge.« Er machte eine Runde durch den Raum, dann nahm er die Erdnüsse oder die fettigen Chipolatas und machte die Runde noch einmal. Aus Mitleid mit dem eifrigen Kellner begannen die Leute, mit Essen, das sie nicht wollten, auf ihrem Schoß Pyramiden zu bauen. Das Fett hinterließ Flecken auf ihren guten Hosen und Röcken. Sie wünschten, er würde endlich aufhören, damit sie in Frieden wieder ihre Füße anstarren konnten, aber Shuggie amüsierte sich prächtig, und von der Höflichkeit der Gäste bestärkt, drehte er seine Runden durch den heißen Raum noch schneller.

An einer Ecke des Tischs standen zwei eingepackte Geschenke, die, weil der Tisch so groß war, irgendwie kümmerlich wirkten. Nicht jeder hatte daran gedacht; nicht jeder verstand, warum sie hier waren. Die Päckchen, die Agnes später öffnete, enthielten die komplette Staffel von *Jane Fondas Workout* und einen Karton mit zweihundert spanischen Zigaretten, beide in Erster-Geburtstag-Papier gewickelt.

»Ist dat nicht hübsch?«, sagte eine der Dundas-Street-Frauen und zeigte mit der Zigarette auf die Partydekoration, die das Sims über der Elektroheizung schmückte.

»Gefällt es Ihnen?«, fragte Shuggie mit echter Überraschung. Er war immer noch nicht überzeugt von den Baby-Bannern und den kitschigen rosa Luftballons, die Leek und Shona überall aufgehängt hatten.

»Oh, sie wird mächtig stolz auf euch sein.« Die Frau hatte ein fröhliches Gesicht; die geplatzten Äderchen auf ihren Wangen wirkten winderprobt und mädchenhaft, und Shuggie hatte den Eindruck, sie lachte viel. Er fragte sich, ob sie wirklich Alkoholikerin war.

»Leek hat den ganzen Tag daran gearbeitet«, sagte er. »Ich habe ihn noch nie so aufgeregt gesehen.«

»Aye? Dat habt ihr toll gemacht. Sie ist bestimmt hellauf begeistert«, strahlte die Frau.

»Meinen Sie?« Er war sich immer noch nicht ganz sicher. »Na ja. Ich kenne meine Mammy. Ich glaube, sie dreht durch, wenn sie sieht, dass Leek Luftballons an ihre guten Schränke geklebt hat. Von dem Klebeband geht der Lack kaputt.« Dann setzte er seine Runde mit den Ananasspießen fort.

Shonas Waden zuckten schneller. »Achtung! Achtung! Sie kommt! Sie kommt!« Sie kam hinter dem Vorhang hervor und zog ihn hinter sich zu. Sie trug einen kurzen Rock und alles Make-up im Gesicht, das ihre Mutter besaß. »Also, Leute, *psssst*.«

Die Gäste setzten sich auf ihren knarrenden Stühlen zurecht, und selbst die, die die ganze Zeit den Mund nicht aufgekriegt hatten, legten den Finger an die Lippen. Ein paar probierten schon mal ein Lächeln; doch es wirkte unsicher und war schnell wieder verschwunden. Leek machte das Licht aus, und plötzlich war es stockdunkel.

Von draußen hörten sie, wie ein Hackney auf den Bürgersteig fuhr, und das Gurgeln eines Dieselmotors, der abgewürgt wurde. Schwere Autotüren schlugen zu, und das Gartentor ging auf. Dazu erklang das fröhliche *Klack-klack-klack* dünner, stolzer Stöckelschuhe. Die Glastür zum Wohnzimmer ging auf, und die Silhouette einer Frau zeichnete sich vor dem Flurlicht ab. Aus dem Zimmer schallte ihr ein herzliches: »ÜBERRASCHUNG!« entgegen und schnitt ihr das Wort ab. Ein paar der älteren Männer hatten, als die Tür aufging, gerade an ihrer Zigarette gezogen und ihr Stichwort verpasst, deshalb murmelten sie leise hinterher: »Aye, schöne Überraschung, Süße.«

Shuggie lief auf sie zu. »Mammy, darf ich dir einen Ananasspieß anbieten? *Sie sind köstlich.*«

Agnes sank gegen den Türrahmen und hielt sich die Hände vor den geschminkten Mund. Sie war angezogen wie für die Oper, dabei hatte sie am Nachmittag nur in der Bingohalle Ritz »Buy One, Get One« gespielt. Eugenes blaue Augen spähten argwöhnisch über ihre Schulter. Ein strenger Ausdruck glitt über sein ernstes Gesicht, und er rümpfte unwillkürlich die Nase beim Anblick der heruntergekommenen Gesellschaft, die in Agnes' Wohnzimmer saß. Als er hereinkam, nickte er feierlich, als wären sie bei einer Trauerfeier.

»Was ist denn hier los?«, fragte Agnes. Mit weit aufgerissenen Augen sah sie sich um. Die meisten Gesichter hatte sie noch nie außerhalb des ehemaligen Handelskontors auf der Dundas Street gesehen. Der Anblick war zutiefst verwirrend.

»Herzlichen Glückwunsch zum Geburtstag!«, sagte Leek.

»Wovon redest du?« Sie drehte sich immer noch im Zimmer herum.

»Heute ist es ein Jahr. Mary-Doll hat angerufen und uns Bescheid gesagt. Sie hat uns gesagt, es ist wichtig, deinen Weg zur Genesung zu feiern.« Leek strahlte von einem Ohr zum anderen. Er zeigte auf eine kleine brünette Frau, die an einer Kippe saugte. »Es ist schon ein ganzes Jahr, seit du trocken bist.«

»Stimmt. Leek hat mitgezählt«, sagte Shuggie.

»Ihr habt mitgezählt?«, fragte Agnes.

»Ja«, sagten beide Jungen im Chor. Shuggie nahm einen abgegriffenen Papierkalender von der Anrichte. Unter einem Aquarell der Maria-Empfängnis-Basilika in Lourdes hingen kleine Kalenderblätter. Er ging ein halbes Dutzend durch, die Leek mit Kreuzchen markiert hatte.

Die Leute drängten sich in dem kleinen Wohnzimmer, froh über die Gelegenheit, von ihren harten Stühlen aufzustehen. Agnes wandte sich gerührt von einem zum anderen, nahm Umarmungen entgegen und ließ sich auf die Wange küssen und Glück wünschen. Shuggie übernahm das Öffnen der großen Limonadenflaschen und schenkte den klebrigen Sprudel in Pappbecher ein. Shona reichte Eugene einen leuchtend grünen Becher Limettenlimonade, und er musterte die Flüssigkeit, als handelte es sich um etwas sehr Exotisches.

»Von diesem Pithead-Nest hattich noch nie gehört«, sagte eine der Mittwochabend-Frauen. Mary-Doll war klein und dürr wie Schilfrohr, als hätte der Alkohol alle Substanz von ihr abgehobelt. Die Wangen unter den großen kastanienbraunen Augen waren eingefallen, und das dunkle Haar saß wie eine geborgte Perücke auf dem ausgezehrten Körper. Agnes war sprachlos gewesen, als sie erfahren hatte, dass die Frau erst vierundzwanzig war. Sie hatte sich betroffen ans Herz gegriffen und Lizzies Flüstern in den Ohren gehabt, die sagte, es gibt immer Leute, denen es noch schlechter geht.

Agnes griff nach Mary-Dolls Hand. »Ich habe für dich gebetet. Gibt es was Neues von deinen Kleinen?«

Mary-Dolls Gesicht hellte sich auf, und ihre Augen leuchteten wieder jugendlich und frisch. »Hab ich erzählt, dass mein Lütter grade die Schule anfängt?«

»Da warst du sicher stolz. Mit Blazer und Krawatte sehen die Lütten immer zum Anbeißen aus.«

Ein Schatten glitt über Mary-Dolls Gesicht. »Aye, dat hat er. Ich hab nurn Foto gesehen, aber ich hab ihn ahmds gleich angerufen. Er war so aufgeregt.«

»Wohnen sie immer noch bei deiner Granny?«

»Aye. Sie lässt mich nich in ihre Nähe.«

Allein der Gedanke, von ihren Söhnen getrennt zu sein, löste bei Agnes das Bedürfnis aus, sie an sich zu drücken; schlimm genug, dass sie wegen des Trinkens Catherine verloren hatte. »Es gab eine Zeit, da dachte ich, dein Zittern hört nie auf. Hab Vertrauen, Süße. Du stimmst deine Granny schon noch um.«

»Aye, schön wärs«, flüsterte die dünne Frau zweifelnd. »Abers issen wunderschönes Foto. Ich haben hübschen Rahmen gekauft und es mir an die Wand gehängt.«

Ein Mann stand von einem der geborgten Stühle auf. Montag-Donnerstag-Peter war in Agnes' Alter, aber er sah aus, als könnte er ihr Vater sein. Er trug hell gebleichte Jeans und eine dicke Jacke aus Shetlandwolle, die schon aus der Mode gewesen war, als Agnes den Katholiken geheiratet hatte. Mit dem seltsam wackeligen Gang erinnerte er an einen Stapel Teller, der jeden Moment umzukippen drohte. Er hatte ein geselliges, mitteilsames Auftreten, aber es war nur seine Art, um die Einsamkeit zu verbergen. »Na, Agnes«, krähte er, »wie fühlzichs an, neugeboren zu sein? Als Einjährige?«

»Ehrlich gesagt war es mir gar nicht bewusst«, antwortete Agnes.

»Aye, jedenfalls isset schön, datt deine Bälger so stolz auf dich sind.« Montag-Donnerstag-Peter zeigte auf Leek. »Die wollten unbedingt wat aufziehen. Damitte in Schwung bleibs, weißte. Nen lütten Anschwung über die Einjahresmarke.«

Eugene war in der Nähe der Wohnzimmertür stehengeblieben, ohne sich unters Volk zu mischen, aber er konnte sich vom Anblick der nervösen Gestalten nicht losreißen. Shuggie war am Buffet und wischte das Fett und die Soße von den Tellerrändern. Er stellte die Teller um, ordnete die Chipolata-Würstchen zu hübschen Mustern an und drehte den Käse um, damit er nicht trocken und rissig wurde. Eugene beobachtete ihn bei der Arbeit. Der Junge errichtete gerade eine hübsche Pyramide aus Pappbechern, als er endlich den Kopf hob und Eugenes schweigenden Blick auffing.

»Alles klar, kleiner Mann?«, fragte Eugene und schob sich mit den Händen in den Hosentaschen langsam voran.

»Ja, ich habe nur gerade …« Shuggie sah seine elegante Becherpyramide an, dann warf er sie mit der Hand um wie ein Bulldozer. Die Pappbecher rollten auf den Boden.

Seite an Seite drehten sie sich um, beobachteten das Partygeschehen wie eine Sportveranstaltung und versuchten einander nicht anzusehen. »Schicke Feier, oder?«, sagte Eugene und überspielte großzügig Shuggies Ordnungsdrang und die anschließende Zerstörung.

»Nicht schlecht. Aber ich glaube, Leek ist verrückt geworden.«

Eugene lachte. »Nein! Es ist ne großartige Sache, deine Mutter zu lieben. Schließlich kriegste nur die eine.« Er lächelte, dann fragte er unvermittelt: »Du weißt, wer ich bin, oder?«

Shuggie nickte und antwortete wie ein Roboter: »Sie sind Eugene McNamara. Colleens großer Bruder. Vielleicht werden Sie mein neuer Daddy.« Er sah auf seine Schuhe. »Aber mich hat keiner gefragt.«

»Ach?« Eugene war überrascht.

»Also, ich finde es ungezogen, wenn jemand solche Ansprüche stellt und den Jungen nicht mal fragt, ob er einen Daddy will.«

»Da hast du recht. Ein Gentleman sollte sich erst mal ordentlich vorstellen.« Eugene hielt Shuggie die Hand hin. »Ich bin Eugene. Ich freu mich, dich endlich kennenzulernen.«

Der Junge schüttelte ihm nervös die Hand. Es war eine Bärenpranke, eins der gröbsten Dinge, die er je angefasst hatte. »Haben Sie vor, länger zu bleiben?«

»Ich dachte, eine Stunde oder so.«

»Nein, ich meine, hier zu bleiben, mit meiner Mammy zusammenzubleiben.«

»Oh! Dat weiß ich nicht. Ich hoffe es.«

»Mister McNamara. Es würde mir nicht gefallen, wenn Sie sie enttäuschen.«

Eine Weile sagte Eugene nichts. Der seltsame kleine Junge hatte ihm die Sprache verschlagen. »Weißt du, Junge, vielleicht ist es an der Zeit, dass du mehr an dich denkst. Lass deine Mammy mal für eine Weile in Ruhe. Ich übernehme ab hier. Du solltest mehr rausgehen, mit Kindern in deinem Alter spielen, versuchen, ein bisschen mehr zu sein wie die anderen Jungs.«

Eugene zog ein kleines rotes Buch aus der Tasche seiner Anzughose, nicht größer als ein Päckchen Zigaretten. Es war dünn und billig gedruckt. Er gab es dem Jungen, und Shuggie sah sich den eselsohrigen Umschlag an. Oben stand: *Gratis beim Kauf der Glasgow Evening Times.*

Darunter war das Schwarzweißfoto eines alten Fußballhelden abgebildet; er trug dicke Socken, die wie Schurwolle aussahen. Es war das *Wee Red Book* der gesamten schottischen Fußballgeschichte.

Shuggie sah sich das Büchlein an und blätterte die vergilbten Zeitungspapierseiten mit den alten Fußballergebnissen durch. *Scottish Football League. Rangers: 22 gewonnen, 14 unentschieden, 8 verloren, 58 Punkte. Aberdeen: 17 gewonnen, 21 unentschieden, 6 verloren, 55 Punkte. Motherwell: 14 gewonnen, 12 unentschieden, 10 verloren.* Er wurde schamrot; jegliches Gefühl von Überlegenheit verpuffte. »Danke«, sagte er und ließ das Büchlein in die Tasche gleiten, als wäre es ein schmutziges Geheimnis.

Shuggie ging hinüber zu seiner Mutter, die sich mit den Männern der Dundas-Street-Gruppe unterhielt. Sie umringten sie und himmelten sie an. Der erste, Montag-Donnerstag-Peter, stützte den Mann, der neben ihm stand. Er sah aus, als hätte er einen Schlaganfall gehabt oder als hätte das Trinken seine Motorik schwer beeinträchtigt. Der dritte Mann war jung und breiter, er sah noch nicht aus wie ein Wrack oder ein Penner, aber seine Finger waren dunkelgelb vom Nikotin. Er war eher in Leeks Alter. Die Spitzen seiner Haare waren wasserstoffblond gebleicht, und er trug einen modischen Nylonanorak, der ihn allerdings wie einen Kleinkriminellen aussehen ließ. Er wirkte halbseiden und gerissen, wie die Pithead-Jungs, die vor Mr Dolans Laden herumlungerten und sich die Taschen ihrer Cargohosen vollstopften. Shuggie war froh, dass er die Porzellanfiguren seiner Mutter versteckt hatte. Plötzlich lächelte der junge Mann. Seine Zähne waren klein, aber weiß und ebenmäßig. Sein Gesicht war schön und gesund und liebenswürdig. Shuggie hatte ein komisches Gefühl im Bauch. Das Fußballbüchlein brannte an seinem Bein.

»Oh, das ist mein Jüngster, Hugh.« Agnes strich stolz über seinen Kopf.

»Na, Kumpel«, sagte der erste Mann. Er hielt dem Jungen die Hand hin. »Ich bin Onkel Peter.«

Shuggie starrte seine Hand an, ohne sie zu nehmen, dann sah er kühl zu dem Mann hoch. »Nein«, seufzte er. »Sie sind nur *Peter*. Ich kenne den Stammbaum meiner Familie, vielen Dank.«

»Aha, schlaues Kerlchen, da gips nix«, sagte der Mann gutmütig und richtete sich auf. Aus der Nähe sah Shuggie die Stellen, die seine zittrigen Hände zu rasieren vergessen hatten; unter dem Kinn waren außerdem ein paar Schnittwunden.

Agnes schüttelte Shuggie so fest, dass sein Haar aus dem ordentlichen Scheitel fiel. »Was ist in dich gefahren? Entschuldige dich sofort bei Mister ... Mister ...« Agnes wusste nicht, was sie sagen sollte, und Montag-Donnerstag-Peter trat unbehaglich von einem Fuß auf den anderen. Sie schüttelte den Jungen noch einmal. »Entschuldige dich bei Peter!«

»Entschuldigen Sie, Mister Peter«, sagte er, doch seine Augen beobachteten Eugene.

Mary-Doll hatte das Wohnzimmer durchquert und sich zu Eugene gesellt. »Dich kenn ich gar nicht. Biste auch bei der Dundas-Street-Gruppe?«

»Nein.«

»Aye, sonst hätt ich dich nämlich erkannt.« Sie zupfte sich den glänzenden Pony über die Augen, und als sie sich besser fühlte, grinste sie. »Ich bin seit fast drei Monaten trocken. Vom Amt habbich grade meine eigene Bude gekriegt. Hab fast vier Jahre auffe Liste gestanden. Jetzt hoff ich, dass ich bald nen Stockbett fürs Wohnzimmer kriege. Damit meine Lütten kommen können.« Flirtend wickelte sie sich eine Haarsträhne um den Finger.

Eugene zwang sich zu einem dünnen Lächeln. Doch Mary-Doll fasste es falsch auf.

Sie begann ihn ohne Punkt und Komma vollzuquasseln. »Ich hab eisern gespart, und ich hab mir schonnen kleenen Tragbaren gekauft unnen schicken Teppich und lauter Kleinkram, weißte, son Schnickschnack. Aber ich wünschte, ich hätte Agnes' Geschmack. Die hat ihr

Haus so schön, oder? Und sich selber hältse auch immer so schön. Selbs wenns ihr beschissen ging, hatse immer tadellos ausgesehen.«

»Ach ja?«

»Aye. Selbs wenns ihr beschissen ging, warse immer wie außen Ei gepellt.« Sie wechselte das Thema, weil sie keine Lust hatte, über andere Frauen zu reden, und legte Eugene die Hand auf den Arm. »Hömma, du hast gar nicht erzählt, zu welchem Meeting du gehst.«

»Ach so, ich geh zu keinem. Ich geh nicht zu Meetings. Ich hab kein Problem.«

»*Echt?* Hast dun Glück. Willste meine haben?« Sie lachte, und ihr Zahnfleisch war weiß und blutleer.

»Nein, danke.« Eugene hob den Kopf und rief über die Musik nach Agnes. Sie sah auch unbehaglich aus, und Eugene fragte sich, was ihr Sohn gesagt hatte, dass sie so ein Gesicht machte. Er nickte mit dem großen roten Kopf, und sie kam herüber zur Tür.

Eugene entschuldigte sich bei der abgehalfterten jungen Frau und ging mit Agnes in den Flur. Hier war es ruhiger und weniger verraucht, und er atmete tief durch. Agnes sah, wie Eugene die Hand auf den Gürtel mit dem Geldbeutel legte, und zuckte zusammen. »Hömma, ich mach mich besser wieder auffen Weg. Ich brauch nochen paar Fahrgäste, bevor die Clubs zumachen, dat kennste ja.«

»Ah. Ja, natürlich. Ist alles in Ordnung?«

»Aye, aye«, antwortete er zu schnell. Er kratzte sich den Nacken.

Agnes sah, wenn jemand log. Sie beugte sich vor, um ihm einen Kuss auf die Lippen zu geben, aber Eugene wandte sich ab, und sie traf seine Wange. Es war ein leichter, trockener Kuss, wie die lockere Begrüßung zwischen französischen Freunden. Als er sich aufrichtete, merkte sie, dass sie die Lippen immer noch geöffnet hatte, bereit für den richtigen Kuss, der nicht kam. Es war ihr Sexkuss, und Eugene hatte sie zurückgewiesen. Plötzlich fühlte sie sich alt und schmutzig. Jetzt sah sie Colleen in ihm, und sie schaffte es nicht rechtzeitig, ihren Ausdruck zurückzunehmen, von Liebe zu Demütigung zu Abwehr.

»Also gut, ich ruf dich an, in Ordnung?«

»Ja. Bitte, tu das.« Sie schniefte unbekümmert und verschränkte die Arme.

»Na gut, du gehst wohl besser zurück zu deinen. Eh. Deinen ...« Er wusste nicht, wie er sie nennen sollte. »Deinen *Partygästen*.«

Sie sah, wie die Tür hinter ihm ins Schloss fiel, dann rüttelte er am Knauf, um sicherzugehen, dass sie zu war, als würde er eine Büchse versiegeln. Sie hörte das Gartentor und seine Stimme, als er seinen Nichten und Neffen etwas zurief, die draußen spielten. Diese Stimme klang anders als die, mit der er zu ihr geredet hatte. Ein Leben lang hatte sie Taxis gelauscht und sie wusste, dass er die Tür des Hackneys mit Wucht zuschlug. Sie hörte das Knurren des anspringenden Motors und wusste, dass er zu schnell anfuhr. Doch die Taxis zu lesen, war der einfache Teil.

Aus dem Wohnzimmer hörte sie das zuckrige Zischen weiterer Limonadeflaschen, die geöffnet wurden. Sie starrte ihre Freunde in den zu locker sitzenden Kleidern an. Die Jahre, die sie an der Flasche geklebt hatten, schienen sie eingefroren zu haben, als hätte der Suff ihnen Jahrzehnte geraubt, sie aus der Welt katapultiert und ihnen buchstäblich das Leben ausgesaugt. Plötzlich war Agnes schlecht, sie wollte nur noch, dass alle gingen, wollte ihr Leben mit viel Bleiche in die Waschmaschine stecken.

Agnes sah an sich herunter und schämte sich, dass sie so tief gesunken war und mit solchen Leuten herumhing. Dann schämte sie sich noch mehr, weil sie solche Gedanken hatte. Unter der Decke im Flur hing Zigarettenrauch. Jemand hatte eine neue Top-Forty-Platte aufgelegt. Agnes kannte sie. Die Sängerin mit der Quietschstimme begann »Happy birthday, happy birthday« zu singen. Agnes ging ins Schlafzimmer, um sich frisch zu machen.

War sie auch so kaputt und überholt wie diese Leute? Im Spiegel sah ihr Elizabeth Taylor entgegen, nur dass es jetzt Liz war, die eitle und arrogante Schabracke der Paparazzi-Fotos auf der Yacht in Puerto Vallarta. Ihr Haar war immer noch dicht, ihr Make-up immer noch katzenhaft.

Aber inzwischen war ihr Haar zu schwarz und das Make-up zu dick, die Farben eines vergangenen Jahrzehnts. Selbst ihre Lider waren metallisch grün wie oxidiertes Kupfer. Sie nahm einen alten Schildpattkamm und kämmte sich die Locken aus dem Haar, glättete sie zu stufigen Wellen, die weniger aufgebauscht, weniger altmodisch waren. Sie nahm ein Haargummi und band sich einen schlichten Pferdeschwanz, den ersten, den sie je getragen hatte. Er zog ihr Gesicht straff, als sie sich den grellen Lippenstift, den metallischen Lidschatten und das rosa Rouge über den geplatzten Äderchen abwischte. Leer wie eine Leinwand malte sie sich leuchtend blauen Kajal unter die Augen, wie sie es bei den jungen Mädchen in *Top of the Pops* gesehen hatte.

Als sie den Kopf wieder hob, hatte sich an der Frau, die ihr entgegensah, nichts verändert. Sie war genauso überholt wie die anderen. Es hatte nichts mit dem Styling zu tun.

Agnes sehnte sich nach einem Drink, egal was, damit die Frau im Spiegel verschwand. Sie zog den alten Briefumschlag von der Gasanstalt aus der Make-up-Tasche und nahm zwei von Bridie Donnellys Glücklichmachern heraus. Ohne Wasser zerkaute sie sie, legte den Kopf in den Nacken und schluckte wie ein junger Vogel.

Sie ließ sich Zeit, rauchte die Zigarette fertig und ließ sie zischend ins Klo fallen. Als sie zusah, wie die Kippe kreiselnd im Abfluss verschwand, vergaß Agnes langsam, was sie belastet hatte. Sie sah wieder in den Spiegel und lächelte. Jetzt fühlte sie sich wieder frisch.

ZWEIUNDZWANZIG

Als Shuggie an seinem elften Geburtstag von der Schule kam, stand ein Schuhkarton auf der obersten Stufe und ein schwarzer Hackney parkte vor dem Haus. Nach der Party hatte sich Eugenes Zuwendung merklich abgekühlt, so sehr, dass es sogar Leek auffiel. An den Abenden, an denen sie nicht an der Tankstelle arbeitete, saß Agnes Kette rauchend am Telefon und unterstrich Stellen in ihrem Zwölf-Schritte-Buch. In diesen Nächten konnten Leek und Shuggie nicht schlafen. Sie starrten einander im Dunkeln an, während sie Agnes vor dem Spätprogramm seufzen hörten, und wussten, dass sie nicht wirklich hinsah.

Shuggie ging drei Tage nicht zur Schule. Er schützte Bauchkrämpfe vor, folgte ihr durchs Haus und las ihr *Danny der Champion* vor. Er war überzeugt, wenn er sie ununterbrochen mit Geräuschen unterhielt, fiel es ihr leichter, nicht zu trinken. Er stand vor dem Bad, wenn sie pinkelte, und erzählte ihr von den Fasanen, die Danny mit Schlaftabletten austrickste. Nachts kletterte er zu ihr ins kalte Bett und las ihr stundenlang vor, wenn sie nicht schlafen konnte. Als sie es nicht mehr aushielt, schenkte Agnes ihm ein ganzes Glas Magnesiummilch ein und war froh, als sich die Verstopfung löste und er wieder zur Schule gehen konnte.

Shuggie setzte sich auf die Stufen und nahm die fremde Schachtel auf den Schoß. In einer Wolke aus weißem Seidenpapier lag ein Paar schwarze Fußballschuhe. Shuggie streifte die polierten Lederschuhe ab und schlüpfte in die Stollenschuhe. Er klackerte den Gartenweg rauf und runter. Die Schuhe waren mindestens zwei Nummern zu groß, aber sie sahen genau wie die aus, die die Jungs in der Schule trugen. Als er klackernd im Kreis lief, fragte er sich, ob die Schuhe ihn normaler machten.

In seinem Bauch brodelte die Magnesiummilch und lockerte seinen Darm. Er zog am Türknauf, aber die Tür war abgeschlossen. Das kannte er schon. Als er draußen im Schatten des Hauses wartete, war er froh, dass Eugene wieder da war; selbst ein McAvennie zum Vater war besser, als wenn seine Mutter wieder zu trinken anfing. Er drückte das Ohr an die Tür und betete, dass Eugene blieb und seine Mutter die Stärke aufbrachte, trocken zu bleiben, und Frieden fand. Dann betete er, dass Gott ihn zum Geburtstag normal machte. Wieder rumorte es in seinem Magen. Er hielt eine Hand unter seine rumpelnde Rückseite und rüttelte mit der anderen heftig an der Tür. Von innen drehte sich der Schlüssel um, und die Klinke wurde ihm aus der Hand gerissen.

Es war nicht Eugene. In der Tür stand sein Vater. Er strich sich das Haar über den pinken Schädel und sah überrascht auf den Jungen herunter. »Ist die Schule schon aus?«, war alles, was er sagte, nach so langer Zeit.

Shuggie nickte idiotisch mit aufgerissenen Augen. Er hatte Shug seit dem Nachmittag bei seinem Onkel Rascal vor drei Jahren nicht mehr gesehen. Shug schob sich das Hemd in den engen Hosenbund und wies mit einer Kopfbewegung auf die Füße des Jungen. »Und, gefällt dir dein Geschenk?« Als Shuggie seine Füße anstarrte, begriff er, dass die schwarzen Fußballschuhe nicht von Eugene kamen. Bevor er etwas sagen konnte, packte sein Vater ihn am Kinn und sagte: »*Ach, du Scheiße*. Du kriegst auch schon den irischen Riesenzinken.«

Shuggie fasste sich trotzig an die Campbell-Nase. Er fuhr den kleinen Pferdeknochen nach, den Kamelhöcker, der dort wuchs.

Shug schüttelte enttäuscht den Kopf und zog den Münzhalter aus der Tasche, den er im Taxi benutzte. Mit dem Daumen schnippte er zwei Zwanzig-Pence-Stücke heraus. »Hier, vielleicht kannste mit Boxen anfangen, damitse dir einer bricht.«

Shuggie starrte die Münzen an, mehr aus Schock als aus Undankbarkeit. Doch Shug fasste es anders auf und machte widerstrebend noch vier Fünfzig-Pence-Stücke locker. »*Aber mehr kriegste nich!*« Unwillig ließ er das Geld in die Hand des Jungen fallen. »Und, rennste schon den Weibern hinterher?«

Diese Frage hatte ihm noch keiner gestellt. Shuggie zuckte die Schultern.

Shug dachte an sich selbst mit elf Jahren und verstand Shuggies Schweigen als falsche Bescheidenheit. »Aye, na, dann biste vielleicht dochen echter Bain, wat?« Er leckte sich die Unterlippe. »Tolles Alter, deinen Wiener inne Brotbüchse vonne Mieze zu stecken, wode nochen pah Jährchen hast, bevor wat passieren kann.«

Shuggie fiel nur Granny Lizzies Brotkasten ein und das Brot mit der dicken Kruste, das sie darin aufbewahrte. Für ihn hatte sie immer die Kruste abgeschnitten, und dann hatte sie sie dick mit Butter bestrichen und selbst gegessen.

»Na, ich kann nichen ganzen Tag hier stehen und rumquatschen. Ihr gebt meine Kohle schneller aus, als ichse verdienen kann.« Shug machte einen Bogen um seinen Sohn und stieg ächzend wieder in sein Taxi. Der Junge sah zu, wie der Hackney unter seinem Gewicht sank. »Kümmer dich gut um deine Mammy. Und pass auf, dasse sich nich mit irgendem Katholikenheini einlässt, hörste?« Dann ließ sein Vater den Motor an und fuhr ohne weiteren Gruß davon.

Shuggie wandte sich der stillen Dunkelheit des Hauses zu. Er zog die neuen Turnschuhe aus und kickte sie in hohem Bogen in Richtung Moor. Dann ging er ins Haus und fand sie auf der Kante seines schmalen Betts. Hinter ihr waren die Laken aufgewühlt, und zu ihren Füßen stand eine Tüte voll mit Special Brew. Sie sahen einander mit dem gleichen benommenen Blick an, als wären sie gerade aus einem friedlichen Schläfchen erwacht, als würden sie beide eine Weile brauchen, bis sie den Willen wiederfanden, Worte zu bilden und zu sprechen.

Er hatte gehört, dass es ihr gutging, oder besser gesagt, er hatte nichts gehört, und das war das Problem. Es war über ein Jahr her, dass Agnes zuletzt bei der Taxizentrale angerufen hatte. Vierzehn Monate, seit sie die Telefonistin angeschissen oder gedroht hatte, den Jungen zu erstechen und ihren Kopf in den Ofen zu stecken. Es war über ein Jahr her, dass er etwas von ihr gehört hatte.

Der Junge hatte bald Geburtstag, eine gute Gelegenheit, mal nach dem Rechten zu sehen. Ein Taxikollege hatte einen Riesenhaufen schwarzer Fußballschuhe hinten aus einem Lastwagen abgestaubt. Sie hatten einfach mit einem gemieteten Kastenwagen neben dem Sattelschlepper geparkt und, während der regulär ausgeladen wurde, sechs Dutzend Paar geklaut, am helllichten Tag mitten auf der Sauchiehall Street.

Welcher Junge spielte nicht gern Fußball? Falls Agnes einen neuen Mann hatte, würde Shug einfach die Schuhe vorbeibringen. War nichts dabei. Falls sie keinen Mann hatte, wollte er wissen, warum sie ihn nicht mehr terrorisierte. Sie hatte auf unerwartete Weise sein Ego verletzt, und deswegen hatte er in die Geburtstagstüte noch sechs Dosen Special Brew gepackt.

Shug ließ das Fenster des Hackneys herunter und legte den Arm auf das heiße schwarze Metall. Er sah zu, wie das Gold seiner Ringe das Licht einfing, und fand, dass seine Hände nach der sonnigen Woche in Joanies Wohnwagen viel besser aussahen. Mit ein bisschen Farbe sah alles besser aus. Als er über die Schnellstraße bretterte, fragte er sich, ob Agnes noch so schön war wie in seiner Erinnerung. Er mochte Joanie, aber verglichen mit Agnes Campbell war sie nichts Besonderes. Joanie war friedlich und ruhig. Sie war ausgeglichen und verlässlich und machte keinen Ärger. Sie trank, aber sie betrank sich nie, und sie hatte keine Schwäche für Bingo oder teure Teppiche oder Träume. Joanie war ein Arbeitstier und zufrieden mit dem, was sie hatte. Sie hatte wenig Persönlichkeit, aber dafür war sie schmutzig und dankbar im Bett, wie es reizlose Frauen häufig waren. Doch er musste zugeben, was Schönheit anging, war Agnes Campbell ein Rennpferd, und Joanie war bloß ein Lastenpony.

Als er die Abzweigung nach Pithead nahm, fragte er sich, ob Agnes ihr Aussehen mit der Sauferei schon ruiniert hatte. Das kannte er. Es gab diesen Typ Frau, vor allem in Glasgow, die gleichzeitig versteinerten und verwelkten. Ihre Gesichter schrumpften, vom Fusel ausgesaugt, auf den knochigen Wangen blühten rote Linien auf, und unter den wässrigen Augen quollen Säcke der Traurigkeit. Sie versuchten es zu verbergen, aber sie waren irgendwann zum Stillstand gekommen, ihre Gesichter Museumsstücke mit altmodischen Frisuren und zu viel Schminke. Shug fragte sich, ob Agnes noch die hellen irischen Augen und die hohen Wangenknochen hatte, das weiche Rosa, das immer so sauber und süß roch. Im heißen Taxi grinste er und spürte, wie sich sein Blut sammelte. Unwillkürlich überlegte er, was er zu ihr sagen könnte, um sie ein letztes Mal zu vögeln. Er war froh, dass er gestern Abend gebadet hatte.

Shug war seit Jahren nicht hier draußen gewesen. Ein Blick ins Telefonbuch bestätigte, dass sie noch an derselben Adresse wohnte. Sie trug immer noch seinen Namen. *Bain.* Er lächelte bei dem Gedanken, dass sie zu stolz war, um wieder als schmutzige, gewöhnliche Katholikin durchzugehen. Das Haus war leicht zu finden, der wunderschöne Rosengarten, viel zu auffällig und protzig für die schäbige Zechensiedlung. Die Tür hatte eine andere Farbe als die der anderen Häuser, frisch gestrichen in glänzendem Rot; es sah selbstbewusst aus, und er freute sich darüber. Er klopfte an die Tür und wartete, dass sie aufmachte. Von innen war das Röhren des Staubsaugers zu hören. Er klopfte noch einmal, und der Staubsauger stoppte. Er hörte Türen aufgehen und setzte sein bestes Lächeln auf, als die rote Tür nach innen schwang.

Agnes ließ im Sommer die Fenster auf, und beim Öffnen der Haustür wirbelte ein Luftzug Shugs langes dünnes Haar hoch. Als sie zu ihm hinuntersah, ertappte sie ihn, wie er die Strähnen aus Eitelkeit über seiner glänzenden Platte festhielt. Das lüsterne Grinsen verschwand aus seinem Gesicht.

Sie trug kein Make-up, und auch wenn sie älter war, sah sie so frisch aus wie bei ihrer ersten Begegnung. Zwar hatte sie ein paar feine, gebrochene Linien auf den Wangen, aber ihre Augen leuchteten noch, und Shug fand, sie sah aus, als käme sie gerade von einem strammen Spaziergang. Das Haar, dunkel wie die Nacht, lag weich und lockig um ihr Gesicht. Es machte ihn wütend, dass sie von oben auf seine Glatze sah.

»Da ist sie ja. Die Liebe meines Lebens.«

Agnes starrte ausdruckslos auf ihn herunter, die Zunge gegen den Gaumen gepresst.

»Jetzt kuck nich so scheißüberrascht.« Kaum hatte er es gesagt, war ihm klar, dass er sie damit nicht rumkriegen würde. Er wollte leicht und locker klingen, sie daran erinnern, was ihr entging. »Isne Weile her. Haste mich vermisst?«

»Du hast zugenommen.«

Er griff sich vom Kopf an den Bauch. »Oh, aye, kann sein. Sie kocht gut, die Joanie.«

Agnes zuckte zusammen. »Scheint eine vielseitige Nutte zu sein.«

»Pass auf, ich bin nich hier, um vorm Haus mit dir zu streiten. Ich hab ihmen kleines Geburtstagsgeschenk mitgebracht.« Er hielt die billige Plastiktüte hoch. »Kann ich reinkommen?«

Agnes verschränkte die Arme vor der Brust, wie um den Eingang zu blockieren. Sie machte ein abweisendes Gesicht. »Mein Junge braucht nichts von dir.«

Shug musterte sie einen Moment und begann zu fürchten, dass er sie für immer verloren hatte. Er fragte sich, wie sich ein Fisch vom Haken befreite. Dann griff er in die Tüte und zog die Schuhschachtel heraus. Er hielt sie ihr hin. Sie hatte die Arme immer noch verschränkt, also legte er die Schachtel wie eine Opfergabe zu ihren Füßen auf die oberste Stufe. »Du weißt, dass du immer die Liebe meines Lebens gewesen bist.« Es stimmte, und es war eine Schande. »Hier, das ist für dich.« Er hielt ihr die Tüte mit dem Bier hin und trat einen Schritt zurück.

»Die Zeiten sind vorbei«, sagte sie kühl.

»Oh!« Bewundernd schürzte er die Lippen. »Wie lange denn diesmal schon?«

»Lange genug.«

Er applaudierte. »Ich hab mich schon gefragt, warum ich nix von dir höre.«

»Du bist also hier, um dir das Wrack anzusehen. Nur um dich zu vergewissern?«

»Dir kann ich wohl nix vormachen.« Er hob geständig die Hände. »Darf ich reinkommen, *Missus Bain*?« Er hisste ihren Namen wie eine weiße Flagge.

Sie sagte nicht Nein, und sie sagte nicht Ja. Sie drehte sich einfach um und ging durch den Flur in die Küche. Hinter sich hörte sie, wie er die Tür zuzog, dann hörte sie den Schlüssel im Schloss und Shugs schwere Schritte.

»Gefällt mir, wie du das Haus hergerichtet hast.« Shug setzte sich an den kleinen Klapptisch; sein Blick glitt zur Decke, wo sich wegen der Feuchtigkeit immer noch die Tapete löste.

Agnes bemerkte, wie er den Kühlschrank und die große Kühltruhe ansah und sich fragte, wie sie sich solche Dinge leisten konnte. Wortlos setzte sie den Kessel auf und öffnete den Brotkasten. Sie nahm zwei dicke Scheiben Weißbrot aus dem Papier und bestrich sie dick mit Butter. Dann schnitt sie sie in Hälften und legte sie auf einen kleinen Teller. Sie schob ihm den Teller hin, und er bedankte sich.

Er nahm sich ein Butterbrot und schob es sich in den Mund; die Butter war dick und süß. »Wie ich höre, geht's Caff gut in Südafrika.«

»*Catherine*? Ja, das höre ich auch.« Agnes klang müde.

»Redet sie mit dir?«, fragte er.

»Nicht oft.«

»Aye, na ja, bald wirst du Großmutter.«

Sie hielt sich an der Arbeitsplatte fest. Die Luft wich aus ihren Lungen. »Hab ich gehört.«

»Peggy Bain fliegt übrigens runter. Willse unterstützen, wenn der Lütte auf der Welt ist. In solchen Zeiten«, setzte er hämisch nach, »braucht man seine Mammy, selbst wenns nurne Schwiegermutter is.«

»Wo sollte ich das Geld für so was hernehmen?« Agnes drehte sich weg, damit er ihr Gesicht nicht sah. Sie machte sich an zwei Tassen dunklem Tee zu schaffen. Sie hoffte, dass er nicht merkte, wie ihre Hände zitterten.

»Donald Junior glaubt fest, dass essen Junge wird. Ich hab ihm gesagt, ich kauf ihm die Kinderkarre, wenn er ihn Hugh nennt, nach seinem Lieblingsonkel.«

Als Agnes die Hitze in ihrem Gesicht wieder unter Kontrolle hatte, drehte sie sich um und stellte den frisch gebrühten Tee auf den Tisch. Sie gab drei Löffel Zucker in seine Tasse und goss einen großen Schluck Milch hinterher. »Eigentlich versuch ich, weniger Zucker zu essen, aber wat solls.«

»Dein schäbiges Herz?«

»Aye, macht immer noch ab und zu Macken. Wenigstens weiß ich, dass es noch da is, wenns zu stottern anfängt.« Er lachte und verdrückte den Rest des Butterbrots, indem er die Kanten zusammenfaltete und es sich in einem Stück unter dem Schnurrbart in den Mund schob. »Wie geht's meim Jungen? Schlägt er nach seim alten Herrn?«

»Oh Gott. Hoffentlich nicht.«

Agnes stand leise auf und verließ die Küche. Sie musste Catherines Neuigkeiten in Frieden verdauen. Sie sagte nicht, wo sie hinging. Shug blieb am Tisch sitzen, aß die nächste Butterstulle und überschlug im Kopf die Kosten der neuen Küchengeräte. *Sie hat einen Mann*, dachte er. Er rutschte zur Stuhlkante und streckte den Kopf durch die Tür, um zu sehen, wo sie war. Dann wischte er sich die Butterfinger an der Hose ab und überlegte, ob sie ins Schlafzimmer gegangen war. Grinsend nahm er die Tüte mit dem Bier und begann, die unbekannte Wohnung zu erkunden. Er warf einen Blick hinter halbgeöffnete Türen und bemerkte, wie sauber und ordentlich alles war. Er dachte an Joanie, die Couch voller Katzenhaare, die schmutzigen Unterhosen auf dem Schlafzimmerboden und die Achtlosigkeit, mit der sie die Toastkrümel von der zusammengewürfelten Bettwäsche strich.

Als Shug langsam den Flur hinunterging und in die Zimmer sah, starrten ihm ihre traurigen glasäugigen Porzellanfigürchen entgegen. Agnes war in keinem der Zimmer. Er blieb vor der letzten Tür vor dem Windfang stehen, und dort fand er sie, mit dem Rücken zu ihm. Es war ein Kinderzimmer mit zwei schmalen Einzelbetten. Auf einem Tischchen an der Tür hatte Shuggie ein paar Spielzeugroboter aufgestellt, und dazwischen kleine ordentlich beschriftete Kärtchen gelegt mit den Namen derer, die ihm noch fehlten. Es erinnerte ihn an Agnes. Shug hatte vergessen, wie viel sie immer wollte und wollte und wollte.

»Sieh dich gut um«, sagte sie leise. »Und dann geh.«

»Wo sind die ganzen Fußballposter?«, fragte er mit Blick auf die leeren Wände.

»Hugh mag Fußball nicht. Er mag keine Poster. Er findet sie billig.«

Shug musterte die Hälfte des kleinen, ordentlichen Zimmers, die sein Sohn bewohnte. Der einzige Hinweis, dass ein Kind hier lebte, waren die penibel aufgereihten Roboter. Er betrachtete sie, und plötzlich wurde ihm klar, was sie waren. Sie waren ein Kaminsims voller trauriger glasäugiger Porzellanfiguren.

»Genug gesehen?« Agnes wirkte wie eine müde Museumsführerin.

»Ich glaube schon«, sagte er mit leichtem Spott.

»Gut«, sagte Agnes mit einem angespannten Lächeln. Sie zeigte zur Tür. »Dann verpiss dich.«

Agnes machte sich Sorgen um die Wäsche. Den ganzen Sommer wurde von Tschernobyl und dem explodierten Atomkraftwerk berichtet. Es war eine traurige Sache, aber weit entfernt, bis ein Nachrichtensprecher vor dem radioaktiven Regen warnte, der über dem Westen Schottlands niederging, bevor er nach Irland weiterzog. Als Shuggie ihr half, die Wäsche von der Leine hinterm Haus zu holen, fragte sie ihn, ob Radioaktivität vielleicht half, die hartnäckigen Flecken rauszukriegen. Der Junge schüttelte den Kopf; *nein*, es funktionierte nicht wie Bleiche. Er erzählte ihr von den schrecklichen Atomkriegs-Zeichentrickfilmen, die sie mit

Father Barry sehen mussten, und sagte, der verseuchte Regen ätze die Wäsche vielleicht einfach ganz weg. Sie hatten gerade den letzten Korb mit noch feuchter Wäsche ins Haus getragen, als es zu nieseln begann. Durchs Fenster sahen die fallenden Tropfen aus wie die übliche schottische Plörre. Als der Regen auf die leere Straße prasselte, machten sie ein Spiel daraus, was er alles wegätzen sollte:

»*Fußball-Doppelstunde!*«
»*Jinty McClinchy!*«
»*Mistkäfer McAvennie!*«
»*Die ganze bescheuerte Siedlung!*«
»*Schnick Schnack Schnuck!*«

Shuggie lag vor dem Heizstrahler und sah zu, wie Agnes die letzte Feuchtigkeit aus der Wäsche bügelte. Im aufsteigenden Dampf wischte sie sich das Gesicht mit einem alten Stück Klopapier ab, das sie im Ärmel hatte. Dann nahm sie die obere Gebissleiste heraus und zog im zischenden Dampf für ihn Grimassen. Es kam selten vor, dass sie so uneitel war. In der wohligen Hitze des Elektroofens träumte Shuggie davon, dass der ätzende Regen nie aufhörte. Wie viel besser es wäre, wenn sie hier drinnen allein festsäßen, wo er sie für immer beschützen könnte.

Big Shug hatte versucht, sie in den Dreck zu ziehen. Keiner von ihnen verlor ein Wort über seinen Vater oder seinen plötzlichen Besuch. Aus Trotz hatten Agnes und Shuggie die Tüte mit dem Special Brew zu Jinty gebracht. Sie hatten sich extra in Schale geschmissen und waren durch die Siedlung zur Tür der McClinchys marschiert. Jinty hatte ihnen argwöhnisch aufgemacht. Agnes und Shuggie lächelten sie an wie die frommsten Zeugen Jehovas. Erst als Jintys Blick auf die Plastiktüte fiel, löste sich der dünne Lack des Hochmuts auf, und beim dumpfen Läuten der Lager-Glocken begann sie zu strahlen wie ein Apostel nach der Auferstehung.

Am selben Tag hatte Eugene angerufen.

Seit ihrem ersten AA-Geburtstag hatte Agnes immer weniger von ihm gehört. Weil er ein guter Mann war, rechnete sie damit, dass er sie nach und nach fallen lassen würde, auf die sanfte Tour, bis er sich irgendwann gar nicht mehr meldete.

Eugene holte sie mit dem Taxi ab. Der schwarze Lack glänzte, als hätte er den Wagen extra gewaschen. Er hupte einmal, doch als sie aus dem Haus kam, stieg er nicht aus, um ihr die Tür zu öffnen, wie er es früher getan hatte.

Colleen und die anderen Frauen standen am Holzzaun gegenüber. Bridie hatte einen frisch gespülten Kartoffeltopf und ein graues Küchenhandtuch in der Hand. Sie sahen aus, als hätte sie Eugenes tuckernder Diesel aus dem Tagewerk gerissen. Colleen wurde bleich, als Agnes mit ihrem geliebten Bruder davonrollte.

Als der Hackney anfuhr, sagte Eugene kein Wort. Sie hatten gerade die Kirche passiert, als er von der Straße abbog und ein paar Meter vor dem breiten Eisentor der geschlossenen Zeche stehenblieb. Er stellte den Motor ab, und wie ein lebendiges Geschöpf hörte das Taxi unter ihnen zu beben auf. Draußen war es stockdunkel und totenstill. Er griff nach oben und knipste das kleine gelbe Licht an.

Agnes war vor langer Zeit schon einmal hier gewesen, mit einem anderen Taxifahrer, an dessen Gesicht sie sich nicht erinnerte. Bei der Erinnerung fröstelte sie. Sie sah Eugenes freundliche Augen im Spiegel. Wenn sie zuerst etwas sagte, würde sie sich plump und beleidigt anhören, also suchte sie in der Tasche nach ihren Zigaretten und wartete, dass er seinen Teil sagte und den Ton setzte.

»Ich wollte nich weitermachen«, sagte er leise, ohne sich in seinem Sitz zu ihr umzudrehen. »Ich glaub, ich hab Angst gekriegt.«

»Bin ich so gruselig?«

»Es warn die ganzen Alkoholiker und ihre, eh, Krankheit.«

Agnes schloss trotzig den Mantelkragen. »Tja. Keine Angst. Sie sind nicht ansteckend.«

Sie hörte, wie er die Lippen öffnete und wieder schloss, und nach einer Weile sprach er weiter. »Ich weiß, dass es dumm klingt. Es war bloß, diese Leute. Auf deiner Party. Die waren so. Du weißt schon. *Erbärmlich.*«

Sie empfing den Schlag, ohne auszuweichen, und dann überraschte sie sich selbst.»Eugene, du musst wissen, dass ›diese Leute‹, na ja, ich bin eine davon.«

Sein Gesicht zuckte, und sie sah ihm an, dass es überhaupt nicht das war, was er hören wollte.»Ich wollt dir nich zu nahe treten. Es is bloß, na ja, du wirkst so *normal.*«

»Wieder dieses Wort.« Agnes drückte ihre Zigarette aus und rollte die Zunge hinter den Zähnen.»Eugene, pass auf, Schwamm drüber, okay? Bitte bring mich einfach nach Hause.«

Er schwieg lange, und dann schob er die Trennscheibe zwischen ihnen zu. Das Taxi erwachte zitternd zum Leben. Die hellen Scheinwerfer strahlten das kaputte Tor des Bergwerks an. In roter, schon verblasster Farbe stand dort: *Keine Kohle, keine Seele, nur Stütze.* Das Taxi fuhr wieder auf die Straße, aber statt die kurze Strecke zur Siedlung zurückzunehmen, fuhr es in Richtung Hauptstraße, in Richtung Leben. Agnes beugte sich vor und klopfte mit dem Ring an die Scheibe, mehr aus Neugier als aus Ärger.»Ich habe dich gebeten, mich nach Hause zu fahren.« Er antwortete nicht, und sie ließ sich in den Sitz zurücksinken, ohne weiter nachzufragen. Die Aussicht, auch nur eine Stunde aus dem Haus zu kommen, war wie ein süßer Traum, der ihr vorschwebte, seit er angerufen hatte.

Sie fuhren nicht weit. Das Taxi erreichte die hell erleuchtete Schnellstraße und fuhr nach links auf den Fahrdamm. Kaum hatte es sich in den schnelleren Verkehr eingefädelt, wurde es wieder langsamer und nahm die Ausfahrt zu einer dunklen Kiesstraße.

Agnes kannte das Golfhotel von weitem, aber sie hatte es noch nie betreten. Es lag am Rand der Schnellstraße, und weil man nur mit dem Auto hinkam, schien klar zu sein, dass Leute wie sie nicht erwünscht waren. Aus dem Bus sah sie manchmal, wie die Jaguars vorfuhren, schicke Autos aus schicken Villen, weit weg von hier. Sie sah, wie Männer mit glatten Gesichtern ihre Golftasche aus dem Kofferraum nahmen, während ihre Frauen mit kleinen Handtaschen und niedrigen Pumps danebenstanden, in teure schottische Wollpullover gehüllt.

Es stimmte, dass der grüne Ring um Glasgow die neuen Slums der städtischen Umsiedlung beherbergte, vergessene, abgelegene Sozialsiedlungen wie Pithead. Agnes fand es grausam, dass auf den grünen Feldern gleichzeitig ein paar der schicksten Hotels und Countryclubs des Landes standen. Die beiden extremen Welten sahen einander nicht gern an.

»Wir gehen doch nicht da rein, oder?«

»Warum nich?«, fragte Eugene, als er den schweren schwarzen Hackney neben zwei Luxuslimousinen parkte.

Agnes sah hinaus zu den Gartenlaternen, die den Weg zum weißen Eingang des Golfclubs erleuchteten. »Ist das dein Ernst? So was ist nicht für unsereins.«

Eugene lachte. »Jetzt beleidigst du mich aber.«

Ihr Stolz regte sich. Sie zupfte am Saum ihres Rocks. »Oh, Eugene, ich kann nicht. Ich bin nicht richtig angezogen.«

Ohne noch mehr zu sagen, stieg Eugene aus und öffnete ihr die Tür. Er musste sich tief in das Taxi hineinbeugen, um ihre Hand zu nehmen. In seiner warmen Pranke war ihre Hand plötzlich kalt und klein. Agnes war stolz, und sie hatte Angst, und plötzlich bereute Eugene, was er vorhin gesagt hatte.

Der Speisesaal war schlicht, doch für Agnes war es der Gipfel der Eleganz. Eine ganze Wand bestand aus Glastüren mit Blick auf den grünen Rasen des achtzehnten Lochs. Der Boden war mit dickem, gold und petersiliengrün gemustertem Paisley-Teppich ausgelegt, und über der halbhohen Holzvertäfelung an den Wänden hingen Fotos von berühmten Clubmitgliedern und Besuchern. Agnes erkannte keinen einzigen, und sie wollte in der Öffentlichkeit nicht die Augen zusammenkneifen.

Eine junge Kellnerin in einem langen Schottenrock führte sie zu einem Tisch im hinteren Teil des Raucherbereichs. Agnes starb fast vor Scham, als Eugene um einen besseren Platz bat, näher an den Glastüren und dem beleuchteten Fairway dahinter. Doch das Mädchen lächelte nur und führte sie zu einem Tisch weiter vorne. Als sie sich setzten, wünschte Eugene den Gästen an den Tischen rechts und links laut vernehmbar einen guten Abend. Die Leute nickten höflich zurück.

Das Gericht hatte einen schicken gälischen Namen, aber sie erkannte, dass es Hähnchen war. Eigentlich wollte sie nur Hähnchen mit Bratkartoffeln bestellen, aber Eugene gab dem Kellner die Speisekarte erst zurück, als sie eine Vorspeise, eine Hauptspeise und einen Nachtisch gewählt hatte. Am liebsten hätte sie die Speisekarte ein paar Tage lang für sich gehabt. Sie wusste nicht bei allem, was sich dahinter verbarg, aber alles vor sich zu sehen und zu wissen, dass sie die freie Auswahl hatte, machte sie schwindelig. Es war wie der Freemans-Katalog, nur besser. Sie bestellte, was sie verstand, und dann machte sie sich Sorgen um die Preise.

»Hör mal, Eugene, du kannst gerne was trinken, wenn du willst. Mach dir meinetwegen keine Sorgen«, sagte sie, als der Kellner zwei sprudelnde Colas brachte. Die Gläser waren hoch, und in jedem steckte ein Rührstäbchen, die eigentlich in Cocktails gehörten. »Ganz schön schick, oder?« Agnes betrachtete das Stäbchen und konnte sich nicht entspannen. »Wirklich, es macht mir nichts aus, wenn du dir einen kleinen Drink bestellst.«

Die Krabbencocktails kamen. Das Eisschälchen war mit einem Salatblatt garniert, und gefrorene rosa Krabben schwammen in einem Meer aus dicker Marie-Rose-Soße. Am Glasrand steckten dicke Zitronenkeile. Die Shrimps waren noch etwas kalt, nicht ganz aufgetaut, und Eugene sagte, so was gehöre sich nicht für einen Laden wie diesen. Agnes störte es nicht, sie fand, es schmeckte frisch, ein eisiger knackiger Stich in der süßen, würzigen Cocktailsoße. »Ich habe auch schon Marie Rose gemacht. Aber ich wäre nie auf die Idee gekommen, Zitrone hineinzugeben oder ...«

Eugene unterbrach sie mitten im Satz. »Ich habe noch eine Frage an dich.«

Agnes legte die kleine Gabel hin.

»Tut mir leid, wenn ich schon wieder damit anfange«, sagte Eugene unbehaglich. »Es ist nur, ich versuch es zu verstehen, schätze ich. Aber, also, ham diese Leute, ich meine, die Anonymen Alkoholiker, ham die dir gesagt, wann du wieder gesund wirst?«

Der Kellner kam und räumte die Schalen weg, bevor Agnes sprach. »Ich weiß nicht, was ich sagen soll. Sie sagen uns, dass wir nie gesund werden. Jedenfalls nicht so, wie du meinst«, fügte sie hinzu und sah ihm in die Augen.

»Aber du hast doch zu mir gesagt, dass du jetzten anderer Mensch bist. Du hast mir selbst gesagt, dass ers gewesen ist, der dich zur Flasche getrieben hat. Und dat is doch jetzt vorbei. Wenn wirs ernsthaft miteinander versuchen, du und ich, meinst du nich, dass wir dich davon abhalten können?«

»Ich glaube nicht, dass es so funktioniert.«

»Son Quatsch. Wenn ich bei dir bin, wofür brauchste dann nochen Alkoholproblem? Trinken tun nur solche traurigen, jämmerlichen Gestalten. Aber kuck dich jetzt an. Kuck mich an, verdammt noch mal.« Das Paar in den pastellfarbenen Pullovern am Nebentisch räusperte sich. Eugene senkte die Stimme wieder. »Hör zu, ich sag doch nur, dass ich dich gut leiden kann. Ich finde, du bist ne absolute Granate.«

Eugene nahm die Niederlage nicht hin, und Agnes konnte sich vorstellen, dass er es gewohnt war, alles, was kaputt war, reparieren zu können. Sie kam sich vor wie ein alter Motor, den jemand im Garten liegen und verrosten lassen hatte. »Tja, ich kann dich auch gut leiden.«

Der Kellner brachte die Hauptspeisen. Er wickelte sich ein Küchenhandtuch um die Hand und stellte die heißen Teller elegant vor das Paar. Agnes sah zuerst ihr Brathähnchen an, dann bewunderte sie Eugenes Lamm mit Pellkartoffeln wie ein Kind an Weihnachten. Eugene achtete nicht auf das Essen und zeigte mit dem dicken Finger in Richtung des Kohlereviers. »Du bist die schönste Frau in der ganzen Siedlung. Die meisten lassen nicht mal ne Bürste an ihr Haar, und sieh dich dagegen an. Von morgens bis abends makellos.« Er beugte sich vor. »Ich muss es einfach wissen. Bevor ich dir ganz verfalle. Bevor wir wat Ernstes anfangen.«

Agnes war unbehaglich zumute. Sie versuchte das Thema wieder auf das Essen zu lenken. »Das sieht ja köstlich aus. Große Portionen, oder? Ich dachte, ich kriege vielleicht ein Stück Brust oder einen Schlegel, aber nicht das ganze halbe Huhn.«

Der Kellner hüstelte und fragte, ob sie alles hätten, was sie wünschten. Eugene nickte. Dann überlegte er es sich anders. »Junge, bring uns eine Flasche von euerm Hauswein, in Ordnung?«

»Rot oder weiß, Sir?«, fragte der Kellner leise.

Eugene sah Agnes an, die wie versteinert dasaß. Er sah den Kellner wieder an. »Würden Sie zu dem Hähnchen Weißen empfehlen?« Der Kellner nickte und sagte, das sei eine gute Idee. Also bestellte Eugene eine Flasche Weißwein.

»Du musst nich, wenn du nich willst«, sagte Eugene sanft. »Ich zwing dich zu nix.«

Das Hähnchen, das eben noch so golden und saftig ausgesehen hatte, lag plötzlich tot und trocken vor ihr. Der Kellner brachte die Flasche Wein. Er bot an, Agnes' Glas einzuschenken, und sie lehnte nicht ab. Sie registrierte, dass der Wein fast die gleiche helle Pfirsichfarbe hatte wie die Rosen in ihrem Garten. »Pfirsichfarbene Rosen sind angeblich die Farbe der Ehrlichkeit, die Farbe der Dankbarkeit, wusstest du das?«

Die beiden saßen da und sahen das Glas lange an. Eugene hob seines und sprach einen alten schottischen Toast auf die beiden aus. »*Opp uns. Weas wie wia? Heel min, und die sin all doud!*« Agnes lächelte verhalten und hob ihr Cola-Glas. Es war schal und wässrig geworden.

»Du hast mir nicht viel von deiner Tochter erzählt.« Sie schob das Hähnchen auf dem Teller herum. »Bernadette, oder?«

»Ach, die is jetzt wohl erwachsen. Sie wirkt Wunder bei den Kindergartenblagen drüben in Saint Luke. Da isse wie ihre Mutter, mit der warse ganz eng, alse noch gelebt hat. Ham immer ihre Sachen zusammen gemacht, die beiden, gute Sachen für die Kirche, Wohltätigkeitskram für die Bergmannswitwen.« Er pulte sich ein Stück Knorpel aus den Backenzähnen. »Aber manchmal treibtse sich zu viel inne Kirche rum. Die beiden waren ständig an dem Scheißweihwasser. Hin und her, wie inne Tunke.«

»Jedenfalls klingt es, als wäre sie ein guter Mensch«, sagte Agnes, auch wenn der Gedanke an Colleen bei ihr Zweifel säte. »Hast du ihr von mir erzählt?«

»Nein«, sagte Eugene ausdruckslos.

»Oh!« Sie hätte gern weniger enttäuscht geklungen.

»Weil unser Colleen es ihr schon erzählt hat.«

Agnes seufzte. »Ich wette, sie hat ein schönes Bild von mir gezeichnet.«

Eugenes Blick glitt über das unberührte Weinglas. »Ich nehm an, dat kann man so sagen.«

Sie aßen das Hauptgericht und redeten über Taxis und Snackbars, Südafrika und die Palladiumminen dort. Agnes schob die öligen Kartoffeln unter das halbgegessene Hähnchen. Der Kellner räumte die Teller ab und brachte das Tiramisu. Eugene trank die Flasche aus, während ihr Glas mit dem pfirsichfarbenen Wein unberührt dastand und wärmer wurde.

»Ich glaube, ich bekomme keinen Bissen mehr runter.« Sie stocherte in ihrem Tiramisu herum. »Aber es ist köstlich. Die beste Creme, die ich je hatte.«

»Nen lütter Whisky wär jetzt genau dat Richtige«, sagte Eugene und schob sich den letzten Löffel Nachtisch in den Mund.

»Mit Whisky hättest du mich immer jagen können, selbst in meinen schlimmsten Zeiten. Ich finde, Whisky ist wie Gin. Er macht einen traurig. Ich hab nicht getrunken, um traurig zu sein. Ich hab getrunken, um die Traurigkeit loszuwerden.«

»Wat haste denn getrunken?«

»Och, meistens bloß Bier, und wenn ich es mir leisten konnte, eine

Halbliterflasche Wodka. An schlechten Tagen hat das Zeug meinen Kampfgeist geweckt.« Sie hielt inne. »Aber man kriegt die schlimmsten Filmrisse davon. Na ja, wenn man trinkt, um sich zu betrinken, zumindest.«

»Ich kann gar nicht glauben, dass *sie* und *du* dieselbe Person seid.« Er ließ eine Pause, dann sagte er: »Wat, glaubst du, würde passieren, wenn du jetzt einen Schluck von dem Wein hier trinken würdest.«

»Wahrscheinlich würde ich mehr wollen.«

»Vielleicht auch nicht.«

»Vielleicht«, sagte sie, dann versuchte sie die Stimmung aufzulockern: »Eugene, du musst mich nicht abfüllen, um mich gefügig zu machen.«

»Ein Glück!« Er kehrte mit der Hand die Krümel auf dem Tisch zusammen. »Dann könnt ich mein Geld genauso guten Abfluss runterspülen.« Er lachte, und sein Gesicht färbte sich rosa. »Hömma, ich will dich nich abfüllen. Ich will nur, dass du versuchst, *ein* Glas zu trinken.«

»Aber warum?« Agnes war plötzlich sehr müde.

»Weil ... weil es dat is, was normale Leute machen.« Er schwenkte das warme Glas. »Kuck, nurn Schlückchen. Einfach wegen der Gesellschaft. Dir passiert schon nix. Wennde anfängst Ärger zu machen, lass ich dich rausschmeißen, und dann kannste zu Fuß nach Hause gehen.« Er schob das Glas an dem langen, eleganten Stiel zu ihr hin. »Dir passiert nix. Du bist jetzt ne andere Frau.«

Agnes nahm das Glas in die Hand und hielt sich den Wein unter die Nase. Das Glas war warm, und der Wein roch nach Sonnenschein. »Ich trinke nicht mal besonders gern Wein«, sagte sie und schob das Glas weg.

»Ach wat, du machst dir bloß vor Angst inne Hose.«

Sie *hatte* Angst; sie hatte schreckliche Angst, aber das würde sie ihm nicht zeigen. Sie setzte das Kristallglas an die Lippen und ließ sich einen kleinen Schluck in die Kehle laufen. Er brannte auf eine Art, an die sie sich nicht erinnerte. Der Wein schmeckte nicht nach Sonnenschein. Er schmeckte sauer, nach grünen Äpfeln und Essig. »Siehst du«, sagte sie und stellte das Glas wieder hin.

»Siehst du?«, sagte Eugene mit leuchtenden Augen. Er wirkte, als würde er gleich auf die Füße springen. »Du hast dich nicht selbst entzündet. Dir ist kein zweiter Kopf gewachsen.« Er hob sein fast leeres Glas an und prostete ihr zu. »Cheers! Ich bin so stolz auf dich. Ich wusste, dass es nich stimmt, wat meine Schwester sagt.«

Er hatte recht: Sie fühlte sich kein bisschen anders. Colleen hatte unrecht. Agnes spürte eine Welle der Erleichterung. Langsam trank sie das Glas Wein aus, in der Hoffnung, dass das, was er über sie sagte, stimmte, mit dem Gefühl, sie hätte den AA ein Schnippchen geschlagen und konnte wieder normal sein.

Als die Rechnung kam, zahlte er mit kleinen, fest zusammengerollten Scheinen aus den Nächten, in denen er Taxi fuhr. Beim Aufstehen war Agnes von innen warm, und Eugene führte sie in die kleine Bar des Golfclubs. Er hatte den Arm um ihre Taille geschlungen, und sie war glücklich, dass die Leute sie bewundernd ansahen. Als sie nebeneinander in der Ecke saßen, küsste Eugene ihr Ohrläppchen, und Agnes bestellte einen Wodka Tonic, und dann noch einen und dann noch einen.

Das Taxi fuhr in Schlangenlinien zurück in die dunkle Siedlung. Zum Glück waren keine anderen Autos unterwegs. Agnes schlitterte auf dem Rücksitz herum und dämmerte immer wieder weg. Eugene hielt mit dem Taxi wieder vor dem Tor der stillgelegten Zeche. Im Dunkeln versuchten sie zu vögeln, aber sie waren ungeschickt, und es tat weh, und irgendeine verschwommene dunkle Erinnerung ließ sie innerlich versteinern. Als Eugene sich auf ihr zu schaffen machte, fielen ihm Münzen aus den Taschen und gaben ihr das Gefühl, sie werde dafür bezahlt.

Bis Agnes den Hausschlüssel endlich ins Schloss manövriert hatte, brannte im Flur längst Licht. Als sie in den Windfang taumelte, spürte sie, wie der Mohairmantel an den Spitzen des Rauputzes Fäden zog, und sie hörte, wie ihre Strumpfhose aufriss.

Sie war sich sicher, dass sie zu Leek hochlächelte, deshalb verstand sie nicht, warum ihr Sohn so wütend auf sie war, warum er sie von oben herab anbrüllte. Sie verstand nur, dass er ungebremst die Fäuste auf Eugenes großen Kopf niederprasseln ließ. Das Einzige, woran sie sich sonst noch erinnerte, war, dass eine zweite Zimmertür aufging, und in der Tür stand der kleine Junge mit dem sorgenvollen Gesicht seiner Großmutter. Sein Gesicht war nass vor Enttäuschung. Seine Schlafanzughose war dunkel von Pisse.

DREIUNDZWANZIG

Weihnachten kam und ging, und Agnes begann früh mit der Silvesterfeier. Bis es an Hogmanay dunkel war, hatte sie sich immer wieder heimlich an dem Wodka bedient, der halb verdeckt hinter dem Sessel stand. Als im Fernsehen die Silvestervorbereitungen anfingen, öffnete sie mit triumphierendem Knacken Special-Brew-Dosen und ließ das Bier zischend in die alte Teetasse fließen. Es waren noch Stunden, bis die Hogmanay-Glocken läuten würden, und Agnes betete schon die Liste all der Männer runter, die sie in den Ruin getrieben hatten.

Falls Agnes mitbekam, dass Leek sich langsam in Luft auflöste, sprach sie nicht darüber. Leek hatte sich die ganze Weihnachtswoche im Schlaf versteckt. Nachts war er in die Stadt getrampt und hatte sein Lehrlingsgehalt an den Automaten unter dem Hauptbahnhof verspielt. An Hogmanay verschwand er früher als sonst, wie jemand, der Regen aufziehen sieht und versucht, ihm davonzulaufen.

Shuggie blieb zu Hause, hielt die betrunkene Agnes von der Haustür und dem Telefon fern. An Hogmanay saß er am Fenster und sah, wie in anderen Wohnzimmern die Weihnachtsbäume aufblinkten, während er an den weißen Gardinen lutschte. Er stopfte sich den Mund damit voll, bis der Hunger nachließ. Er verhunzte die Vorhänge vor ihren Augen, wünschte, sie würde es ihm verbieten, aber sie tat es nicht.

Während die McAvennies draußen ihre neuen Fahrräder ausprobierten und sich über den Besuch von Big Jamesy freuten, saß Shuggie wie ein stummer Schatten zu Agnes' Füßen. Er sah wortlos zu, wie sie aus ihrer bodenlosen Tasse trank. Sie erzählte ihm wieder schlimme Dinge von seinem Vater, nahm die Geschichte wieder auf wie ein Buch, das sie für ein Jahr aus der Hand gelegt hatte.

Nach den Sechs-Uhr-Nachrichten saß sie auf dem Bett und nuschelte am Telefon mit Jinty McClinchy. Shuggie schlich in den Flur und setzte sich mit dem Rücken an die Schlafzimmertür. Durch die Spanplatte konnte er dem glockenkurvenartigen Absturz ihrer Laune lauschen. Er fragte sich, wie lange es noch dauerte, bis sie wegdämmerte und er sich ausruhen konnte.

Der Kassettenrekorder lief, was ein schlechtes Zeichen war. Er schlüpfte ins Schlafzimmer wie ein wachsamer Geist. Agnes rauchte und war nackt bis auf die durchsichtige schwarze Strumpfhose und den schwarzen Spitzen-BH. Shuggie kaufte ihr ständig neue Strumpfhosen. Agnes war zu stolz, um mit einer Laufmasche das Haus zu verlassen, und der Junge wusste inzwischen, welche Größe und welches Modell sie gerne trug. Pretty Polly tiefschwarz semitransparent tauchten in all seinen Erinnerungen an sie auf, den guten wie den schlechten.

An dunklen Tagen wie heute kam ihm die Stumpfhose schmutzig und böse vor. Sie stand in scharfem Kontrast zu ihrer rosigen Haut und betonte die Tatsache, dass sie nicht anständig angezogen war wie andere Mütter. Die Strumpfhose hinterließ rosa Streifen im weichen Speck ihres Bauchs, wo sie in ihr Fleisch schnitt. Der Anblick war ihm zu intim. Er wünschte, sie hätte die Streifen vor ihm verborgen.

Sie hatte vergessen, dass er zu Hause war. Als sie ihn schließlich im Spiegel bemerkte, lächelte sie das glasige Lächeln, das herauskam, wenn sie die Zähne nicht öffnete. Dann griff sie tief in ihre schwarze Ledertasche und fischte ein einzelnes Fünfzig-Pence-Stück heraus. »Sieh dich an«, murmelte sie, »wie sollen wir Hogmanay feiern, wenn du noch im Schlafanzug bist?« Sie gab ihm die Münze und schickte ihn in die Badewanne.

Er wollte sie so nicht allein lassen. Er sah, wie fremd sie in ihrem eigenen Körper war. Sie legte die Arme um seine Taille, zog ihn an sich und gab ihm einen Kuss auf die Lippen. Er spürte ihren heißen Atem, die leicht geöffneten, leblosen Lippen. »Jetzt wasch dich gründlich«, warnte sie. »Ich will, dass das Jahr richtig anfängt.«

Als die Badewanne halb voll mit lauwarmem Wasser war, stieg Shuggie vorsichtig ein. Er massierte sich den Schaum in die Kopfhaut, legte sich zurück und lauschte ihrem Schlurfen von Versteck zu Versteck auf der Suche nach Alkohol, den sie vor ihm versteckt und vergessen hatte. Er nahm das kleine rote Fußballbuch heraus, das Eugene ihm geschenkt hatte, und begann alle Teams und Ergebnisse von jedem Spiel der ersten Liga im vergangenen Jahr auswendig zu lernen. Das war der Rosenkranz, mit dem er Buße tat, und er wiederholte die bedeutungslosen Zahlen, bis er sie sich eingeprägt hatte. Neues Jahr, neues Glück.

Seine Kleider für Hogmanay lagen auf ihrem Bett. Es war das monochrome Gangster-Outfit, das schwarze Hemd mit der weißen Krawatte. Schweigend zogen sie sich nebeneinander an wie ein unglückliches Ehepaar, das auf eine besondere Party eingeladen war. Er stützte seine Mutter, damit sie nicht umkippte, und half ihr in den Rock. »Lass dich anschauen.« Sie fuhr mit dem lackierten Finger über seine Nase. »*T'chut*, wie gut du aussiehst!« Sie schüttelte verträumt den Kopf. »Kein bisschen wie dein fetter Drecksack von Vater.«

Agnes löste eine Dose warmes Special Brew aus dem Plastikhalter. Sie sah sie liebevoll an und legte sie feierlich in seine Hände. »Hier. Bring das rüber zu Colleen. Wünsch ihr ein frohes neues Jahr von mir und zeig ihr, wie fesch du bist.« Ein bitteres Lächeln zuckte über ihre Lippen. »Und vergiss nicht, *Tante* Colleen von mir und Eugene Neujahrswünsche auszurichten, eh?«

In jedem Haus auf der Straße brannten die Lichter am Weihnachtsbaum und strahlten stolz durch das Wohnzimmerfenster. Vergnügte Jungen flitzten jetzt schon mit Kohlestückchen über die Straße, obwohl es noch viel zu früh für First Footing war. Shuggie ließ sich auf dem kurzen Weg zu Colleen Zeit. Er bummelte an den Holzzäunen entlang, hinter denen dichte Hecken mit weißen Beeren wucherten. Er hatte nicht die Absicht, das Bier oder die Grüße seiner Mutter zuzustellen.

Als er die Straße überquerte, fragte er sich, was die Leute wohl aßen. Er stellte sich vor, wie sie mit vollen Bäuchen in der warmen Stube zusammensaßen. Als er vor Colleens Haus stand, zerdrückte er die Winterbeeren zwischen den Fingern und dachte an die Steak-und-Butter-Sandwiches, die die nüchterne Agnes letztes Jahr zu Silvester gemacht hatte. Er dachte daran, wie sie aneinandergekuschelt auf dem Sofa saßen, Pfefferminzschokolade aßen und im Fernsehen zusahen, wie die Menge auf dem George Square das neue Jahr mit Liedern begrüßte.

Shuggie überlegte, was er mit der Dose Bier machen sollte. Er hockte sich in die dunkle Ecke neben Colleens Kohlekasten und zog an dem Ring. Mit einem hefigen Zischen löste er sich von der Dose, und der vertraute Geruch hing schwer in der kalten Luft. Vorsichtig leckte Shuggie das Bier von der Dose. Der Schaum schmeckte harmlos, blasig, wie bittere Luft, ein bisschen sauer und metallisch, als würde man die Lippen um den kalten Wasserhahn in der Küche schließen. In seinem Magen bohrte der Hunger, die Erwartung, gefüllt zu werden, egal mit was. Zusammengekauert wie ein Tier drehte er den Rücken zur Straße und trank einen Schluck Starkbier. Es brannte nicht. Es schmeckte wie schales Gingerale mit einem Stück Vollkornbrot. Er trank noch einen Schluck und noch einen, und das Knurren seines Magens wurde leiser.

Die Wärme und das schwindelige Gefühl im Herzen taten ihm gut. Der Hunger legte sich, und er fühlte sich etwas leichter, als er das Tuckern eines Diesels hörte, der die Straße heraufkam. Er sah, wie Agnes über den holprig gepflasterten Gartenweg stolperte und den lila Mantel über dem kurzen Rock zuhielt. Sie sagte etwas Flirtendes zu dem Taxifahrer und stieg unelegant hinten in den Hackney ein. Der Fahrer trug eine dicke Brille mit Kassengestell; es war eindeutig nicht Eugene. Panik erfasste Shuggie, als das Taxi aus Pithead hinausfuhr.

In den vier Monaten und dreizehn Tagen, seit Eugene seiner Mutter dazu verholfen hatte, wieder mit dem Trinken anzufangen, kam der rothaarige Taxifahrer jede Woche zwei, drei Mal vorbei. Wenn Shuggie an diesen Tagen hörte, wie Leek morgens zur Arbeit ging, schlich sich ein paar Minuten später Eugene in das stille Haus. Shuggie konnte den Fernsehzähler danach stellen.

Seit dem Abend im Golfclub besaß Eugene genug Vernunft, um Leek aus dem Weg zu gehen. Als Agnes singend im Flur auf den Teppich gesunken war, hatte Leek aufgeheult und Eugene in Boxershorts auf die Straße gejagt. Eugene hätte sich leicht wehren können, aber sein Anstand gebot ihm, dass er sich aus dem Haus werfen ließ und bis hinaus zum Bordstein entschuldigte.

Eugene hatte in jener Nacht vor Reue nicht schlafen können. Früh am nächsten Morgen hatte er sich vor den vorwurfsvollen Blicken seiner Tochter mit dem Telefon im Bad verschanzt und hinter sich abgeschlossen. Er hatte Agnes geweckt, und sie hatten sich am Tor der alten Zeche verabredet. Er hatte sich dafür entschuldigt, dass er sie zum Trinken überredet hatte, und versprochen, ihr zu helfen, wieder davon loszukommen. Sie hatten hinten im kalten Taxi gesessen, und Agnes hatte ihn geküsst, um sich seiner zu vergewissern. Ihre schlaffe Zunge fühlte sich dick und leblos an, und Eugene hoffte, die Bierfahne war noch der Rest von gestern Nacht. Aber als ihr Kopf im Taxi zur Seite kippte, war ihm eingefallen, dass sie im Golfclub kein Bier getrunken hatte.

Eigentlich hatte Shuggie erwartet, dass Eugene sich nach jener Nacht verdrücken würde. Stattdessen saß der Junge in der Schuluniform am Telefontisch, wenn Eugene morgens vorbeikam, und lauschte, wie sich die beiden unterhielten. Shuggie schlug auf dem Schoß die Hausaufgaben auf und setzte mit einem alten Kuli sorgfältig ihre Unterschrift darunter. Er erinnerte sich an die Zeit, als er bei Lizzie einmal mit einer der nachgemachten Capodimonte-Figuren seiner Mutter gespielt hatte. Es war ein kleiner, romantischer Bauernjunge aus Porzellan gewesen. Er hielt eine stumpfe Sichel in der Hand und starrte mit einem seltsam sehnsüchtigen Blick ins Leere, als würde er dem herrlichsten Sonnenuntergang zusehen. Agnes hatte Shuggie mehrmals verboten, mit dem Jungen zu spielen, aber Shuggie konnte einfach nicht die Finger von ihm lassen, und als seine Mutter eines Sonntags in der Badewanne lag, war ihm die Porzellanfigur hingefallen, so dass ein Arm abgebrochen und die Sichel zersplittert war. Shuggie hatte die zerbrochene Figur in Lizzies dunklem Trockenschrank versteckt. Er hatte sich neben den Heizkessel gesetzt und versuchte den Arm mit allen möglichen Klebstoffen wieder anzukleben, von Tesafilm bis Fischmehl. Eine Woche lang hatte er den kaputten Bauernjungen jeden Tag besucht und um ein Wunder gebetet. Wenn er nicht bei ihm im Trockenschrank war, konnte Shuggie an nichts anderes denken, und wenn er im Schrank saß, weinte er über seine Tat. Die Woche war wie Folter gewesen, bis er am Ende nicht mehr konnte und die Figur einfach vergammeln ließ, versteckt zwischen ein paar alten Handtüchern, auf dass sie eines Tages ein anderer fand und reparierte.

Shuggie saß am Telefontisch und dachte an die zerbrochene Porzellanfigur. Er lauschte den leisen Stimmen, die Erwachsene morgens benutzten, und er hörte Eugene an, dass er müde von der Nachtschicht war. Eugene hatte ein Tapetenbuch dabei, und er fragte Agnes, welche Muster ihr gefielen, fröhliche Wiesenblumen oder breite Streifen mit kleinen Lilien. Vom Telefontisch aus hörte Shuggie der Schweigsamkeit seiner Mutter an, dass sie Kopfschmerzen hatte und all ihre Energie brauchte, um Eugene zum Frühstück Leber zu braten.

»Es wär überhaupt keine Arbeit«, sagte Eugene heiter. »Ich mach dir die ganze Küche an einem Tag. Mein Vatter hat mir maln Rezept gegen Schimmel gegeben. Damit schrubb ich morgens die Wände ab, und am Nachmittag tapezier ich. Dann is die Küche in null Komma nix wie neu.«

»Ja, mach nur«, sagte Agnes mit dünner Stimme.

»Alles klar bei dir?«

»Ja«, sagte sie. »Nur ein bisschen Kopfschmerzen.«

Shuggie hörte, wie Eugene das schwere Tapetenbuch zuklappte; er stellte sich vor, wie er die Hände darauflegte, die Handflächen geöffnet. »Weißt du, vielleicht wärs besser, wenn du heute am Tag mal nix trinkst. Wie wärs, wenn du, sobald du Durst bekommst, liebern lütten Spaziergang machst oder so wat?«

Shuggie hörte, wie seine Mutter versuchte, ausgeglichen und gelassen zu klingen. Sie schliff ihre Stimme ab wie ein raues Stück Holz, hobelte die Splitter des Sarkasmus ab. »Lütter Spaziergang. Ja. Vielleicht würde das helfen.«

Ein paar Wochen später, als die Küche frisch tapeziert war, fiel Shuggie auf, dass Eugene aufgehört hatte, solche Dinge zu sagen. Stattdessen sagte er, wenn Agnes unbedingt trinken musste, sollte sie wenigstens aufhören, den Taxifunk nach ihm abzuklappern. Shuggie setzte sich an das Telefontischchen und schlug ihr zerfleddertes Telefonbuch auf. Er nahm den abgekauten Kuli, fand Eugenes Name und machte aus der 6 in seiner Telefonnummer eine 8. Dann fand er die Nummer der Taxizentrale und machte, so gut er konnte, aus jeder 1 eine 7.

Als Shuggie aufsah, stand Eugene mit einem Kreuzschraubenzieher in der Küchentür. Shuggie beobachtete, wie er durch den Flur ging und alle Türangeln festzog, bis das Holz knirschte. »Ich dachte grade«, sagte er zu ihr, »dat Taxi muss nächste Woche in die Werkstatt, und ich hab ein paar Abende frei. Vielleicht können wir mal ausgehen, ich mein, so richtig, am Abend. Vielleicht fahren wir noch mal zum Golfclub und bestellen den Krabbencocktail, der dir so gut geschmeckt hat. Ich dachte, dass ich diesmal mal nix trinke. Vielleicht braucht diesmal keiner von uns wat zu trinken.«

Shuggie nahm seine schmutzige Teetasse und schlich sich an Eugene vorbei in die Küche. Seine Mutter saß am Tisch, den Kopf in den Händen, ein Eimer zwischen den Knien, und massierte sich den Schädel. Die neue Tapete war wirklich schön, die gelbe und blaue Blumenwiese heiterte den engen Raum spürbar auf. Eugene war sehr geschickt und ordentlich beim Aneinanderkleben der Bahnen mit den Glockenblumen gewesen. Der Schimmel war weg, aber wenn Shuggie jetzt zum Fenster sah, wirkte das braune Marschland wie ein großer rechteckiger Schandfleck in der hübschen Blumenwiese.

Shuggie kauerte vor dem Kohleschuppen der McAvennies und kippte den Rest des Neujahrs-Biers ins tote Gras. Aus Scham versteckte er die leere Dose unter seinem Hemd. Er überquerte benommen die Straße und fand die Haustür offen und alle Lichter an. Fassungslos wanderte er von Zimmer zu Zimmer, immer noch überzeugt, dass sie irgendwo war. Dann durchsuchte er die leeren Küchenschränke und fand eine letzte Dose Vanillesoße. Er öffnete sie und steckte den Löffel tief hinein. Die süße Creme beruhigte das wogende Bier in seinem Bauch. Shuggie setzte sich auf den Couchtisch und schlang gierig die Vanillesoße herunter, während im Fernsehen die glücklich Feiernden am George Square übertragen wurden.

Die Ceilidh-Band war in vollem Schwung, als Shuggie klar wurde, dass sie nicht mehr nach Hause kam. Die Feiernden fielen sich singend in die Arme. Er fühlte sich wie ein Baby, das Heimweh nach seiner Mammy hatte. Es war einfach nicht fair, dass alle einfach aufstehen und gehen konnten, wie es ihnen passte.

Shuggie suchte nach irgendeinem Hinweis oder Zettel, wo sie hingegangen sein könnte, einer Schatzkarte, aber es war nichts da. Er durchwühlte ihre schwarze Bingotasche und fand all ihre Filzstifte darin. Er ging zum Telefontischchen im Flur und überlegte, wen er anrufen konnte. In dem roten, ledernen Adressbuch neben dem Telefon standen alle Leute, die Agnes kannte. Seine Mutter hielt es gewissenhaft auf dem neuesten Stand, und manche Namen waren durchgestrichen, offenbar im Zorn. Neben ihrer ordentlichen Druckschrift standen in einer anderen Schrift, die aussah, als gehörte sie einer anderen Frau, kurze Kommentare. Nan Flannigan *schuldet meiner Mammy immer noch 5 Pfund von 1978*, Ann Marie Easton *falsche Nutte*, Davy Doyle *hatte an Daddys Begräbnis einen dunkelblauen Anzug an*, Brendan McGowan *wollte bloß eine Sklavin und Haushälterin*.

Viele der Einträge waren nur Vornamen. Shuggie nahm an, dass die meisten davon Anonyme Alkoholiker waren. Bei einigen davon stand noch eine Beschreibung, eine Information, zum Beispiel um die eine Elaine von der anderen zu unterscheiden. Shuggie fand es seltsam, dass AA-Mitglieder immer nur ihre Vornamen benutzten. Vielleicht ging es ihnen dabei um ihre Anonymität, weil Nachnamen zur familiären Privatsphäre gehörten, aber wahrscheinlicher schien ihm, dass bei dem ständigen Kommen und Gehen Beschreibungen sinnvoller als Namen waren. Ein paar der Namen erkannte Shuggie wieder: Montag-Donnerstag-Peter, der große kahle Peter, Mary-Doll, Jeannette Mary-Dolls Freundin, Cathy aus Cumbernauld und die Kleine Rote Jeanie, die verwirrenderweise unter R stand, nicht unter J. Das störte ihn.

Seine Mutter konnte überall sein, und plötzlich bekam er Angst, dass er sie bis Februar nicht wiedersah. Er schrie das dicke Buch an. »Wo zum Teufel bist du? *Sag schon!*«

In Schottland wurde Hogmanay auch mal zwei Tage lang gefeiert. Hogmanay in Agnes' Glasgow dauerte noch viel länger. Die erste Silvesterparty in Pithead, die Agnes gegeben hatte, war erst nach einer knappen Woche zu Ende gewesen. Am sechsten Tag war Agnes immer noch betrunken. Erst als sich Shuggie die Schuluniform anzog und fürs zweite Halbjahr fertig machte, entschied Leek, dass es reichte. Leek hielt einiges aus, aber am sechsten Januar zog er mit einem schwarzen Müllsack durchs Haus und beförderte zwei verwilderte Bergmänner auf die eisige Straße.

Shuggie dachte an Leek, an seine kreischenden, blinkenden Spielautomaten, und sein Magen zog sich zusammen. Er hatte es satt, von seinem Bruder den Schwarzen Peter zu erben. Er knetete seine Unterlippe, nahm planlos den Hörer in die Hand und atmete den schalen Rauchgeruch und den Duft ihres Lippenstifts ein, die noch an der beigen Sprechmuschel hingen. Trostsuchend lauschte er dem Summen des Freizeichens. Als er den Tastenblock anstarrte, fiel sein Blick auf die rote Wahlwiederholungstaste, und er drückte sie.

Es tutete lange, bis jemand antwortete. Shuggie verstand die Frau am anderen Ende kaum, so laut spielten die Oldies im Hintergrund. »Hallo? HALLO! Wer da?«, rief sie mit rauchiger, vom Trinken schwerer Stimme.

»Hm. Ist meine Mutter da?«, fragte er. Er hatte sich kerzengerade aufgerichtet.

»Wer spricht da?« Die Stimme klang genervt. »Wer issen deine Mammy, Lütter?«

»Meine Mutter ist Agnes Campbell Bain«, sagte er. »K-können Sie ihr sagen, hier spricht Shug – Hugh?«, verbesserte er sich. »Bitte sagen Sie ihr, die Vanillesoße ist alle.«

Die Frau lehnte sich zurück in das Partygetöse. »Hey, kennt hier jemand eine Agnes?«, brüllte sie in den Raum hinter sich.

Andere Stimmen waren zu hören, dann sagte sie: »Watmahn kleinen Moment, Lütter. Ach, unden frohes neues Jahr.« Bevor er antworten konnte, hatte sie den Hörer hingelegt. Im Hintergrund hörte er lachende Menschen, und er wusste, dass sie alt waren, weil sie jetzt schon die traurigen schottischen Lieder spielten. Shuggie wartete und lauschte lange. Er glaubte schon, dass sie ihn vergessen hatten, als sich jemand meldete.

»Sh–hallo?«, nuschelte eine vertraute Stimme.

»Mammy? ... Ich bin es.«

Die Stimme schwieg eine Weile, und dann klang sie verwirrt. »Was willst du? Wie viel Uhr ist es?«

»Wann kommst du nach Hause?«

»Wie viel Uhr ist es?«

Shuggie spähte um die Ecke und machte im Licht des Fernsehers die Zeiger der kleinen Uhr aus. »Halb elf, nein, fast elf.«

Die Stimme schwieg. Er hörte das Aufflackern eines Feuerzeugs und das Knistern, als sie an der Zigarette zog. »Na ja, dann müsstest du im Bett liegen.«

»Wann kommst du nach Hause?«

»Hey, ganz ruhig. Kann deine Mammy nicht mal auf eine Party gehen? Es ist lange her, Hugh.« Ihre Stimme verlor sich. »Als ich jung war, hat man mir viele Partys versprochen. Warum verdirbst du mir die Party?« Sie wiederholte sich.

»Mammy, ich habe Angst. Wo bist du?«

»Ich bin oben bei Anna O'Hanna. Husch, husch, ins Bett, wir sehen uns, wenn ich heimkomme.« Wann, ließ sie unheilvoll vage.

Dann war die Leitung tot, und er brauchte eine Weile, bevor er auflegte. Shuggie überlegte, ob er noch einmal anrufen sollte, aber sie würde nicht mehr ans Telefon gehen. Er saß noch einen Moment da, dann legte er sich angezogen ins Bett, ohne das Licht oder den Fernseher mit den lauten Hogmanay-Feiern auszuschalten. Draußen riefen fröhliche Stimmen; er hörte, wie die McAvennie-Kinder die Straße hoch- und runterliefen und aus voller Kehle »Prost Neujahr« brüllten. Sie hatten eine hölzerne Fußballratsche, mit der sie großes Getöse machten.

Shuggie stand wieder auf und ging zurück an den Telefontisch. Er sah unter *A* nach, und dann unter *O*, und dort fand er sie, *Anna O'Hanna*. Er hatte den Namen schon gehört. Anna war nicht bei den AA, sie war eine Kindheitsfreundin von Agnes, mit der sie vielleicht, vielleicht auch nicht, entfernt verwandt war. Agnes und Anna hatten in ihrer Jugend in der Kantine des Glasgower Lokalsenders STV gearbeitet und waren im Tollcross-Park tanzen gegangen. Laut der Handschrift seiner Mutter war Anna ein *hinterlistiges schlitzäugiges altes Klatschmaul*, und außerdem *die beste Freundin, die ich je hatte*.

Unter dem Namen stand eine Adresse, und daneben stand Germiston. Shuggie hatte keine Ahnung, wo Germiston war, aber alle Leute, die Agnes kannte, wohnten in Glasgow, also hoffte er, dass Germiston in Glasgow war. Er riss eine leere Seite aus dem Telefonbuch und schrieb die Adresse so ordentlich wie möglich ab. Dann rief er die Nummer an, die er im Telefonbuch unter *Taxi* fand.

»Hullo, Mack's Hacks«, sagte eine raue Stimme.

»Hallo. Können Sie mir bitte sagen, wo Germiston ist?«

»Das is im Nordwesten, Kumpel. Brauchsten Taxi?«, antwortete der Mann ungeduldig.

»Tut mir leid, wenn ich sie noch einmal behellige«, sagte der Junge höflich, »aber wie viel würde ein Taxi denn kosten?«

»Wo kommsten her?«, seufzte der Mann.

Beflissen nannte Shuggie dem Mann die Hausnummer, die Straße, den Ort und sogar die Postleitzahl.

»Also, das macht ungefähr acht Pfund, plus zwo fuffzig wegen Neujahr.«

»Okay. Ein Taxi bitte«, sagte Shuggie und legte auf.

Mit einem Buttermesser knackte er den Gaszähler, wie sie es von Jinty gelernt hatten. Konzentriert zählte er die Fünfzig-Pence-Stücke ab und reihte sie ordentlich auf dem Tisch vor dem Fernseher auf. Es waren nur zwanzig, und er wusste, ohne an den Fingern abzuzählen, dass es zehn Pfund glatt waren. Dann nahm der Junge ein langes flaches Messer aus der Küche und begann, die Rückseite des Fernsehzählers zu bearbeiten, wie er es Hunderte Male bei Agnes gesehen hatte.

Er wusste, wie er das Messer bewegen musste, damit die Münzen herausfielen, ohne den Zähler zu beschädigen. Wenn der Fernsehmann merkte, dass der Zähler kaputt war, kriegte man *Riesenärger*, aber offenbar hatten alle hier auf der Straße so viele Jahre Übung, dass noch nie jemand *Riesenärger* gekriegt hatte. Shuggie hatte Agnes zugesehen, und dann hatte er Leek zugesehen, wie sie den Fernsehzähler regelmäßig plünderten. Drei Stunden Fernsehen kosteten fünfzig Pence. War das Geld alle, stellte sich der Fernseher automatisch ab, und man saß im Dunkeln da. Da gab es nichts zu verhandeln, nicht bis zum Ende des Films, nicht mal bis zur Werbepause. Wenn das Geld alle war, wurde die Flimmerkiste schwarz.

Shuggie schob das Messer in den Schlitz, und zwei einsame Fünfzig-Pence-Münzen rollten heraus. Falls der Mann am Telefon recht hatte, würde es für die Fahrt nach Germiston reichen. Aber nicht für die Fahrt zurück.

Als er das Knattern des Hackneys hörte, trat Shuggie aus dem Haus. Auf der ganzen Straße brannte Licht in den Häusern, und glückliche Familien feierten zusammen das Neujahrsgeläut. Colleen stand allein am Fenster und sah ihren Kindern zu, die mit ihrer Ratsche auf der Straße herumrannten. Shuggie tat, was Agnes ihm beigebracht hatte, er winkte und lächelte, bevor er ins Taxi stieg.

Der Taxifahrer war ein dünner Mann mit hellem Haar. Er stutzte, als er das Kind sah, das wie ein Chicagoer Mobster angezogen war. »Bist du alles, Lütter?«, fragte er verblüfft.

»Ja.« Shuggie reichte dem Fahrer den Zettel mit der Adresse.

Der Fahrer senkte den Kopf und spähte zum Haus auf der Suche nach einem Erwachsenen, Mutter oder Vater im Wohnzimmerfenster, die ihm vielleicht ein Zeichen gaben. Shuggie nahm die Tüte mit den Münzen aus der Tasche und legte sie sich auf den Schoß. Das Kleingeld klimperte glänzend, und nachdem der Fahrer den kleinen Jungen und das Geld beäugt hatte, löste er mit einem Schnauben die Handbremse.

Das Taxi verließ die kleine staubige Siedlung, und bald waren sie im zweispurigen Verkehr der Schnellstraße und nahmen Tempo auf. Shuggie wusste, dass sie auf dem Weg in die Stadt waren. Er achtete auf die Route, prägte sich Orientierungshilfen ein für den langen Fußmarsch zurück. Erst passierten sie eine Oberschule, dann ein paar Rugbyfelder und schließlich das schwarze Loch eines stillen Teichs. Von da an flog unbekannte Landschaft vorbei.

Statt den direkten Weg zu nehmen, bog der Fahrer auf eine höhergelegene Straße ab, die von der Stadt wegzuführen schien. Sie sah aus wie eine Schotterpiste, als wäre der Stadt hier draußen die Puste ausgegangen. Die Straße war noch nicht erschlossen; auf der linken Seite standen halberrichtete Fertighäuser mit der Rückseite zum Verkehr und hohen dunkelbraunen Holzzäunen, die den noch nicht gesäten Rasen schützten. Rechts erstreckten sich Kilometer über Kilometer brachliegender Felder, dunkel und leer. Der Fahrer schien den Weg gut zu kennen, denn er drehte sich ständig um und lächelte den Jungen mit der weißen Krawatte an.

»Du siehst ziemlich schick aus. Gehste aufne Party?«, fragte er und lächelte in den Spiegel.

»Mehr oder weniger. Ich finde, es ist wichtig, dass man auf sein Äußeres achtet.«

Der Mann lachte. »Und wo is deine Ma, is die auch auf der Party?«

»Das hoffe ich«, murmelte Shuggie.

»Sehr erwachsen von dir, in deinem Alter allein zu reisen«, sagte er. »Ich hab auchen lütten Sohn, der is ungefähr in deim Alter. Wat biste, zwölf? Der sitzt gern hier vorne bei mir und spielt mit meim Funkgerät.«

Shuggie war erst elf, doch es schmeichelte ihm, dass er für älter gehalten wurde, und er widersprach nicht. Es fühlte sich komisch an, dass er im Rückspiegel entweder nur die Augen des Fahrers sah oder nur den Mund, aber nie beides zusammen.

»Willste auch ma bei mir vorne fahren?«, sagte der Mund des Mannes in den Spiegel. Er verzog sich zu einem breiten Lächeln.

Das Taxi blieb stehen, nicht an einer Kreuzung oder Ampel, sondern mitten auf der breiten leeren Straße. Shuggie sah zu den Baustellen auf der linken Seite und zu den flachen Feldern rechts. Wenn er seine Mutter sicher nach Hause holen wollte, hatte er keine Wahl, als zu tun, was der Mann sagte.

Der Mann forderte ihn auf auszusteigen. Dann ging die Tür vorne links auf; Hackneys hatten vorne links keinen Beifahrersitz, nur einen mit Teppich ausgelegten Gepäckraum. Shuggie stieg ein und stellte sich zwischen Abendzeitungen, eine alte Jacke und eine geöffnete Tüte mit Sandwiches. Er versuchte das Brot nicht anzustarren. Es hatte zwar eine dicke Kruste, aber er war so hungrig, dass es ihm egal war, er hätte die ganze Kruste mitgegessen.

»Na also, schon besser, wat?« Der Fahrer räumte seinen Kram zur Seite, um dem Jungen Platz zu machen. Er hielt das Sandwich in der Hand. »Willst du ein Stück?«, fragte er. »Et is bloß Butter und Dosenschinken.«

»Nein danke«, antwortete Shuggie höflich, doch seine Augen brannten sich in das Stück Brot.

»Hier, nimm schon.« Der Mann hielt es ihm hin. »Ich hör deinen Magen von hier drüben knurren.« Shuggie nahm das Sandwich. Das Brot war feucht von der Butter, und er versuchte es langsam zu essen, aber das Lager in seinem Magen brodelte immer noch sauer, und er schob sich gierig große Stücke in den Mund. Es war so dick und saftig belegt, dass es ihm am Gaumen klebte.

Selbst auf Knien reichte Shuggie dem sitzenden Taxifahrer nicht einmal bis zur Schulter. Als er ihn über das dicke Sandwich hinweg ansah, fand er, dass er ganz anders aussah als sein Vater. Sein Gesicht war freundlicher, und um seine Augenwinkel fächerten sich Lachfältchen auf. Er hatte eine silberne Kette mit einem Kruzifix um den Hals, und auf unerwartete Weise beruhigte es Shuggie.

»Dat da ist der CB-Funk«, sagte der Fahrer und zeigte auf ein Gerät, das aussah wie ein elektrischer Rasierapparat. Der Fahrer drückte auf eine Taste an einem Rädchen. »Wennde magst, kannste da reinplappern, so vielde willst. Der Kanal is nur für die Langstreckenfahrer und die einsamen Herzen, die ihnen folgen.« Der Mann lächelte ihn mit geraden Zähnen an, und Shuggie überlegte, dass es nett wäre, wenn Agnes ihn kennenlernen würde, den Mann, der ihm Sandwiches gab.

Mit einem Schnappen der Handbremse fuhr das Taxi los und Shuggie wurde gegen die Trennscheibe geworfen. »Hoppla, pass auf, Lütter, halt dich irgendwo fest!« Er legte dem Jungen den Arm um die Hüften und hielt ihn fest und aufrecht im Gepäckraum.

Sie fuhren weiter über die unbeleuchtete Straße. Shuggie versuchte das Sandwich nicht zu schnell zu essen. Der Schinken war dick und so salzig, dass sein Mund brannte. Unvermittelt sagte der Mann: »Passiert mehr, alse denkst. Dass Kinner allein gelassen wern.« Er sah Shuggie an und lächelte. »Seh ich ständig, Mammys und Daddys, die unbedingt innen Pub wollen, und die Lütten, wiese sich allein durchschlagen. Arme Würmer.« Shuggie aß das Sandwich zu Ende. Er versuchte sich nicht die Butter von den Fingern zu lecken.

»Wars gut?«

Shuggie nickte und antwortete höflich. »Ja. Vielen Dank.« Der Mann hatte den Arm immer noch um seine Hüften und hielt ihn fest.

Der Mann lachte freundlich. »*Ooh, vielen Dank*«, äffte er ihn nach. »Bisten höfliches Kerlchen, wat?«

Shuggie versuchte sich die Scham nicht anmerken zu lassen. Er starrte in den Rückspiegel und wünschte, Leek wäre da. Die leere Landstraße schien unendlich zu sein; er versuchte sich zu erinnern, woran sie vorbeigefahren waren. Im Kopf machte er eine Liste von Dingen, die er gesehen hatte, wie bei »Ich packe meinen Koffer«, aber nach zehn oder fünfzehn Bäumen und nur einer Ampel sah alles gleich aus, und er gab auf.

Allmählich rutschte der Arm des Fahrers tiefer. Mit langsamer Hand zog er Shuggie das Hemd aus der Tweedhose und schob ihm seine dicken warmen Finger hinten in die Unterhose. Ohne hinzusehen, wusste Shuggie, dass der Mann ihn immer noch anlächelte.

»Aye, du bisten komisches Kerlchen, wat?«, wiederholte der Fahrer niederträchtig. Mit Kraft drückte er die Finger tiefer in die Unterhose und begann, den Jungen abzutasten. Der Bund der Tweedhose schnitt Shuggie vorne in den Bauch. Er hatte das Gefühl, er würde in der Mitte durchgeteilt, und es tat so weh, dass er schon deswegen hätte schreien können. Doch Shuggie biss sich auf die Lippen.

Das Taxi wurde langsamer. Der Fahrer machte ein komisches Geräusch, als würde er heiße Suppe durch die Vorderzähne schlürfen. Scheinwerfer flogen ihnen entgegen. Inzwischen sah Shuggie den Mann schmerzverzerrt an; die dicken Finger drückten sich seltsam in ihn hinein. Die Vanillesoße bildete eine Haut auf dem sauren Lager, das Brot quoll auf und dehnte sich in seinem Magen aus, bis er das Gefühl hatte, er müsste sich übergeben. Die Finger drückten immer tiefer. Der Fahrer machte eine komische Grimasse. Shuggie wünschte, sie würden erleuchtete Häuser sehen.

»Mein Vater ist auch Taxifahrer, wissen Sie.«

Die Grimasse des Fahrers erstarrte.

Shuggie versuchte, seine Stimme beiläufig klingen zu lassen und die Finger zu ignorieren, die seine schmutzige Stelle besudelten. »Und der Freund meiner Mutter auch, er heißt Eugene.« Er holte flach Luft. »Vielleicht kennt er Sie?« Seine Stimme rutschte am Ende nach oben.

Langsam zog der Fahrer die Hand aus der Tweedhose. Shuggie rutschte an der Trennscheibe herunter und setzte sich schützend auf seine schmutzige Stelle. Er betastete im Dunkeln seinen Bauch und spürte die rosa Striemen, wo der Hosenbund eingeschnitten hatte. Es fühlte sich an, wie wenn man zu stramme Schulsocken auszog, nur schlimmer.

Stimmen knisterten im CB-Funk. Ein Mann mit Highlands-Akzent sagte, dass die Perth Road überflutet war. Der Fahrer wischte sich unauffällig die Hand an der Arbeitshose ab. »Hattet ihr schöne Weihnachten?«, fragte er beiläufig, als eine Weile vergangen war.

»Ja. Danke«, log Shuggie.

»War der Weihnachtsmann lieb?«

Weihnachten kam aus dem Freemans-Katalog und wurde langsam abgezahlt. »Ja.«

Endlich erreichte der schwarze Hackney die Lichter einer grauen, heruntergekommenen Siedlung, und der Fahrer fragte: »Junge. Wie heißt noch mal dein Daddy?«

Shuggie überlegte, ob er lügen sollte. »Hugh Bain.«

Offenbar war der Fahrer erleichtert, denn er sank entspannt in den Sitz zurück. Als er Shuggie in Germiston absetzte, hatten die Mitternachtsglocken längst geläutet. Der Junge hielt dem Fahrer die Tüte mit den gestohlenen Münzen hin. Der Mann sah sie sich aus der Nähe an, und dann, vielleicht aus Mitleid oder schlechtem Gewissen, sagte er, die Fahrt sei umsonst, weil Shuggie so ein lieber Junge war. Shuggie wünschte, der Mann hätte die Münzen genommen; er wollte nicht, dass er dachte, es hätte ihm gefallen, wie er ihm mit den Fingern wehgetan hatte.

Shuggie spürte seinen Blick im Rücken, als er auf der Stronsay Street die Steintreppe zur Haustür hinaufstieg. Erst als er sich umdrehte und ein tapferes Lächeln lächelte, fuhr der Fahrer weiter. Als das Taxi um die Ecke bog, steckte sich Shuggie das schwarze Hemd wieder in die Tweedhose. Er rieb sich den flauen Bauch. Alle Häuser sahen gleich aus; die

Mietskasernen standen gedrängt an der schmalen Straße und bildeten eine Schlucht aus Backstein und Glas. Als er an der Fassade hinaufsah, bemerkte er Musik und helle Lichter im dritten Stock, also drückte er die metallene Klingel für 3R. Ohne zu fragen, wer da war, wurde der automatische Türöffner betätigt.

Der Eingang war schlecht erleuchtet. Von irgendwo oben hallten Musik und fröhliche Stimmen durchs Treppenhaus. Shuggie trat in den Flur. Jedes Glasgower Kind hätte sofort gesehen, dass es sich um eins der ärmeren Mietshäuser handelte. Die etwa einen Meter fünfzig hoch gekachelten Schmuckfliesen waren teilweise kaputt oder fehlten ganz. Darüber waren die Wände mit dicker amtsbrauner Farbe gestrichen, und auf halber Höhe wies ein beiger Streifen tiefer in das Treppenhaus. Jede Oberfläche war mit Graffiti bedeckt, Liebeserklärungen und Gang-Tags. An den Treueschwüren zur IRA sah Shuggie, dass Germiston auf jeden Fall katholisch war.

Als er die Treppen hinaufging, hörte er die Party im dritten Stock immer deutlicher. Der Lärm klang fröhlich, als wäre die Stimmung noch nicht gekippt. Der Junge stieg langsam die steilen Stufen hoch, eine nach der anderen. Sie waren aus kaltem Granit, in der Mitte leicht ausgetreten, und es gab kein rundlaufendes Geländer, sondern nur eine massive Gussbetonmauer, um die die Treppe herumgebaut war. Beim Hochgehen konnte Shuggie nicht sehen, was sich hinter dem nächsten Absatz befand.

Leise schlich er voran. Als er um die nächste Ecke bog, sah er eine Frau und einen Mann auf den kalten Stufen. Sie lagen zerwühlt da, wie zwei Haufen schmutzige Wäsche. Sie taten Sachen miteinander, die der Junge schon gesehen hatte. Die alte Frau schien kaum bei Sinnen zu sein, und der Mann hatte die Hand unter ihrem Rock und fummelte an ihrer schmutzigen Stelle.

Shuggie verschränkte die Arme und trat höflich zurück, weg von dem, was sich vor seiner Nase abspielte. Leise kehrte er um und war fast um die Ecke, als die Frau ein schielendes Auge öffnete und ihn bemerkte. Der Mann rubbelte weiter an ihr herum, als würde er einen Schuh polieren.

»Wat glotzte so?«, fragte die Frau mit gummiartigen Lippen.

»Geht es Ihnen gut?«, fragte er leise. »Tut er Ihnen weh?«

Irgendwo über ihnen ging eine Tür auf, und Partylärm schwappte ins Treppenhaus. Leute brachen auf.

»Hömma kurz auf, John.« Die Frau schob seine Hände weg. Dann zog sie sich das Oberteil zurecht und versuchte, etwas Würde in die Situation zu bringen. Sie senkte den Blick auf die steinernen Stufen. Der betrunkene Mann lutschte weiter an ihrem Hals.

Shuggie nahm ein Fünfzig-Pence-Stück heraus und legte es der Frau auf das nackte Knie. Dann lief er hastig an ihnen vorbei und rannte die Treppe hinauf zu den Geräuschen. Auf der Treppe kamen ihm Männer und Frauen in Wintermänteln entgegen. Er musste schnell und geschickt sein, um sich an den schwerfälligen Beinen und langen Mänteln vorbeizuwinden. Als er den dritten Stock erreichte, stand die Tür noch weit offen, und er ging hinein. Niemand hielt ihn auf, als er sich durch die Beine in den engen Flur drängelte. Niemand achtete auf ihn, als er das Wohnzimmer betrat.

Es war wie eine kleinere Version ihres Wohnzimmers zu Hause. Die Wände waren mit weinroter Brokattapete bedeckt, und auf einer Seite brannte ein kleiner Elektrokamin mit künstlicher Plastikkohle, die einen orangen Schein in das verschwitzte Zimmer warf. In der Mitte war eine Sofagarnitur, die noch mit Plastik überzogen war. Dazwischen standen ein paar geborgte Küchenstühle, auf denen Männer und Frauen um die vierzig oder fünfzig saßen, Gesichter, die Shuggie noch nie gesehen hatte. Die Männer trugen schwere graue Anzüge und breite Krawatten, die Frauen hatten hübsche Blusen an. Sie saßen steif da, als kämen sie gerade aus der Kirche, aber ihre Augen waren glasig, als hätten sie beim Abendmahl zu viel Rotwein getrunken.

Aus dem Plattenspieler in der Ecke kam eine besonders traurige Version von »Danny Boy«. Ein paar alte Glasweger saßen mit ihren warmen

Bierdosen davor und grölten mit, während eine ältere Frau daneben mit den Tränen kämpfte. Der ganze Raum hatte den Zenit des Abends überschritten. Shuggie ging herum und suchte in jedem Gesicht nach seiner Mutter. Doch Agnes war nicht da.

In der Ecke am Fenster saß ein Junge an einem kleinen Klapptisch, ungefähr in Shuggies Alter. Er hatte Shuggie die ganze Zeit bei seiner Suche beobachtet. Der Junge hatte seine guten Sachen an, und sein Scheitel war immer noch so ordentlich, wie seine Mutter ihn gezogen haben musste. Als die beiden Jungen sich ansahen, fragte sich Shuggie, ober der andere sich verirrt hatte oder ebenfalls auf der Suche war. Der Junge hob die Hand und winkte ihm schüchtern zu, und Shuggie wollte zu ihm gehen und ihn ansprechen. Auf halbem Weg sah er, dass auf dem kleinen Tisch des Jungen ein Teller mit einem Berg von Shortbread stand und Limonade, die immer noch bitzelte. Offenbar war jemand hier, der den Jungen liebhatte. Shuggie drehte sich um und setzte seine Suche nach Agnes fort.

Draußen im Flur schob er sich wieder durch das Gedränge der Beine. In der schmalen Küche stand eine Frau mit pechschwarzem Haar. Shuggies Herz schlug höher, bis er enttäuscht feststellte, dass sie nicht seine Mutter war. Er wollte nach Agnes fragen, aber nach der Begegnung mit dem Shortbread-Jungen schämte er sich. Er war zu stolz, um den Mund aufzumachen, und die schwarzhaarige Frau rauschte an ihm vorbei, als wäre er unsichtbar. In der Wohnung gab es drei Schlafzimmer. Sie waren alle leer, bis auf vereinzelte verirrte Partygäste, die sich zum Rauchen oder zum Weinen zurückgezogen hatten. Shuggie sah nach, aber keine der Betrunkenen war seine Mutter. Das letzte Zimmer war das größte, das Elternschlafzimmer. Die Tür war geschlossen und klemmte, und er musste kräftig drücken, um sie aufzubekommen. Es brannte kein Licht, aber im Schein, der vom Flur hineinfiel, sah er, dass sich auf dem breiten Ehebett die Mäntel türmten.

Shuggie stand da und legte die Hand auf die Tüte mit den Münzen in seiner Hosentasche. Es reichte gerade, um ihn nach Hause zu bringen.

Vielleicht fand er sie dort, panisch, nüchtern vor Angst um ihn, und sie erwartete ihn mit heißem Tee und Toast.

Als er im Rauch und der Dunkelheit dastand, kamen ihm die Tränen, und er sank einen Moment auf das Bett mit den Mänteln. Er wusste, dass er sich wie ein Baby benahm. Den ganzen Abend hatte er sich wie ein großes Baby benommen, das Heimweh nach seiner Mammy hatte, und er wünschte, er wäre mehr wie Leek, der nie jemanden zu brauchen schien. Shuggie bohrte die Fingernägel der linken Hand tief in die weiche Haut seines rechten Arms und versuchte, das Selbstmitleid zu vertreiben.

Plötzlich bewegte sich etwas unter den Mänteln. Erschrocken sprang Shuggie auf. Eine kleine weiße Hand tauchte unter den alten Jacken auf. Die Hand hielt einen Moment inne, bevor sie einen Mantel zur Seite schob, und darunter lag mit nassem Gesicht und verschmierter Wimperntusche seine Mutter.

Agnes' Frisur war plattgedrückt und auf einer Seite verfilzt. Im Dämmerlicht sah der Junge an ihren kleinen Augen, dass sie nicht mehr betrunken war. Als sie ihn sah, begann ihre Lippe zu zittern, als würde sie jeden Moment weinen. Erschrocken schluckte Shuggie seine eigenen Tränen herunter und richtete sich auf wie ein großer Junge. Er warf Mantel für Mantel zu Boden und grub sie aus. Allmählich kam sie unter dem Kleiderberg zum Vorschein, halbnackt und zerknittert. Im Halbdunkel sah sie ihm in die Augen und sagte kein Wort. Nach und nach trug er die Schichten ab. Unter den schweren Mänteln tauchten ihre Beine und ihre kleinen Füße auf. Shuggie hielt inne und betrachtete seine Mutter auf dem zerwühlten Bett, und im Licht des Flurs sah er, dass ihre schwarzen Pretty Pollys von der Spitze bis zur Taille zerrissen waren.

VIERUNDZWANZIG

Der Junge schlug die Augen auf, und sie saß schweigend am Fuß seines Betts. Sie war der schreckliche Halbmensch, der morgens jetzt immer kam. Eine Weile sah er ihr beim Zittern zu, sah die feuchte Kälte, die der Alkohol in ihrem Körper zurückgelassen hatte. Sie hielt sich ein Stück Klopapier vor den Mund, als sie nassen Auswurf hustete und versuchte, den Mageninhalt unten zu behalten.

Agnes legte den Kopf schief und sah ihn mit flehenden, schlaflosen Augen an. »Guten Morgen, Sonnenschein.«

»M-morgen.« Shuggie streckte die Zehen zum Ende des Betts.

Ihre Hand zitterte, als sie ihm sanft die Decke wegzog. Feuchte Märzluft strömte herein, und Shuggie rollte sich winselnd zusammen. Agnes legte die kalte Hand auf seinen frierenden Fuß. Er war schon wieder in die Höhe geschossen: die alte Schlafanzughose reichte ihm kaum noch an die Waden, und die Haare an seinen Beinen wurden dichter und dunkler. »Noch ein Jahr, dann bist du ein Mann, und was soll ich dann machen?«

»Glaubst du, ich werde größer als Leek?«, fragte er. Das Bett seines Bruders war schon leer.

»Bestimmt.« Sie strich ihm das schwarze Haar aus den Augen und versuchte fröhlich zu klingen. »Wie wär's, wenn du heute die Schule schwänzt? Mir Gesellschaft leistest?«

Shuggie riss die Augen auf. »Ich weiß nicht. Father Barry sagt, ich hätte schon zu viel gefehlt.«

»Och, was weiß der schon. Letzte Woche warst du fast jeden Tag da.

Ich schreibe dir eine Entschuldigung, dass deine Großmutter gestorben ist.«

Shuggie stöhnte und streckte die Zehen in die Kälte. »Er ist ja nicht blöd. Das hast du schon dreimal geschrieben.«

Er wusste, was sie wollte. Sobald die Uhr Viertel nach neun zeigte, würde sie ihn mit dem Dienstagsbuch auf die kalte Straße schicken. Er würde seine dünne Regenjacke und seine gute Hose tragen, und über dem Arm eine große karierte Einkaufstasche. Aber die Einkaufstasche war nur Tarnung; er würde keine Lebensmittel hineinlegen, sie war nur dazu da, seinen Auftritt seriöser aussehen zu lassen. Wie ein geiziger Buchhalter blätterte Shuggie das Dienstagsbuch mit den Kindergeldcoupons durch und betrachtete die stattliche Summe von acht Pfund und fünfzig, die auf den datierten und abgestempelten Coupons auftauchte. Er fand den Abschnitt, den sie für diese Woche unterschrieben hatte, prüfte, ob sie ihn in ihrem verzweifelten Durst korrekt ausgefüllt hatte, und ließ das Büchlein in die Alibi-Tasche fallen.

Er wusste, dass sie hinter den Gardinen stand und ihn beobachtete, also ging er zügig und zielgerichtet los. Erst als er um die Ecke bog, wurde er langsamer und blieb eine Weile stehen, um Winterbeeren zu zerquetschen.

Shuggie hatte schon alles versucht, er war wie der Wind zur Post und wieder zurückgerannt oder er hatte sich stundenlang im Torfmoor verdrückt. Einmal hatte er sogar den Gutschein eingelöst und das Kindergeld für das ausgegeben, wofür es eigentlich bestimmt war, Lebensmittel, Vorräte und Fleisch vom Metzger. Doch es endete immer gleich; sie brachte die Lebensmittel, die sie umtauschen konnte, zurück, und kaufte, was wirklich am dringendsten war, Alkohol. Seitdem nahm er das Geld einfach entgegen, senkte den Kopf und ging resigniert nach Hause.

Seit Silvester war sie nicht mehr dieselbe. Wer immer sie halbnackt unter dem Haufen fremder Mäntel liegen lassen hatte, hatte ihr die Lust auf gute Partys genommen. Wenn Shuggie sie jetzt trinken sah, wusste er, dass sie es nicht tat, um sich zu amüsieren. Sie trank, um sich zu vergessen, weil sie keinen anderen Weg kannte, um den Schmerz und die Einsamkeit loszuwerden.

Bei der Tankstelle war sie gefeuert worden. Sie hatte zu viele Schichten ohne Vertretung gefehlt, und die Tankstelle hatte zu oft im Dunkeln dagestanden. Am Anfang hatte Agnes die Kündigung persönlich genommen, als wäre ihr die Stelle, wie so vieles, einfach nicht vergönnt. Doch als sich die Katalogrechnungen zu stapeln begannen und ab Donnerstag kein Geld für Alkohol mehr da war, fing sie an, Verschwörungstheorien aufzustellen. Sie sei zu beliebt gewesen, sagte sie, zu schön, und den Besitzern der Tankstelle habe es nicht gefallen, dass der Ort sich in einen Treffpunkt einsamer Taxifahrer verwandelt hatte. Leek hatte einfach nur dagesessen und zugehört, sich schweigend den heißen Porridge in den Mund gelöffelt und am Ende ganz ruhig gefragt: »Wie lange willst du dich noch selbst anlügen?«

Das Anstehen dauerte ewig. Es war still bis auf den rasselnden Husten überall, das Zischeln der Nylonanoraks und das *Bäng, bäng, bäng* der hektisch stempelnden Frau am Schalter. An den nervösen Bewegungen der Leute sah Shuggie, dass sie ein langes Wochenende darauf gewartet hatten, ihre Sozialhilfebücher einzulösen. Manche hatten Hunger, manchen waren am Sonntag die Zigaretten ausgegangen, und wieder andere, wie seine Mutter, verdursteten. Als Shuggie an den Schalter kam, schob er das Büchlein durch die kleine Schublade auf Augenhöhe. Mit einem schleifenden Geräusch wurde die Schublade eingezogen. Mit einem schleifenden Geräusch kam sie wieder zurück.

»Du hast nicht unterschrieben«, sagte die Postbeamtin.

Shuggie griff nach dem angeketteten Kugelschreiber und schrieb seinen Namen in das Kästchen, wie sie es ihn üben lassen hatte. Dann ließ er das Buch wieder in die Schublade fallen und lächelte die Dame an. Die Frau nahm das Büchlein entgegen und sah es sich von beiden Seiten genau an. Sie trug eine Brille mit rosa Gestell und sah auf ihn herunter wie eine Lehrerin auf einem hohen Stuhl. »Kann Missus Bain ihr Kindergeld nicht persönlich abholen?«, fragte sie einen Halbton zu laut.

Shuggie spürte, wie die Schlange hinter ihm ungeduldig von einem auf den anderen Fuß trat. »Nein.«

Die Frau lehnte sich zurück, als dehnte sie ihren müden Rücken. »Junger Mann. Müsstest du nicht in der Schule sein?« Er hörte, wie die Schlange hinter ihm sich zustimmend räusperte.

»Meiner Mutter geht es nicht gut«, flüsterte er diskret in die Schublade.

Die Frau beugte sich zur Scheibe, und ihr großes Gesicht schwebte über ihm. »Ja, aber mir ist aufgefallen, dass ich dich jeden einzelnen Montag- und Dienstagmorgen hier sehe.« Sie schniefte, hielt das Büchlein hoch und zeigte mit dem Finger unter Agnes' Unterschrift. »Hier steht«, sie schniefte wieder, »dass man nur vorübergehend einen Bevollmächtigten schicken darf, und wenn der Bezugsberechtigte seine Sozialhilfe auf Dauer nicht selbst abholen kann, muss das Buch an den DSS zurückgegeben werden.«

Shuggie spürte, dass er sich in die Hose zu machen drohte. Er brachte nur ein leises »*Bitte, Missus*« heraus.

»Soll ich dir das Buch abnehmen, junger Mann?« Sie schob sich mit einem tinteverschmierten Finger die Brille zurecht. »Soll ich es an den DSS zurückschicken?«

Der Junge schüttelte den Kopf und spürte, wie der Drang stärker wurde. »Nein. Bitte, Missus«, flehte er.

Die Frau schien ihn nicht zu hören, oder es war ihr egal. Sie klappte das Buch zu und legte es geschlossen auf die Theke. Mit ernster Miete faltete sie die Hände darüber, als würde sie beten. Shuggie begann hinter den Augen zu schwitzen. Er hörte, wie die hungrige Menge hinter ihm stöhnte. Das Kindergeld war mehr als ein Viertel des Geldes, das Agnes für die ganze Woche zum Einkaufen hatte.

Mit zitternder Lippe versuchte es Shuggie noch einmal. »Bitte, Missus.«

Die ungeduldige Menge hinter ihm schnalzte mit der Zunge und seufzte. »Der Mammy von dem Jungen gehts nicht gut!«, sagte eine hohe

Stimme von ganzen hinten. Die Postbeamtin sah von dem aschfahlen Gesicht auf die lange Schlange. »Jetz gemse ihm schon sein Geld, sonst hatter nix zu essen!«, sagte die Stimme wieder.

Eine alte Frau stimmte zu. Sie hatte die Warterei satt und wedelte mit ihrem Pensionsbuch. »Liebe Zeit. Jetzt gemse dem Jungen schon sein Geld, Sie herzlose Paragrafenreiterin.«

Die Frau am Schalter sah die Schlange an und dann wieder den verängstigten Jungen. Widerwillig öffnete sie das Buch. *Bäng! Bäng!* Sie stempelte es ab und riss den wöchentlichen Coupon heraus. Dann legte sie das Dienstagsbuch, einen Fünfer, drei Pfundnoten und ein neues Fünfzig-Pence-Stück in die Schublade. Sie hielt die Schublade fest und kam mit dem Gesicht ganz nah an die kleinen Löcher in der Scheibe. Leise sagte sie: »*Du bist ein schlauer Junge. Sieh zu, dass ich dich nächste Woche nicht wieder hier erwische. Geh zur Schule. Lerne. Halt durch und vergeude dein Leben nicht in der Schlange für die Stütze.*« Er sah das Mitleid in ihren Augen, und damit schob sie ihm die Schublade hin. Der Junge nickte gehorsam, leckte sich den Rotz von der Lippe und nahm das Geld heraus. Nächste Woche war ihm egal. Er musste sich erst mal um den Rest dieser Woche kümmern.

Shuggie lief, so schnell er konnte, nach Pithead zurück. Jenseits der Schule kletterte er über die kaputten Zäune und rannte über den Feldweg auf das Marschland hinaus. Als er weit genug draußen war, zog er sich die Hose und die Unterhose aus, hockte sich hin und beendete, was die Postbeamtin angefangen hatte. Dann drehte er die weiße Unterhose auf links und versuchte, sie am trockenen Schilfgras sauber zu kratzen.

Als er nach Hause kam, war es noch nicht halb elf, und auf der Straße gingen gerade die Vorhänge auf. Er öffnete die Haustür und lief ihr direkt in die Arme. Sie stand in ihrem guten Mohairmantel im Flur, hatte sich die Augen mit Kajal umrandet und violetten Lidschatten aufgetragen. Ihr Haar war aufgedreht und geföhnt, und das noch feuchte Haarspray glitzerte an den Spitzen wie Tau. Sie hatte die gute Handtasche unter dem linken Arm und hielt ihm die offene Hand hin wie eine geduldige Heilige. Ihre Haut war rot und gereizt.

»Wo zum Teufel warst du so lange?«, fragte sie, ohne mit einer Antwort zu rechnen.

Der Junge öffnete die Einkaufstasche und nahm die Scheine und die einzelne Münze heraus, die unter seiner schmutzigen Unterhose lagen. Agnes steckte sie in ihren Geldbeutel. »Gut, und jetzt komm mit die Straße hoch. Wenn wir jemand treffen, musst du mit mir reden.«

»Worüber?«

»Irgendwas. Scheißegal. Rede einfach und bleib bloß nicht stehen, verstanden?«

Agnes drehte ihn um und schob ihn wieder aus der Tür. Er spürte ihre Erleichterung, als sie unbehelligt die Ecke erreichten. Doch am Fuß des Hügels lehnte Colleen McAvennie an einem Gartenzaun und unterhielt sich mit einer von ihren und Eugenes Cousinen. Sie rauchten eine Zigarette, und Colleen hatte zwei schwarze Müllsäcke mit Wäsche oder Bettzeug oder den letzten von Big Jamesys Kleidern dabei. Als sie das Klappern der Absätze auf dem Asphalt hörten, sahen sie auf. Agnes machte eine unsichere Bewegung, als wollte sie die Straßenseite wechseln, aber dann hob sie den Kopf und hielt den Kurs. Sie marschierte mit festen rhythmischen Schritten weiter, drehte den Kopf und sagte zu dem Jungen: »Was hättest du heute Abend gern zu essen?«

Shuggie sah zu seiner Mutter auf und wiederholte, was sie ihm eingetrichtert hatte. »Hähnchen bitte. Ich habe es satt, jeden zweiten Tag Steak zu essen.«

Die Frauen hatten ihre Unterhaltung unterbrochen, und Agnes sagte mit einem leichten Lachen: »*Du bist mir einer!* Iss dein Steak und sei dankbar!« Dann drehte sie ihr königliches Profil und hielt die wunde Hand hinter den Rücken. »Oh, hallo Colleen, hallo Molly. Der hier schießt in die Höhe wie Unkraut.« Die Frauen schwiegen, als sie vorbeigingen, aber sie spürte ihren Blick auf ihrem Mantel, den Schuhen und dem Haar. In sicherem Abstand verzog Agnes das Gesicht und murmelte: »*Aye, schönen Tag noch, ihr Arschgeigen.*« Dann wechselte sie die Straßenseite.

Dolans Gemischtwarenladen war oben auf dem Hügel, der ganz Pithead überblickte, am Ende von drei mit Brettern zugenagelten Schaufenstern. Als die Zeche noch in Betrieb war, hatte es hier oben alles gegeben, was die Familien der Bergleute brauchten, frisches Gemüse, Fleisch und Unterhaltung. Jetzt brannte bei Mr Dolan nicht mal mehr Licht. Wäre der nächste Laden nicht fast vier Kilometer entfernt gewesen, hätte Mr Dolan vielleicht ganz zugemacht. Wie um die halbe Niederlage zuzugeben, blieben die metallenen Rollläden unten und das Licht blieb aus, und durch die mit Plakaten beklebte Glastür fiel nur Tageslicht herein.

Mr Dolan war ein sanfter, liebenswürdiger Mann, auch wenn sein Anblick Shuggie Angst machte. Als kleiner Junge, als die Mine noch offen war, war er beim Klettern von einer Eibe gefallen und hatte sich den rechten Arm so unglücklich zertrümmert, dass er amputiert werden musste. Wenn in Pithead heute Kinder auf Zäune kletterten, streckten die Mammys den Kopf zum Fenster raus und schrien: »*Komm da runter, sonst gehts dir wie Mister Dolan, dem ahmen Kerl.*«

Als die Ladenglocke läutete, schien Mr Dolan froh und traurig zugleich, Agnes zu sehen. Das Regal mit den Bierdosen und Whiskyflaschen hinter ihm zeugte davon, dass er die neue Wirtschaft der Siedlung sehr wohl verstand. Doch wenn die schöne Frau zu ihm an die Theke kam, seufzte der Einarmige über die Verschwendung.

Agnes versuchte, das Mitleid im Gesicht des Ladenbesitzers zu ignorieren, und fragte ihn, wie es ihm heute ging. Mr Dolan zuckte nur mit den Schultern und nickte in Richtung des Jungen. »Warum biste nich inner Schule?«

»Er hat Magen-Darm, Mister Dolan«, mischte sich Agnes ein. »Der Virus geht gerade herum.«

Der alte Mann saugte an seinen Zähnen, aber er hakte nicht nach. Agnes nahm eine kurze handgeschriebene Einkaufsliste heraus. Sie bestellte ein paar unschuldige Lebensmittel: eine Dose Vanillesoße, Dosenerbsen, etwas Hackfleisch und eine Handvoll Kartoffeln. Sie bat um ein wenig geschnittenen Schinken und sah nervös zu, wie Mr Dolan das Fleisch geschickt mit dem Armstumpf in die Schneidemaschine legte. Sein rosa Stumpf sah genauso aus wie das runde Ende des Schinkens.

»Wie viel macht das?«, fragte sie, als er die Schinkenscheiben in die Einkaufstasche schob.

»Fünf Pfund und zwei Pence«, sagte Mr Dolan.

Agnes kramte in ihrem Geldbeutel herum. »K-könnte ich noch die Zeitung von heute haben, bitte?«

»Fünf Pfund siebenundzwanzig.«

»Und einen kleinen Cadbury-Riegel für den Jungen.«

»Fünf Pfund fünfzig.«

»Mal sehen«, sagte Agnes in einem künstlich vergesslichen Ton, »ach ja. Fast hätte ich es vergessen.« Shuggie starrte beschämt auf seine Füße. »Bitte noch zwölf Dosen Special Brew.«

Als der Mann sich umdrehte, um das Bier aus dem Regal zu nehmen, leckte sich Agnes den Lippenstift von der Unterlippe.

»Dreizehn Pfund glatt«, sagte der Mann.

Agnes öffnete ihren Geldbeutel und sah auf die Scheine und die einzelne silberne Münze. »Oje, Mr Dolan, ich fürchte, ich bin heute ein bisschen knapp.«

Der einarmige Mann griff unter die Theke und nahm ein dickes rotes Heft heraus. Er blätterte zu *B* und fand Agnes' Namen. »Liebes, Sie schulden mir schon vierundzwanzig Pfund«, sagte er ernst. »Ich kann Ihnen nich mehr auf Pump geben, bisse Ihrn Zettel gezahlt ham.«

Mit einem gequälten Lächeln sah Agnes in die Einkaufstasche und legte den Schinken, die Dosenerbsen und zwei Kartoffeln zurück auf die Theke.

Was Mister Dolan dachte, behielt er für sich. Auch wenn der Junge sich vor dem leeren Ärmel fürchtete, er wusste, dass der Ladenbesitzer ein weiches Herz hatte. Wegen seiner hohen Preise nannten die Siedlungsmütter ihn zwar »den einarmigen Banditen«, aber Shuggie hatte ihn immer nur liebenswürdig erlebt. Wenn Agnes am Dienstagvormittag schlotternd vor ihm stand, tat sie so, als stünde sie in einem Delikatessenladen im West End. Doch Mister Nolan hatte sie mit ihrer kleinen Scharade nie auflaufen lassen. Manchmal, wenn sie die Lebensmittel wieder aus der Tasche holte, zwinkerte er dem gestriegelten Jungen mit dem gewaschenen, gescheitelten Haar zu und gab ihm ein Stück reifes Obst. Aber heute nicht. Heute nahm er fast alle Lebensmittel wieder zurück und tippte das Bier in die Kasse ein.

Agnes stöckelte mit der Einkaufstasche zurück durch die Siedlung. Jetzt war sie schneller, und Shuggie musste sich beeilen, um mitzuhalten, als sie den Hügel hinuntersegelte. Zu Hause angekommen, lief sie, ohne den Mantel auszuziehen, in die Küche. Shuggie setzte sich ins Wohnzimmer und wartete, bis sie sich gesammelt hatte. Er lauschte auf das Zischen und Gurgeln der ersten Dose und auf das Geräusch, wenn sie die anderen versteckte. Er lauschte, bis er den Wasserhahn in die große Metallspüle laufen hörte.

»Geht's dir besser?«, fragte er von der Tür.

Sie drehte sich von der Teetasse weg. Die Nervosität war aus ihrem Gesicht verschwunden, aber die Sorge war noch da. »Viel besser, danke. Du warst ein guter kleiner Helfer heute.«

Er ging zu ihr und schlang ihr die Arme um die Hüften. »Ich würde alles für dich tun.«

Auf dem Weg über das Torfmoor blieb er immer wieder stehen, drehte sich um und winkte, bis das Haus verschwunden war und er sie nicht mehr am Fenster sah. Als er knirschend über die gefrorenen Bäche stapfte, beruhigte er sich mit dem Gedanken, dass er genau wusste, wie ihr Tag aussah. Es tröstete ihn, dass sie, nüchtern oder nicht, immer der gleichen Routine folgte. Shuggie schüttelte die brüchigen Köpfe des Rohrkolbens und fragte sich, ob die Traurigkeit sie heute übermannen würde. Das gefrorene Rohr war staubtrocken, und als er gegen die Köpfe schlug, stiegen die Samen auf wie kleine Fallschirmspringer. Dann schwebten sie wie eine Parade kleiner Geister zur Siedlung zurück. Aus Spiel flüsterte Shuggie den Geistern zu, dass er Agnes liebte, und scheuchte sie mit den Armen davon.

Der ausgetretene Graskreis, wo er geübt hatte, wie ein normaler Junge zu gehen, war noch genau so, wie er ihn zurückgelassen hatte. Wenn sie ihn von der Schule zu Hause behielt, verbrachte er die Tage damit, verlassenes Gerümpel zu sammeln und zu seiner flachgetretenen Insel zu schleppen. Während eines besonders schlimmen Saufgelages hatte er in einer ganzen geschwänzten Woche einen alten Sessel herübergebracht und ein paar Teppichstücke aus den Mülltonnen und einzelne Besteck- und Geschirrteile aufgetrieben. Mit Enden alter Seile barg er Gerümpel aus den rostroten Bächen. Einmal holte er einen kaputten Fernseher heraus und stellte ihn in die Mitte seiner Insel. Obwohl er keine Scheibe mehr hatte, verbreitete er ein heimeliges Gefühl. Als Shuggie alle Möbel zusammenhatte, die er brauchte, verbrachte er jeden trockenen Tag damit, alles hin- und herzuräumen und sich ein schäbiges Wohnzimmer einzurichten. Er fand einen altmodischen Kinderwagen und schob ihn herum, kämpfte sich durch das hohe Schilfgras und pflückte die schönsten Blumen für sein neues Heim. Eines Winternachmittags fand er einen kleinen schwarzen Hasen, tot und gefroren, den er im Bach wusch und feierlich beerdigte. Dann begrub er neben dem Hasen die Plastikponys, die schändlichen duftenden Pferde, die er gestohlen hatte und die nicht für Jungs bestimmt waren. Im folgenden Frühjahr suchte er die Schlackehalden ab und legte lila Sumpfwurzzweige auf die Gräber. Ohne richtige Freunde hielten ihn diese kleinen Rituale beschäftigt, und sie erlaubten ihm, den Tag als stolzer Hausherr zu verbringen und die schmählichen Grabhügel so pflichtbewusst zu pflegen wie eine trauernde Witwe.

Den ganzen Rest des Tages lief er auf seiner Trampelinsel herum und wusch den Dreck von Dingen. Er ging mit der Gabel, dem Löffel und den gesprungenen Tellern zum Bach und spülte sie. Er lüftete die Teppichstücke und versuchte, den Staub auszuschütteln. Dann hängte er die regennasse Decke zum Trocknen über einen Stuhl in die tiefstehende Sonne.

Die Sonne verließ bereits den Himmel nach einem kurzen Tag der Hausarbeit. Als Shuggie über den Zaun kletterte, hoffte er auf ein warmes Bad, um sein rotes Büchlein auswendig zu lernen, doch er fand die Haustür weit offen. Wie versteinert blieb Shuggie lange auf der untersten Stufe stehen und fragte sich, was das Omen bedeutete, während er wie ein Wachhund den Kopf neigte und die Ohren spitzte. Als er durch den langen Flur schlich, hörte er Geräusche aus dem Wohnzimmer. Vorsichtig schob er die Tür einen Spalt auf. Im Zimmer lag Agnes auf dem Boden. Auf ihrer Brust saß Leek wie ein Schulhofrowdy.

Die dunkelroten Kringel auf dem roten Teppich waren falsch. Das Muster sah kaputt und unzusammenhängend aus. Als Shuggie näher kam, sah er das Blut auf seiner Mutter, und da war auch Blut in Leeks Gesicht. Hätte er sich konzentrieren können, hätte er auch das Blut auf dem Fernseher, dem braunen Teppich und den Sofafransen bemerkt.

Leek drückte sie zu Boden. Neben ihm lagen blutige Stoffklumpen, die saubere Küchenhandtücher gewesen waren. Agnes wand sich unter Leek und fluchte. Sie beschimpfte ihn mit Wörtern, die Shuggie noch nie gehört hatte, und sein Bruder weinte seltsame Tränen und hielt sie mit Mühe fest.

Auf dem Teppich lag eine kaputte Rasierklinge; Shuggie fand, dass sie klein und dünn und unschuldig aussah, wie die Mini-Guillotine einer Zeichentrickmaus. Er sah sie überhaupt nur, weil es komisch war, dass sie im Wohnzimmer herumlag, auf dem guten Teppich seiner Mutter. Leek schrie ihn an, aber Shuggie verstand nicht, was er sagte. Er wollte wissen, warum an ihrer Tasse Blut war. Er sah, wie sein Bruder sich ihm zuwandte, während er schwarz werdende Küchenhandtücher auf Agnes' Handgelenke presste. Dann klemmte er einen ihrer Arme unter sein Knie, streckte die Hand aus und packte Shuggie am Kragen. Als Agnes den anderen Arm losriss, spritzte Blut heraus. Shuggie wollte zu

Leek sagen: *Schau! Schau! Da kommt das ganze Blut her!* Aber Leek hielt ihn am Kragen und schüttelte ihn so fest, dass er dachte, er brach ihm das Genick.

»Shuggie. Hör zu.« Leeks Augen waren riesig, und in seinen Mundwinkeln klebte Schaum. Sein Gesicht war von einer dicken weißen Schicht Gipsstaub bedeckt, und am Weiß seiner Zähne war Blut. »Du musst den Scheißkrankenwagen rufen.«

»Du beschissener Egoist«, jaulte sie. »Lass mich doch gehen.«

Ihr Körper wurde von tiefen Schluchzern gebeutelt. Leeks Tränen fielen in ihr Gesicht und mischten sich mit ihren.

»Ich bin zu müde.« Trotzdem drehte und wand sie sich, und dann rollten ihre Augen weg, als versuchten sie, Ruhe im Schlaf zu finden.

»Du liebst mich nicht.«

»Du liebst mich nicht«, wiederholte sie immer wieder.

Shuggie zog leise die Tür hinter sich zu. Er setzte sich und sammelte sich, bevor er 999 wählte und einen Krankenwagen rief. Leek schrie ihn an, aber er verstand nicht, was er sagte. Er verstand überhaupt nichts mehr.

Als Agnes in der psychiatrischen Klinik aufwachte, hatte sie keine Erinnerung, wie sie dort gelandet war. Der Krankenwagen hatte sie die vielen Kilometer in die Royal Infirmary im Schatten von Sighthill gebracht. Dort hatte ein Notarzt geschickt ihre Wunden genäht und die Blutung gestoppt. Sie hatten sie an den Tropf gehängt und ihr ein Beruhigungsmittel gegeben, damit sie sich nicht wieder selbst verletzte. Als sie in unruhigen Schlaf sank, hatten sie sie nach Gartnavel verlegt, wo die Heilung ihrer Seele beginnen sollte. Als Agnes aufwachte, lag sie auf einer Station mit dreizehn anderen Frauen: Erwachsene Frauen, die sabberten. Arme Frauen, die Puppen anschrien, sie sollten sich für die Schule anziehen. Ruhiggestellte Frauen, die kein Auge zumachten.

Während Agnes, winzig und zugenäht, ihre Betäubung ausschlief, zogen Leek und Eugene vor den anderen Unglücklichen den Vorhang zu und hielten an beiden Seiten des Betts Wache. Es war die längste Zeit, die sie je miteinander verbracht hatten. Beide Männer waren auf ihre Art froh, dass der schlafende Körper zwischen ihnen lag und ihre Aufmerksamkeit verlangte. Es war wie bei alten Leuten, die froh waren, wenn ein Kind zu Besuch war, weil sie einander nichts zu sagen hatten.

Seit Eugene Agnes vom Pfad der Nüchternheit gelockt hatte, hatte Leek kein Wort mit ihm gesprochen. Jetzt verbrachten sie den großen Teil des ersten Nachmittags miteinander, argwöhnisch, ohne Augenkontakt, und redeten über Agnes, als hätte der andere sie nie kennengelernt. Sie waren sich nur in einer Sache einig. Sie sahen hinunter auf die ausgewrungene Frau und waren sich einig, dass Agnes Glück hatte, noch am Leben zu sein. Der Länge und Tiefe der Schnitte an ihren Handgelenken nach zu urteilen, hatte sie nichts dem Zufall überlassen wollen.

»Es war also dein Chef?«, fragte Eugene, der es nicht schaffte, Leek in die klaren Augen zu sehen.

»M-hm.«

»Dat war Glück.«

»Wahrscheinlich. Ich weiß nicht, wie oft sie an dem Tag angerufen hat. In letzter Zeit hat sie ständig bei der Arbeit angerufen.«

»Aye. Beim Taxifunk auch.«

Leek ließ die Schultern hängen, als lastete die Erinnerung schwer auf ihm. »Es war dreist, aber der Chef ist meistens ganz gut damit umgegangen. Nur diesmal kam er zu mir und hat gesagt, ich soll zusehen, dass ich nach Hause komme, es wäre irgendwas Schlimmes passiert.«

»Dat hatter gesagt?«

Leek nickte. »Er hat mir meine Jacke gebracht, und erst dachte ich, ich wäre gefeuert. Aber er hat gesagt, ich soll mich beeilen. Er hat mir sogar das Geld fürs Taxi gegeben.« Leek strich sich das Haar aus den Augen. »Da wusste ich, dass irgendwas Schlimmes sein musste.«

Als Agnes endlich aufwachte, brauchte sie eine Weile, bis sie begriff, was sie getan hatte. Zuerst lächelte sie die Männer an, als hätten sie ihr Tee ans Bett gebracht. Doch dann zogen die Wolken der Erinnerung auf, und ihr Blick wanderte zu den Verbänden an ihren Handgelenken. Diesmal war sie näher dran gewesen als je zuvor. Leeks Baustelle war an der South Side. Sie hatte nicht gewollt, dass er es rechtzeitig schaffte. Sie hatte nicht gewusst, dass sein Chef ein gutes Herz hatte.

»Wo ist der Kleine?«, fragte sie mit rauer ausgetrockneter Stimme.

Leek sah sie an, und dann sah er zum ersten Mal Eugene an. »Ihm geht's gut«, sagte Leek.

Agnes verdrehte die Augen, ohne den Kopf zu bewegen. »Ich habe gefragt wo. Nicht wie es ihm geht.«

Die Schwärze ihrer geweiteten Pupillen hefteten ihn an die Wand. Leek sah weg, versuchte sich abzulenken, indem er etwas gegen ihren Durst fand. Er schenkte ihr verdünnten Saft in ein phosphoreszierendes Glas, aber sie hob ablehnend die Hand. Er sah auf seine Schuhe. »Also. Er ist bei Big Shug«, sagte Leek schließlich und wünschte gleichzeitig, er hätte gelogen.

Agnes sagte nichts. Sie dachte, er log. Die Art, wie ihre Oberlippe nach oben wanderte und an den Zähnen hängen blieb, warnte Leek, sie nicht zu verarschen.

»Offenbar hast du, bevor du dir die Pulsadern aufgeschnitten hast, bei Shug angerufen und ihm gesagt, er soll Shuggie holen. Es ging alles so schnell. Ich konnte nicht dir helfen *und* Shuggie helfen.« Leek seufzte tief und blies sich den Pony aus dem Gesicht, der wie ein Vorhang vor einem offenen Fenster flatterte. »Es ist zu viel, Mammy. Ich kann nicht immer der sein, der alle rettet.«

FÜNFUNDZWANZIG

Als Agnes im Gartnavel Hospital aufwachte, war ihr Junge schon seit fast einer Woche bei seinem Vater. Bevor sie sich die Arme aufgeschnitten hatte, hatte sie bei Shugs Taxizentrale angerufen und gesagt, er habe es endlich geschafft, sie gebe endgültig auf und er solle kommen und seinen Gewinn holen, den Jungen. Sie hatte gesagt, sie habe dem Jungen im Katalog einen neuen Anzug bestellt, und Shuggie möge bei ihrer Beerdigung schwarze Socken tragen, dafür müsse Shug sorgen.

Leek erfuhr nicht, wie die Nachricht Shug erreichte. Hatte die Telefonistin sie über den CB-Funk gesendet? Waren alle Hackney-Fahrer an den Straßenrand gefahren und hatten bei laufendem Motor zugehört, wie Joanie Micklewhite die letzten Wünsche der Frau weitergab, an deren Grab sie mitgeschaufelt hatte?

Shug hatte sich nicht beeilt. Als er endlich in Pithead ankam, war er beeindruckt gewesen, dass Agnes es wirklich durchgezogen hatte. Er fand den Jungen mit einer Dose Pfirsiche auf dem blutigen Sofa, wo er die weinende Shona Donnelly von oben tröstete.

Shuggie war noch nie im neuen Zuhause seines Vaters gewesen. Als das Taxi schwer durch die hallenden Straßen knatterte, zählte der Junge an den Fingern ab, wie viele Stunden er mit seinem Vater verbracht hatte, seit Joanie Micklewhite ihn ausgespannt hatte, und stellte fest, dass es weniger als drei gewesen waren. Er saß hinten im schwarzen Hackney wie ein fremder Passagier. Er erinnerte sich kaum, Joanie Micklewhite kennengelernt zu haben, obwohl er sich gut an die gelben Rollerboots erinnerte, doch beim Gedanken daran bekam er sofort ein schlechtes

Gewissen. Joanie gehörte in seinem Kopf zu den Bösen; die reale Person und die Legende hatten sich vermischt. Agnes' Hass auf Joanie war so tief in Shuggie angelegt wie die Maserung im Holz.

Also saß Shuggie trotzig schweigend da, als das Taxi um die Ecken einer brutal wirkenden Sozialsiedlung bog. Jede Straße war ein narbiges Feld ausgebrannter Schnapsläden, schmutziger Kanäle und auf Backsteinen aufgebockter Autos. Irgendwie erinnerte ihn die Gegend an Sighthill; fünf oder sechs Hochhäuser hielten den schweren Winterhimmel fest. Doch anders als in Sighthill waren die Hochhäuser hier nicht von weiten leeren Plätzen, sondern von flachen kleinen Betonhäusern umringt. Die Häuser sahen aus wie Ameisen, die sich um Bäume drängten, oder wie Schnipsel der Formsteine, die beim Bau der Hochhäuser übriggeblieben waren. Was einst gebaut worden war, um neu und gesund zu sein, wirkte jetzt krank und hoffnungslos. Es gab kein Gras, kein Grün; jede Fläche war zubetoniert oder mit großen glatten runden Steinen versiegelt.

Big Shug blieb an einer ramponierten Telefonzelle stehen. Shuggie sah vom Auto aus, dass er ein schwieriges Telefongespräch führte. Es sah schwierig aus, weil Shug, nachdem er aufgelegt hatte, noch lange dastand und seinen Schnurrbart zwirbelte.

Der Junge öffnete den Koffer, den Shug ihn packen lassen hatte. Er hatte alle Dinge hineingetan, die ihm am meisten bedeuteten, aber kaum saubere Kleider. Jetzt nahm er ein blasses Polaroidfoto heraus. Es zeigte Shug mit nacktem Oberkörper, der den neugeborenen Shuggie stolz in der ausgestreckten Hand hielt, und in der anderen eine Zigarette mit langem Aschestängel. Shuggie verglich das Foto mit dem Mann in der Telefonzelle.

An Regentagen nahm sich Shuggie das Hochzeitsalbum seiner Mutter und versteckte sich damit am Fuß ihres Bettes, um sich die Fotos seines Vaters anzusehen. Shug sah anders aus als der Mann auf den drei Polaroidfotos vom Hochzeitsempfang, an die Shuggie sich erinnerte. Er wirkte kleiner als der lächelnde Mann am Bankett, der die ausgebreiteten Arme um ein paar betrunkene Brautjungfern legte. Die Jahre, die er sitzend im Taxi verbracht hatte, hatten, was vorher schon durchschnittlich war, rund gemacht. Der kurze Cäsar-Haarschnitt von den Fotos war einem schütteren Überkämmer gewichen. Die ehemals funkelnden Augen saßen jetzt tief im rosa Fleisch. Shuggie konnte sich nicht vorstellen, dass heute noch irgendeine Frau mit diesem Mann freiwillig eng tanzen würde.

Shug hatte den Jungen kaum angesehen, bis er hinten im Taxi saß und sie auf der North Side waren. Als er nach dem Anruf wieder ins Taxi stieg, drehte er sich um und musterte den Matsch und den Dreck und das Blut an der Schuluniform des Jungen. Er fragte Shuggie, ob er saubere Sachen dabeihatte, die er anziehen konnte. Dem Jungen war es unangenehm, sich vor dem fremden Mann in dem fremden Taxi umzuziehen.

In seinem sauberen Schlafanzug trat Shuggie bei Joanie Micklewhite über die Schwelle. Ihr Haus war in der Mitte einer Reihe von Doppelhäusern, die im Halbkreis um das breiteste der grauen Hochhäuser standen. Sie hatte einen betonierten Vorgarten und einen asphaltierten Garten hinter dem Haus und zahlte deshalb mehr Miete an die Stadt. Als Shuggie durch die Tür kam, stellte er beeindruckt fest, dass es im Haus eine Treppe gab, die in ein zweites Stockwerk führte; das allein würde Agnes den Todesstoß versetzen.

Joanie Micklewhite stand am Ende des kurzen Flurs, die Finger geduldig vor dem dicken Bauch verschränkt. Sie sagte weder zu Shug noch zu dem Jungen hallo; sie nickte nur und ging zurück in die Küche. Es war späte Abendessenszeit, als sie ankamen, und Shug brachte den Jungen in den Raum, den er »Esszimmer« nannte; Shuggie nahm sich fest vor, seiner Mutter nie zu erzählen, dass es eine Treppe und ein Esszimmer gab.

Der Junge setzte sich in der Mitte des Klapptischs, während Joanie finstere Blicke von einem Ende verteilte und sein Vater wütende Blicke vom anderen. Sechs von Joanies Kindern saßen schon da. Sie wirkten schlechtgelaunt und hungrig, als hätten sie lange auf etwas warten müssen, das sie gar nicht wollten. Das jüngste von Shugs Stiefkindern war ein Junge, der vielleicht siebzehn war. Joanie hatte nur eine Tochter, Stephanie, der einzige Name, den Shuggie sich nach der Vorstellungsrunde seines Vaters merken konnte. Er merkte ihn sich einerseits, weil Stephanie der protestantischste Name war, den er je gehört hatte, aber auch, weil Catherine damals, als Shug abgehauen war, angekündigt hatte, Stephanie Mickle-Shite windelweich zu prügeln, um Agnes zu trösten. Jetzt, als Shuggie vor ihr saß, wusste er, dass Catherine verloren hätte. Stephanie hatte dicke, behaarte Unterarme. Von allen Geschwistern hielt sie mit ihrer Abneigung gegen den Neuankömmling am wenigsten hinter dem Berg.

Shuggie saß schweigend da, während die Micklewhite-Kinder seinem Vater von ihrem Alltag erzählten. Sie hatten eine Menge zu berichten. Sie arbeiteten in Firmen, hatten Autos, gingen noch zur Schule oder warteten auf Antwort von einer *Universität*. Einer studierte auf Lehramt, und Stephanie arbeitete in einem Büro, wo alle ein Ding hatten, das sich Computer nannte. Sie nannten Shug *Dad*, was den Jungen verwirrte, und alle buhlten um seine Aufmerksamkeit, als wäre Big Shug ein Ehrengast. Sprachlos starrte Shuggie in die Runde; Stephanie senkte den Kopf fast bis auf die Tischplatte, funkelte ihn böse an und fragte, ob er ein Foto machen wollte.

Danach bemühte sich Shuggie, nie länger auf einen Punkt zu blicken. Er versuchte so unauffällig wie möglich alles aufzuschnappen, was ihm etwas über seinen Vater verriet. Er wusste fast nichts von ihm, und während die anderen aßen, warf er verstohlen Seitenblicke auf ihn und fragte sich, warum Big Shug die anderen Kinder ertrug, aber ihn verlassen hatte.

Der fremde Mann hob das Glas und trank seine Milch, und die ganze Zeit streifte sein Blick über die anderen wie ein Suchscheinwerfer. Hin und wieder setzte er das Milchglas ab und strich sich mit der anderen Hand befriedigt über den Schnurrbart. Shuggie rieb sich nervös über die

Oberlippe, als sein Vater endlich ihn ansah, und sie betrachteten einander schweigend.

Nach dem Abendessen zeigte Joanie dem Jungen seinen Schlafplatz. Trotz des Esszimmers wirkte das Micklewhite-Haus sehr klein. Der älteste Junge schlief in einem schmalen Bett in einer engen Kammer unter der beneidenswerten Treppe. Er war Chemielehrer oder so ähnlich, und die Kammer war mit Raumschiff-Enterprise-Fanartikeln dekoriert, die an Angelschnur von der Decke hingen. Wenn sogar das schlauste, älteste Kind unter der Treppe schlafen musste, wollte Shuggie gar nicht wissen, wo er untergebracht wurde.

Joanie ging mit Shuggie nach oben, und sie passierten drei oder vier winzige Zimmer. Es gab noch einen Micklewhite, Joanies siebtes Kind, einen Jungen, der auch Hugh hieß und bei der Armee war. Joanie knipste die nackte Glühbirne an und sagte, dass er, der neue Hugh, hier schlafen konnte, »natürlich nur vorübergehend«. Das Zimmer war unordentlich und schien im Übergang vom Kinderzimmer zum Männerzimmer steckengeblieben zu sein. Der andere Hugh hatte kleine grüne Soldaten auf die Fensterbank geklebt, und an der Wand hingen Poster der nackten Samantha Fox. Hugh Micklewhite bewahrte seine Kleider, saubere wie schmutzige, in einem Haufen neben dem Bett auf. Shuggie räumte einen Platz auf dem Bett frei und setzte sich auf die eingesunkene Matratze. In seinem Kopf drehte sich alles.

Er zählte an den Fingern ab. Wenn man Leek und Catherine mitzählte, hatte Shug vierzehn Kinder. Vier eigene aus der ersten Ehe, dann Shuggie, dazu Catherine und Leek, und am Ende die sieben halbwüchsigen Micklewhites. Sein Vater hatte drei Söhne, die seinen Namen trugen: einen Hugh pro Frau. Als Shuggie fertig gerechnet hatte, war er froh, dass sein Vater immerhin drei Stunden seiner Zeit mit ihm verbracht hatte.

Big Shug versteckte sich in seinem Taxi: Doppelschichten, Spätschichten, Nachtschichten, Frühschichten. Shuggie drückte sich tagsüber im Schatten der Hochhäuser herum und versteckte sich vor allen. Morgens setzte Joanie den Jungen vor die Tür. Sie sagte, sein Vater brauche Frieden zum Schlafen, »das hatten die Taximänner von der Nachtschicht«. An der Tür drückte sie ihm ein Marmeladenbrot und eine geschälte Karotte in die Hand und sagte, er solle draußen spielen und erst wiederkommen, wenn es dunkel war. Mit einer Handbewegung zeigte sie auf die ganze Siedlung, um ihm klarzumachen, dass er machen konnte, was er wollte, es war ihr egal.

Während jedes andere Kind in der Schule war, vertrieb sich Shuggie die Zeit damit, die Hochhäuser zu erkunden. Auf jedem Stockwerk gab es eine Gemeinschaftswaschküche für alle Wohnungen. Es war ein weitläufiger Betonraum, dessen Außenwand aus ausgestanzten Formsteinen bestand, so dass er nach einer Seite den Elementen ausgesetzt war. Hier hängten die Hausfrauen die saubere Wäsche auf und warteten, bis der Glasgower Wind sie trockengepeitscht und steifgefroren hatte. Shuggie fuhr mit dem Lift von Stockwerk zu Stockwerk, bis er eine Waschküche fand, die nicht abgeschlossen war. Je höher das Stockwerk, desto besser, dann steckte er die Arme und Beine durch die Lücken der Formsteine und sah hinaus über die Sandsteinstadt bis nach Sighthill. Der Nordwind versengte ihm das Gesicht, wenn er die kleinen grünen Soldaten in den Abgrund warf. Er blinzelte zur schwarzen Linie des Horizonts und versuchte, sie sich dort vorzustellen. Vermisste sie ihn? Lebte sie überhaupt noch?

Fast drei Wochen hatte der Junge grüne Männchen in den Tod gestürzt, als Agnes kam. Am Ende hatte sie sich selbst entlassen. Sie rief an, und Shuggie sah mit dunkler Neugier zu, wie Joanie Micklewhite am Telefon Gift verspritzte, so gut sie konnte. Er fühlte sich wie ein Verräter, weil er im Haus des Hurenbocks war und mitanhören musste, wie Joanie am Telefon einfach den Hörer auflegte, wie sie Agnes auslachten und beleidigten, sie rupften sie wie ein altes Huhn. Es brach Shuggie das Herz, zuzusehen, wie sie sich an Agnes' Elend weideten. Er starb vor Sorge, dass Agnes ihn für einen von ihnen halten könnte. Er dachte an Agnes' Handgelenke, an die blutverschmierten Handtücher, und er begann vor Wut und Verzweiflung wie ein großes Baby vor ihnen zu weinen.

Ab da veränderte sich Joanies Ton. Der Junge verstand nicht, warum sie auf einmal zuckersüß zu ihm war. Offenbar hatte er sich von einem Klotz am Bein in eine nützliche Schachfigur verwandelt. Jetzt war er ein wunderbares, schmerzhaftes Werkzeug, um Agnes Bain ein für alle Mal zu zeigen, wer die Siegerin war.

Agnes dagegen hatte ihre eigenen leeren Drohungen und das tränenreiche Betteln irgendwann satt. Sie setzte sich an die Kommode und frisierte sich das Haar mit Schicht um Schicht des teuren Haarsprays zu einer harten Krone schwarzer Rosen. Sie zog ihren engen schwarzen Rock, eine frische weiße Bluse und ihren guten lila Mohairmantel an, nicht ohne sich zu vergewissern, dass die Ärmel lang genug waren, um ihre bandagierten Handgelenke zu verbergen. Dann trank sie zügig drei Dosen aus, knackte den Gaszähler und rief ein Taxi.

Agnes hatte damit gedroht, aber keiner hatte ihre Drohung ernst genommen. Wie Schulhofrowdys fühlten sich die Micklewhites im Rudel stark und lachten sie mit lautem HA-HA-HA am Telefon aus. Als Agnes aus dem schwarzen Hackney stieg, bat sie den Fahrer, freundlicherweise zu warten.

»Ich brauche nicht lang«, sagte sie. »Ich will mir nur kurz den letzten Lacher holen.«

Mit stolzem Klackern ging Agnes die Straße entlang und zählte die ungeraden Zahlen. Sie öffnete das metallene Gartentor, betrat den kleinen Vorgarten und rieb sich beim Anblick der doppeltverglasten Fenster das Herz. Sie betrachtete die neuen Fenster, die zwei Stockwerke, und ihr Mund verzog sich zu einer breiten, angewiderten Grimasse. Sie kontrollierte noch einmal die Adresse auf ihrem Zettel, dann zog sie sich ein letztes Mal die Ärmel des lila Mantels über die Hände.

Agnes hämmerte gegen die Tür, aber keiner machte auf. Am Türspion war das Scharren von Füßen zu hören, und kichernde Stimmen. Agnes hämmerte wieder, und dann trat sie einen Schritt zurück.

»SHUG!«, schrie sie. »SHUG BAIN! ZEIG DEIN GESICHT, DU FRAUEN SCHLAGENDER HURENBOCK!«

Sie wartete. Aus dem zweistöckigen Haus kam keine Antwort, dafür blieben ein paar Leute auf der Straße stehen. Sie lungerten an Briefkästen und hinter geparkten Autos herum; Kinder legten ihre BMX-Räder in den Dreck und kamen näher, um besser sehen zu könnten. Agnes spürte die Blicke und fühlte sich ermutigt.

»SHUG BAIN! DU KAHLES SACKGESICHT! HÖR AUF AN DEINEM WINZIGEN PIMMEL RUMZUSPIELEN UND ZEIG DEINE BESCHISSENE VISAGE!«

Ihre Stimme hallte von den flachen Häusern und wurde klar zu den Hochhauswohnungen emporgetragen. Agnes drückte den Rücken durch, holte tief Luft und wollte gerade weiterschreien, als ihr etwas ins Auge fiel. Der versiegelte Vorgarten war leer; der Beton war vollkommen flach und grau. Da war nichts außer ein paar Halme verkümmertes Unkraut und in der Ecke zwei große silberne Mülltonnen.

Agnes packte die erste Tonne; sie war nicht voll, nicht allzu schwer. In einer schwerfälligen Bewegung holte sie aus, schwankte auf den zierlichen Absätzen, und dann drehte sie schwungvoll zurück und ließ die Tonne los. Sie war noch geschwächt vom Krankenhaus und wäre fast unelegant rückwärts durch das Gartentor gestürzt. Die Metalltonne flog durch die Luft, und kurz sah es so aus, als würde sie an den dicken Scheiben abprallen und auf Agnes zurückfallen. Sie hielt die Luft an.

Doch Agnes hatte ihr Ziel nicht verfehlt.

Die Tonne traf die Mitte der Scheibe und krachte mit einem ohrenbetäubenden Klirren ins Haus. Das Fenster zersprang in tausend eiswürfelartige Scherben, und die stolzen Spitzgardinen wurden von der Stange gerissen. Eine alte Frau, die auf der Straße stehengeblieben war, flehte um Gnade. Die Kinder mit den BMX-Rädern jubelten begeistert.

Die Micklewhites hatten wie die Waltons hinten im Haus am Esstisch gesessen, als Agnes angefangen hatte, an die Tür zu hämmern. Als sie den Krach aus dem Wohnzimmer hörten, waren alle außer Shug aufgesprungen. Joanie, die eben noch beim Verteilen einer Schüssel goldener Kartoffeln über Agnes gelacht hatte, war zuerst auf den Beinen. Als sie die Zerstörung und den Müll entdeckte, fing sie an zu kreischen, als hätte ihr jemand ein Messer in die Rippen gerammt.

Bis sich Shuggie durch das Gedränge der Micklewhite-Beine gekämpft hatte, stand Joanie mit aufgerissenem Mund und schlaff herunterhängenden Armen inmitten der Scherben und des stinkenden Mülls. Stephanie stützte ihre Mutter, damit sie nicht umfiel. Der große Farbfernseher lag zertrümmert am Boden. Shuggie sah, dass er keinen Münzzähler hatte. *Warte, bis ich ihr das erzähle*, dachte er.

Draußen vor dem Haus stand lächelnd, schön und beinahe nüchtern Agnes Bain. Der Junge hätte am liebsten *Tooooor!* gerufen. Am liebsten hätte er mit ihr eine Ehrenrunde um die Siedlung gedreht.

Big Shug war als erster an der Haustür. Er hielt sich rechts und links am Türrahmen fest, um den Rest der Micklewhites davon abzuhalten, sich auf die Straße zu stürzen. Sie reckten die Arme an ihm vorbei, um nach ihr zu greifen; es sah aus wie eine Szene aus einem der Zombiehorrorfilme, die Leek Shuggie manchmal sehen ließ. Seelenruhig griff Agnes in ihre Tasche und nahm sich eine lange Zigarette heraus. Sie zündete sie langsam an und zog elegant. »Du Scheißkerl«, sagte sie ganz ruhig. »Schick mir meinen Jungen raus.«

Joanie, die immer noch mitten in den Scherben stand, fand endlich ihre scharfe Zunge wieder. Sie stieß einen Schrei aus, die Art, die in den Zehenspitzen begann und alle Muskeln im Körper in Spannung versetzte, bevor er endlich aus ihrem Mund brach. »Du versoffene alte Hure! Du wirst für mein Fenster bezahlen, so wahr mir Gott helfe!«

Agnes zupfte an einem eingerissenen Nagel. Mit enttäuschter Miene hielt sie die Hand hoch. »Jetzt sieh dir an, wozu du mich gebracht hast. T'chut.« Sie schürzte die Lippen und wedelte mit den Fingern in Joanies

Richtung. Dann richtete sie den kalten Blick wieder auf Shug und zischte mit knirschenden Zähnen: »Schick mir sofort meinen Jungen raus.«

Joanie drängte sich in den Flur, vorbei an dem Jungen und den anderen wütenden Micklewhites, die Shug mit seinem eigenen Leib zurückhielt. Sein Gesicht hatte einen Farbton zwischen Feuerrot und Dunkelrot angenommen. »Du alte dreckige Säuferin, ich dreh dir den Scheißhals um«, geiferte Joanie und kratzte mit den Klauen in der Luft.

»Shug Bain, ich warne dich!« Agnes zog wieder an der Zigarette und sah die Straße hinunter, wo immer mehr Nachbarn aus den Häusern kamen. Sie trat auf die zweite silberne Tonne zu. »Wenn du mir nicht sofort meinen Sohn herausschickst, schmeiße ich jedes einzelne Fenster auf dieser Scheißstraße ein.«

Joanie streckte die Krallen immer noch an Big Shug vorbei und fing an, glibberige Schleimbatzen auf die Straße zu spucken. Agnes sah sie nur angewidert an und betrachtete dann wieder ihren Fingernagel. Joanie schrie wie am Spieß. »Du bist total irre! Die hätten dich nie außen Irrenhaus lassen sollen!«

In einer fließenden Bewegung ließ Agnes die Zigarette fallen, zog sich den schwarzen Pumps vom Fuß und hielt ihn hoch. Agnes konnte zwar keinen Ball werfen, aber der Volltreffer mit der Tonne hatte ihr Selbstbewusstsein gestärkt. Der erste spitze Stiletto segelte durch die Luft, traf den Türrahmen und landete am Boden. In Strumpfhosen trat Agnes einen Schritt vor und ließ wie eine erfahrene Kugelstoßerin den zweiten Schuh fliegen; er traf Joanie an der Wange. Joanie japste, hielt sich das blutende Gesicht und taumelte rückwärts in den Flur.

Die Jungs mit den Fahrrädern grölten schadenfroh. Sie warfen sich auf den Boden, sammelten hilfsbereit Steine, die sie der Kriegerin hinhielten, und verlangten nach mehr Blut. »Hier! Hier! Missus. *Noch mal! Noch mal!*«

Es gab Blut, zwar nur ein bisschen, aber genug, dass Joanie es mit der Hand abwischen und ihre Brut damit aufhetzen konnte. Beim Anblick des Bluts mobilisierten die Micklewhite-Jungs all ihre Kräfte, um rauszukommen und Agnes zu lynchen. Shug sah aus, als würde ihm von der Anstrengung das Herz platzen.

Shuggie konnte seine Mutter im Vorgarten kaum sehen. Der Flur war voller Leute, die sich gegen seinen Vater stemmten, und wenn er sie durch die wütenden Körper nicht einmal sehen konnte, würde er sich erst recht nicht zu ihr durchwühlen können. Er drehte sich um, zog sich langsam in den Flur zurück und schlich unbemerkt in das Zimmer links. Er stakste durch die Scherben, die das Wohnzimmer übersäten, und kletterte über den umgekippten Fernseher auf die Fensterbank. Mit einem Satz sprang er über die gezackte Kante des kaputten Fensters und landete auf dem harten Beton vor dem Haus.

Vorsichtig ging Shuggie auf seine Mutter zu. Sie war abgemagert und wirkte erschöpft, und unter der Schminke hatte ihre Haut eine graue blutleere Farbe, die er noch nie an ihr gesehen hatte, aber sie lebte. Shug sah, wie sein Sohn vorsichtig durch die Scherben lief. »Shuggie, komm her, *sofort*«, bellte er. Hinter ihm erhob sich das Protestgebrüll der Micklewhite-Kinder. Sie schrien nach Blut; sie verlangten, dass Shug den Jungen gehen ließ. Doch er ignorierte sie. »Sie wird nicht wieder gesund, Sohn. Komm da weg.«

Shuggie blieb eine Sekunde stehen, warf einen Blick über seine schmale Schulter und zuckte die Achseln. »Vielleicht ja doch.«

Agnes funkelte Shug an und streckte dem Jungen die Hand entgegen. »Du willst ihn bloß, damit ich ihn nicht kriege.«

»Ich weiß, was gut für den Jungen ist.« Unter den Borsten seines Schnurrbarts zog er die Lippen zusammen. »Du schaffst es nichma für dich zu sorgen, geschweige denn für ihn. Verdammt noch mal, kuck dir doch an, wie verdreht er ist.«

Auf Strümpfen beugte sich Agnes vor und nahm den Jungen fest in die Arme. Die Knöpfe ihres guten Mantels zerkratzten sein Gesicht, aber es war ihm egal. Er drückte sie, so fest er konnte, als versuchte er, zurück in ihren Körper zu kriechen. Seine Unterlippe zitterte; sie wölbte sich vor wie ein Fieberbläschen. Agnes legte sanft den Daumen darauf und küsste die blasse Haut über seinem linken Ohr. Ihre Worte waren so warm und leicht wie die Sommersonne. »Schsch, wir haben lange genug vor ihren Augen herumgeheult. Nicht hier. Die Genugtuung kriegen sie nicht.«

Agnes richtete sich zu voller Größe auf, auch wenn sie ohne die schwarzen Pumps nicht mehr ganz so groß war. Sie sah Shug und die groteske Meute an, die sie zerfleischen wollte. »Manchmal willst du etwas gar nicht. Aber du erträgst es nicht, wenn jemand anders es hat.«

Ohne ein weiteres Wort nahm Agnes Shuggies Hand und führte ihn zum Gartentor hinaus. Die BMX-Jungs wollten immer noch Blut sehen. Agnes hob eine Hand, um sie zu beruhigen, doch sie nahmen es als Salut, und dann brach die ganze Straße in Beifall aus. »*Hammerhart, Missus!*«

Als sie hinten ins Taxi stiegen, war ihr Junge stumm geworden und starrte sie an wie eine Erscheinung. Sie nahm Shuggies Gesicht in beide Hände und drehte seinen Kopf in Richtung des flachen Hauses. »Sieh ihn dir gut an. Den fetten Drecksack siehst du nie wieder, so wahr mir Gott helfe.«

Sie hielt sein Kinn, bis sie losfuhren. Shuggie sah, wie sein Vater die Micklewhites zurück in den Flur schob, als würde er eine Zeltplane in die Tasche stopfen. Plötzlich wirkten Big Shugs runde Schultern, als wäre die Luft raus; die aufgeblasene Angeberei der letzten Wochen war verpufft.

Bis sie die Siedlung verließen, kreisten die BMX-Räder um den Hackney wie ein Schwarm Stare. Agnes drückte den Jungen an sich, und er hing an ihr wie ein Saugnapf. Lange hielt sie ihn so fest und versuchte den Duft der anderen Frau zu ignorieren, deren Seife in seinem Haar hing. Er ließ sie weinen, er ließ sie reden, und er widersprach ihr nicht, als sie hehre Versprechungen machte, die sie sowieso nicht halten würde.

SECHSUNDZWANZIG

Eugene parkte das Taxi nicht direkt vor dem Haus. Er wartete, bis die Morgensonne über der Siedlung aufging, und beobachtete, wie Leek durchs Gartentor kam und in Richtung Bushaltestelle trottete. Der junge Mann grub die Hände tief in die Taschen seines Overalls, und das Gewicht der Werkzeugtasche drückte seine rechte Schulter herunter. Von seinem Posten aus erinnerte er Eugene an ein eingeschnapptes Taschenmesser, ein Gerät, das scharf und nützlich sein sollte, aber stattdessen geschlossen wartete und vor sich hin rostete.

Als Leek fort war, benutzte Eugene den Schlüssel, den sie ihm gegeben hatte. Er hörte sie auf die erstickte Art schnarchen, die er zu hassen gelernt hatte. Er wusste, dass ihr Kopf rücklings aus dem Bett hing, dass ihr Kehlkopf gegen den verstopften Rückfluss der abendlichen Getränke kämpfte. Er stand vor der Tür und wusste, dass er heute nicht bleiben würde. An manchen Morgen, wenn das Timing gutging, war sie von letzter Nacht ausgenüchtert und hatte noch nicht angefangen, sich in neuem Kummer zu ertränken, wenn er kam. Dann war sie klein und jämmerlich, aber wenigstens war sie anwesend, sogar charmant, etwas, um das er sich kümmern konnte, wie eine kränkelnde Pflanze, der er zu mehr Sonnenlicht verhelfen wollte.

Als er durch den Flur ging, hörte er leise Geräusche aus dem Jungszimmer, trippelnde Schritte, das Rascheln von Shuggies Fingern, die sein ordentliches Mäppchen durchsuchten. Eugene ging in die Küche und stellte die Tüten auf die Arbeitsplatte. Er füllte den Kühlschrank mit frischer Leber und Butter und stellte vier Dosen Tomatensuppe und vier

Dosen Vanillesoße ins Regal der kleinen Speisekammer, so wie er es jeden Tag machte. Als alles eingeräumt war, betrachtete er die Wand mit den überreichlichen Vorräten, unter denen sich die Bretter bogen, und fühlte sich irgendwie besser.

Er machte Tee und Toast für sich und Shuggie. Shuggies Frühstück stellte er auf den Teppich vor seiner Tür, dann setzte er sich allein in die Küche. Auf dem Tisch lag die Zeitung von gestern, aber weil nachts nicht viel los gewesen war, hatte er sie schon von vorne bis hinten gelesen. Sogar den Kummerkasten hatte er gelesen, was er gerne tat und wirklich aufschlussreich fand, selbst wenn er es nie zugeben würde. In Agnes' Zeitung waren die Anzeigen aufgeschlagen: Jobgesuche, Wohnwagen zu verkaufen, einsame Herzen. Einige Anzeigen waren mit ihrem dicken Bingomarker eingekreist, und während er seinen Tee trank, sah er sie sich an.

Die Wohnungstauschangebote waren mit Tinte getränkt. Agnes hatte alles angestrichen, was weit weg von hier klang, und Eugene war überrascht, dass er nicht traurig darüber war. Seit ihrem Aufenthalt im Gartnavel Hospital tigerte sie in der Wohnung herum wie ein eingesperrtes Tier, und wenn sie nicht an ihren Armen kratzte, kratzte sie an der Fensterfarbe, am Bettgestell, an den losen Fäden des Sofabezugs. Eines Morgens hatte er sie von hinten in den Arm genommen und festgehalten, hatte sie fast zerdrückt, bis ihr Zwang, an etwas zu kratzen, nachließ. Jetzt sah er an der blutenden Tinte, dass sie etwas Neues zum Kratzen gefunden hatte. Sie hatte ihm von ihrer Sehnsucht nach einer Wohnung in einer zentraleren, weniger abgelegenen Gegend erzählt. Als er ihr eines Morgens den Rücken massierte, hatte sie gesagt, sie wollte irgendwo leben, wo sie niemand kannte, an einem Ort, wo sie ihre Würde wiederherstellen konnte. Dann hatte sie schüchtern hinzugefügt, an einem Ort, an dem sie mit Eugene leben könnte wie Mann und Frau. Er hatte nicht geantwortet, sondern ihr weiter den Rücken massiert, bis sie unruhig und zappelig wurde und aufstand.

Eugene wusste, dass man beim Sozialamt auf einer langen Warteliste landete, wenn man um eine andere Wohnung in einer anderen Gegend bat. Selbst die wirklich Verzweifelten mussten Jahre auf eine Sozialwohnung warten, und wer bereits eine hatte, bekam eine sehr niedrige Priorität. Auf die Umsetzung in eine andere Wohnung wartete man endlos. Wenn man bereits in einer Sozialwohnung wohnte, war der bessere Ansatz, den Wohnungstausch direkt zu organisieren, unter der Hand, ohne den Umweg über die Behörde. Beim Amt hatte man nichts dagegen; es vermied Bürokratie, und alles, was die meckernde Masse davon abhielt, die Ämter zu stürmen, wurde gutgeheißen. Aus Sicht der Behörde war das Tauschen einer Wohnung gegen eine andere zwar nur das Verschieben eines Problems, aber wenigstens landete es nicht auf ihrem Tisch.

Eugene richtete sich auf und versuchte den krummen Rücken zu strecken. Neben der Zeitung lag eine alte Gasrechnung. Sie hatte darauf einen Anzeigentext verfasst und Wörter durchgestrichen, immer wieder, bis die Formulierung perfekt war. Er sah, dass Agnes lange gefeilt hatte, um ihren Wunsch am besten zu verpacken, und dass sie im Laufe des Abends immer betrunkener geworden war. Am Anfang, als sie noch nüchtern war, klang der Text fast unterwürfig und flehend, doch später, als ihre Gehässigkeit stärker hervortrat, wurden ihre Worte fordernder. Am Ende hatte sie alle Versionen genommen und zu einer zusammengestoppelt. In dreißig oder weniger Wörtern ließ sie Pithead lieblich klingen, eine friedliche Idylle mit einer guten und herzlichen Nachbarschaft. Sie schrieb in der Anzeige, dass sie für jedes Angebot offen sei. Wäre es eine Kontaktanzeige gewesen, dachte Eugene, hätte sie verzweifelt geklungen und sie hätte gelogen.

Er goss den Rest seines Tees aus und machte sich wieder auf den Weg. Wenn er jetzt ging, bekam sie vielleicht nicht mit, dass er da gewesen war, und er konnte friedlich in seinem eigenen Bett schlafen. Doch als er zur Tür kam, stand der Junge da. Shuggie war ordentlich angezogen und hatte sich die Schultasche eng um den Körper geschnallt. Er salutierte vor Eugene, wie sie es sich angewöhnt hatten. »Melde mich von der Nachtschicht ab, Sir.«

Seufzend nahm Eugene den Geldgürtel wieder ab. Er versuchte, nicht zu enttäuscht zu klingen, als er den Salut schlapp erwiderte. »Aye, Tagesschicht meldet Dienstbeginn.«

»Ich mag dich nicht, wenn du getrunken hast«, waren die Worte, mit denen er endgültig Schluss machte.

Eugene war wie gewohnt nach der Nachtschicht gekommen, weil die Chance, sie nüchtern zu treffen, um diese Zeit am höchsten war. Manchmal legte er sich in Kleidern zu ihr ins warme Bett, und sie redeten über die seltsamen Kunden, denen er begegnet war, oder die hübschen Dinge, die sie fürs Haus wollte. Wenn sie nicht zu verkatert war, zog er den Reißverschluss seiner Hose herunter und rollte sich auf sie. Agnes versuchte, den Schlaf in den Gliedern abzustreifen und das schmerzhafte Scheuern des Sheriffgürtels auf ihrem Bauch zu ignorieren. Er ruckelte auf ihr herum, und nach kurzer Zeit hofften beide, dass es schnell vorbei wäre. Am Ende rollte er sich grunzend von ihr herunter und gab ihr einen Kuss auf die Wange. Er sagte, er wäre zu unruhig, um zu kuscheln, und weil er schon angezogen war, setzte er sich in die Küche und wartete im Dunkeln auf sie. Agnes rappelte sich hoch, machte ihm in der schwarzen Bratpfanne etwas Warmes zu essen und kochte zwei Tassen starken schwarzen Tee für ihn. Sie stellte ihm beide Tassen nebeneinander hin und sah zu, wie er sie nacheinander in einem Zug austrank, kochend heiß, als wäre es Wasser. Sie unterhielten sich noch ein bisschen, über nichts Besonderes, und er ließ ihr Geld da, nur ein paar Scheine, genug für ein Brot und vielleicht eine Dose Haarspray. Dann küsste er sie, der erste richtige Kuss auf den Mund, seit er da war, fuhr nach Hause zu seiner erwachsenen Tochter und legte sich in sein eigenes Bett.

Eines Morgens wartete Agnes, bis er auf ihr lag, und als er in sie hineinstieß, fragte sie leise: »Genie. Wenn ich den Wohnungstausch hinkriege, ziehst du dann mit uns ein?«

Eugene hielt beim Pumpen inne, und sie spürte, wie er aus ihr hinausglitt. Sein markiges Gesicht war an den Rändern gerötet. Die jungenhafte Konzentration verschwand, als seine Züge hart wurden, um sie auf die Enttäuschung vorzubereiten. »Nein«, sagte er schlicht und kroch aus den warmen Laken.

Vor Scham fehlte Agnes die Kraft, sich aufzusetzen. Sie lag noch lange in der Kuhle, die sie gemacht hatten. Sie lauschte, wie er in die Küche ging, und hörte, wie er den Stuhl herauszog und auf sein Frühstück wartete. Es kostete sie große Überwindung aufzustehen. Sie ließ sich auf den Boden rutschen, als hätte sie keinen Knochen im Leib. Als sie in die Küche kam, sprach er zuerst.

»Ich mag dich nicht, wenn du getrunken hast.«

Sie wusste, was er meinte. Es klang nicht, als trennte er sich von einer Geliebten, sondern als reiche er nach reiflicher Überlegung bei einem Job, den er hasste, die Kündigung ein.

Sie wollte erwidern, dass sie ihn nicht mochte, wenn sie nicht betrunken war, aber sie verkniff es sich. Sie hatte nicht die Kraft zu lügen. Sie hatte kein Gesicht mehr, das sie wahren konnte. Stattdessen schubste sie zwei Bratwürste durch die Pfanne, bis sie platzten. Sie machte ihm zwei gleiche Tassen schwarzen Tee und ließ die Teebeutel darin hängen. Er trank sie aus und ging.

Shuggie sah Eugene nie wieder in ihrem Haus.

Agnes' Söhne spürten, dass sich etwas verändert hatte. Es war wie bei einem Lagerfeuer, das mit Benzin brannte, nicht mit Holz. Voller Wut trank sie Lager, bis sie todtraurig war, und dann ertränkte sie den Kummer in Wodka und wurde wieder wütend.

Wochenlang gingen Jinty und Bridie und Lamby und all die anderen mit Tüten voller Alkohol ein und aus. Zwei Wochen lang ging Shuggie nicht zur Schule und versuchte zu verhindern, dass Agnes das Haus verließ. Er schloss die Türen ab und ging einkaufen. Wenn sie in ihrem Sessel eingeschlafen war, holte Shuggie seine Schulbücher heraus und versuchte den Stoff aufzuholen.

»Ich gehe aus«, zischte Agnes eines Nachmittags. »Ruf mir ein Taxi.«

»Wohin denn?«, fragte Shuggie und sah von seinem Schulbuch auf.

»Frag nicht wohin!«, schrie sie. »Irgendwo hin, Hauptsache weg von hier. Weg von dir.«

Er versuchte, nicht zusammenzuzucken. »Aber was soll ich dem Taxifahrer sagen?«

»Sag ihm, ich will Lichter, ich will Leben.« Sie schnalzte mit den Lippen. »Sag ihm, er soll mich zum Bingo fahren, verdammt noch mal.«

Shuggie nahm das Telefon und tat so, als würde er eine Nummer wählen. Er drückte iii-iiii. Er wartete einen Moment, und dann sprach er höflich in die leere Sprechmuschel. »Taxi? Ja, bitte, Bain, genau. Die große Bingohalle. Okay, danke.« Sanft legte er den Hörer auf. Er räusperte sich und sagte: »Der Taxi-Mann sagte, es dauert mindestens eine halbe Stunde.«

Agnes stand schon an der Haustür, die Hand an der Klinke. Sie trat von einem Fuß auf den anderen, als müsste sie aufs Klo. »Scheiße!«, quiekte sie wie ein verwöhntes Kind. »Gönnt mir niemand ein bisschen Leben?«

»Mammy«, sagte Shuggie beruhigend. »Deine Haare stehen an der Seite ab. So kannst du nicht rausgehen. Komm wieder rein, und ich frisiere dich.«

»Nein!«, fauchte sie und fuhr sich durch die struppigen Locken.

»Ach, komm schon, du kannst dabei auch einen Schluck trinken.«

Agnes ließ die Ledertasche von der Schulter auf den Boden gleiten. Sie torkelte durch den Flur. Als sie wieder in ihrem Sessel saß, rollte ihr Kopf bereits schläfrig auf den Schultern, als säße sie in einem rumpelnden Bus. Er kniete sich neben sie und schenkte ihr eine Tasse ein. Er nahm mehr Wodka als Irn-Bru. Er reichte ihr die Tasse. Sie trank große Schlucke, als wäre es Wasser. Ihre Augen klappten auf.

»Machst du mir jetzt endlich die Haare?«

Shuggie setzte sich auf die Armlehne und begann ihr schwarzes Haar zu bürsten. Agnes hielt sich die Tasse ans Kinn und schlürfte den klebrigen Drink. »Ist die halbe Stunde schon um?«, fragte sie.

»Nein, Mammy«, seufzte er.

»Ich wollte ausgehen und dir einen neuen Daddy besorgen.«

Er zog die dicke Bürste durch ihr Haar, und das Haarspray knisterte und staubte wie Pollen. Ihm gefiel, wie seidig und fedrig ihr Haar wurde.

»Nicht schlimm. Ich brauche keinen Daddy.«

Sie schüttelte kummervoll den Kopf, als wäre sie entschieden anderer Meinung. »Ist die halbe Stunde schon vorbei?«

»Nein, Mammy.«

»Ich wünschte, du würdest noch mal anrufen.«

Irgendwann schlief sie in ihrem Sessel ein, der Kopf sank ihr auf die Brust, und ihr Atem wurde kehlig und unregelmäßig. Als Agnes schnarchte, entspannten sich Shuggies Schultern. Er nahm ihr die Tasse aus den Fingern. Dann kniete er sich vor sie, öffnete sanft die Riemchen ihrer Pumps und zog sie ihr aus, wobei er sorgfältig darauf achtete, mit den Schnallen nicht die neue Strumpfhose zu beschädigen. Mit sicheren Händen löste er die zwei nicht zueinander passenden Ohrringe von ihren Ohrläppchen. Er brachte alles ins Schlafzimmer und hoffte, wenn sie wieder aufwachte, hätte sie ihr Vorhaben vergessen.

Shuggie griff wieder nach seinem Schulbuch, setzte sich wie ein treuer Hund zu Agnes' Füßen und lauschte ihrem schweren Atem. Durchs Fenster sah er, wie langsam die Kinder von der Schule eintrudelten, die Hemden aus der Hose, die Krawatten um die Stirn. Sie saßen vielleicht eine Stunde so da, als Leek von der Arbeit kam und die Haustür zuschlug. Shuggie sah nervös zu seiner Mutter, dann sah er zu seinem Bruder, der mit einer weißen Gipsschicht im Gesicht im Flur stand, wie ein Geist. Agnes machte ein Geräusch wie ein Generator, der anlief, und Shuggie legte den Kopf auf die Knie.

»Ich will meine Miete«, waren die ersten Worte, die sie sagte.

Leek antwortete nicht. Er starrte vorwurfsvoll auf seinen Bruder, als hätte Shuggie seine Aufgabe, sie vom Trinken fernzuhalten, miserabel erledigt. Mit den Lippen formte er »*na toll*« und verschwand türenschlagend in sein Zimmer. Als Meatloafs Gitarrenriffs durch die Wand schmetterten, hob Shuggie den Kopf wie ein jaulender Hund und rief: »Ich hab getan, was ich konnte!«

»Hey, Ruhe! Spinnst du, hier so zu rumzuschreien?« Sie zeigte sich mit dem Daumen auf die Brust. »Ich bin hier der Mann im Haus! *Ich!*« Agnes taumelte in den Flur und klopfte mit den Ringen an die dünne Kinderzimmertür. Die Musik wurde lauter. Shug sah, wie Agnes auf die Hacken zurückrollte und den Unterkiefer vorschob. Die kurze Stunde Schlaf hatte ihr das Feuer zurückgegeben, ohne ihr das Gift zu nehmen. Agnes hämmerte wieder mit den dicken Ringen an die Tür. Der Riegel wurde zurückgeschoben. Leek trat in den Flur. Er hatte sich die Arbeitskleidung ausgezogen und trug seine besten Jeans, die er sich für die Spielautomaten in der Stadt aufhob.

»Ich hab dir beigebracht zu antworten, wenn ich mit dir rede.«

Shuggie sah, dass Leek versuchte, höflich zu bleiben und sie zu beschwichtigen. Er biss sich auf die Zunge, bevor er antwortete. »Ja, Mammy. Was gibts?«

»Was gips? *Was gipssss?*« Agnes drehte sich um und sah in dramatischer Verzweiflung zur Decke. »Ihr erwartet, dass ich die ganze Woche für euch koche und putze, und wenn ich einmal versuche, ein normales Gespräch mit euch zu führen, kriege ich bloß *Ja, Mammy, was gips?*« Zu spät öffnete Leek den Mund, um sich zu entschuldigen, und Agnes meckerte weiter. »Ich sag dir, was es gibt, verdammt noch mal. Ich sitze den ganzen Tag mit dem Heini hier rum und verrotte«, sie zeigte mit dem Daumen auf Shuggie, »und du kommst nach Hause und sagst nicht zwei nette Worte zu mir.«

»Tut mir leid.«

»Tut dir leid? Nicht halb so leid wie mir.« Sie musterte ihn von oben bis unten und starrte seine Bluejeans an. »Hast du neue Jeans?«

»Nein.«

»Die habe ich aber noch nie gesehen. Die waren sicher nicht billig. Gehst du runter ins Pub?«

»Vielleicht.«

»Was soll das heißen, *vielleicht*? Glaubst du, ich bin blöd?«

»Aye. Ja, ich gehe ins Pub.«

»Ich wollte es nur wissen. Willst du noch was Warmes essen, bevor du gehst?«

Leek blinzelte; Shuggie zuckte zusammen. »Ja, bitte.« Doch Leek war reingefallen.

»Tja, das hättest du wohl gern. Du gibst mir aber nicht genug Geld, um dir ständig warmes Essen aufzutischen.«

Leek drehte sich um und nahm seine Nylonbomberjacke vom Bett. Der Anblick seiner spitzen Schultern machte sie wütend, und Agnes bohrte ihm den Ringfinger in die Mitte des Rückens. Anscheinend hatte sie einen Nerv getroffen; Shuggie sah, wie Leek vor Schmerz zusammenzuckte. »Du drehst mir nicht den Rücken zu, wenn ich mit dir rede. Für wen hältst du dich, Junge?« Sie hielt sich die Hand unters Kinn wie einen Fächer. »Aufgebrezelt in deinen Schickimicki-Jeans. Geh nur ins Pub mit deinen kleinen Tuntenfreunden. Du bist doch auch bloß ein mickriges Muttersöhnchen. Aber du hältst dich für den großen Macker, was?«

Aus irgendeinem Grund sah Leek Shuggie an, der grau wie Asche geworden war. Die gleichen Worte bekam Shuggie täglich auf den Straßen der Zechensiedlung zu hören. Er hörte sie auf dem Spielplatz und im Klassenraum. Etwas in Leeks Blick sagte ihm, dass Leek wusste, was mit ihm nicht stimmte.

Agnes krakeelte immer noch herum, aber keiner der Jungen hatte gehört, was sie sagte. Wieder streckte sie den Finger aus und stach in die Mitte von Leeks knochiger Brust. Instinktiv riss er die Hand hoch, und es klatschte laut, als er ihre Hand wegschlug. Daran, wie sie die Finger krümmte, sah Shuggie, dass es wehgetan hatte. Aber schlimmer noch, Leek hatte ihren Stolz verletzt.

Agnes und Leek bebten vor Zorn. »Denkst du, du wärst hier der Mann im Haus? Niemals!« Tränen der Wut rollten ihr übers Gesicht. Sie streckte die Finger aus und tippte ihm wieder gegen die Brust. »Pack. Dein. Zeug. Hau ab, verdammt noch mal. Du fliegst raus.«

»Mammy.« Leek klang wie ein kleiner Junge.

»RAUS!«

Leeks Kinnlade bebte. Shuggie sah es. Sein Kinn zitterte einen Moment, dann erstarrte es. Es war, als setzte eine Sperre ein, die in seinen Knien begann und Wirbel für Wirbel durch seinen ganzen Körper wanderte, bis er so kerzengerade wie eine Marmorsäule dastand. Er streckte die Schultern, und plötzlich war Leek groß, größer, als Shuggie ihn je gesehen hatte.

Shuggie wartete, bis seine Mutter eine Nummer in das Telefon hackte, bevor er sich wieder bewegte. Dann schlich er durch den Flur und schlüpfte ins Kinderzimmer. Leek hatte die Wände mit selbstgebauten Einbauschränken und Regalen aus Restholz von der Werkstatt ausgestattet. Es waren schöne, funktionale Möbel mit lauter eingebauten Türen und Schubladen und Geheimfächern. Unter dem Fenster stand eine große Sperrholzeinheit mit Leeks Plattenspieler, seinen Lautsprechern und den Platten. In Dutzende schmaler Fächer, die er gebaut hatte, passten jeweils genau zehn Alben. Doch von der präzisen und behutsamen Hand war nichts zu sehen, als Leek jetzt sein Leben hektisch in schwarze Müllsäcke zu packen begann.

»Mach die Scheißtür zu«, bellte er, als Shuggie hereinkam.

Leise schob Shuggie die Tür zu und ließ sanft das Schloss einschnappen. Leek überflog seine Alben und wählte aus, was er mitnahm und was er nicht mehr wollte. Shuggie ging zu ihm und schob den Zeigefinger in eine der Gürtelschlaufen an Leeks Hose. Er drehte und drehte, bis kein Blut mehr in seine Fingerspitze floss. »Sie sagt so was nur, weil Eugene es mit ihr gemacht hat. Warte einfach ab. Das geht vorbei.«

Leek drehte sich um und machte sich von der Hand seines Bruders los. »Herrgott, Shuggie! Ich will dir was sagen, und ich will, dass du mir gut zuhörst, okay?«

Der Junge nickte langsam.

»Pass auf. Du bist jetzt der Mann im Haus. Deshalb musst du erwachsen werden und Dinge erledigen. Du musst für sie auf ihr Geld aufpassen. Wenn sie das Montags- und das Dienstagsbuch einlöst, musst du immer ein bisschen davon wegtun, damit ihr bis zum Ende der Woche zu essen habt. Meinst du, du schaffst das?«

Shuggie wollte sagen, dass er das längst tat. Dass er es tat, seit er sieben Jahre alt war.

»Du musst aufpassen, dass sie nicht rausgeht, und du musst den Rest der Säuferschweine aussperren. Steck das Telefon aus, wenn sie nicht hinsieht; wenn die Leute vor der Tür stehen, versuch sie abzuwimmeln. Sag ihnen, sie wäre nicht zu Hause. Und für Männer gilt das doppelt, verstanden?« Leek war immer noch dabei, den Inhalt seines Lebens in Müllsäcke zu stopfen; was er nicht mehr gebrauchen konnte, warf er in die Ecke. Selbst in der Eile tat er es mit einer Leichtigkeit, als hätte er schon hundert Mal darüber nachgedacht. »Männer wollen ihr nur wehtun, sie ausnutzen.« Er hielt inne. »Weißt du, wovon ich rede?«

»Ja.« Shuggie wusste alles darüber, er wusste mehr, als Leek sich vorstellen konnte.

»Gehst du weiter zur Schule und lernst fleißig?«

»Ich gebe mir Mühe.«

»Gib dir noch mehr Mühe. Mach nicht denselben Fehler wie ich, Shuggie. Mach was aus dir.« Leek griff mit der Faust in Shuggies Haare und schüttelte sachte seinen Kopf. »Wenn du Angst hast, sie allein zu lassen, versteck alle Pillen, die du im Bad findest. Und wenn du schon dabei bist, tue auch die Rasierer und die Steakmesser weg. Wickel alles in ein Küchenhandtuch, trag es raus und versteck es im Gebüsch, okay?«

Leek musterte seinen Bruder einen Moment. »Wie alt bist du jetzt, *dreizehn*?« Er blies sich den Pony aus den Augen. »Scheiße. Bald kommen deine Eier runter. Pass auf, es dauert nicht mehr lang. Nur noch eine kleine Weile, dann kannst du auch gehen.«

Shuggie zog empört den Kopf zurück. »Und wer passt dann auf sie auf?«

»Tja. Dann muss sie auf sich selbst aufpassen.«

»Und wie soll sie wieder gesund werden?«

Leek hielt beim Packen inne. Er ging in die Knie und sah zu Shuggie auf. Seine Lippen bewegten sich stumm, als wüsste er nicht, wie er anfangen sollte. »Mach nicht denselben Fehler wie ich. Sie wird nicht wieder gesund. Wenn die Zeit reif ist, musst du gehen. Das Einzige, was du tun kannst, ist dich selbst zu retten.«

Das bisschen Macht, das Leek über das Haus gehabt hatte, verschwand mit ihm, als er die letzten seiner schwarzen Müllsäcke rausgetragen hatte. Die niedersten Dämonen kamen aus den Schnapsläden und Wettbüros gekrochen und schütteten Agnes mit Alkohol zu. Sie tranken und sie rauchten zusammen, und dann schliefen sie ein, aufrecht auf Sofa und Sesseln, und wenn sie aufwachten, tranken sie weiter. Shuggie versuchte, sie nicht ins Haus zu lassen; er versuchte, etwas Geld zurückzubehalten und wieder zur Schule zu gehen. Er wollte sein Bestes geben, wollte Leek beweisen, dass es doch noch wieder aufwärts mit ihr gehen konnte, und dann würde Leek vielleicht wieder nach Hause kommen. Aber es war schwer.

SIEBENUNDZWANZIG

Zum ersten Mal seit drei Wochen wachte sie nicht in einem Wohnzimmer voller feuchter, alkoholgetränkter Gestalten auf. Es war eine seltsame Art von Einsamkeit. Agnes setzte sich auf und wimmerte eine Weile selbstmitleidig vor sich hin. Sie saß inmitten von überquellenden Aschenbechern im Sessel, legte den Kopf zwischen die Knie und schob die Hände in die Achseln, um das Zittern zu stoppen.

Sie wusste nicht, wie lange er schon dort mit dem roten Wischeimer saß, aber als sie seinen Namen rief, wirkte er genauso überrascht über ihre Anwesenheit wie sie über seine.

»Nimmst du mich mal in den Arm?«, fragte sie jämmerlich.

Gehorsam kam er zu ihr und setzte sich auf die Armlehne. Er war schon wieder gewachsen, und seine Arme reichten mit Leichtigkeit um ihre Schultern. Jedes Mal, wenn er sie umarmte, fühlte er sich weniger wie ein Kind an. Er war mitten in der Verwandlung, nicht zum Mann, sondern zu einem langgestreckten Kind, das darauf wartete, zum Erwachsenen aufgeblasen zu werden. Sie hielt ihn fest, solange sie konnte. Er roch frisch, wie die Felder draußen.

Er sagte nur: »Ich will hier nicht mehr leben.«

»Nein. Ich auch nicht.«

Agnes ließ sich ein tiefes heißes Bad einlaufen. Das Schwitzen fühlte sich gut an, und sie spürte, wie etwas von dem Sauren aus ihr heraussickerte. Sie rubbelte sich mit einem harten Handtuch ab und zog sich ihre besten Sachen an, kombinierte sorgfältig Pullover mit Mantel und Schuhen. Mit widerspenstigen Händen legte sie Make-up auf und bürstete sich das schwarze Haar sorgfältig über den weißen Ansatz. Sie fand den Rest des Dienstagsbuchgelds, schob es in ihre Tasche und verließ das Haus. Der Tag war heiß und stickig, zwei Wochen Sonne, die versuchten, ein Jahr Regen aufzusaugen. Trotzdem knöpfte sie sich den Mantel zu. Die Frauen beobachteten sie, als Agnes aus dem Tor kam, sie standen in Gruppen herum, mit Bohnensoße auf den Pullovern und ausgeleierten Leggings, an denen Kinder hingen. Agnes hörte, wie sie über sie lästerten, und sie wusste, dass sie es hören sollte. Diese Frauen, die nicht genug Würde besaßen, um sich das Haar zu bürsten, taten ihr leid. *Bitte, lieber Gott. Nicht mehr lange*, dachte sie und winkte ihnen mit hoch erhobenem Kopf.

Vor dem Miners Club standen graue Männer und tranken in der schwachen Sonne Bier. Trotz der Schwüle trugen sie alle die schweren Arbeiterjacken, in denen sie früher unter Tage malocht hatten. Als Agnes vorbeikam, drehten sie sich weg wie schüchterne Pinguine und redeten mit gedämpften Stimmen. Agnes hörte, wie ihr Name geflüstert, ihre Legende besprochen wurde. Die Mutigeren starrten sie über ihre Biergläser mit gierigen Augen an. Agnes wusste, dass sie sie nur demütigen, sie runterziehen wollten. Sie kannte eine Handvoll, die für eine Tüte vom Schnapsladen ihren Spaß mit ihr gehabt hatten. Wenn sie fertig waren, krochen sie zurück zu ihren dürren Frauen unter das geflickte Bettzeug. Alles hier war zu klein, zu jämmerlich, als dass es sie noch interessierte.

Nach einem langen Marsch erreichte Agnes die Reihe der geschlossenen Läden kurz vor der Schnellstraße. Als sie die Autos vorbeirasen sah, fiel ihr auf, dass sie die Zechensiedlung viel zu selten hinter sich gelassen hatte, viel zu selten das Marschland überquert hatte, um mit Menschen zu tun zu haben, die sich nicht einbildeten, sie wüssten jedes schmutzige Detail über sie. Sie schlenderte durch die Sonne und hing dem seltenen Traum von Freiheit nach, als ihr eine Gestalt ins Auge fiel. Wie eine Katze, die von einem Hund bedrängt wurde, wich die Frau zurück und sah sich nervös nach einem Fluchtweg um. Kurz dachte Agnes, sie würde über das niedrige Geländer klettern und hinaus in den brüllenden vierspurigen Verkehr laufen. Beinahe hoffte Agnes, sie täte es.

»Hallo, Colleen.«

Colleen versuchte auf dem schmalen Gehweg einen Bogen um Agnes zu machen. An jedem anderen Tag hätte Agnes sie vielleicht vorbeigelassen, aber nicht heute. Sie trat ihr in den Weg und sagte lauter: »Ich habe gesagt, *guten Morgen*, Colleen.«

Die verhärmte Frau steckte fest, weil der brausende Verkehr ihre Flucht verhinderte. »Was soll das?«, fragte sie.

»Warum, soll ich dich auf der Straße nicht grüßen?«

Zum ersten Mal hob die Frau den Kopf, um Agnes ins Gesicht zu sehen, und setzte ein essigsaures Lächeln auf. Sie schürzte den Mund zu einer Grimasse, die Agnes für Scham hielt. Das Einzige in Colleens Gesicht, das weich und weiblich war, waren ihre Lippen. »Weiß nicht.«

»Wie geht es deinem Bruder?«

Die Frau schlug die Lider über den hellen Augen nieder. »Aye, gut, danke.«

Agnes hoffte, dass sie log, aber es versetzte ihr trotzdem einen Stich. »Meinst du, jetzt, wo Schluss ist, kannst du vielleicht aufhören, bei mir anzurufen?«

Colleen legte sich die Hand auf das silberne Kruzifix. »Ich weiß nich, wovon du redest.«

»Ach so. Du hältst mich auch noch für bescheuert. *T'chut.*« Agnes machte ein knallendes Geräusch mit den Lippen, wie Lizzie es früher getan hatte, wenn sie sich etwas nicht gefallen ließ. Es überraschte sie selbst, und dann lachte sie. »Colleen, du schnaufst wie ein alter Cockerspaniel. Wenn du in Zukunft irgendwo Telefonterror machst, wärs vielleicht besser, wenn du den Mund zumachst und durch die Nase atmest.«

Colleens Unschuldsmiene wich aus ihrem Gesicht wie ein Eis am Stiel, das in der Sonne schmilzt. Das selbstgefällige Grinsen war wieder da. »Halt dich von mein Bruder fern, dann sehnwer weiter.«

Agnes griff in die Tasche und nahm den alten Briefumschlag der Gaswerke heraus. Darin steckte die Anzeige mit dem Haustausch-Gesuch, die sie in der Zeitung geschaltet hatte; sie wollte sie auch im Fenster des Zeitungskiosks aushängen. Sie reichte Colleen den Zettel, die sich die Zeilen ansah, und Agnes bemerkte, dass sie extrem langsam las und bei jeder Silbe die Lippen bewegte. Agnes war froh, dass sie sich die Mühe gemacht hatte, den Text in ihrer besten Druckschrift zu schreiben.
»Siehst du. Ich versuche wegzukommen.«

Die Frau schnaubte. »Häls dich wohl für wat Besseres.«

Agnes wippte auf den Fersen. Sie verschränkte die Arme. »Du erinnerst mich an meinen zweiten Mann, weißt du das? Du willst mich nicht hier. Aber gehen soll ich auch nicht.«

»Machst du Witze?« Colleen klappte mit gespielter Entrüstung den Mund auf. »Du komms hier raus in unsre Siedlung und häls dich für die Königin von Saba. Stolziers hier rum und denks, du wärs wat Besseres als der Rest von uns, mit dein Haarspray und die tolle Handtasche.« Sie zeigte mit dem Finger auf Agnes. »Du und dein komischer lütter Jung versuchen ständig uns runterzumachen, und dabei liegse in deine eigene Pisse und ficks die Männer von andern Frauen. Gott. Ich hab noch nie so wat Scheinheiliges gesehen wie dich.«

»Na, dann wünsche ich dir, dass du niemals harte Zeiten erlebst.«

»Ach, halte Klappe! Ich bin fast gestorm, als mein Eugene ankam und erzählt hat, datter was mit der Schlampe innen lila Mantel angefangen hat! Wie hat unsre Mammy oben in Himmel gelitten, alse gesehen hat, wie ihr zwei rummacht.«

Agnes schüttelte den Kopf. »Die scheint ja ein Riesenfernglas zu haben.«

»Für dich is alles bloßen Riesenwitz, oder?«

»Na ja, es ist vorbei. Du hast gewonnen. Deine Mutter kann die Gardinen wieder runterlassen.«

Colleen war inzwischen dunkelrot und sie sah aus, als würde sie gleich platzen. »Dafür isset zu spät, Lady. Oder glaubste, seine arme Frau nimmten wieder auf, wenner zu ihr hochfährt? Datt er mit so jemand wie dir zusammen war, kanner nie wiedergutmachen.«

Agnes sank auf die Hacken zurück und drehte an der Rückseite ihres Ohrrings. »Ich nehme mal an, jetzt hab ich alles gehört.«

Aus Colleens Blick sprühte reiner Hass. »Du has noch gar nix gehört. Er is immer nur nachts zu dir gegangen, weil er sich so wegen dir geschämt hat. Hat sich rumgeschlichen wien Dieb! Aus dem Grund fangen nur Taxifahrer wat mit dir an, wat? Damitse am Tag nich mit dir gesehen werden.«

»Meinst du?«

Die dünne Frau lächelte triumphierend. Sie sah erleichtert aus, als wäre sie froh, sich Luft gemacht zu haben. »Aye.«

»Wir werden uns nie verstehen, oder?«

»Nee! Wat sagste dazu?«

»Gut«, sagte Agnes. Sie drehte sich um und ging auf die ausgehöhlten Geschäfte zu. »Ach, und Colleen«, sie zeigte auf Colleens Hals und dann fuhr sie sich mit dem lackierten Fingernagel über ihr eigenes blasses Schlüsselbein. »Du hast da einen Schmutzrand am Hals. Vielleicht wärs besser, wenn du morgens mit dem Waschlappen drübergehst, bevor du das Haus verlässt. Der Dreck verdirbt irgendwie den hübschen Glanz, den dein Kruzifix hat.«

Die Frau griente. »Mehr haste nich drauf?«

Agnes schloss mit der Hand den Mantelkragen und lächelte zum Abschied. »Ach, und ich habe deinen Mann gevögelt. Es war mies.« Sie schniefte angeekelt. »Er hatte einen Haufen Bremsspuren in der Unterhose, die wirklich peinlich waren.«

Es klingelte den ganzen Nachmittag. Erst versuchten ihn die McAvennie-Mädchen hinauszulocken. Sie sagten, sie hätten Süßigkeiten, die sie gern mit ihm teilen würden, aber er kannte die McAvennie-Mädchen, und wusste, dass ihre Brüder sich zwischen den Hecken versteckten. Immer wieder kamen sie an die Tür, und als er nicht mehr hinging, fingen sie an, durch den Briefkastenschlitz zu spucken, dicke, langgezogene, schmierige Schleimklumpen, die an der Metallklappe klebten und langsam an der Innenseite der Holztür herunterrutschten. Shuggie versteckte sich in der Ecke, sah zu, wie sie durch den Schlitz rotzten, und versuchte, mit einem Lappen die Sauerei wegzuwischen, bevor sie auf dem guten Teppich landete.

Shuggie wusste nicht, was Agnes diesmal getan hatte, aber die Kinder beschimpften sie mit wüsten Worten. Neue Namen, die anrüchig und primitiv klangen; Frauenworte, bei denen sie feuchte Lippen bekamen und schlürfende Geräusche machten wie ein Stiefel im Kohleschlamm. Der unsichtbare Burggraben, den Eugenes Anwesenheit um das Haus der Bains gezogen hatte, war verschwunden; es war, als hätte er ihn beim Gehen wie einen Teppich eingerollt und mitgenommen. Jetzt traten die McAvennie-Bälger mit den Füßen gegen die versperrte Tür. Sie beschimpften ihn mit allen vertrauten Beleidigungen. Sie machten schlürfende Kussgeräusche, dann machten sie eine Melodie aus Kussgeräuschen, und dann beschimpften sie ihn wieder mit den schmutzigen Wörtern.

Als die Mädchen keine Lust mehr hatten, ihn zu quälen, kam schließlich Francis McAvennie zur Tür. Shuggie war kurz davor aufzumachen. Er war so erschöpft, dass er es nur noch hinter sich bringen wollte, er wollte einstecken, was er einstecken musste, und die Tür hinter sich schließen.

Francis war fast zwei Jahre älter als Shuggie. Er ging inzwischen zur Oberschule, ohne seinen Bruder Gerbil, und auf der Oberlippe wuchs ihm dichter Flaum. Er hatte angefangen, mit einem Protestantenmädchen herumzufummeln. Seine Schwestern erzählten es mit einer komischen Mischung aus Ekel und Stolz in der ganzen Siedlung herum. Als Francis' Augen im Briefschlitz auftauchten, erwartete Shuggie, er würde hereinspucken wie seine Schwestern. Er faltete den feuchten Lappen, um den nächsten Batzen aufzufangen. Stattdessen begannen Francis' dicke rosa Lippen leise durch den Schlitz zu sprechen. »*Shuggie. Shuggie!*

Ich weiß, dass du da drin bist. Mach dir Tür auf. Mach schon. Ich will mit dir reden.«

So freundlich hatte er mit Shuggie noch nie gesprochen. Die Worte tropften langsam heraus, wie ein warmes Rinnsal aus dem Wasserhahn.

»Willst du mir nicht die Tür aufmachen, Shuggie?«

»Nein.«

Ihre Blicke trafen sich durch den Schlitz, und Shuggie sah, dass der teigige Junge dichte Wimpern hatte, wie die Borsten einer Scheuerbürste. Francis sagte: »Ich hab gehört, ihr zieht um. Ich wollt mich bei dir entschuldigen, weil ich son Arsch war.« Shuggie hörte, wie Francis in der Tasche herumkramte. Dann war er wieder am Briefkastenschlitz und schob einen kleinen goldenen Roboter durch. C-3POs abgebrochener Kopf war mit weihnachtlichem Klebeband ungeschickt angeklebt worden. Ein altes kindisches Spielzeug, seit Jahren kaputt, ein mageres Friedensangebot.

»Wenn du Kleber draufmachst, isser so gut wie neu.« Der ältere Junge nahm die Augen weg und hielt den Mund vor den Briefkasten, um zu zeigen, dass er lächelte. Seine Zähne waren groß und glatt wie weiße Strandkiesel. »Mach doch die Tür auf.«

»Nein.«

»Warum hasst du uns?«, fragte Francis leise.

»Ich hasse euch nicht. Ihr hasst mich.«

»Nein!« Er klang verletzt. »Dat is doch bloß Spaß.« Shuggie merkte, dass Francis sorgfältig darüber nachdachte, was er als nächstes sagen würde. »Ich wills wiedergutmachen. Dass ich dich immer geärgert hab.« Er runzelte die Stirn. »Willste mich küssen?«

»*Was?*«

Francis hielt wieder die Lippen an den Briefkastenschlitz. Über seiner Oberlippe war der Schatten einer alten Narbe zu sehen. Sein Vater, Big Jamesy, war bekannt dafür, dass ihm die Hand locker saß. »Ich lass dich, wenndes niemand erzählst. Du kannst mich küssen. Dat haste doch immer gewollt, oder?« Er schniefte. »Jetzt mach halt dir Tür auf.«

Shuggie wartete, er traute dem Gefühl nicht, das in seinem Magen rumorte. »Warum soll ich dich küssen wollen?«

»Komm schon. Ich weiß, wat du für einer bist.«

Shuggie pulte das Klebeband ab, und der Kopf des goldenen Roboters fiel herunter und rollte über den Teppich. »Francis. Sind wir jetzt echt Freunde?«

»Aye. Klar.«

»Na gut. Dann halt den Mund an den Briefkasten.«

»Nee. Mach dir Tür auf.« Der Junge klang fast flehentlich.

»Mach schon, okay?« Shuggie hörte, wie der McAvennie-Junge zögerte. Er war sich sicher, dass Francis jeden Moment einknickte, seinen Bluff durchschaute. Einen schmerzhaften Moment lang war es still. Dann hörte er das Schleifen der Knöpfe an der Tür, als Francis sich von außen dagegendrückte.

»Ein Kuss, und dann machste die Tür auf?« Die Stimme war so klar, als stünde er direkt neben ihm.

Shuggie schloss die Augen und ging in die Knie. Er legte das Gesicht an den Briefkasten. Francis' Atem roch süß und zuckrig wie Supermarktmarmelade. Shuggie spürte seinen klebrigen Atem auf den Lippen, und einen Moment lang wollte er die Finger durch das Loch schieben und Francis zärtlich berühren.

Aber der Moment ging vorbei.

Shuggie hielt die Hand vor die Öffnung, und dann drückte er, so schnell er konnte, den nassen Lappen durch, der mit dem Rotz seiner Folterer durchtränkt war. Er hatte die schleimigste, grünste Stelle nach außen gefaltet. Er traf den Jungen im Gesicht, spürte den Widerstand, dann spürte er, wie Francis zurückwich und der Lappen auf den Boden fiel. Shuggie lehnte sich gegen die Tür. Er hörte, wie Francis sauren Speichel auswürgte.

Francis hielt die Zähne an den Briefkasten. Er hatte sie gebleckt und versuchte, nach Shuggie zu schnappen und zu beißen. »Warts bloß ab, bis du aufmachst. Ich stech dich ab, du dreckiger Tuntenarsch.«

Ein Wummern erschütterte die Tür, wie von einer harten Faust. Shuggie wich zurück, als Colleens Küchenmesser durch den Briefkastenschlitz stieß und wild in der Luft herumstocherte. Er drückte sich an die Tür des Windfangs und sah zu, wie die glänzende Klinge immer wieder durch den Briefkasten fuhr. Blind suchte sie nach seinem Fleisch, die Schneide so spitz und scharf, dass sie kreischend an der Metallklappe sägte.

Davey Parlando, der Schrottsammler, kam drei Mal mit seinem Wagen. Er nahm alles mit, was Agnes ihm anbot, und bezahlte mit einer Rolle schmuddeliger Pfundscheine, die er mit Pflaster zusammengeklebt hatte. Er konnte sein Glück mit der Großzügigkeit der schönen Frau kaum fassen – oder mit ihrer blinden Dummheit. Als er redete, war er nervös und fahrig, als würde er ständig improvisieren, weil er nicht wusste, woran er war: War sie bescheuert, oder war sie gut? Es ließ sich schwer sagen, weil ihre Augen irgendwie apathisch wirkten.

Als Davey den Rest von Lizzies Hochzeitsgeschirr aufgeladen hatte, machte er noch einen letzten Gang zum Wagen. Normalerweise schenkte er den Blagen eine Pfeife oder ein Plastikspielzeug, aber Shuggie bekam eine ganze Kiste schmutziger Luftballons, die ihm sonst die ganze Schrottsaison gereicht hätte, fehlgedruckte Ausschussware mit den verschmierten Logos stolzer Unternehmen. Davey machte einen Trick, er blies einen Luftballon durch geschlossene Lippen auf, indem er die Öffnung in die Lücke klemmte, wo ihm die Schneidezähne fehlten. Dann reichte er dem feinen Jungen den feuchten Ballon und las langsam vor, was darauf stand, als könnte Shuggie nicht selbst lesen.»Siehste, da steht *Glasgow ist Meilen besser.*«

»Als was?«, fragte Shuggie streng.

Die Leichtigkeit, mit der Agnes sich plötzlich von Dingen trennte, machte Shuggie Angst. Die Möbel, die der Schrotthändler nicht zu einem Spottpreis davonkarrte, brachte Agnes wieder zum Leasingzentrum. Sie gab alles, was sie per Mietkauf erworben hatte, zurück. Dann nahm sie einen hinkenden Kredit bei der Provident-Bank auf, um neues, besseres Mobiliar zu kaufen, wenn sie endlich in der Stadt waren.

Shuggie spürte das Fieber, das sie erfasst hatte, der Traum, ein nagelneuer Mensch zu sein, mit nagelneuen Dingen. Es war, als hätte sie die Grippe. Sie suchte die über Jahre gesammelten Kensitas-Zigaretten-Coupons zusammen und zählte sie immer wieder ab. Sie band sie zu engen kleinen Blöcken, kleinen Barren, die noch nach süßem goldenem Tabak rochen. Shuggie legte sie auf dem Teppich aus und baute Mauern und Forts damit, während Agnes den Kensitas-Katalog durchblätterte, Lampen und Teetabletts, die ihr nur halb gefielen, mit Eselsohren markierte und den bedenklichen Gesamtbetrag auf einem Gasrechnungsumschlag notierte.

Shuggie beobachtete sie und murmelte: »Warum bin ich dir nicht genug?« Aber sie hörte ihm nicht zu.

Agnes hatte das Haus schnell zusammengepackt, sobald der Haustausch beschlossen war. Sie sah die meisten der Gegenstände vorwurfsvoll an, als hätten sie ihr irgendwie wehgetan. Das Packen selbst dauerte kaum mehr als einen Nachmittag, denn sie hatten es beide eilig wegzukommen und verbrachten die letzten Wochen lieber auf gepackten Koffern voller ungetrübter Träume und Vorfreude. Shuggie half, ihre kostbaren Figürchen einzupacken, die er sorgfältig in alte Zeitungen einschlug und in die Kiste zwischen ihre Unterwäsche legte. Hinter ihrem Rücken rettete er auch ein paar von Leeks aussortierten Dingen – alte Platten, halbvolle Skizzenbücher, Catherines alten Stoffkobold – und versteckte sie tief in den Umzugskisten seiner Mutter. Den Rest der Besitztümer seiner Geschwister verscherbelte Agnes für eine Rolle schmutziger Scheine an Davey Parlando.

Am Abend vor dem Umzug brach sie ein letztes Mal den Fernsehzähler auf und kaufte jede Menge Schokolade beim Eiscremewagen. Sie breitete ihren gesamten Kleiderschrank vor Shuggie auf dem Boden aus, und dann saßen sie Knie an Knie und überlegten zusammen, welche Versionen von ihr sie mitnehmen und welche sie zurücklassen würden.

»So was trägt man heute eigentlich nicht mehr«, sagte Shuggie. Sie hatte einen flauschigen schwarzen Pullover angezogen, dessen Garn aus einer Milliarde dichter Wimpern zu bestehen schien.

Agnes nagte an einem Stück Pfefferminzschokolade. »Und wenn ich ihn mit einem Gürtel anziehe?« Sie hielt sich die Hände eng um die Taille.

Shuggie griff in den Pullover, knöpfte die beiden weißen Schulterpolster ab und nahm sie heraus. Jetzt wirkte sie weniger streng; sie sah weicher und jünger aus. Er blinzelte. »Wenn du ihn zu Jeans trägst, ist es vielleicht besser so.« Er steckte sich die Schulterpolster in den Schulpullover, so dass ihm die Schultern bis zu den Ohren reichten.

Sie verzog das Gesicht. »Ach. Ich bin zu alt für Jeans. Damit sieht heute alles so ordinär aus.«

Shuggie beugte sich vor und zog einen wollenen A-Linien-Rock in der Farbe von trockenem Heidekraut aus dem Haufen. Er war eng, aber nicht zu eng. Er hatte ihn nie an ihr gesehen. »Der gefällt mir.«

Agnes dachte nach. Sie probierte, ob der Reißverschluss noch funktionierte, aber dann warf sie den Rock zur Seite. »Nein. *Die* will ich nicht sein. Sie trägt Männerpantoffeln und läuft den ganzen Tag in der Schürze herum.«

»Aber er wäre wenigstens bequem.«

Seine Mutter schnaubte und streckte sich auf dem Teppich aus. Dann drehte sie sich zu ihm und musterte ihn von oben bis unten. »Und wer willst du sein, wenn wir umziehen?«

Er zuckte die Schultern. »Ich weiß nicht. Ich muss mir ja die ganze Zeit um dich Gedanken machen.«

»Oha, da spricht Mutter Teresa persönlich.« Agnes sah ihn gereizt an. Sie stützte sich auf den Ellbogen und trank einen Schluck aus ihrer Lager-Tasse. Finster betrachtete sie die Zirruswolken im Bierschaum. »Pass auf, wenn wir wieder in Glasgow sind, höre ich auf mit dem Trinken, das verspreche ich dir.«

»Ich weiß.« Er versuchte zu lächeln.

»Ich suche mir einen Job wie andere Mütter.«

»Das wäre schön.«

Agnes zupfte an einem eingerissenen Nagel. »Dein Arsch von Vater wollte nie, dass ich arbeite. Die Frau gehört ins Haus und der ganze Quatsch.« Es stimmte: Shug hatte nicht geduldet, dass sie arbeiten ging, genauso wenig wie Brendan McGowan. Bei dem Katholiken war es eine Frage des Stolzes gewesen; McGowan arbeitete hart, um den Nachbarn zu zeigen, dass er seine Familie versorgen konnte. Bei Shug war es eine Frage des Vertrauens: Er wusste, dass man ihm nicht trauen konnte, und deshalb traute er auch keinem anderen, am wenigsten seiner eigenen Frau. Er wollte, dass sie zu Hause blieb, damit er immer wusste, wo sie war. Agnes' Ehemänner hatten nie gewollt, dass sie arbeitete, und deshalb hatte sie nie ein Interesse daran entwickelt.

»Du bist zu gut für die Arbeit. Du bist zu schön.« Shuggie kannte seinen Text; sie hatten dieses Gespräch schon hundert Mal geführt. Die Worte klangen platt, aber sie schienen Agnes zu besänftigen. Doch dann sagte er etwas, das das Lächeln in ihrem Gesicht gefrieren ließ. »Aber wenn du doch arbeiten würdest, wäre das auch okay. Ich meine, wenn du irgendwo eine Nachtschicht bekommst, weil du meinetwegen nicht mehr zu Hause sein musst. Ich kann auf mich selbst aufpassen.«

Agnes setzte sich auf und stürzte den Rest des Lagers herunter. Offenbar wollte sie das Thema wechseln. Shuggie sah zu, wie sie aus dem aussortierten Kleiderhaufen zwei Outfits zusammenstellte. Sie arrangierte den rosa Angorapullover und das Gangster-Outfit, aus dem er herausgewachsen war, zu einem Paar leerer Karnevalskostüme. Shuggie folgte ihr in die Küche, wo sie die Kleider auf Bügeln an das Trockengestell hängte. Dann zog sie das Gestell zur Decke. Oben drehten sich die Kleider, als wären sie lebendig, zwei Abbilder ihrer alten Ichs, die auf die neue Familie warteten.

»Die Frau heißt Susan«, sagte Agnes. »Sie ist nett. Sie hat vier Kinder, und ihr Mann ist Teppichverleger. Hat noch nie im Leben Stütze bekommen. Warte nur ab, bis sie den hier in die Finger kriegen.«

»Legen wir sie rein?«, fragte Shuggie mit schlechtem Gewissen.

Agnes rieb sich die Wange, als hätte sie Zahnschmerzen oder als drückte das Gebiss. Sie schenkte sich eine frische Tasse Lager ein. »Nein. Sie hat ein Auto *und* einen Mann. Es schien sie nicht zu stören, dass sie hier so weit draußen sind.«

Sie steckte den Finger in Shuggies Pulloverkragen, zog ihn herunter und rieb seine Haut, als kontrollierte sie, ob eine faule Hausfrau unter dem Teppich gesaugt hatte. Auf seiner schmalen Brust begann feines Haar zu sprießen. Sie fuhr mit dem Fingernagel darüber, aber sie erwähnte es nicht. »Du bist schrecklich bleich. Wann warst du das letzte Mal draußen?«

Er wollte ihr nicht von Francis McAvennie und dem Küchenmesser erzählen. Er wollte nicht zugeben, dass er seit dem Tag, als Francis gedroht hatte, ihn abzustechen, Angst hatte, vors Haus zu gehen. Doch er musste auch nichts sagen. Agnes' Gedanken sprangen wie ein Diaprojektor. »Du erinnerst dich wahrscheinlich nicht mehr an die Stadt. Du warst noch zu klein. Aber man kann tanzen gehen, es gibt alle möglichen Tanzlokale und große Einkaufsläden. Man kann die ganze Zeit unterwegs sein, weil so viel los ist.« Er hatte das Gefühl, er konnte zusehen, wie sich Agnes mit falscher Hoffnung aufpumpte, als versuchte sie sich mit künstlicher Aufregung aufzubauen. Doch sie wirkte sie so kraftlos wie Distelwolle. »Du erinnerst dich nicht. Aber du wirst schon sehen.«

»Ich freue mich.« Es war eine Lüge, aber nur eine halbe. Er durfte nicht zugeben, dass die Stadt ihm auch Angst machte, dieses riesige unkontrollierbare Ungeheuer: all die Alkoholiker, an die er sie verlieren konnte, all die dunklen Pubs, die Männer, die sie ausnutzten, die unbekannten Straßen, in denen sie verschwinden konnte. Pithead war wenigstens überschaubar. Sie hatten hier festgeklebt wie Fliegen am Fliegenfänger, auf vier Seiten von nichts umgeben. In Pithead konnte sie sich etwas antun, aber verloren gehen konnte sie nicht.

Shuggie versuchte, sich nicht in die Angst hineinzusteigern. »Wenn wir umziehen, versuchst du wirklich, mit dem Trinken aufzuhören?«

»Das habe ich doch gesagt, oder?«

In seinem Blick lag ein Hauch von Misstrauen; er konnte nichts dafür. Shuggie wandte sich zur Spüle und wusch das letzte Geschirr, um sein Gesicht zu verbergen.

Doch es war zu spät. »Nennst du mich eine verdammte Lügnerin?«

Sie hatte den ganzen Tag getrunken. Ihre Laune war wie Bodennebel, eine trübe, dunkle Suppe, aber wenigstens hatte es bisher nicht geregnet. Shuggie wollte die Wolken nicht anstechen und schlechtes Wetter provozieren. »Nein. Tut mir leid.«

Agnes drückte die Zigarette am Rand der Spüle aus. Sie nahm ihre Tasse und goss den Rest des Inhalts in den Ausguss. Die Bewegung war so schnell, so schwungvoll, dass Shuggie ein paar Spritzer abbekam und blinzelnd zurücktrat.

Dann öffnete Agnes den Schrank unter der Spüle und nahm die letzten zwei Carlsberg heraus. Sie drückte ihm eins in die Hand, das andere riss sie selbst auf. Sie hielt es über die Spüle, und das Bier floss in einem gurgelnden, plätschernden Strahl in den Abfluss. Als die Dose leer war und der letzte Rest des weißen hefigen Schaums wie feuchter Schnee in der Spüle verrann, warf sie sie in den Müll, aber sie traf daneben, und die Dose rollte scheppernd über das Linoleum. Shuggie zuckte erschrocken zusammen und hielt sich an der Arbeitsplatte fest, um nicht das Gleichgewicht zu verlieren. Agnes lief wie von der Tarantel gestochen durchs Haus; er hörte, wie sie unter Möbel griff und sich hinter Schränke zwängte. Sie kam mit einem halben Dutzend Flaschen zurück, die ganzen vergessenen Wodkareste, die Schlucke, die noch übrig waren, wenn sie die Besinnung verloren hatte. Mit dramatischer Geste schüttete sie alles in den Abfluss.

So hatte Shuggie sie noch nie gesehen. Er hatte noch nie gesehen, dass sie genießbaren Alkohol wegkippte.

Bei den wenigen Malen, die sie versprochen hatte, trocken zu werden, hatte sie immer erst alles bis zum letzten Tropfen ausgetrunken, bevor sie mit dem harten Entzug begann, mit der Übelkeit und dem Zittern.

Es hatte Phasen gegeben, in denen sie trocken wurde, weil sie keine Wahl hatte. In den Wochen, wenn kein Geld mehr da war, kein Mann ihr eine Tüte vom Laden mitbrachte und sie zur Enthaltsamkeit gezwungen war. Falls eine solche Phase donnerstags begann, hatte sie, bis montags das nächste Geld hereinkam, einen Vorsprung von vier Tagen. Shuggie fieberte jedes Mal mit. Aber der Alkohol blieb meistens Sieger. Er war wie ein grinsender Peiniger, der Agnes einen Vorsprung ließ, weil er wusste, dass er sie mit Leichtigkeit schnappen würde und sie wieder einknickte, wenn am folgenden Montag das Büchlein eingelöst wurde. Trotzdem fiel Shuggie jedes Mal darauf rein.

Er öffnete die letzte bronzefarbene Dose. Aus dem Augenwinkel beobachtete er sie, als er das Bier mit sanftem, zögerndem Plätschern in die Spüle kippte, bereit, jeden Moment abzubrechen.

Agnes sah ihn an und hob hochmütig den Kopf. »Glaubst du mir jetzt?«

Shuggie drückte sich den Daumen ins Auge, um sich zu fassen, um die hoffnungsvollen Tränen aufzuhalten. »Danke.«

Agnes zuckte zusammen, aber dann lächelte sie, ein schwaches, zitterndes Lächeln. »Ich höre mit dem Trinken auf. Ich sage nicht, dass es leicht wird, aber das ist das Beste an der Stadt. Die Leute wissen nichts von uns.« Sie zupfte eine Fluse von der Attrappe, die von der Decke baumelte. Ihre Doppelgänger schwangen über der stillen Küche. »Und du. Du kannst so sein wie die anderen Jungs. Wir können nagelneu sein.«

1989
EAST END

ACHTUNDZWANZIG

Nach der Abgeschiedenheit der Abraumhalden waren die Mietshäuser das Zentrum des Lebens. Die breite Straße wurde von klobigen Sandsteinfassaden gesäumt, und im Erdgeschoss gab es Hunderte kleine Geschäfte, alle zwei Kilometer ein Postamt, ungefähr eine Pommesbude pro Block, und unzählige Kleider- und Schuhläden, in denen Agnes anschreiben lassen konnte. Glänzende Autos blieben an Ampeln stehen, bevor sie in geduldigen Schlangen weiterkrochen; es gab Doppeldeckerbusse, immer zwei hintereinander, die an fast jedem Block hielten. Es gab ein Kino, eine Tanzhalle, einen großen grünen Park und mehr Kirchen und Gotteshäuser, als Shuggie je gesehen hatte. Auf den Bürgersteigen drängten sich Passanten, die Besorgungen machten, und keiner achtete auf den anderen. Sie gingen unabhängig ihrer Wege, in blinder, anonymer, selbstverständlicher Freiheit. Die Leute grüßten einander nicht einmal, und Shuggie hätte gewettet, dass keine zwei miteinander verwandt waren.

Der Umzugswagen bog ein paarmal scharf um die Ecke und tauchte in die engeren Seitenstraßen ein. Hier wirkte der Himmel weit weg, und die einzige Unterbrechung in der Wand der Fassaden waren die Ecken, an denen noch mehr Straßen mit noch mehr Mietshäusern abzweigten. Shuggie sah nach oben, er hatte das Gefühl, tief unter der Erde zu sein, am Grund eines Sandstein-Canyons. Dann hielten sie an, blockierten die Straße, und mit lautem Poltern ließen die Umzugshelfer der Anonymen Alkoholiker die Ladeklappe herunter. Agnes sah auf ihren Zettel, dann sah sie an dem Mietshaus hinauf. Es war ein graugelbes Gebäude in der Mitte einer Reihe identischer Fassaden. An der Tür waren acht Klingeln, und Agnes fand die für den dritten Stock.

»Das sind jetzt wir«, sagte sie und zeigte auf einen der Klingelknöpfe. Eigentlich war der Junge schon zu alt, aber er ließ sie seine Hand halten, und sei es nur, damit sie in Schwung blieb und nicht auf die Idee kam, sich nach etwas zu trinken umzusehen. Shuggie hakte seine Hand in ihre, sie kam ihm plötzlich klein vor. Sie trug jeden Ring, den sie noch besaß, aber er spürte in ihrer Handfläche trotz des kühlen Metalls die Nervosität und die feuchtkalte Sucht.

»Versprechen wir uns, dass wir nagelneu sind. Versprechen wir uns, dass wir einfach normal sind«, flüsterte er, als sie Händchen haltend über die Schwelle traten wie Frischvermählte.

Der Eingangsbereich war sauber und kalt. Wände, Boden und Treppen sahen aus wie aus einem Stück Stein gehauen, und es roch, als hätte gerade jemand mit Bleiche durchgewischt. Langsam stiegen sie die steinerne Treppe hinauf und traten zur Seite, wenn die Männer mit den Kisten vorbeikamen. Auf jedem Stock gab es zwei Türen, die einander gegenüberlagen, jede Etage war gerecht und sauber aufgeteilt. Hinter manchen Türen knarrten Dielen, wenn sie vorbeigingen. Mit hoch erhobenem Kopf stieg Agnes weiter die Treppe hinauf.

Ihre Wohnung befand sich auf dem dritten steinernen Treppenabsatz rechts. Als sie eintraten, nahm Agnes mit einem Blick Bestand auf und zeigte wie eine Museumsführerin auf den Dreck, der noch übrig war, die Teppiche, die rausmussten, und die Fingerabdrücke an den Türrahmen. »Aye, sie war nicht sehr sauber«, sagte sie kühl. »Da wird sie sich in Pithead pudelwohl fühlen.«

Die neue Wohnung war klein. Sie hatte einen kurzen, L-förmigen Flur, und Shuggie fragte sich, wo Agnes den Telefontisch hinstellen würde. Zur Straße gab es ein großes Wohnzimmer mit Erker und daneben ein sehr kleines Schlafzimmer. Am anderen Ende des Flurs war die enge Küche und ein winziges Kinderzimmer. Shuggie maß das Kämmerchen mit den Füßen ab in der Hoffnung, dass zwei Betten hineinpassten, aber es war ausgeschlossen. Plötzlich fühlte es sich endgültig an, und er vermisste Leek.

Agnes stand am Erkerfenster und sah hinaus auf die Straße. Shuggie legte die Arme um sie, und die beiden nagelneuen Menschen gestatteten sich eine Minute, um ihren harmlosen, friedlichen Tagträumen nachzuhängen. Agnes kratzte sich mit der Fußspitze die Wade. Shuggie wusste, dass Frieden nicht in ihrer Natur lag.

Die Umzugsleute brauchten nicht lang, und als sie die letzte leere Kiste wieder mitgenommen hatten, zog Agnes ihren Mohairmantel an und versprach Shuggie, zum Mittagessen heißen Tee und Apfeltaschen zu besorgen. Shuggie schloss hinter ihr die Tür und ignorierte die Laufmasche an der Wade, die sie sich mit der Schnalle ihres Schuhs gerissen hatte. Er stand lange am Küchenfenster und starrte auf den grünen Hof. Die eingeschlossene Fläche hinter den Mietshäusern war durch mannshohe Mauern unterteilt, so dass jedes Haus ein gleich großes Rechteck schütteren Rasen hatte, auf dem das Betonhäuschen für die Mülltonnen stand.

In den Gartenstücken wimmelte es von Kindern, wie in einer Petrischale, in der Leben keimte. Die Höfe hallten vom Geschrei und Gelächter wider, die durch die Sandsteinmauern verstärkt wurden. Von Zeit zu Zeit brüllte ein Kind etwas zur Rückseite eines Mietshauses hinauf, und kurz danach öffnete sich ein Fenster und eine Tüte Chips oder ein Schlüssel flog drei Stockwerke nach unten.

Fast den ganzen Nachmittag saß Shuggie am Küchenfenster wie in einem Kolosseum und sah dem Geschehen zu, und er fragte sich dabei, wie es sich anfühlte, unbeschwert zu spielen und sorgenfrei zu sein. Er sah zu, wie die Kinder über Mauern kletterten und andere Höfe überfielen. Er sah, wie einander Köpfe eingeschlagen und Kleinkinder von Schuppendächern geschubst wurden. Hin und wieder ging ein Fenster auf, ein strenger Finger zeigte auf den schuldigen Gladiator, und das vor Wut und Angst zeternde Kind wurde für den Rest des Nachmittags nicht mehr gesehen.

Irgendwann langweilte Shuggie die Brutalität.

Solange er wartete, bis sie mit dem Essen zurückkam, nahm er sich das kleine rote Fußballbuch vor und begann zum hundertsten Mal auf Seite eins. Er war gerade bei den Ergebnissen von Arbroath, als er den neuen Schlüssel im Schloss hörte. Noch von seinem Platz am Küchenfenster aus wusste er sofort Bescheid.

»Hallo, Sohn.« Sie stand in der offenen Tür, ihr Blick war unstet, und ihr Lächeln war zu breit, zeigte zu viele Zähne.

»Ha-hast du getrunken?«, fragte er, obwohl er es schon wusste.

»*N-nein.*«

»Komm her. Lass mich mal riechen.« Shuggie ging durch die leere Küche auf sie zu.

»*Riechen?*«, wiederholte sie. »Für wen hältst du dich?«

Er wurde jeden Tag größer. Er packte sie am Ärmel und zog sie mit der Kraft eines Mannes an sich heran. Schwankend versuchte sie, ihren Arm wegzuziehen. Er schnüffelte. »Du hast es getan! Du hast getrunken.«

»Schau dich an. Du willst mir immer den ganzen Spaß verderben.« Agnes versuchte sich loszureißen. »Ich hatte bloß ein Gläschen mit meiner neuen Freundin Marie.«

»Marie? Du hast versprochen, dass wir hier nagelneu sind.«

»Sind wir doch! Das sind wir!« Langsam ging ihr der Sittenwächter auf die Nerven.

»Du hast gelogen. Du hast es nicht mal versucht. Wir sind keine neuen Menschen. Wir sind immer noch derselbe verdammte Schrott.« Shuggie zog so fest an ihrem Ärmel, dass sich der Pullover dehnte und ihr von der Schulter rutschte. Auf der weißen weichen Haut darunter zeichnete sich der schwarze BH-Träger ab. Er wollte danach greifen.

»Lass mich!« Kurz sah sie aus, als hätte sie Angst. Sie zog an ihrem Pullover und drehte sich so schnell aus seinem Griff, dass der Junge das Gleichgewicht verlor. Er krachte gegen die Wand und rutschte in der Ecke des Flurs auf den Boden.

Agnes murmelte vor sich hin. »Für wen hältst du dich, so mit mir zu reden?« Dann kam ihr ein Gedanke, und sie drehte sich wieder zu ihm um. »Für deinen Vater vielleicht? Hältst du dich für deinen beschissenen Vater?« Mit hässlichem Trotz zog sie den Kopf zurück, und dann zischte sie zu ihm herunter. »Träum weiter, Sonnenschein.«

Er sah ihr nach, als sie sich den Pullover über die Schulter zog und die Wohnung verließ, ohne die Tür hinter sich zu schließen. Aus dem hallenden Treppenhaus hörte er, wie sie von Tür zu Tür ging. Sie klopfte an jede Wohnung, und wenn jemand aufmachte, stellte sie sich mit lallender Höflichkeit vor.

»Hallo. Tut mir SO leid, wenn ich störe. Ich bin Agnes. Ich bin die NEUE Nachbarin.«

Shuggie hörte, wie die guten Menschen aus dem Mietshaus erst zögerten und dann die seltsame Begrüßung erwiderten. Fast hörte er, wie sie Agnes von oben bis unten musterten, sie einordneten, sich ein Urteil bildeten. Die Frau mit dem selbstgefärbten pechschwarzen Haar in der glänzenden schwarzen Strumpfhose und den schwarzen Pumps, die schon mittags betrunken war.

Die Oberschule war größer als alle Schulen, die er je gesehen hatte. Er hatte gewartet und sich dann unauffällig einem Jungen angeschlossen, der weiter unten im Haus wohnte. Der Junge war sonnengebräunt wie frisch aus den Sommerferien. An den Straßenecken drehte er sich zu dem bleichen Jungen um, der ihm folgte wie ein streunender Hund, und sah ihn mit seinen großen braunen Augen misstrauisch an.

Shuggie hatte für den ersten Schultag das Bügelbrett aufgestellt und seine Schuluniform gebügelt. Die Hose war grau und aus Schurwolle, und darüber trug er einen schönen roten Pullover, den Agnes mit den Zigaretten-Coupons für ihn gekauft hatte. Er hatte beides gebügelt, bis die Kleider vollkommen flach und zweidimensional waren. Dann hatte er auch seine Socken und seine Unterhose gebügelt.

Als Shuggie hinter dem Jungen um eine Ecke bog, lag sie vor ihm.

Die Schule war riesig und sah aus wie eine kleine Stadt: große Betonwürfel und -quader, die sich in verschiedenen Winkeln schnitten und von flacheren Kästen umgeben waren, wie Container, nur stabiler. Außen gab es keine Fenster, nur diesen Haufen gigantischer geometrischer Betonkörper mitten auf einer freien Fläche aus Asphalt und Stein und braunem Matsch.

Shuggie folgte dem Jungen durch den Haupteingang. Der Hof war groß und überfüllt. Die wogende Menge war überwiegend protestantenblau, mit etwas Weiß und wenig Rot. Fast jeder Junge trug ein Glasgow-Rangers-Trikot, eine Trainingsjacke oder wenigstens eine Sporttasche. Wo man hinsah, stand in großen weißen Buchstaben *McEwan's Lager*. Shuggie schob die Hand in die Hosentasche und fühlte sich besser, als er das zerlesene rote Buch berührte.

Es klingelte, und er folgte dem Jungen durch ein paar Glastüren. Weil er nicht wusste, wo er sonst hingehen sollte, folgte er dem Jungen in die Klasse. Die Kinder nahmen ihre gewohnten Plätze ein und begannen lauthals durcheinanderzuschreien. Shuggie stellte seine Tasche auf einen Tisch ganz hinten und versuchte sich dahinter zu verstecken. Dann betrat ein kleiner Mann mit weißem Bart den Klassenraum. Er sah aus wie ein bissiger Terrier, und er sprach mit sehr lautem Glasweger Akzent. »Alles klah, Ruhe, Leute. Jetz haltnwa mah ganz schnell die Klappe. Über Ohrringe und Dauerwellen könnta später noch quatschen.« Er hielt inne. »Und das gilt auch für die Damen.«

Die Klasse schnaubte gelangweilt. Der Lehrer rief die Namen auf, und als er ans Ende der Liste gekommen war, schrien die Kinder wieder durcheinander. Er verschränkte die Arme, schloss die Augen und lehnte sich an die Tischkante, um noch fünf Minuten Schlaf abzustauben.

Shuggie streckte die Hand in die Luft, dann nahm er sie wieder herunter, dann streckte er sie wieder hoch. »Sir«, sagte er zu leise. »Sir!«

Der Lehrer öffnete die Augen und sah den Neuen an.

»Aye?«, fragte er, noch nicht vertraut mit den Gesichtern des Schuljahrs.

»Ich bin neu«, sagte Shuggie zu leise, um den Geräuschpegel zu übertönen.

»Dat sin hier alle, Junge«, sagte der Mann.

»Ich weiß. Aber ich glaube, ich bin eine Nachmeldung.« Er benutzte das Wort, das Agnes ihm eingetrichtert hatte.

Es wurde still im Raum. Dreißig Köpfe drehten sich zu ihm, Jungen mit Flaum über der Oberlippe und Mädchen, die schon den Körper von Frauen und das Gesicht voller kleiner weißer Pickel hatten. »Wat is?«, fragte der Lehrer mit dem Terrier-Gesicht.

»Ich bin ... ich bin eine Nachmeldung, Sir. Ich komme von einer anderen Schule.« Jetzt war es ganz still im Saal.

»Oh«, sagte der Lehrer. »Und wie heißte?«

Bevor er antworten konnte, fing es an. Es begann mit Gemurmel, dann sagte es jemand laut, und aus dem Flüstern wurde schallendes Gelächter. »Heißt du Gaylord?«, fragte ein rattengesichtiger Junge in der ersten Reihe. Alle lachten.

»*Big Bobby Bender?*«, fragte der nächste.

Shuggie versuchte, sie zu übertönen. Sein Gesicht glühte rot. »Ich heiße Shuggie, Sir. Hugh Bain. Ich komme von der Saint Luke's.«

»Watten dat fürne Stimme!«, sagte ein Junge mit kleinen Locken. Er riss die Augen auf, als hätte er den Läster-Jackpot geknackt. »Hey, du Schnösel. Wo haste dein Scheiß-Akzent her? Bist dun Balletttänzer oder so wat?«

Damit hatte er einen Volltreffer gelandet. Die anderen nahmen die Vorlage dankbar auf. »Tanz doch mah für uns!«, quiekten sie unter Gelächter. »Dreh dich, du Schwuchtel!«

Shuggie saß da und ließ sich auslachen. Er nahm das rote Fußballbuch und ließ es in die Schublade des fremden Pults fallen. Irgendwie war er erleichtert, dass er damit fertig war. Denn jetzt war klar: Keiner durfte ein nagelneuer Mensch werden.

NEUNUNDZWANZIG

Der Junge mit den braunen Augen, der unten im Mietshaus wohnte, klopfte an die Tür, als wären sie alte Freunde. Er hatte Shuggie in den Monaten, seit sie eingezogen waren, so gut er konnte, ignoriert. Doch als Shuggie jetzt die Tür aufmachte, nickte er nur zur Begrüßung und verlangte, dass er seine Jacke holte und mitkam.

»Warum?«, fragte Shuggie undankbar.

»Weil ich deine Hilfe brauch.« Der Junge mit den braunen Augen war schon die halbe Treppe runter.

Keir Weir bestand aus einer Palette warmer Farbtöne, die sorgfältig aufeinander abgestimmt zu sein schienen. Er war brauner als alle, die Shuggie kannte, und in seinem goldbraunen Haar glänzten Erinnerungen an eine Sonne, die kaum je darauf geschienen hatte. Seine Augen waren satt gemasert wie Walnussholz, und seine Lippen hatten einen üppigen Schwung, von dem Shuggie kaum den Blick reißen konnte. Ohne die ewige Rotznase und die von Fieberbläschen verschorfte Oberlippe hätte er wie ein Teenie-Sexsymbol ausgesehen.

Shuggie zog die Jacke über und folgte ihm wie ein gehorsamer Lakai. Als sie die Haustür erreichten, drehte Keir sich um und verstellte ihm den Weg. »Hömma, so kannste nich mit mir raus.«

Shuggie sah an sich herunter. Er trug, was er jeden Tag trug: alte wollene Schulhosen, alte schwarze Lederschuhe und einen blauen Anorak aus dem Katalog, der aussah wie eine von Agnes' alten Jacken, in denen sie nicht einmal einkaufen gegangen wäre.

»Du blamierst mich. Besorgt deine Ma dir immer noch die Klamotten?« Keir schob die Hände unter Shuggies Anorak. Er griff ihm ins Kreuz und zog fest an den Schnüren zum Verstellen der Taille. Er zog, bis er Shuggie fast zerteilte und der Schoß abstand wie bei einem elisabethanischen Wams. Dann griff der braunäugige Junge nach seinem penibel gebügelten Kragen, stellte ihn auf und zog ruppig den Anorakreißverschluss bis oben zu, dass Shuggie das Gefühl hatte, er lugte aus einem Schornstein.

Shuggie legte den Kopf in den Nacken und redete über den Kragen hinweg. »Wo gehen wir hin?«

»Ich stell dirn pah Ladys vor. Dabei kannste nich aussehen wiene Schwulette.« Keir nahm einen billigen schwarzen Kamm aus der Gesäßtasche; ein Ende war bis zur Nutzlosigkeit abgekaut. Er spuckte schaumigen Speichel darauf und kratzte einen Scheitel in die Mitte von Shuggies Kopf. Shuggie zuckte entsetzt zurück, aber Keir legte ihm die Hand in den Nacken und hielt ihn fest. Es war die Geste, mit der in den Filmen, die Agnes gern sah, Männer Frauen an sich zogen. Keir bedeutete es nichts, aber Shuggies Augenhöhlen fingen an zu schwitzen.

Der Strich des krummen Kamms fühlte sich an, als hätte er ihm sauber und glatt den Schädel gespalten. Dann verwuschelte Keir Agnes' ordentlichen Seitenscheitel und teilte Shuggies Haar in zwei schwere Vorhänge. »So!« Zufrieden tätschelte er Shuggies Hinterkopf. »Jetzt siehste mehr hardcore aus.« Er drehte sich um und trat auf die Straße. »Mach einfach, wat ich mache, dann gips keine Probleme, allet klah?«

»Okay.« Shuggie hastete hinter ihm her und überlegte, wie er Keir noch einmal dazu bringen könnte, ihn anzufassen.

Keir Weir marschierte o-beinig die Straße hinauf. Der untere Teil seines Gesichts war im Kragen seines Anoraks verborgen, und seine Hände steckten tief in seinen Taschen. Shuggie ging ein Stück hinter ihm her und versuchte den breitbeinigen Gang zu gehen, den Leek ihm einmal gezeigt hatte. »Wir treffen zwei Tussis. Die eine is meine Braut. Die andere is ihre Freundin. Isne heiße Schnitte«, sagte er. »Hast du schonne Braut?«

»Ja«, log Shuggie.

»Wen?«, fragte Keir. Über dem hohen Kragen seiner Jacke waren nur seine gerunzelte Stirn und die Augen zu sehen.

»Ein Mädchen, wo ich vorher gewohnt habe.«

»Ach ja? Und wie heißt die?«

Shuggie wusste nicht, ob Keir sich über ihn lustig machte. Es war schwer, sich zu unterhalten, wenn man den Mund des anderen nicht sah. »Äh«, stotterte er. »Hm. *Madonna.*« Kaum hatte er es gesagt, war er froh über den hohen Kragen. Er lief dunkelrot an.

Keir sah ihn mit zusammengekniffenen Augen an. Ein Schatten glitt über sein Gesicht, als würde er bereuen, dass er Shuggie mitgenommen hatte. »Ach was.« Seine Brauen hoben sich in steilen Bögen über dem Kragen. »Haste überhaupt schon an ihr gefummelt?«

Hinter dem Sichtschutz rutschten Shuggies Mundwinkel nach unten. Er nickte langsam.

Shuggie hörte Keirs gelangweiltes Schnauben und sah seinen Haarvorhang im Luftzug aus dem Kragen flattern. »Also, die Freundin von meiner Braut is richtig versaut. Die lässt dich ran, wennde fragst.« Wieder grinste er. »Falls Madonna nix dagegen hat.« Er senkte eine Zigarette in den Kragen wie einen Eimer in einen Brunnenschacht. »Hauptsache, du sorgst dafür, dasse uns nich stört, klah?«

Sie folgten den Straßen mit den lohfarbenen Mietskasernen, vorbei an Hausfrauen, die Eimer mit Bleiche auf den Weg kippten. Keir machte Männerschritte, schnitt Ecken ab, sprang über Bänke und kleine Steinmauern. Er folgte der Luftlinie zu ihr. Shuggie musste laufen, um mit ihm Schritt zu halten. Keir wurde erst langsamer, als sie einen modernen Block erreichten. Er trat die zerknickte Zigarette aus und nahm einen Kaugummi aus der Tasche. Er schob ihn in den Mund und kaute schnell. Shuggie roch, wie die süße Pfefferminzschale zwischen seinen großen weißen Zähnen aufknackte. Keir kaute daran wie ein hungriger Hund, dann nahm er ihn wieder aus dem Mund. »Hier«, sagte er und hielt Shuggie den feuchten Kaugummi hin. »Damit du frisch für die Ladys bist.«

Shuggie blinzelte den grauen Kaugummi in den feuchten Fingern des Jungen an. Wieder war er froh über den hochgestellten Kragen, weil er unwillkürlich den Mund verzog.

»Jetz sei nich sone Scheißschwuchel. *Da!*« Keir hielt ihm den Kaugummi ins Gesicht. Widerwillig nahm ihn Shuggie und steckte ihn in den Mund. Der Kaugummi war schleimig und warm und schmeckte nach Pfefferminz, Bohnen und Zigaretten. Er stellte fest, dass es ihm nichts ausmachte; langsam rollte er ihn im Mund herum und saugte den Geschmack auf. Mit der Zungenspitze schob er sich den Rest von Keirs Spucke in die Tasche unter der Oberlippe, als könnte er ihn dort aufbewahren.

Sie stiegen die Treppe zu den Wohnungen im obersten Stock hinauf. Auf jedem Treppenabsatz war ein großer offener Balkon, und Shuggie blieb jedes Mal stehen, um wie ein Rentner die Aussicht zu genießen. Als sie oben waren, drehte Keir sich zu ihm um und zischte: »Und versuch, nich so schnöselig zu klingen, okay? Ich will nich, dasse uns auslachen.«

Keir drückte auf die Klingel neben einer Strukturglastür. Drinnen ging eine Tür auf, und blecherne Popmusik füllte den Flur. Durch das blasige Glas sahen sie eine Wolke blondes Haar näher kommen. In der Tür erschien ein kleines, reizloses Mädchen mit blasser Haut und großen grünen Augen, die hinter einer dicken rosa Brille versteckt waren. Ihr Haar war straff mit Gel nach hinten gezogen und schwang in einem großen, dauergewellten Pferdeschwanz hinter ihrem Kopf. Auf einer Seite trug sei eine ordentliche Reihe rosa Haarspängchen, die aussahen wie Schweinerippen.

Das Mädchen war etwas jünger als die beiden. Ihr unordentlicher Nagellack erinnerte Shuggie an die McAvennie-Mädchen, wenn sie in Colleens niedrigen Pumps herumstolperten. »Hi-yaa!«, sagte das Mädchen durch den Türspalt.

»Hi-ya, Schönheit.« Keir grinste schief. Er stemmte die Hand besitzergreifend gegen den Türrahmen.

Das Mädchen kicherte, dann musterte es Shuggie argwöhnisch. »Was wollt ihr?« Sie schloss die Tür ein wenig.

»Is deine Ma zu Hause?«, fragte Keir.

»Du weißt genau, dasse arbeiten is.«

»Können wirn bisschen reinkommen?«

»Nee.« Sie wand sich und schloss die Tür noch ein Stück.

»Warum nich?«

»Weil ichs sage. Meine Ma meint, sie haut mich windelweich, wenn ich dich nochma reinlasse, wennse arbeiten is.«

»Ach, komm schon.« Er zog sich die Schuhe aus.

»Nee«, quiekte sie albern. »Letztes Mal haste alles kaputt gemacht! Du hast auf die Klobrille und an die Wand gepinkelt. Meine Mutter is voll ausgerastet. Hat mir voll eine geklebt.« Sie schloss die Tür weiter, bis nur noch ihr Gesicht in den Spalt passte.

Eine Weile standen sie so da. Aus der Wohnung hörte man, wie eine Pop-Kassette umgedreht wurde. Keir sprach als erster wieder. »Ich hab dir was mitgebracht.« Er hielt ihr ein Stück in perlmuttglänzendes Zellophan gewickelte Seife hin; sie sah aus wie die billige Seife, die in hohen Stapeln auf dem Wochenmarkt verkauft wurde und über die Agnes die Nase rümpfte. An der Seite stand gut lesbar: *Nicht für den Einzelverkauf bestimmt.*

Sie streckte die kleine weiße Hand durch den Türspalt und nahm die Seife vorsichtig entgegen. Das Zellophan knisterte. Das Mädchen schnappte glücklich nach Luft, aber dann sagte sie: »Das ändert überhaupt nix.«

»Willste immer noch mit mir gehen?«

Sie sah das Seifenstück an und dann zurück zu dem großen Jungen. »Aye. Vielleicht.«

»Haste Lust, mit rauszukommen? Ne Weile abhängen und so?«

»Nee, du. Ich kannich«, sie schürzte die Lippen.

»Wieso nich?« Keir Weir sah sie, so gut er konnte, schmachtend an.

»Weil Leanne hier is, deswegen nich.«

Keir nickte und legte ihr den Plan vor, den er vorbereitet hatte. »Na ja, das hier is Shuggie. Er steht auf Leanne.« Shuggie trat aus dem Schatten des Treppenhauses. »Sie kann mitkommen und so.«

Das Mädchen riss die Augen auf. Dann quiekte sie, zog den kleinen Kopf ein und knallte die Glastür zu. Shuggie sah, wie die verzerrte blonde Wolke im Flur verschwand.

War das der Moment, der ihn am Ende normal machen würde? Das ganze Geh-Training, das ganze Rennen hinter dem Ball und Auswendiglernen alter Fußballergebnisse: alles für das hier.

Die Tür ging wieder auf, und zwei kleine Gesichter spähten heraus. Dann schlug die Tür wieder zu. Aus dem Flur klang wieherndes Gelächter. Keir trat nervös von einem Bein aufs andere. »Versuch, weniger schwul auszusehen, okay?«, zischte er, ohne sich umzudrehen.

Shuggie holte tief Luft, versuchte sich groß und breit zu machen, und dann zog er wie eine beleidigte Schildkröte das Gesicht in den Anorak ein. Die Tür ging wieder auf, diesmal weiter. Die beiden Mädchen standen hibbelig da. Leanne Kelly war einen Kopf größer als ihre Freundin und spähte über deren blonden dauergewellten Pferdeschwanz zu ihnen heraus. Sie biss die Zähne zusammen und trug weder Make-up noch irgendwelchen Schnickschnack in den Haaren. An der Art, wie sie vortrat und sich vor den Jungs aufbaute, merkte man, dass sie in einer Kolonie von Brüdern aufgewachsen war. Beim Reden öffnete sie kaum den Mund, als hütete sie ihre Zähne. Shuggie fand, ihre Augen sahen aus wie kleine wachsame Rosinen.

»Du willst auf mich stehen? Ich hab dich noch nie gesehen«, sagte sie direkt.

Shuggie war sprachlos, und Keir gab ihm einen festen Tritt gegen die Achillessehne. »Na ja, ich ... ich hab einfach viel Gutes von dir gehört.«

Das Mädchen verzog argwöhnisch die Nase. »Wat denn?«

»Ich hab gehört, dass du sehr attraktiv bist.«

»Und warum redest du so komisch?«, fragte sie, ohne zu lächeln, die Nase immer noch gerunzelt. »Auf welcher Schule bist du?«

Das Mädchen kam noch einen Schritt heraus ins Treppenhaus, und im Tageslicht sah Shuggie, dass ihr Gesicht nicht schmutzig war, wie er erst gedacht hatte, sondern von tausend wunderschönen Sommersprossen übersät. Ihre Rosinenaugen zuckten und beäugten ihn misstrauisch.
»Ich, äh, ich gehe auf die Schule die Straße rauf«, sagte er.
»Der Protestantenschuppen?«
»Ja.«
Das Mädchen seufzte, und ihre Nase glättete sich. »Schade. Ich gehe auf die Saint Mungo. Die ist für Katholiken.«
»Das ist okay. Meine Mutter ist katholisch. Ich bin halbe-halbe, nehme ich an.«
Ein dünnes Lächeln breitete sich auf ihren Lippen aus. »Spielt hier eh keine Rolle. Meine Brüder würden mir das Fell abziehen, wenn die wüssten, dass ich mittner dreckigen orangen Proddy-Töle rumziehe.«
Shuggie versuchte sich die Erleichterung nicht anmerken zu lassen. Am liebsten hätte er laut aufgeatmet. Er hätte sagen können, dass er hauptsächlich katholisch war, dass er zur Kommunion gegangen war, aber stattdessen sagte er: »Oh. Na dann. Schade. War schön, dich kennenzulernen.« Er winkte höflich und drehte sich um. Am liebsten wäre er gerannt.
»Krieg dich wieder ein«, Leanne holte Luft. »Lass mich wenigstens meinen Scheißpullover holen.«

Es nieselte leicht, als sie wieder draußen auf den grauen Straßen waren. Sie gingen in ordentlichen Zweierreihen. Hin und her, hin und her, zwischen den identischen Mietshäusern. Erst spürte Shuggie, wie das Mädchen ihn verstohlen von der Seite beobachtete; dann starrte sie ihn offen an, mit demselben neugierigen Blick, mit dem er verhungernde afrikanische Babys im Fernsehen anstarrte. Ihr Mund stand offen, und sie wollte wegsehen, konnte aber nicht, weil sie von dem, was sie sah, zu verwirrt war. Nach einer Weile spielte sie gedankenverloren mit der Spitze ihres langen braunen Pferdeschwanzes.

»Du siehst komisch aus«, sagte sie endlich, als sie mit ihrer Einschätzung fertig war.

»Wie bitte?« Er fragte sich, wie lange es noch dauerte, bis er heimgehen konnte.

»Du hast kein Dad, oder?«

Shuggie drehte im Trichter des Anoraks den Kopf. »Wie kommst du darauf?«

»Seh ich dir an«, schnaubte sie wie eine gelangweilte Hellseherin. »Ich bin gut drin, solche Sachen zu erraten.«

»Mein Dad ist tot«, sagte er und fragte sich gleichzeitig, ob er es überhaupt wüsste, wenn es wahr wäre.

»*Wirklich?* Meiner auch!« Ihr Gesicht hellte sich auf. Dann sagte sie schnell hinterher: »Ich meine, tut mir leid. Voll traurig.«

Shuggie schüttelte den Haarvorhang. »Nein. Ich finde es super.«

Leanne kicherte. »Dat kannste doch nicht sagen. Gott hört alles.«

»Geht schon in Ordnung. Mein Dad war ein böser Mensch.«

Sie gingen ein Stück, bevor sie wieder sprach. »Stehste überhaupt auf Mädchen?«

»Ich weiß es nicht.« Es war ihm einfach herausgerutscht, fast wie ein Furz, und er bereute es sofort. Er wurde rot, und sein Blick huschte zu ihr. Sie war die beste Chance, ein normaler Junge zu werden, die er kriegen würde, und er hatte sie jetzt schon in den Sand gesetzt.

Aber das Mädchen seufzte nur. »Aye, ich auch nicht. Ich meine, ob ich auf Jungs stehe.« Sie überlegte einen Moment, dann fügte sie fast resigniert hinzu: »Willste trotzdem mit mir gehen? Du weißt schon. Nur fürs erste.«

»Okay«, sagte Shuggie. »Nur fürs erste.«

Sie schob die Hand in seine; ihre Hand war länger als seine, aber es gefiel ihm, sie fühlte sich sicher und warm an. Sie kamen an ein matschiges Rasenstück, auf dem blaubeinige Kinder Fußball spielten. Auf der anderen Seite war ein Maschendrahtzaun, und Keir und das blonde Mädchen zwängten sich durch eine Lücke.

Leanne blieb trotzig stehen und verschränkte die Arme vor der knochigen Brust. Er war beeindruckt vom Knirschen ihrer Zähne in ihrem engen Mund. »Dreckige Perverse!«, zischte sie. »Das is alles, was die wollen. Da reingehn und sich die dreckigen Gesichter ablutschen. Mir wird schlecht, wenn ich die aneinander rumgrapschen sehe. Seit die dreizehn is, isse sone richtige Nymphomanin.«

Die beiden sahen zu, wie Keir und sein Date sich auf dem Brachland zurückzogen. Dann sagte Shuggie: »Aber wenn wir nicht mitkommen, denken sie, wir wären komisch.«

Das Mädchen dachte eine Minute nach. Sie scharrte mit der Schuhspitze im Dreck. »Na und«, schmollte sie, »dann sag ich eben meinen Brüdern, die sollense alle machen.«

Keir drehte sich im hüfthohen Gras um und gab Shuggie ein Zeichen, *den Arsch zu bewegen*. Shuggie hielt den Draht zurück, und mit einem widerwilligen Seufzer bückte sich Leanne auf die Hälfte ihrer Körpergröße und schlüpfte durch die Lücke.

Auf der anderen Seite stieg die Wiese zu einem sanften verwilderten Hügel an. Jenseits der Kuppe bildete der Hang die Böschung der Autobahn nach Edinburgh. Der Verkehr brüllte weniger als zwanzig Meter von ihnen entfernt mit atemberaubender Geschwindigkeit vorbei. Sie stapften die Böschung entlang, bis sie eine Fußgängerbrücke erreichten. Nacheinander krochen die Kinder unter die Brücke und kletterten über die betonierte Schräge, die zur Straße hin steil abfiel. Es roch nach Pisse und Abgasen, aber es war trocken, und wenn sie sich direkt hinter einen der breiten Stützpfeiler setzten, hatten sie fast so etwas wie Privatsphäre.

Als die beiden Paare saßen, schwiegen sie nervös und sahen den vorbeirasenden Samstagsfahrern zu. Sie ließen Kiesel den Abhang herunterkullern und jubelten, wenn die Steine zwischen die Reifen der schnellen Autos gerieten und gefährlich über die Fahrbahn spritzten.

»Habter Kippen?«, fragte das blonde Mädchen. Sie bändigte eine widerspenstige Strähne mit einer Schweinerippe.

»Nee«, antwortete Keir.

»Oh Mann! Ich weiß echt nich, warum ich eigentlich deine Freundin bin«, stöhnte sie. »Stookie hat gesagt, wenn ich mit ihm gehe, gibt er uns jede Woche ein Päckchen. Stimmt doch, Leanne, oder?«

»Aye«, sagte das große Mädchen geistesabwesend.

Keir zuckte die Schultern; er nahm den Köder nicht auf. »Dann geh halt mit Stookie. Is mir doch egal.«

Es war eiskalt unter der Brücke, wo die schwache Sonne nicht hinkam, und Leanne begann vor Kälte zu schlottern. Shuggie zog seinen Anorak aus. Er sah zu, wie sie ihn mit einem dankbaren Lächeln anzog, und lachte, als ihre langen Arme weit aus den zu kurzen Ärmeln hervorstanden. Sie legte den langen Arm um ihn. So saßen sie eine Weile schweigend da und beobachteten den Verkehr. Als Shuggie sich umsah, lag Keir auf dem blonden Mädchen. Er hatte den Mund auf ihren gedrückt und klappte ihn auf und zu, als versuchte er, sich zu übergeben.

Shuggie sah, wie er dem Mädchen die lange dünne Hand unter das Sweatshirt schob. Keir presste sich an ihr Bein, seine Arschmuskeln spannten sich konzentriert, und Shuggie beobachtete, wie er den Kopf über ihrem Mund bewegte, als würde er an ihr herumkauen. Er stöhnte und rieb sich an ihr, während sich das Mädchen unter ihm unbeholfen wand. Shuggie ließ den Blick über die Adern auf dem Arm des Jungen gleiten, über die Wölbung seines Rückens und das Zucken seines Hinterns. Plötzlich schlug Keir die Augen auf und begegnete Shuggies hungrigem Blick. Der Umriss seines Munds war feucht und rot und wund. Er kniff die braunen Augen zusammen. »Glotzte etwa mein verdammten Arsch an?«

»Nein …« Shuggie drehte sich schnell weg. Der Verkehr war dünner geworden.

Die Brille des blonden Mädchens war beschlagen und saß ihr schief im Gesicht. Sie sah aus, als wäre sie überfallen worden. »Leanne, Schatz. Alles klar bei dir?« Ihre winzige Stimme hallte unter der Betonbrücke.

Frierend und gelangweilt zuckte Leanne die Schultern, ohne sich umzusehen. Die beiden saßen schweigend da und lauschten dem Liebespaar hinter ihnen. Keir redete als erstes wieder, absichtlich zu laut. »Siehste!«, sagte er zu dem Mädchen unter ihm. »Alle außer dir finden mich sexy.«

»Du bist son Arsch«, stöhnte das Mädchen, aber sie wand sich wieder unter ihm.

Keir spuckte einen zähen Rotzklumpen auf den Beton. Shuggie spürte seinen sengenden Blick im Nacken. Der Junge wandte er sich wieder dem Mädchen unter ihm zu. »Lässte michn bisschen fummeln?«, fragte er.

»Nee. Viel zu kalt.«

»Ach, bitte«, flehte er. »Ich puste meine Finger an, dasse wahm sind. Du musst noch nich mah die Hose ausziehen.«

»Nee.«

»Aber ich hab doch *ich liebe dich* gesagt. Und ich hab dir Seife gekauft.«

»*Du hast die Seife geklaut*«, entgegnete die Blonde, bevor sie seufzend sagte: »Na gut. Aber nurne Minute, und du musst erst die Finger aufwärmen.«

Shuggie wurde dunkelrot. Er spürte die Hitze, die er abstrahlte. Er nahm Keirs zerkauten Kamm aus der Tasche und schob sich das Ende langsam in den Mund. Der Kamm roch nach Zigaretten und Haargel. Er roch nach Keir.

»Wennde willst, kannste meinen Busen anfassen«, sagte Leanne neben ihm. »Ich meine, nur wennde willst.«

Er schüttelte den Kopf, ohne sie anzusehen. »Nein, danke.« Er ließ eine Handvoll kleiner grauer Steine die Böschung hinunter auf die Straße rollen.

Das Mädchen pulte an einem Stück grünem Moos. »Ich hab kein Bock, hier rumzusitzen und zu erfrieren.«

Shuggie zog den zerkauten Kamm aus dem Mund und wischte das nasse Ende an seiner Hose ab. Es hinterließ einen feuchten, dunklen

Fleck auf seiner Hose. »Ich könnte dir die Haare kämmen, wenn du willst?«

Das Mädchen antwortete nicht, und er spürte, dass er wieder rot wurde. Dann seufzte sie und zog sich langsam das pelzige Gummi aus dem Pferdeschwanz, und das dünne, gerade Haar fiel ihr über die Ohren. Die Strenge in ihrem Gesicht wurde weicher. Ihre Brauen senkten sich, und die sommersprossige Stirn sah weniger straff und durchsichtig aus. Sie wirkte freundlicher und viel jünger. Shuggie nahm den Kamm und fuhr ihr damit der Länge nach durchs Haar. Das Braun war mehr als nur Braun. Es war eine Million glänzende Rottöne und ein Gemenge dunkler Kastanientöne. Ihr Haar glitt wie Seide durch seine Finger, jede Strähne war so leicht wie Spinnweben.

Sie saßen lange so da, lauschten dem ungeschickten Stöhnen hinter ihnen und beobachteten die Busse, die von und nach Edinburgh fuhren. Shuggie zog den Kamm sanft durch ihr Haar, und irgendwann schloss sie die Augen und legte den Kopf an seine Brust. »Trinkt deine Ma?«, fragte sie plötzlich.

»Manchmal. Ein bisschen«, sagte Shuggie. »Woher weißt du das?«

»Du siehst zu besorgt aus.« Sie hob die Hand und berührte seinen Nasenrücken. Sanft strich sie darüber. »Aber mach dir nichts draus. Meine säuft auch«, sagte sie. »Ich meine. Na ja, manchmal. Ein bisschen.«

Shuggie konzentrierte sich darauf, wie der Kamm durch ihr Haar glitt. Die Strähnen teilten sich wie Quellwasser. »Ich glaube, sie säuft sich tot.«

»Wärst du traurig?«, fragte das Mädchen.

Er hielt beim Kämmen inne. »Ich wäre völlig am Ende. Du nicht?«

Sie zuckte die Schulten. »Ich weiß nicht. Ich hab das Gefühl, genau das wollen Alkis eigentlich.« Sie zitterte. »Sterben, mein ich. Sie nehmen einfach nur den Umweg.«

Plötzlich löste sich etwas in ihm auf, als würde der alte Kleber, der seine Glieder zusammenhielt, nachgeben. Auf einmal waren seine Arme schwer, und die verknoteten Muskeln, die seine Schultern daran hinderten, sich auszubreiten, entwirrten sich. Er spürte, wie die Worte aus ihm heraussprudelten. Es tat gut, es ihr zu erzählen. Er hatte nicht gewusst, wie viel leichter er sich fühlen würde. »Es ist hart, nicht zu wissen, was einen am Abend erwartet.«

»Aye, aber ein warmes Abendessen isses nie, oder?«

»Nein«, gab Shuggie zu. Sein Magen verkrampfte sich, als er daran dachte. »Hast du viele Onkel?«

»Aye, natürlich«, sagte sie. »Ich bin doch katholisch.«

»Nein! Ich mein, du weißt schon, *Onkel*.«

»Ach die. Oje. Die bleiben nie lang, die arschigen Aasfresser. Am Ende verhauense sie immer, und dann verhauen meine Brüder die.« Sie gähnte, als wäre es zu gewöhnlich und nicht der Rede wert. »Mein Job ist, ihre Taschen zu filzen.«

»Im Ernst?« Ihre Dreistigkeit überraschte ihn.

»Aye. Ich nehmse aus. Jeden einzeln Penny.« Sie zuckte lässig die Schultern. »Muss ich. Meine Ma versäuft das ganze Haushaltsgeld.«

Shuggie zupfte lange Haare aus dem alten Kamm und wickelte sie sich nachdenklich um den Finger. »Ich frag mich, ob meine Mutter deine kennt.«

»Glaub ich nich.«

»Ich meine, von den Meetings. Von den Anonymen Alkoholikern«, sagte er.

»Nee. Den Scheiß hat die olle Moira lange hinter sich.« Sie schüttelte den Kopf. »Hat deine je versucht, dich zu Alateen zu schicken?«

»Nein. Was ist das?«

»So was wie die Anonymen Alkoholiker, nur für minderjährige Angehörige. Moira hat gesagt, es is ne Selbsthilfegruppe. Sie hat gesagt, die helfen mir, mit ihrer Krankheit zurechtzukommen.«

»Bist du hingegangen?«

Das Mädchen setzte sich auf und nahm ihr Haar in die Hand. »Einmal. Aber nie wieder. Wieso soll ich da hingehen, wenn sies selbst kaum zu ihren Meetings schafft. He?« Sieh zog die kurzen Ärmel über ihre blau gefrorenen Hände. »Und du hättest mal die bescheuerten kleinen Schnösel sehen sollen, die da waren. Wie die rumgeheult ham, dass ihre Mammy an Weihnachten den Eierlikör allegetrunken hat und vor der Bescherung eingeschlafen is.« Ein kaltes Lächeln glitt über ihr Gesicht. »Da hab ich die Geschichte erzählt, wie meine Ma alle Geschenke selber aufgemacht hat und dann das Aftershave für mein Bruder mit ner Flasche Gingerale gemischt und getrunken hat. Da hätse mah die Gesichter sehen sollen.« Leanne grinste dämonisch und legte einen feinen Edinburgher Akzent auf: »Ich hätte gern einmal Obsession mit Cola light, bitte.«

»Cola *light*?«

»Ja, sie hat Angst, dasse zu dick wird.«

Shuggie lachte, dann hatte er ein schlechtes Gewissen. »Hat sie wirklich Aftershave getrunken?«

»Oh ja. Jedenfalls hatses versucht. Hat die ganze Flasche geleert. Hätse fast umgebracht. Die hat tagelang gekotzt.« Leanne rieb sich die kalten Beine. »Aber ihre Kotze hat echt gut gerochen.«

Ihr Lächeln verschwand; ihre Nasenspitze war vor Kälte lila. »Ein Jahr später hatses schlauer gemacht. Als die olle Moira Kelly Durst gekriegt hat, isse mitten paar von den Geschenken für Heiligabend ans Ende der Duke Street. Hat knietief im Schnee gestanden und das Zeug fürn Appel undn Ei am Straßenrand verscherbelt. Hatten Kassenrekorder für fünf Pfund undn kleinen tragbaren Farbfernseher für zwanzig Pfund verkloppt.«

»Tut mir leid.«

»Das Schlimmste ist, dass ich die Raten vom Katalog immer noch abzahle.«

Die Worte waren draußen, bevor ihm klar wurde, dass er laut geredet hatte. »Meine Mutter hat gestern Abend versucht, sich umzubringen.«

Leanne sah ihn an. »Hatse Pillen genommen?«

»Nein.«

»Sich die Handgelenke aufgeschnitten?«

»Nein«, er hielt inne. »Diesmal nicht.«

»Den Kopf innen Ofen gesteckt?«

»Nein. Das hat sie auch mal getan. Aber ich glaube, der Ofen in der neuen Wohnung ist elektrisch.«

»Ach, das hält die nich auf.« Leanne nahm eine Haarsträhne zwischen die Finger und inspizierte die gespaltenen Spitzen. »Das hat meine Ma mal gemacht, als ich aufm Schulausflug war. Ich war schön im Zoo von Edinburgh und hab Pinguine gekuckt, und als ich nach Hause kam, standen meine Brüder um sie rum und ham gelacht. Sie sah aus, als wärse zu lang im Solarium gewesen. Wollte sich umbringen, aber hat sich bloß das Gesicht gebacken. An der Hälfte ihrer Haare waren Grillstreifen vom Ofengitter.« Sie zupfte angestrengt an einem abgebrochenen Haar. »Es war echt schlimm. Hat sich auf einer Seite ne Krause gelötet, und auffer anderen gestreifte Locken.«

Shuggie musste lachen. Leanne kicherte leise, doch im nächsten Moment seufzte sie wieder. »Was hat deine gemacht?«

»Sie hat versucht, aus dem Fenster zu springen.« Er senkte den Blick. »Ohne Kleider.«

»Jesses«, das Mädchen pfiff durch die Zähne. »Das hat die olle Moira nie versucht. Zum Glück wohnen wir im Erdgeschoss.«

Shuggie rieb sich den Arm; die frischen Striemen des Kampfs brannten unter dem Pullover. Agnes hatte schon oben auf dem Fensterbrett gestanden. Es war eine neue Taktik, und sie hatte ihn zu Tode erschreckt. Erst hatte sie sich am Telefon hochgeschaukelt, und dann war es still geworden. Als er sie fand, saß sie rittlings auf der Fensterbank in der Küche, ein Bein drin, das andere draußen, die bloße Muschi auf dem Stein. Sie war splitternackt und schrie herum, und Shuggie musste seine ganze Kraft aufwenden, um sie wieder hereinzuziehen. Unter seinen Fingernägeln waren immer noch Hautfetzen von ihr. Ein müdes, klammes Gefühl überkam ihm. »Ich glaube, sie säuft sich bald tot, und ich hab das Gefühl, es ist meine Schuld.«

»Aye. Wahrscheinlich säuft sie sich tot«, sagte Leanne, als würden sie über das Wetter reden.»Aber wie gesagt, sie nimmt den Umweg, und du kannst nichts machen, um ihr zu helfen.«

Das verzweifelte Schlabbern hinter ihnen hörte auf. Leanne setzte sich ein Stück vor, das Haar so glänzend, als wäre es nass, ihr Gesicht ruhiger und freundlicher. Von der Autobahn zog kalte Luft zwischen ihnen herauf. Shuggie ließ ein kleines Knäuel ihres Haars die Böschung hinunterrollen, und plötzlich fühlte er sich einsam, als wollte er wieder ein kleiner Junge sein und auf Agnes' Schoß sitzen.

Leanne drehte sich um und blickte ihn über die Kurve ihrer Schulter an. Im grellen Scheinwerferlicht sah er erst, wie hübsch ihre Augen waren, nicht nur braun, sondern gold und grün und ein trauriges flaches Grau. In dem Moment wusste er, dass er sein Versprechen nicht halten konnte. Er hatte Agnes angelogen, genauso wie sie ihn angelogen hatte, als sie sagte, sie würde mit dem Trinken aufhören. Sie würde nie trocken werden, und er, hier draußen in der Kälte mit einem bezaubernden Mädchen, wusste, dass er nie so sein würde wie normale Jungen.

DREISSIG

Das erste, was er sagte, als er von der Schule kam, war: »Ich habe Hunger.« Niemand interessierte es, wie es ihr ging oder ob sie Hunger hatte. Alle forderten immer nur und bedienten sich. Sie saß im Sessel, zündete sich die nächste Zigarette an und hörte, wie in der Küche die Schranktüren auf- und zugingen. »Mammy! Wir haben nichts zu essen!«, rief er aus der Küche. Er hatte den Stimmbruch hinter sich, und auch wenn seine Stimme nicht tief war, hatte sie den anmaßenden Unterton eines erwachsenen Mannes. Er machte sich nicht einmal die Mühe, ins Wohnzimmer zu kommen und zu sehen, ob sie da war. Er ging einfach davon aus, dass sie da war. Agnes trank einen Schluck aus der Tasse und fragte in den Raum: »Warum weiß mich keiner von euch zu schätzen?«

Sie hörte, wie er die Schultasche über den Teppich zog. »Ma-mmy, ich hab Hunger. Ma-a-ammy, ich hab Hunger«, quengelte er. Als wäre es ein Lied. Die Wohnzimmertür ging auf, und er schleppte sich herein. Er veränderte sich, schoss in die Höhe, hatte wieder einen Wachstumsschub. Er hatte immer Hunger.

Agnes sah ihn an, den neuen Mittelscheitel, die Kleider, die ihm von den schmalen Schulten hingen, und entschied, dass ihr die Veränderung nicht gefiel. »Fragst du mich nicht mal, wie mein Tag war?«

Shuggie ignorierte sie und lief geschäftig durch den Raum wie ein Zimmermädchen. Er zog die Vorhänge zurück und stellte die Lampen an. Er drehte den Heizstrahler auf, den er immer einschaltete, wenn er wollte, dass sie einschlief.

»Mach das Ding aus«, knurrte sie. Er sah sie an, und dann sah er durch sie hindurch und ließ die Heizung an. »*Mir geht's gut, danke, wie geht's dir?*«, sagte sie mit einem höhnischen Grinsen.

»Ich habe gesagt, dass ich Hunger habe und dass wir nichts zu essen im Haus haben.« Er drehte sich zu ihr, und obwohl er sich zu voller Größe aufrichtete, sah er müde aus. »Was machst du dagegen?«

Als er so dastand, sah er aus wie seine Großmutter. Agnes sah Lizzie vor sich, eine Hand in der Hüfte, wie sie enttäuscht den Kopf schüttelte und sagte, sie komme wohl erst in der Hölle zur Besinnung. Die Erinnerung erwischte sie kalt, und sie wurde wütend. »Schau mich nicht so an.«

Shuggie hatte die Nase voll. Er setzte sich ihr gegenüber und rieb sich die Schläfen, als hätte er Kopfschmerzen. »Ich habe gesagt, ich habe Hunger.« Jetzt provozierte er sie mit Absicht. »Was hast du zu essen für mich?«

»Ihr seid doch alle gleich, oder? Nehmen! Nehmen! Nehmen! Ich sag dir mal was, ich hab nichts mehr zu trinken.«

»Trinken! Trinken! Trinken!«, äffte er sie nach. »Jetzt sag ich DIR mal was, ich bin am Verhungern.«

»Du frecher kleiner Scheißer.« Die falschen Zähne mahlten in ihrem angespannten Gesicht. Nur ihre Augen saßen locker in den Höhlen und schlingerten auf einer Woge des Alkohols.

Shuggie stand wieder auf und stellte sich vor den Ofen. »Du hast es leicht, du kannst den ganzen Tag hier rumhocken, aber ich muss da raus und mich unter die Leute mischen.« Er seufzte wie ein Fahrradschlauch, der ein Loch hatte. Seine Schultern sahen aus, als hätten sie keine Knochen. »Die meisten sprechen kaum Englisch. Ich kann noch nicht mal verstehen, was die Lehrer mir eigentlich beibringen wollen.«

»*Ich* hab es leicht?« Ihre Gedanken verhedderten sich. »Du kriegst in der Schule eine beschissene warme Mahlzeit, oder nicht? Drei warme Gänge, wette ich. Das ist mehr, als ich hier serviert kriege.«

Shuggie schob die Zunge zwischen die Zähne und biss fest darauf. Erst als er seine Atmung wieder unter Kontrolle hatte, antwortete er.

»Pass auf. Gib mir einfach was von der Stütze. Ich geh raus und besorg uns was zu essen.«

»Das hättest du wohl gern, was? Tja, es ist aber kein Geld da.«

»Wie?« Seine Schultern erwachten wieder zum Leben. »Also. Montagsbuch, Dienstagsbuch. Wo ist das ganze Geld für die Woche hin?«

»*Pfft*«, sagte sie mit einer flatternden Handbewegung; ihre Hand sah aus wie ein Vogel, dessen einziger Farbtupfer die äußersten Spitzen der Flügel waren. »Es ist weg. *Verschwunden*. Wie die ganzen Arschlöcher, die mir begegnet sind.«

Shuggie beugte sich vor und spähte zur geheimen Seite des Sessels. Da standen nur sechs Dosen billiges Lager. Nicht genug, um das ganze Wochengeld dafür auszugeben. »Wohin verschwunden?«

»Ach. Oben beim Bingo. Heute war Schneeballbingo«, sagte sie. »Na ja, und ich hab mir ein belegtes Brötchen gekauft. Verzeih mir.«

»Agnes«, sagte er. »Wir verhungern.«

Agnes räusperte sich. Dann zuckte sie die Schultern. »Aye. Wahrscheinlich.«

Shuggie setzte sich auf das Sofa und starrte die glühenden Heizstäbe an. Agnes griff nach der nächsten Dose und zog mit dem lackierten Fingernagel den köstlich zischenden Ring ab. Ihr Kampfgeist ließ nach. »Hör zu, iss in der Schule, so viel du kannst. Da hast du deine tägliche warme Mahlzeit, nehme ich an.«

Er sprach sehr leise. »Sie nehmen mir die Essensbons weg. Ich habe kein einziges Mittagessen bekommen.« Er sah sie an; sie hatte den Kopf in verwirrter Entrüstung zurückgezogen. »Die Jungs aus der Zehnten. Es passt ihnen nicht, wie ich rede. Sie sagen, ich bin ein Schnösel. Sie haben mir die Bons weggenommen. Sie essen mein Mittagessen.«

Etwas in ihren Augen klarte auf. Der Ofen tickte, die Wendelstäbe stießen orange Hitze aus, aber sie fror. »Wir verhungern«, sagte sie leise.

»Ich weiß.«

Sie saßen lange in der strahlenden Hitze des Elektroofens, bevor Shuggie wieder aufstand. Von der Wärme wurde er müde, und vom Geruch des Lagers wurde ihm schlecht. Er musste raus. Er überlegte, ob er zur Hauptstraße gehen und versuchen sollte, was Keir ihm beigebracht hatte, beim Zeitungskiosk ein paar Tüten Chips klauen, damit sie was zum Abendessen hätten. Vier oder fünf kleine Tüten, dachte er, dann wären sie beide nicht mehr so hungrig.

Agnes beobachtete, wie er aufstand und langsam zur Tür schlurfte, mit den Schuhen den Teppich plattdrückte. Nach dem letzten Wachstumsschub war er fast so groß wie sein Bruder. Er war fast fünfzehn, und die Wachstumsschmerzen machten ihn reizbar. Sie fand, er sah aus wie ein Stück helles Karamell, das zu weit auseinandergezogen worden war und in der Mitte durchzubrechen drohte. Ihr fiel auf, dass ihre Söhne, Alexander und Hugh, den gleichen Altmännerbuckel hatten, die gleichen gebeugten Schultern. Als sie Shuggie ansah, sehnte sie sich plötzlich nach ihrem anderen Jungen. Sie versuchte, es sich nicht anmerken zu lassen. »Ach, du verlässt mich jetzt also auch?«

»Was?«

»Du hast genommen, was du kriegen konntest, und jetzt haust du ab.«

»Was?« Er wusste nicht, wovon sie redete.

»Du hast nie Hunger leiden müssen. Kein einziges Mal in all den Jahren.«

»Ich weiß«, log er. Es hatte keinen Sinn, mit ihr zu argumentieren.

Mühsam stemmte sich Agnes aus dem Sessel. Sie schubste den Jungen weg, der ziellos zwischen ihr und der Tür stand. »Dann helf ich dir mal, verdammte Scheiße.« Sie schwankte in den Flur; ihre Schulter rumste gegen den Türrahmen.

Er hörte das Klackern ihrer Nägel auf den Tasten des Telefons. Erst meckerte sie vor sich hin, dann hörte er, wie sie sagte: »Hallo! Ja. Ein Taxi bitte. Für Bain. Genau. Von der Parade ab.«

Mit einem triumphierenden Blick kam sie ins Wohnzimmer zurück. »Tja, ich hätte nicht gedacht, dass du mich verlässt.«

»Jetzt komm schon«, entgegnete er und hielt die Handflächen hoch.

Mit keiner Faser seines Körpers wollte er ihr etwas zuleide tun. »*Ich verlasse dich doch nicht.*«

Sie sank zurück in ihren Trinksessel. »Doch, das tust du. Alle verlassen mich. Jeder einzelne von euch.«

»Wo soll ich denn hin? Es gibt doch gar keinen Ort, wo ich hinkönnte.«

Doch Agnes hatte sich nach innen gewendet. Sie redete mit sich selbst. »Ich habe eine Rotte undankbarer Schweine großgezogen. Ich sehe doch, wie du zur Tür stierst, auf die Uhr stierst. Geh doch zum Teufel.«

Draußen auf der Straße hupte ein Hackney dreimal. Das Tuckern des Diesels hallte die Häuserschlucht herauf. »Geh!«, zischte sie. »Geh! Hau ab zu deinem Scheißbruder. Vielleicht füttert der dich durch. Ist mir scheißegal.«

»Nein. Ich will nicht gehen. Ich will bei dir bleiben. Nur wir beide. Wie wir es uns versprochen haben.« Seine Lippe begann zu zittern. Er ging auf sie zu, versuchte sie festzuhalten, versuchte die Finger in ihrem Nacken zu verschränken.

Ungeduldig hupte das Taxi wieder. Sie nahm seine Arme und bohrte die Fingernägel in die weiche Haut seiner Handgelenke. »Ihr und eure Scheißversprechen. Ich bin noch keinem Mann begegnet, der eins gehalten hat. Erst hockt ihr rum und stopft euch voll, und dann lacht ihr, *Agnes Bain*. Ha ha ha!«

»Nein!« Er versuchte, ihr Haar, ihren Pullover, ihren Nacken festzuhalten. Irgendwas.

»Pass auf!«, sagte sie, als sie sich von ihm befreite. Für einen Moment waren ihre Augen klar, und es schien, als wäre seine Mutter tatsächlich da drin. »Wage es nicht, dir von mir ein Taxi rufen zu lassen, damit ich dann als Lügnerin dastehe. Hol deine Tasche. Raus hier!«

Das Telefon klingelte. Sie schubste ihn weg, und ihre Kette riss, und eine Flut von Perlen rollte über den Boden. Das Telefon klingelte weiter. Das Klingeln bohrte sich in seinen Schädel. Wie in Trance antwortete Shuggie, und eine ruppige Männerstimme sagte: »Taxi für Bain, Kumpel?«

»M-hm.« Er wischte sich mit dem Ärmel über das Gesicht.

»Euer Taxifahrer steht unten. Der hat nicht den ganzen Tag Zeit.«

Shuggie legte den Hörer auf die Gabel, stand im Flur und wartete darauf, dass sie etwas sagte. Agnes hätte alles sagen können, egal was, er hätte ihr zugehört und ihr verziehen. Er hätte sich an ihren Sessel gesetzt, die Arme um ihre Beine geschlungen. Er war bereit zu verhungern, solange sie gemeinsam verhungerten.

Agnes sah ihn nicht an. Sie sagte kein Wort. Also nahm Shuggie die Schultasche und verließ die Wohnung, ging die Treppe hinunter und aus dem gekachelten Eingang hinaus. Der Fahrer faltete seine Zeitung zusammen, als der Junge in den schwarzen Hackney stieg.

Agnes stand am Erkerfenster und sah hinab auf die schmale Straße. Sie sah zu, wie ihr Baby aus dem Hauseingang kam und den Himmel nach ihr absuchte. Sie nickte selbstgefällig, weil sie recht gehabt hatte, weil sie immer gewusst hatte, dass auch er sie verlassen würde, wie sie es alle taten. Sie sah, wie er in das wartende Taxi stieg, und in diesem Moment wusste sie, dass sie ihn verloren hatte.

Der Fahrer fragte Shuggie, wo es hinging. Der Junge saß da und musste lange nachdenken, weil er nicht wusste, wohin, und auf irgendeinen Hoffnungsschimmer wartete. Sein Blick wanderte nervös zum Hauseingang. Er wischte sich mit dem Schulpullover über die Augen und hoffte jedes Mal, wenn er die Hand wegzog, sie stünde da.

Der Fahrer beobachtete ihn im Spiegel, dann drehte er sich mit besorgtem Blick zu ihm um. »Alles in Ordnung bei dir, junger Mann?«, fragte er mit dünner Geduld.

Niemand kam zum Hauseingang. »Zur South Side, bitte.«

Das Taxi fuhr den Jungen durch das emsige Herz Glasgows, im stockenden Stadtverkehr vom East End bis zur South Side. Sie passierten den viktorianischen Bahnhof, und Shuggie sah die verloren aussehenden Jungen seines Alters, die in ballonförmigen Anoraks und engen Jeans vor den Spielhallen und Bars im Umkreis herumlungerten. Das Taxi bog in eine der Straßen, die von Bürogebäuden gesäumt wurden, und Menschen kamen von der Arbeit und stellten sich in die Schlange an den Bushaltestellen an den Ecken. In den Ein-Pfund-Läden gingen die Lichter an, und Frauen trugen Tüten voller Weihnachtsgeschenke nach Hause. Mehrmals räusperte er sich und wollte den Taxifahrer bitten umzudrehen, aber er tat es nicht. Sie flogen über den breiten, grauen Clyde mit seinen stillgelegten Kränen und Werften. »Wohin genau, Junge?«, fragte der Mann.

Shuggie kannte die genaue Adresse nicht. Er wusste, dass es irgendwo auf der Kilmarnock Road war, und er war sich ziemlich sicher, dass es über einer Sparkasse war, und das sagte er dem Mann. Der Fahrer seufzte und senkte den Kopf, und dann fuhr er langsam über die verstopfte Hauptstraße auf der Suche nach einer Bank mit einem blauen Schild an einer Ecke.

Hier besaßen die viktorianischen Mietshäuser noch eine Art Eleganz. Sie waren aus teurem rotem Sandstein gehauen, nicht aus dem porösen gelbbraunen Stein wie im East End, der die Abgase und die schwarze Feuchtigkeit der Stadt aufsaugte und für Jahrzehnte konservierte. Hier pulsierte die lebendige, fließende Energie von Studenten, Einwanderern und Berufseinsteigern. Es gab Weinbars und Feinkostläden. Es gab kleine Buchhandlungen, Pubs mit Tischen auf dem Bürgersteig und Läden, die die neueste Mode aus dem Süden verkauften. Als Shuggie einer jungen Frau mit Blumen im Fahrradkorb nachsah, hätte er fast die Sparkasse übersehen. Da war sie, auf der linken Seite, ein altes, zugig wirkendes Haus mit einem großen blauen Schild, genau wie er es in Erinnerung hatte.

Das Taxi machte einen ordentlichen U-Turn. »Zwölf Pfund«, sagte der Fahrer und drückte auf die Taxiuhr.

Shuggie spürte einen Anflug von Panik. »Warten Sie bitte einen Moment«, sagte er und griff nach dem Türgriff.

»Nee, Junge.« Der alte Fahrer drückte die Zentralverriegelung. »Zwölf Pfund bitte.«

Shuggie rüttelte am Türgriff, aber er gab nicht nach. »Bitte. Mein Bruder bezahlt, er wohnt in dem Gebäude.«

»Du denkst wohl, ich wär von gestern, Junge. Wenn ich die Tür aufmach, biste so schnell weg wien dreckiger Mick mitner heißen Kartoffel.«

Shuggie rutschte auf dem Sitz zurück. »Mister, ich hab kein Geld dabei.«

Der Fahrer hatte damit gerechnet und zuckte kaum mit der Wimper. »Dann gehen wir zur Polizei.« Er löste die Handbremse, und Shuggie spürte, wie das Taxi erzitterte und anrollte. Die vorderen Räder bogen in den Abendverkehr.

»Mister!«, japste Shuggie panisch. »Ah. Sie dürfen meinen Pimmel anfassen.«

Der Fahrer sah den Jungen eine Weile im Spiegel an. Seine Augen saßen tief und klein in dem rosa Gesicht. Sie waren schwer zu lesen. Seine Lippen unter dem Schnurrbart bewegten sich kaum. »Junge, wie alt bist du?«

»Vierzehn.«

Der Mann sah den Jungen unverwandt an. Sein Kopf schien in den breiten Hals zurückzurollen, und sein Schnurrbart tanzte unglücklich. Shuggie versuchte zu lächeln, aber seine Lippen waren trocken und klebten an den Zähnen. »Ich meine es. Wirklich. Sie können meinen Pimmel anfassen oder mit meinem Po spielen«, sagte er ernst. »Wenn Sie möchten.«

Ohne Vorwarnung erloschen die roten Lampen über der Verriegelung. In den Augen des Mannes war Mitleid, aber Shuggie hatte Angst, dass sein Mitgefühl an seinem Stolz kratzte. »Junge, ich nehme nur Bargeld.«

Shuggie zog wieder am Türgriff und fiel fast auf die Straße. Müde mit schweren Einkaufstüten beladene Frauen liefen eilig über den breiten

Bürgersteig. Mit blanken Nerven stolperte Shuggie durch die hektischen Menschen und suchte im Eingang des Mietshauses Zuflucht. Er fand den Namen Bain auf dem großen Klingelschild. Er drückte und wartete, aber niemand antwortete. Seine Beine zuckten in kribbelnder Panik, als wollten sie gleich loslaufen. Er drückte wieder auf die Klingel und sah die Straße hoch und runter nach einer Menschentraube oder einer offenen Haustür, wo er sich verdrücken konnte. Hinter ihm seufzte der Taxifahrer. »Na gut, Junge, komm, steig wieder ein.«

Im gleichen Moment knisterte eine Stimme aus der Gegensprechanlage. »Hallo?«

Als Leek nach unten kam, hatte er noch den Blaumann an. Unter der dicken weißen Gipsschicht sah er aus wie der Geist eines Bäckers. Er ging zu dem Taxi und gab dem Mann seine zwölf Pfund. Shuggie sah zu, wie er ihm seine letzten Zehn- und Fünf-Pence-Münzen abzählte. Als er fertig war, wandte er das weiße Gesicht seinem kleinen Bruder zu. Shuggies Schultern entknoteten sich. »Verdammt«, knurrte er, »bei dir fängt sie früh an.«

Leek führte seinen Bruder die Treppe hoch in den obersten Stock. Die Wohnungstür führte in einen fensterlosen Flur. Auf dem Flur waren fünf oder sechs Türen; hinter jeder Tür lag ein möbliertes Zimmer. Leek schob seinen Schlüssel in ein schmales Riegelschloss und öffnete seine Tür.

Shuggie war erst einmal hier gewesen, als Leek ihn unerwartet abgeholt hatte. Agnes hatte getrunken, und ein Stahlarbeiter aus dem Nachbarhaus hatte ihre Tasse immer wieder nachgefüllt. Gegen Mittag hatten ihm die beiden zu verstehen gegeben, dass er im Weg war, und tief im Herzen hatte Shuggie einfach nicht mehr die Energie gehabt, auf Agnes aufzupassen.

Also hatte er sich im strömenden Regen auf der Parade herumgetrieben und nach Keir Ausschau gehalten. Während er sich bei Zeitungsständen und Pub-Eingängen unterstellte, war es ihm plötzlich eiskalt über den Rücken gelaufen, und als er sich umdrehte, hatte er seinen Bruder entdeckt, der im trockenen Eingang eines Mietshauses stand und ihn beobachtete. Shuggie wusste nicht, wie lange Leek schon dort stand. Er hatte seinen Bruder seit fast achtzehn Monaten nicht gesehen. Shuggie hob die Hand, winkte schüchtern und überquerte vorsichtig die Straße.

Er hatte Angst, weil er wusste, dass Leek sich schnell in die Enge getrieben fühlte, und er wollte nicht, dass sich sein Bruder umdrehte und auf seinen langen Beinen davonlief. Aber Leek lief nicht davon. Er hatte nur genickt und Shuggie auf die Schulter gehauen.

An jenem verregneten Samstag hatte Leek ihn für ein paar Stunden Frieden und Ruhe mit ans andere Ende der Stadt genommen. Er hatte ihm eine Schüssel süße Cornflakes gemacht, und dann saßen sie zusammen auf dem Sofa und sahen *Doctor Who*. Shuggie hatte so getan, als wäre er eingeschlafen, und war langsam gegen Leeks schmale Seite gerutscht. Leek schob ihn nicht weg, und Shuggie konnte ihm nicht sagen, wie sehr er ihn vermisste.

Leek sprach nie darüber. Er sagte nicht, wie oft er ins East End gekommen war, um von weitem über Shuggie zu wachen. Shuggie erfuhr nie, ob es das erste oder das hundertste Mal gewesen war. Er war einfach nur dankbar, dass Leek da war.

Shuggie kannte das Zimmer also schon. Es war ein großes, stolzes Zimmer, ein ehemals elegantes Wohnzimmer, das jetzt mit geborgten Möbeln vollgestopft war. Die Decke war höher, als der Raum breit war, und durch die großen Erkerfenster drangen das Abendlicht und der Lärm der Hauptstraße. Shuggie sah sich um; irgendetwas war diesmal anders, aber er konnte nicht sagen, was.

Leek setzte sich wieder vor den plärrenden Fernseher und löffelte seine heißen Nudeln weiter. Er bemerkte Shuggies Blick. »Das Wasser hat gerade gekocht.«

Shuggie zog die Alufolie von der Plastikschale und kippte das brodelnde Wasser aus dem dampfenden Kessel hinein. Er wusste, dass die Nudeln fünf Minuten ziehen mussten, aber die Schale verbrühte seine Finger, und der Duft der billigen Nudeln verstärkte seinen Hunger noch. Anscheinend sabberte er schon, denn als er den Blick hob, hielt Leek ihm seine einzige Gabel hin. Er räumte die Kleider vom Ende des schmalen Betts. »Setz dich, du machst mich ganz kirre.«

Shuggie setzte sich auf den ihm zugewiesenen Platz, und die beiden kauerten schweigend vor dem Farbfernseher. Der Junge versuchte, nicht zu schnell zu essen, nicht zu kleckern, ein guter Gast zu sein, wie Agnes es ihm eingeschärft hatte. »Vielen Dank für das Abendessen«, sagte er, als hätte es Sonntagsbraten gegeben.

Nach einer Weile fragte Leek: »Was ist passiert, dass sie am Ende auch das Goldkind rausgeschmissen hat?«

»Ich weiß es nicht«, sagte Shuggie.

»Wie lange war sie diesmal blau?«

Shuggie schüttelte den Kopf. »Ich zähle nicht mehr. Um Allerheiligen war sie ein paar Tage nüchtern, warum, weiß ich nicht, und es hat nicht lange gehalten.«

Leek seufzte enttäuscht. Mehr musste er nicht wissen. »Ich dachte, du hättest es inzwischen begriffen. Sie hört nicht mehr damit auf.«

Shuggie starrte in die trübe Brühe. »Aber vielleicht doch. Vielleicht muss ich mich nur mehr anstrengen. Sie gut behandeln. Ordentlich sein. Ich kann ihr helfen, wieder gesund zu werden.« Dann sagte er: »Außerdem könntest du auch mal helfen.«

Leek klopfte sich auf die Brust, um einen Rülpser zu lösen. »Ah! Jetzt verstehe ich. Sie hat dich vor die Tür gesetzt, weil du ne Heulsuse bist.«

Shuggie ignorierte den Spott. Er blickte sich um und sah sich den Hausrat an, den Leek zusammengetragen hatte: eine Tasse, eine Schale, ein Set Handtücher. Es war ein Sammelsurium an Fundstücken, eine kerosinbetriebene Campinglampe auf dem Nachttisch, ein Küchenstuhl als Kleiderständer. Das Zimmer wirkte kunterbunt und schmuddelig, wie eine Rumpelkammer in einem alten Haus, wo die Leute Krempel abstellten, den sie nicht mehr benutzten. Zwischen den schäbigen ausrangierten Möbeln waren auch ein paar teure elektronische Spielzeuge: ein Teleskop, eine japanische Kamera auf einem Stativ, ein ferngesteuerter Lamborghini. Es sah aus wie ein Hobbyraum, das Reich von jemandem, der sein Geld für die falschen Dinge ausgab. Dann fiel Shuggie auf, was diesmal anders war. Es war ordentlicher, weil Leek begonnen hatte, seine Sachen in ein paar Umzugskartons zu packen. Sie standen vielsagend in einer Ecke. Leek ging weg.

Während Leek fernsah, fühlte sich Shuggie einsamer als je zuvor. Er sah sich in dem gemieteten Zimmer um, und endlich verstand er, was es war. Es sah nicht mehr schäbig aus. Es war wundervoll. Das Zimmer war kein Versteck vor ihr, keine geheime Höhle. Es war ein Rettungsboot. Und jetzt machte Leek sich aus dem Staub.

Shuggie betrachtete Leeks Gesicht von der Seite. Sein älterer Bruder hatte immer noch den krummen Rücken, die verspannten Schultern, den zusammengekniffenen Mund, doch jetzt waren seine Augen grün statt grau, und sein Haar war selbstbewusst aus dem Gesicht gestrichen. Shuggie sah ihn beim Fernsehen an und beneidete ihn um den neuen Frieden in seinen abwesenden Augen. »Was, glaubst du, passiert mit ihr?«

»Sie wird nüchtern. Sie fleht dich an zurückzukommen. Und dann fängt alles wieder von vorne an«, sagte Leek sachlich. »Aber jetzt ist sie auf den Geschmack gekommen, dich vor die Tür zu setzen.«

»Ich meine, in Zukunft.«

»Oh. Irgendwann landet sie wegen der Sauferei auf der Straße«, sagte Leek schnell und zu leichtfertig.

»Auf der Straße? Niemals! Sie geht ja nicht mal aus dem Haus, ohne sich die Kratzer an den Schuhen nachzumalen.«

»Shuggie, dafür ist sie langsam zu alt. Es ist bloß eine Frage der Zeit, bis sie von allem eingeholt wird.« Er popelte in der Nase. »Was macht sie, wenn du gehst? Was macht sie, wenn die Männer keine Lust mehr auf sie haben?«

»Dann bleibe ich bei ihr«, sagte Shuggie entschlossen.

Leek schnaubte. »Du willst einer dieser traurigen Typen sein, die noch als Erwachsene bei ihrer Mutter wohnen? Die sich von ihrer Mutter die Kleider kaufen lassen und mit dem Hackenporsche zur Post schippern?« Er rollte den Popel zu einer Kugel und schnickte ihn in die Ecke. »Außerdem, wenn sie es wirklich schaffen würde, vom Trinken loszukommen, hätte sie es längst getan.« Leek kratzte sich am Kinn, aber sein Blick glitt wieder zu dem kleinen Fernseher. »Sie trinkt, bis sie auf der Straße sitzt. Und du kommst zur Besinnung. Früher oder später.«

Shuggie hatte wieder das Gefühl, sie hätten die ganze Zeit Schwarzer Peter gespielt, nur dass ihm keiner die Regeln erklärt hatte. Es war ihm nicht bewusst gewesen, aber als er die Frage stellte, merkte er, dass sie ihm schon lange auf dem Herzen lag: »Warum bist du nicht zurückgekommen, um mich zu holen?«

Leek löste den Blick vom Bildschirm und sah Shuggie in die Augen. Er legte seinem Bruder die Hand in den Nacken. »Das ist nicht fair, Shuggie. Wie soll ich dich großziehen? Was habe ich schon? Außerdem machst du dir immer noch was vor. Schau dich an! Niemand kann dir helfen außer du selbst, Shuggie. Denk drüber nach. Denk daran, wie lange ich gebraucht habe, und in all der Zeit ist Caff kein einziges Mal zurückgekommen, um mich zu holen.«

Aus dem Flur kam ein lautes Klingeln.

»Shuggie. Du. *Du hast nicht.*« Mit ängstlich aufgerissenen Augen starrte er seinen Bruder an. Wieder schrillte die Klingel, eindringlicher, wütender. Leek lief in den Flur, und Shuggie hörte ihn in die Gegensprechanlage schreien, um den Verkehrslärm zu übertönen.

»*Das wollte ich nicht*«, entschuldigte sich Shuggie leise, ohne dass ihn jemand hörte. »Ich habe nur gesagt, dass es auf der Kilmarnock Road ist.« Dann machte er es noch schlimmer. »Ach. Und vielleicht habe ich was von der Sparkasse gesagt.«

»Du verdammte kleine Petze.« Leek nahm ein Marmeladenglas voller Kleingeld und schüttete den Inhalt auf das Bett. Es verbreitete einen schmutzigen metallischen Geruch. Mit schnellen Fingern ging er die Münzen durch und zählte zehn Pfund ab. Dann steckte er die Münzen in die Tasche seines staubigen Overalls und lief rasselnd in das große Treppenhaus. Shuggie hörte ihn noch von weitem klimpern.

Als Leek wieder hochkam, war sein Gesicht heiß und wutverzerrt. Shuggie spürte, wie sich die warmen Nudeln in seinem Bauch in Würmer verwandelten. Leek stand mit einer Plastiktüte in der Hand in der Tür. Die Tüte war voll mit Bird's-Yellow-Custard-Dosen. »Die Vanillesoße hier«, keuchte er, »hat gerade für den Rest meiner Ersparnisse eine Rundfahrt durch Glasgow gemacht.«

In Shuggie stieg eine Blase nervöses Gelächter auf. Er versuchte sich mit dem Ärmel den Mund zuzuhalten, aber das Lachen platzte einfach heraus.

»Das ist nicht witzig, verdammte Scheiße«, knurrte Leek, aber er grinste auch, und dann lachte er. »Dir klebt Pech an den Hacken, Shuggie. Das war schon immer so.« Im Zimmer nebenan stellte jemand den Fernseher lauter, weil die Abendnachrichten liefen; Leek tippte sich salutierend mit zwei Fingern an die Stirn und schloss die dünne Tür.

»Mammy hat offenbar den Taxifunk angerufen. Als das Taxi kam, hat sie ihm die Tüte mit der Vanillesoße auf den Sitz gelegt und dem Fahrer gesagt, er soll sie herbringen. Der hat ihr den Vogel gezeigt, aber sie hat gesagt, dass ihr Junge am anderen Ende zahlt. Und dass ich ihm auch noch zwei Pfund Trinkgeld gebe!« Leek hörte zu lachen auf. Er sank gegen die Umzugskisten. »Ich glaube, ich hab nicht mal mehr genug für den Bus zur Arbeit.«

»Aber warum schickt sie Vanillesoße?« Shuggie fragte sich, was sie wohl hatte tun müssen, um an das Geld dafür zu kommen.

Leek war gerade aus seinen Arbeitsschuhen geschlüpft, als es schon wieder klingelte. Sie starrten einander ungläubig an. Leek ging zur Gegensprechanlage im Flur. Als er wiederkam, sah er bestürzt und besorgt aus; das Lächeln war verschwunden. Er zog ein kleines Taschenmesser aus der Tasche, und auf den Knien knackte er die Kasse des Gaszählers, bis eine Handvoll glänzender Münzen herausfiel. Ohne ein Wort zu sagen, sammelte er sie ein und ging die Treppe hinunter.

Diesmal blieb Leek eine Ewigkeit weg. Shuggie stand wie angewurzelt im Zimmer. Er flüsterte immer wieder vor sich her: »Ich hätte dich nicht allein lassen dürfen, es tut mir leid, ich hätte dich nicht allein lassen dürfen, es tut mir leid«, wie ein endloses Gebet.

Die Tür ging auf, und Leek kam aus der Dunkelheit zurück ins Zimmer. Sein Gesicht unter dem weißen Staub war noch weißer. Leek hielt etwas im Arm, und als er sprach, redete er mit seiner leisen schüchternen Stimme von früher. Das Lächeln war endgültig verschwunden.

»Shuggie«, flüsterte er. »Der Taxifahrer wartet unten. Ich hab ihm eine Handvoll Münzen gegeben, und er sagt, er fährt dich heim. Er muss sowieso zurück ins East End. Nimm dein Zeug und geh nach Hause.«

Shuggie nickte langsam und folgsam. Jetzt hatte er wieder den Schwarzen Peter. Er würde ihn nie loswerden. »Was ist in der Tüte?«

Leek sah auf die weiße Plastiktüte in seinem Arm und öffnete den zugeknoteten Griff. Shuggie sah, wie er die Schultern zu den Ohren hochzog. Was es auch war, es hatte Leeks Zorn in Besorgnis verwandelt; fast hatte er Angst. Leek schob die Hand in die Tüte und zog langsam das beige Stück Plastik mit dem langen spiralförmigen Schwanz heraus. »Ich glaube, das ist kein gutes Zeichen.«

Es war das Telefon aus der Wohnung seiner Mutter.

Es war das Ende jeden Kontakts, ein Zeichen, dass sie sich etwas antun würde, und diesmal rief sie niemanden an – weder Leeks Chef noch Shug noch Shuggie. Die Vanillesoße war kein Stinkefinger an ihre undankbaren Söhne gewesen. Sie wollte, dass ihr Baby zu essen hatte, und jetzt verabschiedete sie sich.

EINUNDDREISSIG

Es war März, und sie hatte Geburtstag. Shuggie stahl zwei Bund verblühender Narzissen vom Paki-Laden für sie. Seit dem Nachmittag bei Leek versteckte er die Couponbücher und sorgte dafür, dass sie genug zu essen hatten, bevor sie sich ihre wöchentlichen Getränke kaufte.

Seit Weihnachten hatte er heimlich etwas von dem Geld für den Gaszähler zurückbehalten, um ihr zum Geburtstag ein paar Pfund Spielgeld für die Bingohalle zu schenken. Sie hatte sich den Umschlag mit den Münzen an die Brust gedrückt, als wären es die Kronjuwelen. Sie hatte sich riesig darüber gefreut.

Als die Polizei sie am nächsten Morgen nach Hause brachte, hing der ekelhafte süßliche Pollengeruch der welken Narzissen in der Luft. Man hatte sie aufgegriffen, als sie ziellos am Ufer des Clyde herumgewandert war. Sie hatte ihre Schuhe und den guten lila Mantel verloren. Sie hatte es nicht einmal bis zur Bingohalle geschafft.

Agnes konnte Shuggie vor Scham nicht in die Augen sehen, und er konnte ihr nicht in die Augen sehen, weil er sich für seine eigene Dummheit schämte. Nach der kalten Märznacht im Freien rasselten ihre Lungen feucht, und Shuggie ließ ihr ein heißes Bad ein, in das er großzügig Kochsalz streute. Er bügelte und legte ihr frische Kleider hin. Er kochte ihr Tee mit Milch, den er ihr vor die Badezimmertür stellte, dann ging er, ohne dass sie ein Wort miteinander geredet hatten.

In seiner Schuluniform rannte er mit den anderen Kindern über die Hauptstraße und war überrascht, als er in seinem Anorak zwei Fünfzig-Pence-Stücke aus dem Gaszähler klimpern hörte. Wie angewurzelt blieb er stehen. Er drehte die Münzen in der Hand. Dann stieg er in den ersten Bus, der vorbeikam, und fragte den Fahrer, wie weit sein Geld ihn brachte.

Die Aussicht vom sechzehnten Stock des Sighthill-Hochhauses gab ihm das Gefühl, winzig klein zu sein. Die Stadt brodelte unter ihm, und er hatte nicht einmal die Hälfte davon gesehen. Shuggie schob die Beine durch die Formziegel der Waschküche und blickte hinaus auf die unendliche Ausdehnung der Stadt. Stundenlang sah er zu, wie sich die orangen Busse durch die grauen Sandsteinstraßen schlängelten. Er sah, wie bleierne Regenwolken die gotischen Türme des Krankenhauses verdunkelten, während anderswo widerspenstige Sonnenstrahlen die Glas- und Stahlflächen der Universität zum Leben erweckten.

Seine Arme und Beine baumelten schwer über der Stadt, aber er fand den Umschlag in seiner Jackentasche und zog ihn heraus, um ihn zum hundertsten Mal zu lesen. Der Brief hatte keinen Absender, nur einen Poststempel von Barrow-in-Furness. Shuggie wusste nicht, wo Barrow-in-Furness lag, aber es klang nicht wie ein Ort in Schottland.

Es war eine Weihnachtskarte, die zwei Monate zu spät angekommen war. Leek hatte in einer anderen Stadt Arbeit gefunden. Sie bauten neue Häuser, und sie brauchten junge Männer, die sich auf alle Gewerke verstanden: Fliesenlegen, Verputzen, Dachdecken. Leek sagte, er verdiene anständig und er wisse nicht, wann er zurückkam. Zur Kunstschule ging er noch nicht, nächstes Jahr vielleicht, oder das Jahr danach. Dafür hatte er ein nettes Mädchen kennengelernt, sie arbeitete in einer Teestube, und sie machten gern Wanderungen in einer Landschaft, die sich Heide nannte. In der Karte klebte ein Zwanzig-Pfund-Schein, nagelneu, druckfrisch und nie gefaltet. Shuggie hatte lange über das Geld nachgedacht. Er erlaubte sich einen kurzen Tagtraum, in dem Leek an irgendeinem fernen Busbahnhof auf ihn wartete. Dann gab er das Geld für frisches Fleisch aus und überraschte Agnes mit einem großen Eintopf.

In der Weihnachtskarte hatte noch etwas gelegen; ein liniertes Blatt aus einem Schulheft mit einer Bleistiftzeichnung. Ein kleiner Junge saß im Schneidersitz am Fuß eines ungemachten Betts mit dem Rücken zum Künstler, und in der Lücke zwischen Schlafanzughemd und Hose war sein nacktes Kreuz zu sehen. Was immer den Jungen beschäftigte, lag verborgen auf der anderen Seite, in der gekrümmten Kuhle seines Körpers. Der Junge war hoch konzentriert, sein Gesicht im Schatten, und er sah aus, als spielte er mit kleinen Spielzeugpferden, vielleicht Holzspielzeug, Ritter oder Trojaner. Doch Shuggie wusste, was sie wirklich waren, es waren die parfümierten Plastikponys, bunt und kitschig und für kleine Mädchen. Es waren die Regenbogenponys, und Leek hatte es gewusst. Leek hatte es immer gewusst.

Der kalte Nordwind heulte um die betonierte Waschküche und kniff Shuggie in die rote Nase. Als er es nicht mehr aushielt, schob er die Karte wieder in die Jacke und trat den Heimweg an.

Zu Hause brannten alle Lichter. Die geklauten Narzissen welkten immer noch vor sich hin, und es roch nach Hefe und der Fäulnis der Gefangenschaft. Shuggie lauschte dem Summen in der Leitung, bevor er den liegengebliebenen Hörer wieder auf die Gabel legte. Sie hatte sich keine Pause gegönnt; der rote Stift lag auf dem Telefonbuch, und er sah die frischen Striche durch alte Namen.

Agnes saß schlafend im Sessel. Sie sah aus wie eine geschmolzene Kerze, die Beine leblos, der Kopf zur Seite gesackt. Er ging um den Sessel herum und schüttelte die versteckten Tennent's-Dosen, um zu ermessen, wie viel sie getrunken hatte. Er hielt die Wodkaflasche ans Licht und maß den Rest. Es war fast nichts übrig.

In der Stille lauschte er ihrem bewusstlosen Husten, dann würgte sie, und ein Rinnsal zähflüssiger Galle erschien auf ihren Lippen. Shuggie griff in ihren Pulloverärmel und nahm behutsam, um sie nicht zu wecken, das Klopapierknäuel heraus. Mit geübter Hand griff er ihr in den Mund und strich den Bronchialschleim und die Galle heraus. Er wischte ihren Mund sauber und ließ ihren Kopf sicher zurück auf die linke Schulter sinken.

Es spürte die Leere in seinem Bauch. Sie saß unter dem Magen; sie ging tiefer als Hunger. Er setzte sich zu ihren Füßen auf den Boden und begann leise mit ihr zu sprechen. »Ich liebe dich, Mammy. Es tut mir leid, dass ich dir gestern Nacht nicht helfen konnte.«

Sachte hob Shuggie ihren Fuß, öffnete die winzige Schnalle des Fesselriemens, dann streifte er ihr einen Pumps nach dem anderen ab und zog vorsichtig die verstärkte Spitze der schwarzen Strumpfhose aus den Zwischenräumen ihrer Zehen. Liebevoll rieb er die Ballen ihrer kalten Füße, und dann legte er einen Fuß nach dem anderen sanft auf den Boden.

»Ich war heute in Sighthill«, flüsterte er. »Ich habe über die ganze Stadt gesehen.«

Er stellte ihre Schuhe neben den Sessel und richtete sich über ihr auf. Geübt ertastete er unter ihren weichen, hängenden Brüsten die Mitte ihres Brustkorbs und öffnete durch den dünnen Pullover die Schmetterlingsschließe ihres BHs. Er sah, wie ihre schweren Brüste befreit herausquollen.

»Du hast bestimmt gerne dort oben gewohnt. Es gab so viel zu sehen«, flüsterte er. »Mir war ganz schwindelig von der Vorstellung.«

Er fand ihre BH-Träger und hakte die Finger hinein. Dann zog er sie über ihre Schultern und erlöste ihren Körper aus der Enge des Nylons, das sich in ihr Fleisch fraß. Agnes bewegte sich, aber sie wachte nicht auf. Sie hustete wieder, ein tiefsitzender feuchter Husten, der von den Bergmannshäusern und dem Schimmel kam, von warmem Lager und der Nacht am Fluss. Shuggie rieb ihr Brustbein und fragte sich, ob es in den Ausnüchterungszellen sehr kalt war. Ihr Kopf rollte nach hinten auf die weiche Sessellehne, und er legte ihr rasch die Finger auf die Schläfen, instinktiv, und neigte ihren Kopf wieder sicher nach vorn.

»Ich gehe so schnell wie möglich von der Schule ab. Du musst gar nicht streiten. Ich brauche einen Job, um uns hier rauszukriegen«, sagte er. »Ich würde gerne mal mit dir nach Edinburgh fahren. Und wir könnten uns Fife ansehen, und sogar Aberdeen. Vielleicht schaffe ich es sogar, genug Geld für einen Wohnwagen zu sparen. Meinst du nicht, dann könntest du es vielleicht schaffen?« Shuggie lächelte auf ihr bewusstloses Gesicht herunter. »Was meinst du?«

Eine Weile lauschte er ihrem Atem, dann griff er an die Seite ihres Rocks und öffnete den Reißverschluss. Er ließ sich leicht abstreifen, und ihr weicher Bauch hob sich dankbar, wie Brotteig, der aufging.

»Nein? Wahrscheinlich nicht«, flüsterte er.

Shuggie griff in ihren schnarchenden Mund und nahm mit einem feuchten Schmatzen die beiden Gebisshälften heraus. Er wickelte sie in Klopapier und legte sie ordentlich auf die Armlehne. Mit weichen Fingern massierte er ihren Kopf und zog Schlangenlinien durch ihr schwarzes Haar. Er kraulte ihre Kopfhaut so, wie sie es mochte. Die Ansätze waren erschreckend weiß.

Agnes hustete wieder, ein trockener Auswurf in ihrer Kehle, der tief aus dem Bauch zu wallen schien und plötzlich schwer und dick wurde. Wieder rann ihr Schleim über die Lippen. Shuggie unterbrach die Kopfmassage und griff nach dem Klopapier, aber etwas ließ ihn zögern. Er sah zu, wie sie hustete. »Vielleicht hat Leek recht.«

Sie gurgelte wieder, und ihr Kopf kippte zurück auf die weiche Sessellehne. Agnes würgte, und er sah zu, wie die Galle über ihr nacktes Zahnfleisch und die angemalten Lippen blubberte. Shuggie stand da und lauschte ihrem Atem. Erst wurde er schwerer, zäh und verstopft. Unbewusst zogen sich ihre Brauen zusammen, als hätte sie unangenehme Neuigkeiten erhalten. Dann lief ein Zittern durch ihren Körper, nicht stark, nur als säße sie hinten in einem Taxi, das über die holprige Pit Road rumpelte. Fast hätte er reagiert, hätte wieder die Finger benutzt, um ihr zu helfen, aber dann zischte ihr Atem langsam aus; ihr Atem verhallte einfach, als wäre er aufgestanden und hätte sie verlassen. Danach veränderte sich ihr Gesicht, die Sorgen lösten sich auf, und endlich sah sie friedlich aus, sanft davongetragen, tief im Rausch.

Jetzt war es zu spät, noch etwas zu tun.

Trotzdem schüttelte er sie, aber sie wachte nicht mehr auf.

Er schüttelte sie wieder, und dann weinte er lange um seine Mutter, lange nachdem Agnes zu atmen aufgehört hatte. Es nutzte nichts.

Es war zu spät.

Shuggie richtete, so gut er konnte, ihr Haar. Er versuchte, das dreiste Weiß ihrer Ansätze zu kaschieren und Agnes so zu frisieren, wie sie sich gefiel. Er wickelte das Gebiss wieder aus und schob es ihr sanft in den Mund. Dann wischte er ihr mit Klopapier den Speichel vom Kinn und zog ihre Lippen nach, wobei er darauf achtete, dass er auch die Mundwinkel ausmalte und nicht über die Ränder malte. Er stand auf und trocknete sich die Augen. Sie sah aus, als schliefe sie. Dann beugte er sich vor und küsste sie ein letztes Mal.

1992
SOUTH SIDE

ZWEIUNDDREISSIG

Eigentlich gab es nicht viel Staub, aber Shuggie verbrachte den Morgen damit, Agnes' Porzellanfiguren zu putzen. Beim Umzug in Mrs Bakhshs Zimmer hatte das kleine Kitz ein Stück vom Ohr verloren, und dem schönen Mädchen, das die rosigen McIntosh-Äpfel verkaufte, war ein ganzer Arm abgebrochen, der immer noch einen roten Apfel in der Hand hielt. Wochenlang bekam Shuggie Bauchschmerzen, wenn er die Figuren ansah. Jetzt war er besonders behutsam, als er jede einzelne zärtlich abwischte und sie dann an ihren Platz zurückstellte.

An diesem Morgen nahm er das langbeinige Kitz und drehte es vorsichtig in der Hand. Er wusste, dass am linken Ohr ein Stück fehlte, aber als er näher hinsah, fiel ihm auf, dass an den von Wimpern umkränzten Augen die Farbe ausbleichte und die weißen Tupfen auf den Flanken verblassten. Es machte ihn wütend. Er hatte immer so gut aufgepasst. Er hatte doch immer sein Bestes gegeben.

Shuggie drückte die Figur, bis seine Knöchel weiß wurden. Das Kitz strahlte weiter sein friedliches Lächeln. Er drückte gegen den niedlichen Vorderlauf, erst sanft, dann fester, bis das Porzellan nachgab. Mit einem scheußlichen knirschenden Knacken gab das Material nach. Shuggie hielt den Atem an. Unter dem glänzenden Lack war das Porzellan rau und kreidig. Er fuhr mit dem Finger über die scharfe Bruchkante. Dann, ohne nachzudenken, drückte er noch einmal und noch einmal, bis er alle Beine abgebrochen hatte. Als die Scherben in seiner Hand lagen, merkte er, dass er den Anblick nicht ertrug. Er warf das zerbrochene Kitz in die Lücke zwischen dem Kopfende seines Betts und der Wand. Dann nahm er hastig seine Jacke und die Tüte mit dem Dosenfisch, den er bei Kilfeathers gekauft hatte, schloss sein Zimmer ab und ging hinaus in den strömenden Regen.

Wie in Trance wanderte Shuggie auf die Hauptstraße zu. Die Pakistanis stellten trotz des Regens Kisten mit braunem Gemüse vor ihre Läden. Aus der Bollywood-Videothek dröhnte schrille Musik; in den Fenstern hingen grelle Poster von dunkelhäutigen Männern, die rehäugige Frauen in leidenschaftlichen Umarmungen hielten. Shuggie blieb einen Moment stehen, um sie anzusehen, dann ging er unbeachtet weiter.

Er stieg in einen orangen Doppeldecker, und der Fahrer stellte ihm mit einem lauten *Katschung* eine lange weiße Fahrkarte aus, halber Preis für Kinder. Shuggie ging die Treppe hoch und besetzte einen der letzten trockenen Plätze auf dem Oberdeck. Der Bus kroch durch den zähen Verkehr, aber Shuggie hatte es nicht eilig. Er wischte sich an der beschlagenen Scheibe ein Guckloch frei und sah zu, wie sich die Stadt auflöste. Mit einem Zittern bog der Bus nach rechts in eine verlassene Siedlung. Die Giebelseiten halb abgerissener Mietshäuser waren den Elementen ausgesetzt. Über den Schutthalden wirkten die buntgestrichenen Wohnzimmer und tapezierten Flure nackt und peinlich berührt. In einem Hinterhof flatterte noch Wäsche an einer Leine, die stolz zwischen zwei provisorischen Pfosten gespannt war. In einem anderen Hof kickten Kinder fröhlich einen Ball, während um sie herum ganze Häuserblöcke abgerissen wurden.

Der Bus rumpelte über den Clyde. Der graue Koloss des Finnieston Crane ragte einsam und ausrangiert über dem Fluss auf und spiegelte sich im Wasser. Shuggie wischte wieder die beschlagene Scheibe frei und dachte an Catherine. Wenn er die rostenden Kräne sah, musste er immer an sie denken. Catherine war nicht zu Agnes' Beerdigung nach Hause gekommen. Sie hatte zu Leek gesagt, der es Shuggie später erzählt hatte, dass sie ihre Mutter lieber aus den guten Zeiten in Erinnerung behielt. Zu sehen, was der Alkohol aus ihr gemacht hatte, würde ihr nicht guttun. Als Shuggie jetzt die Kräne ansah, stellte er fest, dass er sich kaum noch an Catherines Gesicht erinnerte. Er fragte sich, was Catherine sah, wenn sie an ihre Mutter dachte. Vielleicht sah sie nur schöne Dinge.

Sie hatten Agnes an einem hellen kalten Morgen verbrannt. Shuggie hatte fast zwei Tage an ihrer Seite gesessen. Nachts hatte er sie zugedeckt, und am nächsten Morgen hatte er die Decke wieder zurückgeschlagen. Er hatte die Heizung aufgedreht, als sie kalt wurde, aber es nutzte nichts, ihre Haut konnte die Wärme nicht mehr halten. Er hatte Leek in seinem Wohnheim im Süden angerufen, um ihm zu sagen, dass ihre Mutter tot war. Leek hatte lange gewartet, bis Shuggie zu weinen aufhörte, und dann hatte er ihm erklärt, was Shuggie tun musste, Schritt für Schritt, und dann hatte er es ganz langsam und geduldig noch einmal wiederholt, bis Shuggie sich alles in Agnes' Telefonbuch aufgeschrieben hatte. Es war lieb von Leek gewesen, dachte Shuggie später, dass er nicht die Geduld verloren hatte.

Leek kam mit dem Nachtbus herauf. Er reiste all die Kilometer an, und dann blieb er drei Meter vor Agnes' Leichnam stehen. Er schaffte es einfach nicht, zu ihr zu gehen. Leek überließ es Shuggie, sich um ihre Mutter zu kümmern, und sah nur zu, als sein Bruder beim Bestatter auf dem Teppich kniete und ein paar billige Strasssteine auseinandernahm und zusammenklebte, bis er ein Paar Ohrringe gebastelt hatte, die beinahe aussahen, als gehörten sie zusammen.

Leek organisierte die Einäscherung. Shuggie lief die ganze Woche hinter ihm her, zu müde, um zu weinen, zu betäubt, um zu helfen. Vom Amt zum Bestatter zur Kirche lief er hinter ihm her, bleich und nutzlos und stumm. Mehrmals hielt Leek inne mit dem, was er tat, und drehte sich zu seinem Bruder um. Er sagte nichts, ließ leeren Raum, damit Shuggie beichten konnte, was ihm so schwer auf der Seele lag. Shuggie versuchte es, er wollte Leek erzählen, was passiert war, aber die Worte kamen nicht raus, er konnte es nicht zugeben. Er sagte immer nur, dass er müde gewesen sei, dass er wünschte, er hätte sich mehr angestrengt.

Das Sozialamt zahlte für die Einäscherung, aber sie übernahmen die Kosten der Bestattung nicht, weil in Wullies und Lizzies Grab kein Platz mehr war. Leek hielt Agnes' Tod aus der Zeitung heraus; es gab keine Anzeige in der *Evening Times*. Doch eine Frau im Mietshaus nebenan war manchmal mit Agnes bei den AA gewesen, also machte die Nachricht die Runde, und Fremde klingelten an der Tür. Dann gelangte die Nachricht ihres Todes bis nach Pithead, und all die alten Dämonen kamen hinaus zum Daldowie-Krematorium.

Big Shug ließ sich nicht bei Agnes' Einäscherung blicken. Der einzige schwarze Hackney, der nach Daldowie fuhr, war Eugenes, obwohl Big Shug mit Sicherheit durch Catherine oder Rascal von ihrem Tod erfahren hatte. Diesmal hatte Shuggie einen Rucksack mit sauberen Kleidern gepackt, nur für den Fall, und am Ende kam er sich deswegen albern vor. Während der Messe suchte er die Gesichter nach dem seines Vaters ab, aber Shug kam nicht.

Leek sah Shuggie mit finsterem Blick an, als ärgerte ihn Shuggies Hoffnung, als wäre er enttäuscht, dass Shuggie so töricht war, den Glauben nicht aufzugeben. Er sagte, Big Shug sei ein egoistischer Drecksack. Es hatte Shuggie traurig gemacht, nicht nur, weil es stimmte, sondern auch, weil Leek, als er es sagte, ihrer Mutter so ähnlich sah.

Im Krematorium hatten sich die Trauernden an den Rand und in die hinteren Reihen gesetzt. Nur Shuggie und Leek saßen vorne. Eugene saß an der Tür, zwischen Colleen und Bridie. Jinty, die schon einen im Tee hatte, hing am Arm des jungen Lamby. Als Shuggie sich umdrehte, fiel ihm auf, dass keiner von ihnen wirklich traurig aussah. Während sie Agnes in die Verbrennungskammer schoben, hörte er hinter sich eine Frauenstimme flüstern: »Verbrennen? Bei der alten Saufnase kriegense das Feuer doch nie wieder aus.«

Bis dahin hatte Shuggie nicht richtig über die Einäscherung nachgedacht. Doch als sie den Sarg auf die Rollen stellten, musste er an das Fließband im Supermarkt denken. Jetzt dämmerte es ihm. Auf einmal wurde er unruhig, reckte den Hals und versuchte hektisch zu erspähen, wo sie als nächstes hinkam. Als er seinen Bruder ansah, nickte Leek nur ganz ruhig und sagte: »Aye, das wars dann wohl.«

Die Worte hatte Leek früher immer benutzt, wenn sie zusahen, wie Agnes in einen Hackney stieg. »Das wars dann wohl«, hatte er gesagt, und dann war er grinsend hinter dem Vorhang hervorgekommen und hatte seinen kleinen Bruder vor dem laufenden Fernseher gefoltert.

Das wars dann wohl.

An den nackten Bäumen vor dem Krematorium sprossen weiße Knospen, und über dem Gedenkgarten hing der Geruch tauender Vegetation. Ein paar der Trauergäste kamen über den Rasen, um den Jungen ihr Beileid auszusprechen. Die Mutigeren kamen persönlich; andere, wie Colleen, schickten Vertreter, in ihrem Fall Bridie. Jinty hatte Schwierigkeiten, den feuchten Boden zu überqueren. Sie sah bestürzt aus, als Leek sagte, es gebe keinen Empfang, keinen Alkohol zum Feiern.

»Was, keinen Tropfen?«, fragte sie.

»Verarschst du mich?«, knurrte er zurück und knirschte mit den falschen Schneidezähnen.

Eugene nahm Jinty am Arm und führte sie weg. Er kam noch einmal zu Agnes' Söhnen zurück und sagte etwas Nettes. Leek drehte sich einfach weg.

Shuggie legte den Kopf an das Busfenster und versuchte nicht mehr an die Beerdigung zu denken. Seine Finger trennten ein paar Münzen voneinander. Er nahm sich vor, Leek später anzurufen, von dem Münzsprecher in Mrs Bakhshs Wohnung. Er wusste inzwischen, wie es lief: Shuggie durfte nach dem frisch geborenen Baby fragen, aber nicht nach der Kunstschule. Und wenn Leek fragte, wie es Shuggie ging, würde er antworten, alles war gut, weil es das war, was sein Bruder hören wollte. Beide würden so tun, als ginge es ihnen gut, und sie würden eine Weile reden, über eine Zugfahrkarte und einen Besuch im Süden, etwas Kleines, Fernes, worauf man sich freuen konnte. Dann würde Leek einsilbig werden. Shuggie wusste, dass Leek nie gern viel geredet hatte. Auf eine Art war es gut; von dem gierigen Münztelefon in England anzurufen war teuer, und Mrs Bakhsh weigerte sich, den Mietern ein eigenes Telefon legen zu lassen.

Der Bus rumpelte weiter. Die Werften am Clyde waren stillgelegt. Der breite Fluss war ruhig und leer bis auf einen einsamen Bootsmann in einem kleinen Boot. Die reflektierenden Streifen an seinem Anorak leuchteten im Dauerregen hell wie Diamanten. Alle kannten den Bootsmann; er war immer auf der Titelseite des *Glaswegian*, der kostenlosen Zeitung. Wie vor ihm sein Vater patrouillierte er ohne Unterlass den River Clyde. Er rettete die alten Männer, die im Vollrausch am Glasgow Green in den Fluss fielen. Manchmal zog er auch die Leichen der Männer und Frauen heraus, die nicht gerettet werden wollten, die leise, entschlossen von einer der Steinbrücken ins brackige Wasser sprangen.

Shuggie stieg an der Haltestelle hinter dem Hauptbahnhof aus dem Bus. Selbst unter der dicken Schicht Dreck und Taubenscheiße sahen die genieteten Glasbögen des Bahnhofs stolz und imposant aus. Die gläserne Masse spannte sich über einen Teil der Argyle Street, so dass die breite Straße einen dunklen Tunnel bildete. Dort reihten sich Fish-and-Chips-Shops und leuchtende Jeansläden mit Sonderangeboten aneinander, ein fensterloses Pub, das in den frühen Morgenstunden aufmachte und mittags schon völlig verraucht war. Shuggie blieb vor einer Bäckerei stehen. Die Öfen leuchteten hell und warm, und es duftete nach Weißbrot und billigem Zuckerguss.

Manchmal stand er einfach hier und verbummelte eine Stunde, tat so, als wartete er auf einen Bus, während er sich in Wirklichkeit in der zuckrigen Wolke aus dem Lüfter wärmte. Einmal ertappte er sich dabei, wie er den Taxistand gegenüber beobachtete. Er war leicht in die Knie gegangen und hatte blinzelnd versucht, die Gesichter der Taxifahrer auszumachen, bis ihm klar wurde, was er da tat. Beschämt hatte er sich aufgerichtet und war schnell weggegangen.

Jetzt betrat Shuggie die Bäckerei. Eine Schlange nassgeregneter Büroangestellter tropfte vor ihm auf die Vitrine mit den heißen Pasteten. Geduldig wartete Shuggie, und in der süßen Hitze wurden seine Lider schwer. Die Verkäuferin mit den rosigen Wangen kratzte sich durch das Haarnetz am Hinterkopf, und er bestellte zwei Erdbeertörtchen. Als sie die Törtchen in eine Papiertüte schob, verschmierte die glänzende Marmelade und das Papier klebte am Guss fest. »Entschuldigen Sie, Missus. Können Sie sie bitte in eine Schachtel legen?«

»Inne Schachtel komm immer vier, Junge«, sagte sie mit verschwitzter, gelangweilter Miene.

Shuggie faltete sich den Fünf-Pfund-Schein um die Finger. Er bekam erst nächste Woche wieder Geld, aber er sagte: »Na gut. Dann nehme ich vier, bitte. Sie sind ein Geschenk.«

Die Frau schnaubte, aber sie war nicht unfreundlich. »Hättse gleich sagen sollen, Casanova. Ich wusst ja nich, dasse die Spendierhosen anhast.«

»So ist es gar nicht«, murmelte Shuggie und drückte das Kinn an die Brust.

Mit zwei geschickten Bewegungen aus dem Handgelenk klappte die Frau eine Schachtel auf. Die roten Törtchen sahen aus wie vier rubinrote Herzen. Er bezahlte, zog die Kapuze über den Kopf und ging wieder raus in die Plörre. Das Geld machte, was es immer machte: jetzt, da der Fünfer angebrochen war, stand er plötzlich in einem kleinen Laden und gab die Münzen für eine große Flasche Ingwerlimonade aus. Dann wanderte er mit dem Dosenfisch und den roten Herzen die ganze lange Straße entlang. Er kam durch den alten Teil von Merchant City, ging weiter über die Trongate, bis er in die Saltmarket Street bog und plötzlich wieder am breiten Fluss stand. Er ging ein Stück am leeren Ufer entlang, bis er das Ende der Shipbank Lane erreichte. Unter dem Bahnübergang von Saint Enoch drängten sich Gruppen von Männern in T-Shirt-Ärmeln und dünnen Anzugjacken. Zitternd und klimpernd verhökerten sie auf flachgedrückten Pappkartons Raubkopien von Videokassetten. Die Frauen, die mit Taschen voller Secondhand-Kleidung vom Markt aus der Gasse kamen, ignorierten sie.

Sie war da, genau wie sie gesagt hatte.

Sie saß gegenüber dem Markteingang auf einem niedrigen Geländer, als wäre sie dort festgerostet. Im sanften Regen hing ihr langes Haar schnurgerade herunter, und die großen Kreolen ließen sie kindlicher wirken, als sie war. Es tat Shuggie weh, sie so verhärtet und angespannt zu sehen. Als er sie kennengelernt hatte, mit Keir Weir in dem Jahr vor Agnes' Tod, hatte sie noch eine trotzige Verwegenheit besessen. Sie war witzig gewesen, und frech, doch inzwischen wusste er, dass alles nur kindliche Fassade gewesen war und die mutwillige Kühnheit die verletzte Seele dahinter verbergen sollte. Jetzt hatten sich ihre hübschen, sommersprossigen Züge zu einer verschlossenen, misstrauischen Miene verfestigt. Die Lippen fast immer zusammengekniffen, die rosinenfarbenen Augen stets in Alarmbereitschaft. Da war eine verknöcherte Härte, die sie wie eine Rüstung trug, doch sie vergaß zu häufig, sie wieder abzulegen.

»Du hast dir ganz schön Zeit gelassen. Ich bin bis auffe Knochen aufgeweicht«, sagte Leanne Kelly. Zwischen ihren Beinen verschanzt standen mehrere Einkaufstüten.

»Tut mir leid«, sagte Shuggie. Er kletterte neben seine Freundin aufs Geländer und setzte sich genauso hin wie sie. Dann glich er seine Haltung mit ihrer ab und passte sich ihr an. Inzwischen war er so groß wie sie, vielleicht sogar größer. Er streckte die Hand aus und rieb ihr Handgelenk, das immer aus den zu kurzen Ärmeln hervorsah. »Was willst du machen? Spazieren gehen?«

Leanne grinste. »Zum Glück knutschen wir nicht.« Sie spuckte ihren grauen Kaugummi in die Pfütze. »Du bist so was von vorhersehbar.«

»Tut mir leid.«

Sie streichelte sein Gesicht, dann gab sie ihm einen Schubs. »War doch nur Spaß. Klar gehn wir spazieren, was solln wir sonst machen?« Sie sammelte die Tüten zu ihren Füßen ein. »Lass mich nur erst das hier erledigen, okay?«

Er wusste, was sie vorhatte. Wäre Agnes noch am Leben, hätte er noch die Möglichkeit, würde er für seine Mutter dasselbe tun. Trotzdem konnte er sich nicht zurückhalten, als er sah, wie sich Leanne besorgt auf die Lippe biss. »Ach, Leanne. Komm schon. Wenn ich so einen Quatsch täte, würdest du es mir auch ausreden wollen. Es bringt nichts. Tut mir echt leid, aber es bringt einfach nichts.«

Sie schnitt ihm das Wort ab. »Hör auf. Das weiß ich selber, verdammt.« Leanne warf einen finsteren Blick zu den Regenwolken, als wären sie eine Frechheit, die sie einfach wegschicken konnte. »Außerdem weiß ich eh nich, ob ich sie sehe.«

Trotz des Nieselregens herrschte viel Betrieb auf Paddy's Market. Die Gasse führte an den stillgelegten Gleisen entlang, und in den verlassenen Eisenbahnbögen drängten sich Stände mit Kinderkleidern, buntgeblümten Liegestühlen und Nachttischlampen in grellen Fußballfarben. Die Händler nutzten jeden Quadratzentimeter, selbst an den rußigen Mauern hingen Kleider, und die Klapptische waren über und über mit seltsamen Figuren und alten Armbanduhren bedeckt. Waren quollen auf die enge Gasse hinaus, wo die angebotenen alten Möbel längst nass und vom Regen ruiniert waren.

Shuggie beobachtete eine blonde junge Frau mit schwarzen Haaransätzen. Sie hockte über einem Haufen Zeug, das offenbar all ihr Hab und Gut darstellte, alles sorgfältig auf dem matschigen Boden ausgebreitet. Er dachte, dass Agnes den Markt gleichzeitig gehasst und geliebt hätte.

Leanne reichte ihm einen Styroporbecher mit Tee, und als er den Deckel abnahm, sah er, dass er schon kalt und trüb war. Beim Anblick des milchigen Films bekam er ein schlechtes Gewissen, dass er sie so lange warten lassen hatte.

»Heute wäre Agnes fünfzig geworden«, bemerkte er. »Auch wenn sie es natürlich nie zugegeben hätte.«

Shuggie präsentierte Leanne die Flasche Ingwerlimonade wie der arrogante Sommelier, den er mal im Fernsehen gesehen hatte. »Ich dachte, wir könnten ihren Geburtstag feiern. Uns mal was gönnen.« Er lächelte, als er ihr die Schachtel mit den süßen Erdbeertörtchen reichte. Beeindruckt seufzend klappte sie den Deckel auf, und er stellte enttäuscht fest, dass blutrote Marmelade am Deckel klebte. »Ach, Mist! Ich habe sie so vorsichtig getragen.«

Leanne gab ihm einen Schubs mit der Schulter. »Ist doch egal. Die sind wunderschön.«

Die Törtchen, die vor einer Stunde noch so hübsch gewesen waren, lagen zerdrückt und aufgeweicht zwischen ihnen. Shuggie griff in die Schachtel und nahm sich eins. Er wollte, dass sie verschwanden. Er formte die Hand zu einer Schaufel und schob sich das Törtchen ganz in den Mund. Die süße klebrige Marmelade und die warme Sahne füllten seinen Mund, so dass er kaum Luft bekam. Er schlang das Törtchen herunter und fühlte sich besser, als er das Gewicht im Bauch spürte. Dann wollte er nach dem zweiten greifen, aber Leanne zog die Schachtel weg und schrie: »Finger weg! Das sind meine, du gieriger Hund.«

Shuggie lachte; er war froh, dass sie weniger ernst aussah. Er verschmierte die Marmeladenreste an seinem Mund wie Lippenstift und schnitt breite Grimassen. Leanne stieß ihn weg. Langsam und bedächtig aß sie zwei Törtchen, indem sie sorgfältig die Marmelade von der Sahne trennte und Shuggie den Shortbread-Boden, den sie nicht mochte, zurückgab, damit er ihn aufaß. Dann schloss sie über dem letzten Törtchen den Deckel.

Sie saßen aneinandergedrängt auf der Stange, während der Regen aufhörte und wieder anfing, aufhörte und anfing, und tranken kalten Tee und süße Ingwerlimonade und redeten und warteten auf etwas, das vielleicht nicht passierte. Leanne erzählte zuerst. »Stell dir vor, unser Calum hat ein Mädchen aus Springburn geschwängert.«

Er nahm eine Handvoll ihres feinen Haars und kämmte es mit den Fingern. Dann klemmte er es zwischen Zeigefinger und Daumen und drückte wie bei einer alten Wäschemangel quietschend die Feuchtigkeit heraus. »Ist das der über dir?«

»Nee, Calum is zwei über mir, zwischen Stevie und Malky. Er sieht ganz gut aus, aber er issn bisschen dumm, deswegen müssen wir immer auf ihn aufpassen. Der steckt seinen Senkel überall rein.«

»Reizend.«

»Aye. Letzte Ostern hatter anscheinend samstags beim Tanzen ne

Ische kennengelernt, und wies aussieht, warse schwanger, bevor am Sonntag die Kirchtür aufging.« Leanne schüttelte den Kopf über die Dummheit ihres Bruders. »Gestern Abend stand ihr Vater bei uns vor der Tür. Hatte uns im Telefonbuch gefunden. Malky hat Calum windelweich geprügelt, als ers rausgefunden hat. Nich weil er die Kleine geschwängert hat, sondern weil er so doof war, ihr seinen Nachnamen zu sagen.« Leanne griff ebenfalls nach einer ihrer Haarsträhnen und suchte nach gespaltenen Spitzen. »Calum konnt sich nich mah an ihren Vornamen erinnern, geschweige denn wiese aussah. Du hätts mah sein Gesicht sehen sollen, als er sie wiedergesehen hat. Der wär auf der Straße glatt an ihr vorbeigelaufen. Und jetzt wird er Papa. Der Vollidiot.«

Shuggie hörte die Frau, bevor Leanne sie sah. Es war das mädchenhafte Lachen, zu jung für eine alte Frau, und es klang hohl und gezwungen, als spielte sie jemandem etwas vor. Shuggie hätte sie am liebsten ignoriert; er überlegte, ob er Leanne ablenken und auf den Fluss zeigen sollte, weg von der lachenden Frau. Als er seine Freundin ansah, kaute sie an der Haut ihres Daumennagels und machte sich Gedanken wegen des Inhalts ihrer Plastiktüten. Er zog ihre Hand weg, doch es war kaum noch Haut an den Fingern. Er schaffte es nicht, sie anzulügen, also seufzte er nur und zeigte auf die Frau. Und dann seufzte auch Leanne.

Die Frau hatte sie noch nicht gesehen. Sie schlang die bleiche Hand durch den Arm eines der kurzärmeligen Gassenmänner, dessen junger Mund sich über dem zahnlosen Kiefer kräuselte. Selbst von der anderen Straßenseite hörte Shuggie über dem Markttreiben, wie sie den jungen Hehler um ein bisschen Gesellschaft angurrte. Mit nassen Lippen sagte er einsilbig *nee*, und Shuggie sah, wie er sich mit harten, zwickenden Fingern aus ihrem Griff befreite. Der Typ schlenderte davon und ließ sie allein stehen.

Shuggie und Leanne beobachteten sie eine Weile; die Frau sah aus, als wäre sie in der Mitte der Gasse steckengeblieben und wüsste nicht, wo es langging. Sie wirkte noch heruntergekommener als bei Shuggies letzter Begegnung mit ihr. Die mausbraunen Locken waren zu einer graumelierten strähnigen Matte verfilzt, und ihr Gesicht war von roten und blauen geplatzten Äderchen bedeckt. Sie trug kornblumenblauen Lidschatten und eine Spur von leuchtendem rosa Lippenstift. Es tröstete Shuggie, dass sie noch hautfarbene Strumpfhosen trug, auch wenn sie eine Laufmasche hatte, aber wenigstens stand sie mit geschlossenen Knien einigermaßen sittsam da.

Leanne verdrehte die Augen. Er sah, dass sie all ihre Kräfte brauchte, um auf sie zuzugehen. Sie rutschte vom Zaun und griff nach den Tüten zu ihren Füßen. Eine der Plastiktüten enthielt zusammengelegte Wäsche und frische Unterwäsche, die schon lange nicht mehr weiß war. In der anderen war süßes weiches Essen, Babyjoghurt und Gläser mit Apfelbrei. Shuggie fiel sein eigener Beitrag wieder ein, und er nahm die Tüte mit den zerbeulten Fischdosen aus der Tasche. »Du hast gesagt, die isst sie gern.«

Leanne öffnete die Tüte und spähte hinein.

»Danke, Shuggie.« Sie drehte die Lachsdose um. »Aber sie lebt auf der Straße. Wo soll sie einen Dosenöffner herkriegen?« Dann schüttelte sie über sich selbst den Kopf. »Tut mir leid. Das war voll undankbar.« Leanne atmete langsam aus und schwang die kleine Tüte wie einen Morgenstern. »Die olle Moira findet schon einen weg. Den findet sie immer.«

Leanne überquerte die Straße und ging auf ihre Mutter zu, die immer noch am Eingang des Markts stand. Shuggie sah, wie die Frau das Mädchen registrierte und die braunen Augen verdrehte. Als er die Familienähnlichkeit sah, musste er lächeln.

Sie begrüßten einander ohne Wärme. Es hatte einen Moment zu nieseln aufgehört, und Mrs Kelly folgte Leanne aus Paddy's Market heraus auf die Uferseite der Straße. Shuggie drückte einen alten Pappkarton platt und legte ihn über das nasse Geländer. Er ließ die beiden nah beieinandersitzen, und sie beobachteten den Bootsmann, der das Wasser absuchte, ohne dass ihm je gedankt wurde.

»Ich kannten pah von den armen Dingern, diese hier rausgefischt ham«, sagte Moira Kelly. »Hat denen nich die kleinste Kleinigkeit abgenommen. Jede nasse Kippe steckte noch inne Tasche, jeder Claddagh-Ring. Hat kein einzigen Penny eingesteckt. Dassis mah was, oder?«

Leanne öffnete die Törtchenschachtel und bot ihrer Mutter das letzte an. Shuggie versuchte nicht hinzusehen, als die Frau mit den Fingern nach einem Brocken Marmelade griff und ihn sich in den gespitzten Mund steckte. Ihre Augen saßen tief in den eingefallenen Höhlen, als hätte sie wieder nicht gegessen. Der Erdbeerzucker glänzte in ihren Mundwinkeln wie Lipgloss, und es sah obszön aus.

»Sitznwan ganzen Tag hier rum?«, fragte sie ohne ein Wort des Danks.

»Warum sitzen wir nicht nochen bisschen?« Leanne schob ihrer Mutter die Schachtel auf den Schoß, versuchte sie mit dem Zuckerzeug zu ködern, wie man einen Hund mit einer Dose Fleisch anlockt. Die Frau war sturzbetrunken, aber sie nahm das letzte Törtchen und drückte die Zunge tief in die freiliegende Sahne. Er sah, dass ihr an der Seite ein paar Zähne fehlten, Zähne, die im Herbst noch da gewesen waren. Sie hatte Sahne an den Fingerknöcheln, und sie leckte sich vielsagend den Finger ab. Leanne schien froh, sie essen zu sehen, aber Shuggie war der Anblick zu vulgär. Als sein Blick auf Mrs Kellys kaputte Stumpfhosen und die Gänsehaut darunter fiel, sehnte er sich plötzlich nach seiner Mutter.

Sie saßen eine Weile zusammen, und Shuggie beobachtete den Fluss, während Leanne ihrer Mutter von dem Theater erzählte, das ihre fünf Brüder täglich auf die Beine stellten. Mehrmals lachte Mrs Kelly über den Unsinn, den die Kelly-Jungs trieben, und sagte: »Zum Glück bin ich nich da und muss die Scheiße wegmachen.«

Wenn sie solche Dinge sagte, zwang sich Shuggie, weiter auf den Fluss zu starren, damit sie sein Gesicht nicht sahen. Dann erzählte ihr Leanne, dass sie bald Großmutter wurde. Shuggie spürte, wie das Geländer wackelte, als Leannes Mutter mit den Schultern zuckte.

Als Leanne nichts mehr zu erzählen hatte, bat sie ihre Mutter, sich hinzustellen. Sie ließ Shuggie als Sichtschutz Mrs Kellys alten Mantel hochhalten; während die Frau von einem Bein aufs andere sprang, zog Leanne ihr unter dem Rock die Strumpfhose und die schmutzige Unterhose aus. Die Frau mochte es nicht, bemuttert zu werden. Sie meckerte vor sich hin und verdrehte die Augen, als sie Shuggie ansah. Shuggie hielt den Blick fest auf den nassen Asphalt gerichtet.

»Ich versteh dich nicht, Junge. Du solltest an Mädchen rumfummeln und hoch die Tassen. Nich der ollen Moira hinnerherlaufen.«

»Ich bin nicht Ihretwegen hier, Mrs Kelly«, murmelte er. Er hob den Mantel höher, als könnte er sich damit vor ihrem Blick schützen.

Die Frau ließ sich nicht beirren. »Tja, dann sollt ich mich eben da drüben amüsiern, statt hier nackig Fandango zu tanzen fürn komischen Vogel wie dich.«

Leanne war immer noch auf den Knien. Sie schnallte ihr die Schuhe wieder zu. »Shuggie hat dir Lachs mitgebracht. Sei nich so frech.«

»*Na, dann beeil dich mah.* Heut ist Zahltag. Sonst ham die Kerls die Kohle verprasst, bevorse mir einen ausgeben könn«, zischte Mrs Kelly und hopste wie ein ungeduldiges Kind.

Shuggie hatte Mrs Kelly nichts zu sagen, aber Leanne zuliebe wollte er sie noch einen Moment bei Laune halten. »Und? Was haben Sie gemacht, seit ich Sie das letzte Mal gesehen habe?«

Mrs Kelly machte sich über ihn lustig. »Ach, es war einfach ein himmmmmlischer Frühling. Nich wahr?« Dann zog sie eine genervte Schnute. »Neugieriger kleiner Pinscher, was?« Einen Moment schien sie nicht mehr zu sagen zu haben. Dann zog sie die Mundwinkel nach unten und wurde giftig. Sie hatte doch etwas zu erzählen, und jetzt war sie froh, dass sie Publikum hatte. »Hier! Ich bin noch mah mitm lütten Tommy zusammengekommen.« Unwillkürlich rieb sie sich das Kinn, wo die Zähne fehlten, in Erinnerung an den unbekannten Mann. »Wah nich schlecht. Der hatten pah Geschäfte am Laufen oben hintern Caley-Werken. Früher hatter mich immer richtig verwöhnt. Is von Pub zu Pub getappert und hat getan, als wäre er blind. So blind, dass er den Tresen nach seinem Glas abfingern musste.« Mrs Kelly schüttelte sich vor Lachen. »Hat sich immer schön an annern Leutn ihrn Whisky bedient, bis sie rausgefunn ham, dass seine Scheißaugen in Ordnung warn.«

Sie lachte vor sich hin. Shuggie sah, dass es Leanne glücklich machte, sie lachen zu sehen. Er sah es an ihrem Blick, als sie zu ihrer Mutter aufsah, und daran, dass sich ihr zusammengepresster Mund entspannte. Aber der Moment verging schnell. Leanne schien sich selbst dabei zu ertappen und versuchte, ihre Rüstung wieder anzulegen. Es war, als hätte sie mit einem verzogenen Kind geschimpft, aber das Kind hätte seinen Charme spielen lassen, und sie wäre wider besseres Wissen eingeknickt.

Mrs Kelly hatte es auch bemerkt. »Siehste, ich binnen guter Kumpel. Du freust dich doch, wennde die olle Moira siehst, oder?« Mrs Kelly rieb ihrer Tochter die Schulter. »Aye, ich hab dich immer aufheitern könn.«

Leanne sagte nichts, um sie nicht zu ermutigen. Shuggie ließ den Mantel sinken und sah wieder zu dem Bootsmann hinaus. Mrs Kelly betastete ihren schmerzenden Kiefer und fragte schließlich: »Und, gibts vielleicht ne Chance, dassern bisschen Kohle fürn kleines Stärkungsmittel für mich habt?«

»Nein.« Shuggie schüttelte den Kopf.

Sie saugte an den Zahnlücken. »Aye, gut. Fragen kost ja nix, oder?«

Er hielt ihr den letzten Schluck Ingwerlimonade hin. Sie starrte das süße Getränk finster an, als hätte er sie beleidigt, aber dann griff sie doch zu. Leanne und Shuggie hatten es langsam genossen, aber Mrs Kelly kippte die Flasche herunter, als wäre sie völlig ausgedörrt. Shuggie sah den fettigen roten Lippenstiftabdruck am Flaschenhals. Er versuchte sich auf die Zunge zu beißen, aber er konnte sich nicht beherrschen. »Warum tun Sie sich das an?«

Leanne hörte auf, die schmutzige Wäsche in die Plastiktüten zu stopfen, und setzte sich zurück auf die Hacken. Sie sah wieder zu ihrer Mutter hinauf, als wollte sie ihre Antwort auf keinen Fall verpassen.

»Wer sagt denn, dass mir das Trinken kein *Spaß* macht?« Mrs Kelly verzog den Mund und riss Shuggie den Mantel aus der Hand. »Ihr seid doch bloß neidisch. Ich amüsier mich wenixens! Machten Tag viel besser, wemmern bisschen tanzt. Dann sind die öden Stellen nich so doof.«

Sie zog den Lippenstift aus der Tasche. Er war bis zum Röhrchen abgenutzt, und sie drückte zu fest und malte über ihre Lippen hinaus. Shuggie versuchte den grellen Rosaton zu ignorieren.

»Ihre Tochter liebt Sie«, sagte er.

»*Shuggie!*«, rief Leanne.

»Oh, dutzi-dutzi, schmus-schmus«, schnaubte Mrs Kelly und klopfte sich auf die Brust, um einen Rülpser zu lösen. »Tja, wisster, was ich denke? Ich denke, je mehr du einen liebst, desto mehr veraschter dich. Die tun immer weniger das, wasde willst, und immer mehr, was ihnen passt, die Arschgeigen.« Wieder trommelte sie sich auf die Brust, und diesmal kam der Rülpser heraus.

Leanne raffte grob die alte Wäsche zusammen und stand mit einem müden Seufzer auf. Sie stellte sich zwischen den Jungen und ihre Mutter. Shuggie sah, dass ihre Wangen feuerrot und ihre Augen feucht waren, und sie kaute wieder an ihrer Lippe. Er drehte sich weg und sah zu dem Bootsmann hinaus.

»Bald sinn die Pubs voll«, sagte Mrs Kelly und knöpfte ihren Mantel zu. »Die Vorstellung is vorbei.«

»Du bist echt charmant!« Leanne trat einen Schritt zurück und betrachtete ihr Werk. Dann redete sie mit Mrs Kelly wie mit einem Kind, dass wieder draußen spielen wollte, bevor es dunkel wurde. Sie wusste, dass sie sie nicht aufhalten konnte. »Na schön, Moira, ab mit dir. Aber versuch, auf dich aufzupassen, ja? Ich such dich mal wieder.«

»Wenn's sein muss.«

Shuggie hatte unwillkürlich die Fäuste geballt. Dann trat er einen Schritt vor und schob die Hände in Mrs Kellys Mantel. Er schlang die Arme um ihre Taille und tastete ihre weiche Mitte ab, bis er das vertraute feuchtglatte Viskosegewebe fand. Grob zog er an ihrem Unterrock, bis er wieder ordentlich und korrekt unter ihren Kleidern saß.

Mrs Kelly hatte vor Schreck den Mund aufgerissen, aber sie ließ ihn machen, als hätte sie nichts gegen ein Paar warme Arme um den Leib. Sie leckte sich mit der dicken Zunge die Unterlippe und grinste Leanne boshaft an. »Oho, bei dem musste aufpassen, Kleine.«

Der Junge ließ ihre Taille los. Er packte ihre Oberarme und schüttelte sie fest. Mrs Kelly blinzelte wie eine Puppe. Sie brauchte einen Moment, bis sie sein Gesicht wieder scharf sah. »Hey!« Sie riss sich aus seinem Griff und ging mit finsterem Blick einmal um ihn herum. »Was fürn komischer kleiner Arsch du bist.«

Dann drehte sie sich weg und ging auf den Markt und die dunklen Pubs zu, die unten in den Eisenbahnbögen lagen. Leanne und Shuggie sahen ihr hinterher, als sie mit den Einkaufstüten beladen in die Gasse taumelte. An der Ecke blieb sie stehen, holte aus und schleuderte die kleine Tüte mit dem Dosenlachs auf das blonde Mädchen mit dem schwarzen Haaransatz. Mrs Kelly riss die Arme hoch, als hätte sie ein Tor geschossen, dann wankte sie weiter und war verschwunden.

»Sag nichts!«, warnte Leanne. Sie zog den Reißverschluss hoch, bis ihr Anorakkragen die Hälfte ihres Gesichts bedeckte.

»Keine Angst.« Er starrte auf das feuchte Pflaster und versuchte sich zu beruhigen. »Gehts dir besser?«

Leanne schnaubte, dann zuckte sie die Schultern. Sie strich sich das nasse Haar aus dem Gesicht und band es mit einem Gummi zurück, das sie ums Handgelenk trug. Es machte ihn traurig, ihr hübsches Gesicht wieder so straff und hart zu sehen.

Shuggie wischte sich an der Rückseite seines Hosenbeins den Matsch vom Schuh. Er zupfte einen losen Faden von Leannes Ärmel und spürte, wie kalt ihr Handgelenk war. »Meine Mammy hatte mal ein gutes Jahr. Das war schön.«

Leanne schwieg. Sie nagte wieder an ihren angekauten Nagelbetten und hing ihren Gedanken nach. Shuggie ließ sie in Ruhe. Es hatte zu regnen aufgehört, und er beobachtete, wie der Bootsmann sein Dingi am Ufer festmachte und den krummen Rücken aufrichtete.

Sie hatten immer noch den Rest des Tages vor sich, und obwohl es so nass war, wärmte ihn die Aussicht auf. »So!« Shuggie bemühte sich, fröhlicher zu klingen. »Was willst du jetzt machen?«

Leanne wischte sich die Augen ab. Sie stülpte die leeren Jeanstaschen nach außen und ließ sie flattern. »Wie wärs, wenn wir einfach ein bisschen rumlaufen?«

»Ach ja. Wer ist jetzt vorhersehbar?«

»*Ich*?« Sie lachte, und es fühlte sich an, als wäre es das erste Mal seit langer Zeit. »Echt nicht. Wir wissen doch beide, dass du bloß die schönen Jungs in der Virgina Arcade anschmachten willst!«

Er wurde rot. Er schüttelte den Kopf, als wollte er es abstreiten, aber etwas in ihrem Blick hielt ihn davon ab, und er holte scharf durch die Schneidezähne Luft.

Leanne pikte ihn mit dem Finger zwischen die Rippen. »Lass gut sein. Außerdem, ich glaub, der rothaarige Typ mit den Ohrlöchern hat ein Auge auf dich geworfen.«

»Im Ernst?«

Sie grinste. »Vielleicht. Andererseits hat er doch son Matschauge, da kammans schwer sagen.«

Leanne schwang die Tüte mit der schmutzigen Wäsche ihrer Mutter durch die Luft und tat so, als würde sie sie in den Clyde werfen. Dann hängte sie sich bei Shuggie ein und versuchte, die Sorgen aus ihm herauszuschütteln. Er drückte sich gegen ihre Schulter wie ein Hafenschlepper, bis sie sich beide vom Fluss abwandten.

Shuggie warf den Müll in einen städtischen Abfalleimer. »Weißt du, als du von Calum erzählt hast, kam mir die Idee, wir könnten auch mal tanzen gehen.«

Leanne schwang immer noch die Wäschetüte, und plötzlich wieherte sie vor Lachen. Sie lachte so laut und durchdringend, dass die Männer mit den Raubkopien erschrocken zusammenzuckten. »Ha! *Du?* Mit deinen uncoolen Schulschuhen?«, quiekte sie. »Erzähl mir nicht, dass Shuggie Bain tanzen kann!«

Shuggie schnalzte mit der Zunge. Er zog den Arm aus ihrem und lief ein paar Schritte voraus. Dann nickte er, sah sie herausfordernd an, rollte auf den polierten Lederschuhen zurück und drehte sich einmal um die Achse.

DANKSAGUNGEN

Vor allem anderen verdanke ich die Entstehung dieses Buchs den Erinnerungen an meine Mutter und ihren Kampf gegen die Sucht, und meinem Bruder, der mir alles gegeben hat, was er mir geben konnte. Ich danke meiner Schwester für die Ermutigung, die Geschichte in Worte zu fassen und mit Ihnen zu teilen.

Sie hätten dieses Buch nicht in Händen ohne den Glauben und die Leidenschaft von Anna Stein, einer langsamen Leserin, aber umso mutigeren Agentin. Ich danke Lucy Luck, Claire Nozieres, Morgan Oppenheimer und allen bei ICM Partners und Curtis Brown. Besonderer Dank gilt meinem Lektor Peter Blackstock für seine Geduld, seinen Mut und seine sanfte, aber feste Hand im Umgang mit Shuggie. Ich danke Morgan Entrekin und Judy Hottensen für ihre enthusiastische Unterstützung, und Elisabeth Schmitz, Deb Seager, John Mark Boling, Emily Burns und allen bei Grove Atlantic. Danke an meine Freunde im Norden, Daniel Sandström und Cathrine Bakke Bolin, und an Ravi Mirchandani und alle bei Picador UK dafür, dass sie das Buch nach Hause gebracht haben. Aufrichtiger Dank an Tina Pohlman für die ersten Schritte und ihre unglaubliche Großzügigkeit. Auch meinen frühen Leserinnen schulde ich Dank: Patricia McNulty, Valentina Castellani, Helen Weston und Rachel Skinner-O'Neil für eure Erkenntnisse und Ermutigung. Die letzten Worte in diesem Buch gehören Michael Cary, der es zuerst gelesen und den Kern genährt und gehegt hat, wie er es immer tut.

»Verlorene Sterne *ist die Art von Buch, die Leben rettet.*«

Kaveh Akbar

Ü.: Hannes Meyer
304 Seiten. Gebunden mit Lesebändchen
Erscheint am 19. August 2024

Orvil Red Feather kommt nicht los von den Schmerzmitteln. Er weiß, er ist ein Klischee: verletzt ins Krankenhaus rein, geheilt und abhängig wieder raus – eine zeitgenössische Tragödie. Doch die Sucht zieht sich schon lange durch seine Familie. 1864 kämpft Jude Star, ein Vorfahre Orvils, als Kind gegen die brutale Austreibung seiner indigenen Sprache und Kultur. Am Ende ist es der Alkohol, der ihn kurzzeitig in seiner Trauer auffängt und schließlich niederstreckt. Meisterhaft verknüpft Tommy Orange die Schicksale zweier Jungen, zwischen denen 150 Jahre Kolonialgeschichte liegen, und zeigt uns Amerika in neuem Licht: als ein Kontinuum von Vertreibung und Gewalt, das nur hin und wieder von lichten Momenten des Widerstands unterbrochen wird.

hanser-literaturverlage.de